चन्द्रकांता संतति
खण्ड-2

देवकीनंदन खत्री

प्रभाकर प्रकाशन

प्रकाशक: प्रभाकर प्रकाशन

पता: प्लॉट न. 55, मेन मदर डेयरी रोड,
पांडव नगर, ईस्ट दिल्ली-110092

फोन: 011-40395855

व्हाट्स ऐप: +91 8368220032

ई-मेल: sales@pharosbooks.in

वेबसाइट: www.pharosbooks.in

संस्करण: 2023

चन्द्रकांता संतति खण्ड-2
देवकीनंदन खत्री

विषय-सूची

चन्द्रकांता संतति
भाग-5

बयान-1

बेचारी किशोरी को चिता पर बैठाकर जिस समय दुष्टा धनपत ने आग लगाई, उसी समय बहुत-से आदमी, जो उसी जंगल में किसी जगह छिपे हुए थे, हाथों में नंगी तलवारें लिये 'मारो! मारो!' कहते हुए उन लोगों पर आ टूटे। उन लोगों ने सबसे पहले किशोरी को चिता पर से खींच लिया इसके बाद धनपत के साथियों को पकड़ने लगे।

पाठक समझते होंगे कि ऐसे समय में इन लोगों के आ पहुंचने और जान बचने से किशोरी खुश हुई होगी और इन्द्रजीत सिंह से मिलने की कुछ उम्मीद भी उसे हो गई होगी। मगर नहीं, अपने बचाने वालों को देखते ही किशोरी चिल्ला उठी और उसके दिल का दर्द पहले से भी ज्यादा बढ़ गया। किशोरी ने आसमान की तरफ देखकर कहा, "मुझे तो विश्वास हो गया था कि इस चिता में जलकर ठंडे-ठंडे बैकुण्ठ चली जाऊंगी, क्योंकि इसकी आंच कुंअर इन्द्रजीत सिंह की जुदाई की आंच से ज्यादा गर्म न होगी, मगर हाय, इस बात का गुमान भी न था कि यह दुष्ट आ पहुंचेगा और मैं एक सचमुच की तपती हुई भट्ठी में झोंक दी जाऊंगी। मौत, तू कहां है तू कोई वस्तु है भी या नहीं, मुझे तो इसी में शक है!"

वह आदमी, जिसने ऐसे समय में पहुंचकर किशोरी को बचाया, माधवी का दीवान अग्निदत्त था, जिसके चंगुल में फंसकर किशोरी ने राजगृह में बहुत दु:ख उठाया था और कामिनी की मदद से, जिसका नाम कुछ दिनों तक किन्नरी था, छुट्टी मिली थी। किशोरी को अपने मरने की कुछ भी परवाह न थी और वह अग्निदत्त की सूरत देखने की बनिस्बत मौत को लाख दर्जे उत्तम समझती थी, यही सबब था कि इस समय उसे अपनी जान बचने का रंज हुआ।

अग्निदत्त और उसके आदमियों ने किशोरी को तो बचा लिया, मगर जब उसके दुश्मनों को, अर्थात् धनपत और उसके साथियों को पकड़ने का इरादा किया तो लड़ाई गहरी हो पड़ी। मौका पाकर धनपत भाग गई और गहन वन में किसी झाड़ी के अन्दर छिपकर उसने अपनी जान बचाई। उसके साथियों में से एक भी न बचा, सब मारे गये। अग्निदत्त के भी केवल दो ही आदमी जीवित बचे। उस संगदिल ने रोती और चिल्लाती हुई बेचारी किशोरी को जबर्दस्ती उठा लिया और एक तरफ का रास्ता लिया।

पाठक आश्चर्य करते होंगे कि अग्निदत्त को तो राजा वीरेन्द्र सिंह के ऐयारों ने राजगृह में गिरफ्तार करके चुनार भेज दिया था, वह यकायक यहां कैसे आ पहुंचा इसलिए अग्निदत्त का थोड़ा-सा हाल इस जगह लिख देना हम मुनासिब समझते हैं।

राजा वीरेन्द्र सिंह के ऐयारों ने दीवान अग्निदत्त को गिरफ्तार करके अपने बीस सवारों के पहरे में चुनारगढ़ रवाना कर दिया और एक चिट्ठी भी सब हाल की महाराज सुरेन्द्र सिंह को लिखकर उन्हीं लोगों की मार्फ़त भेजी। अग्निदत्त को हथकड़ी डाल घोड़े पर सवार कराया गया और उसके पैर रस्सी से घोड़े की जीन के साथ बांध दिये गए। घोड़े की लम्बी बागडोर दोनों तरफ से दो सवारों ने पकड़ ली और सफर शुरू किया। तीसरे दिन जब वे लोग सोन नदी के पास पहुंचे, अर्थात् जब वह नदी दो कोस दूर रह गई, तब उन लोगों पर डाका पड़ा। पचास आदमियों ने चारों तरफ से घेर लिया। घण्टे भर की लड़ाई में राजा वीरेन्द्र सिंह के सब आदमी मारे गये। खबर पहुंचाने के लिए भी एक आदमी न बचा और अग्निदत्त को उन लोगों के हाथों से छुट्टी मिली। वे डाकू सब अग्निदत्त के तरफदार और उन लोगों में से थे जो गयाजी में फसाद मचाया करते और उन लोगों की जानें लेते और घर लूटते थे जो दीवान अग्निदत्त के विरुद्ध जाने जाते। इस तरह अग्निदत्त को छुट्टी मिली और बहुत दिन तक इस डाके की खबर राजा वीरेन्द्र सिंह या उनके आदमियों को न मिली।

यद्यपि दीवान अग्निदत्त के हाथ से गया कि दीवानी जाती रही और वह एक साधारण आदमी की तरह मारा-मारा फिरने लगा, तथापि वह अपने साथी डाकुओं में मालदार गिना जाता था क्योंकि उसके पास जुल्म की कमाई हुई दौलत बहुत थी और वह उस दौलत को राजगृह से थोड़ी दूर पर एक मढ़ी में, जो पहाड़ी के ऊपर थी, रखता था। इस मढ़ी का हाल दस-बारह आदमियों के सिवाय और किसी को भी मालूम न था। उस दौलत को निकालने में अग्निदत्त ने विलम्ब न किया और उसे अपने कब्जे में लेकर साथी डाकुओं के साथ अपनी धुन में चारों तरफ घूमने तथा इस बात की टोह लेने लगा कि राजा वीरेन्द्र सिंह की तरफ क्या होता है।

थोड़े ही दिन बाद मौका समझकर वह रोहतास गढ़ के चारों तरफ घूमने लगा और जिस तरह किशोरी से मिला, उसका हाल आप ऊपर पढ़ चुके हैं।

जिस जगह अग्निदत्त किशोरी से मिला था, उससे थोड़ी ही दूर पर एक पहाड़ी थी जिसमें कई खोह और गार थे। वह किशोरी को उठाकर उसी पहाड़ी पर ले गया। रोते और चिल्लाते-चिल्लाते किशोरी बेहोश हो गई थी। अग्निदत्त ने उसे खोह के अन्दर ले जाकर लिटा दिया और आप बाहर चला आया।

पहर रात जाते-जाते जब किशोरी होश में आई, तो उसने अपने को अजब हालत में पाया। ऊपर-नीचे चारों तरफ पत्थर देखकर वह समझ गई कि मैं किसी खोह में हूं। एक तरफ चिराग जल रहा था। गुलाब के फूल-सी नाजुक किशोरी की अवस्था इस समय बहुत ही नाजुक थी। अग्निदत्त की याद से उसे घड़ी-घड़ी में रोमांच होता था। उसके धड़कते हुए कलेजे में अजब तरह का दर्द था। और इस सोच ने उसे बिल्कुल ही निकम्मा कर रखा था कि देखें चाण्डाल अग्निदत्त के पहुंचने पर मेरी क्या दुर्दशा होती है। घण्टों की मेहनत में बड़ी कोशिश करके उसने अपने होश-हवास दुरुस्त किए और सोचने लगी कि अब क्या करना चाहिए। उसने इस इरादे को

तो पक्का कर ही लिया था कि अगर अग्निदत्त मेरे पास आवेगा, तो पत्थर पर सिर पटककर अपनी जान दे दूंगी, मगर यह भी सोचती थी कि पत्थर पर सिर पटकने से जान नहीं जा सकती, किसी तरह खोह के बाहर निकलकर ऐसा मौका ढूंढ़ना चाहिए कि अपने को इस पहाड़ के नीचे गिराकर बखेड़ा खत्म कर दिया जाए, जिसमें हमेशा के लिए इस खिंचाखिंची से छुट्टी मिले।

किशोरी चिराग बुझाने के लिए उठी ही थी कि सामने से किसी के पैरों की चाप मालूम हुई। वह डरकर उसी तरफ देखने लगी कि यकायक अग्निदत्त पर नजर पड़ी। देखते ही वह कांप गई, ऐसा मालूम हुआ कि रगों में खून की जगह पारा भर गया। वह अपने को किसी तरह सम्हाल न सकी और जमीन पर बैठकर रोने लगी। अग्निदत्त सामने आकर खड़ा हो गया और बोला–

अग्निदत्त- तुमने मुझको बड़ा ही धोखा दिया। अपने साथ मेरी लड़की को भी मुझसे जुदा कर दिया। अभी तक मुझे इस बात का पता न लगा कि मेरी स्त्री पर क्या बीती और वीरेन्द्र सिंह ने उसके साथ क्या सलूक किया, और यह सब तुम्हारी बदौलत हुआ।

किशोरी- फिर भी मैं कहती हूं कि यदि मुझे छोड़ दोगे, तो मैं राजा वीरेन्द्र सिंह से कहकर तुम्हारा कसूर माफ करा दूंगी और तुम्हारी जीविका-निर्वाह के लिए भी बन्दोबस्त हो जाएगा। नहीं तो याद रखना, तुम्हारी स्त्री भी...

अग्निदत्त- जो तुम कहोगी, सो मैं समझ गया। मेरी स्त्री पर चाहे जो बीते इसकी परवाह नहीं, न मुझे वीरेन्द्र सिंह का डर है। मुझे दुनिया में तुमसे बढ़कर कोई चीज नहीं दिखाई देती। देखो, तुम्हारे लिए मैंने कितना दुख भोगा और भोगने को तैयार हूं, क्या अब भी तुमको मुझ पर तरस नहीं आता! मैं कसम खाकर कहता हूं कि तुम्हें अपनी जान से ज्यादा प्यार करूंगा, यदि मेरी होकर रहोगी।

किशोरी- अरे दुष्ट चाण्डाल, खबरदार, फिर ऐसी बात मुंह से न निकालना!

अग्निदत्त- चाहे जो हो, मैं तुम्हें किसी तरह नहीं छोड़ सकता!

किशोरी- जान जाए तो जाए, मगर तेरी हवा अपने बदन से नहीं लगने दूंगी।

अग्निदत्त- (हंसकर) देखूं, तू अपने को मुझसे कैसे बचाती है!

इतना कहकर अग्निदत्त किशोरी को पकड़ने के लिए आगे बढ़ा। किशोरी घबड़ाकर उठ खड़ी हुई और दूर हट गई। थोड़ी देर तक तो इस तंग जगह में दौड़-धूप कर किशोरी ने अपने को बचाया, मगर कहां तक आखिर मर्द के सामने औरत की क्या पेश जा सकती थी! अग्निदत्त को क्रोध आ गया। उसने किशोरी को पकड़ लिया और जमीन पर पटक दिया।

***

बयान-2

पाठक अभी भूले न होंगे कि कुंअर इन्द्रजीत सिंह कहां हैं। हम ऊपर लिख आए हैं कि उस मकान में जो तालाब के अन्दर बना हुआ था, कुंअर इन्द्रजीत सिंह दो औरतों को देखकर ताज्जुब में आ गए। कुमार उन औरतों का नाम नहीं जानते थे मगर पहचानते जरूर थे, क्योंकि उन्हें राजगृह में माधवी के यहां देख चुके थे और जानते थे कि ये दोनों माधवी की लौंडियां हैं। परन्तु यह जानने के लिए कुमार व्याकुल हो रहे थे कि ये दोनों यहां कैसे आईं क्या इस औरत से, जो इस मकान की मालिक है, और उस माधवी से कोई सम्बन्ध है इसी समय उन दोनों औरतों के पीछे-पीछे वह औरत भी आ पहुंची जिसने इन्द्रजीत सिंह के ऊपर अहसान किया था और जो उस मकान की मालिक थी। अभी तक इस औरत का नाम मालूम नहीं हुआ, मगर आगे इससे काम बहुत पड़ेगा, इसलिए जब तक इसका असल नाम मालूम न हो कोई बनावटी नाम रख दिया जाए तो उत्तम होगा, मेरी समझ में तो कमलिनी नाम कुछ बुरा न होगा।

जिस समय कुंअर इन्द्रजीत सिंह की निगाह उन दोनों औरतों पर पड़ी, वे हैरान होकर उनकी तरफ देखने लगे। उसी समय दौड़ती हुई कमलिनी भी आई और दूर ही से बोली–

कमलिनी- कुमार, इन दोनों हरामजादियों का कोई मुलाहिजा न कीजिएगा और न किसी तरह की जुबान ही दीजिएगा। अपनी जान बचाने के लिए ही दोनों आपके पास आई हैं।

इन्द्रजीत सिंह- क्या मामला है ये दोनों कौन हैं?

कमलिनी- ये दोनों माधवी की लौंडियां हैं और आपकी जान लेने आई थीं। मेरे आदमियों के हाथ गिरफ्तार हो गईं।

इन्द्रजीत सिंह- तुम्हारे आदमी कहां हैं मैंने तो इस मकान में सिवाय तुम्हारे किसी को भी नहीं देखा?

कमलिनी- बाहर निकलकर देखिये, मेरे वे सिपाही यहीं मौजूद हैं जिन्होंने इन्हें गिरफ्तार किया।

इन्द्रजीत सिंह- अगर ये गिरफ्तार होकर आई हैं तो इनके हाथ-पैर खुले क्यों हैं?

कमलिनी-इसके लिए कोई हर्ज नहीं। ये मेरा कुछ नहीं बिगाड़ सकतीं, जब तक कि मैं जागती हूं या अपने होश में हूं।

इन्द्रजीत सिंह- (उन दोनों की तरफ देखकर) तुम क्या कहती हो?

एक- (कमलिनी की तरफ इशारा करके) ये जो कुछ कहती हैं, ठीक है। परन्तु आप वीर पुरुष हैं, आशा है कि हम लोगों का अपराध क्षमा करेंगे!

कुंअर इन्द्रजीत सिंह इन बातों को सुनकर सोच में पड़ गये। उन्हें उन दोनों औरतों की और कमलिनी की बातों का विश्वास न हुआ, बल्कि यकीन हो गया कि ये लोग किसी तरह का धोखा देना चाहती हैं। आधी घड़ी तक सोचने के बाद कुमार बंगले के बाहर निकले तो देखा कि तालाब के बाहर लगभग बीस सिपाही खड़े आपस में कुछ बातें कर रहे और घड़ी-घड़ी इसी तरफ देख रहे हैं। कुमार वहां से लौट आये और कमलिनी की तरफ देखकर बोले–

इन्द्रजीत सिंह- खैर, जो तुम्हारे जी में आये करो, हम इस बारे में कुछ नहीं कह सकते।

कमलिनी- करना क्या है, इन दोनों का सिर काटा जाएगा।

इन्द्रजीत सिंह- खुशी तुम्हारी। मैं जरा इस तालाब के बाहर जाना चाहता हूं।

कमलिनी- क्यों ?

इन्द्रजीत सिंह- यह समय मजेदार है। जरा मैदान की हवा खाऊंगा और उस घोड़े की भी खबर लूंगा जिस पर सवार होकर आया था।

कमलिनी- इस मकान की छत पर चढ़ने से अच्छी और साफ हवा आपको मिल सकती है। घोड़े के लिए चिन्ता न करें, या फिर ऐसा ही है तो सबेरे जाइयेगा!

न मालूम, क्या सोचकर इन्द्रजीत सिंह चुप हो रहे। कमलिनी ने उन दोनों औरतों का हाथ पकड़ा और धमकाती हुई न जाने कहां ले गई, इसका हाल कुमार को न मालूम हुआ और न उन्होंने जानने का उद्योग ही किया।

यद्यपि इस औरत अर्थात् कमलिनी ने कुमार की जान बचाई थी, तथापि उन्हें विश्वास हो गया कि कमलिनी ने दोस्ती की राह पर यह काम नहीं किया, बल्कि किसी मतलब से किया है। उस मकान में गुलदस्ते के नीचे से जो चिट्ठी कुमार ने पाई थी, उसके पढ़ने से कुमार होशियार हो गये थे तथा समझ गये थे कि यह मुझे किसी फरेब में फंसाना चाहती है और किशोरी के साथ भी किसी तरह की बुराई किया चाहती है। इसमें कोई शक नहीं कि कुमार इसे चाहने लगे थे और जान बचाने का बदला चुकाने की फिक्र में थे, मगर उस चिट्ठी के पढ़ते ही उनका रंग बदल गया और वे किसी दूसरी ही धुन में लग गए।

कुमार चाहते तो शायद यहां से निकल भागते, क्योंकि उस औरत की तरफ से होशियार हो चुके थे, मगर इस काम में उन्होंने यह समझकर जल्दी न की कि इस औरत का कुछ हाल मालूम करना चाहिए और जानना चाहिए कि यह कौन है। पर कमलिनी को कुमार के दिल की क्या खबर थी, उसने तो सोच रखा था कि मैंने कुमार पर अहसान किया है और वे किसी तौर पर मुझसे बदगुमान न होंगे।

कुमार के पास इस समय सिवाय कपड़ों के कोई चीज ऐसी न थी जिससे वे अपनी हिफाजत करते या समय पड़ने पर मतलब निकाल सकते।

कुछ दिन बाकी था जब कुमार उस मकान की छत पर चढ़ गए और चारों तरफ के पहाड़, जंगल तथा मैदान के बाहर देखने लगे। कुमार को यह जगह बहुत ही पसन्द आई और उन्होंने दिल में कहा कि ईश्वर की इच्छा हुई तो सब बखेड़ों से छुट्टी पाकर किशोरी के साथ कुछ दिनों तक इस मकान में जरूर रहेंगे। थोड़ी देर तक प्रकृति की शोभा देखकर दिल बहलाते रहे, जब सूर्य अस्त हो गया तो कमलिनी भी वहां पहुंची और कुमार के पास खड़ी होकर बातचीत करने लगी।

कमलिनी- यहां से अच्छी बहार दिखाई देती है।

कुमार- ठीक है मगर यह छटा मेरे दिल को किसी तरह नहीं बहला सकती।

कमलिनी- सो क्यों?

कुमार- तरह-तरह की फिक्रों और तरद्दुदों ने मुझे दुखी कर रखा है, बल्कि यहां आने और तुम्हारे मिलने से तरद्दुद और भी ज्यादा हो गया।

कमलिनी- यहां आकर कौन-सी फिक्र बढ़ गई?

कुमार- यह तो तब कह सकता हूं जब कुछ तुम्हारा हाल मुझे मालूम हो। अभी तो मैं यह भी नहीं जानता कि तुम कौन हो और कहां की रहने वाली हो और इस मकान में आकर रहने का सबब क्या है?

कमलिनी- कुमार, मुझे आपसे बहुत बातें कहनी हैं। इसमें कोई शक नहीं कि मेरे बारे में आप तरह-तरह की बातें सोचते होंगे, कभी मुझे खैर-ख्वाह तो कभी बद-ख्वाह समझते होंगे, बल्कि बद-ख्वाह समझने का मौका ही ज्यादा मिलता होगा। अक्सर उन लोगों ने जो मुझे जानते हैं, मुझे शैतान और खूनी समझ रखा है, और इसमें उनका कोई कसूर भी नहीं। मैं उन लोगों का जिक्र इस समय केवल इसीलिए करती हूं कि शायद उन लोगों ने, जो केवल दो-तीन ऐयार लोग हैं, कुछ चर्चा आपसे की हो।

कुमार- नहीं, मैंने किसी से कभी तुम्हारा जिक्र नहीं सुना।

कमलिनी- खैर, ऐसा मौका न पड़ा होगा। पर मेरा मतलब यह है कि जब तक मैं अपने मुंह से कुछ न कहूंगी, मेरे बारे में कोई भी अपनी राय ठीक नहीं कह सकता और...

इतने ही में सीढ़ियों पर किसी के पैरों की आवाज मालूम हुई जिसे सुनकर दोनों चौंके और उसी तरफ देखने लगे।

कुमार- इस मकान में तो केवल तुम्हीं रहती हो?

कमलिनी- नहीं, और भी कई आदमी रहते हैं, मगर वे लोग उस समय नहीं थे जब आप आए थे।

दो लौंडियां आती हुई दिखाई पड़ीं। एक के हाथ में छोटा-सा गलीचा था, दूसरी के हाथ में शमादान और इनके पीछे तीसरी पानदान लिये हुए थी। गलीचा बिछा दिया गया, शमादान और पानदान रखकर लौंडियां हाथ जोड़े सामने खड़ी हो गईं। कमलिनी के कहने से कुमार गलीचे पर बैठ गए और कमलिनी भी पास बैठ गई। इस समय इन तीनों लौंडियों का वहां पहुंचकर बातचीत में बाधा डालना कुमार को बहुत बुरा मालूम हुआ, क्योंकि वे बड़े ही गौर से कमलिनी की बातें सुन रहे थे और इस बीच में उनके दिल की अजीब हालत थी। कुमार ने कमलिनी की तरफ देख के कहा, "हां, तुम अपनी बातों का सिलसिला मत तोड़ो।"

कमलिनी- (लौंडियों की तरफ देखकर) अच्छा, तुम लोग जाओ! बहुत जल्दी खाने का बन्दोबस्त करो।

कुमार- अभी खाने के लिए जल्दी न करो।

कमलिनी- खैर, ये लोग अपना काम पूरा कर रखें, आप जब चाहें, भोजन करें।

कुमार- अच्छा हां, तब?

कमलिनी- (डिब्बे से पान निकालकर) लीजिए, पान खाइए।

कुमार ने पान हाथ में रख लिया और पूछा, "हां, तब"?

कमलिनी- पान खाइए, आप डरिए मत, इसमें बेहोशी की दवा नहीं मिली है। हां, अगर आप ऐसा ख्याल करें भी तो कोई बेमौका नहीं!

कुमार- (हंसकर) इसमें कोई शक नहीं कि इतनी खैर-ख्वाही करने पर भी मैं तुम्हारी तरफ से बदगुमान हूं। मगर तुम्हारी बातें अजब ढंग पर चल रही हैं। (पान खाकर) अब जो हो, जब तुमने मेरी जान बचाई है तो कब हो सकता है कि तुम अपने हाथ से मुझे जहर दो।

कमलिनी- (हंसकर) कुमार, यह कोई ताज्जुब की बात नहीं है कि आप मुझ पर शक करें। माधवी की दोनों लौंडियों का मामला, जो अभी थोड़ी देर पहले हुआ, आप देख चुके हैं, मुझ पर शक करने का मौका आपको देगा। मगर नहीं, आप पूरा विश्वास रखिए कि मैं आपके साथ कभी बुराई न करूंगी। कई आदमी मेरी शिकायत आपसे करेंगे, आप ही के कई ऐयार असल हाल न जानने के कारण मेरे दुश्मन हो जायेंगे, मगर सिवाय कसम खाकर कहने के और किस तरह आपको विश्वास दिलाऊं कि मैं आपकी खैर-ख्वाह हूं। आप यह भी सोच सकते हैं कि मैं आपके साथ इतनी खैर-ख्वाह क्यों हो रही हूं! दुनिया का कायदा है कि बिना मतलब कोई किसी का काम नहीं करता और मैं भी दुनिया के बाहर नहीं हूं, अस्तु मैं भी आपसे बहुत-कुछ उम्मीद करती हूं मगर उसे जुबान से कह नहीं सकती। अभी आपको मुझसे वर्षों तक काम पड़ेगा, जब आप हर तरह से निश्चिन्त हो जायेंगे , आपकी किशोरी, जो इस समय रोहतास गढ़ में कैद है,

आपको मिल जाएगी। इसके अतिरिक्त एक और भी भारी काम आपके हाथ से हो लेगा, तब कहीं मेरी मुराद पुरी होगी, अर्थात् उस समय मुझे जो कुछ आपसे मांगना होगा, मांगूंगी। आप मेरी बात याद रखिएगा कि आप ही के ऐयार मेरे दुश्मन होंगे और अन्त में झख मारकर मुझ ही से दोस्ती के तौर पर सलाह लेनी पड़ेगी। आप यह भी न समझिए कि मैं आज या कल से आपकी तरफदार बनी हूं, नहीं, बल्कि मैं महीनों से आपका काम कर रही हूं और इस सबब से सैकड़ों आदमी मेरे दुश्मन हो रहे हैं। दुश्मनों ही के डर से मैं इस तालाब में छिपकर बैठी रहती हूं क्योंकि जिन्हें इसका भेद मालूम नहीं है वे इस मकान के अन्दर पैर नहीं रख सकते। आप मुझे अकेली समझते होंगे, मगर मैं अकेली नहीं हूं, लौंडियां, सिपाही और ऐयार मिलाकर इस गई-गुजरी हालत में भी पचास आदमी मेरी ताबेदारी कर रहे हैं।

कुमार- वे लोग कहां हैं?

कमलिनी- उनमें से कई आदमियों को तो आप इसी जगह बैठे देखेंगे, बाकी सबको मैंने काम पर भेजा है। जब मैं आपकी खैर-ख्वाह हूं तो किशोरी की मदद भी जरूर ही करनी पड़ेगी, इसलिए मेरी एक ऐयार रोहतास गढ़ किले के अन्दर भी घुसकर बैठी है और किशोरी के हाल-चाल की खबर दिया करती है। अभी कल ही उसने एक चिट्ठी भेजी थी, (कमर से चिट्ठी निकालकर और कुमार के हाथ में देकर) लीजिए यही चिट्ठी है, पहले आप इसे पढ़ लीजिए फिर और कुछ कहूंगी।

कुमार हाथ में चिट्ठी लेकर गौर से पढ़ने लगे। यह वही चिट्ठी थी जिस पर पहले कुमार की निगाह पड़ चुकी थी और जिसे एक गुलदस्ते के नीचे से निकालकर कुमार पढ़ चुके थे। कुमार ने चोरी से उस चिट्ठी को पढ़ने का हाल कमलिनी से कहना मुनासिब न समझा और उसे इस तौर पर पढ़ गए जैसे पहली दफे वह चिट्ठी उनके हाथ में पड़ी हो। परन्तु इस समय इस तरह कमलिनी उनकी दुश्मन नहीं है इस बात को वे अच्छी तरह समझ गए। मगर साथ-ही-साथ उनके दिल में एक दूसरी ही तरह की उत्कण्ठा बढ़ गई और वे यह जानने के लिए व्याकुल हो गए कि कमलिनी और इसकी ऐयारा ने रोहतास गढ़ किले में पहुंचकर क्या किया!

पाठक, शायद आप इस चिट्ठी का मजमून भूल गए होंगे, मगर आप उसे याद करें या पुनः पढ़ जाएं, क्योंकि उसके एक-एक शब्द का मतलब इस समय कमलिनी से कुमार पूछना चाहते हैं।

कुमार- मैं नहीं कह सकता और न मुझे मालूम ही है कि तुम इतनी भलाई मेरे साथ क्यों कर रही हो, तो भी मैं उम्मीद करता हूं कि तुम इस समय मुझे चिन्ता में डालकर दुःख न दोगी, बल्कि जो मैं पूछूंगा उसका ठीक-ठीक जवाब दोगी।

कमलिनी- आप मेरी तरफ से किसी तरह का बुरा खयाल न रखें। आज मैं इस बात पर मुस्तैद हूं कि अगर आपको कष्ट न हो तो रात भर जाग के बहुत कुछ हाल जो अब तक आपको मालूम नहीं है और आपके मतलब का है, आपसे कहूं और जो-जो सवाल आप करें, उनका जवाब दूं।

कुमार- मुझे तुम्हारे इस कहने से बड़ी खुशी हुई। अच्छा पहले इस बात का जवाब दो कि तुम्हारी वह ऐयारा, जो रोहतास गढ़ में है और इस चिट्ठी के पढ़ने से जिसका नाम तारा मालूम होता है, रोहतास गढ़ में किस तौर पर है जहां तक मैं सोचता हूं वह भेष बदलकर नौकरी करती होगी।

कमलिनी- नहीं, उसने नौकरी नहीं की, बल्कि वहां इस तरह छिपकर रहती है कि वहां के किसी आदमी को उसका पता लग जाना कठिन ही नहीं बल्कि असम्भव है।

कुमार- अच्छा, तो उसने यह क्या लिखा है कि-'किशोरी का आशिक भी यहां मौजूद है!'

कमलिनी- यह कटाक्ष माधवी के दीवान अग्निदत्त पर है, क्योंकि हम लोगों के हिसाब से वह किशोरी पर आशिक है! वह आपकी तरह सच्चा आशिक नहीं है, मगर बेईमान ऐयारों की तरह जरूर आशिक है।

कुमार- नहीं-नहीं, उसे तो हमारे आदमियों ने गिरफ्तार करके चुनार भेज दिया है!

कमलिनी- आपका यह खयाल गलत है। वह चुनार नहीं पहुंचा, न मालूम किस तरह उसने अपनी जान बचा ली है। इसका हाल आपको लश्कर में जाने या किसी को चुनार गढ़ भेजने से मालूम होगा।

कुमार- तो क्या वह भी रोहतास गढ़ पहुंच गया?

कमलिनी- पहुंच ही गया तभी तो तारा ने लिखा है।

कुमार- अच्छा, तो ये लाली और कुन्दन कौन हैं?

कमलिनी- आपकी और मेरी दुश्मन, इन दोनों को मामूली दुश्मन न समझिएगा।

कुमार- इसमें किशोरी के आशिक के बारे में लिखा है कि 'उसे किशोरी से बहुत-कुछ उम्मीद भी है'-इसका मतलब क्या है?

कमलिनी- सो ठीक अभी मालूम नहीं हुआ।

कुमार- यह जवाब तुमने बड़े खुटके का दिया।

कमलिनी- (हंसकर) आप चिन्ता न करें। किशोरी तन-मन-धन आपको समर्पण कर चुकी है, वह किसी दूसरे की न होगी।

कुमार- खैर, जब खुलासा हाल मालूम ही नहीं है तो जो कुछ सोचा जाए, मुनासिब है। इसमें लिखा है कि 'किशोरी ने भी पूरा धोखा खाया'-सो क्या?

कमलिनी- इसका भी हाल अभी नहीं मालूम हुआ। शायद आज-कल में कोई दूसरी चिट्ठी आवेगी तो मालूम होगा। बल्कि और भी कुछ लिखा है, इशारा ही भर है, असल में क्या बात है सो मैं नहीं कह सकती।

कुमार- अच्छा, अब मैं तुम्हारा पूरा हाल जानना चाहता हूं और इसी के साथ रोहतास गढ़ में रहने वाली लाली और कुन्दन का वृत्तान्त भी तुम्हारी जुबानी सुनना चाहता हूं।

कमलिनी- मैं सब हाल आपसे कहूंगी और इसके अलावा एक ऐसे भेद की खबर भी आपको दूंगी कि आप खुश हो जायेंगे, मगर इसके लिए आपको तीन-चार दिन तक और सब्र करना चाहिए। इसी बीच में तारा भी रोहतास गढ़ से आ जाएगी या मैं खुद उसे बुलवा लूंगी।

कुमार- इन सब बातों को जानने के लिए मैं बहुत बेचैन हो रहा हूं, कृपा करके जो कुछ तुम्हें कहना हो, अभी कहो।

कमलिनी- नहीं-नहीं, आप जल्दी न करें, मेरा दो-चार दिन के लिए टालना भी आप ही के फायदे के लिए है। आप यह न समझें कि मैं आपको जानबूझकर यहां अटकाना चाहती हूं। आप यदि मुझ पर भरोसा रखें और मुझे अपना दुश्मन न समझें तो यहां रहें। मैं लौंडियों की तरह आपकी ताबेदारी करने को तैयार हूं, और यदि मुझ पर एतबार न हो तो अपने लश्कर चले जायेंगे, चार-पांच दिन के बाद मैं स्वयं आपसे मिलकर सब हाल कहूंगी।

कुमार- बेशक, मैं तुम्हारे बारे में तरह-तरह की बातें सोचता था और तुम पर विश्वास करना मुनासिब नहीं समझता था, मगर अब तुम्हारी तरफ से मुझे किसी तरह का खुटका नहीं है। तुम्हारी बातों का मेरे दिल पर बड़ा ही असर हुआ। इसमें कोई सन्देह नहीं कि तुम सिवाय भलाई के मेरे साथ बुराई कभी न करोगी। मैं जरूर यहां रहूंगा और जब तक अपने दिल का शक अच्छी तरह न मिटा लूंगा, न जाऊंगा।

कमलिनी- अहोभाग्य! (हंसकर) मगर ताज्जुब नहीं कि इसी बीच में आपके ऐयार लोग यहां पहुंचकर मुझे गिरफ्तार कर लें।

कुमार- क्या मजाल है!

***

बयान-3

कुमार कई दिनों तक कमलिनी के यहां मेहमान रहे। उसने बड़ी खातिरदारी और नेकनीयती के साथ इन्हें रखा। इस मकान में कई लौंडियां भी थीं जो दिलोजान से कुमार की खिदमत किया करती थीं, मगर कभी-कभी वे सब दो-दो पहर के लिए न मालूम कहां चली जाए करती थीं।

एक दिन शाम के वक्त उस मकान की छत पर कमलिनी और कुमार बैठे बात कर रहे थे, इसी बीच में कुमार ने पूछा–

कुमार- कमलिनी, अगर किसी तरह का हर्ज न हो तो इस मकान के बारे में कुछ कहो। इन पुतलियों की तरफ, जो इस मकान के चारों कोनों में तथा इस छत के बीचों-बीच में हैं, जब मेरी निगाह पड़ती है तो ताज्जुब से अजब हालत हो जाती है।

कमलिनी- बेशक, इन्हें देख आप ताज्जुब करते होंगे। यह मकान एक तरह का छोटा-सा तिलिस्म है जो इस समय बिल्कुल मेरे आधीन है। मगर यहां का हाल बिना मेरे कहे थोड़े ही दिनों में आपको पूरा-पूरा मालूम हो जाएगा।

कुमार- उन दोनों औरतों के साथ, जो माधवी की लौंडियां थीं, तुमने क्या सलूक किया?

कमलिनी- अभी तो वे दोनों कैद हैं।

कुमार- माधवी का भी कुछ हाल मालूम हुआ है?

कमलिनी- उसे आपके लश्कर और रोहतास गढ़ के चारों तरफ घूमते कई दफे मेरे आदमियों ने देखा है। जहां तक मैं समझती हूं वह इस धुन में लगी है कि किसी तरह आप दोनों भाई और किशोरी उसके हाथ लगें और वह अपना बदला ले।

कुमार- अभी तक रोहतास गढ़ का कुछ हाल नहीं मालूम हुआ, न लश्कर का कोई समाचार मिला।

कमलिनी- मुझे भी इस बात का ताज्जुब है कि मेरे आदमी किस काम में फंसे हुए हैं। क्योंकि अभी तक एक ने भी लौटकर खबर न दी। (चौंककर और मैदान की तरफ देखकर) मालूम होता है, इस समय कोई नया समाचार मिलेगा। मैदान की तरफ देखिए, दो आदमी एक बोझ लिये इसी तरफ आते दिखाई दे रहे हैं। ताज्जुब नहीं कि ये मेरे ही आदमियों में से हों।

कुमार- (मैदान की तरफ देखकर) हां ठीक है, इसी तरफ आ रहे हैं। उस गट्ठर में शायद कोई आदमी है।

कमलिनी- बेशक, ऐसा ही है, (हंसकर) नहीं तो क्या मेरे आदमी मालअसबाब चुराकर लावेंगे! देखिए, वे दोनों कितनी तेजी के साथ आ रहे हैं। (कुछ अटककर) अब मैंने पहचाना, बेशक, इस गठरी में माधवी होगी।

थोड़ी देर तक दोनों आदमी चुपचाप उसी तरफ देखते रहे। जब वे लोग इस मकान के पास पहुंचे तो कमलिनी ने कुमार से कहा–

कमलिनी- मुझे आज्ञा दीजिए तो जाकर इन लोगों को यहां लाऊं।

कुमार- क्या बिना तुम्हारे गये वे लोग यहां नहीं आ सकते?

कमलिनी- जी नहीं, जब तक मैं खुद उन्हें किश्ती पर चढ़ाकर यहां न लाऊं वे लोग नहीं आ सकते। वे क्या, कोई भी नहीं आ सकता।

कुमार- क्या हर एक के लिए जब वह इस मकान में आना या जाना चाहे तुम्हीं को तकलीफ करनी पड़ती है मैं समझता हूं कि जिस आदमी को तुम एक दफे भी किश्ती पर चढ़ाकर ले जाओगी, उसे रास्ता मालूम हो जाएगा।

कमलिनी- अगर ऐसा ही होता तो मैं इस मकान में बेखटके कैसे रह सकती थी,आप जरा नीचे चलें, मैं इसका सबब आपको बतला देती हूं।

कुमार खुशी-खुशी उठ खड़े हुए और कमलिनी के साथ नीचे उतर गए। कमलिनी उन्हें उस कोठरी में ले गई जो नहाने के काम में लाई जाती थी और जिसे कुमार देख चुके थे। उस कोठरी में दीवार के साथ एक अलमारी थी जिसे कमलिनी ने खोला। कुमार ने देखा कि उस दीवार के साथ चांदी का एक मुट्ठा, जो हाथ भर से छोटा न होगा, लगा हुआ है। इसके सिवाय और कोई चीज उसमें नहीं थी।

कमलिनी- मैं पहले ही आपसे कह चुकी हूं कि इस तालाब में चारों ओर लोहे का जाल पड़ा हुआ है।

कुमार- हां, ठीक है। मगर उस रास्ते में जाल न होगा, जिधर से तुम किश्ती लेकर आती-जाती हो।

कमलिनी- ऐसा खयाल न कीजिए। उस रास्ते में भी जाल है, मगर उसे यहां आने का दरवाजा कहना चाहिए, जिसकी ताली यह है। देखिये, अब आप अच्छी तरह समझ जायेंगे। (उस चांदी के मुट्ठे को कई दफे घुमाकर) अब उतनी दूर का या उस रास्ते का जाल जिधर से किश्ती लेकर मैं आती-जाती हूं हट गया, मानो दरवाजा खुल गया। अब मैं क्या, कोई भी जिसको आने-जाने का रास्ता मालूम है, किश्ती पर चढ़कर आ-जा सकता है। जब मैं इसको उलटा घुमाऊंगी तो वह रास्ता बन्द हो जाएगा अर्थात् वहां भी जाल फैल जाएगा, फिर किश्ती नहीं आ सकती।

कुमार- (हंसकर) बेशक, यह एक अच्छी बात है।

इसके बाद कमलिनी किश्ती पर सवार होकर तालाब के बाहर गई और उन दोनों आदमियों को गठरी सहित सवार कराके मकान में ले आई तथा तालाब में आने का रास्ता उसी रीति से, जैसे कि हम ऊपर लिख चुके हैं, बन्द कर दिया। इस समय यहां कई लौंडियां भी मौजूद थीं। उन्होंने कमलिनी के इशारे से छत के ऊपर रोशनी का बन्दोबस्त कर दिया और सब कोई छत के ऊपर चले गए। कुमार के पास ही कमलिनी गलीचे पर बैठ गई और वे दोनों आदमी भी गठरी सामने रखकर बैठ गये। इस छत की जमीन चिकने पत्थर की बहुत साफ और सुथरी बनी हुई थी, अगर नजाकत की तरफ खयाल न किया जाए तो फर्श या बिछावन बिछाकर वहां बैठने की कोई जरूरत न थी।

कमलिनी- कुमार, देखिए, इन दोनों आदमियों को मैंने माधवी को गिरफ्तार करने को भेजा था। मालूम होता है कि ये लोग अपना काम पूरा कर आए हैं और इस गठरी में शायद माधवी को ही लाए हैं। (दोनों आदमियों की तरफ देखकर) क्यों जी, माधवी ही है या किसी दूसरे को लाए हो?

एक- जी, माधवी को ही लाए हैं।

कमलिनी- गठरी खोलो, जरा इसकी सूरत देखूं।

उन दोनों ने गठरी खोली, कमलिनी और कुमार ने बड़े चाव से माधवी की सूरत देखी, परन्तु यकायक कमलिनी चौंकी और बोली, 'क्या यह जख्मी है"?

एक- जी हां, मुझे उम्मीद नहीं कि इसकी जान बचेगी क्योंकि चोट भारी है।

एक- इसे किसने जख्मी किया है?

एक- किसी औरत ने रोहतास गढ़ के तिलिस्मी तहखाने में इसे चोट पहुंचाई है।

कुमार- (कमलिनी की तरफ देखकर) क्या रोहतास गढ़ में कोई तिलिस्मी तहखाना भी है?

कमलिनी- जी हां, पर उसका भेद बहुत आदमियों को मालूम नहीं है, बल्कि जहां तक मैं समझती हूं, वहां का राजा दिग्विजय सिंह भी उसका पूरा-पूरा हाल न जानता होगा। वहां का मामला भी बड़ा ही विचित्र है, किसी समय मैं आपसे उसका हाल कहूंगी।

एक- मगर अब उस तहखाने की रंगत बदल गई।

कमलिनी- सो क्यों?

एक- (कुमार की तरफ इशारा करके) आपके ऐयारों ने उसमें अपना दखल कर लिया, बल्कि ऐसा क़हना चाहिए कि रोहतास गढ़ ही ले लिया।

कमलिनी- (कुमार की तरफ देखकर) मुबारक हो, अच्छी खबर आई है।

कुमार- बेशक, इस खबर ने मुझे खुश कर दिया। ईश्वर करे, तुम्हारी तारा भी जल्दी आ जाए और किशोरी का कुछ हाल मालूम हो। (माधवी को गौर से देख और चौंककर) यह क्या माधवी की दाहिनी कलाई दिखाई नहीं देती।

कमलिनी- (हंसकर) इसका हाल आपको नहीं मालूम?

कुमार- कुछ नहीं।

कमलिनी- पूरा हाल तो मुझे भी नहीं मालूम, मगर इतना सुना है कि कहीं गयाजी में इसकी और इसके दीवान अग्निदत्त की लड़की कामिनी से लड़ाई हो गई थी। उसी लड़ाई में यह अपनी दाहिनी कलाई खो बैठी। यह भी सुनने में आया है कि यह लड़ाई उसी मकान में हुई थी जिसमें आप लोग रहते थे और इसमें कमला भी शामिल थी।

कमलिनी की यह बात सुनकर कुमार को वे ताज्जुब की बातें याद आ गईं जो बीमारी की हालत में गयाजी में महल के अन्दर कई दफे रात के समय देखने में आई थीं और जबकि अन्त में कोठरी के अन्दर एक लाश और औरत की कलाई पाई गई थी।

कुमार- हां, अब याद आया। वह मामला भी बड़ा ही विचित्र हुआ था। अभी तक उसका ठीक-ठीक पता न लगा।

कमलिनी- क्या हुआ था, जरा मैं भी सुनूं।

कुमार ने वह सब हाल कहा और जो कुछ देखने और सुनने में आया था, वह भी बताया।

कमलिनी- कमला से मुलाकात हो तो कुछ और सुनने में आवे (दोनों आदमियों की तरफ देखकर) पहले माधवी को यहां से ले जाओ, लौंडियों के हवाले करो और कह दो, इसे कैदखाने में रखें और होश में लाकर इसका इलाज करें। इसके बाद आओ तो तुम्हारी जुबानी वहां का सब हाल सुनें। शाबाश, तुम लोगों ने बेशक, अपना काम पूरा किया, जिससे मैं बहुत ही खुश हूं।

'बहुत अच्छा' कहकर दोनों आदमी माधवी को वहां से उठाकर नीचे ले गए और इधर कमलिनी और कुमार में बातचीत होने लगी।

कमलिनी- (मुस्कराकर) लीजिए आपकी मुराद पूरी हुआ चाहती है, पहले-पहले यह खुशखबरी मेरे ही सबब से आपको मिली है, सो सबसे भारी इनाम मुझी को मिलना चाहिए।

कुमार- बेशक, ऐसी ही बात है, मेरे पास इस वक्त कोई ऐसी चीज नहीं जो तुम्हारी नजर के लायक हो, खैर, इसके बदले में मैं खुद अपने को तुम्हारे हाथ में देता हूं।

कमलिनी- वाह, क्या खूब!

कुमार- सो क्यों?

कमलिनी- आपको अपने बदन पर अख्तियार ही क्या है! यह तो किशोरी की मिलकियत है!

कुमार लाजवाब हो गए और हंसकर चुप हो रहे। कमलिनी बड़ी ही खूबसूरत थी, इसके साथ-ही-साथ उसकी अच्छी चालचलन, मुरौवत, अहसान और नेकियों ने कुमार को अपना ताबेदार बना लिया। उसकी एक-एक बात पर कुमार प्रसन्न होते थे और दिल में बराबर उसकी तारीफ करते थे।

कुमार- कमलिनी, मैं तुमसे एक बात पूछता हूं, मगर ईश्वर के लिए सच-सच जवाब देना, बात बनाकर टालने की कोशिश न करना।

कमलिनी- कहिए तो सही, क्या बात है रंग बेढंग मालूम होता है!

कुमार- अगर सच जवाब देने का वादा करो तो पूछूं, नहीं तो व्यर्थ मुंह क्यों दुखाऊं।

कमलिनी- आपकी नजाकत तो औरतों से भी बढ़ गई। जरा-सी बात कहने में मुंह दुख जाता है, दम फूलने लगता है। खैर पूछिये, मैं वादा करती हूं कि सच्चा जवाब दूंगी, अगर कहिए तो कागज पर लिख दूं!

कुमार- (मुस्कराकर) यह तो तुम वादा कर ही चुकी हो कि अपना हाल पूरा-पूरा मुझसे कहोगी, मगर इस समय मैं तुमसे केवल इतना ही पूछता हूं कि तुम्हारा कोई वली-वारिस भी है या नहीं तुम्हारे व्यवहार से स्वतन्त्रता मालूम होती है और यह भी जाना जाता है कि तुम कुंआरी हो।

कमलिनी- यह सवाल जवाब देने योग्य नहीं है। (मुस्कराकर) परन्तु क्या किया जाए, वादा करके चुप रहना भी मुनासिब नहीं। वास्तव में मैं स्वतन्त्र हूं। कुंआरी तो हूं परन्तु शीघ्र ही मेरी शादी होने वाली है।

कुमार- कब और कहां?

कमलिनी- यह दूसरा सवाल है, इसका सच्चा जवाब देने के लिए मैंने वादा नहीं किया है, इसलिए आप इसका उत्तर न पा सकेंगे।

कुमार- अगर इसका भी जवाब दो, तो क्या कोई हर्ज है?

कमलिनी- हां हर्ज है, बल्कि नुकसान है।

कुमार चुप हो रहे और जिद करना मुनासिब न जाना। मगर यह सुनकर कि 'शीघ्र ही मेरी शादी होने वाली है' कुमार को रंज हुआ। क्यों रंज हुआ इसमें कुमार की हानि ही क्या थी क्या कुछ दूसरा इरादा था नहीं, नहीं, कुमार यह नहीं चाहते थे कि हम ही इससे शादी करें, वे किशोरी के सच्चे प्रेमी थे, खूबसूरती के अतिरिक्त कमलिनी के अहसानों ने कुमार को ताबेदार बना लिया था और अभी उन्हें कमलिनी से बहुत-कुछ उम्मीद थी तथा यह भी सोचते थे कि ऐसी तरकीब निकल आवे जिससे इस अहसान का बदला चुक जाए। मगर इन बातों से कुमार के रंज होने का मतलब नहीं खुला। खैर, जो हो, पहले यह तो मालूम हो कि कमलिनी है कौन!

वे दोनों आदमी भी, जो माधवी को लाये थे, छत पर आ पहुंचे और हाथ जोड़ कर सामने बैठ गये। कमलिनी ने उनसे खुलासा हाल कहने के लिए कहा और उन दोनों ने इस तरह कहना शुरू किया।

दोनों- हम दोनों हुक्म के मुताबिक यहां से जाकर माधवी को खोजने लगे, मगर उसका पता गयाजी और राजगृह के इलाकों में कहीं भी न लगा। लाचार होकर रोहतास गढ़ किले के पास पहुंचे और पहाड़ी के चारों तरफ घूमने लगे। कभी-कभी रोहतास गढ़ की पहाड़ी के ऊपर भी जाते और घूम-घूमकर पता लगाते कि वहां क्या हो रहा है। एक दिन रोहतास गढ़ पहाड़ी के ऊपर घूमते-फिरते यकायक हम दोनों एक खोह के मुहाने पर जा पहुंचे और वहां कई आदमियों के धीरे-धीरे बातचीत करने की आवाज सुनकर एक झाड़ी में, जहां से उन लोगों की आवाज साफ सुनाई देती थी, छिप रहे। अन्दाज से यह मालूम हुआ कि वे लोग कई आदमी हैं और उन्हीं के साथ एक औरत भी है। नीचे लिखी बातें हम लोगों ने सुनीं–

एक- न मालूम हम लोगों को कब तक यहां अटकना और राह देखना पड़ेगा।

दूसरा- अब हम लोगों को यहां ज्यादा दिन न रहना पड़ेगा। या तो काम हो जाएगा या खाली ही लौटकर चले जाने की नौबत आवेगी।

तीसरा- रंग तो ऐसा ही नजर आता है, भाई, जो हो, हमें तो यही विश्वास है कि वीरेन्द्र सिंह के ऐयार लोग तहखाने में घुस गये क्योंकि पहले कभी एक आदमी तहखाने में आता-जाता दिखाई नहीं देता था, बल्कि मैं तो यहां तक कह सकता हूं कि कल उस कब्रिस्तान में हम लोगों ने जिसे देखा था, वह कोई ऐयार ही था।

चौथा- खैर, और दो-तीन दिन में सब मालूम हो जाएगा।

औरत- तुम लोगों का काम चाहे जब हो, मगर मेरा काम तो आज हुआ ही चाहता है। माधवी और तिलोत्तमा को मैंने खूब ही धोखा दिया है। आज उसी कब्रिस्तान की राह से मैं उन दोनों को तहखाने में ले जाऊंगी।

एक- अब तुम्हें वहां जाना चाहिए, शायद माधवी वहां पहुंच गयी हो।

औरत- हां, अब जाती हूं, पर अभी समय नहीं हुआ।

दूसरा- दम-भर पहले ही पहुंचना अच्छा है।

ये बातें सुनकर मैं उन लोगों को पहचान गया। वे रामू वगैरह धनपत जी के सिपाही लोग थे और औरत चमेली थी।

इतना सुनते ही कमलिनी ने रोका और पूछा, "जिस खोह के मुहाने पर वे लोग बैठे थे, वहां कोई सलई का पेड़ भी है"?

इसके जवाब में उन दोनों ने कहा, "हां-हां, दो पेड़ सलई के वहां थे, पर उनके सिवाय और दूर-दूर तक कहीं सलई का पेड़ दिखाई नहीं दिया।"

कमलिनी- बस मैं समझ गयी। वह खोह का मुहाना भी तहखाने से निकलने का एक रास्ता है, शायद धनपत ने अपने आदमियों को कह रखा होगा कि मैं किशोरी को लिए हुए इसी राह से निकलूंगी तुम लोग मुस्तैद रहना, इसी से वे लोग वहां बैठे थे।

एक- शायद ऐसा ही हो।

कुमार- धनपत कौन है?

कमलिनी- उसे आप नहीं जानते। ठहरिए, पहले इन लोगों का हाल सुन लूं तो कहूंगी। (उन दोनों की तरफ देखकर) हां, तब क्या हुआ?

उसने फिर यों कहना शुरू किया–

"थोड़ी ही देर में चमेली वहां से उठी और एक तरफ को रवाना हुई, हम दोनों भी उसके पीछे-पीछे चले और सुबह की सफेदी निकलना ही चाहती थी कि उस कब्रिस्तान के पास पहुंच गये जो तहखाने में जाने का दरवाजा है। हम दोनों एक आड़ की जगह में छिपे रहे और तमाशा देखने लगे। उसी समय माधवी और तिलोत्तमा भी वहां आ पहुंचीं। तीनों में धीरे-धीरे कुछ बातें होने लगीं जिसे दूर होने के सबब मैं बिल्कुल न सुन सका। आखिर वे तीनों तहखाने में घुस गयीं और पहरों गुजर जाने पर भी बाहर न निकलीं। हम दोनों यह निश्चय कर चुके थे कि जब तक वे तहखाने से न निकलेंगी, यहां से न टलेंगे। सबेरा हो गया बल्कि धीरे-धीरे तीन पहर दिन भी बीत गया। आखिर हम दोनों तहखाने में घुसने के इरादे से कब्रिस्तान में गये"। वहां पहुंचकर हमारे साथी ने कहा, "हम लोग दिन-भर परेशान हो ही चुके हैं, अब शाम हो लेने दो, तो आखिर तहखाने में चलें।" मैंने भी यही मुनासिब समझा और हम दोनों आदमी वहां से लौटना ही चाहते थे कि तहखाने का दरवाजा खुला और चमेली दिखाई पड़ी, हम दोनों को भी चमेली ने देखा और पहचाना, मगर उसको ठहरने या कुछ कहने का साहस न हुआ। वह कुछ परेशान मालूम होती थी और खून से भरा हुआ एक छुरा उसके हाथ में था। हम दोनों ने भी उसको कुछ टोकना मुनासिब न समझा और यह विचार कर कि शायद कोई और भी इस तहखाने से निकले, एक कब्र की आड़ में छिपकर बीच वाली कब्र, अर्थात्, तहखाने के दरवाजे की तरफ देखने लगे। चमेली हम लोगों को देखते-देखते भाग गयी और थोड़ी देर तक सन्नाटा रहा।

थोड़ी देर बाद हम लोगों ने दूर से राजा वीरेन्द्र सिंह के ऐयार पण्डित बद्रीनाथ को आते देखा। वह तहखाने के दरवाजे पर पहुंचे ही थे कि अन्दर से तिलोत्तमा निकली और पण्डित बद्रीनाथ ने उसे गिरफ्तार कर लिया। इसके बाद ही एक बूढ़ा आदमी तहखाने से निकला और पण्डित बद्रीनाथ से बातें करने लगा। हम लोगों को कुछ-कुछ वे बातें सुनाई देती थीं। इतना मालूम हो गया कि तहखाने के अन्दर खून हुआ है और इन दोनों ने तिलोत्तमा को दोषी ठहराया है, मगर हम लोगों ने खून से भरा हुआ छुरा हाथ में लिए चमेली को देखा था, इसलिए विश्वास था कि अगर तहखाने में कोई खून हुआ है तो जरूर चमेली के ही हाथ से हुआ, तिलोत्तमा निर्दोष है।

पण्डित बद्रीनाथ और वह बूढ़ा आदमी तिलोत्तमा को लेकर फिर तहखाने में घुस गये। हम लोगों ने भी वहां अटकना मुनासिब न समझा और थोड़ी ही देर बाद हम लोग भी तहखाने में घुस गये तथा तहखाने की पचासों कोठरियों में घूमने और देखने लगे कि कहां क्या होता है। "बद्रीनाथ थोड़ी ही देर बाद तहखाने के बाहर निकल गये और हम लोगों ने तिलोत्तमा को एक खम्भे के साथ बंधे हुए पाया। हम्माम वाली कोठरी में माधवी को पड़े हुए पाकर हम लोग बड़े खुश हुए और उसे उठाकर ले भागे, फिर न मालूम, पीछे क्या हुआ और किस पर क्या गुजरी।"[1]

कमलिनी- ताज्जुब नहीं कि वहां के दस्तूर के मुताबिक तिलोत्तमा की बलि दे दी गयी हो!

एक- जो भी हो।

इतने ही में नीचे से एक लौंडी दौड़ी हुई आयी और हाथ जोड़कर कमलिनी से बोली, "तारा आ गयी, तालाब के बाहर खड़ी है!"

तारा के आने की खबर सुनकर कमलिनी बहुत खुश हुई और खुशी के मारे कुंअर इन्द्रजीत सिंह की घबड़ाहट का तो ठिकाना ही न रहा, क्योंकि तारा ही की जुबानी रोहतास गढ़ का हाल और बेचारी किशोरी की खबर सुनने वाले थे और इसी के बाद कमलिनी का असल भेद उन्हें मालूम होने को था।

कमलिनी- (कुमार की तरफ देखकर) जिस तरह इन दोनों आदमियों को मैं तालाब के बाहर लायी हूं उसी तरह तारा को भी लाना पड़ेगा।

कुमार- हां-हां, उसे बहुत जल्द लाओ। मैं भी तुम्हारे साथ चलता हूं।

कमलिनी- आप क्यों तकलीफ करते हैं। बैठिए, मैं उसे अभी लाती हूं। (दोनों आदमियों की तरफ देखकर) चलो, तुम दोनों को भी तालाब के बाहर पहुंचा दूं।

लाचार कुमार उसी जगह बैठे रहे। उन दोनों आदमियों को साथ लेकर कमलिनी वहां से चली गयी तथा थोड़ी देर में तारा को लेकर आ पहुंची। कुंअर इन्द्रजीत सिंह को देखकर तारा चौंकी और बोली–

तारा- क्या कुमार यहां विराज रहे हैं?

कमलिनी- हां, कई दिनों से यहां हैं और तुम्हारी राह देख रहे हैं। तुम्हारी जुबानी रोहतास गढ़ और किशोरी तथा लाली और कुन्दन का असल भेद और हाल सुनने के लिए बड़े बेचैन हो रहे हैं। आओ, मेरे पास बैठ जाओ और कहो, क्या हाल है?

तारा- (ऊंची सांस लेकर) अफसोस, मैं इस समय यहां बैठ नहीं सकती और न कुछ वहां का हाल ही कह सकती हूं, क्योंकि हम लोगों का यह समय बड़ा ही अमूल्य है। कुमार को यहां देख मैं बहुत खुश हुई, अब वह काम बखूबी निकल जाएगा! (कुमार की तरफ देखकर) बेचारी किशोरी इस समय बड़े ही संकट में पड़ी हुई है। अगर आप उनकी जान बचाना चाहते हैं तो इस

समय मुझसे कुछ न पूछिये, बस तुरन्त खड़े होइए और जहां मैं चलती हूं, चले चलिये, हां यदि बन पड़ा तो रास्ते में मैं वहां का हाल आपसे कहूंगी। (कमलिनी की तरफ देखकर) आप भी चलिए और कुछ आदमी अपने साथ लेती चलिए, मगर सब कोई घोड़े पर सवार और लड़ाई के सामान से दुरुस्त रहें।

कमलिनी- ऐसा ही होगा।

कुमार- (खड़े होकर) मैं तैयार हूं।

तीनों आदमी छत से नीचे उतरे और तारा के कहे मुताबिक कार्रवाई की गयी।

सुबह की सफेदी आसमान पर निकलना ही चाहती है। आओ, देखो, हमारा बहादुर नौजवान कुंअर इन्द्रजीत सिंह किस ठाठ से मुश्की घोड़े पर सवार मैदान की तरफ घोड़ा फेंके चला जा रहा है और उसकी पेटी से लटकती हुई जड़ाऊ नयाम (म्यान) की तलवार किस तरह उछल-उछलकर घोड़े के पेट में थपकियां मार रही है, मानो उसकी चाल की तेजी पर शाबाशी दे रही है। कुमार के आगे-आगे घोड़े पर सवार तारा जा रही है, कुमार के पीछे सब्ज घोड़े पर कमलिनी सवार है और घोड़े की तेजी को बढ़ाकर कुमार के बराबर हुआ चाहती है। उसके पीछे दस दिलावर और बहादुर सवार घोड़ा फेंके चले जा रहे हैं और इस जंगली मैदान के सन्नाटे को घोड़ों के टापों की आवाज से तोड़ रहे हैं।

***

बयान-4

हम ऊपर लिख आये हैं कि देवी सिंह को साथ लेकर शेर सिह कुंअर इन्द्रजीत सिंह को छुड़ाने के लिए रोहतास गढ़ से रवाना हुए। शेर सिंह इस बात को तो जानते थे कि कुंअर इन्द्रजीत सिंह फलां जगह हैं परन्तु उन्हें तालाब के गुप्त भेदों की कुछ भी खबर न थी। राह में आपस में बातचीत होने लगी।

देवी सिंह- लाली का भेद कुछ मालूम हुआ?

शेर सिंह- अफसोस, उसके और कुन्दन के बारे में मुझसे बड़ी भारी भूल हुई। ऐसा धोखा खाया कि शर्म के मारे कुछ कह नहीं सकता।

देवी सिंह- इसमें शर्म की क्या बात है। ऐसा कोई ऐयार दुनिया में न होगा जिसने कभी धोखा न खाया हो। हम लोग कभी धोखा देते हैं, कभी स्वयं धोखे में आ जाते हैं, फिर इसका अफसोस कहां तक किया जाए!

शेर सिंह- आपका कहना बहुत ठीक है, खैर, इस बारे में मैंने जो कुछ मालूम किया है उसे कहता हूं! यद्यपि थोड़े दिनों तक मैंने रोहतास गढ़ से अपना सम्बन्ध छोड़ दिया था, तथापि मैं कभी-कभी वहां जाया करता और गुप्त राहों से महल के अन्दर जाकर वहां की खबर भी लिया करता था। जब किशोरी वहां फंस गयी तो अपनी भतीजी कमला के कहने से मैं वहां दूसरे-तीसरे बराबर जाने लगा। लाली और कुन्दन को मैंने महल में देखा। यह न मालूम हुआ कि ये दोनों कौन हैं। बहुत कुछ पता लगाया मगर कुछ काम न चला। परन्तु कुन्दन के चेहरे पर जब मैं गौर करता तो मुझे शक होता कि वह सरला है।

देवी सिंह- सरला कौन?

शेर सिंह- वही सरला जिसे तुम्हारी चम्पा ने चेली बनाकर रखा था और जो उस समय चम्पा के साथ थी जब उसने एक खोह के अन्दर माधवी के ऐयार की लाश काटी थी।

देवी सिंह- हां, वह छोकरी, मुझे अब याद आया। मालूम नहीं कि आजकल वह कहां है। खैर, तब क्या हुआ तुमने समझा कि वह सरला है मगर उस खोह का और लाश काटने का हाल तुम्हें कैसे मालूम हुआ?

शेर सिंह- वह हाल स्वयं सरला ने कहा था। वह मेरे आपस वालों में से है। इत्तेफाक से एक दिन मुझसे मिलने के लिए रोहतास गढ़ आयी थी, तब सब हाल मैंने सुना था। मगर मुझे यह नहीं मालूम कि आजकल वह कहां है।

शेर सिंह- एक यही भेद खोलने की नीयत से मैं रात के समय रोहतास गढ़ महल के अन्दर गया और छिपकर सरला के सामने जाकर बोला, "मैं पहचान गया कि तू सरला है, फिर अपना भेद मुझसे क्यों छिपाती है" इसके जवाब में कुन्दन ने पूछा, "तुम कौन हो"?

मैं- शेर सिंह।

सरला- मुझे जब तक निश्चय न हो कि तुम शेर सिंह ही हो, मैं अपना भेद कैसे कहूं?

मैं- क्या तू मुझे नहीं पहचानती?

सरला- क्या जाने, कोई ऐयार सूरत बदल के आया हो। अगर तुम पहचान गए कि मैं सरला हूं तो कोई ऐसी छिपी हुई बात कहो जो मैंने तुमसे कही हो।

इसके जवाब में मैं वही खोह वाला अर्थात् लाश काटने वाला किस्सा कह गया और अन्त में मैं बोला कि यह हाल स्वयं तूने मुझसे बयान किया था।

उस किस्से को सुनकर कुन्दन हंसी और बोली, "हां, अब मैं समझ गयी। मैं चम्पा के हुक्म से यहां का हाल-चाल लेने आयी थी और अब किशोरी को छुड़ाने की फिक्र में हूं। मगर लाली मेरे काम में बाधा डालती है। कोई ऐसी तरकीब बताइये जिसमें लाली मुझसे दबे और डरे।"

मैं उस समय यह कहकर वहां से चला आया कि अच्छा, मैं सोचकर इसका जवाब दूंगा।

देवी सिंह- तब क्या हुआ?

शेर सिंह- मैं वहां से रवाना हुआ और पहाड़ी के नीचे उतरते समय एक विचित्र बात मेरे देखने और सुनने में आई।

देवी सिंह- वह क्या?

शेर सिंह- जब मैं अंधेरी रात में पहाड़ी के नीचे उतर रहा था तो जंगल में मालूम हुआ कि दो-तीन आदमी जो पगडण्डी के पास ही थे, आपस में बातें कर रहे हैं। मैं पैर दबाता हुआ उनके पास गया और छिपकर बातें सुनने लगा, मगर उस समय उनकी बातें समाप्त हो चुकी थीं, केवल एक आखिरी बात सुनने में आई।

देवी सिंह- वह क्या थी?

शेर सिंह- एक ने कहा- "भरसक तो लाली और कुन्दन दोनों उन्हीं में से हैं, नहीं तो लाली तो जरूर इन्द्रजीत सिंह की दुश्मन है! मगर इसकी पहचान तो सहज ही में हो सकती है।" केवल 'किसी के खून से लिखी हुई किताब' और 'आंचल पर गुलामी की दस्तावेज' इन दोनों जुमलों से अगर वह डर जाए, तो हम समझ जायेंगे कि वीरेन्द्र सिंह की दुश्मन है। खैर, बूझा जाएगा, 'पहले महल में जाने का मौका भी तो मिले।' इसके बाद और कुछ सुनने में न आया और वे लोग वहां से न मालूम कहां चले गए। दूसरे दिन मैं फिर कुन्दन के पास गया और उससे बोला

कि "तू लाली के सामने 'किसी के खून से लिखी हुई किताब' और 'आंचल पर गुलामी की दस्तावेज' का जिक्र करके देख, क्या होता है!"

देवी सिंह- फिर क्या हुआ?

शेर सिंह- तीन-चार दिन बाद मैं कुन्दन के पास गया तो उसकी जुबानी मालूम हुआ कि कुन्दन के मुंह से वे बातें सुनकर लाली बहुत डरी और उसने कुन्दन का मुकाबला करना छोड़ दिया। मगर मुझे थोड़े ही दिनों में मालूम हो गया कि कुन्दन सरला न थी, उसने मुझे धोखा दिया और चालाकी से मेरी जुबानी कई भेद मालूम करके अपना काम निकाल लिया। मुझे इस बात की बड़ी शर्म है कि मैंने अपने दुश्मन को दोस्त समझा और धोखा खाया।

देवी सिंह- अक्सर ऐसा धोखा हो जाता है। खैर, लाली तो अभी हम लोगों के कैद ही में है, कहीं जाती नहीं, रही कुन्दन, सो इन्द्रजीत सिंह को लेकर लौटने पर कोई तरकीब ऐसी जरूर निकाली जाएगी, जिसमें बाकी लोगों का असल हाल मालूम हो।

इसी तरह की बातें करते हुए दोनों ऐयार चलते गये। रात को एक जगह दो-तीन घण्टे आराम किया और फिर चल पड़े। सबेरा होते-होते एक ऐसी जगह पहुंचे जहां एक छोटा-सा टीला ऐसा था जिस पर चढ़ने से दूर-दूर तक की जमीन दिखाई देती थी तथा वहां से कमलिनी का तालाब वाला मकान भी बहुत दूर न था। दोनों ऐयार उस टीले पर चढ़ गये और मैदान की तरफ देखने लगे। यकायक शेर सिंह ने चौंककर कहा, "अहा, हम लोग क्या अच्छे मौके पर आये हैं! देखो, वह कुंअर इन्द्रजीत सिंह और वह औरत, जिसने उन्हें फंसा रखा है, घोड़े पर सवार इसी तरफ चले आ रहे हैं!"

देवी सिंह- हां, ठीक तो है, उनके साथ और भी कई सवार हैं।

शेर सिंह- मालूम होता है, उस औरत ने उन्हें अच्छी तरह अपने वश में कर लिया है। बेचारे इन्द्रजीत सिंह क्या जानें कि यह उनकी दुश्मन है। चाहे जो हो, इस समय इन लोगों को आगे न बढ़ने देना चाहिए।

देवी सिंह- सबके आगे एक औरत घोड़े पर सवार आ रही है। मालूम होता है कि उन लोगों को रास्ता दिखाने वाली यही है।

शेर सिंह- बेशक, ऐसा ही है, तभी तो सब कोई उसके पीछे-पीछे चल रहे हैं। पहले उसी को रोकना चाहिए, मगर घोड़ों की चाल बहुत तेज है।

देवी सिंह- कोई हर्ज नहीं, हम दोनों आदमी घोड़े की राह पर अड़कर खड़े हो जाएं और अपने को घोड़े से बचाने के लिए मुस्तैद रहें। अच्छी नस्ल का घोड़ा यकायक आदमी के ऊपर टाप न रखेगा, वह लोगों को राह में देख जरूर अड़ेगा या झिझकेगा, बस, उसी समय घोड़े की बाग थाम लेंगे।

दोनों ऐयारों ने बहुत जल्द अपनी राय ठीक कर ली और दोनों आदमी एक साथ घोड़ों की राह में अड़ के खड़े हो गये। बात-की-बात में वे लोग भी आ पहुंचे। तारा का घोड़ा रास्ते में आदमियों को खड़ा देखकर झिझका और आड़ देकर बगल की तरफ घूमना चाहा, उसी समय देवी सिंह ने फुर्ती से लगाम पकड़ ली। इस समय तारा का घोड़ा लाचार रुक गया और उसके पीछे आने वालों को भी रुकना पड़ा। कुंअर इन्द्रजीत सिंह शेर सिंह को तो नहीं जानते थे, मगर देवी सिंह को उन्होंने पहचान लिया और समझ गये कि ये लोग मेरी ही खोज में घूम रहे हैं। आखिर वे देवी सिंह के पास आये और बोले–

कुमार- यद्यपि आप सब काम मेरी भलाई ही के लिए करते होंगे, परन्तु इस समय हम लोगों को रोका सो अच्छा न किया।

देवी सिंह- क्या मामला है, कुछ कहिए तो!

कुमार- (जल्दी में घबड़ाए हुए ढंग से) बेचारी किशोरी एक आफत में फंसी हुई है उसी को बचाने जा रहे हैं।

देवी सिंह- किस आफत में फंसी है?

कुमार- इतना कहने का मौका नहीं है।

देवी सिंह- यह औरत आपको अवश्य धोखा देगी जिसके साथ आप जा रहे हैं।

कुमार- ऐसा नहीं हो सकता, यह बड़ी ही नेक और मेरी हमदर्द है।

इतना सुनते ही कमलिनी आगे बढ़ आई और देवी सिंह से बोली–

कमलिनी- मैं खूब जानती हूं कि आप लोगों को मेरी तरफ से शक है, तथापि मुझे कहना ही पड़ता है कि इस समय आप हम लोगों को न रोकें, नहीं तो पछताना पड़ेगा। यदि आप लोगों को मेरी और कुमार की बात का विश्वास न हो तो मेरे सवारों में से दो आदमी घोड़ों पर से उतर पड़ते हैं, उनके बदले में आप दोनों आदमी घोड़ों पर सवार होकर साथ चलें और देख लें कि हम आपके खैर-ख्वाह हैं या बद-ख्वाह।

देवी सिंह- बेशक, यह अच्छी बात है और मैं इसे मंजूर करता हूं।

कमलिनी के इशारा करते ही दो सवारों ने घोड़ों की पीठ खाली कर दी। उनके बदले में देवी सिंह और शेर सिंह सवार हो गए और फिर उसी तरह सफर शुरू हुआ। इस समय कुछ-कुछ सूरज निकल चुका था और सुनहरी धूप ऊंचे पेड़ों के ऊपर वाले हिस्सों पर फैल चुकी थी।

आधे घण्टे और सफर करने के बाद वे लोग उस जगह पहुंचे जहां धनपत ने किशोरी को जलाकर खाक कर डालने के लिए चिता तैयार की थी और जहां से दीवान अग्निदत्त लड़-भिड़कर किशोरी को ले गया था। इस समय भी वह चिता कुछ बिगड़ी हुई सूरत में तैयार थी और इधर-उधर बहुत-सी लाशें पड़ी हुई थीं। उस जगह पहुंचकर तारा ने घोड़ा रोका और इसके साथ ही सब लोग रुक गये। तारा ने कमलिनी की तरफ देखकर कहा–

तारा- बस, इसी जगह मैं आप लोगों को लाने वाली थी, क्योंकि इसी जगह धनपत के बहुत-से आदमी मौजूद थे और यहीं वह किशोरी को लेकर आने वाली थी। (लाशों की तरफ देखकर) मालूम होता है, यहां बहुत खून-खराबा हुआ है!

कमलिनी- तूने कैसे जाना कि किशोरी को लेकर धनपत इसी जगह आने वाली थी और धनपत को तूने कहां छोड़ा था?

तारा- रात के समय खूब छिपकर धनपत के आदमियों की बात मैंने सुनी थी जिससे बहुत कुछ हाल मालूम हुआ था और धनपत को मैंने उसी खोह के मुहाने पर छोड़ा था जो रोहतास गढ़ तहखाने से बाहर निकलने का रास्ता है और जहां सलई के दो पेड़ लगे हैं। उस समय बेहोश किशोरी धनपत के कब्जे में थी और धनपत के कई आदमी वहां मौजूद थे। उन लोगों की बातें सुनने से मुझे विश्वास हो गया था कि वे लोग किशोरी को लिए हुए इसी जगह आवेंगे। (एक लाश की तरफ देख कर और चौंक कर) देखिए, पहिचानिए।

कमलिनी- बेशक, यह धनपत का नौकर है। (और लाशों को भी अच्छी तरह देखकर) बेशक, धनपत यहां तक आई थी, पर किसी से लड़ाई हो गई जो इन लाशों को देखने से जाना जाता है। मगर इनमें बहुत-सी लाशें ऐसी हैं जिन्हें मैं नहीं पहचानती। न मालूम इस लड़ाई का क्या नतीजा हुआ, धनपत गिरफ्तार हो गई या भाग गई, और किशोरी किसके कब्जे में पड़ गई! (कुमार की तरफ देखकर) शायद आपके सिपाही या ऐयार लोग यहां आए हों।

कुमार- नहीं। (देवी सिंह की तरफ देखकर) आप क्या खयाल करते हैं?

देवी सिंह- खयाल तो मैं बहुत-कुछ करता हूं, इसका हाल कहां तक पूछिएगा, मगर इन लाशों में हमारी तरफ वालों की कोई लाश नहीं है जिससे यह मालूम हो कि वे लोग यहां आये होंगे।

सब लोग इधर-उधर घूमकर उन लाशों को देखने लगे। यकायक देवी सिंह एक ऐसी लाश के पास पहुंचे जिसमें जान बाकी थी और वह धीरे-धीरे कराह रहा था। उसके बदन में कई जगह जख्म लगे हुए थे और कपड़े खून से तर थे। देवी सिंह ने कुमार की तरफ देखकर कहा, "इसमें जान बाकी है, अगर बच जाए और कुछ बातचीत कर सके, तो बहुत-कुछ हाल मालूम होगा।"

कई आदमी उस लाश के पास जा मौजूद हुए और उसे होश में लाने की फिक्र करने लगे। उसके जख्मों पर पट्टी बांधी गई और ताकत देने वाली दवा भी पिलाई गई। घोड़े नंगी पीठ करके दम लेने, हरारत मिटाने और चरने के लिए लम्बी बागडोरों से बांधकर छोड़ दिए गए।

आधे घण्टे बाद उस आदमी को होश आया और उसने कुछ बोलने का इरादा किया, मगर जैसे ही उसकी निगाह कमलिनी पर पड़ी, वह कांप उठा और उसके चेहरे पर मुर्दनी छा गई। उसके दिल का हाल कमलिनी समझ गई और उसके पास जाकर मुलायम आवाज में बोली, "बांके

सिंह, डरो मत, मैं वादा करती हूं कि तुम्हें किसी तरह की तकलीफ न दूंगी। हां, होश में आओ और मेरी बात का जवाब दो।"

कमलिनी की बात सुनकर उसके चेहरे की रंगत बदल गई, डर की निशानी जाती रही, और यह भी जाना गया कि वह कमलिनी की बातों का जवाब देने के लिए तैयार है।

कमलिनी- किशोरी को लेकर धनपत यहां आई थी?

बांके सिंह- (सिर हिलाकर धीरे से) हां, मगर...।

कमलिनी- मगर क्या?

बांके सिंह- उसने किशोरी को जला देना चाहा था, मगर एकाएक अग्निदत्त और उसके साथी लोग आ पहुंचे और लड़-भिड़कर किशोरी को ले गये। हम लोग उन्हीं के हाथ से जख्मी..।

बांके सिंह ने इतनी बातें धीरे-धीरे रुक-रुककर कहीं क्योंकि जख्मों से ज्यादा खून निकल जाने के कारण वह बहुत ही कमजोर हो रहा था, यहां तक कि बात पूरी न कर सका और गश में आ गया। इन लोगों ने उसे होश में लाने के लिए बहुत-कुछ उद्योग किया मगर दो घण्टे तक होश न आया। इस बीच में देवी सिंह ने कई दफे दवा पिलाई।

देवी सिंह- इसमें कोई शक नहीं कि यह बच जाएगा।

शेर सिंह- (देवी सिंह की तरफ देखकर) हमने (कमलिनी की तरफ इशारा करके) इनके बारे में भी धोखा खाया, वास्तव में यह कुमार के साथ नेकी कर रही हैं।

देवी सिंह- बेशक, यह कुमार की दोस्त हैं, मगर तुमने इनके बारे में कई बातें ऐसी कही थीं कि अब भी..॥

कुमार- नहीं-नहीं देवी सिंहजी, मैं इन्हें अच्छी तरह आजमा चुका हूं; सच तो यह है कि इन्हीं की बदौलत आज आप लोगों ने मेरी सूरत देखी।

इसके बाद कुमार ने शुरू से अपना पूरा किस्सा देवी सिंह से कह सुनाया और कमलिनी की बड़ी तारीफ की।

कमलिनी- आप लोगों ने मेरे बारे में बहुत-सी बातें सुनी होंगी और वास्तव में मैंने जैसे काम किये हैं वे ऐसे नहीं कि कोई मुझ पर विश्वास कर सके। हां, जब आप लोग मेरा असल भेद जान जायेंगे तो अवश्य कहेंगे कि तुम्हारे हाथ से कभी कोई बुरा काम नहीं हुआ। अभी कुमार को भी मेरा कुछ हाल मालूम नहीं। समय मिलने पर मैं अपना विचित्र हाल आप लोगों से कहूंगी और उस समय आप लोग भी कहेंगे कि बेशक शेर सिंह और उनकी भतीजी कमला ने मेरे बारे में धोखा खाया।

शेर सिंह- (ताज्जुब में आकर) आप मुझे और मेरी भतीजी कमला को कैसे जानती हैं?

कमलिनी- मैं आप लोगों को बहुत अच्छी तरह से जानती हूं। हां, आप लोग मुझे नहीं जानते और जब तक मैं स्वयं अपना हाल न कहूं, जान भी नहीं सकते।

इसके बाद कुमार ने देवी सिंह से शेर सिंह का हाल पूछा और उन्होंने सब हाल कहा। इसी समय उस जख्मी ने फिर आंखें खोलीं और पीने के लिए पानी मांगा जिसका इलाज ये लोग कर रहे थे।

अबकी दफे बांके सिंह अच्छी तरह होश में आ गया और कमलिनी के पूछने पर उसने इस तरह बयान किया-

"इसमें कोई सन्देह नहीं कि अग्निदत्त किशोरी को ले गया क्योंकि मैं उसे बखूबी पहचानता हूं। मगर यह नहीं मालूम कि किशोरी की तरह धनपत भी उसके पंजे में फंस गई या निकल भागी, क्योंकि लड़ाई खतम होने के पहले ही मैं जख्मी होकर गिर पड़ा था। मैं जानता था कि अग्निदत्त बहुत-से बदमाशों और लुटेरों के साथ यहां से थोड़ी दूर एक पहाड़ी पर रहता है और इसी सबब से धनपत को मैंने कहा भी था कि इस जगह आपका अटकना मुनासिब नहीं, मगर होनहार को क्या किया जाए। (हाथ जोड़कर) महारानी, न मालूम क्यों आपने हम लोगों को त्याग दिया आज तक इसका ठीक पता हम लोगों को न लगा।"

बांके सिंह की आखिरी बात का जवाब कमलिनी ने कुछ न दिया और उससे उस पहाड़ी का पूरा पता पूछा जहां अग्निदत्त रहता था। बांके सिंह ने अच्छी तरह वहां का पता दिया। कमलिनी ने अपने सवारों में से एक को बांके सिंह के पास छोड़ा और बाकी सबको साथ ले वहां से रवाना हुई। इस समय कुंअर इन्द्रजीत सिंह की क्या अवस्था थी इसे अच्छी तरह समझना जरा कठिन था। कमलिनी की नेकी, किशोरी की दशा, इश्क की खिंचाखिंची और अग्निदत्त की कार्रवाई के सोच-विचार में ऐसे मग्न हुए कि थोड़ी देर के लिए तन-बदन की सुध भुला दी। केवल इतना जानते रहे कि कमलिनी के पीछे-पीछे किसी काम के लिए कहीं जा रहे हैं। सूर्य अस्त होने के बाद ये लोग उस पहाड़ी के नीचे पहुंचे जिस पर अग्निदत्त रहता था और जहां खोह के अन्दर किशोरी की अन्तिम अवस्था ऊपर के बयान में लिख आये हैं।

इन लोगों का दिल इस समय ऐसा न था कि इस पहाड़ी के नीचे पहुंचकर किसी जरूरी काम के लिए भी कुछ देर तक अटकते। घोड़ों को पेड़ों से बांध तुरत चढ़ने लगे और बात-की-बात में पहाड़ी के ऊपर जा पहुंचे। सबसे पहले जिस चीज पर इन लोगों की निगाह पड़ी, वह एक लाश थी जिसे इन लोगों में से कोई भी नहीं पहचानता था और इसके बाद भी बहुत-सी लाशें देखने में आईं, जिससे इन लोगों का दिल छोटा हो गया और सोचने लगे कि देखें, किशोरी से मुलाकात होती है या नहीं।

इस पहाड़ी के ऊपर एक छोटी-सी मढ़ी बनी हुई थी जिसमें बीस-पच्चीस आदमी रह सकते थे और इसी की बगल में एक गुफा थी जो बहुत लम्बी और अंधेरी थी। पाठक, यह वही गुफा थी जिसमें बेचारी किशोरी दुष्ट अग्निदत्त के हाथ से बेबस होकर जमीन पर गिर पड़ी थी।

इस पहाड़ी के ऊपर बहुत-सी लाशें पड़ी हुई थीं, किसी का सिर कटा हुआ था, किसी का तलवार ने जनेवा काट गिराया था, कोई कमर से दो टुकड़े था, किसी का हाथ कटकर अलग हो गया था, किसी के पेट को खंजर ने फाड़ डाला था और आंत बाहर निकल पड़ी थी, मगर किसी जीते आदमी का नाम-निशान वहां न था। ऐसी अवस्था देखकर कुंअर इन्द्रजीत सिंह बहुत घबड़ाये और उन्हें किसी के मिलने से नाउम्मीदी हो गई। ऐयारों ने बटुए से सामान निकालकर बत्ती जलाई और खोह के अन्दर घुसकर देखा तो वहां भी एक लाश के सिवाय और कुछ न दिखाई पड़ा। निगाह पड़ते ही देवी सिंह ने पहचान लिया कि यह अग्निदत्त की लाश है। एक खंजर उसके कलेजे में अभी तक चुभा हुआ मौजूद था, केवल उसका कब्जा बाहर दिखाई दे रहा था, उसके पास ही एक लपेटा हुआ कागज पड़ा था। देवी सिंह ने वह कागज उठा लिया और दोनों ऐयार उस लाश को बाहर लाये।

सभी ने अग्निदत्त की लाश को देखा और ताज्जुब किया।

शेर सिंह- इस हरामजादे को इसके कुकर्मों की सजा न मालूम किसने दी!

कमलिनी- हाय, इस कम्बख्त की बदौलत बेचारी किशोरी पर न मालूम क्या-क्या आफतें आईं और वह कहां या किस अवस्था में है!

देवी सिंह- (चिट्ठी दिखाकर) इसकी लाश के पास से यह चिट्ठी भी मिली है, शायद इससे कुछ पता चले।

कमलिनी- हां-हां, इसे पढ़ो तो सही, देखें, क्या लिखा है।

सभी का ध्यान उस चिट्ठी पर गया। कुंअर इन्द्रजीत सिंह ने वह चिट्ठी देवी सिंह के हाथ से ले ली और पढ़कर सभी को सुनायी। यह लिखा था–

"आखिर हरामजादी किशोरी मेरे हाथ लगी! इसमें कोई शक नहीं कि अब यह अपने किये का फल भोगेगी। इसकी शैतानी ने मुझे जीते-जी मार ही डाला था मगर मैंने भी पीछा न छोड़ा। कम्बख्त अग्निदत्त की क्या हकीकत थी जो मेरे हाथ से अपनी जान बचा ले जाता। मैं उन लोगों को ललकारता हूं जो अपने को बहादुर, दिलेर और राजा मानते हैं! कहां हैं वीरेन्द्र सिंह, इन्द्रजीत सिंह और आनन्द सिंह, जो अपनी बहादुरी का दावा रखते हैं आवें और मेरा चरण छूकर माफी मांगें। कहां हैं उनके ऐयार, जो अपने को विधाता ही समझ बैठे हैं आवें और मेरे ऐयारों के सामने सिर झुकावें। मुझे विश्वास है कि उन लोगों में से कोई-न-कोई किशोरी को खोजता यहां जरूर आवेगा और इसलिए मैं यह चिट्ठी लिखकर यहां रखे जाता हूं कि ऊपर लिखे व्यक्ति या उनके साथी और मददगार लोग, चाहे जो कोई भी हों, अपनी-अपनी जान बचावें, क्योंकि उनकी मौत आ चुकी है और अब वे लोग मेरे हाथ से किसी तरह बच नहीं सकते। कोई यह न कहे कि मैं छिपकर अपना काम करता हूं और किसी को अपनी सूरत नहीं दिखाता। जिसको मेरी सूरत देखनी हो मेरे घर चला आवे, मगर होशियार रहे क्योंकि मेरे सामने आने वाले की भी वही दशा होगी जो यहां वालों की हुई। लो, मैं अपना पता भी बताये देता हूं,

जिसको आना हो, मेरे पास चला आवे। यहां से पांच कोस पूरब एक नाला है उसी के किनारे दक्खिन रुख दो कोस तक चले जाने के बाद मेरा मकान दिखाई पड़ेगा।

- बहादुरों का दादागुरु।"

इस चिट्ठी ने सबको अपने आपसे बाहर कर दिया। मारे क्रोध के कुंअर इन्द्रजीत सिंह की आंखें कबूतर के खून की तरह सुर्ख हो गईं। देवी सिंह और शेर सिंह दांत पीसने लगे।

कुमार- चाहे जो हो, मगर इस हरामजादे से मुकाबला किये बिना मैं किसी तरह आराम नहीं कर सकता।

देवी सिंह- बेशक, इसको इस ढिठाई की सजा दी जाएगी।

कुमार- अब यहां ठहरना व्यर्थ है, चलकर उसे ढूंढ़ना चाहिए।

कमलिनी- बेशक, उसने बड़ी बेअदबी की है, उसे जरूर सजा देनी चाहिए। मगर आप लोग बुद्धिमान हैं, मुझे विश्वास है कि बिना समझे-बूझे किसी काम में जल्दी न करेंगे।

कुमार- ऐसे समय में विलम्ब करना अपनी बहादुरी में बट्टा लगाना है।

कमलिनी- आप इस समय क्रोध में हैं इसलिए ऐसा कहते हैं, नहीं तो आप स्वयं पहले किसी ऐयार को भेजना मुनासिब समझते। इतनी बड़ी शेखी के साथ पत्र लिखने वाले को मैं सच्चा नहीं समझ सकती। खुल्लमखुल्ला आप लोगों का मुकाबला करना हंसी-खेल है क्या यह केवल उन्हीं आदमियों का काम है जो दगाबाज नहीं, बल्कि सच्चे बहादुर हैं कभी नहीं, बेशक यह कोई पूरा बेईमान और हरामजादा आदमी है। इसके अतिरिक्त आप जरा इस रात के समय और अपने घोड़ों की हालत पर तो ध्यान दीजिये कि अब वे एक कदम भी चलने लायक नहीं रहे।

यद्यपि कुमार और उनके ऐयार इस समय बड़े क्रोध में थे परन्तु कमलिनी की सच्ची हमदर्दी के साथ मीठी-मीठी बातों ने उन्हें ठंडा किया और इस लायक बनाया कि वे नेक और बद को सोच सकें। कमलिनी के आदमियों के साथ और एयारो के बटुए में बहुत-कुछ खाने का सामान था। पहाड़ी के नीचे एक छोटा-सा चश्मा बह रहा था, वहां से जल मंगवाया गया और सभी ने कुछ खाकर जल पीया, इसके बाद फिर सोचने लगे कि अब क्या करना चाहिए।

देवी सिंह- जिस मकान का इस चिट्ठी में पता दिया गया है यदि वहां न जाना चाहिए तो यहां रहना भी मुनासिब नहीं, क्योंकि वे दगाबाज लोग इस जगह से भी बेफिक्र न होंगे। मेरी राय तो यही है कि शेर सिंह के साथ कुमार विजय गढ़ जाएं और मैं उस मकान की खोज में जाकर देखूं कि वहां क्या है।

कमलिनी- आपका कहना बहुत ठीक है, मैं भी यही मुनासिब समझती हूं, इस बीच में मुझे भी दो-एक दुश्मनों का पता लगा लेने का मौका मिलेगा, क्योंकि जहां तक मैं समझती हूं, यह एक ऐसे आदमी का काम है जिसे सिवाय मेरे आप लोग नहीं जानते और न इस समय उसका नाम आप लोगों के सामने लेना ही मैं मुनासिब समझती हूं।

कुमार- क्या नाम बताने में कोई हर्ज है?

कमलिनी- बेशक, हर्ज है। हां, यदि मेरा अन्दाज ठीक निकला तो अवश्य उन लोगों का नाम बताऊंगी और पता भी दूंगी।

कुमार- खैर, मगर जो कुछ राय आप लोगों ने दी है उसके अनुसार चलने में तो कई दिन व्यर्थ लग जायेंगे, इसलिए मेरी राय कुछ दूसरी ही है।

देवी सिंह- वह क्या?

कुमार- मैं खुद आपके साथ उस मकान की तरफ चलता हूं जिसका पता इस चिट्ठी में दिया गया है। यदि केवल उस मकान के अन्दर रहने वाले हमारे दुश्मन हैं तो हिम्मत हारने की कोई जरूरत नहीं। इसी समय उन्हें जीतकर किशोरी को छुड़ा लाऊंगा। और यदि उन लोगों के पास फौज होगी तो जरूर मकान के बाहर टिकी हुई होगी जिसका पता लगाना कुछ कठिन न होगा। उस समय जो कुछ आप लोग राय देंगे, किया जाएगा।

इसी तरह की बातचीत करने में पहर रात बीत गई। आखिर वही निश्चय ठहरा जो कुमार ने सोचा था, अर्थात् इसी समय सब कोई उस मकान की तरफ जाने के लिए मुस्तैद हुए और पहाड़ी के नीचे उतर आये। पेड़ों के साथ बागडोर से बंधे हुए घोड़े वहीं पर चर रहे थे जो अपने सवारों को देखकर हिनहिनाने लगे, जिससे जाना गया कि वे इस समय फिर सफर को तैयार हैं और पहर भर चरने और आराम करने से उनकी थकावट कम हो चुकी है। सब लोग घोड़ों पर सवार होकर वहां से रवाना हुए।

जो कुछ उस चिट्ठी में लिखा था, वह ठीक मालूम होने लगा, अर्थात् पूरब पांच कोस चले जाने के बाद एक नाला मिला और उसी के किनारे-किनारे दो कोस दक्खिन जाने के बाद एक मकान की सफेदी दिखाई पड़ी। साफ मालूम होता था कि यह मकान अभी नया बना है या आज ही कल में इसके ऊपर चूना फेरा गया है। रात दो पहर से ज्यादा जा चुकी थी, चन्द्रमा अपनी पूर्ण कला से आकाश के बीच में दिखाई दे रहा था, शीतल किरणें चारों तरफ फैली हुई थीं और मालूम होता था कि जमीन पर चांदी का पत्र जड़ा हुआ है। ये लोग घना जंगल पीछे छोड़ आये थे और इस जगह पेड़ बहुत कम और छोटे-छोटे थे, उस मकान के चारों तरफ दो सौ बीघे के लगभग साफ मैदान था।

अच्छी तरह जांच करने और खयाल दौड़ाने से मालूम हो गया कि इस जगह पर फौज नहीं है और न लड़ाई का कुछ सामान ही है, अगर कुछ है तो उसी मकान के अन्दर होगा। आखिर थोड़ी देर तक सोच-विचार कर ये लोग मकान के पास पहुंचे।

यह मकान बहुत बड़ा न था, लगभग पचास गज लम्बा और इसी कदर चौड़ा होगा। इसकी ऊंचाई भी पैंतीस गज से ज्यादा न होगी। चारों तरफ की दीवारें साफ थीं, न तो किसी तरफ कोई दरवाजा था और न कोई खिड़की। ये लोग चारों तरफ घूमे, मगर अन्दर जाने का रास्ता न

मिला, आखिर सब लोग घोड़ों पर से उतरकर एक तरफ खड़े हो गये। देवी सिंह ने कमन्द फेंका और उसके सहारे से दीवार पर चढ़कर देखना चाहा कि अन्दर क्या है।

ऊपर की दीवार बहुत चौड़ी थी। सभी ने देखा कि देवी सिंह दीवार पर खड़े होकर अन्दर की तरफ बड़े गौर से देख रहे हैं। यकायक देवी सिंह खिलखिलाकर हंसे और बिना कुछ कहे उस मकान के अन्दर कूद पड़े।

यह देख सभी को ताज्जुब हुआ। कमलिनी ने तारा के कान में कुछ कहा जिसके जवाब में उसने सिर हिला दिया। थोड़ी देर तक देवी सिंह की राह देखी गई, आखिर उसी कमन्द के सहारे शेर सिंह चढ़ गये और उनकी भी वही अवस्था देखने में आई अर्थात् कुछ देर तक गौर से देखने के बाद देवी सिंह की तरह हंसकर शेर सिंह भी उस मकान के अन्दर कूद गए।

अब तो कुमार के आश्चर्य की कोई हद न रही। वे ताज्जुब में आकर सोचने लगे कि यह क्या मामला है और इस मकान के अन्दर क्या है जिसे देख दोनों ऐयारों ने ऐसा किया "जो हो, अब मैं भी ऊपर चढूंगा और देखूंगा कि क्या है!" कहकर कुमार भी उसी कमन्द के सहारे ऊपर चढ़ने को तैयार हुए, मगर कमलिनी ने हाथ पकड़ लिया और कहा, "ऐसा नहीं हो सकता, अभी हमारे कई आदमी मौजूद हैं, पहले इन्हें जा लेने दीजिए।" लाचार कुमार को रुकना पड़ा। कमलिनी ने अपने उन सवारों की तरफ देखा जो उसके साथ आये थे और कहा, "तुम लोगों में से एक आदमी ऊपर जाकर देखो कि क्या है?"

हुक्म पाकर उसी कमन्द के सहारे एक आदमी ऊपर गया और उसकी भी वही दशा हुई, दूसरा गया वह भी कूद पड़ा, फिर तीसरा गया वह भी न लौटा, यहां तक कि कमलिनी के कुल आदमी इसी तरह उस मकान के अन्दर जा दाखिल हुए। कमलिनी ने बहुत रोका और मना किया मगर कुमार ने उसकी बात पर ध्यान न दिया। वे भी उसी कमन्द के सहारे ऊपर चढ़ गये और अपने साथियों की तरह गौर से थोड़ी देर तक देखने के बाद हंसते हुए मकान के अन्दर कूछ पड़े।

अब सबेरा हो गया, आसमान पर पूरब तरफ सूर्य की लालिमा दिखाई देने लगी, कमलिनी ने हंसकर अपनी ऐयारा तारा की तरफ देखा, वह गर्दन हिलाकर हंसी और बोली, "चलिए, अब देर करने की कोई जरूरत नहीं।"

बाकी घोड़े उसी तरह उसी जगह छोड़ दिये गये। दो घोड़ों पर कमलिनी और तारा सवार हुईं और हंसती हुई एक तरफ को चली गईं।

***

बयान-5

अब हम फिर रोहतास गढ़ की तरफ मुड़ते हैं और वहां राजा वीरेन्द्र सिंह के ऊपर जो-जो आफतें आईं, उन्हें लिखकर इस किस्से के बहुत से भेद, जो अभी तक छिपे पड़े हैं, खोलते हैं। हम ऊपर लिख आये हैं कि रोहतास गढ़ फतह करने के बाद वीरेन्द्र सिंह वगैरह उसी किले में जाकर मेहमान हुए। वहीं एक छोटी-सी कमेटी की गई तथा उसी समय कुंअर इन्द्रजीत सिंह का पता लगाने और उन्हें ले आने के लिए शेर सिंह और देवी सिंह रवाना किए गए।

उन दोनों के चले जाने के बाद यह राय ठहरी कि यहां का हाल-चाल और रोहतास गढ़ के फतह होने का समाचार महाराज सुरेन्द्र सिंह के पास चुनार गढ़ भेजना चाहिए। यद्यपि यह खबर उन्हें पहुंच गई होगी, तथापि किसी ऐयार को वहां भेजना मुनासिब है और इस काम के लिए भैरो सिंह चुने गए। राजा वीरेन्द्र सिंह ने अपने हाथ से पिता को पत्र लिखा और भैरो सिंह को तलब करे चुनार गढ़ जाने के लिए कहा।

भैरो सिंह- मैं चुनार गढ़ जाने के लिए तो तैयार हूं परन्तु दो बातों की हविस जी में रह जाएगी।

वीरेन्द्र सिंह- वह क्या?

भैरो सिंह- एक तो फतह की खुशी का इनाम बंटने के समय मैं नहीं रहूंगा, इसका...

वीरेन्द्र सिंह- यह हविस तो अभी पूरी हो जाएगी, दूसरी क्या है?

तेज सिंह- यह लड़का बहुत ही लालची है। यह नहीं सोचता कि यदि मैं न रहूंगा तो मेरे बदले का इनाम मेरे पिता तो पावेंगे!

भैरो सिंह- (हाथ जोड़कर और तेज सिंह की तरफ देखकर) यह उम्मीद तो है ही, परन्तु इस समय मैं आपसे भी कुछ इनाम लिया चाहता हूं।

वीरेन्द्र सिंह- अवश्य ऐसा होना चाहिए, क्योंकि तुम्हारे लिए हम और ये एक समान हैं।

तेज सिंह- आप और भी शह दीजिए जिसमें यदि और कुछ न मिल सके तो मेरा ऐयारी का बटुआ ही ले ले।

भैरो सिंह- मेरे लिए वही बहुत है।

वीरेन्द्र सिंह- दो। अब सस्ते में छूटते हो, बटुआ देने में उज्र न करो।

तेज सिंह- जब आप ही इसकी मदद पर हैं तो लाचार होकर देना ही पड़ेगा।

राजा वीरेन्द्र सिंह ने अपना खास सन्दूक मंगाया और उसमें से एक जड़ाऊ डिब्बा जिसके अन्दर न मालूम क्या चीज थी, निकाल बिना खोले भैरो सिंह को दे दिया। भैरो सिंह ने इनाम पाकर सलाम किया और अपने पिता तेज सिंह की तरफ देखा। उन्हें भी लाचार होकर ऐयारी का बटुआ, जिसे वे हरदम अपने पास रखते थे, भैरों सिंह के हवाले करना ही पड़ा।

राजा वीरेन्द्र सिंह ने भैरो सिंह से कहा, "इनाम तो तुम पा चुके। अब बताओ, तुम्हारी दूसरी हविस क्या है जो पूरी की जाए।"

भैरो सिंह- मेरे जाने के बाद आप यहां के तहखाने की सैर करेंगे। अफसोस यही है कि इसका आनन्द मुझे कुछ भी न मिलेगा।

वीरेन्द्र सिंह- खैर, इसके लिए भी हम वादा करते हैं कि जब तुम चुनार गढ़ से लौट आओगे, तब यहां के तहखाने की सैर करेंगे, मगर जहां तक हो सके, तुम जल्द लौटना।

भैरो सिंह सलाम करके बिदा हुए, मगर दो ही चार कदम आगे बढ़े थे कि तेज सिंह ने पुकारा और कहा, "सुनो-सुनो! बटुए में से एक चीज मुझे ले लेने दो, क्योंकि वह मेरे ही काम की है।"

भैरो सिंह- (लौटकर और बटुआ तेज सिंह के सामने रखकर) बस, अब मैं यह बटुआ न लूंगा। जिसके लोभ से मैंने बटुआ लिया, जब वही आप निकाल लेंगे तो इसमें रह क्या जाएगा?

वीरेन्द्र सिंह- नहीं जी, ले जाओ, अब तेज सिंह उसमें से कोई चीज न निकालने पायेंगे। जो चीज यह निकालना चाहते हैं तुम भी उस चीज को रखने योग्य पात्र हो!

भैरो सिंह ने खुश होकर बटुआ उठा लिया और सलाम करने के बाद तेजी के साथ वहां से रवाना हो गये।

पाठक तो समझ ही गए होंगे कि इस बटुए में कौन-सी ऐसी चीज थी जिसके लिए इतनी खिंचा-खिची हुई! खैर, शक मिटाने के लिए हम उस भेद को खोल ही देना मुनासिब समझते हैं। इस बटुए में वे ही तिलिस्मी फूल थे जो चुनार गढ़ के इलाके में तिलिस्म के अन्दर से तेज सिंह के हाथ लगे थे और जिन्हें किसी प्राचीन वैद्य ने बड़ी मेहनत से तैयार किया था।

अब हम भैरो सिंह के चले जाने के बाद तीसरे दिन का हाल लिखते हैं। दिग्विजय सिंह अपने कमरे में मसहरी पर लेटा-लेटा न मालूम क्या-क्या सोच रहा है। रात आधी से ज्यादा जा चुकी है। मगर अभी तक उसकी आंखों में नींद नहीं है, दरवाजे की तरफ मुंह किए हुए मालूम होता है कि वह किसी के आने की राह देख रहा है क्योंकि किसी तरह की जरा-सी भी आहट आने पर चौंक जाता और चैतन्य होकर दरवाजे की तरफ देखने लगता है। यकायक चौखट के अन्दर पैर रखते हुए एक वृद्ध बाबा जी की सूरत दिखाई पड़ी। उनकी अवस्था अस्सी वर्ष से ज्यादा होगी, नाभि तक लम्बी दाढ़ी और सिर के फैले हुए बाल रूई की तरह सफेद हो रहे थे! कमर में केवल एक कौपीन पहने और शेर की खाल ओढ़े वे कमरे के अन्दर जा पहुंचे। उन्हें देखते ही

राजा दिग्विजय सिंह उठ खड़े हुए और मुस्कुराते हुए दण्डत करके बोले, "आज बहुत दिनों के बाद दर्शन हुए हैं, समय टल जाने पर सोचता था कि शायद आज आना न हो!"

बाबा जी ने आशीर्वाद देकर कहा-"राह में एक आदमी से मुलाकात हो गई, इसी से विलम्ब हुआ।"

इस समय कमरे में एक सिंहासन मौजूद था। दिग्विजय सिंह ने उसी सिंहासन पर साधु को बिठाया और स्वयं नीचे फर्श पर बैठ गया। इसके बाद यों बातचीत होने लगी–

साधु- कहो, क्या निश्चय किया?

दिग्विजय सिंह- (हाथ जोड़कर) किस विषय में?

साधु- यहां, वीरेन्द्र सिंह के विषय में।

दिग्विजय सिंह-सिवाय ताबेदारी कबूल करने के और कर ही क्या सकता हूं?

साधु- सुना है, तुम उन्हें तहखाने की सैर कराना चाहते हो क्या यह बात सच है?

दिग्विजय सिंह- मैं उन्हें रोक ही कैसे सकता हूं!

साधु- ऐसा कभी नहीं होना चाहिए। तुम्हें मेरी बातों का कुछ विश्वास है कि नहीं?

दिग्विजय सिंह- विश्वास क्यों न होगा आपको मैं गुरु के समान मानता हूं और आज तक जो कुछ मैंने किया, आप ही की सलाह से किया।

साधु- केवल यही आखिरी काम बिना मुझसे राय लिये किया सो उसमें यहां तक धोखा खाया कि राज्य से हाथ धो बैठे!

दिग्विजय सिंह- बेशक, ऐसा ही हुआ। खैर, अब जो आज्ञा हो, किया जाए।

साधु- मैं नहीं चाहता कि तुम वीरेन्द्र सिंह के ताबेदार बनो। इस समय वे तुम्हारे कब्जे में हैं और तुम उन्हें हर तरह से कैद कर सकते हो।

दिग्विजय सिंह- (कुछ सोचकर) जैसी आज्ञा! परन्तु मेरा लड़का अभी तक उनके कब्जे में है।

साधु- उसे यहां लाने के लिए वीरेन्द्र सिंह का आदमी जा ही चुका है, वीरेन्द्र सिंह वगैरह के गिरफ्तार होने की खबर जब तक चुनार पहुंचेगी उसके पहले ही कुमार वहां से रवाना हो जाएगा। फिर वह उन लोगों के कब्जे में नहीं फंस सकता, उसको ले आना मेरा जिम्मा।

दिग्विजय सिंह- हर एक बात का विचार कर लीजिए। मैं आपकी आज्ञानुसार चलने को तैयार हूं।

इसके बाद घण्टे भर तक साधु महाराज और राजा दिग्विजय सिंह में बातें होती रहीं जिन्हें यहां लिखने की कोई आवश्यकता नहीं है। पहर रात रहे बाबा जी वहां से बिदा हुए।

उसके दूसरे ही दिन राजा वीरेन्द्र सिंह को खबर मिली कि लाली का पता नहीं लगता। न मालूम वह किस तरह कैद से निकलकर भाग गई। उसका पता लगाने के लिए कई जासूस चारों तरफ रवाना किये गये।

अब महाराज दिग्विजय सिंह की नीयत खराब हो गई और वे इस बात पर उतारू हो गए कि राजा वीरेन्द्र सिंह, उनके लड़के और दोस्तों को गिरफ्तार कर लेना चाहिए, खाली गिरफ्तार नहीं, मार डालना चाहिए।

राजा वीरेन्द्र सिंह तहखाने में जाकर वहां का हाल देखना और जानना चाहते थे मगर दिग्विजय सिंह हीले-हवाले में दिन काटने लगा। आखिर यह निश्चय हुआ कि कल तहखाने में अवश्य चलना चाहिए। उसी दिन रात को दिग्विजय सिंह ने राजा वीरेन्द्र सिंह की फिर ज्याफत की और खाने की चीजों में बेहोशी की दवा मिलाने का हुक्म अपने ऐयार रामानन्द को दिया। बेचारे राजा वीरेन्द्र सिंह इन बातों से बिल्कुल बेखबर थे और उनके ऐयारों को भी ऐसी उम्मीद न थी, आखिर नतीजा यह हुआ कि रात को भोजन करने के बाद सभी पर दवा ने असर किया। उस समय तेज सिंह चौंके और समझ गये कि दिग्विजय सिंह ने दगा की, मगर अब क्या हो सकता था थोड़ी देर बाद राजा वीरेन्द्र सिंह, कुंअर आनन्द सिंह, तेज सिंह, पण्डित बद्रीनाथ, ज्योतिषी जी और तारा सिंह वगैरह बेहोश होकर जमीन पर लेट गये और बात-की-बात में हथकड़ियों और बेड़ियों से बेबस कर उसी तिलिस्मी तहखाने में कैद कर दिए गये। उस तहखाने से बाहर निकलने के लिए जो दो रास्ते थे, उनका हाल पाठक जान ही गये हैं क्योंकि ऊपर उसका बहुत-कुछ हाल लिखा जा चुका है। उन दोनों रास्तों में से एक रास्ता, जिससे हमारे ऐयार लोग और कुंअर आनन्द सिंह गये थे, बखूबी बन्द कर दिया गया। मगर दूसरा रास्ता, जिधर से कुन्दन (धनपत) किशोरी को लेकर निकल गई थी, ज्यों का त्यों रहा क्योंकि उसकी खबर राजा दिग्विजय सिंह को न थी। उस रास्ते का हाल वह कुछ भी न जानता था।

राजा वीरेन्द्र सिंह, उनके लड़के और साथी लोग जब कैदखाने में भेज दिये, उस समय राजा वीरेन्द्र सिंह के थोड़े से फौजी आदमी, जो उनके साथ किले में आ चुके थे, यह दगाबाजी देखकर जान देने के लिए तैयार हो गये। उन्होंने राजा दिग्विजय सिंह के बहुत से आदमियों को मार दिया और जब तक जीते रहे, मालिक के नमक का ध्यान उनके दिल में बना रहा। पर आखिर कहां तक लड़ सकते थे! अन्त में सब-के-सब बहादुरी के साथ लड़कर बैकुण्ठ चले गये। राजा दिग्विजय सिंह ने किले का फाटक बन्द करवा दिया, सफीलों पर तोपें चढ़वा दी और राजा वीरेन्द्र सिंह के लश्कर से, जो पहाड़ के नीचे था, लड़ाई करने का हुक्म दे दिया। राजा वीरेन्द्र सिंह के लश्कर में दो सरदार मौजूद थे जो अभी तक रोहतास गढ़ में नहीं आये थे, एक नाहर सिंह और दूसरे फतह सिंह, ये दोनों सेनापति थे।

पाठक, देखिए, जमाने ने कैसा पलटा खाया! किशोरी की धुन में कुंअर इन्द्रजीत सिंह अपने दो ऐयारों के साथ ऐसी जगह जा फंसे कि उनका पता लगना भी मुश्किल है, इधर राजा वीरेन्द्र

सिंह वगैरह की यह दशा हुई, अगर भैरो सिंह चिट्ठी लेकर चुनार न भेज दिये गये होते, तो वह भी फंस जाते। आप भूले न होंगे कि रामनारायण और चुन्नीलाल चुनार गढ़ में हैं और पन्नालाल को राजा वीरेन्द्र सिंह गयाजी में छोड़ आये हैं, राजगृह भी उन्हीं के सुपुर्द है, वे किसी तरह वहां से टल नहीं सकते, क्योंकि वह शहर नया फतह हुआ है और वहां एक सरदार का हरदम बने रहना बहुत ही मुनासिब है।

जिस समय रोहतास गढ़ किले से तोप की आवाज आयी, दोनों सेनापति बहुत घबड़ाये और पता लगाने के लिए जासूसों को किले में भेजा। मगर उनके लौट आने पर दिग्विजय सिंह की दगाबाजी का हाल दोनों सेनापतियों को मालूम हो गया। उन्होंने उसी समय इस हाल की चिट्ठी लिख सवार के हाथ चुनार गढ़ रवाना की, और इसके बाद सोचने लगे कि अब क्या करना चाहिए।

1. यहां पर तो पाठक समझ ही गए होंगे कि तहखाने में एक बड़ी मूरत के सामने जिस औरत की बलि दी गई थी, वह माधवी की ऐयारा तिलोत्तमा थी और माधवी की लाश को ले भागने वाले ये ही दोनों कमलिनी के नौकर थे।

***

बयान-6

आज बहुत दिनों के बाद हम कमला को आधी रात के समय रोहतास गढ़ पहाड़ी के ऊपर पूरब की तरफ वाले जंगल में घूमते देख रहे हैं। यहां से किले की दीवार बहुत दूर और ऊंचे पर है। कमला न मालूम किस फिक्र में है या क्या ढूंढ़ रही है। यद्यपि रात चांदनी थी परन्तु ऊंचे-ऊंचे और घने पेड़ों के कारण जंगल में एक प्रकार से अन्धकार ही था। घूमते-घूमते कमला के कानों में किसी के पैर की आहट मालूम हुई। वह रुकी और एक पेड़ की आड़ में खड़ी होकर दाहिनी तरफ देखने लगी, जिधर से आहट मिली थी। दस-पन्द्रह कदम की दूरी से दो आदमी जाते हुए दिखाई पड़े। बात और चाल से दोनों औरतें मालूम पड़ीं। कमला भी पैर दबाए और अपने को हर तरफ से छिपाये उन्हीं दोनों के पीछे-पीछे धीरे-धीरे रवाना हुई। लगभग आधा कोस जाने के बाद ऐसी जगह पहुंची जहां पेड़ बहुत कम थे बल्कि उसे एक प्रकार से मैदान ही कहना चाहिए। थोड़ी-थोड़ी दूर पर पत्थर के बड़े-बड़े अनगढ़ ढोंके पड़े हुए थे जिनकी आड़ में कई आदमी छिप सकते थे। सघन पेड़ों की आड़ में से निकलकर मैदान में कई कदम जाने के बाद वे दोनों अपने ऊपर से स्याह चादर उतारकर एक पत्थर की चट्टान पर बैठ गईं। कमला ने भी अपने को बड़ी चालाकी से उन दोनों के करीब पहुंचाया और एक पत्थर की आड़ में छिपकर उन दोनों की बातचीत सुनना चाहा। चन्द्रमा अपनी पूर्ण किरणों से उदय हो रहा था और निर्मल चांदनी इस समय अपना पूरा जोबन दिखा रही थी। हर एक चीज अच्छी तरह और साफ नजर आती थी। जब वे दोनों औरतें चादर उतारकर पत्थर की चट्टान पर बैठ गईं, तब कमला ने उनकी सूरत देखी। बेशक, वे दोनों नौजवान औरतें थीं जिनमें से एक तो बहुत ही हसीन थी और दूसरी के विषय में कह सकते हैं कि शायद उसकी लौंडी या ऐयारा हो।

कमला बड़े गौर से उन दोनों औरतों की तरफ देख रही थी कि इतने ही में सामने से एक लम्बे कद का आदमी आता हुआ दिखाई पड़ा जिसे देख कमला चौंकी और उस समय तो कमला का कलेजा बेहिसाब धड़कने लगा जब वह आदमी उन दोनों औरतों के पास आकर खड़ा हो गया और उनसे डपटकर बोला, "तुम दोनों कौन हो" उस आदमी का चेहरा चन्द्रमा के सामने था, विमल चांदनी उसके नक्शे को अच्छी तरह दिखा रही थी, इसीलिए कमला ने उसे तुरन्त पहचान लिया और उसे विश्वास हो गया कि वह लम्बे कद का आदमी वही है जो खंडहर वाले तहखाने के अन्दर शेर सिंह से मिलने गया था और जिसे देख उनकी अजब हालत हो गई थी तथा जिद करने पर भी उन्होंने न बताया कि यह आदमी कौन है।

कमला ने अपने धड़कते हुए कलेजे को बाएं हाथ से दबाया और गौर से देखने लगी कि अब क्या होता है। यद्यपि कमला उन दोनों औरतों से बहुत दूर न थी और इस रात के सन्नाटे में

उनकी बातचीत बखूबी सुन सकती थी, तथापि उसने अपने को बड़ी सावधानी से उस तरफ लगाया और सुनना चाहा कि दोनों औरतों और लम्बे व्यक्ति में क्या बातचीत होती है।

उस आदमी के डपटते ही ये दोनों औरतें चैतन्य होकर खड़ी हो गईं और उनमें से एक ने, जो सरदार मालूम होती थी, जवाब दिया–

औरत- (अपनी कमर से खंजर निकालकर) हम लोग अपना परिचय नहीं दे सकतीं और न हमें यही पूछने से मतलब है कि तुम कौन हो।

आदमी- (हंसकर) क्या तू समझती है कि मैं तुझे नहीं पहचानता मुझे खूब मालूम है कि तेरा नाम गौहर है। मैं तेरी सात पुश्त को जानता हूं, मगर आजमाने के लिए पूछता था कि देखूं, तू अपना सच्चा हाल मुझे कहती है या नहीं! क्या कोई अपने को भूतनाथ से छिपा सकता है?

'भूतनाथ' नाम सुनते ही वह और घबरा गई, डर से बदन कांपने लगा और खंजर उसके हाथ से गिर पड़ा। उसने मुश्किल से अपने को सम्हाला और हाथ जोड़कर बोली, "बेशक, मेरा नाम गौहर है, मगर..."

भूत- तू यहां क्यों घूम रही है शायद इस फिक्र में है कि इस किले में पहुंचकर आनन्द सिंह से अपना बदला ले!

गौहर- (डरी हुई आवाज से) जी हां।

भूत- पहले भी तो तू उन्हें फंसा चुकी थी, मगर उनका ऐयार देवी सिंह उन्हें छुड़ा ले गया। हां, तेरी छोटी बहिन कहां है?

गौरह- वह तो गया की रानी माधवी के हाथ से मारी गई।

भूत- कब?

गौहर- जब वह इन्द्रजीत सिंह को फंसाने के लिए चुनार गढ़ के जंगल में गई थी तो मैं भी अपनी छोटी बहिन को साथ लेकर आनन्द सिंह की धुन में उसी जंगल में गई हुई थी। दुष्टा माधवी ने व्यर्थ ही मेरी बहिन को मार डाला। जब वह जंगल काटा गया तो वीरेन्द्र सिंह के आदमी उसकी लाश उठाकर चुनार ले गए थे, मगर (अपनी साथिन की तरफ इशारा करके) बड़ी चालाकी से यह ऐयारा उस लाश को वहां से उठा लाई थी।

भूत- हां, ठीक है, अच्छा, तो तू इस किले में घुसना चाहती है और आनन्द सिंह की जान लिया चाहती है?

गौहर- यदि आप अप्रसन्न न हों तो।

भूत- मैं क्यों अप्रसन्न होने लगा मुझे क्या गरज पड़ी है कि मना करूं। जो तेरा जी चाहे वह कर। अच्छा मैं जाता हूं लेकिन एक दफे फिर तुझसे मिलूंगा।

वह आदमी तुरन्त चला गया और देखते-देखते नजरों से गायब हो गया। इसके बाद उन दोनों औरतों में बातचीत होने लगी।

गौहर- गिल्लन, इसकी सूरत देखते ही मेरी जान निकल गई थी। न मालूम, यह कम्बख्त इस वक्त कहां से आ गया।

गिल्लन- तुम्हारी तो बात ही दूसरी है, मैं ऐयारा होकर अपने को सम्हाल न सकी। देखो, अभी तक कलेजा धड़-धड़ करता है।

गौहर- मुझको तो यही डर लगा हुआ था कि कहीं यह मुझे आनन्द सिंह से बदला लेने के बारे में मना न करे।

गिल्लन- सो तो उसने न किया, मगर एक दफे मिलने के लिए कह गया था। अच्छा, अब यहां ठहरना मुनासिब नहीं।

वे दोनों औरतें, अर्थात् गौहर तथा गिल्लन, वहां से चली गईं और कमला ने भी एक तरफ का रास्ता लिया। दो घण्टे के बाद कमला उस कब्रिस्तान में पहुंची जो रोहतास गढ़ के तहखाने में आने-जाने का रास्ता था। इस समय चन्द्रमा अस्त हो चुका था और कब्रिस्तान में भी सन्नाटा था। कमला बीच वाली कब्र के पास गई और तहखाने में जाने के लिए दरवाजा खोलने लगी, मगर खुल न सका। आधे घंटे तक वह इसी फिक्र में लगी रही, पर कोई काम न चला, लाचार उठ खड़ी हुई और कब्रिस्तान के बाहर की तरफ चली। फाटक के पास पहुंचते ही वह अटकी, क्योंकि सामने की तरफ थोड़ी ही दूर पर कोई चमकती हुई चीज उसे दिखाई पड़ी जो इसी तरफ बढ़ी आ रही थी। आगे जाने पर मालूम हुआ कि यह बिजली की तरह चमकने वाली चीज एक नेजा है जो किसी औरत के हाथ में है। वह नेजा कभी-कभी तेजी के साथ चमकता है और इस सबब से दूर-दूर तक चीजें दिखाई देती हैं और कभी उसकी चमक बिल्कुल ही जाती रहती है और यह भी नहीं मालूम होता है कि नेजा या नेजे को हाथ में रखने वाली औरत कहां है। थोड़ी देर में वह औरत इस कब्रिस्तान के बहुत पास आ गई और नेजे की चमक ने कमला को उस औरत की सूरत-शक्ल अच्छी तरह दिखा दी। उस औरत का रंग स्याह था, सूरत डरावनी और बड़े-बड़े दो-तीन दांत मुंह के बाहर निकले हुए थे। काली साड़ी पहने हुए वह औरत पूरी राक्षसी मालूम होती थी। यद्यपि कमला ऐयारा और बहुत दिलेर थी मगर इसकी सूरत देखते ही थर-थर कांपने लगी। उसने चाहा कि कब्रिस्तान के बाहर निकलकर भाग जाए मगर वह इतना डर गई थी कि पैर न उठा सकी। देखते-ही-देखते वह भयंकर मूर्ति कमला के सामने आकर खड़ी हो गयी और कमला को डर के मारे कांपते देखकर बोली, “डर मत, होश ठिकाने कर और जो कुछ मैं कहती हूं, उसे ध्यान देकर सुन!”

1. देखिए चन्द्रकांता संतति, पहला भाग, चौथा बयान।

***

बयान-7

रोहतास गढ़ फतह होने की खबर लेकर भैरो सिंह चुनार पहुंचे और उसके दो ही तीन दिन बाद राजा दिग्विजय सिंह की बेईमानी की खबर लेकर कई सवार भी जा पहुंचे। इस समाचार के पहुंचते ही चुनार गढ़ में खलबली पड़ गई। फौज के साथ ही साथ रिआया भी राजा वीरेन्द्र सिंह और उनके खानदान को दिल से चाहती थी, क्योंकि उनके जमाने में अमीर-गरीब सभी खुश रहते थे! आलिमों और कारीगरों की कदर की जाती थी, अदना से अदना भी अपनी फरियाद राजा के कान तक पहुंचा सकता था, उद्योगियों और व्यापारियों को दरबार से मदद मिलती थी, ऐयार और जासूस लोग छिपे-छिपे रिआया के दु:ख-सुख का हाल मालूम करते और राजा को हर तरह की खबर पहुंचाते थे। शादी-ब्याह में इज्जत के माफिक हर एक को मदद मिलती थी और इसी से रिआया भी तन-मन-धन से राजा की मदद के लिए तैयार रहती थी। राजा वीरेन्द्र सिंह कैद हो गये, इस खबर को सुनते ही रिआया जोश में आ गई और इस फिक्र में हुई कि जिस तरह हो, राजा के छुड़ाना चाहिए।

रोहतास गढ़ के बारे में क्या करना चाहिए और दुश्मनों पर कैसे फतह पानी चाहिए, यह सब सोचने-विचारने के पहले महाराज सुरेन्द्र सिंह और जीत सिंह ने भैरो सिंह, रामनारायण और चुन्नीलाल को हुक्म दिया कि तुम लोग तुरन्त रोहतास गढ़ जाओ और जिस तरह हो सके अपने को किले के अंदर पहुंचाकर राजा वीरेन्द्र सिंह को रिहा करो, हम दोनों में से भी कोई आदमी मदद लेकर शीघ्र पहुंचेगा।

हुक्म पाते ही तीनों ऐयार तेज और मजबूत घोड़ों पर सवार होकर रोहतास गढ़ की तरफ रवाना हुए और दूसरे दिन शाम को अपनी फौज में पहुंचे। राजा वीरेन्द्र सिंह की आधी, अर्थात् पच्चीस हजार फौज तो पहाड़ी के नीचे किले के दरवाजे की तरफ खड़ी हुई थी और बाकी आधी फौज पहाड़ी के चारों तरफ इसलिए फैला दी गयी थी कि राजा दिग्विजय सिंह को बाहर से किसी तरह की मदद न पहुंचने पाये। पांच-पांच, सात-सात सौ बहादुरों को लेकर नाहर सिंह कई दफे उस पहाड़ी पर चढ़ा और किले के दरवाजे तक पहुंचना चाहा, मगर किले के बुर्जों पर से आए हुए तोप के गोलों ने उसे वहां तक न पहुंचने दिया और हर दफे लौटना पड़ा। जाहिर में तो वे लोग सामने की तरफ अड़े हुए थे और घड़ी-घड़ी हमला करते थे, मगर नाहर सिंह के हुक्म से पांच-पांच, सात-सात करके बहुत से सिपाही, जासूस और सुरंग खोदने वाले जंगल-ही-जंगल रात के समय छिपे हुए रास्तों से पहाड़ पर चढ़ गये थे तथा बराबर चढ़े चले जाते थे और उम्मीद पाई जाती थी कि दो ही तीन दिन में हजार आदमी पहाड़ के ऊपर हो जायेंगे। तब नाहर

सिंह छिपकर अकेला पहाड़ पर चढ़ जाएगा और अपने आदमियों को बटोरकर किले के दरवाजे पर हमला करेगा। पहाड़ के ऊपर पहुंचकर सुरंग खोदने वाले सुरंग खोदकर बारूद के जोर से किले का फाटक तोड़ने की धुन में लगे हुए थे और इन बातों की खबर राजा दिग्विजय सिंह को बिल्कुल न थी।

भैरो सिंह ने फौज में पहुंचकर यह सब हाल सुना और खुश होकर सेनापतियों की तारीफ की तथा कहा कि "यद्यपि पहाड़ के ऊपर का घना जंगल ऐसा बेढब है कि मुसाफिरों को जल्दी रास्ता नहीं मिल सकता, तथापि हमारे आदमी यदि ऊंचाई की तरफ ध्यान न देकर चढ़ना शुरू करेंगे तो लुढ़कते-पुढ़कते किले के पास पहुंच ही जाएंगे। खैर, आप लोग जिस काम में लगे हैं, उसी में लगे रहिए। हम तीनों ऐयार अब पहाड़ पर जाते हैं और किसी तरह किले के अन्दर पहुंचने का बन्दोबस्त करते हैं।

पहर रात बीत गई थी जब भैरो सिंह, रामनारायण और चुन्नीलाल पहाड़ी के ऊपर चढ़ने लगे। भैरो सिंह कई दफे उस पहाड़ी पर जा चुके थे और उस जंगल में अच्छी तरह घूम चुके थे, इसलिए इन्हें भूलने और धोखा खाने का डर न था। ये लोग बेधड़क पहाड़ पर चले गए और रोहतास गढ़ के रास्ते वाले कब्रिस्तान में ठीक उस समय पहुंचे, जिस समय कमला धड़कते हुए कलेजे के साथ उस राक्षसी के सामने खड़ी थी जिसके हाथ में बिजली की तरह चमकता हुआ नेजा था। जिस समय वह नेजा चमकता था, देखने वाले की आंखें चौंधिया जाती थी। भैरो सिंह ने भी दूर से इस चमकते हुए नेजे को देखा जिसे देखकर दोनों साथी ऐयार भी डर कर खड़े हो गए। भैरो सिंह चाहते थे कि जब वह औरत वहां से चली जाए, तो कब्रिस्तान में जाएं, मगर वे ऐसा न कर सके, क्योंकि नेजे की चमक में उन्होंने कमला की सूरत देखी जो इस समय जान से हाथ धोकर उस राक्षसी के सामने खड़ी थी।

हम ऊपर कई जगह इशारा कर आए हैं कि भैरो सिंह कमला को चाहते थे और वह भी इनसे मुहब्बत रखती थी। इस समय कमला को एक राक्षसी के सामने देख उसकी मदद न करना भैरो सिंह से कब हो सकता था वे लपककर कमला के पास पहुंचे। दो ऐयारों को साथ लिये भैरो सिंह को अपने पास मौजूद देखकर कमला का जी ठिकाने हुआ और उसने जल्दी से भैरो सिंह का हाथ पकड़ कर कहा- "खूब पहुंचे!"

भैरो सिंह- तुम यहां क्यों खड़ी हो और तुम्हारे सामने यह औरत कौन है?

कमला- मैं इसे नहीं पहचानती।

राक्षसी- मेरा हाल कमला से क्यों पूछते हो मुझसे पूछो। इस समय तुम्हें देखकर मैं बहुत खुश हुई, मैं भी इसी फिक्र में थी कि किसी तरह भैरो सिंह से मुलाकात हो।

भैरोसिंह- तुमने मुझे कैसे पहचाना, क्योंकि आज तक मैंने तुम्हें कभी नहीं देखा!

इतना सुनकर वह औरत बड़ी जोर से हंसी और उसने नेजे को हिलाया। हिलाने के साथ ही नेजे में चमक पैदा हुई और उसकी डरावनी हंसी से कब्रिस्तान गूंज उठा, इसके बाद उस औरत ने कहा–

राक्षसी- ऐसा कौन है, जिसे मैं नहीं पहचानती हूँ खैर, इन बातों से कोई मतलब नहीं। यह कहो कि अपने मालिकों के छुड़ाने की तुम क्या फिक्र कर रहे हो दिग्विजय सिंह दो ही तीन दिन में तुम्हारे मालिक को मारकर निश्चिन्त होना चाहता है।

भैरो सिंह उस राक्षसी से बातें करने को तैयार थे, परन्तु यह नहीं जानते थे कि वह इनकी दोस्त है या दुश्मन, और उससे अपने भेदों को छिपाना चाहिए कि नहीं। यह सोच ही रहे थे कि इसकी बातों का क्या जवाब दिया जाए कि इतने में कई आदमियों के आने की आहट मालूम हुई। उस औरत ने घूमकर देखा तो चार आदमियों को इसी तरफ आते पाया। उन पर निगाह पड़ते ही वह क्रोध में आकर गरजी और नेजे को हिलाती हुई उसी तरफ लपकी। नेजे की चमक ने उन चारों की आंखें बन्द कर दीं। औरत ने बड़ी फुर्ती से उन चारों को नेजे से घायल कर दिया। हिलाने के साथ-ही-साथ उस नेजे में गजब की चमक पैदा होती थी, मालूम होता था कि आंखों के आगे बिजली दौड़ गई। वे बेचारे देख भी न सके कि उनको मारने वाला कौन है या कहां पर है। मालूम होता है कि वह नेजा जहर में बुझाया हुआ था क्योंकि वे चारों जख्मी होकर तुरंत जमीन पर ऐसे गिरे कि फिर उठने की नौबत न आई।

इस तमाशे को देखकर भैरो सिंह डरे और सोचने लगे कि इस औरत के हाथ में तो बड़ा विचित्र नेजा है। इससे तो यह बात-की-बात में सैकड़ों आदमियों का नाश कर सकती है। कहीं ऐसा न हो कि हम लोगों को भी सतावे।

उन चारों को जख्मी करने के बाद वह औरत फिर भैरो सिंह की तरफ लौटी। अब उसने अपने नेजे को आड़ा किया अर्थात् उसे इस तरह थामा कि उसका एक सिरा बाईं तरफ और दूसरा दाहिनी तरफ रहे, तब तीनों ऐयारों और कमला को नेजे का धक्का देकर एक साथ पीछे की तरफ हटाना चाहा। यह नेजा एक साथ चारों के बदन में लगा। उसके छूते ही बदन में एक तरह की झनझनाहट पैदा हुई और सब आदमी बदहवास होकर जमीन पर गिर पड़े।

जब उन चारों- अर्थात् भैरो सिंह, रामनारायण, चुन्नीलाल और कमला-की आंखें खुलीं, तो उन्होंने अपने को किले के अन्दर राजमहल के पिछवाड़े की तरफ एक दीवार की आड़ में पड़े पाया। उस समय सुबह की सफेदी आसमान पर धीरे-धीरे अपना दखल जमा रही थी।

***

बयान-8

बहुत दिनों से कामिनी का हाल कुछ भी मालूम न हुआ। आज उसकी सुध लेना भी मुनासिब है। आपको याद होगा कि जब कामिनी को साथ लेकर कमला अपने चाचा शेर सिंह से मिलने के लिए उजाड़ खंडहर और तहखाने में गई थी तो वहां से बिदा होते समय शेर सिंह ने कमला से कहा था कि "कामिनी को मैं ले जाता हूं। अपने एक दोस्त के यहां रख दूंगा, जब सब तरह का फसाद मिट जाएगा तब यह भी अपनी मुराद को पहुंच जाएगी।" अब हम उसी जगह से कामिनी का हाल लिखना शुरू करते हैं।

गयाजी से थोड़ी दूर पर लालगंज नाम से मशहूर एक गांव फलगू नदी के किनारे पर ही है। उसी जगह के एक नामी जमींदार के यहां, जो शेर सिंह का दोस्त था, कामिनी रखी गई थी। वह जमींदार बहुत ही नेक और रहमदिल था तथा उसने कामिनी को बड़ी हिफाजत से अपनी लड़की के समान खातिर करके रखा, मगर उस जमींदार का एक नौजवान और खूबसूरत लड़का भी था जो कामिनी पर आशिक हो गया। उसके हाव-भाव और कटाक्ष को देखकर कामिनी को उसकी नीयत का हाल मालूम हो गया। वह कुंअर आनन्द सिंह के प्रेम में अच्छी तरह रंगी हुई थी इसलिए उसे इस लड़के की चाल-ढाल बहुत ही बुरी मालूम हुई। ऐसी अवस्था में उसने अपने दिल का हाल किसी से कहना मुनासिब न समझा बल्कि इरादा कर लिया कि जहां तक हो सके, जल्द इस मकान को छोड़ ही देना मुनासिब है और अन्त में लाचार होकर उसने ऐसा ही किया।

एक दिन मौका पाकर आधी रात के समय कामिनी उस घर से बाहर निकली और सीधे रोहतास गढ़ की तरफ रवाना हुई। इस समय वह तरह-तरह की बातें सोच रही थी। एक दफे उसके दिल में आया कि बिना कुछ सोचे-विचारे वीरेन्द्र सिंह के लश्कर में चले चलना ठीक होगा, मगर साथ ही यह भी सोचा कि यदि कोई सुनेगा तो मुझे अवश्य ही निर्लज्ज कहेगा और आनन्द सिंह की आंखों में मेरी कुछ इज्जत न रहेगी।

इसके बाद उसने सोचा कि जिस तरह हो, कमला से मुलाकात करनी चाहिए। मगर कमला से मुलाकात क्योंकर हो सकती है न मालूम अपने काम की धुन में वह कहां-कहां घूम रही होगी हां, अब याद आया, जब मैं कमला के साथ शेर सिंह से मिलने के लिए उस तहखाने में गई थी, तो शेर सिंह ने उससे कहा था कि मुझसे मिलने की जब जरूरत हो तो इसी तहखाने में आना। अब मुझे भी उसी तहखाने में चलना चाहिए, वहां कमला या शेर सिंह से जरूर मुलाकात होगी और वहां दुश्मनों के हाथ से भी निश्चिन्त रहूंगी। जब तक कमला से मुलाकात न हो वहां टिके

रहने में भी कोई हर्ज नहीं है, वहां खाने के लिए जंगली फल और पीने के लिए पानी की भी कोई कमी नहीं।

इन सब बातों को सोचती हुई बेचारी कामिनी उसी तहखाने की तरफ रवाना हुई और अपने को छिपाती हुई, जंगल-ही-जंगल चलकर, तीसरे दिन पहर रात जाते-जाते वहां पहुंची। रास्ते में जंगली फल और चश्मे के पानी के सिवाय और कुछ उसे न मिला और न उसे किसी चीज की इच्छा ही थी।

वह खंहडर कैसा था और उसके अन्दर तहखाने में जाने के लिए छिपा हुआ रास्ता किस ढंग का बना हुआ था, यह पहले लिखा जा चुका है, पुन: यहां लिखने की कोई आवश्यकता नहीं। कमला या शेर सिंह से मिलने की उम्मीद में उसी खंडहर और तहखाने को कामिनी ने अपना घर बनाया और तपस्विनियों की तरह कुंअर आनन्द सिंह के नाम की माला जपती हुई दिन बिताने लगी। बहुत-सी जरूरी चीजों के अतिरिक्त ऐयारी के सामान से भरा हुआ एक बांस का पिटारा शेर सिंह का रखा हुआ उस तहखाने में मौजूद था जो कामिनी के हाथ लगा। यद्यपि कामिनी कुछ ऐयारी भी जानती थी परन्तु इस समय उसे ऐयारी के सामान की विशेष जरूरत न थी, हां, शेर सिंह की जायदाद में से एक कुप्पी तेल कामिनी ने बेशक खर्च किया, क्योंकि चिराग जलाने की नित्य ही आवश्यकता पड़ती थी।

कमला और शेर सिंह से मिलने की उम्मीद में कामिनी ने उस तहखाने में रहना स्वीकार किया, परन्तु कई दिन बीत जाने पर भी किसी से मुलाकात न हुई। एक दिन सूरत बदलकर कामिनी तहखाने से निकली और खंडहर के बाहर ही सोचने लगी कि किधर जाए और क्या करे। एकाएक कई आदमियों की बातचीत की आवाज उसके कानों में पड़ी और मालूम हुआ कि वे लोग आपस में बातचीत करते हुए इसी खंडहर की तरफ आ रहे हैं। थोड़ी ही देर में चार आदमी भी दिखाई पड़े। उस समय कामिनी अपने को बचाने के लिए खंडहर के अन्दर घुस गई और राह देखने लगी कि वे लोग आगे बढ़ जाएं तो फिर निकलूं, मगर ऐसा न हुआ, क्योंकि बात-की-बात में वे चारों आदमी एक लाश उठाए हुए इसी खंडहर के अन्दर आ पहुंचे।

इस खंडहर में अभी तक कई कोठरियां मौजूद थीं। यद्यपि उनकी अवस्था बहुत ही खराब थी, किवाड़ के पल्ले तक उनमें न थे, जगह-जगह पर कंकड़-पत्थर-कतवार के ढेर लगे हुए थे, परन्तु मसाले की मजबूती पर ध्यान दे आंधी-पानी अथवा तूफान में भी बहुत आदमी उन कोठरियों में रहकर अपनी जान की हिफाजत कर सकते थे। खंडहर के चारों तरफ की दीवार यद्यपि कहीं-कहीं से टूटी थी, तथापि बहुत ही मजबूत और चौड़ी थी। कामिनी एक कोठरी में घुस गई और छिपकर देखने लगी कि वे चारों आदमी उस खंडहर में आकर क्या करते और उस लाश को कहां रखते हैं।

लाश उठाये हुए चारों आदमी इस खंडहर में जाकर इस तरह घूमने लगे, जैसे हर एक कोठरी, दालान बल्कि यहां की बित्ता-बित्ता भर जमीन उन लोगों की देखी हुई हो। चूने पत्थर के ढेरों में घूमते और रास्ता निकालते हुए वे लोग एक कोठरी के अन्दर घुस गए जो उस खंडहर भर में सब कोठरियों से छोटी थी और दो घण्टे तक बाहर न निकले। इसके बाद वे लोग बाहर आये तो खाली हाथ थे अर्थात् लाश न थी, शायद उस कोठरी में गाड़ या रख आये हों।

जब वे आदमी खंडहर से बाहर हो मैदान की तरफ चले गये, बल्कि बहुत दूर निकल गये तब कामिनी भी कोठरी से बाहर निकली और चारों तरफ देखने लगी। उसे आज तक यही विश्वास था कि इस खंडहर का हाल शेर सिंह, कमला, मेरे और उस लम्बे आदमी के सिवाय, जो शेर सिंह से मिलने के लिए यहां आया था, किसी पांचवें को मालूम नहीं है। मगर आज की कैफियत देखकर उसका खयाल बदल गया और वह तरह-तरह के सोच-विचार में पड़ गई। थोड़ी देर बाद वह उसी कोठरी की तरफ बढ़ी जिसमें वे लोग लाश छोड़ गये थे मगर उस कोठरी में ऐसा अंधकार था कि अन्दर जाने का साहस न पड़ा। आखिर अपने तहखाने में गई और शेर सिंह के पिटारे में से एक मोमबत्ती निकालकर और बालकर बाहर निकली। पहले उसने रोशनी के आगे हाथ की आड़ देकर चारों तरफ देखा और फिर उस कोठरी की तरफ रवाना हुई। जब कोठरी के दरवाजे पर पहुंची तो उसकी निगाह एक आदमी पर पड़ी जिसे देखते ही चौंकी और डरकर दो कदम पीछे हट गई, मगर उसकी होशियार आंखों ने तुरन्त पहचान लिया कि वह आदमी असल में मुर्दे से भी बढ़कर है अर्थात् पत्थर की एक खड़ी मूरत है जो सामने की दीवार के साथ चिपकी हुई है। आज के पहले इस कोठरी के अन्दर कामिनी नहीं आई थी, इसलिए वह हर एक तरफ अच्छी तरह गौर से देखने लगी परन्तु उसे इस बात का खटका बराबर लगा रहा कि कहीं वे चारों आदमी फिर न आ जाएं।

कामिनी को उम्मीद थी कि इस कोठरी के अन्दर वह लाश दिखाई देगी जिसे चारों आदमी उठाकर लाये थे, मगर कोई लाश दिखाई न पड़ी। आखिर उसने खयाल किया कि शायद वे लोग लाश की जगह मूरत को लाये हों जो सामने दीवार के साथ खड़ी है। कामिनी उस कोठरी के अन्दर घुसकर मूरत के पास जा खड़ी हुई और उसे अच्छी तरह देखने लगी। उसे बड़ा ताज्जुब हुआ जब उसने अच्छी तरह जांच करने पर निश्चय कर लिया कि वह मूरत दीवार के साथ है, अर्थात् इस तरह से जड़ी हुई है कि बिना टुकड़े-टुकड़े हुए किसी तरह दीवार से अलग नहीं हो सकती। कामिनी की चिन्ता और बढ़ गई। अब उसे इसमें किसी तरह का शक न रहा कि वे चारों आदमी जरूर किसी की लाश को उठा लाये थे, इस मूरत को नहीं, मगर वह लाश गई कहां क्या जमीन खा गई या किसी चूने के ढेर के नीचे दबा दी गई! नहीं, मिट्टी या चूने के नीचे वह लाश दाबी नहीं गई, अगर ऐसा होता तो जरूर देखने में आता। उन लोगों ने जो कुछ किया, इसी कोठरी के अन्दर किया।

कामिनी उस मूरत के पास खड़ी देर तक सोचती रही, आखिर वहां से लौटी और धीरे-धीरे अपने तहखाने में आकर बैठ गई, वहां एक ताक (आले) पर चिराग जल रहा था इसलिए मोमबत्ती बुझाकर बिछौने पर जा लेटी और फिर सोचने लगी।

इसमें कोई शक नहीं कि वे लोग कोई लाश उठाकर लाए थे, मगर वह लाश कहां गई। खैर, इससे कोई मतलब नहीं, मगर अब यहां रहना भी कठिन हो गया, क्योंकि यहां कई आदमियों की आमद-रफ्त शुरू हो गई। शायद कोई मुझे देख ले, तो मुश्किल होगी। अब होशियार हो जाना चाहिए क्योंकि मुझे बहुत-कुछ काम करना है। कमला या शेर सिंह भी अभी तक न आए, अब उनसे भी मुलाकात होने की कोई उम्मीद न रही। अच्छा, दो-तीन दिन और यहां रहकर देखा चाहिए कि वे लोग फिर आते हैं या नहीं।

कामिनी इन सब बातों को सोच ही रही थी कि एक आवाज उसके कान में आई। उसे मालूम हुआ कि किसी औरत ने दर्दनाक आवाज में यह कहा, "क्या दुःख ही भोगने के लिए मेरा जन्म हुआ था!" यह आवाज ऐसी दर्दनाक थी कि कामिनी का कलेजा कांप गया। इस छोटी ही उम्र में वह भी बहुत तरह के दुःख भोग चुकी थी और उसका कलेजा जख्मी हो चुका था, इसलिए बर्दाश्त न कर सकी, आंखें भर आईं और आंसू की बूंदें टपाटप गिरने लगीं। फिर आवाज आई, "हाय, मौत को भी मौत आ गई!" अबकी दफे कामिनी बेतरह चौंकी और यकायक बोल उठी, "इस आवाज को तो मैं पहचानती हूं, जरूर उसी की आवाज है!"

कामिनी उठ खड़ी हुई और सोचने लगी कि यह आवाज किधर से आई बन्द कोठरी में आवाज आना असम्भव है, किसी खिड़की, सूराख या दीवार में दरार हुए बिना आवाज किसी तरह नहीं आ सकती। वह कोठरी में हर तरफ घूमने और देखने लगी। यकायक उसकी निगाह एक तरफ की दीवार के ऊपरी हिस्से पर जा पड़ी और वहां एक सूराख, जिसमें आदमी का हाथ बखूबी जा सकता था, दिखाई पड़ा। कामिनी ने सोचा कि बेशक इसी सूराख में से आवाज आई है। वह सूराख की तरफ गौर से देखने लगी, फिर आवाज आई-"हाय, न मालूम मैंने किसी का क्या बिगाड़ा है!"

अब कामिनी को विश्वास हो गया कि यह आवाज उसी सूराख में से आई है। वह बहुत ही बेचैन हुई और धीरे-धीरे कहने लगी, "बेशक, यह उसी की आवाज है। हाय मेरी प्यारी बहिन किशोरी, मैं तुझे क्योंकर देखूं और किस तरह मदद करूं इस कोठरी के बगल में जरूर कोई दूसरी कोठरी है जिसमें तू कैद है, मगर न मालूम उसका रास्ता किधर से है मैं कैसे तुझ तक पहुंचूं और इस आफत से तुझे छुड़ाऊं इस कोठरी की कम्बख्त संगीन दीवारें भी ऐसी मजबूत हैं कि मेरे उद्योग से सेंध भी नहीं लग सकती। हाय, अब मैं क्या करूं भला पुकार कर देखूं तो सही कि आवाज भी उसके कानों तक पहुंचती है या नहीं।"

कामिनी ने मोखे (सूराख) की तरफ मुंह करके कहा, "क्या मेरी प्यारी बहिन किशोरी की आवाज आ रही है" ?

जवाब- हां, क्या तू कामिनी है बहिन कामिनी, क्या तू भी मेरी ही तरह इस मकान में कैद है?

कामिनी- नहीं बहिन, मैं कैद नहीं हूं, मगर...

कामिनी और कुछ कहा ही चाहती थी कि धमधमाहट की आवाज सुनकर रुक गई और डरकर सीढ़ी की तरफ देखने लगी। उसे मालूम हुआ कि कोई यहां आ रहा है।

***

बयान-9

गिल्लन को साथ लिये हुए बीबी गौहर रोहतास गढ़ किले के अन्दर जा पहुंची। किले के अन्दर जाने में किसी तरह का जाल न फैलाना पड़ा और न किसी तरह की कठिनाई हुई। वह बेधड़के किले के उस फाटक पर चली आई जो शिवालय के पीछे की तरफ था और छोटी खिड़की के पास खड़ी होकर खिड़की (छोटा दरवाजा) खोलने के लिए दरबान को पुकारा, जब दरबान ने पूछा, "तू कौन है" तो उसने जवाब दिया कि "मैं शेरअलीखां की लड़की गौहर हूं।"

उन दिनों शेरअलीखां पटने का नामी सूबेदार था। वह शख्स बड़ा ही दिलेर, जवांमर्द और बुद्धिमान था, साथ ही इसके कुछ-कुछ दगाबाज भी था, मगर इसे वह राजनीति का एक अंग मानता था। उसके इलाके भर में जो कुछ उसका रुआब था उसे कहां तक कहा जाए, दूर-दूर तक के आदमी उसका नाम सुनकर कांप जाते थे। उसके पास फौज तो केवल पांच ही हजार थी, मगर वह उससे पच्चीस हजार फौज का काम लेता था, क्योंकि उसने अपने ढंग के आदमी चुन-चुनकर अपनी फौज में भरती किए थे। गौहर इसी शेरअलीखां की लड़की थी और वह गौहर की मौसेरी बहिन थी जो चुनार गढ़ के पास वाले जंगल में माधवी के हाथ से मारी गई थी।

शेरअलीखां जोरू को बहुत चाहता था और उसी तरह अपनी लड़की गौहर को भी हद्द से ज्यादा प्यार करता था। गौहर को दस वर्ष की छोड़कर उसकी मां मर गई थी। मां के गम में गौहर दीवानी-सी हो गई। लाचार दिल बहलाने के लिए शेरअलीखां ने गौहर को आजाद कर दिया और वह थोड़े से आदमियों को साथ लेकर दूर-दूर तक सैर करती फिरती थी। पांच वर्ष तक वह इसी अवस्था में रही, इसी बीच में आजादी मिलने के कारण उसकी चाल-चलन में भी फर्क पड़ गया था। इस समय गौहर की उम्र पन्द्रह वर्ष की है। शेरअलीखां दिग्विजय सिंह का दिली दोस्त था और दिग्विजय सिंह भी उसका बहुत भरोसा रखता था।

गौहर का नाम सुनते ही दरबान चौंका और उसने उस अफसर को इत्तिला दी जो कई सिपाहियों को साथ लेकर फाटक की हिफाजत पर मुस्तैद था। अफसर तुरन्त फाटक पर आया और उसने पुकारकर पूछा, "आप कौन हैं?"

गौहर- मैं शेरअलीखां की लड़की गौहर हूं।

अफसर- इस समय आपको संकेत बताना चाहिए।

गौहर- हां, बताती हूं- "जोगिया।"

'जोगिया' सुनते ही अफसर ने दरवाजा खोलने का हुक्म दे दिया और गिल्लन को साथ लिये हुए गौहर किले के अन्दर पहुंच गई। मगर गौहर बिल्कुल नहीं जानती थी कि थोड़ी ही दूर पर

एक लम्बे कद का आदमी दीवार के साथ चिपका खड़ा है और उसकी बातें, जो दरबान के साथ हो रही थीं, सुन रहा है।

जब गौहर किले के अन्दर चली गई, उसके आधे घण्टे बाद एक लम्बे कद का आदमी, जिसे अब भूतनाथ कहना उचित है, उसी फाटक पर पहुंचा और दरवाजा खोलने के लिए उसने दरबान को पुकारा।

दरबान- तुम कौन हो?

भूत- मैं शेरअलीखां का जासूस हूं।

दरबान- संकेत बताओ।

भूत- "जोगिया।"

दरवाजा तुरन्त खोल दिया गया और भूतनाथ भी किले के अन्दर जा पहुंचा। गौहर वही परिचय देती हुई राजमहल तक चली गई। जब उसके आने की खबर राजा दिग्विजय सिंह को दी गई, उस समय रात बहुत कम बाकी थी और दिग्विजय सिंह मसहरी पर बैठा हुआ राजकीय मामलों की तरह-तरह की बातें सोच रहा था। गौहर के आने की खबर सुनते ही दिग्विजय सिंह ताज्जुब में आकर उठ खड़ा हुआ, उसे अन्दर आने की आज्ञा दी, बल्कि खुद भी दरवाजे तक इस्तकबाल के लिए आया और बड़ी खातिरदारी से उसे अपने कमरे में ले गया। आज पांच वर्ष बाद दिग्विजय सिंह ने गौहर को देखा, इस समय इसकी खूबसूरती और उठती हुई जवानी गजब करती थी। उसे देखते ही दिग्विजय सिंह की तबीयत डोल गई, मगर शेरअलीखां के डर से रंग न बदल सका।

दिग्विजय सिंह- इस समय आपका आना क्योंकर हुआ और यह दूसरी औरत आपके साथ कौन है?

गौहर- यह मेरी ऐयारा है। कई दिन हुए, केवल आपसे मिलने के लिए सौ सिपाहियों को साथ लेकर मैं यहां आ रही थी। इत्तिफाक से वीरेन्द्र सिंह के जालिम आदमियों ने मुझे गिरफ्तार कर लिया। मेरे साथियों में से कई मारे गए और कई कैद हो गये। मैं भी चार दिन तक कैद रही। आखिर इस चालाक ऐयारा ने, जो कैद होने से बच गई थी, मुझे छुड़ाया। इस समय सिवाय इसके कि मैं इस किले में आ घुसूं और कोई तदबीर जान बचाने की न सूझी। सुना है कि वीरेन्द्र सिंह वगैरह आजकल आपके यहां कैद हैं?

दिग्विजय सिंह- हां, वे लोग आज-कल यहां कैद हैं। मैंने यह खबर आपके पिता को भी लिखी है।

गौहर- हां, मुझे मालूम है। वे भी आपकी मदद को आने वाले हैं। उनका इरादा है कि वीरेन्द्र सिंह के लश्कर पर, जो इस पहाड़ी के नीचे है, छापा मारें।

दिग्विजय सिंह- हां, मुझे तो एक उन्हीं का भरोसा है।

यद्यपि शेरअलीखां के डर से दिग्विजय सिंह गौहर के साथ अदब का बर्ताव करता रहा, मगर कम्बख्त गौहर को यह मंजूर न था। उसने यहां तक हाव-भाव और चुलबुलापन दिखाया कि दिग्विजय सिंह की नीयत आखिर बदल गई और वह एकान्त खोजने लगा।

गौहर तीन दिन से ज्यादा अपने को न बचा सकी। इस बीच में उसने अपना मुंह काला करके दिग्विजय सिंह को काबू में कर लिया और दिग्विजय सिंह से इस बात की प्रतिज्ञा करा ली कि वीरेन्द्र सिंह वगैरह जितने आदमी यहां कैद हैं, सभी का सिर काटकर किले के कंगूरों पर लटका दिया जाएगा और इसका बन्दोबस्त भी होने लगा। मगर इसी बीच में भैरो सिंह, रामनारायण और चुन्नीलाल ने, जो किले के अन्दर पहुंच गए थे, वह धूम मचाई कि लोगों की नाक में दम कर दिया और मजा तो यह कि किसी को कुछ पता न लगता था कि यह कार्रवाई कौन कर रहा है।

***

बयान-10

वीरेन्द्र सिंह के तीनों ऐयारों ने रोहतास गढ़ के किले के अन्दर पहुंचकर अंधेर मचाना शुरू किया। उन लोगों ने निश्चय कर लिया कि अगर दिग्विजय सिंह हमारे मालिकों को नहीं छोड़ेगा तो ऐयारी के कायदे के बाहर काम करेंगे और रोहतास गढ़ का सत्यानाश करके छोड़ेंगे।

जिस दिन दिग्विजय सिंह की मुलाकात गौहर से हुई थी, उसके दूसरे ही दिन दरबार के समय दिग्विजय सिंह को खबर पहुंची कि शहर में कई जगह हाथ के लिखे हुए कागज दीवारों पर चिपके हुए दिखाई देते हैं जिनमें लिखा है-"वीरेन्द्र सिंह के ऐयार लोग इस किले में आ पहुंचे। यदि दिग्विजय सिंह अपनी भलाई चाहें तो चौबीस घण्टे के अन्दर राजा वीरेन्द्र सिंह वगैरह को छोड़ दें, नहीं तो देखते-देखते रोहतास गढ़ का सत्यानाश हो जाएगा और यहां का एक आदमी जीता न बचेगा।"

राजा वीरेन्द्र सिंह के ऐयारों का हाल दिग्विजय सिंह अच्छी तरह जानता था। उसे विश्वास था कि उन लोगों का मुकाबला करने वाला दुनिया भर में कोई नहीं है। विज्ञापन का हाल सुनते ही वह कांप उठा और सोचने लगा कि अब क्या करना चाहिए। इन विज्ञापन की बात शहर भर में तुरंत फैल गई। मारे डर के वहां की रिआया का दम निकला जाता था। सब कोई अपने राजा दिग्विजय सिंह की शिकायत करते थे और कहते थे कि कम्बख्त ने बेफायदा राजा वीरेन्द्र सिंह से वैर बांधकर हम लोगों की जान ली।

तीनों ऐयारों ने तीन काम बांट लिए। रामनारायण ने इस बात का जिम्मा लिया कि किसी लोहार के यहां चोरी करके बहुत-सी कीलें इकट्ठी करेंगे और रोहतास गढ़ में जितनी तोपें हैं सभी में कीलें ठोंक देंगे, चुन्नीलाल ने वादा किया कि तीन दिन के अन्दर रामानन्द ऐयार का सिर काट शहर के चौमुहाने पर रखेंगे, और भैरो सिंह ने तो रोहतास गढ़ ही को चौपट करने का प्रण किया था।

हम ऊपर लिख आए हैं कि जिस समय कुन्दन (धनपत) ने तहखाने में से किशोरी को निकाल ले जाने का इरादा किया था तो बारह नम्बर की कोठरी में पहुंचने के पहले तहखाने के दरवाजे में ताला लगा दिया था। मगर रोहतास गढ़ दखल होने के बाद तहखाने वाली किताब की मदद से, जो दारोगा के पास रहा करती थी, वे दरवाजे पुनः खोल दिए गए थे और इसलिए दीवानखाने की राह से तहखाने में फिर आमद-रफ्त शुरू हो गई थी।

एक दिन आधी रात के बाद राजा दिग्विजय सिंह के पलंग पर बैठी हुई गौहर ने इच्छा प्रकट की कि मैं तहखाने में चलकर राजा वीरेन्द्र सिंह वगैरह को देखना चाहती हूं। राजा दिग्विजय

सिंह उसकी मुहब्बत में चूर हो रहे थे, दीन-दुनिया की खबर भूले हुए थे, तहखाने के कायदे पर ध्यान न देकर गौहर को तहखाने में ले चले।

अभी पहला दरवाजा भी न खोला था कि यकायक एक भयानक आवाज आई। मालूम हुआ कि मानो हजारों तोपें एक साथ छूटी हैं। तमाम किला हिल उठा। गौहर बहदवास होकर जमीन पर गिर पड़ी, दिग्विजय सिंह भी खड़ा न रह सका।

जब दिग्विजय सिंह को होश आया, छत पर चढ़ गया और शहर की तरफ देखने लगा। शहर में बेहिसाब आग लगी हुई थी, सैकड़ों घर जल रहे थे, अग्निदेव ने अपना पूरा दखल जमा लिया था, आग के बड़े-बड़े शोले आसमान की तरफ उठ रहे थे। यह हाल देखते ही दिग्विजय सिंह ने सिर पीटा और कहा, "यह सब फसाद वीरेन्द्र सिंह के ऐयारों का है! बेशक, उन लोगों ने मैगजीन में आग लगा दी और वह भयंकर आवाज मैगजीन के उड़ने की ही थी। हाय, आज सैकड़ों घर तबाह हो गये होंगे! इस समय वह कम्बख्त साधु अगर मेरे सामने होता तो मैं उसकी दाढ़ी नोंच लेता, जिसके बहकाने से वीरेन्द्र सिंह वगैरह को कैद किया!"

दिग्विजय सिंह घबड़ाकर राजमहल के बाहर निकला और तब उसे निश्चय हो गया कि जो कुछ उसने सोचा था, ठीक निकला। नौकरों ने खबर दी कि न मालूम किसने मैगजीन में आग लगा दी, जिसके सबब से सैकड़ों घर तबाह हो गए। उसी समय शहर में ऐसी आग लग गई जो अभी तक बुझाए नहीं बुझती। खबर के सुनते ही दिग्विजय सिंह अपने कमरे में लौट गया और बदहवास होकर गद्दी पर गिर पड़ा।

बेशक, यह सब काम वीरेन्द्र सिंह के ऐयारों का ही था। इस आग-लगी में रामनारायण को भी तोपों में कीलें ठोंकने का खूब मौका हाथ लगा। रामानन्द दीवान घबराकर घर से बाहर निकला और तहकीकात करने के लिए अकेला ही शहर की तरफ चला। रास्ते में चुन्नीलाल ने हाथ पकड़ लिया और उसने चुन्नीलाल पर तलवार चलाई। चुन्नीलाल उछलकर दूर जा खड़ा हुआ और उस वार को बचा गया, मगर चुन्नीलाल के वार ने रामानन्द का काम तमाम कर दिया। उसकी भुजाली रामानन्द की गर्दन पर ऐसी बैठी कि सिर कटकर दूर जा गिरा।

1. तोप में रंजक देने की जो प्याली होती है, उसके छेद में कील ठोंक देने से तोप बेकाम हो जाती है।

अब हमको यह भी लिखना चाहिए कि भैरो सिंह ने किस तरह मैगजीन में आग लगाई। भैरो सिंह ने एक मोमबत्ती ऐसी तैयार की जो केवल दो घण्टे तक जल सकती थी अर्थात् उसमें दो घण्टे से ज्यादे देर तक जलने लायक मोम न था, और उस मोमबत्ती के बीचों-बीच में आतिशबाजी का एक अनार बनाया जिससे आधी मोमबत्ती जब जल जाए तो आप से आप अनार में आग लगे। जब इस तरह की मोमबत्ती तैयार हो गई तो उसने अपने दोनों साथियों से कहा कि "मैं मैगजीन में आग लगाने जाता हूं, अपनी फिक्र आप कर लूंगा। तुम लोग किसी ऐसी जगह जाकर छिपो जहां मैदान या किले की मजबूत दीवार हो, मगर इसके पहले शहर में

आग लगा दो।" इसके बाद भैरो सिंह मैगजीन के पास पहुंचे और इस फिक्र में लगे कि मौका मिले तो कमन्द लगाकर उसके अन्दर जाएं।

यह इमारत बहुत बड़ी तो न थी, मगर मजबूत थी। दीवार बहुत चौड़ी और ऊंची थीं। फाटक बहुत बड़ा और लोहे का था। पहरे पर पचास आदमी नंगी तलवारें लिये हर वक्त मुस्तैद रहते थे। इस मैगजीन के चारों तरफ से कोई आदमी आग लेकर नहीं जाने पाता था।

चन्द्रमा अस्त हो गया और पिछली रात की अंधेरी चारों तरफ फैल गई। निद्रादेवी की हुकूमत में सभी पड़े हुए थे, यहां तक कि पहरे वालों की आंखें भी झिपी पड़ती थीं। उसी समय मौका पाकर भैरो सिंह ने मैगजीन के पिछली तरफ कमन्द लगाई। दीवार के ऊपर चढ़ जाने के बाद कमन्द खींच ली और फिर उसी के सहारे उतर गए। मैगजीन के अन्दर हजारों थैले बारूद के गंजे हुए पड़े थे, तोप के गोलों का ढेर लगा हुआ था, बहुत-सी तोपें भी पड़ी हुई थीं। भैरो सिंह ने यह मोमबत्ती जलाई और बारूद के थैलों के पास जमीन पर लगाकर खड़ी कर दी, इसके बाद फुर्ती से मैगजीन के बाहर हो गए और जहां तक दूर निकल जाते बना, निकल गए। उसी के घण्टे भर बाद (जब मोमबत्ती का अनार छूटा होगा) बारूद में आग लगी और मैगजीन की इमारत जड़बुनियाद से नष्ट हो गई। हजारों आदमी मरे और सैकड़ों मकान गिर पड़े, बल्कि यों कहना चाहिए कि उसकी आवाज से रोहतास गढ़ का किला दहल उठा, जरूर कई कोस तक इसकी भयानक आवाज गई होगी। पहाड़ी के नीचे वीरेन्द्र सिंह के लश्कर में जब यह आवाज पहुंची तो दोनों सेनापति समझ गए कि मैगजीन में आग लगी, क्योंकि ऐसी भयानक आवाज सिवाय मैगजीन उड़ने के और किसी तरह से नहीं हो सकती। बेशक यह काम भैरो सिंह का है।

मैगजीन उड़ने का विश्वास होते ही दोनों सेनापति बहुत प्रसन्न हुए और समझ गए कि अब रोहतास गढ़ का किला फतह कर लिया, क्योंकि जब बारूद का खजाना ही उड़ गया तो किले वाले तोपों के जरिये से हमें कैसे रोक सकते हैं। दोनों सेनापतियों ने यह सोचकर, कि अब विलम्ब करना मुनासिब नहीं है, किले पर चढ़ाई कर दी और दो हजार आदमियों को साथ ले नाहर सिंह पहाड़ पर चढ़ने लगा। यद्यपि दोनों सेनापति इस बात को समझते थे कि मैगजीन उड़ गई है, तो भी कुछ बारूद तोपखाने में जरूर होगी, मगर यह खयाल उनके बढ़े हुए हौसले को किसी तरह रोक न सका।

इधर दिग्विजय सिंह अपनी जिन्दगी से बिल्कुल नाउम्मीद हो बैठा। जब उसे यह खबर पहुंची कि रामानन्द दीवान (या ऐयार) भी मारा गया और बहुत-सी तोपें भी कील ठुक जाने के कारण बर्बाद हो गईं, तब वह और बेचैन हो गया और मालूम होने लगा कि मौत नंगी तलवार लिए सामने खड़ी है। वह पहर दिन चढ़े तक पागलों की तरह चारों तरफ दौड़ता रहा और तब एकान्त में बैठकर सोचने लगा कि अब क्या करना चाहिए। जब उसे जान बचाने की कोई तरकीब न सूझी और यह निश्चय हो गया कि अब रोहतास गढ़ का किला किसी तरह नहीं रह सकता और दुश्मन लोग भी मुझे किसी तरह जीता नहीं छोड़ सकते, तब वह हाथ में नंगी तलवार लेकर उठा

और तहखाने की ताली निकालकर यह कहता हुआ तहखाने की तरफ चला कि “जब मेरी जान बच ही नहीं सकती तो वीरेन्द्र सिंह और उनके लड़कों वगैरह को क्यों जीता छोड़ूं आज मैं अपने हाथ से उन लोगों के सिर काटूंगा!”

दिग्विजय सिंह हाथ में नंगी तलवार लिए हुए अकेला ही तहखाने में गया, मगर जब उस दालान में पहुंचा जिसमें हथकड़ियों और बेड़ियों से कसे हुए वीरेन्द्र सिंह वगैरह रखे गए थे, तो उसको खाली पाया। वह ताज्जुब में आकर चारों तरफ देखने और सोचने लगा कि कैदी लोग कहां गायब हो गए। मालूम होता है कि यहां भी ऐयार लोग आ पहुंचे, मगर देखना चाहिए कि किस राह से पहुंचे।

दिग्विजय सिंह उस सुरंग में गया जो कब्रिस्तान की तरफ निकल गई थी। वहां का दरवाजा उसी तरह बन्द पाया जैसा कि उसने अपने हाथ से बन्द किया था। आखिर लाचार सिर पीटता हुआ लौट आया और दीवानखाने में बदहवास होकर गद्दी पर गिर पड़ा।

***

बयान-11

इस जगह मुख्तसर ही में यह भी लिख देना मुनासिब मालूम होता है कि रोहतास गढ़ तहखाने में से राजा वीरेन्द्र सिंह, कुंअर आनन्द सिंह और उनके ऐयार लोग क्योंकर छूटे और कहां गए।

हम ऊपर लिख आए हैं कि जिस समय गौहर 'जोगिया' का संकेत देकर रोहतास गढ़ किले में दाखिल हुई उसके थोड़ी ही देर बाद एक लम्बे कद का आदमी भी, जो असल में भूतनाथ था, 'जोगिया' का संकेत देकर किले के अन्दर चला गया। न मालूम उसने वहां क्या-क्या कार्रवाई की, मगर जिस समय मैगजीन उड़ाई गई थी, उस समय वह एक चोबदार की सूरत बना राजमहल के आसपास घूम रहा था। जब राजा दिग्विजय सिंह घबराकर महल के बाहर निकला था और चारों तरफ कोलाहल मचा हुआ था, वह इस तरह महल के अन्दर घुस गया कि किसी को गुमान भी न हुआ। इसके पास ठीक वैसी ही ताली मौजूद थी जैसी तहखाने की ताली राजा दिग्विजय सिंह के पास थी। भूतनाथ जल्दी-जल्दी उस घर में पहुंचा जिसमें तहखाने के अन्दर जाने का रास्ता था। उसने तुरन्त दरवाजा खोला और अन्दर जाकर उसी ताली से फिर बन्द कर दिया। उस दरवाजे में एक ही ताली बाहर-भीतर दोनों तरफ से लगती थी। कई दरवाजों को खोलता हुआ वह उस दालान में पहुंचा जिसमें वीरेन्द्र सिंह वगैरह कैद थे और राजा वीरेन्द्र सिंह के सामने हाथ जोड़कर खड़ा हो गया। राजा वीरेन्द्र सिंह उस समय बड़ी चिन्ता में थे। मैगजीन उड़ने की आवाज उनके कान तक भी पहुंची थी, बल्कि मालूम रहे कि उस आवाज के सदमे से समूचा तहखाना हिल गया। वे भी यही सोच रहे थे कि शायद हमारे ऐयार लोग किले के अन्दर पहुंच गए। जिस समय भूतनाथ हाथ जोड़कर उनके सामने जा खड़ा हुआ, वे चौंके और भूतनाथ की तरफ देखकर बोले, "तू कौन है और यहां क्यों आया?"

भूतनाथ- यद्यपि मैं इस समय एक चोबदार की सूरत में हूं, मगर मैं हूं कोई दूसरा ही, मेरा नाम भूतनाथ है। मैं आप लोगों को इस कैद से छुड़ाने आया हूं और इसका इनाम पहले ही ले लिया चाहता हूं।

वीरेन्द्र सिंह- (ताज्जुब में आकर) इस समय मेरे पास क्या है जो मैं इनाम में दूं?

भूतनाथ- जो मैं चाहता हूं वह इस समय भी आपके पास मौजूद है।

वीरेन्द्र सिंह- यदि मेरे पास मौजूद है तो मैं उसे देने को तैयार हूं। मांग, क्या मांगता है।

भूतनाथ- बस, मैं यही मांगता हूं कि आप मेरा कसूर माफ कर दें! और कुछ नहीं चाहता।

वीरेन्द्र सिंह- मगर मैं कुछ नहीं जानता कि तू कौन है और तूने क्या अपराध किया है जिसे मैं माफ कर दूं।

भूतनाथ- इसका जवाब मैं इस समय नहीं दे सकता। बस, आप देर न करें, मेरा कसूर माफ कर दें जिससे आप लोगों को यहां से जल्द छुड़ाऊं। समय बहुत कम है, विलम्ब करने से पछताना पड़ेगा।

तेज सिंह- पहले तुम्हें कसूर साफ-साफ कह देना चाहिए।

भूतनाथ- ऐसा नहीं हो सकता!

भूतनाथ की बातें सुनकर सभी हैरान थे और सोचते थे कि यह विचित्र आदमी है जो जबर्दस्ती अपना कसूर माफ करा रहा है और यह भी नहीं कहता कि उसने क्या किया है। इसमें शक नहीं कि यदि हम लोगों को यहां से छुड़ा देगा तो भारी अहसान करेगा, मगर इसके बदले में यह केवल इतना ही मांगता है कि इसका कसूर माफ कर दिया जाए। तो यह मामला क्या है! आखिर बहुत-कुछ सोच-समझकर राजा वीरेन्द्र सिंह ने भूतनाथ से कहा, "खैर, जो हो, मैंने तेरा कसूर माफ किया।"

इतना सुनते ही भूतनाथ हंसा और बारह नम्बर की कोठरी के पास जाकर उसी ताली से, जो उसके पास थी, कोठरी का दरवाजा खोला। पाठक महाशय भूले न होंगे, उन्हें याद होगा कि इसी कोठरी में किशोरी को दिग्विजय सिंह ने डाल दिया था और इसी कोठरी में से उसे कुन्दन ले भागी थी।

कोठरी का दरवाजा खुलते ही हाथ में नेजा लिए वह राक्षसी दिखाई पड़ी जिसका हाल ऊपर लिख चुके हैं और जिसके सबब से कमला, भैरो सिंह, रामनारायण और चुन्नीलाल किले के अन्दर पहुंचे थे। इस समय तहखाने में केवल एक चिराग जल रहा था जिसकी कुछ रोशनी चारों तरफ फैली हुई थी। मगर जब वह राक्षसी कोठरी के बाहर निकली तो उसके नेजे की चमक से तहखाने में दिन की तरह उजाला हो गया। भयानक सूरत के साथ उसके नेजे ने सभी को ताज्जुब में डाल दिया। उस औरत ने भूतनाथ से पूछा, "तुम्हारा काम हो गया" इसके जवाब में भूतनाथ ने कहा-"हां" उस राक्षसी ने राजा वीरेन्द्र सिंह की तरफ देखकर कहा, "सभी को लेकर आप इस कोठरी में आवें और तहखाने के बाहर निकल चलें, मैं इसी राह से आप लोगों को तहखाने के बाहर कर देती हूं।" यह बात सभी को मालूम ही थी इसी बारह नम्बर की कोठरी में से किशोरी गायब हो गई थी, इसलिए सभी को विश्वास था कि इस कोठरी में से कोई रास्ता बाहर निकल जाने के लिए जरूर है।

सभी की हथकड़ी-बेड़ी खोल दी गईं। इसके बाद सब कोई उस कोठरी में घुसे और उस राक्षसी की मदद से तहखाने के बाहर हो गये। जाते समय राक्षसी ने उस कोठरी को बन्द कर दिया। बाहर होते ही राक्षसी और भूतनाथ राजा वीरेन्द्र सिंह वगैरह से बिना कुछ कहे चले गए और जंगल में घुसकर देखते-ही-देखते नजरों से गायब हो गए। उन दोनों के बारे में सभी को शक बना ही रहा।

***

बयान-12

दो पहर दिन चढ़ने के पहले ही फौज लेकर नाहर सिंह रोहतास गढ़ पहाड़ी के ऊपर चढ़ गया। उस समय दुश्मनों ने लाचार होकर फाटक खोल दिया और लड़-भिड़कर जान देने पर तैयार हो गये। किले की कुल फौज फाटक पर उमड़ आई और फाटक के बाहर मैदान में घोर युद्ध होने लगा। नाहर सिंह की बहादुरी देखने योग्य थी। वह हाथ में तलवार लिए जिस तरफ को निकल जाता था, पूरा सफाया कर देता था। उसकी बहादुरी देखकर उसकी मातहत फौज की भी हिम्मत दूनी हो गई और वह ककड़ी की तरह दुश्मनों को काटने लगी। उसी समय पांच सौ बहादुरों को साथ लिए राजा वीरेन्द्र सिंह, कुंअर आनन्द सिंह और तेज सिंह वगैरह भी आ पहुंचे और उस फौज में मिल गये जो नाहर सिंह की मातहती में लड़ रही थी। ये पांच सौ आदमी उन्हीं की फौज के थे जो दो-दो, चार-चार करके पहाड़ के ऊपर चढ़ाये गए थे। तहखाने से बाहर निकलने पर राजा वीरेन्द्र सिंह से मुलाकात हुई थी और सब एक जगह हो गये थे।

जिस समय किले वालों को यह मालूम हुआ कि राजा वीरेन्द्र सिंह वगैरह भी उस फौज में आ मिले, उस समय उनकी हिम्मत बिल्कुल जाती रही। बिना दिल का हौसला निकाले ही उन लोगों ने हथियार रख दिए और सुलह का डंका बजा दिया। पहाड़ी के नीचे से और फौज भी पहुंच गई और रोहतास गढ़ में राजा वीरेन्द्र सिंह की अमलदारी हो गई। जिस समय राजा वीरेन्द्र सिंह दीवानखाने में पहुंचे वहां राजा दिग्विजय सिंह की लाश पाई गई। मालूम हुआ कि उसने आत्मघात कर लिया। उसकी हालत पर राजा वीरेन्द्र सिंह देर तक अफसोस करते रहे।

राजा वीरेन्द्र सिंह ने कुंअर आनन्द सिंह को गद्दी पर बैठाया। सभी ने नजरें दीं। उसी समय कमला भी आ पहुंची। उसने किले में पहुंचकर कोई ऐसा काम नहीं किया था जो लिखने लायक हो। हां, गिल्लन के सहित गौहर को जरूर गिरफ्तार कर लिया था। दिग्विजय सिंह की रानी अपने पति के साथ सती हुई। रामानन्द की स्त्री भी अपने पति के साथ जल मरी। शहर में कुमार के नाम की मुनादी करा दी गई और यह कहला दिया गया कि जो रोहतास गढ़ से निकल जाना चाहे वह खुशी से चला जाए! दिग्विजय सिंह के मरने से जिसे कष्ट हुआ हो वह यदि हमारे भरोसे पर यहां रहेगा तो उसे किसी तरह का दु:ख न होगा। हर एक की मदद की जाएगी और जो जिस लायक है उसकी खातिर की जाएगी। इन सब कामों के बाद राजा वीरेन्द्र सिंह ने कुल हाल की चिट्ठी लिखकर अपने पिता के पास रवाना की।

दूसरे दिन राजा वीरेन्द्र सिंह ने एकान्त में कमला को बुलाया। उस समय उनके पास कुंअर आनन्द सिंह, तेज सिंह, भैरो सिंह, तारा सिंह वगैरह ऐयार लोग ही बैठे थे, अर्थात् सिवाय आपस वालों के कोई भी बाहरी आदमी नहीं था। राजा वीरेन्द्र सिंह ने कमला से पूछा, "कमला, तू इतने

दिनों तक कहां रही तेरे ऊपर क्या-क्या मुसीबतें आईं, और तू किशोरी का क्या-क्या हाल जानती है, सो मैं सुना चाहता हूं।"

कमला- (हाथ जोड़कर) जो कुछ मुसीबतें मुझ पर आईं और जो कुछ किशोरी का हाल मैं जानती हूं सब अर्ज करती हूं। अपनी प्यारी किशोरी से छूटने के बाद मैं बहुत ही परेशान हुई। अग्निदत्त की लड़की कामिनी ने जब किशोरी को अपने बाप के पंजे से छुड़ाया और खुद भी निकल खड़ी हुई तो पुन: मैं उन लोगों से जा मिली और बहुत दिनों तक गयाजी में रही और वहीं बहुत-सी विचित्र बातें हुईं।

वीरेन्द्र सिंह- हां, गयाजी का बहुत-कुछ हाल तुम लोगों के बारे में देवी सिंह की जुबानी मुझे मालूम हुआ था और यह भी जाना गया कि जिन दिनों इन्द्रजीत सिंह बीमार था, उसके कमरे में जो-जो अद्भुत बातें देखने-सुनने में आईं, सब कामिनी ही की कार्रवाइयां थीं, मगर उनमें से कई बातों का भेद अभी तक मालूम नहीं हुआ।

कमला- वह क्या?

वीरेन्द्र सिंह- एक तो यह कि तुम लोग उस कोठरी में किस रास्ते से आती-जाती थीं दूसरा, लड़ाई किससे हुई थी वह कटा हाथ जो कोठरी में पाया गया, किसका था, और बिना सिर की लाश किसकी थी?

कमला- वह भेद भी मैं आपसे कहती हूं। गयाजी में फलगू नदी के किनारे एक मन्दिर श्री राधाकृष्ण जी का है। उसी मन्दिर में से एक रास्ता महल में जाने का है जो उस कोठरी में निकला है जिसका हाल माधवी, अग्निदत्त और कामिनी के सिवाय किसी को मालूम नहीं। कामिनी की बदौलत मुझे और किशोरी को मालूम हुआ। उसी रास्ते से हम लोग आते-जाते थे। वह रास्ता बड़ा ही विचित्र है, उसका हाल मैं जुबानी नहीं समझा सकती। गयाजी चलने के बाद जब मौका मिलेगा तो ले चलकर उसे दिखाऊंगी, हम लोगों का उस मकान में आना-जाना नेकनीयती के साथ होता था। मगर जब माधवी गयाजी में पहुंची तो बदला लेने की नीयत से एक आदमी और अपनी ऐयारा को साथ ले उसी राह से महल की तरफ रवाना हुई। उसे उस समय तक शायद हम लोगों का हाल मालूम न था। इत्तेफाक से हम तीनों आदमी भी उसी समय सुरंग में घुसे, आखिर नतीजा यह हुआ कि उस कोठरी में पहुंचकर लड़ाई हो गई। माधवी के साथ का आदमी मारा गया। वह कलाई माधवी की थी और मेरे हाथ से कटी थी। अन्त में उसकी ऐयारा उस आदमी का सिर और माधवी को लेकर चली गई। हम लोगों ने उस समय रोकना मुनासिब न समझा।

वीरेन्द्र सिंह- हां ठीक है, ऐसा ही हुआ है। यह हाल मुझे मालूम था, मगर शक मिटाने के लिए तुमसे पूछा था।

कमला- (ताज्जुब में आकर) आपको कैसे मालूम हुआ?

वीरेन्द्र सिंह- मुझसे देवी सिंह ने कहा था और देवी सिंह को उस साधु ने कहा था जो रामशिला पहाड़ी के सामने फलगू नदी के बीच वाले भयानक टीले पर रहता था। देवी सिंह की जुबानी

बाबा जी ने मुझे एक सन्देशा भी कहला भेजा था, मौका मिलने पर मैं जरूर उनके हुक्म की तामील करूंगा।

कमला- वह सन्देशा क्या था?

वीरेन्द्र सिंह- सो इस समय न कहूंगा। हां, यह तो बता कि कामिनी का और उन डाकुओं का साथ क्योंकर हुआ जो गयाजी की रिआया को दु:ख देते थे?

कमला- कामिनी का उन डाकुओं से मिलना केवल उन लोगों को धोखा देने के लिए था। वे डाकू सब अग्निदत्त की तरफ से तनख्वाह और लूट के माल में कुछ हिस्सा भी पाते थे। वे लोग कामिनी को पहचानते थे और उसकी इज्जत करते थे। उस समय उन लोगों को यह नहीं मालूम था कि कामिनी अपने बाप से रंज होकर घर से निकली है इसलिए उससे डरते थे और जो वह कहती थी करते थे। आखिर कामिनी ने धोखा देकर उन लोगों को मरवा डाला और मेरे ही हाथ से उन डाकुओं की जानें गईं। वे डाकू लोग जहां रहते थे, आपको मालूम हुआ ही होगा।

वीरेन्द्र सिंह- हां, मालूम हुआ है। जो कुछ मेरा शक था, मिट गया, अब उस विषय में विशेष कुछ मालूम करने की कोई जरूरत नहीं है। अब मैं यह पूछता हूं कि इस रोहतास गढ़ वाले आदमी जब किशोरी को ले भागे, तब तेरा और कामिनी का क्या हाल हुआ?

कमला- कामिनी को साथ लेकर मैं उस खंडहर से, जिसमें नाहर सिंह और कुंअर इन्द्रजीत सिंह की लड़ाई हुई थी, बाहर निकली और किशोरी को छुड़ाने की धुन में रवाना हुई, मगर कुछ कर न सकी, बल्कि यों कहना चाहिए कि अभी तक मारी फिरती हूं। यद्यपि इस रोहतास गढ़ के महल तक पहुंच चुकी थी, मगर मेरे हाथ से कोई काम न निकला।

वीरेन्द्र सिंह- खैर, कोई हर्ज नहीं। अच्छा यह बता कि अब कामिनी कहां है?

कमला- कामिनी को मेरे चाचा शेर सिंह ने अपने एक दोस्त के घर में रखा है मगर मुझे यह नहीं मालूम कि वह कौन है और कहां रहता है।

वीरेन्द्र सिंह- शेर सिंह से कामिनी क्योंकर मिली?

कमला- यहां से थोड़ी ही दूर पर एक खंडहर है। शेर सिंह से मिलने के लिए कामिनी को साथ लेकर मैं उसी खंडहर में गई थी मगर अब सुनने में आया है कि शेर सिंह ने आपकी ताबेदारी कबूल कर ली और आपने उन्हें कहीं भेजा है।

वीरेन्द्र सिंह- हां, वह देवी सिंह को साथ लेकर इन्द्रजीत को छुड़ाने के लिए गये हैं मगर न मालूम, क्या हुआ कि अभी तक नहीं लौटे।

कमला- कुंअर इन्द्रजीत सिंह तो यहां से दूर न थे और चाचा को वह जगह मालूम थी, अब तक उन्हें लौट आना चाहिए था।

वीरेन्द्र सिंह- क्या तुझे भी वह जगह मालूम है?

कमला- जी हां, आप जब चाहें चलें, मुझे रास्ता बखूबी मालूम है।

इस समय कुंअर आनन्द सिंह ने, जो सिर झुकाए सब बातें सुन रहे थे, अपने पिता की तरफ देखा और कहा, "यदि आज्ञा हो तो मैं कमला के साथ भाई की खोज में जाऊं" इसके जवाब में राजा वीरेन्द्र सिंह ने सिर हिलाया अर्थात् उनकी अर्जी मंजूर नहीं की।

राजा वीरेन्द्र सिंह और कमला में जो कुछ बातें हो रही थीं, सब कोई गौर से सुन रहे थे। यह कहना जरा मुश्किल है कि उस समय कुंअर आनन्द सिंह की क्या दशा थी। कामिनी के वे सच्चे आशिक थे, मगर वाह रे दिल, इस इश्क को उन्होंने जैसा छिपाया उन्हीं का काम था। इस समय वे कमला की बातें बड़े गौर से सुन रहे थे। उन्हें निश्चय था कि जिस जगह शेर सिंह ने कामिनी को रखा है, वह जगह कमला को मालूम है मगर किसी कारण से बताती नहीं, इसलिए कमला के साथ भाई की खोज में जाने के लिए पिता से आज्ञा मांगी। इसके सिवाय कामिनी के विषय में और भी बहुत-सी बातें कमला से पूछना चाहते थे। मगर क्या करें, लाचार कि उनकी अर्जी नामंजूर की गई और वे कलेजा मसोसकर रह गए।

इसके बाद आनन्द सिंह फिर अपने पिता के सामने गए और हाथ जोड़कर बोले, "मैं एक बात और अर्ज किया चाहता हूं।"

वीरेन्द्र सिंह- वह क्या?

आनन्द सिंह- इस रोहतास गढ़ की गद्दी पर मैं बैठाया गया हूं परन्तु मेरी इच्छा है कि बतौर सूबेदार के यहां का राज्य किसी के सुपुर्द कर दिया जाए।

आनन्द सिंह की बात सुन राजा वीरेन्द्र सिंह गौर में पड़ गए और कुछ देर तक सोचने के बाद बोले, "हां, मैं तुम्हारी इस राय को पसन्द करता हूं और इसका बन्दोबस्त तुम्हारे ही ऊपर छोड़ता हूं। तुम जिसे चाहो, इस काम के लिए चुन लो।"

आनन्द सिंह ने झुककर सलाम किया और उन लोगों की तरफ देखा जो वहां मौजूद थे। इस समय सभी के दिल में खुटका पैदा हुआ और सभी इस बात से डरने लगे कि कहीं ऐसा न हो कि यहां का बन्दोबस्त मेरे सुपुर्द किया जाए, क्योंकि उन लोगों में से कोई भी ऐसा न था जो अपने मालिक का साथ छोड़ना पसन्द करता। आखिर आनन्द सिंह ने सोच-समझकर अर्ज किया–

आनन्द सिंह- मैं इस काम के लिए पण्डित जगन्नाथ ज्योतिषी को पसन्द करता हूं।

वीरेन्द्र सिंह- अच्छी बात है, कोई हर्ज नहीं।

ज्योतिषी जी ने बहुत-कुछ उज्र किया, बावेला मचाया, मगर कुछ सुना नहीं गया। उसी दिन से मुद्दत तक रोहतास गढ़ ब्राह्मणों की हुकूमत में रहा और यह हुकूमत हुमायूं के जमाने में 944 हिजरी तक कायम रही। इसके बाद 945 में दगाबाज शेरखां ने (यह दूसरा शेरखां था) रोहतास गढ़ के राजा चिन्तामन ब्राह्मण को धोखा देकर किले पर अपना कब्जा कर लिया।

***

बयान-13

तहखाने में बैठी हुई कामिनी को जब किसी के आने की आहट मालूम हुई तब वह सीढ़ी की तरफ देखने लगी, मगर जब उसे कई आदमियों के पैरों की धमधमाहट मालूम हुई तब वह घबड़ाई। उसका खयाल दुश्मनों की तरफ गया और वह अपने बचाव का ढंग करने लगी।

ऊपर के कमरे से तहखाने में उतरने के लिए जो सीढ़ियां थीं, उनके नीचे एक छोटी कोठरी बनी हुई थी। इसी कोठरी में शेर सिंह का असबाब रहा करता था और इस समय भी उनका असबाब इसी के अन्दर था। इसके अन्दर जाने के लिए एक छोटा-सा दरवाजा था और लोहे का मजबूत मगर हलका पल्ला लगा हुआ था। दरवाजा बन्द करने के लिए बाहर की तरफ कोई जंजीर या कुण्डी न थी, मगर भीतर की तरफ एक अड़ानी लगी हुई थी जो दरवाजा बन्द करने के लिए काफी थी। दरवाजे के पल्ले में एक सुराख था जिस पर गौर करने से मालूम होता था कि वह ताली लगाने की जगह है।

कामिनी ने तुरन्त चिराग बुझा दिया और अपने बिछावन को बगल में दबाकर उसी कोठरी के अन्दर चले जाने के बाद भीतर से दरवाजा बन्द कर लिया। यह काम कामिनी ने बड़ी जल्दी और दबे-पैर किया। थोड़ी ही देर में कामिनी को मालूम हुआ कि आने वाले अब सीढ़ी उतर रहे हैं और साथ ही इसके ताली लगाने वाले छेद में से मशाल की रोशनी भी उस कोठरी के अन्दर पहुंची जिसमें कामिनी छिपी हुई थी। वह छेद में आंख लगाकर देखने लगी कि कौन आया है और क्या करता है।

सिपाहियाना ठाठ के पांच आदमी ढाल-तलवार लगाये हुए दिखाई पड़े। एक के हाथ में मशाल थी और चार आदमी एक सन्दूक को उठाकर लाये थे। जमीन पर सन्दूक रख देने के बाद पांचों आदमी बैठकर दम लेने और आपस में यों बातचीत करने लगे–

मशालची- जहन्नुम में जाए ऐसी नौकरी, दौड़ते-दौड़ते हैरान हो गये, ओफ!

दूसरा- खैर, दौड़ना और हैरान होना भी सुफल होता अगर कोई नेक काम हम लोगों के सुपुर्द होता।

तीसरा- भाई, चाहे जो हो, मगर बेगुनाहों का खून नाहक मुझसे तो नहीं किया जाता!

चौथा- मुश्किल तो यह है कि हम लोग इनकार भी नहीं कर सकते और भाग भी नहीं सकते।

पांचवां- परसों जो हुक्म हुआ है सो तुमने सुना या नहीं!

मशालची- हां, मुझे मालूम है।

तीसरा- मैंने नहीं सुना, क्योंकि मैं नानक का पता लगाने गया था।

पांचवां- परसों यह हुक्म दिया गया है कि जो कोई कामिनी को पकड़ लायेगा या पता लगा देगा उसे मुंहमांगी चीज इनाम में दी जाएगी।

तीसरा- हम लोगों की ऐसी किस्मत कहां कि कामिनी हाथ लगे!

दूसरा- (चौंककर) चुप रहो, देखो, किसी की आवाज आ रही है!

किशोरी से बात करते-करते जब किसी के आने की आहट मालूम हुई तो कामिनी चुप हो गई थी। किशोरी को ताज्जुब मालूम हुआ कि यकायक कामिनी चुप क्यों हो गई थोड़ी देर तक राह देखती रही कि शायद अब बोले, मगर जब देर हो गई तो उसने खुद पुकारा और कहा, "क्यों बहिन, चुप क्यों हो गई" यही आवाज उन पांचों आदमियों ने सुनी थी। उन लोगों ने बातें करना छोड़ दिया और आवाज की तरफ ध्यान लगाया। फिर आवाज आई-"बहिन कामिनी, कुछ कहो तो सही, तुम चुप क्यों हो गईं क्या ऐसे समय में तुमने भी मुझे छोड़ दिया! बात करना भी बुरा मालूम होता है!"

किशोरी की बातें सुनकर पांचों आदमी ताज्जुब में आ गये और उन लोगों को एक प्रकार की खुशी हुई।

एक- उसी किशोरी की आवाज है, मगर वह कामिनी को क्यों पुकार रही है क्या कामिनी उसके पास पहुंच गई?

दूसरा- क्या पागलपन की बातें कर रहे हो कामिनी अगर किशोरी के पास पहुंच जाती तो वह पुकारती क्यों धीरे-धीरे आपस में बात करती या इस तरह उसे लानत देती।

तीसरा- अजी, यह तो वही है, मैं समझता हूं कि कामिनी इस कोठरी में जरूर आई थी।

दूसरा- आई थी तो गई कहां?

चौथा- हम लोगों के आने के पहले ही कहीं चली गई होगी।

दूसरा- (हंसकर) क्या खूब! अजी किशोरी का यह कहना-"क्यों बहिन, चुप क्यों हो गईं!" इस बात को साबित करता है कि वह अभी-अभी इस कोठरी में मौजूद थी।

पांचवां- तुम्हारा कहना ठीक है मगर यहां तो कामिनी की बू तक नहीं आती।

दूसरा- (चारों तरफ देख और उस कोठरी की तरफ इशारा करके) इसी में होगी।

पांचों ही यह कहने लगे कि 'कामिनी जरूर इसी कोठरी में होगी, हम लोगों के आने की आहट पाकर छिप गई है।' आखिर सब उस कोठरी के पास गए, एक ने दरवाजे में धक्का मारा और किवाड़ बन्द पाकर कहा, "है-है, जरूर इसी में है!"

कोठरी के अन्दर छिपकर बैठी बेचारी कामिनी सब बातें सुन रही थी और ताली के छेद में से सभी को देख भी रही थी। ऊपर लिखी बातों ने उसका कलेजा दहला दिया, यहां तक कि वह

अपनी जिन्दगी से नाउम्मीद हो गई और उसे निश्चय हो गया कि अब ये लोग मुझे गिरफ्तार कर लेंगे।

पांचों आदमी इस फिक्र में लगे कि किस तरह दरवाजा खुले और कामिनी को गिरफ्तार कर लें। एक ने कहा, "दरवाजा तोड़ दो!" दूसरे ने हंसकर जवाब दिया, "शायद यह तुम्हारे किए हो सकेगा।"

उन पांचों ने बहुत कुछ जोर मारा, कामिनी को पुकारा, दिलासा दिया, धमकी दी, जान बचा देने का वादा किया और समझाया मगर कुछ काम न चला। कामिनी बोली तक नहीं। आखिर उनमें से एक ने जो सबसे चालाक और होशियार था कहा, "अगर इस दरवाजे को हम पहले कभी बन्द देखते तो जरूर समझते कि किसी जानकार ने बाहर ताला लगाकर बन्द किया है, मगर अभी थोड़े ही दिन हुए इस कोठरी को मैंने खुला देखा था, इसमें किसी का असबाब पड़ा हुआ था। जो हो यह तो निश्चय हो गया कि कामिनी इस कोठरी के अन्दर घुसकर बैठी है, अब बाबा जी आवें तो इस कोठरी का दरवाजा खुले। (कुछ सोचकर) अब तो यही मुनासिब है कि हम लोगों में से एक आदमी जाए और बाकी चार आदमी बारी-बारी से यहां पहरा दें, जिससे कामिनी निकलकर भाग न जाए।" आखिर इस कोठरी में कब तक छिपकर बैठी रहेगी या अपनी भूख-प्यास का क्या बन्दोबस्त करेगी।

सभी ने इस राय को पसन्द किया। एक आदमी अपने मालिक को खबर करने चला गया, एक तहखाने में उसी जगह बैठा रहा और तीन आदमी बाहर खंडहर में निकल आए और इधर-उधर टहलने लगे। सबेरा हो गया और पूरब की तरफ सूर्य की लालिमा दिखाई देने लगी।

बेचारी कामिनी की जान आफत में फंस गई, देखना चाहिए क्या होता है, मगर उसने निश्चय कर लिया कि भूख और प्यास से चाहे जान निकल जाए, मगर कोठरी के बाहर न निकलूंगी।

उस बेचारी को कोठरी के अन्दर घुसकर बैठे तीन दिन हो गए। भूख और प्यास से उस बेचारी की क्या अवस्था हो गई होगी, यह पाठक स्वयं समझ सकते हैं। लिखने की कोई आवश्यकता नहीं।

हम ऊपर लिख आए हैं कि उन पांचों में से एक आदमी अपने मालिक को खबर करने चला गया और बाकी चार इसलिए रह गए कि बारी-बारी से पहरा दें, जिससे कामिनी निकलकर भाग न जाए।

तीसरे दिन इनमें से तीन आदमी आपस में बातें करते और घूमते-फिरते खंडहर के बाहर निकले और फाटक पर खड़े होकर बातें करने लगे।

एक- इसमें कोई शक नहीं कि हम लोगों का नसीब जाग गया।

दूसरा- नसीब जागा तो हम नहीं कह सकते, हां इतनी बात है कि रकम गहरी हाथ लगेगी।

तीसरा- मुंहमांगा इनाम क्या हम नहीं पा सकते?

दूसरा- नहीं।

तीसरा- सो क्यों?

दूसरा- हम लोग कामिनी को अगर पकड़ ले जाते तो मुंहमांगा इनाम पाते, सो तो हुआ नहीं, कामिनी कोठरी के अन्दर घुस बैठी और हम लोग दरवाजा खोलकर उसे निकाल न सके, लाचार हो बाबा जी को बुलाना पड़ा, ऐसी अवस्था में जो कुछ इनाम मिल जाए वही बहुत है।

पहला- इतना तो कहला भेजा कि हम लोगों ने कामिनी को इस तहखाने में फंसा रखा है।

दूसरा- खैर, जो होगा, देखा जाएगा, इस समय तो हम लोगों की जीत-ही-जीत मालूम होती है। कामिनी और किशोरी दोनों को ही हमारे मालिक की किस्मत ने इस तहखाने में कैद कर रखा है।

तीसरा- (चौंककर) जरा इधर तो देखो ये लोग कौन हैं, मालूम होता है कि इन लोगों ने हमारी बातें सुन लीं।

खंडहर के बाहर बाएं तरफ कुछ हटकर एक नीम का पेड़ था और उस पेड़ के नीचे एक कुआं था। इस समय दो साधु उस कुएं पर बैठे इन तीनों की बातें सुन रहे थे। जब उन तीनों को यह बात मालूम हुई तो डरे और उन साधुओं के पास जाकर बातचीत करने लगे–

एक आदमी- तुम दोनों यहां क्यों बैठे हो?

एक साधु- हमारी खुशी!

एक आदमी- अच्छा, अब हम कहते हैं कि उठो और यहां से चले जाओ।

एक साधु- तू है कौन, जो तेरी बात मानें?

एक आदमी- (तलवार खींचकर) यह न जानना कि साधु समझ के छोड़ दूंगा, नाहक गुस्सा मत दिलाओ।

साधु- (हंसकर) वाह रे बन्दर-घुड़की! अबे, क्या तू हम लोगों को साधु समझ रहा है?

इतना सुनते ही तीनों आदमियों ने गौर करके साधुओं को देखा और यकायक यह कहते हुए कि 'हाय, गजब हो गया, यहां से भागो, यहां से भागो' वहां से भागे। जहां तक हो सका, उन लोगों ने भागने में कसर न की। दोनों साधुओं ने उन लोगों को रोकना मुनासिब न समझा, और भागने दिया।

अब वे दोनों साधु वहां से उठे, और बातें करते हुए खंडहर के अन्दर घुसे। घूमते-फिरते दालान में पहुंचे और दरवाजा खोलते हुए उस तहखाने में उतर गए जिसमें कामिनी थी। इस तहखाने और दरवाजे का हाल हम ऊपर लिख आए हैं, पुनः लिखने की कोई जरूरत नहीं मालूम होती। हां, इतना जरूर कहेंगे कि रंग-ढंग से मालूम होता था कि ये दोनों साधु तहखाने

और उसके रास्ते को बखूबी जानते हैं, नहीं तो ऐसा आदमी, जो दरवाजे का भेद न जानता हो, उस तहखाने में किसी तरह नहीं पहुंच सकता था।

जब दोनों साधु तहखाने में पहुंचे तो वहां एक सिपाही को पाया और सन्दूक पर भी नजर पड़ी। एक मोमबत्ती आले पर जल रही थी। वह सिपाही इन दोनों को देख चौंका, और तलवार खींचकर सामना करने पर मुस्तैद हुआ। एक साधु ने झपटकर उसकी कलाई पकड़ ली, और दूसरे ने उसकी गर्दन में एक ऐसा घूंसा जमाया कि वह चक्कर खाकर गिर पड़ा। उसकी तलवार छीन ली गई और बेहोश कर चादर से जो कमर में लपेटी हुई थी, उसकी मुश्कें बांध दी गईं। इसके बाद दोनों साधु उस सन्दूक की तरफ बढ़े। सन्दूक में ताला लगा हुआ न था, बल्कि एक रस्सी उसके चारों तरफ लपेटी हुई थी। रस्सी खोली गई और उस सन्दूक का पल्ला उठाया गया, एक साधु ने मोमबत्ती हाथ में ली और झांककर सन्दूक के अन्दर देखा, देखते ही "हाय!" कहकर जमीन पर गिर पड़ा। इसके बाद दूसरे ने देखा, और उसकी भी यही अवस्था हुई।

***

चन्द्रकांता संतति
भाग-6

बयान-1

वे दोनों साधु, जो सन्दूक के अन्दर झांक न मालूम क्या देखकर बेहोश हो गए थे, थोड़ी देर बाद होश में आए और चीख-चीखकर रोने लगे। एक ने कहा, "हाय-हाय इन्द्रजीत सिंह, तुम्हें क्या हो गया! तुमने तो किसी के साथ बुराई न की थी, फिर किस कम्बख्त ने तुम्हारे साथ बदी की प्यारे कुमार, तुमने बड़ा बुरा धोखा दिया, हम लोगों को छोड़कर चले गए, क्या दोस्ती का हक इसी तरह अदा करते हैं हाय, अब हम लोग जीकर क्या करेंगे, अपना काला मुंह लेकर कहां जाएंगे हमको अपने भाई से बढ़कर मानने वाला अब दुनिया में कौन रह गया! तुम हमें किसके सुपुर्द करके चले गये।"

दूसरा बोला- "प्यारे कुमार, कुछ तो बोलो! जरा अपने दुश्मनों का नाम तो बताओ, कुछ कहो तो सही कि किस बेईमान ने तुम्हें मारकर इस सन्दूक में डाल दिया हाय, अब हम तुम्हारी मां बेचारी चन्द्रकांता के पास कौन मुंह लेकर जाएंगे, किस मुंह से कहेंगे कि तुम्हारे प्यारे होनहार लड़के को किसी ने मार डाला! नहीं-नहीं, ऐसा न होगा, हम लोग जीतेजी अब लौटकर घर न जाएंगे, इसी जगह जान दे देंगे। नहीं-नहीं, अभी तो हमें उससे बदला लेना है जिसने हमारा सर्वनाश कर डाला। प्यारे कुमार, जरा तो मुंह से बोलो, जरा आंखें खोलकर देखो तो सही, तुम्हारे पास कौन खड़ा रो रहा है। क्या तुम हमें भूल गए हाय, यह यकायक कहां से गजब आकर टूट पड़ा!"

अब तो पाठक समझ गए होंगे कि इस सन्दूक में कुंअर इन्द्रजीत सिंह की लाश थी और ये दोनों साधु उनके दोस्त भैरो सिंह और तारा सिंह थे। इन दोनों के रोने से कामिनी असल बात समझ गई, वह झट कोठरी के बाहर निकल आई और मोमबत्ती की रोशनी में कुमार की लाश देख जोर-जोर से रोने लगी। किशोरी इस तहखाने के बगल वाली कोठरी में थी। उसने जो कुंअर इन्द्रजीत सिंह का नाम ले-लेकर रोने की आवाज सुनी तो उसकी अजब हालत हो गई। उसका पका हुआ दिल इस लायक न था कि इतनी ठेस सम्हाल सके, बस एक दफे 'हाय' की आवाज तो उसके मुंह से निकली मगर फिर तन-बदन की सुध न रही। वह ऐसी जगह न थी कि कोई उसके पास जाए या उसे सम्हाले और देखे कि उसकी क्या हालत है।

भैरो सिंह और तारा सिंह ने जो कामिनी को देखा, तो वह लोग फूट-फूटकर रोने लगे। तहखाने में हाहाकर मच गया। घण्टे भर यही हालत रही। जब कामिनी ने रोकर यह कहा कि 'इसी बगल वाली कोठरी में बेचारी किशोरी भी है, हाय, हम लोगों का रोना सुनकर उस बेचारी

की क्या अवस्था हुई होगी।' तब भैरो सिंह और तारा सिंह चुप हुए और कामिनी का मुंह देखने लगे।

भैरो सिह- तुम्हें कैसे मालूम हुआ कि यहां किशोरी भी है?

कामिनी- मैं उससे बातें कर चुकी हूं।

तारा सिंह- क्या तुम बड़ी देर से इस तहखाने में हो?

कामिनी- देर क्या, मैं तो कई दिनों से भूखी-प्यासी इस तहखाने में कैद हूं। (उस आदमी की तरफ इशारा करके) यह मेरा पहरा देता था।

भैरो सिंह- खैर, जो होना था सो हो गया। अब हम लोग अगर रोने-धोने में लगे रहेंगे, तो इनके दुश्मन का पता न लगा सकेंगे और न उससे बदला ही ले सकेंगे। यों तो जन्म भर रोना ही है परन्तु जब इनके दुश्मन से बदला ले लेंगे तो कलेजे में कुछ ठण्डक पड़ेगी। तुम यहां कैसे आईं और इन दुष्टों के हाथ क्योंकर फंसीं, खुलासा कहो तो शायद कुछ पता लगे।

कामिनी ने अपना खुलासा हाल कहा और इसके बाद पूछा, "तुम दोनों का आना कैसे हुआ।"

भैरो सिंह- कमला ने इस तहखाने का पता देकर हम लोगों को यहां भेजा है। थोड़ी ही देर में राजा वीरेन्द्र सिंह और कुंअर आनन्द सिंह भी बहुत से आदमियों को साथ लिए आना ही चाहते हैं, कमला भी उनके साथ होगी, हम लोग कुंअर इन्द्रजीत सिंह को छुड़ाने के लिए किसी दूसरी जगह जाने वाले थे, मगर हाय, यह क्या खबर थी कि रास्ते में ही हम लोगों पर यह पहाड़ टूट पड़ेगा। हाय, जब महाराज यहां आयेंगे तो हम किस मुंह से कहेंगे कि तुम्हारे प्यारे लड़के की लाश इस तहखाने में पाई गई।

इसके बाद भैरो सिंह ने इस तहखाने में आने का बाकी हाल कहा तथा यह भी बताया कि "जब खंडहर के बाहर कुएं पर हम दोनों आदमी बैठे थे, तभी तीन आदमियों की बातचीत से मालूम हो गया कि तुमको उन लोगों ने कैद कर लिया है। परन्तु यह आशा न थी कि हम तुम्हें इस अवस्था में देखेंगे। उन लोगों ने मुझे देखा तो पहचानकर डरे और भाग गये, मगर मुझे यह न मालूम हुआ कि वे लोग कौन हैं और उन्होंने मुझे कैसे पहचाना?"

कामिनी- (हाथ का इशारा करके) उन्हीं लोगों में से एक यह भी है जिसे तुमने बांध रखा है।

भैरो सिंह- (उस आदमी से) बता, तू कौन है?

आदमी- बताने को तो मैं सब-कुछ बता सकता हूं, परन्तु मेरी जान किसी तरह न बचेगी।

भैरो सिंह- क्या तुझे अपने मालिक का डर है?

आदमी- जी हां।

भैरो सिंह- मैं वादा करता हूं कि तेरी जान बचाऊंगा, और तुझे बहुत-कुछ इनाम भी दिलाऊंगा।

आदमी- इस वादे से मेरी तबीयत नहीं भरती। क्योंकि मुझे तो आप लोगों के ही बचने की उम्मीद नहीं। हाय, क्या आफत में जान फंसी है। अगर कुछ कहें तो मालिक के हाथ से मारे जाएं और न कहें तो इन लोगों के हाथ से दुःख भोगें!

भैरो सिंह- तेरी बातों से मालूम होता है कि तेरा मालिक बहुत जल्द ही यहां आना चाहता है?

आदमी- बेशक, ऐसा ही है।

यह सुनते ही भैरो सिंह ने तारा सिंह के कान में कुछ कहा और उनका ऐयारी का बटुआ लेकर अपना बटुआ उन्हें दे दिया जिसे ले वे तुरन्त वहां से रवाना हुए और तहखाने के बाहर निकल गए। तारा सिंह ने जल्दी-जल्दी खंडहर के बाहर होकर उस कुएं में से एक लुटिया पानी खींचा और बटुए में से कोई चीज निकालकर पत्थर पर रगड़ जल में घोलकर पी ली। फिर एक लुटिया जल निकालकर वही चीज पत्थर पर घिस पानी में मिलाई और बहुत जल्द तहखाने में पहुंचे। जल की लुटिया भैरो सिंह के हाथ में दी, भैरो सिंह ने बटुए से कुछ खाने की चीज निकाली और कामिनी से कहा, "इसे खाकर तुम यह जल पी लो।"

कामिनी- भला खाने और जल पीने का यह कौन-सा मौका है यद्यपि मैं कई दिनों से भूखी हूं, परन्तु क्या कुमार की लाश के सिरहाने बैठकर मैं खा सकूंगी, क्या यह अन्न मेरे गले के नीचे उतरेगा?

भैरो सिह- हाय! इस बात का मैं कुछ भी जवाब नहीं दे सकता। खैर, इस पानी में से थोड़ा तुम्हें पीना ही पड़ेगा। अगर इससे इन्कार करोगी तो हम सब लोग मारे जाएंगे। (धीरे से कुछ कहकर) बस, देर न करो।

कामिनी- अगर ऐसा है तो मैं इन्कार नहीं कर सकती।

भैरो सिंह ने उस लुटिया में से आधा जल कामिनी को पिलाया और आधा आप पीकर लुटिया तारा सिंह के हवाले की। तारा सिंह तुरन्त तहखाने में से बाहर निकल आए और जहां तक जल्द हो सका, इधर-उधर से सूखी हुई लकड़ियां और कण्डे बटोरकर खंडहर के बीच में एक जगह रखा, तब बटुए में से चकमक पत्थर निकाला और उसमें से आग झाड़कर गोठों और लकड़ियों को सुलगाया।

तारा सिंह यह सब काम बड़ी फुर्ती से कर रहे थे और घड़ी-घड़ी में खंडहर के बाहर मैदान की तरफ देखते भी जाते थे। आग सुलगाने के बाद जब तारा सिंह ने मैदान की तरफ देखा तो बहुत दूर पर गर्द उड़ती हुई दिखाई दी। वह अपने काम में फिर जल्दी करने लगे। बटुए में से एक शीशी निकाली जिसमें किसी प्रकार का तेल था, वह तेल आग में डाल दिया, आग पर दो- तीन दफे पानी का छींटा दिया, फिर मैदान की तरफ देखा। मालूम हुआ कि दस-पन्द्रह आदमी घोड़ों पर सवार बड़ी तेजी से इसी तरफ आ रहे हैं। उस समय तारा सिंह के मुंह से यकायक निकल

पड़ा- "ओफ, अगर जरा भी देर होती तो काम बिगड़ ही चुका था, खैर, अब ये लोग कहां जा सकते हैं!"

आग में से बहुत ज्यादे धुआं निकला और खंडहर भर में फैल गया। इसके बाद तारा सिंह खंडहर के बाहर निकले और कुएं के पास जाकर नीम के पेड़ पर चढ़ गए तथा अपने को घने पत्तों की आड़ में छिपा लिया। वह पेड़ इतना ऊंचा था कि उस पर से खंडहर के भीतर का मैदान साफ नजर पड़ता था। वे सवार, जिन्हें तारा सिंह ने दूर से देखा था, अब खंडहर के पास आ पहुंचे, तारा सिंह ने पेड़ पर चढ़े-चढ़े गिना तो मालूम हुआ कि बारह सवार हैं। उनमें सबके आगे एक साधु था जिसकी सफेद दाढ़ी नाभि तक पहुंच रही थी।

पाठक, यह वही बाबाजी हैं जिन्होंने रोहतास गढ़ में राजा दिग्विजय सिंह के पास रात के समय पहुंचकर उन्हें भड़काया और राजा वीरेन्द्र सिंह वगैरह को कैद कराया था।

खंडहर के पास पहुंचकर वे लोग रुके। घोड़ों की बागडोरें पत्थरों से अटकाकर दस आदमी तो खंडहर में अन्दर घुसे और दो आदमी घोड़ों की हिफाजत के लिए बाहर रह गये।

खंडहर के अन्दर धुआं देखकर बूढ़े साधु ने कहा, "यह धुआं कैसा है?"

एक- किसी मुसाफिर ने आकर रसोई बनाई होगी।

दूसरा- मगर धुआं बहुत कड़वा है।

तीसरा- ओफ, आंखों से और नाक से पानी बहने लगा।

साधु- अगर किसी मुसाफिर ने यहां आकर रसोई पकाई होती तो हांडी, पत्तल और पानी का बर्तन इत्यादि कुछ और भी तो यहां दिखाई देता! (एक आदमी की तरफ देखकर) हमें इस धुएं का रंग बेढब मालूम होता है, इसकी कड़वाहट, इसकी रंगत और इसकी बू कहे देती है कि धुएं में बेहोशी का असर है। है, है, जरूर ऐसा ही है, कुछ अमल भी आ चला और सिर भी घूमने लगा! (जोर से) अरे बहादुरो, बेशक तुम लोग धोखे में डाले गए, यहां कोई ऐयार आ पहुंचा है, क्या ताज्जुब है, अगर तहखाने में से कामिनी को निकालकर ले गया हो।

नीम के पेड़ पर बैठे हुए तारा सिंह उस साधु की सब बातें सुन रहे थे क्योंकि वह नीम का पेड़ खंडहर के फाटक के पास ही था। साधु की बातें अभी पूरी न होने पाई थीं कि खंडहर के पिछवाड़े की तरफ से एक आदमी दौड़ता हुआ आया। मालूम होता है कि साधु की आखिरी बात उसने सुन ली थी, क्योंकि पहुंचने के साथ ही उसने पुकारकर कहा, "नहीं-नहीं, कामिनी को कोई निकालकर नहीं ले गया मगर इसमें भी सन्देह नहीं कि वीरेन्द्र सिंह के दो ऐयार यहां आए हैं, एक तहखाने के अन्दर है दूसरा (हाथ से इशारा करके) इस नीम के पेड़ पर चढ़ा हुआ है।"

साधु- बस, तब तो मार लिया। बेशक हम लोग आफत में फंस गए हैं परन्तु कामिनी और इन्द्रजीत, जिन्हें तुम लोग तहखाने में पहुंचा चुके हो, अब बाहर नहीं जा सकते। ताज्जुब नहीं कि

इन ऐयारों ने इन्द्रजीत सिंह को मुर्दा समझ लिया हो! देखो, मैं शाहदरवाजे को अभी ऐसा बन्द करता हूं कि फिर ऐयार का बाप भी तहखाने में नहीं जा सकेगा।

इसके जवाब में उस आदमी ने, जो अभी दौड़ता हुआ आया था, कहा कि "हमारा एक आदमी भी तहखाने में ही है।"

साधु- खैर, अब तो उसका भी उसी तहखाने में घुटकर मर जाना बेहतर है।

तारा सिंह ने उस आदमी को पहचान लिया जो खंडहर के पिछवाड़े की तरफ से दौड़ता हुआ आया था। यह उन्हीं दोनों आदमियों में से एक था जो भैरो सिंह और तारा सिंह को कुएं पर देख डर के मारे भाग गये थे। न मालूम कहां छिपा रहा था जो इस समय बाबा जी को देखकर बेधड़क आ पहुंचा।

साधु ने धुएं का खयाल बिल्कुल ही न किया और खंडहर के अन्दर जाकर न मालूम किस कोठरी में घुस गया।

तारा सिंह को कुंअर इन्द्रजीत सिंह के मरने का जितना गम था, उसे पाठक स्वयं समझ सकते हैं परन्तु उनको उस समय बड़ा ही आश्चर्य हुआ जब साधु के मुंह से यह सुना कि "ताज्जुब नहीं कि इन्द्रजीत सिंह को मुर्दा समझ लिया हो!" बल्कि यों कहना चाहिए कि इस बात ने तारा सिंह को खुश कर दिया। वे अपने दिल में सोचने लगे कि बेशक हम लोगों ने धोखा खाया, मगर न मालूम उन्हें कैसी दवा खिलाई गई जिसने बिल्कुल मुर्दा ही बना दिया। यदि इस समय भैरो सिंह के पास पहुंचकर यह खुशखबरी सुनाई जाती है तो क्या ही अच्छी बात थी। मगर कम्बख्त साधु तो कहता है कि मैं शाहदरवाजे को ही बन्द कर देता हूं जिसमें फिर कोई आदमी तहखाने में न जा सके। यदि ऐसा हुआ तो बड़ी ही मुश्किल होगी। इन्द्रजीत सिंह अगर जीते भी हैं तो अब मर जाएंगे! न मालूम यह शाहदरवाजा कौन-सा है और किस तरह खुलता और बन्द होता है?"

वे लोग तो सुन ही चुके थे कि वीरेन्द्र सिंह का एक ऐयार नीम के पेड़ पर चढ़ा हुआ है। बाबा जी शाहदरवाजा बन्द करने चले गये, मगर तारा सिंह को इसकी कुछ भी चिन्ता नहीं थी, क्योंकि वे इस बात को बखूबी जानते थे कि बेहोशी का धुआं जो इस खंडहर में फैला हुआ है, अब इन लोगों को ज्यादा देर तक ठहरने न देगा, थोड़ी ही देर में बेहोशी आ जाएगी और फिर किसी योग्य न रहेंगे, और आखिर वैसा ही हुआ।

यद्यपि वे लोग ज्यादा धुएं में नहीं फंसे थे, तो भी जो कुछ उन लोगों की आंखों और नाक की राह से पेट में चला गया था, वही उन लोगों को बेदम करने के लिए काफी था। वे लोग कुएं पर आ पहुंचे और चारों तरफ से उस नीम के पेड़ को घेर लिया। इस समय उन लोगों की अवस्था शराबियों की-सी हो रही थी। उसी समय तारा सिंह ने पेड़ पर से चिल्लाकर कहा, "ओ हो हो हो, क्या अच्छे वक्त पर हमारा मालिक आ पहुंचा। अब जरूर इन कम्बख्तों की जान जाएगी!"

तारा सिंह की बात सुनते ही वे लोग ताज्जुब में आ गये और मैदान की तरफ देखने लगे। वास्तव में पूरब की तरफ गर्द उठ रही थी और मालूम होता था कि किसी राजा की सवारी इस तरफ आ रही है। उन लोगों के दिमाग पर अब बेहोशी का असर अच्छी तरह हो चुका था। वे लोग बैठ गए और फिर जमीन पर लेटकर दीन-दुनिया से बेखबर हो गये।

तारा सिंह की निगाह उसी गर्द की तरफ थी। धीरे-धीरे आदमी और घोड़े दिखाई देने लगे और जब थोड़ी दूर रह गये तो साफ मालूम हो गया कि कई सवारों को साथ लिये राजा वीरेन्द्र सिंह आ पहुंचे। ऐयारों में तेज सिंह और पंडित बद्रीनाथ उनके साथ थे और मुश्की घोड़े पर सवार कमला आगे-आगे आ रही थी। जब तक वे लोग खंडहर के पास आये, तब तक तारा सिंह पेड़ के नीचे उतरे, कुएं में से एक लुटिया जल निकालकर मुंह-हाथ धोया और कुछ आगे बढ़कर उन लोगों से मिले। वीरेन्द्र सिंह ने तारा सिंह से पूछा, "कहो, क्या हाल है?"

तारा सिंह- विचित्र हाल है।

वीरेन्द्र सिंह-सो क्यों, भैरो कहां है?

तारा सिंह- भैरो सिंह इसी खंडहर के तहखाने में हैं, और किशोरी, कामिनी तथा कुंअर इन्द्रजीत सिंह भी उसी तहखाने में कैद हैं।

तारा सिंह ने कुंअर इन्द्रजीत सिंह का जो कुछ हाल तहखाने में देखा था, वह किसी से कहना मुनासिब न समझा, क्योंकि सुनते ही वे लोग अधमरे हो जाते और किसी काम लायक न रहते और वीरेन्द्र सिंह की तो न मालूम क्या हालत होती, सिवाय इसके यह भी मालूम हो ही चुका था कि कुंअर इन्द्रजीत सिंह मरे नहीं हैं। ऐसी अवस्था में उन लोगों को बुरी खबर सुनाना बुद्धिमानी के बाहर था, इसलिए तारा सिंह ने इन्द्रजीत सिंह के बारे में बहुत-सी बातें बनाकर कहीं, जैसा कि आगे चलकर मालूम होगा।

कुंअर आनन्द सिंह ने जब तारा सिंह की जुबानी यह सुना कि कामिनी भी इसी तहखाने में कैद है तो बहुत ही खुश हुए और सोचने लगे कि अब थोड़ी देर में माशूका से मुलाकात हुआ ही चाहती है। ईश्वर ने बड़ी कृपा की कि ढूंढ़ने और पता लगाने की नौबत न पहुंची। उन्होंने सोचा कि बस, अब हमारा दु:खान्त नाटक सुखान्त हुआ ही चाहता है।

वीरेन्द्र सिंह ने फिर तारा सिंह से पूछा, "क्या तुमने अपनी आंखों से उन लोगों को इस तहखाने में कैद देखा है?"

तारा सिंह- जी हां, कुंअर इन्द्रजीत सिंह और कामिनी से तो हम दोनों आदमी मिल चुके हैं और भैरो सिंह उन दोनों के पास ही हैं, मगर किशोरी को हम लोग न देख सके, कामिनी की जुबानी मालूम हुआ कि जिस तहखाने में वह है उसी के बगल वाली कोठरी में किशोरी भी कैद है। पर कोई तरकीब ऐसी न निकली जिससे हम लोग किशोरी तक पहुंच सकते।

वीरेन्द्र सिंह- क्या यहां की कोठरियों और दरवाजों में किसी तरह का भेद है?

तारा सिंह- भेद क्या, मुझे तो यह एक छोटा तिलिस्म ही मालूम होता है!

वीरेन्द्र सिंह- भला तुम और भैरो सिंह इन्द्रजीत सिंह के पास तक पहुंच गए तो उसे तहखाने के बाहर क्यों न ले आए?

तारा सिंह- (कुछ अटककर) मुलाकात होने पर हम लोग उसी तहखाने में बैठकर बातें करने लगे। दुश्मन का एक आदमी उस तहखाने में कैदियों की निगहबानी कर रहा था। कैदी हथकड़ी और बेड़ी के सबब बेबस थे। जब हम दोनों ने उस आदमी को गिरफ्तार किया और हाल जानने के लिए बहुत-कुछ मारा-पीटा, तब वह राह पर आया। उसकी जुबानी मालूम हुआ कि हम लोगों का दुश्मन अर्थात् उसका मालिक बहुत से आदमियों को साथ ले यहां आया ही चाहता है। तब भैरो सिंह ने मुझे कहा कि इस समय हम लोगों को इस तहखाने से बाहर निकलना मुनासिब नहीं है, कौन ठिकाना बाहर निकलकर दुश्मनों से मुलाकात हो जाए। वे लोग बहुत होंगे और हम लोग केवल तीन आदमी हैं ताज्जुब नहीं कि तकलीफ उठानी पड़े, इससे यही बेहतर है कि तुम बाहर जाओ और जब दुश्मन लोग इस खंडहर में आ जाएँ, तो उन्हें किसी तरह गिरफ्तार करो। उन्हीं की आज्ञा पाकर मैं अकेला तहखाने के बाहर निकल आया और मैंने दुश्मनों को गिरफ्तार भी कर लिया।

तेज सिंह- (खुश होकर और हाथ का इशारा करके) मालूम होता है कि वे लोग जो उस पेड़ के नीचे पड़े हैं और कुछ खंडहर के दरवाजे पर दिखाई देते हैं, सब तुम्हारी ही कारीगरी से बेहोश हुए हैं। उन्हें किस तरह बेहोश किया?

तारा सिंह- खंडहर के अन्दर आग सुलगाई और उसमें बेहोशी की दवा डाली, जब तक वे लोग आवें तब तक धुआं अच्छी तरह फैल गया। ऐसी कड़ी दवा से वे लोग क्योंकर बच सकते थे, जरा-सा धुआं आंख में लगना बहुत था। दुश्मन के केवल दो आदमी बच गये हैं, (घोड़ों की तरफ देखकर) मालूम होता है, आपको आते देख वे लोग भाग गए, यह क्या हुआ!

तेज सिंह- (चारों तरफ देखकर) जाने दो, क्या हर्ज है। हां तो अब हम लोगों को तहखाने में चलना चाहिए।

तारा सिंह- शायद अब हम लोग तहखाने में न जा सकें।

कमला- सो क्यों?

तारा सिंह- उन लोगों में एक साधु भी था, वह बड़ा ही चालाक और होशियार था। आंख में धुआं लगते ही समझ गया कि इसमें बेहोशी का असर है, अब दम के दम में हम लोग बेहोश हो जाएंगे। उसी समय एक आदमी ने जो पहले हम लोगों को देखकर भाग गया था और छिपकर मेरी कार्रवाई देख रहा था, पहुंचकर उसे हम लोगों के आने की खबर दे दी और यह भी कह दिया कि अभी तक कामिनी, किशोरी और इन्द्रजीत सिंह तहखाने में हैं, बल्कि राजा वीरेन्द्र सिंह का एक ऐयार भी तहखाने में है। यह सुनते ही वह कुछ खुश हुआ और बोला, "अब हम लोग

तो बेहोश हुआ ही चाहते हैं, धोखे में पड़ ही चुके हैं, मगर अब हम यहां के शाहदरवाजे को बन्द कर देते हैं, फिर किसी की मजाल नहीं कि तहखाने में जा सके और उन लोगों को निकाल सके जो तहखाने के अन्दर अभी तक बैठे हुए हैं।" इस बात को सुनकर उस जासूस ने कहा कि "हम लोगों का एक आदमी भी उसी तहखाने में है।" साधु ने जवाब दिया कि "अब उसका भी उसी में घुटकर मर जाना बेहतर होगा।" फिर न मालूम क्या हुआ और उस साधु ने क्या किया अथवा शाहदरवाजा कौन है और किस तरह खुलता या बन्द होता है!

तारा सिंह की इस बात ने सभी को तरद्दुद में डाल दिया और थोड़ी देर तक वे लोग सोच-विचार में पड़े रहे इसके बाद कमला ने कहा, "पहले खंडहर में चलकर तहखाने का दरवाजा खोलना चाहिए, देखें खुलता है या नहीं, अगर खुल गया तो सोच-विचार की कुछ जरूरत नहीं, यदि न खुल सका तो देखा जाएगा।"

इस बात को सभी ने पसन्द किया और राजा वीरेन्द्र सिंह ने कमला को आगे चलने और तहखाने का दरवाजा खोलने के लिए कहा। खंडहर में इस समय धुआं कुछ भी न था, सब साफ हो चुका था। कमला सभी को साथ लिए हुए उस दालान में पहुंची जहां से तहखाने में जाने का रास्ता था। मोमबत्ती जलाकर हाथ में ली और बगल वाली कोठरी में जाकर मोमबत्ती तारा सिंह के हाथ में दे दी। इस कोठरी में एक आलमारी थी जिसके पल्लों में दो मुट्ठे लगे हुए थे। इन्हीं मुट्ठों के घुमाने से दरवाजा खुल जाता था और फिर एक कोठरी में पहुंच जाने से तहखाने में उतरने के लिए सीढ़ियां मिलती थीं। इस समय कमला ने इन्हीं दोनों मुट्ठों को कई बार घुमाया, वे घूम तो गए मगर दरवाजा न खुला। इसके बाद तारा सिंह ने और फिर तेज सिंह ने भी उद्योग किया मगर कोई काम न चला। तब तो सभी का जी बेचैन हो गया और विश्वास हो गया कि उस बेईमान साधु ने जो कुछ कहा, सो किया। इस खंडहर में कोई शाहदरवाजा जरूर है जिसे साधु ने बन्द कर दिया और जिसके सबब से यह दरवाजा अब नहीं खुलता।

सब लोग उस कोठरी से बाहर निकले और उस साधु को ढूंढ़ने लगे। खंडहर में और नीम के पेड़ के नीचे आठ आदमी बेहोश पड़े हुए थे जो सब इकट्ठे किए गए। दो आदमी जो घोड़ों की हिफाजत करने के लिए रह गये थे और बेहोश नहीं हुए थे वे तो न मालूम कहां भाग ही गए थे, अब साधु रह गए सो उनके शरीर का कहीं पता न लगा। चारों तरफ खोज होने लगी।

राजा वीरेन्द्र सिंह, तेज सिंह और तारा सिंह को साथ लिए हुए कमला उस कोठरी में पहुंची जिसमें दीवार के साथ लगी हुई पत्थर की मूरत थी, जिसमें एक दफे रात के समय कामिनी जा चुकी थी, और जिसका हाल ऊपर के किसी बयान में लिखा जा चुका है। इसी कोठरी में पत्थर की मूरत के पास ही साधु महाशय बेहोश पड़े हुए थे।

तेज सिंह- (मूरत को अच्छी तरह देखकर) मालूम होता है कि शाहदरवाजे से इस मूरत का कोई सम्बन्ध है।

वीरेन्द्र सिंह- शायद ऐसा ही हो, क्योंकि मुझे यह खंडहर तिलिस्मी मालूम होता है। हाय, बेचारा लड़का इस समय कैसी मुसीबत में पड़ा है। अब दरवाजा खुलने की तरकीब किससे पूछी जाए और उसका कैसे पता लगे मेरी राय तो यह है कि इस खंडहर में जो कुछ मिट्टी-चूना पड़ा है, सब बाहर फिंकवाकर जगह साफ करा दी जाए और दीवार तथा जमीन भी खोदी जाए।

तेज सिंह- मेरी भी यही राय है।

तारा सिंह- जमीन और दीवार खुदने से जरूर काम चल जाएगा। तहखाने की दीवार खोदकर हम लोग अपना रास्ता निकाल लेंगे, बल्कि और भी बहुत-सी बातों का पता लग जाएगा।

वीरेन्द्र सिंह- (तेज सिंह की तरफ देखकर) बहुत जल्द बन्दोबस्त करो और दो आदमी रोहतास गढ़ भेजकर एक हजार आदमी की फौज बहुत जल्द मंगवाओ। वह फौज ऐसी हो कि सब काम कर सके, अर्थात् जमीन खोदने, सेंध लगाने, सड़क बनाने इत्यादि का काम बखूबी जानती हो।

तेज सिंह- बहुत खूब।

राजा वीरेन्द्र सिंह के साथ-साथ सौ आदमी आये हुए थे। वे सब-के-सब काम में लग गये। बेहोश दुश्मनों के हाथ-पैर बांध दिये गये और उन्हें उठाकर एक दालान में रख देने के बाद सब लोग खंडहर की मिट्टी उठा-उठाकर बाहर फेंकने लगे। जल्दी के मारे मालिकों ने भी काम में हाथ लगाया।

रात हो गई। कई मशाल भी जलाये गये, मिट्टी की सफाई बराबर जारी रही, मगर तारा सिंह का विचित्र हाल था, उन्हें घड़ी-घड़ी रुलाई आती थी, और उसे वे बड़ी मुश्किल से रोकते थे। यद्यपि तारा सिंह ने कुंअर इन्द्रजीत सिंह का हाल बहुत-कुछ झूठ-सच मिलाकर राजा वीरेन्द्र सिंह से कहा था, मगर वे बखूबी जानते थे कि इन्द्रजीत सिंह की अवस्था अच्छी नहीं है, उनकी लाश तो अपनी आंखों से देख ही चुके थे, परन्तु साधु की बातों ने उनकी कुछ तसल्ली कर दी थी। वे समझ गये थे कि इन्द्रजीत सिंह मरे नहीं, बल्कि बेहोश हैं, मगर अफसोस तो यह है कि यह बात केवल तारा सिंह को ही मालूम है, भैरो सिंह को भी यदि इस बात की खबर होती, तो तहखाने में बैठे-बैठे कुमार को होश में लाने का कुछ उद्योग करते। कहीं ऐसा न हो कि बेहोशी में ही कुमार की जान निकल जाए, ऐसी कड़ी बेहोशी का नतीजा अच्छा नहीं होता है, इसके अतिरिक्त कई दिनों से कुमार बेहोशी की अवस्था में पड़े हैं, बेहोशी भी ऐसी कि जिसने बिल्कुल ही मुर्दा बना दिया, क्या जाने, जीते भी हैं या वास्तव में मर ही गये।

ऐसी-सी बातों के विचार से तारा सिंह बहुत ही बेचैन थे, मगर अपने दिल का हाल किसी से कहते नहीं थे।

यहां से थोड़ी दूर पर एक गांव था। कई आदमी दौड़ गये और कुदाल-फावड़ा इत्यादि जमीन खोदने का सामान वहां से ले आये और बहुत से मजदूरों को साथ लिवाते आये। रात-भर काम लगा रहा, और सवेरा होते-होते तक खंडहर साफ हो गया।

अब उस दालान की खुदाई शुरू हुई, जिसके बगल वाली कोठरी के अन्दर से तहखाने में जाने का रास्ता था। हाथ-भर तक जमीन खुदने के बाद लोहे की सतह निकल आई, जिसमें छेद होना भी मुश्किल था। यह देखकर वीरेन्द्र सिंह को भी बहुत रंज हुआ और उन्होंने खंडहर के बीच की जमीन अर्थात् चौक को खोदने का हुक्म दिया।

दूसरे दिन चौक की खुदाई से छुट्टी मिली। खुद जाने पर वहां एक छोटी-सी खूबसूरत बावली निकली, जिसके चारों तरफ छोटी-छोटी संगमरमर की सीढ़ियां थीं। यह बावली दस गज से ज्यादा गहरी न थी, और इसके नीचे की सतह तीन गज चौड़ी और इतनी ही लम्बी होगी। दो पहर दिन चढ़ते-चढ़ते उस बावली की मिट्टी निकल गई और नीचे की सतह में पीतल की एक मूरत दिखाई पड़ी। मूरत बहुत बड़ी न थी, एक हिरन का शेर ने शिकार किया था, हिरन की गर्दन का आधा हिस्सा शेर के मुंह में था। मूरत बहुत ही खूबसूरत और कीमती थी, मगर मिट्टी के अन्दर बहुत दिनों तक दबे रहने से मैली और खराब हो रही थी। वीरेन्द्र सिंह ने उसे अच्छी तरह झाड़पोंछकर साफ करने का हुक्म दिया।

वीरेन्द्र सिंह ने तेज सिंह से कहा, "इस खुदाई में समय भी नष्ट हुआ, और कुछ काम भी न निकला।"

तेज सिंह- मैं इस मूरत पर अच्छी तरह गौर कर रहा हूं, मुझे आशा है कि कोई अनूठी बात जरूर दिखाई पड़ेगी।

वीरेन्द्र सिंह- (ताज्जुब में आकर) देखो-देखो, शेर की आंखें इस तरह घूम रही हैं जैसे वह इधर-उधर देख रहा हो!

आनन्द सिंह- (अच्छी तरह देखकर) हां, ठीक तो है!

इसी समय एक आदमी दौड़ता हुआ आया, और हाथ जोड़कर बोला, "महाराज, चारों तरफ से दुश्मन की फौज ने आकर हम लोगों को घेर लिया है। दो हजार सवारों के साथ शिवदत्त आ पहुंचा, जरा मैदान की तरफ देखिए।"

न मालूम शिवदत्त इतने दिनों तक कहां छिपा हुआ था, और वह क्या कर रहा था। इस समय दो हजार फौज के साथ उसका यकायक आ पहुंचना और चारों तरफ से खंडहर को घेर लेना बड़ा ही दुखदायी हुआ, क्योंकि वीरेन्द्र सिंह के पास इस समय केवल सौ सिपाही थे।

सूर्य अस्त हो चुका था, चारों तरफ से अंधेरी घिरी चली आती थी। फौज सहित राजा शिवदत्त जब तक खंडहर के पास पहुंचे, तब तक रात हो गई। राजा शिवदत्त को तो यह मालूम ही हो चुका था कि केवल सौ सिपाहियों के साथ राजा वीरेन्द्र सिंह, कुंअर आनन्द सिंह और उनके

ऐयार लोग इसी खंडहर में हैं, परन्तु राजा वीरेन्द्र सिंह, कुमार और उनके ऐयारों की वीरता और साहस को भी वह अच्छी तरह जानता था, इसलिए रात के समय खंडहर के अन्दर डेढ़ दो सौ सिपाहियों से ज्यादा नहीं जा सकते थे, क्योंकि उसके अन्दर ज्यादा जमीन न थी, और वीरेन्द्र सिंह तथा उनके साथी इतने आदमियों को कुछ भी न समझते, इसलिए शिवदत्त ने सोचा कि रात भर इस खंडहर को घेरकर चुपचाप पड़े रहना ही उत्तम होगा। वास्तव में शिवदत्त का विचार बहुत ठीक था और उसने ऐसा ही किया भी। राजा वीरेन्द्र सिंह को भी रात भर सोचने-विचारने की मोहलत मिली। उन्होंने कई सिपाहियों को फाटक पर मुस्तैद कर दिया और उसके बाद अपने बचाव का ढंग सोचने लगे।

***

बयान-2

इस समय शिवदत्त की खुशी का अन्दाज करना मुश्किल है और यह कोई ताज्जुब की बात भी नहीं है, क्योंकि लड़ाकों और दोस्त ऐयारों के सहित राजा वीरेन्द्र सिंह को उसने ऐसा बेबस कर दिया कि उन लोगों को जान बचाना कठिन हो गया है। शिवदत्त के आदमियों ने उसे चारों तरफ से घेर लिया और उसे निश्चय हो गया कि अब हम पुन: चुनार की गद्दी पावेंगे, और इसके साथ ही नौगढ़, विजयगढ़, गयाजी और रोहतासगढ़ की हुकूमत भी बिना परिश्रम हाथ लगेगी।

एक घने वटवृक्ष के नीचे अपने दोस्तों और ऐयारों को साथ लिये शिवदत्त गप्पें उड़ा रहा है। ऊपर एक सफेद चंदोवा तना हुआ है। बिछावन और गद्दी उसी प्रकार की है जैसी मामूली सरदार अथवा डाकुओं के भारी गिरोह के अफसर की होनी चाहिए। दो मशालची हाथ में मशालें लिए सामने खड़े हैं, और इधर-उधर कई जगह आग सुलग रही है। बाकरअली, खुदाबक्श, यारअली और अजाएब सिंह ऐयार शिवदत्त के दोनों तरफ बैठे हैं, और सभी की निगाह उन शराब की बोतलों और प्यालों पर बराबर पड़ रही है जो शिवदत्त के सामने काठ की चौकी पर रखे हुए हैं। धीरे-धीरे शराब पीने के साथ-साथ सब कोई शेखी बघार रहे हैं। कोई अपनी बहादुरी की तारीफ कर रहा है, तो कोई वीरेन्द्रसिंह को सहज ही गिरफ्तार करने की तरकीब बता रहा है। शिवदत्त ने सिर उठाया और बाकरअली ऐयार की तरफ देखकर कुछ कहना चाहा, परन्तु उसी समय उसकी निगाह सामने मैदान की तरफ जा पड़ी, और वह चौंक उठा। ऐयारों ने भी पीछे फिरकर देखा और देर तक उसी तरफ देखते रहे।

दो मशालों की रोशनी, जो कुछ दूर पर थी, इसी तरफ आती दिखाई पड़ी। वे दोनों मशाल मामूली न थे, बल्कि मालूम होता था कि लम्बे नेजे या छोटे-से बांस के सिरे पर बहुत-सा कपड़ा लपेटकर मशाल का काम लिया गया है और उसे हाथ में लिए बल्कि ऊंचा किए हुए दो सवार घोड़ा दौड़ाते इसी तरफ आ रहे हैं। उन्हीं मशालों को देखकर शिवदत्त चौंका था।

बाकरअली ऐयार पेड़ के ऊपर चढ़ गया और थोड़ी देर में नीचे उतरकर बोला, "मशाल लेकर केवल दो सवार ही नहीं हैं, बल्कि और भी कई सवार उनके साथ मालूम होते हैं।"

थोड़ी देर में शिवदत्त के कई आदमी उन सवारों को अपने साथ लिये हुए वहीं आ पहुंचे, जहां शिवदत्त बैठा हुआ था। उन सवारों में से एक ने घोड़े पर से उतरने में शीघ्रता की। शिवदत्त ने पहचान लिया कि उसका लड़का भीमसेन है। भीमसेन दौड़कर शिवदत्त के कदमों पर गिर पड़ा। शिवदत्त ने प्रेम के साथ उठाकर गले लगा लिया। दोनों की आंखों में आंसू भर आये और देर तक मुहब्बत-भरी निगाहों से एक-दूसरे को देखता रह गया। इसके बाद लड़के का हाथ थामे हुए

शिवदत्त अपनी गद्दी पर जा बैठा, और भीमसेन से बातचीत करने लगा। उन सवारों ने भी कमर खोली जो भीमसेन के साथ आये थे।

भीमसेन- (गद्‌गद स्वर से) इन चरणों के दर्शन की कदापि आशा न थी।

शिवदत्त- ठीक है, केवल मेरी ही भूल ने यह सब किया, परन्तु आज मुझ पर ईश्वर की दया हुई है, जिसका सबूत इससे बढ़कर और क्या हो सकता है कि वीरेन्द्र सिंह को मैंने फांस लिया और मेरा प्यारा लड़का भी मुझसे आ मिला। हां, यह कहो, तुम्हें छुट्टी क्योंकर मिली ?

भीमसेन- (अपने साथियों में से एक की तरफ इशारा करके) केवल इनकी बदौलत मेरी जान बची।

भीमसेन ने उस आदमी को जिसकी तरफ इशारा किया था अपने पास बुलाया और बैठने का इशारा किया, वह अदब के साथ सलाम करने के बाद बैठ गया। उसकी उम्र लगभग चालीस वर्ष की होगी, शरीर दुबला और कमजोर था। रंग यद्यपि गोरा और आंखें बड़ी थीं परन्तु चेहरे से उदासी और लाचारी पाई जाती थी और यह भी मालूम होता था कि कमजोर होने पर भी क्रोध ने उसे अपना सेवक बना रखा है।

भीमसेन- इसी ने मेरी जान बचाई है। यद्यपि यह बहुत दुबला और कमजोर मालूम होता है परन्तु परले सिरे का दिलावर और बात का धनी है और मैं दृढ़तापूर्वक कह सकता हूं कि इसका ऐसा चतुर और बुद्धिमान होना आजकल के जमाने में कठिन है। यह ऐयार नहीं है मगर ऐयारों को कोई चीज नहीं समझता! यह रोहतासगढ़ का रहने वाला है, वीरेन्द्र सिंह के कारिन्दों के हाथ से दुःखी होकर भागा और इसने कसम खा ली है कि जब तक वीरेन्द्र सिंह और उनके खानदान का नाम-निशान न मिटा लूंगा अन्न न खाऊंगा, केवल कन्दमूल खाकर जान बचाऊंगा। इसमें कोई सन्देह नहीं कि यह जो कुछ चाहे कर सकता है। रोहतासगढ़ के तहखाने और (हाथ का इशारा करके) इस खंडहर का भेद भी यह बखूबी जानता है जिसमें वीरेन्द्र सिंह वगैरह लाचार और आपके सिपाहियों से घिरे पड़े हैं। इसने मुझे जिस चालाकी से निकाला उसका हाल इस समय कहकर समय नष्ट करना उचित नहीं जान पड़ता क्योंकि आज ही इस थोड़ी-सी बची हुई रात में इसकी मदद से एक भारी काम निकलने की उम्मीद है। अब आप स्वयं इससे बातचीत कर लें।

भीमसेन की बात, जो उस आदमी की तारीफ से भरी हुई थी, सुनकर शिवदत्त खुशी के मारे फूल उठा और उससे स्वयं बातचीत करने लगा।

शिवदत्त- सबके पहले मैं आपका नाम सुनना चाहता हूं।

रूहा- (धीरे से कान की तरफ झुककर) मुझे लोग बांकेसिंह कहकर पुकारते थे, परन्तु अब कुछ दिनों के लिए मैंने अपना नाम बदल दिया है। आप मुझे 'रूहा' कहकर पुकारा कीजिए जिससे किसी को मेरा असल नाम मालूम न हो।

शिवदत्त- जैसा आपने कहा वैसा ही होगा। इस समय तो हमने वीरेन्द्र सिंह को अच्छी तरह घेर लिया है, उनके साथ सिपाही भी बहुत कम हैं जिन्हें हम लोग सहज ही गिरफ्तार कर लेंगे। आपका प्रण भी अब पूरा हुआ ही चाहता है।

रूहा- (मुस्कुराकर) इस बन्दोबस्त से आप वीरेन्द्र सिंह का कुछ भी नहीं कर सकते।

शिवदत्त- सो क्यों?

रूहा- क्या आप इस बात को नहीं जानते कि इस खंडहर की दीवार बड़ी मजबूत है?

शिवदत्त- बेशक, मजबूत है मगर इससे क्या हो सकता है?

रूहा- क्या इस खंडहर के भीतर घुसकर आप उनका मुकाबला कर सकेंगे?

शिवदत्त- क्यों नहीं!

रूहा- कभी नहीं। इसके अन्दर सौ आदमियों से ज्यादे के जाने की जगह नहीं है और इतने आदमियों को वीरेन्द्र सिंह के साथी सहज ही में काट गिरावेंगे।

शिव- हमारे आदमी दीवारों पर चढ़कर हमला करेंगे और सबसे भारी बात यह है कि वे लोग दो ही तीन दिन में भूख-प्यास से तंग होकर लाचार बाहर निकलेंगे, उस समय उनको मार लेना कोई बड़ी बात नहीं है।

रूहा- सो भी नहीं हो सकता, क्योंकि यह खंडहर एक छोटा-सा तिलिस्म है जिसका रोहतासगढ़ के तहखाने वाले तिलिस्म से सम्बन्ध है। इसके अन्दर घुसना और दीवारों पर चढ़ना खेल नहीं है। वीरेन्द्र सिंह और उनके लड़कों को इस खंडहर का बहुत कुछ भेद मालूम है और आप कुछ भी नहीं जानते इसी से समझ लीजिए कि आपमें और उनमें क्या फर्क है, इसके अतिरिक्त इस खंडहर में बहुत से तहखाने और सुरंगें भी हैं, जिनसे वे लोग बहुत फायदा उठा सकते हैं।

शिवदत्त- (कुछ सोचकर) आप बड़े बुद्धिमान हैं और इस खंडहर का हाल अच्छी तरह जानते हैं। अब मैं अपना बिल्कुल काम आप ही की राय पर छोड़ता हूं, जो आप कहेंगे मैं वही करूंगा, अब आप ही कहिये क्या किया जाए?

रूहा- अच्छा मैं आपकी मदद करूंगा और राय दूंगा। पहले आप बतावें कि क्या वीरेन्द्र सिंह के यहां आने का सबब आप जानते हैं?

शिवदत्त- नहीं।

रूहा- इसका असल हाल मुझे मालूम हो चुका है। (भीमसेन की तरफ देखकर) उस आदमी का कहना बहुत ठीक है।

भीमसेन- बेशक ऐसा ही है, वह आपका शागिर्द होकर आपसे झूठ कभी नहीं बोलेगा।

शिवदत्त- क्या बात है?

रूहा- हम लोग यहां आ रहे थे तो रास्ते में मेरा एक चेला मिला था जिसकी जुबानी वीरेन्द्र सिंह के यहां आने का सबब हम लोगों को मालूम हो गया।

शिवदत्त- क्या मालूम हुआ?

रूहा- इस खंडहर के तहखाने में कुंअर इन्द्रजीत सिंह न मालूम क्योंकर जा फंसे हैं जो किसी तरह निकल नहीं सकते, उन्हीं को छुड़ाने के लिए ये लोग आये हैं। मैं खंडहर के हर एक तहखाने और उसके रास्ते को जानता हूं, अगर चाहूं तो कुंअर इन्द्रजीत सिंह को सहज ही निकाल लाऊं।

शिवदत्त- ओ हो, यदि ऐसा हो तो क्या बात है। परन्तु आपको इस खंडहर में कोई जाने क्यों देगा और बिना खंडहर में गये आप तहखाने के अन्दर पहुंच नहीं सकते।

रूहा- नहीं-नहीं, खंडहर में जाने की कोई जरूरत नहीं है, मैं बाहर ही बाहर अपना काम कर सकता हूं।

शिवदत्त- तो फिर ऐसे काम में क्यों न जल्दी की जाए?

रूहा- मेरी राय है कि आप या आपके लड़के भीमसेन पांच सौ बहादुरों को साथ लेकर मेरे साथ चलें, यहां से लगभग दो कोस जाने के बाद एक छोटा-सा टूटा-फूटा मकान मिलेगा, पहले उसे घेर लेना चाहिए।

शिवदत्त- उसके घेरने से क्या फायदा होगा?

रूहा- इस खंडहर में से एक सुरंग गई है जो उसी मकान में निकली है, ताज्जुब नहीं है कि वीरेन्द्र सिंह वगैरह उस राह से भाग जाएं इसलिए उस पर कब्जा कर लेना चाहिए। सिवाय इसके एक बात और है!

शिवदत्त- वह क्या?

रूहा- उसी मकान में से एक दूसरी सुरंग उस तहखाने में गई है जिसमें कुंअर इन्द्रजीत सिंह हैं। यद्यपि उस सुरंग की राह से इस तहखाने तक पहुंचते-पहुंचते पांच दरवाजे लोहे के मिलते हैं जिनको खोलना अति कठिन है परन्तु खोलने की तरकीब मुझे मालूम है। वहां पहुंचकर मैं और भी कई काम करूंगा।

शिवदत्त- (खुश होकर) तब तो सबके पहले हमें वहां ही पहुंचना चाहिए।

रूहा- बेशक ऐसा ही होना चाहिए, पांच सौ सिपाही लेकर आप मेरे साथ चलिये या भीमसेन चलें, फिर देखिये मैं क्या करता हूं।

शिवदत्त- अब भीमसेन को तकलीफ देना तो मैं पसन्द नहीं करता।

रूहा- यह बहुत थक गये हैं और कैद की मुसीबत उठाकर कमजोर भी हो गये हैं, यहां का इन्तजाम इन्हें सुपुर्द कीजिए और आप मेरे साथ चलिये।

इसके कुछ ही देर बाद शिवदत्त पांच सौ फौज को लेकर रूहा के साथ उत्तर की तरफ रवाना हुआ। इस समय पहर भर रात बाकी थी, चांद ने भी अपना चेहरा छिपा लिया था मगर नरमदिल तारे डबडबाई हुई आंखों से दुष्ट शिवदत्त और उसके साथियों की तरफ देख-देख अफसोस कर रहे थे।

ये पांच सौ लड़ाके घोड़ों पर सवार थे, रूहा और शिवदत्त अरबी घोड़ों पर सवार सबके आगे-आगे जा रहे थे। रूहा केवल एक तलवार कमर से लगाये हुए था मगर शिवदत्त पूरे ठाठ से था। कमर में कटार और तलवार तथा हाथ में नेजा लिये हुए बड़ी खुशी से घुल-घुलकर बातें करता जाता था। सड़क पथरीली और ऊंची-नीची थी इसलिए ये लोग पूरी तेजी के साथ नहीं जा सकते थे तिस पर भी घंटे भर चलने के बाद एक छोटे से टूटे-फूटे मकान की दीवार पर रूहा की नजर पड़ी और उसने हाथ का इशारा करके शिवदत्त से कहा, "बस अब हम लोग ठिकाने पर आ पहुंचे, यही मकान है।"

शिवदत्त के साथी सवारों ने उस मकान को चारों तरफ से घेर लिया।

रूहा- इस मकान में कुछ खजाना भी है जिसका हाल मुझे अच्छी तरह मालूम है।

शिवदत्त- (खुश होकर) आजकल मुझे रुपये की जरूरत भी है।

रूहा- मैं चाहता हूं कि पहले केवल आपको इस मकान में ले चलकर दो-एक जगह निशान और वहां का कुछ भेद बता दूं फिर आगे जैसा मुनासिब होगा वैसा किया जाएगा। आप मेरे साथ अकेले चलने के लिए तैयार हैं, डरते तो नहीं?

शिवदत्त- (घमंड के साथ) क्या तुमने मुझे डरपोक समझ लिया है और फिर ऐसी अवस्था में जबकि हमारे पांच सौ सवारों से यह मकान घिरा हुआ है?

रूहा- (हंसकर) नहीं-नहीं, मैंने इसलिए टोका कि शायद इस पुराने मकान में आपको भूत-प्रेत का गुमान पैदा हो।

शिवदत्त- छिः, मैं ऐसे खयाल का आदमी नहीं हूं, बस देर न कीजिये, चलिये।

रूहा ने पथरी से आग झाड़कर मोमबत्ती जलाई जो उसके पास थी और शिवदत्त को साथ लेकर मकान में अन्दर घुसा। इस समय उस मकान की अवस्था बिल्कुल खराब थी, केवल तीन कोठरियां बची हुई थीं जिनकी तरफ इशारा करके रूहा ने शिवदत्त से कहा, "यद्यपि यह मकान बिल्कुल टूट-फूट गया है मगर इन तीनों कोठरियों को अभी तक किसी तरह का सदमा नहीं पहुंचा है, मुझे केवल इन्हीं कोठरियों से मतलब है। इस मकान की मजबूत दीवारें अभी दो-तीन और बरसातें सम्हालने की हिम्मत रखती हैं।"

शिवदत्त- मैं देखता हूं कि वे तीनों कोठरियां एक के साथ एक सटी हुई हैं और इसका भी कोई सबब जरूर होगा।

रूहा- जी हां, मगर इन तीन कोठरियों से इस समय तीन काम निकलेंगे।

इसके बाद रूहा एक कोठरी के अन्दर घुसा। इसमें एक तहखाना था और नीचे उतरने के लिए सीढ़ियां नजर आती थीं। शिवदत्त ने पूछा, "मालूम होता है इसी सुरंग की राह आप मुझे ले चलेंगे" इसके जवाब में रूहा ने कहा, "हां, इन्द्रजीत सिंह को गिरफ्तार करने के लिए इसी सुरंग में चलना होगा, मगर अभी नहीं, मैं पहले आपको दूसरी कोठरी में ले चलता हूं जिसमें खजाना है, मेरी तो यही राय है कि पहले खजाना निकाल लेना चाहिए, आपकी क्या राय है।"

शिवदत्त- (खुश होकर) हां-हां, पहले खजाना अपने कब्जे में लेना चाहिए। कहिये, तो कुछ आदमियों को अन्दर बुलाऊं?

रूहा- अभी नहीं, पहले आप स्वयं चलकर उस खजाने को देख तो लीजिए।

शिवदत्त- अच्छा, चलिये।

अब ये दोनों दूसरी कोठरी में पहुंचे। इसमें भी एक वैसा ही तहखाना नजर आया जिसमें उतरने के लिए सीढ़ियां मौजूद थीं। शिवदत्त को साथ लिए हुए रूहा उस तहखाने में उतर गया। यह ऐसी जगह थी कि यदि सौ आदमी एक साथ मिलकर चिल्लाएं तो भी मकान के बाहर आवाज न जाए। शिवदत्त को उम्मीद थी कि अब रुपये और अशर्फियों से भरे हुए देग दिखाई देंगे मगर उसके बदले यहां दस सिपाही ढाल-तलवार लिए मुंह पर नकाब डाले दिखाई पड़े और साथ ही इसके एक सुरंग पर भी नजर पड़ी जो मालूम होता था कि अभी खोदकर तैयार की गई है। शिवदत्त एकदम कांप उठा, उसे निश्चय हो गया कि रूहा ने मेरे साथ दगा की, और ये लोग मुझे मारकर इसी गड़हे में दबा देंगे। उसने एक लाचारी की निगाह रूहा पर डाली और कुछ कहना चाहा मगर खौफ ने उसका गला ऐसा दबा दिया कि एक शब्द भी मुंह से न निकल सका।

उन दसों ने शिवदत्त को गिरफ्तार कर लिया और मुश्कें बांध लीं। रूहा ने कहा, "बस, अब आप चुपचाप इन लोगों के साथ इस सुरंग में चले चलिए नहीं तो इसी जगह आपका सिर काट लिया जाएगा।"

इस समय शिवदत्त रूहा और उसके साथियों का हुक्म मानने के सिवाय और कुछ भी न कर सकता था। सुरंग में उतरने के बाद लगभग आधा कोस के चलना पड़ा, इसके बाद सब लोग बाहर निकले और शिवदत्त ने अपने को एक सुनसान मैदान में पाया। यहां पर कई साईसों की हिफाजत में बारह घोड़े कसे-कसाये तैयार थे। एक पर शिवदत्त को सवार कराया गया और नीचे से उसके दोनों पैर बांध दिए गए, बाकी पर रूहा और वे दसों नकाबपोश सवार हुए और शिवदत्त को लेकर एक तरफ को चलते हुए।

कुंअर इन्द्रजीत सिंह पर आफत आने से वीरेन्द्र सिंह दुखी होकर उनको छुड़ाने का उद्योग कर ही रहे थे परन्तु बीच में शिवदत्त का आ जाना बड़ा ही दुखदाई हुआ। ऐसे समय में जबकि यह अपनी फौज से बहुत ही दूर पड़े हैं सौ-दो सौ आदमियों को लेकर शिवदत्त की दो हजार फौज से मुकाबला करना बहुत ही कठिन मालूम पड़ता था, साथ ही इसके यह सोचकर कि जब तक शिवदत्त यहां है कुंअर इन्द्रजीत सिंह के छुड़ाने की कार्रवाई किसी तरह नहीं हो सकती, वे और

भी उदास हो रहे थे। यदि उन्हें कुंअर इन्द्रजीत सिंह का खयाल न होता तो शिवदत्त का आना उन्हें न गड़ता और वे लड़ने से बाज न आते मगर इस समय राजा वीरेन्द्र सिंह बड़ी फिक्र में पड़ गए और सोचने लगे कि क्या करना चाहिए। सबसे ज्यादा फिक्र तारा सिंह को थी क्योंकि वह कुंअर इन्द्रजीत सिंह का मृत शरीर अपनी आंखों से देख चुका था। राजा वीरेन्द्र सिंह और उनके साथी लोग तो अपनी फिक्र में लगे हुए थे और खंडहर के दरवाजे पर तथा दीवारों पर से लड़ने का इन्तजाम कर रहे थे, परन्तु तारा सिंह उस छोटी-सी बावली के किनारे, जो अभी जमीन खोदने से निकली थी, बैठा अपने खयाल में ऐसा डूबा था कि उसे दीन-दुनिया की खबर न थी। वह नहीं जानता था कि हमारे संगी-साथी इस समय क्या कर रहे हैं। आधी रात से ज्यादे जा चुकी थी मगर वह अपने ध्यान में डूबा हुआ बावली के किनारे बैठा है। राजा वीरेन्द्र सिंह ने भी यह सोचकर कि शायद वह इसी बावली के विषय में कुछ सोच रहा है तारा सिंह को कुछ न टोका और न कोई काम उसके सुपुर्द किया।

हम ऊपर लिख आये हैं कि इस बावली में से कुछ मिट्टी निकल जाने पर बावली के बीचों-बीच में पीतल की मूरत दिखाई पड़ी। उस मूरत का भाव यह था कि एक हिरन का शेर ने शिकार किया है और हिरन की गर्दन का आधा भाग शेर के मुंह में है। मूरत बहुत ही खूबसूरत बनी हुई थी।

जिस समय का हाल हम लिख रहे हैं अर्थात् आधी रात गुजर जाने के बाद यकायक उस मूरत में एक प्रकार की चमक पैदा हुई और धीरे-धीरे वह चमक यहां तक बढ़ी कि तमाम बावली बल्कि तमाम खंडहर में उजियाला हो गया, जिसे देख सब-के-सब घबड़ा गए। वीरेन्द्र सिंह, तेज सिंह और कमला ये तीनों आदमी फुर्ती के साथ उस जगह पहुंचे जहां तारा सिंह बैठा हुआ ताज्जुब में आकर उस मूरत को देख रहा था।

घण्टा भर बीतते-बीतते मालूम हुआ कि वह मूरत हिल रही है। उस समय शेर की दोनों आंखें ऐसी चमक रही थीं कि निगाह नहीं ठहरती। मूरत को हिलते देख सभी को बड़ा ताज्जुब हुआ और निश्चय हो गया कि अब तिलिस्म की कोई-न-कोई कार्रवाई हम लोग जरूर देखेंगे।

यकायक मूरत बड़े जोर से हिली और तब एक भारी आवाज के साथ जमीन के अन्दर धंस गई। खंडहर में चारों तरफ अंधेरा हो गया। कायदे की बात है कि आंखों के सामने जब थोड़ी देर तक कोई तेज रोशनी रहे और वह यकायक गायब हो जाए या बुझा दी जाए तो आंखों में मामूली से ज्यादे अंधेरा छा जाता है, वही हालत इस समय खंडहर वालों की हुई। थोड़ी देर तक उन लोगों को कुछ भी नहीं सूझता था। आधी घड़ी गुजर जाने के बाद वह गड़हा दिखाई देने लगा जिसके अन्दर मूरत धंस गई थी। अब उस गड़हे के अन्दर भी एक प्रकार की चमक मालूम होने लगी और देखते-देखते हाथ में चमकता हुआ नेजा लिए वही राक्षसी उस गड़हे में से बाहर निकली जिसका जिक्र ऊपर कई दफे किया जा चुका है।

हमारे वीरेन्द्र सिंह और उनके ऐयार लोग उस औरत को कई दफे देख चुके थे और वह औरत इनके साथ अहसान भी कर चुकी थी, इसलिए उसे यकायक देखकर वे लोग कुछ प्रसन्न हुए

और उन्हें विश्वास हो गया कि इस समय यह औरत जरूर हमारी कुछ-न-कुछ मदद करेगी और थोड़ा-बहुत यहां का हाल भी हम लोगों को जरूर मालूम होगा।

उस औरत ने नेजे को हिलाया। हिलने के साथ ही बिजली-सी चमक उसमें पैदा हुई और तमाम खंडहर में उजाला हो गया। वह वीरेन्द्र सिंह के पास आई और बोली, "आपको पहर भर की मोहलत दी जाती है। इसके अन्दर इस खंडहर के हर एक तहखाने में यदि रास्ता मालूम है तो आप घूम सकते हैं। शाहदरवाजा जो बन्द हो गया था, उसे आपके खातिर से पहर भर के लिए मैंने खोल दिया है। इससे विशेष समय लगाना अनर्थ करना है।"

इतना कह वह राक्षसी उसी गड़हे में घुस गई और वह पीतल वाली मूरत जो जमीन के अन्दर धंस गई थी फिर अपने स्थान पर आकर बैठ गई। इस समय उसमें किसी तरह की चमक न थी।

अब वीरेन्द्र सिंह और आनन्द सिंह वगैरह को कुंअर इन्द्रजीत सिंह से मिलने की उम्मीद हुई।

वीरेन्द्र सिंह- कुछ मालूम नहीं होता कि यह औरत कौन है और समय-समय पर हम लोगों की सहायता क्यों करती है।

तारा सिंह- जब तक वह स्वयं अपना हाल न कहे हम लोग उसे किसी तरह नहीं जान सकते। परन्तु इसमें कोई सन्देह नहीं कि यह औरत तिलिस्मी है और कोई भारी सामर्थ्य रखती है।

कमला- परन्तु सूरत इसकी भयानक है।

तेज सिंह- यदि यह सूरत बनावटी हो तो भी कोई आश्चर्य नहीं।

वीरेन्द्र सिंह- हो सकता है, खैर, अब हमको तहखाने के अन्दर चलना और इन्द्रजीत को छुड़ाना चाहिए, पहर भर का समय हम लोगों के लिए कम नहीं है, मगर शिवदत्त के लिए क्या किया जाए यदि वह इस खंडहर में घुस आने और लड़ने का उद्योग करेगा तो यह अमूल्य पहर भर समय यों ही नष्ट हो जाएगा।

तेज सिंह- इसमें क्या सन्देह है ऐसे समय में इस कम्बख्त का चढ़ आना बड़ा ही दुःखदायी हुआ।

इतना कहकर तेज सिंह गौर में पड़ गये और सोचने लगे कि अब क्या करना चाहिए। इसी बीच में खंडहर के फाटक की तरफ से सिपाहियों के चिल्लाने की आवाज आई और यह भी मालूम हुआ कि वहां लड़ाई हो रही है।

जिस समय शिवदत्त के चढ़ आने की खबर मिली थी उसी समय राजा वीरेन्द्र सिंह के हुक्म से पचास सिपाही खंडहर के फाटक पर मुस्तैद कर दिये गये थे और उन सिपाहियों ने आपस में निश्चय कर लिया था कि जब तक पचास में से एक भी जीता रहेगा, फाटक के अन्दर कोई घुसने न पावेगा।

फाटक पर कोलाहल सुनकर तेज सिंह और तारा सिंह दौड़े गये और थोड़ी देर में वापस आकर खुशी-भरी आवाज में तेज सिंह ने वीरेन्द्र सिंह से कहा, "बेशक फाटक पर लड़ाई हो रही

है। न मालूम हमारे किस दोस्त ने किस ऐयारी से शिवदत्त को गिरफ्तार कर लिया जिससे उसकी फौज हताश हो गई। थोड़े आदमी तो फाटक पर आकर लड़ रहे हैं और बहुत लोग भागे जा रहे हैं। मैंने एक सिपाही से पूछा तो उसने कहा कि मैं अपने साथियों के साथ फाटक पर पहरा दे रहा था कि यकायक कुछ सवार इसी तरफ से मैदान की ओर भागे जाते देखे। वे लोग चिल्ला-चिल्लाकर यह कहते जाते थे कि 'तुम लोग भागो और अपनी जान बचाओ। शिवदत्त गिरफ्तार हो गया, अब तुम उसे किसी तरह से नहीं छुड़ा सकते!' इसके बाद बहुत-से तो भाग गये और भाग रहे हैं, मगर थोड़े आदमी यहां आ गये जो लड़ रहे हैं।

तेज सिंह की बात सुनकर वीरेन्द्र सिंह वीर भाव से यह कहते हुए फाटक की तरफ लपके कि "तब तो पहले उन्हीं लोगों को भगाना चाहिए जो भागने से बच रहे हैं, जब तक दुश्मन का कोई आदमी गिरफ्तार न होगा, खुलासा हाल मालूम न होगा।"

खंडहर के फाटक पर से लौटकर तेज सिंह ने जो कुछ हाल राजा वीरेन्द्र सिंह से कहा वह बहुत ठीक था। जब रूहा अपनी बातों में फंसाकर शिवदत्त को ले गया, उसके दो घण्टे बाद भीमसेन ने अपने साथियों को तैयार होने और घोड़े कसने की आज्ञा दी। शिवदत्त के ऐयारों को ताज्जुब हुआ, उन्होंने भीमसेन से इसका सबब पूछा जिसके जवाब में भीमसेन ने केवल इतना ही कहा कि "हम क्या करते हैं सो अभी मालूम हो जाएगा।" जब घोड़े तैयार हो गये तो साथियों को कुछ इशारा करके भीमसेन घोड़े पर सवार हो गया और म्यान से तलवार निकाल शिवदत्त के आदमियों को जख्मी करता और यह कहता हुआ कि "तुम लोग भागो और अपनी जान बचाओ, तुम्हारा शिवदत्त गिरफ्तार हो गया और तुम उसे किसी तरह नहीं छुड़ा सकते" मैदान की तरफ भागा। उस समय शिवदत्त के ऐयारों की आंखें खुलीं और वे समझ गये कि हम लोगों के साथ ऐयारी की गई तथा यह भीमसेन नहीं है, बल्कि कोई ऐयार है! उस समय शिवदत्त की फौज हर तरह से गाफिल और बेफिक्र थी। शिवदत्त के ऐयारों के हुक्म से यद्यपि कई आदमियों ने घोड़ों की नंगी पीठ पर सवार होकर नकली भीमसेन का पीछा किया मगर अब क्या हो सकता था, बल्कि उसका नतीजा यह हुआ कि फौजी आदमी अपने साथियों को भागता हुआ समझ खुद भी भागने लगे। ऐयारों ने रोकने के लिए बहुत उद्योग किया, परन्तु बिना मालिक की फौज कब तक रुक सकती थी, बड़ी मुश्किल से थोड़े आदमी रुके और खंडहर के फाटक पर आकर हुल्लड़ मचाने लगे, परन्तु उस समय उन लोगों की हिम्मत भी जाती रही जब बहादुर वीरेन्द्र सिंह, आनन्द सिंह, उनके ऐयार तथा शेरदिल साथी और सिपाही हाथों में नंगी तलवारें लिए उन लोगों पर आ टूटे। राजा वीरेन्द्र सिंह और कुंअर आनन्द सिंह शेर की तरह जिस तरफ झपटते थे, सफाई हो जाती थी। जिसे देख शिवदत्त के आदमियों में से बहुतों की तो यह अवस्था हो गई कि खड़े होकर उन दोनों की बहादुरी देखने के सिवाय कुछ भी न कर सकते थे। आखिर यहां तक नौबत पहुंची कि सभी ने पीठ दिखा दी और मैदान का रास्ता लिया।

इस लड़ाई में जो घण्टे भर से ज्यादा तक होती रही, राजा वीरेन्द्र सिंह के दस आदमी मारे गए और बीस जख्मी हुए। शिवदत्त के चालीस मारे गए और साठ जख्मी हुए जिनसे दरियाफ्त करने

पर राजा वीरेन्द्र सिंह को भीमसेन और शिवदत्त का खुलासा हाल जैसा कि हम ऊपर लिख आए हैं मालूम हो गया, मगर इसका पता न लगा कि शिवदत्त को किसने किस रीति से गिरफ्तार कर लिया।

वीरेन्द्र सिंह ने अपने कई आदमी लाशों को हटाने और जख्मियों की हिफाजत के लिए तैनात किये और इसके बाद कुंअर इन्द्रजीत सिंह को छुड़ाने के लिए खंडहर के तहखाने में जाने का इरादा किया।

जिस तहखाने में कुंअर इन्द्रजीत सिंह थे, उसके रास्ते का हाल कई दफे लिखा जा चुका है, पुन: लिखने की कोई आवश्यकता नहीं, इसलिए केवल इतना ही लिखा जाता है कि वे दरवाजे जिनका खुलना शाहदरवाजा बन्द हो जाने के कारण कठिन हो गया था अब सुगमता से खुल गए जिससे सभी को खुशी हुई और केवल वीरेन्द्र सिंह, तेज सिंह, कमला और तारा सिंह मशाल लेकर उस तहखाने के अन्दर उतर आये।

इस समय तारा सिंह की अजब हालत थी। उसका कलेजा कांपता और उछलता था। वह सोचता था कि देखें कुंअर इन्द्रजीत सिंह, भैरो सिंह और कामिनी को किस अवस्था में पाते हैं। ताज्जुब नहीं कि हमारे पाठकों की भी इस समय वही अवस्था हो और वे इसी सोच-विचार में हों, मगर वहां तहखाने में तो मामला ही दूसरे ढंग का था।

तहखाने में उतर जाने के बाद राजा वीरेन्द्र सिंह, आनन्द सिंह और ऐयारों ने चारों तरफ देखना शुरू किया मगर कोई आदमी दिखाई न पड़ा और न कोई ऐसी चीज नजर पड़ी जिससे उन लोगों का पता लगता, जिनकी खोज में वे लोग तहखाने के अन्दर गए थे। न तो वह सन्दूक था जिसमें इन्द्रजीत सिंह की लाश थी और न भैरो सिंह, कामिनी या उस सिपाही की सूरत नजर आई, जो उस संदूक के साथ तहखाने में आया था, जिसमें कुंअर इन्द्रजीत सिंह की लाश थी।

वीरेन्द्र सिंह- (तारासिंह की तरफ देखकर) यहां तो कोई भी नहीं है! क्या तुमने उन लोगों को किसी दूसरे तहखाने में छोड़ा था?

तारा सिंह- जी नहीं, मैंने उन सभी को इसी जगह छोड़ा। (हाथ से इशारा करके) इसी कोठरी में कामिनी ने अपने को बन्द कर रखा था!

वीरेन्द्र सिंह- कोठरी का दरवाजा खुला हुआ है, उसके अन्दर जाकर देखो तो शायद कोई हो।

कमला ने कोठरी का दरवाजा खोला और झांककर देखा इसके बाद कोठरी के अन्दर घुसकर उसने आनन्द सिंह और तारा सिंह को पुकारा और उन दोनों ने भी कोठरी के अन्दर पैर रखा।

कमला, तारा सिंह और आनन्द सिंह को कोठरी के अन्दर घुसे आधी घड़ी से ज्यादा गुजर गई, मगर उन तीनों में से एक भी बाहर न निकला। आखिर तेज सिंह ने पुकारा परन्तु जवाब न मिलने पर लाचार हो हाथ में मशाल लेकर तेज सिंह खुद कोठरी के अन्दर गए और इधर-उधर ढूंढ़ने लगे।

वह कोठरी बहुत छोटी और संगीन थी। चारों तरफ पत्थर की दीवारों पर खूब ध्यान देने से कोई खिड़की या दरवाजे का निशान नहीं पाया जाता था, हां, ऊपर की तरफ एक छोटा-सा छेद दीवार में था मगर वह भी इतना छोटा था कि आदमी का सिर किसी तरह उसके अन्दर नहीं जा सकता था और दीवार में कोई ऐसी रुकावट भी न थी जिस पर चढ़कर या पैर रखकर कोई आदमी अपना हाथ उस मोखे (छेद) तक पहुंचा सके। ऐसी कोठरी में से यकायक कमला, तारा सिंह और आनन्द सिंह का गायब हो जाना बड़े ही आश्चर्य की बात थी। तेज सिंह ने इसका सबब बहुत कुछ सोचा मगर अक्ल ने कुछ मदद न थी। वीरेन्द्र सिंह भी कोठरी के अन्दर गये और तलवार के कब्जे से हर एक दीवार को ठोंक-ठोंक देखने लगे जिससे मालूम हो जाए कि किसी जगह से दीवार पोली तो नहीं है मगर इससे भी कोई काम न चला। थोड़ी देर तक दोनों आदमी हैरान हो चारों तरफ देखते रहे। आखिर किसी आवाज ने उन्हें चौकन्ना कर दिया और वे दोनों ध्यान देकर उस छेद की तरफ देखने लगे जो उस कोठरी के अन्दर ऊंची दीवार में था और जिसमें से आवाज आ रही थी। वह आवाज यह थी–

“बस, जहां तक जल्द हो सके तुम दोनों आदमी इस तहखाने से बाहर निकल जाओ, नहीं तो व्यर्थ तुम दोनों की जान चली जाएगी। अगर बचे रहोगे तो दोनों कुमारों को छुड़ाने का उद्योग करोगे और पता लगा ही लोगे। मैं वही बिजली की तरह चमकने वाला नेजा हाथ में रखने वाली औरत हूं, पर लाचार, इस समय मैं किसी तरह तुम्हारी मदद नहीं कर सकती। अब तुम लोग बहुत जल्द रोहतासगढ़ चले जाओ, उसी जगह आकर मैं तुमसे मिलूंगी और सब हाल खुलासा कहूंगी। अब मैं जाती हूं क्योंकि इस समय मुझे भी अपनी जान की पड़ी है।”

इस बात को सुनकर दोनों आदमी ताज्जुब में आ गए और कुछ देर तक सोचने के बाद तहखाने के बाहर निकल आए।

डबडबाई आंखों के साथ उसांसें लेते हुए राजा वीरेन्द्र सिंह रोहतास गढ़ की तरफ रवाना हुए। कैदियों और अपने कुल आदमियों को साथ लेते गए, मगर तेज सिंह ने न मालूम क्या कह-सुनकर और क्यों छुट्टी ले ली और राजा वीरेन्द्र सिंह के साथ रोहतास गढ़ न गये।

राजा वीरेन्द्र सिंह रोहतास गढ़ की तरफ रवाना हुए और तेज सिंह ने दक्खिन का रास्ता लिया। इस वारदात को कई महीने गुजर गये और इस बीच में कोई बात ऐसी नहीं हुई जो लिखने योग्य हो।

***

बयान-3

अब हम अपने पाठकों को फिर उस मैदान के बीच वाले अद्भुत मकान के पास ले चलते हैं जिसके अन्दर इन्द्रजीत सिंह, देवी सिंह, शेर सिंह और कमलिनी के सिपाही लोग जा फंसे थे अर्थात् कमन्द के सहारे दीवार पर चढ़कर अन्दर की तरफ झांकने के बाद हंसते-हंसते उस मकान में कूद पड़े थे। हम लिख आये हैं कि जब वे लोग मकान के अन्दर कूद गए तो न मालूम क्या समझकर कमलिनी हंसी और अपनी ऐयारा तारा को साथ ले वहां से रवाना हो गई।

तारा को साथ लिए और बातें करती हुई कमलिनी दक्खिन की तरफ रवाना हुई जिधर का जंगल घना और सुहावना था। लगभग दो कोस चले जाने के बाद जंगल बहुत ही रमणीक मिला, बल्कि यों कहना चाहिए कि जैसे-जैसे वे दोनों बढ़ती जाती थीं, जंगल सुहावना और खुशबूदार जंगली फूलों की महक से बसा हुआ मिलता था। यहां तक कि दोनों एक ऐसे सुन्दर चश्मे के किनारे पहुंचीं जिसका जल बिल्लौर की तरह साफ था और जिसके दोनों किनारों पर दूर-दूर तक मौलसिरी के पेड़ लगे हुए थे। इस चश्मे का पाट दस हाथ का होगा और गहराई दो हाथ से ज्यादा न होगी। यहां की जमीन पथरीली और पहाड़ी थी।

अब ये दोनों उस चश्मे के किनारे-किनारे चलने लगीं। ज्यों-ज्यों आगे जाती थीं, जमीन ऊंची मिलती जाती थी, जिससे समझ लेना चाहिए कि यह मुकाम किसी पहाड़ी की तराई में है। लगभग आधा कोस जाने के बाद वे दोनों ऐसी जगह पहुंचीं जहां चश्मे के दोनों किनारे वाले मौलसिरी (*इसका नाम 'मौलिश्री' भी है।*) के पेड़ झुककर आपस में मिल गये थे और जिसके सबब से चश्मा अच्छी तरह से ढंककर मुसाफिरों का दिल लुभा लेने वाली छटा दिखा रहा था। इस जगह चश्मे के किनारे एक छोटा-सा चबूतरा था जिसकी ऊंचाई पुर्सा भर से कम न होगी। चबूतरे पर एक छोटी-सी पिण्डी इस ढब से बनी हुई थी जिसे देखते ही लोगों को विश्वास हो जाए कि किसी साधु की समाधि है।

इस ठिकाने पर पहुंचकर वे दोनों रुकीं और घोड़े से नीचे उतर पड़ीं। तारा ने अपने घोड़े का असबाब नहीं उतारा अर्थात् उसे कसा-कसाया छोड़ दिया परन्तु कमलिनी ने अपने घोड़े का चारजामा उतार लिया और लगाम उतारकर घोड़े को यों ही छोड़ दिया। घोड़ा पहले तो चश्मे के किनारे आया और पानी पीने के बाद कुछ दूर जाकर सब्ज जमीन पर चरने और खुशी-खुशी घूमने लगा। तारा ने भी अपने घोड़े को पानी पिलाया और बागडोर के सहारे एक पेड़ से बांध दिया। इसके बाद कमलिनी और तारा चश्मे के किनारे पत्थर की एक बड़ी-सी चट्टान पर बैठ गयीं और यों बातचीत करने लगीं–

कमलिनी- अब इसी जगह से मैं तुमसे अलग होऊंगी।

तारा- अफसोस, यह दुश्मनी अब हद्द से ज्यादा बढ़ चली!

कमलिनी- फिर क्या किया जाए, तू ही बता, इसमें मेरा क्या कसूर है।

तारा- तुम्हें कोई भी दोषी नहीं ठहरा सकता। इसमें कोई सन्देह नहीं कि महारानी अपने पैर में आप कुल्हाड़ी मार रही है।

कमलिनी- हर एक लक्षण पर ध्यान देने से अब महारानी को भी निश्चय हुआ है कि ये ही दोनों भाई तिलिस्म के मालिक होंगे, फिर उसके लिए जिद करना और उन दोनों की जान लेने का उद्योग करना भूल नहीं तो क्या है?

तारा- बेशक भूल है और इसकी वह सजा पावेंगी। तुमने बहुत अच्छा किया कि उनका साथ छोड़ दिया। (मुस्कराकर) इसके बदले में जरूर तुम्हारी मुराद पूरी होगी।

कमलिनी- (ऊंची सांस लेकर) देखें, क्या होता है?

तारा- होना क्या है क्या उनकी आंखों ने उनके दिल का हाल तुमसे नहीं कह दिया?

कमलिनी- हां, ठीक है। खैर, इस समय तो उन पर भारी मुसीबत आ पड़ी है। जहां तक हो सके उन्हें जल्द बचाना चाहिए।

तारा- मगर मुझे ताज्जुब मालूम होता है कि उनके छुड़ाने का कोई उद्योग किए बिना ही तुम यहां चली आयीं।

कमलिनी- क्या तुझे मालूम नहीं कि नानक ने इसी ठिकाने मुझसे मिलने का वादा लिया है उसने कहा था कि जब मिलना हो, इसी ठिकाने आना।

तारा- (कुछ सोचकर) हां-हां, ठीक है, अब याद आया। तो क्या वह यही जगह है?

कमलिनी- हां, यही जगह है।

तारा- मगर तुम तो इस तरह घोड़ा फेंके चली आयीं, जैसे कई दफे जाने-आने के कारण यहां का रास्ता तुम्हें बखूबी याद हो।

कमलिनी- बेशक मैं यहां कई दफे आ चुकी हूं। बल्कि नानक को इस ठिकाने का पता पहले मैंने ही बताया था, और यहां का कुछ भेद भी कहा था।

तारा- अफसोस, इस जगह का भेद तुमने आज तक मुझसे कुछ नहीं कहा।

कमलिनी- यद्यपि तू ऐयारा है और मैं तुझे चाहती हूं, परन्तु तिलिस्मी कायदे के मुताबिक मेरे भेदों को तू नहीं जान सकती।

तारा- सो तो मैं जानती हूं मगर अफसोस इस बात का है कि मुझसे तो तुमने छिपाया और नानक को यहां का भेद बता दिया। न मालूम, नानक की कौन-सी बात पर तुम रीझ गई हो?

कमलिनी- (कुछ हंसकर और तारा के गाल पर धीरे से चपत मारकर) बदमाश कहीं की, मैं नानक पर क्यों रीझने लगी?

तारा- (झुंझलाकर) तो फिर ऐसा क्यों किया?

कमलिनी- अरे, उससे उस कोठरी की ताली जो लेनी है, जिसमें खून से लिखी हुई किताब रखी है।

तारा- तो फिर ताली लेने के पहले ही यहां का भेद उसे क्यों बता दिया अगर वह ताली न दे तब?

कमलिनी- ऐसा नहीं हो सकता, क्योंकि भूतनाथ ने मेरी दिलजमई कर दी है और वह भूतनाथ के कब्जे में है।

"हां-हां, वह मेरे कब्जे में है-"उसी समय यह आवाज पेड़ों के झुरमुट में से, जो कमलिनी के पीछे की तरफ था, आई और कमलिनी ने फिरकर देखा तो भूतनाथ की सूरत दिखाई पड़ी।"

कमलिनी- अजी आओ भूतनाथ, तुम कहां थे मैं बड़ी देर से यहां बैठी हूं, नानक कहां है?

बात की बात में नानक भी वहां आ पहुंचा और कमलिनी को सलाम करके खड़ा हो गया।

कमलिनी- कहो जी नानकप्रसाद, अब वादा पूरा करने में क्या देर है?

नानक- कुछ देर नहीं। मैं तैयार हूं, परन्तु आप भी अपना वादा पूरा कीजिये और समाधि पर हाथ रखकर कसम खाइये।

कमलिनी- हां-हां, लो, मैं अपना वादा पूरा करती हूं।

भूतनाथ- मेरा भी ध्यान रखना।

कमलिनी- अवश्य।

कमलिनी उठी और समाधि के पास जाकर खड़ी हो गयी। पहले तो उसने समाधि के सामने अदब से सिर झुकाया और तब उस पर हाथ रखकर यों बोली–

"मैं उस महात्मा की समाधि पर हाथ रखकर कसम खाती हूं जो अपना सानी नहीं रखता था, हर एक शास्त्र का पूरा पण्डित, पूरा योगी, भूत-भविष्य और वर्तमान का हाल जानने वाला और ईश्वर का सच्चा भक्त था। यद्यपि यह उसकी समाधि है परन्तु मुझे विश्वास है कि योगिराज सजीव हैं और मेरी रक्षा का ध्यान उन्हें सदैव रहता है। (हाथ जोड़कर) योगिराज से मैं प्रार्थना करती हूं कि मेरी प्रतिज्ञा को निबाहें। (समाधि पर हाथ रखकर) यदि नानक मुझे वह ताली दे देगा तो मैं उसके साथ कभी दगा न करूंगी, उसे अपने भाई के समान मानूंगी और उसी काम में उद्योग करूंगी जिसमें उसकी खुशी हो। मैं उस आदमी के लिए भी कसम खाती हूं जिसने अपना नाम भूतनाथ रखा हुआ है। उसे मैं अपने सहोदर भाई के समान मानूंगी और जब तक वह मेरे साथ बुराई न करेगा, मैं उसकी भलाई करती रहूंगी।"

इतना कहकर कमलिनी समाधि से अलग हो गयी। नानक ने एक छोटी-सी डिबिया कमलिनी के हाथ में दी। और उसके पैरों पर गिर पड़ा। कमलिनी ने पीठ ठोंककर उसे उठाया। और उस

डिबिया को इज्जत के साथ सिर से लगाया। इसके बाद चारों आदमी फिर उस पत्थर की चट्टान पर आकर बैठ गये और बातचीत होने लगी।

भूतनाथ- (कमलिनी से) जब आपने मुझे और नानक को अपने भाई के समान मान लिया तो मुझे जो कुछ आपसे कहना हो, दिल खोलकर कह सकता हूं और जो कुछ मांगना हो मांग सकता हूं चाहे आप दें अथवा न दें।

कमलिनी- (मुस्कुराकर) हां-हां, जो कुछ कहना हो कहो और जो मांगना हो, मांगो।

भूतनाथ- इसमें कोई सन्देह नहीं कि आपके पास एक से एक बढ़कर अनमोल चीजें होंगी, अस्तु मुझे और नानक को कोई ऐसी चीज दीजिए जो समय पर काम आये और दुश्मनों को धमकाने और उन पर फतह पाने के लिए बेनजीर हो।

कमलिनी- इसके कहने की तो कोई जरूरत न थी, मैं स्वयं चाहती थी कि तुम दोनों को कोई अनमोल वस्तु दूं, खैर ठहरो, मैं अभी ला देती हूं।

इतना कहकर कमलिनी उठी और चश्मे के जल में कूद पड़ी। उस जगह जल बहुत गहरा था, इसलिए मालूम न हुआ कि वह कहां चली गयी। कमलिनी के इस काम ने सभी को ताज्जुब में डाल दिया और तीनों आदमी टकटकी बांधकर उसी तरफ देखने लगे।

आधे घण्टे बाद कमलिनी जल के बाहर निकली। उसके एक हाथ में छोटी-सी कपड़े की गठरी और दूसरे हाथ में लोहे की जंजीर थी। यद्यपि कमलिनी जल में से निकली थी और उसके कपड़े गीले हो रहे थे, तथापि उस कपड़े की गठरी पर जल ने कुछ भी असर न किया था, जिसे कमलिनी लाई थी।

कमलिनी ने कपड़े की गठरी पत्थर की चट्टान पर रख दी और लोहे की जंजीर भूतनाथ के हाथ में देकर बोली, "इसे तुम दोनों आदमी मिलकर खींचो।" उस जंजीर के साथ लोहे का एक छोटा-सा मगर हलका सन्दूक बंधा हुआ था, जिसे भूतनाथ और नानक ने खींचकर बाहर निकाला।

कमलिनी ने एक खटका दबाकर सन्दूक खोला। इसके अन्दर चार खंजर, एक नेजा और पांच अंगूठियां थीं। कमलिनी ने पहले एक अंगूठी निकाली और अपनी अंगुली में उसे पहिन लिया, इसके बाद एक खंजर निकाला और उसे म्यान से बाहर कर तारा, भूतनाथ और नानक को दिखाकर बोली, "देखो इस खंजर का लोहा कितना उम्दा है।"

भूतनाथ- बेशक, बहुत उम्दा लोहा है।

कमलिनी- अब इसके गुण सुनो। यह खंजर जिस चीज पर पड़ेगा उसे दो टुकड़े कर देगा चाहे वह चीज लोहा, पत्थर, अष्टधातु या फौलादी हर्बा क्यों न हो। इसके अतिरिक्त जब इसका कब्जा दबाओगे तो इसमें बिजली की तरह चमक पैदा होगी, उस समय यदि सौ आदमी भी तुम्हें घेरे हुए खड़े होंगे तो चमक से सभी की आंखें बन्द हो जाएंगी। यद्यपि इस समय दिन है और किसी तरह की चमक सूर्य का मुकाबला नहीं कर सकती, तथापि इसका मजा मैं तुम्हें दिखाती हूं।

इतना कहकर कमलिनी ने खंजर का कब्जा दबाया। यकायक इतनी ज्यादा चमक उसमें से पैदा हुई कि दिन का समय होने पर भी उन तीनों की आंखें बन्द हो गईं। मालूम हुआ कि एक बिजली-सी आंख के सामने चमक गई।

कमलिनी- सिवाय इसके इस खंजर को जो कोई छूएगा या जिसके बदन से यह खंजर छुआ दोगे उसके खून में एक प्रकार की बिजली दौड़ जाएगी और वह तुरंत बेहोश होकर जमीन पर गिर पड़ेगा। लो, इसे तुम लोग छूकर देखो, यही अद्भुत खंजर मैं तुम लोगों को दूंगी।

कमलिनी ने खंजर भूतनाथ के आगे रख दिया। भूतनाथ ने उसे उठाना चाहा मगर हाथ लगाने के साथ ही वह कांपा और बदहवास होकर जमीन पर गिर पड़ा। कमलिनी ने अपना दूसरा हाथ, जिसमें अंगूठी थी, उसके बदन पर फेरा तब उसे होश आया।

भूतनाथ- चीज तो बहुत अच्छी है मगर इसका छूना गजब है।

कमलिनी- (सन्दूक में से कई अंगूठियां निकालकर) पहले इन अंगूठियों को तुम लोग पहिनो तब इस खंजर को हाथ में ले सकोगे और तभी इसकी तेज चमक भी तुम्हारी आंखों पर अपना पूरा असर न कर सकेगी अर्थात् जो कोई मुकाबले में या तुम्हारे चारों तरफ होगा उसकी आंखें तो बन्द हो जाएँगी, मगर तुम्हारी आंखें खुली रहेंगी और तुम दुश्मनों को बखूबी मार सकोगे।

इतना कहकर कमलिनी ने एक-एक अंगूठी तीनों को पहिना दी और इसके बाद एक-एक खंजर तीनों के हवाले किया। तारा, भूतनाथ और नानक ऐसा अद्भुत खंजर पाकर हद से ज्यादा खुश हुए और घड़ी-घड़ी उसका कब्जा दबाकर उसकी चमक का मजा लेते रहे।

कमलिनी- अब एक खंजर और एक अंगूठी बच गई सो कुंअर इन्द्रजीत सिंह के लिए अपने पास रखूंगी। जिस समय उनसे मुलाकात होगी उनके हवाले करूंगी, और यह अंगूठी जो मेरी उंगली में है और यह नेजा, जो अपने वास्ते लाई हूं, इसमें भी वही गुण हैं जो खंजर में हैं मगर फर्क इतना है कि बनिस्बत खंजर के इस नेजे में बिजली का असर बहुत ज्यादे है।

उस नेजे के चार टुकड़े थे जो पेंच पर चढ़ाकर एक कर दिये जाते थे। कमलिनी ने इन चारों टुकड़ों को एक कर दिया और अब वह पूरा नेजा हो गया।

भूतनाथ- इसमें कोई सन्देह नहीं कि आपने हम लोगों को अद्भुत और अनमोल चीज दी, इसकी बदौलत हम लोगों के हाथ से बड़े-बड़े काम निकलेंगे।

इसके बाद कमलिनी ने वह कपड़े की गठरी खोली। इसमें स्याह रंग की एक साड़ी, एक चोली और एक बोतल थी। कमलिनी उठकर समाधि के पीछे गई और गीले कपड़े उतारकर वही काली साड़ी और चोली पहिरकर अपने ठिकाने आ बैठी। वह साड़ी और चोली रेशमी थी और उसमें एक प्रकार का रोगन चढ़ा हुआ था जिसके सबब उस कपड़े पर पानी का असर नहीं होता था। कमलिनी ने वह गीली साड़ी और चोली तारा के सामने रख दी और बोली, "इसे तू पेड़ पर डाल दे जिससे झटपट सूख जाए, इसके बाद तू कमलिनी बन जा अर्थात् मेरी तरह अपनी सूरत बना ले और इसी साड़ी और चोली को पहिरकर मेरे घर अर्थात् उस तालाब वाले मकान में

जाकर बैठ जिससे नौकरों को मेरे गायब होने का हाल मालूम न हो, वे यही समझें कि तारा कहीं गई हुई है!"

तारा- बहुत अच्छा, मगर आप कहां जाएँगी?

कमलिनी- मेरा कोई ठिकाना नहीं, मुझे बहुत काम करना है। (भूतनाथ और नानक की तरफ देखकर) आप लोग भी जाइये और जहां तक हो सके, राजा वीरेन्द्र सिंह की भलाई का उद्योग कीजिये।

नानकप्रसाद- बहुत अच्छा। (हाथ जोड़कर) मेरी बात का जवाब दीजिए तो बड़ी कृपा होगी।

कमलिनी- वह क्या?

नानकप्रसाद- इस प्रकार का खंजर उन लोगों के पास भी है या नहीं?

कमलिनी- (हंसकर) क्या उन लोगों के पास पुनः जाने की इच्छा है अपनी रामभोली को देखा चाहता है?

नानकप्रसाद- हां, यदि मौका मिलेगा तो।

कमलिनी- अच्छा जा, कोई हर्ज नहीं, इस प्रकार की कोई वस्तु उन लोगों के पास नहीं है और न इसका पता ही उन्हें मिल सकता है। मगर जो कुछ करना, होशियारी के साथ।

इसके बाद कमलिनी ने वह बोतल खोली जो कपड़े की गठरी में थी। उसमें किसी प्रकार का अर्क था। समाधि के पीछे जाकर कमलिनी ने वह अर्क अपने तमाम बदन में लगाया जिससे बात की बात में उसका रंग बहुत ही काला हो गया, तब वह फिर तारा के पास आई और उससे दो लम्बे बनावटी दांत लेकर अपने मुंह में लगाने के बाद नेजा हाथ में लेकर खड़ी हो गई।

तारा ने भी अपनी सूरत बदली और कमलिनी बनकर तैयार हो गई । इस काम में भूतनाथ ने उसकी मदद की। कमलिनी के हुक्म से वह सन्दूक और जंजीर पानी में डाल दी गई।

कमलिनी ने अपने घोड़े को आवाज दी। यद्यपि वह कुछ दूर पर चर रहा था, परन्तु मालिक की आवाज के साथ ही दौड़ता हुआ पास आ गया। तारा ने उसे पकड़ लिया और चारजामा कसकर उस पर सवार हो गई तथा कमलिनी तारा के घोड़े पर सवार हुई। अन्त में चारों आदमी कुछ सलाह करके अलग हुए और चारों ने अपना-अपना रास्ता लिया अर्थात् उसी जगह से चारों आदमी जुदा हो गए।

इस वारदात के कई दिन बाद कमलिनी इसी राक्षसी वेश में नेजा लिए रोहतासगढ़ की पहाड़ी पर कब्रिस्तान में कमला से मिली थी, इसी ने राजा वीरेन्द्र सिंह वगैरह को कैद से छुड़ाया, और फिर भी कई दफे उनके काम आई थी, जिसका हाल पिछले बयानों में लिखा जा चुका है।

***

बयान-4

अब तो मौसम में फर्क पड़ गया। ठंडी-ठंडी हवा जो कलेजे को दहला देती थी और बदन में कंपकंपी पैदा करती थी अब भली मालूम पड़ती है। वह धूप भी, जिसे देख चित्त प्रसन्न होता था और जो बदन में लगकर रग-रग से सर्दी निकाल देती थी, अब बुरी मालूम होती है। यद्यपि अभी आसमान पर बादल के टुकड़े दिखाई नहीं देते तथापि संध्या के समय मैदान, बाग और तराई की ठंडी-ठंडी और शीतल तथा मन्द-मन्द वायु सेवन करने को जी चाहता है। वहां से हिलते हुए पेड़ों की कोमल-कोमल पत्तियों की बहार आंखों की राह घुसकर अन्दर से दिल को अपनी तरफ खींच लेती है तथा टकटकी बंधी हुई आंखों को दूसरी तरफ देखने का यकायक मौका नहीं मिलता। यद्यपि सूर्य अस्त हुआ ही चाहता है और आसमान पर उड़ने वाले परिन्दों के उतार और जमीन की तरफ झुके हुए एक ही तरफ उड़े जाने से मालूम होता है कि बात की बात में चारों तरफ अंधेरा छा जाएगा तथापि हम अपने पाठकों को किसी पहाड़ की तराई में ले चलकर एक अनूठा रहस्य दिखाया चाहते हैं।

तीन तरफ ऊंचे-ऊंचे पहाड़ और बीच में कोसों तक का मैदान रमणीक तो है परन्तु रात की अवाई और सन्नाटे ने उसे भयानक बना दिया है। सूर्य अस्त होने में अभी विलम्ब है परन्तु ऊंचे-ऊंचे पहाड़ सूर्य की आखिरी लालिमा को इस मैदान में पहुंचने नहीं देते। चारों तरफ सन्नाटा है, जहां तक निगाह काम करती है इस मैदान में आदमी की सूरत दिखाई नहीं पड़ती, हां, पश्चिम तरफ वाले पहाड़ के नीचे एक छोटा चमड़े का खेमा दिखाई पड़ता है। इस समय हमें इसी खेमे से मतलब है और इसी के दरवाजे पर पहुंचकर अपना काम निकाला चाहते हैं।

इस खेमे के दरवाजे पर केवल एक आदमी कमर में खंजर लगाए टहल रहा है। यद्यपि इसकी जवानी ने इसका साथ छोड़ दिया है और फिक्र ने इसे दुर्बल कर दिया है मगर फुर्ती, मजबूती और दिलेरी ने अभी तक इसके साथ दुश्मनी नहीं की और वे इस गई-गुजरी हालत में भी इसका साथ दिए जाती हैं। इस आदमी की सूरत-शक्ल के बारे में हमें कुछ विशेष लिखने की आवश्यकता नहीं है, क्योंकि हमारे पाठक इसे पहचानते हैं और जानते हैं कि इसका नाम 'भूतनाथ' है।

भूतनाथ को खेमे के दरवाजे पर टहलते हुए देर हो गई। वह न मालूम किस सोच में डूबा हुआ था कि सिर नीचा किये हुए सिवाय टहलने के इधर-उधर देखने की उसे बिल्कुल फुरसत न थी, हां कभी-कभी वह सिर उठाता और एक लम्बी सांस लेकर केवल उत्तर की तरफ देखता और सिर नीचा कर फिर उसी तरह टहलने लगता। अब सूर्य ने अपना मुंह अच्छी तरह जमीन के पर्दे

में छिपा लिया और भूतनाथ ने कुछ बेचैन होकर उत्तर की तरफ देख धीरे से कहा, "अब तो बहुत ही विलम्ब हो गया, क्या बेमौके जान आफत में फंसी है।"

यकायक तेजी के साथ घोड़ा दौड़ाता हुआ एक सवार उत्तर की तरफ से आता हुआ दिखाई पड़ा। कुछ और पास आने से मालूम हो गया कि वह औरत है मगर सिपाहियाना ठाठ में, ढाल-तलवार के सिवाय उसके पास कोई हरबा न था। इस औरत की उम्र लगभग चालीस वर्ष की होगी। सूरत-शक्ल से मालूम होता था कि किसी समय में यह बहुत ही हसीन और दिल लुभाने वाली रही होगी। बात की बात में यह औरत खेमे के पास आ पहुंची और घोड़े से उतरकर उसकी लगाम खेमे की एक डोरी से अटका देने के बाद भूतनाथ के पास आकर बोली, "शाबाश भूतनाथ, बेशक, तुम वादे के सच्चे हो।"

भूतनाथ- मगर अभी तक मेरी समझ में यह न आया कि तुम मुझसे दुश्मनी रखती हो या दोस्ती।

औरत- (हंसकर) अगर तुम ऐसे ही समझदार होते तो जीते-जागते और निरोग रहने पर भी मुर्दों में क्यों गिने जाते?

भूतनाथ- (कुछ सोचकर) खैर जो हुआ सो हुआ, अब मुझसे क्या चाहती हो?

औरत- तुमसे एक काम कराया चाहती हूं।

भूतनाथ- वह कौन काम है जिसे तुम स्वयं नहीं कर सकतीं?

औरत- केवल यही एक काम!

भूतनाथ- (आश्चर्य की रीति से गर्दन हिलाकर) खैर कहो तो सही, करने लायक होगा तो करूंगा।

औरत- मैं खूब जानती हूं कि तुम उस काम को सहज ही में कर सकते हो।

भूतनाथ- तब कहने में देर क्यों करती हो?

औरत- अच्छा सुनो, यह तो जानते ही हो कि कमलिनी को ईश्वर ने अद्भुत बल दे रखा है।

भूतनाथ- हां, बेशक! उसमें कोई दैवी शक्ति है, वह जो कुछ चाहे, सो कर सकती है। जो कोई उसे जानता है वही कहेगा कि कमलिनी को कोई जीत नहीं सकता।

औरत- हां, ठीक है परन्तु मैं खूब जानती हूं कि तुम कमलिनी से ज्यादा ताकत रखते हो।

भूतनाथ- (चौंक और कांपकर) इसका क्या मतलब?

औरत- मतलब यही कि तुम अगर चाहो तो उसे मार सकते हो।

भूतनाथ- मगर मैं ऐसा क्यों करने लगा?

औरत- केवल मेरी आज्ञा से।

इतना सुनते ही भूतनाथ के चेहरे पर मुर्दनी छा गई, उसका कलेजा कांपने लगा और सिर कमजोर होकर चक्कर खाने लगा, यहां तक कि वह अपने को संभाल न सका और जमीन पर बैठ गया। मालूम होता था कि उस औरत की आखिरी बात ने उसका खून निचोड़ लिया है। न मालूम क्या सबब था कि निडर होकर भी एक साधारण और अकेली औरत की बातों का जवाब नहीं दे सकता और उसकी सूरत से मजबूरी और लाचारी झलक रही है।

भूतनाथ की ऐसी अवस्था देखकर उस औरत को किसी तरह का रंज नहीं हुआ बल्कि वह मुस्कराई और उसी जगह घास पर बैठकर न मालूम क्या सोचने लगी। थोड़ी देर बाद जब भूतनाथ का जी ठिकाने हुआ तो उसने उस औरत की तरफ देखा और हाथ जोड़कर कहा, "क्या सचमुच मुझे ऐसा हुक्म लगाया जाता है।"

औरत- हां, कमलिनी का सिर लेकर मेरे पास हाजिर होना पड़ेगा और यह काम सिवाय तेरे और कोई भी नहीं कर सकता, क्योंकि वह तुझ पर विश्वास रखती है।

भूतनाथ- (कुछ सोचकर) नहीं-नहीं, मेरे किए यह काम न होगा। जो कुछ कर चुका हूं उसी के प्रायश्चित से आज तक छुट्टी नहीं मिलती।

औरत- क्या तू मेरा हुक्म टाल सकता है क्या तुझमें इतनी ताकत है?

यह सुन भूतनाथ बहुत बेचैन हुआ। वह उठ खड़ा हुआ और सिर नीचा किए इधर-उधर टहलने और नीचे लिखी बातें धीरे-धीरे बोलने लगा–

"आह मुझ-सा बदनसीब भी दुनिया में कोई न होगा। मुद्दत तक मुर्दों में अपनी गिनती कराई, अब ऐसा संयोग हो गया कि अपने को जीता-जागता साबित करूं, मगर अफसोस, करी-कराई मेहनत मिट्टी हुआ चाहती है। हाय, उस आदमी के साथ जिसमें नेकी कूट-कूटकर भरी है, मैं बदी करने के लिए मजबूर किया जा रहा हूं। क्या उसके साथ बदी करने वाला कभी सुख भोग सकता है नहीं-नहीं, कभी नहीं, फिर मैं ऐसा क्यों करूं मगर मेरी जान क्योंकर बच सकती है, इसका हुक्म न मानना मेरी कुदरत के बाहर है। हाय, एक दफे की भूल जन्म-भर के लिए दु:खदायी हो जाती है। शेर सिंह सच कहता था, इन्हीं बातों को सोचकर उसने मेरा नाम 'काल' रख दिया था और उसे मेरी सूरत से घृणा हो गई थी। (कुछ देर तक चुप रहकर) ओफ, मैं भी व्यर्थ के विचार में पड़ा हूं, आखिर जान तो जाएगी ही, इसका हुक्म मानूंगा तो भी मारा जाऊंगा और यदि न मानूंगा तो भी मौत की तकलीफ उठाऊंगा और तमाम दुनिया में मेरी बुराई फैलेगी। (चौंककर) राम-राम, मुझे क्या हो गया जो..."

भूतनाथ- (उस औरत की तरफ देखके) अच्छा, मैं कमलिनी को मारने के लिए तैयार हूं, मगर इसके बदले में मुझे इनाम क्या मिलेगा?

औरत- (हंसकर) तू इस लायक नहीं है कि तुझे इनाम दिया जाए।

भूत- क्या मैं इस दर्जे को पहुंच गया?

औरत- बेशक।

भूत- नहीं, कभी नहीं! जा, मैं तेरा हुक्म नहीं मानता। देखूं तू मेरा क्या कर लेती है!

औरत- भूतनाथ, देख खूब सोचकर कोई बात मुंह से निकाल, ऐसा न हो कि अन्त में पछताना पड़े।

भूत- जा-जा, जो करते बने कर ले।

भूतनाथ की आखिरी बात सुनकर वह औरत क्रोध में आकर कांपने लगी। उसके होंठ कांप रहे थे मगर कुछ कहना मुश्किल हो रहा था।

इस समय चारों तरफ अंधेरा छा चुका था अर्थात् रात बखूबी हो चुकी थी। थोड़ी देर के लिए दोनों आदमी चुप हो गये, यकायक घोड़ों की टापों की आवाज (जो बहुत दूर से आ रही थी) भूतनाथ के कान में पड़ी और साथ ही इसके वह औरत भी बोल उठी, "अच्छा देख, मैं तेरी ढिठाई का कैसा मजा चखाती हूं।"

भूतनाथ पहले तो कुछ घबड़ाया मगर उसने तुरन्त ही अपने को संभाला और कमर से खंजर निकालकर उस औरत के सामने खड़ा हो गया। वह खंजर वही था जो कमलिनी ने उसे दिया था। कब्जा दबाते ही खंजर में से बिजली की चमक पैदा हुई जिसके सबब से उस औरत की आंखें बन्द हो गईं और वह बावली-सी हो गई तथा उस समय तो उसे तन-बदन की सुध भी न रही जब भूतनाथ ने खंजर उसके बदन से छुआ दिया।

भूतनाथ ने बड़ी होशियारी से उस बेहोश औरत को उसके घोड़े पर लादा और आप भी उसी पर सवार हो तेजी के साथ मैदान का रास्ता लिया। थोड़ी दूर जाकर भूतनाथ ने बेहोशी की तेज दवा उसे सुंघाई, जिससे वह औरत बहुत देर के लिए मुर्दे जैसी हो गई। हमको इससे कोई मतलब नहीं कि वे सवार जिनके घोड़ों के टापों की आवाज भूतनाथ के कान में पड़ी थी कौन थे और उन्होंने वहां पहुंचकर क्या किया जहां से भूतनाथ उस औरत को ले भागा था, हम केवल भूतनाथ के साथ चलते हैं, जिससे उस औरत का और भूतनाथ का हाल मालूम हो।

यद्यपि रात अंधेरी और रास्ता पथरीला था तथापि भूतनाथ ने चलने में कसर न की। थोड़ी-थोड़ी दूर पर घोड़ा ठोकर खाता था जिससे भूतनाथ को तकलीफ होती थी और वह बड़ी मुश्किल से उस बेहोश औरत को संभाले लिए जाता था मगर यह तकलीफ ज्यादा देर के लिए न थी क्योंकि पहर भर के बाद ही आसमान पर कुदरती माहताबी जलने लगी और उसकी (चन्द्रमा की) रोशनी ने चारों तरफ ठंडक और खूबसूरती के साथ उजाला कर दिया। ऐसी अवस्था में भूतनाथ ने रुकना उचित न समझा और सबेरा होने तक तेजी के साथ बराबर चलता गया। जिस समय आसमान पर सुबह की सफेदी फैल रही थी, घोड़े ने यहां तक हिम्मत हार दी कि दस कदम भी चलना उसके लिए कठिन हो गया। लाचार भूतनाथ घोड़े के नीचे उतरा और

उस औरत को भी उतार लिया। घोड़ा उसी समय जमीन पर गिर पड़ा, मगर भूतनाथ ने उसकी कुछ परवाह न की।

कमर से चादर खोल उसने औरत की गठरी बांधी और पीठ पर लाद आगे का रास्ता लिया।

पहर भर चलते जाने बाद भूतनाथ एक ऐसी पहाड़ी के नीचे पहुंचा जिसकी ऊंचाई बहुत ज्यादा न थी मगर खुशनुमा और सायेदार दरख्त पहाड़ी के ऊपर तथा उसकी तराई में बहुत थे। पहाड़ी की चोटी पर सलई का एक ऊंचा पेड़ था और उसके ऊपर लम्बी कांड़ी में लगा हुआ एक लाल फरहरा (ध्वजा) दूर से दिखाई दे रहा था। यह निशान कमलिनी का लगाया हुआ था। भूतनाथ, तारा और नानक से मिलने के लिए कमलिनी ने एक यह जगह भी मुकर्रर की थी और निश्चय कर रखा था कि जब इन चारों में किसी को किसी से मिलने की आवश्यकता पड़े तो वह इसी जगह आवे और यदि किसी से मुलाकात न हो, इस झंडे को झुका हुआ देखे तो तुरन्त इस पहाड़ी के नीचे आवे और नियत स्थान पर अपने साथी को ढूंढ़े। यह फरहरा बहुत दूर से दिखाई देता था और यह पहाड़ी रोहतास गढ़ और गयाजी के बीच में पड़ती थी।

उस औरत को पीठ पर लादे हुए भूतनाथ पहाड़ी के ऊपर चढ़ने लगा। लगभग दो सौ कदम जाने के बाद रास्ता छोड़कर दाहिनी तरफ घूमा जिधर छोटे-छोटे जंगली पेड़ों की गुंजान झाड़ी दूर तक चली गई थी। उस झाड़ी में आदमी बखूबी छिप सकता था अर्थात् उस झाड़ी के पेड़ यद्यपि छोटे थे परन्तु आदमी की ऊंचाई से उन पेड़ों की ऊंचाई कुछ ज्यादा थी। भूतनाथ दोनों हाथ से पेड़ों को हटाता कुछ दूर तक चला गया। आखिर उसे एक गुफा मिली जिसका मुंह जंगली लताओं ने अच्छी तरह ढांक रखा था। भूतनाथ उस गुफा के अन्दर चला गया और अपना बोझ अर्थात् उस औरत को गुफा के अन्दर छोड़ बाहर निकल आया। इसके बाद पहाड़ी की चोटी पर चढ़ गया और सलई के पेड़ पर चढ़कर लाल फरहरे (झण्डे) को झुकाने का इरादा किया परन्तु उसी समय सलई के पेड़ पर चढ़ी हुई कमलिनी उसे दिखाई पड़ी जो फरहरा झुकाने का उद्योग कर रही थी। इस समय भी कमलिनी उसी राक्षसी के भेष में थी जैसा कि ऊपर के बयानों में लिख आए हैं। भूतनाथ ने कमलिनी को पहचाना और उसने भी भूतनाथ को देखा। कमलिनी पेड़ से नीचे उतर आई और बोली–

कमलिनी- खूब पहुंचे, मैं तुमसे मिला चाहती थी, इसीलिए झण्डा झुकाने का उद्योग कर रही थी।

भूतनाथ- मैं खुद तुमसे मिलना चाहता था, इसीलिए यहां तक आया हूं। यदि इस समय तुम न मिलतीं तो मैं इस पेड़ पर चढ़कर फरहरा झुकाता।

कमलिनी- कहो, क्या बात है और कौन-सी जरूरत आ पड़ी ?

भूतनाथ- पहले तुम कहो कि मुझसे मिलने की क्या आवश्यकता थी ?

कमलिनी- नहीं-नहीं, पहले तुम्हारा हाल सुन लूंगी तब कुछ कहूंगी, क्योंकि तुम्हारे चेहरे पर घबराहट और उदासी हद्द से ज्यादा पाई जाती है।

भूतनाथ- बेशक, ऐसा ही है और मैं तुमसे आखिरी मुलाकात करने आया हूं, क्योंकि अब जीने की उम्मीद नहीं रही और खुली बदनामी बल्कि कलंक मंजूर नहीं।

कमलिनी- क्यों-क्यों, ऐसी क्या आफत आ गई, कुछ कहो तो सही!

भूतनाथ- मेरे साथ पहाड़ी के नीचे चलो। मैं एक औरत को बेहोश करके लाद लाया हूं, जो उसी खोह के अन्दर है, पहले उसे देख लो तब मेरी सुनो।

कमलिनी- खैर, ऐसा ही सही, चलो।

भूतनाथ के साथ-ही-साथ कमलिनी पहाड़ी के नीचे उतरी और उस खोह के मुहाने पर आकर बैठ गई जिसके अन्दर भूतनाथ ने उस औरत को रखा था। भूतनाथ उस बेहोश औरत को खोह के बाहर निकाल लाया। कमलिनी उस औरत को देखते ही चौंकी और उठ खड़ी हुई।

भूतनाथ- इसी के मारे मेरी जिन्दगी जवाल हो रही है, मगर तुम इसे देखकर चौंकी क्यों क्या इस औरत को पहचानती हो?

कमलिनी- हां, मैं इसे पहचानती हूं। यह वह काली नागिन है कि जिसके डंसने का मन्त्र ही नहीं! जिसे इसने काटा वह पानी तक नहीं मांगता, तुमने इसके साथ दुश्मनी की सो अच्छा नहीं किया।

भूतनाथ- मैंने जान-बूझकर इसके साथ दूश्मनी नहीं की। तुम खुद जानती हो कि मैं इसके काबू में हूं किसी तरह इसका हुक्म टाल नहीं सकता, मगर कल इसने जो कुछ काम करने के लिए मुझे कहा वह मैं किसी तरह नहीं कर सकता था और इनकार की भी हिम्मत न थी, लाचार इसी खंजर की मदद से गिरफ्तार कर लाया हूं। अब कोई ऐसी तरकीब निकालो जिसमें जान बचे और मैं वीरेन्द्र सिंह को मुंह दिखाने लायक हो जाऊं।

कमलिनी- मेरी समझ में नहीं आता कि तुम क्या कह रहे हो! मुझे कुछ भी नहीं मालूम कि तुम इसके कब्जे में क्योंकर फंसे हो, न तुमने इसके बारे में कभी मुझसे कुछ कहा ही।

भूतनाथ- बेशक मैं इसका हाल तुमसे कह चुका हूं और यह भी कह चुका हूं कि इसी की बदौलत मुझे मरना पड़ा, बल्कि तुमने वादा किया था कि इसके हाथ से तुम्हें छुट्टी दिला दूंगी।

कमलिनी- हां, वह बात मुझे याद है, मगर तुमने तो श्यामा का नाम लिया था!

भूतनाथ- ठीक है, वह यही श्यामा है।

कमलिनी- (हंसकर) इसका नाम श्यामा नहीं है मनोरमा है। मैं इसकी सात पुश्तों को जानती हूं। बेशक, इसने अपने नाम में भी तुमको धोखा दिया। खैर, अब मालूम हुआ कि तुम्हें इसी ने सता रखा है, तुम्हारे हाथ की लिखी हुई दस्तावेज इसी के कब्जे में है और इस सबब से तुम इसे

जान से मार भी नहीं सकते। इसने मुझे भी कई दफे धोखा देना चाहा था मगर मैं कब इसके पंजे में आने वाली हूं। हां, यह तो कहो कि इसने क्या काम करने के लिए कहा था?

भूतनाथ- इसने कहा था कि तू कमलिनी का सिर काटकर मेरे पास ले आ, यह काम तुझसे बखूबी हो सकेगा क्योंकि वह तुझ पर विश्वास करती है।

कमलिनी- (कुछ देर तक सोचकर) खैर, कोई हर्ज नहीं। पहले तो मुझे इसकी कोई विशेष फिक्र न थी, परन्तु अब इसके साथ चाल चले बिना काम नहीं निकलता। देखो तो, मैं इसे कैसा दुरुस्त करती हूं और तुम्हारे कागजात भी इसके कब्जे से कैसे निकालती हूं।

भूतनाथ- मगर इस काम में देर न करनी चाहिए।

कमलिनी- नहीं-नहीं, देर न होगी, क्योंकि कुंअर इन्द्रजीत सिंह को छुड़ाने के लिए भी मुझे इसी के मकान पर जाना पड़ेगा। बस, दोनों काम एक साथ ही निकल जायेंगे।

भूतनाथ- अच्छा, तो अब क्या करना चाहिए?

कमलिनी- (हाथ का इशारा करके) तुम इस झाड़ी में छिप रहो, मैं इसे होश में लाकर कुछ बातचीत करूंगी। आज यह मुझे किसी तरह नहीं पहचान सकती।

भूतनाथ झाड़ी के अन्दर छिप रहा। कमलिनी ने अपने बटुए में से लखलखे की डिबिया निकाली और सुंघाकर उस औरत को होश में लाई। मनोरमा जब होश में आई, उसने अपने सामने एक भयानक रूप वाली औरत को देखा। वह घबड़ाकर उठ बैठी और बोली–

मनोरमा- तुम कौन हो और मैं यहां क्योंकर आई?

कमलिनी- मैं जंगल की रहने वाली भिल्लिनी हूं। तुम्हें एक लम्बे कद का आदमी पीठ पर लादे लिये जाता था। मैं इस पहाड़ी के नीचे सूअर का शिकार कर रही थी। जब वह मेरे पास पहुंचा मैंने उसे ललकारा और पूछा कि पीठ पर क्या लादे लिये जाता है जब उसने कुछ न बताया तो लाचार (नेजा दिखाकर) इसी जहरीले नेजे से उसे जख्मी किया। जब वह बेहोश होकर गिर पड़ा तब मैंने गठरी खोली, जब तुम्हारी सूरत नजर आई तो हाल जानने की इच्छा हुई। लाचार इस जगह उठा लाई और होश में लाने का उद्योग करने लगी। अब तुम्हीं बताओ कि वह आदमी कौन था और तुम्हें इस तरह क्यों लिये जाता था?

मनोरमा- मैं अपना हाल तुमसे जरूर कहूंगी, मगर पहले यह बताओ कि वह आदमी तुम्हारे इस जहरीले नेजे के असर से मर गया या जीता है?

मनोरमा- वह मर गया और मेरे साथी लोग उसे जला देने के लिए ले गए।

मनोरमा- (ऊंची सांस लेकर) अफसोस, यद्यपि उसने मेरे साथ बहुत बुरा बर्ताव किया तथापि उसकी मुहब्बत मेरे दिल से किसी तरह नहीं जा सकती, क्योंकि वह मेरा प्यारा पति था। अफसोस, तुमने उसके हाथ से मुझे व्यर्थ छुड़ाया।

पाठक, झाड़ी के अन्दर छिपा हुआ भूतनाथ भी मनोरमा की बातें सुन रहा था। मनोरमा ने जो कुछ कमलिनी से कहा, न मालूम उसमें क्या तासीर थी कि सुनने के साथ ही भूतनाथ का कलेजा कांपने लगा और उसे चक्कर-सा आ गया। बहुत मुश्किल से उसने अपने को सम्हाला और कान लगाकर फिर दोनों की बातें सुनने लगा।

कमलिनी- (कुछ सोचकर) मैं कैसे विश्वास करूं कि तुमने जो कुछ कहा वह सच है?

मनोरमा- पहले यह सोचो कि मैं तुमसे झूठ क्यों बोलूंगी?

कमलिनी- इसके कई सबब हो सकते हैं। सबसे भारी सबब यह है कि तुम्हारा भेद एक गैर के सामने खुल जाएगा जिससे तुम्हें कोई मतलब नहीं। मगर मुझे विश्वास नहीं होता कि जो आदमी तुम्हें इतना कष्ट दे और बेहोश करके गठरी में बांधकर कहीं ले जाने का इरादा रखे, उसे तुम प्यार करो और अपना पति कहकर सम्बोधित करो।

मनोरमा- नहीं-नहीं, यों तो शक की कोई दवा नहीं। परन्तु मैं इतना अवश्य कहूंगी कि उस आदमी के बारे में मैंने जो कुछ कहा, वह सच है।

कमलिनी- खैर, ऐसा ही होगा, मुझे इससे कोई मतलब नहीं चाहे वह आदमी तुम्हारा पति हो अथवा नहीं, अब तो वह मर चुका, किसी तरह जी नहीं सकता। लेकिन यह बताओ कि अब तुम क्या करना चाहती हो और कहां जाने की इच्छा रखती हो?

मनोरमा- मुझे गयाजी का रास्ता बता दो। मेरे मां-बाप उसी शहर में रहते हैं। अब मैं उन्हीं के पास जाऊंगी।

कमलिनी- अच्छा, पहाड़ी के नीचे चलो, मैं तुम्हें गयाजी का रास्ता बता देती हूं। हां, मैं तुम्हारा नाम पूछना तो भूल ही गई।

मनोरमा- मेरा नाम इमामन है।

कमलिनी- (जोर से हंसकर) क्या ठगने के लिए मैं ही थी?

मनोरमा- (चौंककर और कमलिनी को सिर से पैर तक खूब अच्छी तरह देखकर) मुझे तुम पर शक होता है।

कमलिनी- यह कोई ताज्जुब की बात नहीं, मगर शक होने ही से क्या हो सकता है आज तक तुमने मुझे कभी नहीं देखा और न फिर देखोगी।

मनोरमा- तब मैं अवश्य ही कह सकती हूं कि तुम कमलिनी हो!

कमलिनी- नहीं-नहीं, मैं कमलिनी नहीं हो सकती, हां, कमलिनी को पहचानती जरूर हूं, क्योंकि वह वीरेन्द्र सिंह और उनके खानदान की दोस्त है, इसलिए मेरी दुश्मन!

मनोरमा- अब मैं तुम्हारी बातों का विश्वास नहीं कर सकती।

कमलिनी- तो इसमें मेरा कोई भी हर्ज नहीं। (आहट पाकर और दाहिनी तरफ देखकर) लो देखो, अब तो मैं सच्ची हुई वह कमलिनी आ रही है!

संयोग से उसी समय तारा भी आ पहुंची जो कमलिनी की सूरत में उसके कहे मुताबिक सब काम किया करती थी। कमलिनी ने गुप्त रीति से तारा को कुछ इशारा किया जिससे वह कमलिनी का मतलब समझ गई। कमलिनी रूपी तारा लपककर उन दोनों के पास पहुंची और कमर से खंजर निकालकर और उसे चमकाकर बोली, "इस समय तुम दोनों भले मौके पर मुझे मिल गई हो, आज मेरा मनोरथ पूर्ण हुआ। अब मैं तुम दोनों से बिना बदला लिये टलने वाली नहीं।"

तारा की यह बात सुन कमलिनी जान-बूझकर कांपने लगी। मालूम होता था कि वह डर से कांप रही है। मनोरमा भी यकायक कमलिनी को मौजूद देखकर घबड़ा गई, इसके अतिरिक्त उस चमकते हुए खंजर को देखकर उसे विश्वास हो गया कि अब किसी तरह जान नहीं बचती, क्योंकि इसी तरह का खंजर भूतनाथ के हाथ में वह देख चुकी थी और उसके प्रबल प्रताप का नमूना उसे मालूम हो चुका था, साथ ही उसे इस बात का भी विश्वास हो गया कि राक्षसी (कमलिनी), जिसने उसे भूतनाथ के हाथ से छुड़ाया, सच्ची और उसकी खैरख्वाह है।

कमलिनी ने तारा को फिर इशारा किया जिसे मनोरमा ने नहीं जाना। पर तारा ने वह खंजर मनोरमा के बदन से लगा दिया और वह बात-की-बात में बेहोश होकर जमीन पर गिर गई। झाड़ी में छिपा हुआ भूतनाथ भी निकल आया और कमलिनी से बोला–

भूतनाथ- जो हो, मगर मेरा काम कुछ भी न हुआ।

कमलिनी- इसमें कोई शक नहीं कि तुम बड़े बुद्धिमान हो, परन्तु कभी-कभी तुम्हारी अक्ल भी हवा खाने चली जाती है। तुम इस बात को नहीं जानते कि तुम्हारा काम पूरा-पूरा हो गया। यकायक तारा के पहुंच जाने से मालूम हुआ कि तुम्हारी किस्मत तेज है, नहीं तो मुझे बहुत-कुछ बखेड़ा करना पड़ता।

भूतनाथ- सो क्या, मुझे साफ समझा दो तो जी ठिकाने हो।

कमलिनी- मेरे पास बैठ जाओ, मैं अच्छी तरह समझा देती हूं। (तारा की तरफ देखकर) कहो, तुम्हारा आना क्योंकर हुआ?

तारा- मुझे एक ऐसा काम आ पड़ा कि बिना तुमसे मिले कठिनता दूर होने की आशा न रही, लाचार झण्डी टेढ़ी करके तुमसे मिलने की उम्मीद में यहां आयी थी।

कमलिनी- अच्छा हुआ कि तुम आईं, इस समय तुम्हारे आने से बड़ा ही काम चला। अच्छा, बैठ जाओ और जो कुछ मैं कहती हूं, उसे सुनो।

इसके बाद कमलिनी, तारा और भूतनाथ में देर तक बातचीत होती रही जिसे यहां पर लिखना हम मुनासिब नहीं समझते, क्योंकि इन लोगों ने जो कुछ करना विचारा है, वह आगे के बयान में

स्वयं खुल जाएगा। जब बातचीत से छुट्टी मिली तो मनोरमा को उठा तीनों आदमी पहाड़ी के नीचे उतरे। मनोरमा एक पेड़ के साथ बांध दी गई। इस काम से छुट्टी पाकर तारा और भूतनाथ वहां से अलग हो गए और किसी झाड़ी में छिपकर दूर से इन दोनों को देखते रहे। थोड़ी ही देर बाद मनोरमा होश में आई और अपने को बेबस पाकर चारों तरफ देखने लगी। पास ही में पेड़ से बंधी हुई कमलिनी पर भी उसकी निगाह पड़ी और वह अफसोस के साथ कमलिनी की तरफ देखकर बोली–

मनोरमा- बेशक, तुम सच्ची हो। मेरी भूल थी जो तुम पर शक करती थी।

कमलिनी- खैर, इस समय तो तुम्हारे ही सबब से मुझे भी कष्ट भोगना पड़ा।

मनोरमा- इसमें कोई सन्देह नहीं।

कमलिनी- तुम्हारा छूटना तो मुश्किल है मगर मैं किसी-न-किसी तरह धोखा देकर छूट ही जाऊंगी और तब कमलिनी से समझूंगी। अब बिना उसकी जान लिए मुझे चैन कहां।

मनोरमा- तुम्हारी भी तो वह दुश्मन है, फिर तुम्हें क्योंकर छोड़ देगी?

कमलिनी- मेरी-उसकी दुश्मनी भीतर-ही-भीतर की है, इसके अतिरिक्त एक और सबब ऐसा है कि जिससे मैं अवश्य छूट जाऊंगी। तब तुम्हारे छुड़ाने का भी उद्योग करूंगी।

मनोरमा- वह कौन-सा सबब है?

कमलिनी- सो मैं अभी नहीं कह सकती। तुम्हें वह स्वयं मालूम हो जाएगा। (चारों तरफ देखकर) न मालूम वह कम्बख्त कहां गई!

मनोरमा- क्या तुम्हें भी नहीं मालूम?

कमलिनी- नहीं, मुझे जब होश आया मैंने अपने को इसी तरह बेबस पाया।

मनोरमा- खैर, कहीं भी हो, आवेगी ही। हां तुम्हें यदि अपने छूटने की उम्मीद है तो कब तक?

कमलिनी- उसके आने पर दो-चार बातें करने से ही मुझे छुट्टी मिल जाएगी और मैं तुम्हें भी अवश्य छुड़ाऊंगी। हां, अकेली होने के कारण विलम्ब जो कुछ हो। यदि तुम्हारा कोई मददगार हो तो बताओ, ताकि छुट्टी मिलने पर मैं तुम्हारे हाल की उसे खबर दूं।

मनोरमा- (कुछ सोचकर) यदि कष्ट उठाकर तुम मेरे घर तक जाओ और मेरी सखी को मेरा हाल कह सको, तो वह सहज ही में मुझे छुड़ा लेगी।

कमलिनी- इसमें तो कोई सन्देह नहीं कि मैं अवश्य छूट जाऊंगी। तुम अपने घर का पता और अपनी सखी का नाम बताओ। मैं जरूर उससे मिलकर तुम्हारा हाल कहूंगी और स्वयं भी जहां तक हो सकेगा, तुम्हें छुड़ाने के लिए उसका साथ दूंगी।

मनोरमा- यदि ऐसा करो तो मैं जन्म-भर तुम्हारा अहसान मानूंगी। जब उसके कान तक मेरा हाल पहुंच जाएगा तो तुम्हारी मदद की आवश्यकता न रहेगी।

कमलिनी- खैर, अब पता और नाम बताने में विलम्ब न करो। कहीं ऐसा न हो कि कमलिनी आ जाए, तब कुछ न हो सकेगा।

मनोरमा- हां, ठीक है-काशीजी में त्रिलोचनेश्वर महादेव के पास लाल रंग का मकान एक छोटे से बाग के अन्दर है। मछली के निशान की स्याह रंग की झण्डी दूर से ही दिखाई पड़ेगी। मेरी सखी का नाम 'नागर' है, समझ गईं।

कमलिनी- मैं खूब समझ गई, मगर उसे मेरी बात का विश्वास कैसे होगा?

मनोरमा- इसमें विश्वास की कोई जरूरत नहीं है। वह मुझ पर आफत आने का हाल सुनते ही बेचैन हो जाएगी और किसी तरह न रुकेगी।

कमलिनी- तथापि मुझे हर तरह से दुरुस्त रहना चाहिए। शायद वह समझे कि यह मुझे धोखा देने आई है और चाहती है कि मैं घर के बाहर जाऊं तो कोई मतलब निकाले।

मनोरमा- (कुछ सोचकर) हां, ऐसा हो सकता है। अच्छा, मैं तुम्हें एक परिचय बताती हूं। जब वह बात उसके कान में कहोगी, तब वह तुम्हारा पूरा विश्वास कर लेगी। परन्तु उस परिचय को बड़ी होशियारी से अपने दिल में रखना, खबरदार! दूसरा न जानने पावे, नहीं तो मुश्किल होगी और मेरी जान किसी तरह न बचेगी।

कमलिनी- तुम विश्वास रखो कि वह शब्द सिवाय एक दफे के जब मैं तुम्हारी सखी के कान में कहूंगी, दूसरी दफे मेरे मुंह से न निकलेगा। (इधर-उधर देखकर) जल्दी कहो, अब देर न करो।

मनोरमा- (कमलिनी की तरफ झुककर धीरे से) 'विकट' शब्द कहना। बस, सन्देह न करेगी और तुम्हें मेरा विश्वासपात्र समझेगी।

कमलिनी- ठीक है, अब जहां तक जल्द हो सकेगा, मैं तुम्हारी सखी के पास पहुंचूंगी और अपना मतलब निकालूंगी।

मनोरमा- पहले तो मुझे यह देखना है कि कमलिनी तुम्हें क्योंकर छोड़ती है! जब तुम छूट जाओगी तब कहीं जाकर मुझे अपने छूटने की कुछ उम्मीद होगी।

कमलिनी- (हंसकर) मैं उतनी ही देर में छूट जाऊंगी जितनी देर में तुम एक से लेकर निन्यानवे तक गिन सको।

इतना कहकर कमलिनी ने सीटी बजाई। सीटी की आवाज सुनते ही तारा और भूतनाथ जो वहां से थोड़ी दूर पर एक झाड़ी के अन्दर छिपे हुए थे, कमलिनी के पास आ पहुंचे। कमलिनी ने मुस्कराते हुए उनकी तरफ देखा और कहा, "मुझे छोड़ दो।"

भूतनाथ ने कमलिनी को, जो पेड़ से बंधी हुई थी, खोल दिया। कमलिनी उठकर मनोरमा के पास आई और बोली, "क्यों, मैं अपने कहे मुताबिक छूट गयी या नहीं!"

कमलिनी की चालाकी के साथ ही भूतनाथ की सूरत देखकर मनोरमा सन्न हो गई और ताज्जुब के साथ उन तीनों की तरफ देखने लगी। इस समय भूतनाथ के चेहरे पर उदासी के बदले खुशी की निशानी पाई जाती थी। भूतनाथ ने हंसकर मनोरमा की तरफ देखा और कहा, “क्या अब भी भूतनाथ तेरे कब्जे में है अगर हो तो कह, इसी समय कमलिनी का सिर काटकर तेरे आगे रख दूं, क्योंकि वह यहां मौजूद है।”

मनोरमा ने क्रोध के मारे दांत पीसे और सिर नीचा कर लिया। थोड़ी देर बाद बोली, “अफसोस, मैं धोखा खा गई!”

कमलिनी- (तारा से) अब समय नष्ट करना ठीक नहीं। इस हरामजादी को तुम ले जाओ और लोहे वाले तहखाने में बन्द करो, फिर देखा जाएगा। (अपने हाथ का नेजा देकर) इस नेजे को अपने पास रखो और वह खंजर मुझे दे दो। अब नेजे के बदले खंजर रखना ही मैं उत्तम समझती हूं। यद्यपि एक खंजर मेरे पास है परन्तु वह कुंअर इन्द्रजीत सिंह के लिए है।

तारा- मैं भी यही कहना चाहती थी, क्योंकि खंजर और नेजे में गुण तो एक ही है फिर बोझ लेकर घूमने से क्या फायदा। यह लो खंजर, अपने पास रखो।

कमलिनी- (भूतनाथ से) तुम भी तारा के साथ जाओ और इस हरामजादी को हमारे घर पहुंचाकर बहुत जल्द लौट आओ, तब तक मैं इसी जगह रहूंगी और तुम्हारे आते ही तुम्हें साथ लेकर काशीजी जाऊंगी। पहले तुम्हारा काम करके कुंअर इन्द्रजीत सिंह से मिलूंगी और मायारानी की मण्डली को, जिसने दुनिया में अंधेर मचा रखा है, जहन्नुम में भेजूंगी।

भूतनाथ- (सिर झुकाकर) जो हुक्म!

***

बयान-5

रात आधी से कुछ ज्यादा जा चुकी है। चारों तरफ सन्नाटा छाया हुआ है, कभी-कभी कुत्तों के भौंकने की आवाज के सिवाय और किसी तरह की आवाज सुनाई नहीं देती। ऐसे समय में काशी की तंग गलियों में दो आदमी, जिनमें एक औरत और दूसरा मर्द है, घूमते हुए दिखाई देते हैं। ये दोनों कमलिनी और भूतनाथ हैं जो त्रिलोचनेश्वर महादेव के पास मनोरमा के मकान पर पहुंचने की धुन में कदम बढ़ाये हुए तेजी के साथ जा रहे हैं। जब ये दोनों एक चौमुहानी के पास पहुंचे तो देखा कि दाहिनी तरफ से एक आदमी पीठ पर गट्ठर लादे आया और उसी तरफ को घूमा जिधर ये दोनों जाने वाले थे। कमलिनी ने धीरे से भूतनाथ के कान में कहा, "इस गठरी में जरूर कोई आदमी है।"

भूतनाथ- बेशक ऐसा ही है। इस आदमी की चाल पर भी मुझे कुछ शक पड़ता है। ताज्जुब नहीं कि यह मनोरमा का नौकर श्यामलाल हो।

कमलिनी- तुम्हारा शक ठीक हो सकता है, क्योंकि तुम बहुत दिनों तक मनोरमा के मकान पर रह चुके हो और वहां के हर एक आदमी को बखूबी जानते हो।

भूतनाथ- कहो तो इसे रोकूं?

कमलिनी- हां-हां, रोको, जाने न पावे।

भूतनाथ लपककर उस आदमी के सामने आया और कमर से खंजर निकालकर उसके सामने चमकाया। उसकी चमक में भूतनाथ और कमलिनी ने उस आदमी को पहचान लिया, मगर वह इन दोनों को अच्छी तरह न देख सका, क्योंकि बिजली की तरह चमकने वाली रोशनी ने उसकी आंखें बन्द कर दीं और वह घबराकर बैठ गया। भूतनाथ ने खंजर उसके बदन से लगाया जिसकी तासीर से वह एक दफे कांपा और बेहोश होकर जमीन पर लम्बा हो गया। भूतनाथ ने उसे उसी तरह छोड़ दिया और गठरी का कोना खोलकर देखा तो उसमें एक कमसिन औरत बंधी पाई। कमलिनी के हुक्म से भूतनाथ ने वह गठरी अपनी पीठ पर लाद ली और मनोरमा के घर का रास्ता छोड़ दोनों आदमी गंगा-किनारे की तरफ रवाना हुए।

बात-की-बात में दोनों गंगा-किनारे जा पहुंचे। इस समय चन्द्रमा की रोशनी अच्छी तरह फैली हुई थी। एक मढ़ी के ऊपर बैठने के बाद भूतनाथ ने वह गठरी खोली। उस बेहोश औरत के चेहरे पर चन्द्रमा की रोशनी पड़ते ही भूतनाथ चौंककर बोला, "ओफ, यह तो कमला है!"

कमला होश में लाई गई। जब उसकी निगाह भूतनाथ के ऊपर पड़ी तो वह एकदम कांप उठी। कमला को उस दिन की बात याद आ गई जिस दिन खंडहर के तहखाने में अपने चाचा शेर सिंह

के पास भूतनाथ को देखा था, कमला को शक हो गया कि इस समय वह जिसके हुक्म से बेहोश करके लाई गई, वह भूतनाथ ही है। कमला की दूसरी निगाह कमलिनी पर पड़ी मगर वह कमलिनी को पहचान न सकी। यद्यपि कमला कमलिनी को रोहतास गढ़ पहाड़ी पर देख चुकी थी परन्तु इस समय कमलिनी उस भयानक राक्षसी के भेष में न थी, रंग काला जरूर था, परन्तु लम्बे-लम्बे दांत उसके मुंह में न थे, इसी से वह कमलिनी को नहीं पहचान सकी।

कमलिनी ने जब देखा कि कमला बहुत ही डरी हुई और हैरान मालूम पड़ती है तो उसने कमला का हाथ पकड़ लिया और धीरे से दबाकर कहा, "कमला, तू डर मत। हम लोगों ने इस समय तुझे एक दुश्मन के हाथ से छुड़ाया है"

कमला- अब मेरा जी ठिकाने हुआ। मुझे उम्मीद है कि आप लोगों की तरफ से मुझे तकलीफ न पहुंचेगी। परन्तु आप लोगों को जानने के लिए मेरा जी बेचैन हो रहा है।

कमलिनी- ठीक है, जरूर तेरा जी चाहता होगा कि हम लोगों का हाल जाने और इसी तरह मैं भी तुझसे बहुत-कुछ पूछना चाहती हूं मगर इस समय केवल चार-पांच घण्टे के लिए तुझसे जुदा होती हूं, तब तक तू (भूतनाथ की तरफ इशारा करके) इनके साथ रह। किसी तरह से डर मत, सबेरा होने के पहले ही मैं तुझसे आकर मिलूंगी और बातचीत के बाद कुंअर इन्द्रजीत सिंह के छुड़ाने का उद्योग करूंगी।

कमला- मैं आपके हुक्म के खिलाफ कुछ न करूंगी। मैं आपसे हर तरह पर भलाई की आशा रखती हूं क्योंकि आपने मुझे एक ऐसे दुश्मन के हाथ से छुड़ाया है जिसका हाल मैं ही जानती हूं।

कमलिनी- अच्छा, तो अब बातों में समय नष्ट करना ठीक नहीं है। (भूतनाथ की तरफ देखकर) भूतनाथ, यहां छोटी-छोटी बहुत-सी डोंगियां बंधी हुई हैं, सन्नाटा और मौका देखकर कोई एक डोंगी खोल लो और कमला को साथ लेकर गंगा-पार चले जाओ। मैं अब मनोरमा के घर जाती हूं, वहां से अपना मतलब साधकर सबेरा होने के पहले ही तुमसे आ मिलूंगी।

कमला- (चौंककर) क्या नाम लिया, मनोरमा! हाय-हाय, वह तो बड़ी शैतान है। हम लोगों को तो उसने तबाह कर डाला। क्या तुम उसके...

कमलिनी- डर मत कमला! मनोरमा को मैंने कैद कर लिया है और अब एक जरूरी काम के लिए उसके घर पर जा रही हूं। (आसमान की तरफ देखकर) ओफ, बहुत विलम्ब हुआ, खैर, अब बिदा होती हूं, पुन: मिलने पर सब हाल कहूंगी।

कमलिनी वहां से रवाना हुई और थोड़ी ही देर में उस बाग के फाटक पर जा पहुंची जिसमें मनोरमा का मकान था। फाटक के साथ लोहे की एक जंजीर लगी हुई थी जिसे हिलाने से दरबान ने एक छोटे-से सूराख में से बाहर की तरफ देखा जो इसी काम के लिए बना हुआ था। केवल एक औरत को दरवाजे पर मौजूद पाकर दरबान ने फाटक खोल दिया और जब कमलिनी अन्दर चली आई तो फाटक उसी तरह बन्द कर दिया और तब कमलिनी से पूछा, "तुम कौन हो और यहां किसलिए आई हो?"

कमलिनी- मुझे मनोरमा जी ने पत्र देकर अपनी सखी नागर के पास भेजा है, तुम मुझे नागर के पास बहुत जल्द ले चलो।

दरबान- वह तो यहां नहीं हैं, किसी दूसरी जगह गई हैं।

कमलिनी- कब आवेंगी?

दरबान- सो मैं ठीक नहीं कह सकता।

कमलिनी- क्या तुम यह भी नहीं कह सकते कि वे आज या कल तक लौट आवेंगी या नहीं?

दरबान- हां, यह तो मैं कह सकता हूं कि चार-पांच दिन तक वे न आवेंगी; इसके बाद चाहे जब आवें।

कमलिनी- अफसोस, अब बेचारी मनोरमा नहीं बच सकती।

दरबान- (चौंककर) क्यों-क्यों उन पर क्या आफत आई?

कमलिनी- यह एक गुप्त बात है जो मैं तुमसे नहीं कह सकती, हां, इतना कहने में कोई हर्ज नहीं कि यदि तीन दिन के अन्दर उन्हें बचाने का उद्योग न किया जाएगा तो चौथे दिन कुछ नहीं हो सकता, वे अवश्य मार डाली जाएँगी।

दरबान- अफसोस, यदि आप एक दिन तक यहां अटकना मंजूर करें तो मैं नागर जी के पास जाकर उन्हें बुला लाऊं। आपको यहां किसी तरह की तकलीफ न होगी!

कमलिनी- (कुछ सोचकर) मुझे एक जरूरी काम है, इसलिए अटक तो नहीं सकती, परन्तु कल शाम तक अपना काम करके लौट आ सकती हूं।

दरबान- यदि आप ऐसा करें तो भी काम चल सकता है, परन्तु आप अटक न जाएं। यदि आपका काम ऐसा हो जिसे हम लोग कर सकते हों तो आप कहें, उसका बन्दोबस्त कर दिया जाएगा।

कमलिनी- नहीं, बिना मेरे गये वह काम नहीं हो सकता। मगर कोई चिन्ता नहीं, मैं कल शाम तक अवश्य आ जाऊंगी।

दरबान- जैसी मर्जी, आपकी मेहरबानी से यदि हमारे मालिक की जान बच जाएगी तो हम लोग जन्म भर के लिए गुलाम रहेंगे।

कमलिनी- मैं अवश्य आऊंगी और उनके लिए हर तरह का उद्योग करूंगी, तुम समय इसका बन्दोबस्त कर जाना कि यदि तुम्हारे लौट आने के पहले ही मैं यहां पहुंच जाऊं तो मुझे यहां रहने में किसी तरह का तरद्दुद न हो।

दरबान- इससे आप बेफिक्र रहें, मैं पूरा-पूरा इन्तजाम करके जाऊंगा और नागर जी को लेकर बहुत जल्दी लौटूंगा।

फाटक खोल दिया गया और कमलिनी बाग के बाहर हो गई। वह अभी बीस कदम भी आगे न गई होगी कि एक आदमी बदहवास और दौड़ता हुआ उसी बाग के फाटक पर पहुंचा और

दरवाजा खुलवाने का उद्योग करने लगा। कमलिनी जान गई कि यह वही आदमी है जिसके हाथ से अभी थोड़ी ही देर पहले मैंने कमला को छुड़ाया है। कमलिनी उसी जगह आड़ में खड़ी होकर उसे देखने और कुछ सोचने लगी। जब बाग का फाटक खुल गया और वह आदमी अन्दर चला गया तो न मालूम क्या सोचती-विचारती कमलिनी भी वहां से रवाना हुई और थोड़ी रात बाकी थी, जब कमला और भूतनाथ के पास पहुंची जो गंगा-पार उसके आने की राह देख रहे थे। कमलिनी को बहुत जल्दी लौट आते देख भूतनाथ को ताज्जुब हुआ और उसने कहा–

भूतनाथ- मालूम होता है कि कुछ काम न हुआ और आपको खाली ही लौट आना पड़ा!

कमलिनी- हां, इस समय तो खाली ही लौटना पड़ा, मगर काम हो जाएगा। नागर घर पर मौजूद न थी, उसका आदमी उसे बुलाने के लिए गया है। मैं कल शाम तक फिर वहां पहुंचने का वादा कर आई हूं। इच्छा तो यही थी कि वहां अटक जाऊं क्योंकि ऐसा करने से और भी कुछ काम निकलने की उम्मीद थी, परन्तु कमला के खयाल से लौट आना पड़ा। मैं चाहती हूं कि कमला को रोहतास गढ़ रवाना कर दूं क्योंकि उसकी जुबानी कुछ हाल सुनकर राजा वीरेन्द्र सिंह को ढाढ़स होगी और लड़कों के सोच में बहुत व्याकुल न रहेंगे। (कमला की तरफ देखकर) तेरी क्या राय है?

कमला- जो कुछ आप हुक्म दें मैं करने को तैयार हूं, परन्तु इस समय मैं बहुत-सी बातों का असल भेद जानने के लिए बेचैन हो रही हूं और सिवाय आपके कोई दूसरा मेरी दिलजमई नहीं कर सकता!

कमलिनी- कोई हर्ज नहीं, मैं हर तरह से तेरी दिलजमई कर दूंगी।

इतना सुनकर कमला भूतनाथ की तरफ देखने लगी। कमलिनी समझ गई कि यह निराले में मुझसे कुछ पूछना चाहती है। अस्तु, उसने भूतनाथ को वहां से हट जाने के लिए कहा और जब वह कुछ दूर चला गया तो कमला से बोली, "अब निराला हो गया, जो कुछ पूछना हो पूछो।"

कमला- मुझे आपका कुछ हाल भूतनाथ की जुबानी मालूम हुआ है परन्तु उससे पूरी दिलजमई नहीं होती। मुझे पूरा-पूरा पता लग चुका था कि कुंअर इन्द्रजीत सिंह आपके यहां कैद हैं, फिर न मालूम, उन पर क्या आफत आई और उनके साथ आपने क्या सलूक किया। यद्यपि उस समय हम लोग आपके नाम से डरते थे, परन्तु जब आपने कई दफे हम लोगों के साथ नेकी की जिसका हाल आज मालूम हुआ है तो वह बात अब मेरे दिल से जाती रही, फिर भी कुंअर इन्द्रजीत सिंह के बारे में शक बना ही रहा है।

कमलिनी- सुन, मैं तुझसे पूरा-पूरा हाल कहती हूं। यह तो तुझे मालूम ही हो चुका कि मैं कमलिनी हूं।

कमला- जी हां, यह तो (भूतनाथ की तरफ इशारा करके) इनकी कृपा से मालूम हो गया और इन्हीं के जुबानी यह भी जान गई कि रोहतास गढ़ में उस कब्रिस्तान के अन्दर हाथ में चमकता हुआ नेजा लेकर आप ही ने हम लोगों की मदद की थी और बेहोश करके रोहतास गढ़ किले के

अन्दर पहुंचा दिया था। दूसरी दफे राजा वीरेन्द्र सिंह वगैरह को रोहतास गढ़ के कैदखाने से आप ही ने छुड़ाया था और तीसरी दफे उस खंडहर में यकायक विचित्र रीति से आप ही को पहुंचते हम लोगों ने देखा था।

कमलिनी- यद्यपि कुछ लोगों ने मुझे बदनाम कर रखा है, परन्तु वास्तव में मैं वैसी नहीं हूं। मैं नेकी करने के लिए हरदम तैयार रहती हूं, इसी तरह दुष्टों को मजा चखाने की भी नीयत रहती है। मैंने कुंअर इन्द्रजीत सिंह के साथ किसी तरह की बुराई नहीं की, बल्कि उनके साथ नेकी की और उन्हें एक बहुत बड़े दुश्मन के हाथ से छुड़ाया। जब वे तुम लोगों से मिलेंगे और हाल कहेंगे, तब मालूम होगा कि कमलिनी ने सच कहा था!

इसके बाद कमलिनी ने इन्द्रजीत सिंह का अपने लश्कर से गायब होना और उन्हें दुश्मन के हाथ से छुड़ाना, कई दिनों तक अपने मकान में रखना, माधवी को गिरफ्तार करना, किशोरी का रोहतास गढ़ के तहखाने से निकलना और धनपत के कब्जे में पड़ना, तारा के खबर पहुंचाने पर इन्द्रजीत सिंह को साथ लेकर किशोरी को छुड़ाने के लिए जाना, रास्ते में शेर सिंह और देवी सिंह से मिलना, अग्निदत्त का हाल और अन्त में उस तिलिस्मी मकान के अन्दर सभी लोगों का कूद जाना आदि कमला से पूरा-पूरा बयान किया। कमला ताज्जुब से सब बातें सुनती रही और अब कमलिनी पर उसे पूरा-पूरा विश्वास हो गया।

कमला- फिर किशोरी और कुंअर इन्द्रजीत सिंह उस खंडहर वाले तहखाने में क्योंकर पहुंचे?

कमलिनी- वह खंडहर एक छोटे से तिलिस्म से सम्बन्ध रखता है। एक औरत जो मायारानी के नाम से पुकारी जाती है और जिसका हाल कुछ दिन बाद तुम लोगों को मालूम होगा, उस तिलिस्म पर राज्य करती है। मैं उसकी सगी बहिन हूं। हमारी तिलिस्मी किताब से साबित होता है कि कुंअर इन्द्रजीत सिंह और आनन्द सिंह उस तिलिस्म को तोड़ेंगे क्योंकि तिलिस्म तोड़ने वालों के जो-जो लक्षण उस किताब में लिखे हैं, वे सब इन दोनों भाइयों में पाये जाते हैं, परन्तु मायारानी चाहती है कि तिलिस्म टूटने न पावे और इसीलिए वह दोनों कुमारों को अपनी कैद में रखने अथवा मार डालने का उद्योग कर रही है। मैंने उसे बहुत-कुछ समझाया और कहा कि तिलिस्म बनाने वालों के खिलाफ चलने और इन दोनों भाइयों से दुश्मनी रखने का नतीजा अच्छा न होगा परन्तु उसने न माना बल्कि वह मेरी भी दुश्मन बन बैठी। अन्त में लाचार मुझे उसका साथ छोड़ देना पड़ा। मैंने उस तालाब वाले मकान पर अपना कब्जा कर लिया और उसी में रहने लगी। उस मकान में मैं बेफिक्र रहती हूं। मायारानी के कई आदमियों ने, जो नेक और ईमानदार थे, मेरा साथ दिया। तिलिस्म का जितना हाल उसे मालूम है, उतना ही मुझे भी मालूम है। यही सबब है कि वह अर्थात् तिलिस्मी महारानी (मायारानी) वीरेन्द्र सिंह और उनके खानदान के साथ दुश्मनी कर रही है और मैं हर तरह से उनकी मदद कर रही हूं। उस तिलिस्मी मकान के अन्दर इन्द्रजीत सिंह और उनके साथियों तथा मेरे नौकरों का हंसते-हंसते कूद जाना उसी तिलिस्मी महारानी की कार्रवाई थी और उस खंडहर वाले तहखाने में जो कुछ तुम लोगों ने देखा, वह सब भी उसी की बदौलत थी। अफसोस, गुप्त राह से महारानी के बहुत से आदमियों

के पहुंच जाने के कारण मैं कुछ कर न सकी। खैर, कोई हर्ज नहीं। कुंअर इन्द्रजीत सिंह, आनन्द सिंह और किशोरी तथा कामिनी वगैरह का मायारानी कुछ भी नहीं बिगाड़ सकती, क्योंकि उसकी असल जमा-पूंजी जो थी, वह मेरे हाथ लग चुकी है जिसका खुलासा हाल इस समय मैं नहीं कह सकती। हां, इतना प्रतिज्ञापूर्वक कहती हूं कि उन लोगों को मैं बहुत जल्द कैद से छुड़ाऊंगी।

कमला- मैं समझती हूं कि वह मकान भी तिलिस्मी होगा जिसके अन्दर कुंअर इन्द्रजीत सिंह वगैरह हंसते-हंसते कूद पड़े थे।

कमलिनी- नहीं; उस मकान का तिलिस्म से कोई सम्बन्ध नहीं, वह नया बनाया गया है। मुझे उसकी खबर न थी इसी से मैं धोखे में आ गई, पीछे पता लगाने से मालूम हुआ कि वह भी मायारानी की कार्रवाई थी।

कमला- अब मेरा जी ठिकाने हुआ और आपकी बदौलत अपनी प्यारी सखी किशोरी और कुंअर इन्द्रजीत सिंह वगैरह के छूटने की उम्मीद हुई। अब आशा है कि आपकी कृपा से एक दफे मायारानी को भी देखूंगी।

कमलिनी- इसके लिए जल्दी करना मुनासिब नहीं, मैं आज ही कल में तुझे अपने साथ मायारानी के घर ले चलती, क्योंकि मुझे वहां जाने की बहुत जल्दी है परन्तु इस समय तेरा रोहतास गढ़ लौट जाना ही ठीक है क्योंकि राजा वीरेन्द्र सिंह लड़कों की जुदाई में हद्द से ज्यादे दु:खी होंगे, तेरे लौट जाने से उन्हें ढाढ़स होगा और मेरी जुबानी जो कुछ तूने सुना है जब उनसे बयान करेगी तो उन्हें एक प्रकार की आशा हो जाएगी। हां, एक बात तुझसे पूछना मैं भूल गई।

कमला- वह क्या?

कमलिनी- तू कहती है कि मैं मायारानी को देखा चाहती हूं, तो क्या तूने उसे नहीं देखा उसी के आदमी तो तुझे गिरफ्तार करके ले गए थे, जहां तक मैं समझती हूं, तू उसके पास जरूर पहुंचाई गई होगी।

कमला- हां-हां, मैं एक जनाने दरबार में पहुंचाई गई थी मगर यह नहीं कह सकती कि वह मायारानी का ही दरबार था या कोई दूसरा, और यदि मायारानी का ही दरबार था तो...

कमलिनी- पहले तू अपना हाल कह जा कि जब खंडहर के अन्दर तहखाने में घुसी तो क्या हुआ और क्योंकर गिरफ्तार होकर कहां गई?

कमला- जब हम लोग राजा वीरेन्द्र सिंह के साथ कुमार को निकालने के लिए उस खंडहर वाले तहखाने में गये तो वहां किसी को न पाया। सीढ़ी के नीचे एक छोटी कोठरी थी, मैं उसमें घुस गई। देखा कि पत्थर की एक सिल्ली दीवार से अलग होकर जमीन पर पड़ी हुई और उस जगह एक आदमी के जाने लायक रास्ता है। उस दरवाजे के दूसरी तरफ एक और कोठरी नजर आई जिसमें चिराग जल रहा था। मैंने आनन्द सिंह और तारा सिंह को पुकारा, जब वे आ गए तो तीनों आदमी उस कोठरी के अन्दर घुसे। जब दो-तीन कदम आगे गये तो यकायक पीछे से

खटके की आवाज आई, घूमकर देखा तो वह रास्ता बन्द पाया जिधर से आये थे। ताज्जुब में आकर हम लोग सोचने लगे कि अब क्या करना चाहिए। यकायक कई आदमी एक तरफ से निकलकर आये और उन लोगों ने फुर्ती के साथ एक-एक चादर हम लोगों के ऊपर डाल दी। मुझे उस चादर की तेज महक कभी न भूलेगी। सिर पर पड़ते ही अजब हालत हो गई, एक प्रकार की तेज महक नाक के अन्दर घुसी और उसने तन-बदन की सुध भुला दी। न मालूम उसी दिन या दूसरे या कई दिन के बाद जब मैं होश में आई तो अपने को रात के समय एक जनाने दरबार में पाया।

कमलिनी- वह दरबार कैसा था?

कमला- वह दरबार एक बारहदरी में था। जड़ाऊ सिंहासन पर एक नौजवान औरत दक्षिणी ढंग की पोशाक पहने बैठी थी। मैं कह सकती हूं कि सिवाय किशोरी के उसके मुकाबले की खूबसूरत औरत आज तक किसी ने न देखी होगी।

कमलिनी- बस-बस, मैं समझ गई, वही मायारानी थी। हां, और क्या देखा?

कमला- उसके दाहिनी तरफ सोने की एक चौकी पर मृगछाला बिछा हुआ था मगर उस पर कोई बैठा न था।

कमलिनी- वह तिलिस्म के दारोगा की जगह थी जो वृद्ध साधु के वेश में रहता है, मगर आजकल उसे राजा वीरेन्द्र सिंह ने कैद कर लिया है।

कमला- (ताज्जुब से) राजा वीरेन्द्र सिंह ने कब और किस दारोगा को कैद किया है?

कमलिनी- उस तिलिस्मी खंडहर में जब तुम लोग गये तो किसी साधु को बेहोश पाया था या नहीं?

कमला- (कुछ सोचकर) हां-हां, एक कोठरी के अन्दर जिसमें एक मूरत थी। क्या वही तिलिस्मी दारोगा है?

कमलिनी- हां, वही दारोगा है, वही बहुत से आदमियों को साथ लेकर तहखाने में से कुमार को उठा लाने के लिए उस खंडहर में गया था, मगर तारा सिंह की चालाकी से अपने साथियों के सहित बेहोश हो गया। उस समय वेश बदले मेरा भी एक आदमी वहां मौजूद था, मगर दूर ही से सब-कुछ देख रहा था। हां तो उस दरबार में और क्या देखा?

कमला- उस मृगछाला बिछी हुई चौकी के पास अर्धगोलाकार बीस जड़ाऊ कुर्सियां और थीं और उसी तरह सिंहासन के बाईं तरफ छोटे जड़ाऊ सिंहासन पर एक खूबसूरत औरत बैठी हुई थी जिसके बाद फिर बीस या इक्कीस जड़ाऊ कुर्सियां थीं, और दोनों तरफ वाली जड़ाऊ कुर्सियों पर नौजवान और खूबसूरत औरतें बड़े ठाठ से बैठी थीं। मैं उस दरबार को कभी न भूलूंगी।

कमलिनी- ठीक है, तो अब तुझे मायारानी को देखने की कोई आवश्यकता नहीं, खैर, मुख्तसर में कह, फिर क्या हुआ?

कमला- पहले यह बता दीजिये कि मायारानी के बगल में छोटे जड़ाऊ सिंहासन पर कौन औरत थी, क्योंकि वह भी बड़ी ही खूबसूरत थी।

कमलिनी- वह मेरी छोटी बहिन थी। सबसे बड़ी मायारानी, उससे छोटी मैं और मुझसे छोटी वही औरत है, उसका नाम लाडिली है।

कमला- आपकी और भी कोई बहिन है ?

कमलिनी- नहीं, हम तीनों के सिवाय और कोई बहिन या भाई नहीं है। अब तू अपना हाल कह, फिर क्या हुआ ?

कमला- मायारानी के सिंहासन के पीछे मनोरमा खड़ी थी। उन सभी की बातचीत से मुझे मालूम हुआ कि उसका नाम मनोरमा है। वह बड़ी दुष्ट थी !

कमलिनी- थी नहीं, बल्कि है। हां, तब क्या हुआ ?

कमला- ऐसे दरबार को देख मैं घबरा गई। जिधर निगाह पड़ती थी उधर ही एक से एक बढ़कर जड़ाऊ चीजें नजर आती थीं। मैं हैरान थी कि इतनी दौलत इन लोगों के पास कहां से आई और ये लोग कौन हैं। मैं ताज्जुब में आकर चारों तरफ देखने लगी। यकायक मेरी निगाह कुंअर आनन्द सिंह और तारा सिंह पर पड़ी। कुंअर आनन्द सिंह हथकड़ी और बेड़ी से लाचार मेरे पीछे की तरफ बैठे थे। उनके पास उन्हीं की तरह हथकड़ी-बेड़ी से बेबस तारा सिंह भी बैठे थे। फर्क इतना था कि कुंअर आनन्द सिंह जख्मी न थे, मगर तारा सिंह बहुत ही जख्मी और खून से तरबतर हो रहे थे। उनकी पोशाक खून से रंगी हुई मालूम पड़ती थी। यद्यपि उनके जख्मों पर पट्टी बंधी हुई थी मगर सूरत देखने से साफ मालूम पड़ता था कि उनके बदन से खून बहुत निकल गया है और इसी से वे सुस्त और कमजोर हो रहे हैं। कुमार की अवस्था देखकर मुझे क्रोध चढ़ आया, मगर क्या कर सकती थी, क्योंकि हथकड़ी और बेड़ी ने मुझे भी लाचार कर रखा था। हाथ में नंगी तलवारें लिए कई औरतें कुंअर आनन्द सिंह, तारा सिंह और मुझको घेरे हुए थीं। यह जानने के लिए मेरा जी बेचैन हो रहा था कि जब हम लोग बेहोश करके यहां लाए गये तो तारा सिंह को जख्मी करने की आवश्यकता क्यों पड़ी। मायारानी ने मनोरमा की तरफ देखा और कुछ इशारा किया, मनोरमा तुरंत मेरे पास आई। उसके एक हाथ में कोई चिट्ठी थी और दूसरे हाथ में कलम और दवात। मनोरमा ने वह चिट्ठी मेरे आगे रख दी और उस पर हस्ताक्षर कर देने के लिए मुझे कहा, मैंने चिट्ठी पढ़ी और क्रोध के साथ हस्ताक्षर करने से इनकार किया।

1.इसी दरबार में रामभोली का आशिक नानक गया था।

कमलिनी- उस चिट्ठी में क्या लिखा हुआ था ?

कमला- वह चिट्ठी मेरी तरफ से राजा वीरेन्द्र सिंह के नाम लिखी गई थी और उसमें यह लिखा था–

"आप चिट्ठी देखते ही केवल एक ऐयार को लेकर इस आदमी के साथ बेखौफ चले आइए। कुंअर इन्द्रजीत सिंह, आनन्द सिंह और किशोरी वगैरह इसी जगह कैद हैं। उनको छुड़ाने का पूरा-पूरा उद्योग मैं कर चुकी हूं, केवल आपके आने की देर है। यदि आप तीन दिन के अन्दर यहां न पहुंचेंगे तो उन लोगों में से एक की भी जान न बचेगी इसी दरबार में रामभोली का आशिक नानक गया था।"

कमलिनी- अच्छा, फिर क्या हुआ ?

कमला- जब मैंने दस्तखत करने से इनकार किया तो मनोरमा बहुत बिगड़ी और बोली कि "यदि तू हस्ताक्षर न करेगी, तो तेरे सामने ही कुंअर आनन्द सिंह और तारा सिंह का सिर काट लिया जाएगा और उसके बाद तुझे भी सूली दे दी जाएगी इसी दरबार में रामभोली का आशिक नानक गया था।" यह सुनकर मैं घबरा गई और सोचने लगी कि अब क्या करना चाहिए। इतने में ही तारा सिंह ने मुझे पुकारकर कहा, "कमला, उस चिट्ठी में जो कुछ लिखा है मैं अन्दाज से कुछ-कुछ समझ गया। खबरदार, इन लोगों की धमकी में न आना, और चाहे जो हो, उस चिट्ठी पर दस्तखत भी न करना।" तारासिंह की बात सुनकर मायारानी की तो केवल भौंहें ही चढ़कर रह गयीं, परन्तु मनोरमा बहुत ही उछली-कूदी और बकझक करने लगी। उसने मायारानी की तरफ देखकर कहा, "कम्बख्त तारा सिंह को अवश्य सूली देनी चाहिए, उसने अब यहां का रास्ता भी देख लिया है इसलिए उसको मारना आवश्यक हो गया है, और इस नालायक कमला को सरकार मेरे हवाले करें, मैं इसे अपने घर ले जाऊंगी इसी दरबार में रामभोली का आशिक नानक गया था।" मायारानी ने इशारे से मनोरमा की बात मंजूर की। मनोरमा ने एक चोबदार औरत की तरफ देखकर कहा, "कमला को ले जाकर कैद में रखो। चार-पांच दिन बाद काशीजी में हमारे घर पर भिजवा देना, क्योंकि इस समय मुझे एक जरूरी काम के लिए जाना है जहां से तीन-चार दिन के अन्दर शायद न लौट सकूंगी इसी दरबार में रामभोली का आशिक नानक गया था।" हुक्म के साथ ही मुझ पर पुनः चादर डाल दी गई जिसकी तेज महक ने मुझको बेहोश कर दिया और फिर जब मैं होश में आई, तो अपने को एक अंधेरी कोठरी में कैद पाया। कई दिन तक मैं उसी कोठरी में कैद रही और इस बीच में जो कुछ रंज और तकलीफ उठानी पड़ी, उसका कहना व्यर्थ है। आखिर एक दिन भोजन में मुझे बेहोशी की दवा दी गई और बेहोश होने के बाद जब मैं होश में आई तो अपने को आपके कब्जे में पाया। अब न मालूम कुंअर इन्द्रजीत सिंह, आनन्द सिंह, किशोरी और उनके ऐयार लोगों पर क्या मुसीबत आई और वे लोग किस अवस्था में पड़े हुए हैं!

यहां तक कहकर कमला चुप हो गई मगर उसकी आंखों से आंसू की बूंदें बराबर जारी थीं। कमलिनी भी बड़े गौर और अफसोस के साथ उसकी बातें सुनती जाती थी और जब वह चुप हो गई तो बोली–

कमलिनी- कमला, सब्र कर, घबरा मत। देख, मैं उन लोगों को कैसा छकाती हूं। उन लोगों की क्या मजाल जो मेरे हाथ से बचकर निकल जाए। तिलिस्मी मकान के अन्दर जब कुंअर

इन्द्रजीत सिंह वगैरह हंसते-हंसते कूद गये थे तो उन लोगों के पहले मैंने अपने कई आदमी उस मकान के अन्दर कुदाये थे जिसका हाल थोड़ी देर पहले मैं तुझसे कह चुकी हूं। उन आदमियों को बेसबब दुश्मनों के हाथ में नहीं फंसाया, कुछ समझ-बूझ के ही ऐसा किया था। वे लोग साधारण मनुष्य न थे, आशा है कि थोड़े दिन में तू सुन लेगी कि उन लोगों ने क्या-क्या कार्रवाई की।

कमला- आज आपके मिलने से और बहुत-सी बातें सुनकर मेरा जी ठिकाने हुआ। आप सरीखा मददगार पाकर मैं भी अपने जी का हौसला निकालना चाहती हूं और...

कमलिनी- नहीं-नहीं, इस समय तू और कुछ मत सोच और सीधे रोहतास गढ़ चली जा। तेरे वहां जाने से दो काम निकलेंगे, एक तो तेरी जुबानी सब हाल सुनकर राजा वीरेन्द्र सिंह को बहुत-कुछ ढांढ़स होगी, दूसरा, तू इस बात से भी होशियार रहना और सबको भी होशियार कर देना कि वह तिलिस्मी दारोगा अर्थात् बूढ़ा साधु कहीं धोखा देकर निकल न जाए। इसमें कोई शक नहीं कि मायारानी ने उसे छुड़ाने के लिए कई आदमी रोहतास गढ़ भेजे होंगे।

कमला- बहुत अच्छा! मैं रोहतास गढ़ जाती हूं और उस बूढ़े कम्बख्त से होशियार रहूंगी। मगर एक भेद बहुत दिनों से मेरे दिल में खटक रहा है, यदि आप चाहें तो मेरे दिल से वह खुटका निकाल सकती हैं।

कमलिनी- वह क्या है?

कमला- (भूतनाथ की तरफ इशारा करके) यह कौन हैं इनका असल भेद मुझको बता दीजिये।

कमलिनी- (हंसकर) इसमें सन्देह नहीं कि भूतनाथ के बारे में तरह-तरह की बातें तू सोचती होगी, परन्तु लाचार हूं कि इस समय इनका असल भेद तुझसे नहीं कह सकती। थोड़े ही दिनों में इनका हाल तुझे ही नहीं, सभी को मालूम हो जाएगा। हां, इतना अवश्य कहूंगी कि तुझे अपने चाचा शेर सिंह की तरह इनसे डरने की कोई जरूरत नहीं। ये तुझे किसी तरह की तकलीफ न देंगे, बल्कि जहां तक हो सकेगा, तेरी मदद करेंगे।

कमलिनी से अपने सवाल का पूरा-पूरा जवाब न पाकर कमला चुप ही रही और कमलिनी की आज्ञानुसार उसको उसी समय रोहतास गढ़ चले जाना पड़ा।

***

बयान-6

दूसरे दिन कुछ रात बीते कमलिनी फिर मनोरमा के मकान पर पहुंची। बाग के फाटक पर उसी दरबान को टहलते पाया जिससे कल बातचीत कर चुकी थी। इस समय बाग का फाटक खुला हुआ था और उस दरबान के अतिरिक्त और भी कई सिपाही वहां मौजूद थे। दरबान कमलिनी को देखते ही खुशी से आगे बढ़ा और बोला, "आइये-आइये, मैं कब से आपकी राह देख रहा हूं। नागर जी को आये दो घण्टे से ज्यादा हो गये और वे आपसे मिलने के लिए बेताब हो रही हैं इसी दरबार में रामभोली का आशिक नानक गया था।"

दरबान के साथ ही साथ कमलिनी बाग के अन्दर गई और उस आलीशान मकान के सहन में पहुंची जो इस बाग के बीचों-बीच बना हुआ था। इस मकान के कमरों, दालानों, कोठरियों, तहखानों और पेचीले रास्तों का यदि यहां पूरा-पूरा बयान किया जाए तो पाठकों का बहुत समय नष्ट होगा, क्योंकि इस हिकमती मकान के हर एक दर्जे और हर एक हिस्से बड़ी कारीगरी और मतलब के साथ बनाये गये हैं। यदि हमारे पाठकों को तीन-चार बार इस मकान के अन्दर जाने और रात भर रहने का मौका मिल जाएगा तो उन्हें यहां का बहुत भेद मालूम हो जाएगा।

कमलिनी ने नागर को सहन में टहलते हुए पाया। वह सिर नीचा किये किसी सोच में डूबी हुई टहल रही थी, कमलिनी के पैर की आहट पाकर चौंकी और बोली–

नागर- क्या मेरी सखी मनोरमा का सन्देश लेकर तुम ही आई हो?

कमलिनी- हां।

नागर- तुम कौन और कहां की रहने वाली हो मैंने तुम्हें सिवाय आज के पहले कभी नहीं देखा।

कमलिनी- हां, ठीक है, परन्तु मैं अपना परिचय किसी तरह नहीं दे सकती।

नागर- यदि ऐसा है तो मैं तुम्हारी बातों पर क्योंकर विश्वास करूंगी?

कमलिनी- यदि मेरी बातों पर विश्वास न करोगी तो मेरा कुछ भी न बिगड़ेगा अगर कुछ बिगड़ेगा तो तुम्हारा या तुम्हारी सखी मनोरमा का। जब मनोरमा ने मुझे तुम्हारे पास भेजा तो मुझे इस बात का तरद्दुद हुआ और मैंने उनसे कहा कि तुम मुझे भेजती तो हो, मगर जाने से कोई काम न निकलेगा क्योंकि मैं किसी तरह अपना परिचय किसी को नहीं दे सकती और बिना मुझे अच्छी तरह जांचे नागर मेरी बात पर विश्वास न करेंगी। इसके जवाब में मनोरमा ने कहा कि मैं लाचार हूं, सिवाय तेरे यहां पर मेरा हितू कोई नहीं जिसे नागर के पास भेजूं। यदि तू न जाएगी

तो मेरी जान किसी तरह नहीं बच सकती। खैर, तुम्हें मैं एक शब्द बताती हूं, मगर खबरदार, वह शब्द सिवाय नागर के किसी दूसरे के सामने जबान से न निकालना। जिस समय नागर तेरी जबान से वह शब्द सुनेगी, उसी समय उसका शक जाता रहेगा और जो कुछ तू उसे कहेगी वह अवश्य करेगी। आखिर मनोरमा ने वह शब्द मुझे बताया और उसी के भरोसे मैं यहां तक आई हूं।

नागर- (कुछ सोचकर) वह शब्द क्या है?

कमलिनी- (चारों तरह देखकर और किसी को न पाकर) 'विकट'!

नागर- (कुछ देर तक सोचने के बाद) खैर, मुझे तुम पर भरोसा करना पड़ा। अब कहो, मनोरमा किस अवस्था में है और मुझे क्या करना चाहिए?

कमलिनी- मनोरमा भूतनाथ से मिलने के लिए गई थी। मगर उससे मुलाकात होने पर न मालूम कौन-सा ऐसा सबब आ पड़ा कि उसने भूतनाथ का सिर काट लिया।

नागर- (चौंककर) हैं! भूतनाथ को मार ही डाला।

कमलिनी- हां, उस समय मैं मनोरमा के साथ, मगर कुछ दूर पर, खड़ी यह हाल देख रही थी।

नागर- अफसोस, मनोरमा ने बहुत ही बुरा किया! आजकल भूतनाथ से बहुत कुछ काम निकालने का जमाना था। खैर, तब क्या हुआ?

कमलिनी- मनोरमा को मालूम न था कि राजा वीरेन्द्र सिंह का ऐयार तेज सिंह इस समय थोड़ी ही दूर पर एक पेड़ की आड़ में खड़ा भूतनाथ और मनोरमा की तरफ देख रहा है।

नागर- ओफ, तेज सिंह को भूतनाथ के मरने का सख्त रंज हुआ होगा, क्योंकि इन दिनों भूतनाथ दिलोजान से उन लोगों की मदद कर रहा था, अच्छा तब...

कमलिनी- तेज सिंह बड़ी फुर्ती से उस जगह जा पहुंचा जहां मनोरमा खड़ी थी और एक लात मनोरमा की छाती पर ऐसी लगाई कि वह बदहवास हो जमीन पर गिर पड़ी। तेज सिंह ने उसकी मुश्कें बांध लीं और जफील बजाई, जिसकी आवाज सुन कई आदमी वहां आ पहुंचे। उन लोगों ने मनोरमा के साथ मुझे भी गिरफ्तार कर लिया। उसी समय मनोरमा के कई सवार दूर से आते हुए दिखाई पड़े, मगर उन लोगों के पहुंचने के पहले ही तेज सिंह और उसके साथी हम दोनों को लेकर वहां से थोड़ी दूर पर पेड़ों की आड़ में जा छिपे। दूसरे दिन हम दोनों ने अपने को रोहतास गढ़ किले के अन्दर पाया। मनोरमा ने अपने छूटने की बहुत-कुछ कोशिश की, मगर कोई काम न चला। आखिर उसने तेज सिंह से कहा कि "भूतनाथ बड़ा ही शैतान, नालायक और खूनी आदमी था; उसका असल हाल आप लोग नहीं जानते, यदि जानते तो आप लोग खुद भूतनाथ का सिर काट डालते इसी दरबार में रामभोली का आशिक नानक गया था।" इसके जवाब में तेज सिंह ने कहा कि "यदि इस बात को तू साबित कर दे तो मैं तुझे छोड़ दूंगा इसी दरबार में रामभोली का आशिक नानक गया था।" मनोरमा ने मेरी तरफ इशारा करके कहा कि "यदि

आप इसे छोड़ दें और पांच दिन की मोहलत दें तो इसे मैं अपने घर भेजकर भूतनाथ के लिखे थोड़े कागजात ऐसे मंगा दूं कि जिन्हें पढ़ते ही आपको मेरी बातों पर विश्वास हो जाए और भूतनाथ का वह विचित्र हाल भी, जिसे आप लोग नहीं जानते, मालूम हो। यदि मैं झूठी निकलूं तो जो कुछ चाहें, मुझे सजा दीजियेगा इसी दरबार में रामभोली का आशिक नानक गया था।" तेज सिंह ने कुछ देर सोच-विचार कर कहा कि "हो सकता है मुझसे बहाना करके इसे तुम अपने घर भेजो और किसी तरह की मदद मंगाओ, मगर मुझे इसकी कुछ परवाह नहीं, मैं तुम्हारी बात मंजूर करता हूं और इसे (मेरी तरफ इशारा करके) छोड़ देता हूं, जो कुछ चाहो, इसे समझा-बुझाकर अपने घर भेजो इसी दरबार में रामभोली का आशिक नानक गया था।" इसके बाद मुझसे निराले में बातचीत करने के लिए आज्ञा मांगी गई और तेज सिंह ने उसे भी मंजूर किया। आखिर मनोरमा ने मुझे बहुत-कुछ समझा-बुझाकर तुम्हारे पास रवाना किया। अब मैं तो रोहतास गढ़ जाने वाली नहीं, क्योंकि बड़ी मुश्किल से जान बची है, मगर तुम्हें मुनासिब है कि जहां तक हो सके, भूतनाथ के कागजात लेकर जल्द रोहतास गढ़ जाओ और अपनी सखी के छुड़ाने का बन्दोबस्त करो।

कमलिनी की बातें सुनकर नागर सोच-सागर में डूब गयी। न मालूम उसके दिल में क्या-क्या बातें पैदा हो रही थीं, मगर लगभग आधी घड़ी के वह चुपचाप बैठी रही। इसके बाद उसने सिर उठाया और कमलिनी की तरफ देखकर कहा, "खैर, अब मुझे रोहतास गढ़ जाना जरूरी हुआ। रात-भर में वे सब इन्तजाम करके सबेरे या कुछ दिन चढ़े रवाना हो जाऊंगी इसी दरबार में रामभोली का आशिक नानक गया था।"

कमलिनी- अच्छा, तो मेरे जिम्मे जो कुछ काम था उसे मैं कर चुकी। अब तुम जो मुनासिब समझो करो और मुझे आज्ञा दो कि जाऊं और अपना काम देखूं।

नागर- इसमें कोई सन्देह नहीं कि तुमने मुझ पर और मनोरमा पर भारी अहसान किया। अब मैं चाहती हूं कि आज की रात यहां रह जाओ, क्योंकि मनोरमा को छुड़ाने के लिए रात भर में मैं जो कुछ इन्तजाम करूंगी उसका हाल सबेरे तुमसे कहूंगी और उसके बाद तुमसे कुछ सलाह करके तब रोहतास गढ़ जाऊंगी।

कमलिनी- मैं इस योग्य नहीं हूं कि तुम्हें राय दूं परन्तु रात भर के लिए अटक जाने में मेरा कोई हर्ज नहीं है, यदि इससे आप लोगों की कुछ भी भलाई हो।

नागर ने कमलिनी के लिए एक कमरा खोल दिया और उसके खाने-पीने के लिए बखूबी इन्तजाम कर दिया।

***

बयान-7

आधी रात जा चुकी है। कमलिनी उस कमरे में, जो उसके सोने के लिए मुकर्रर किया गया था, चारपाई पर लेटी हुई करवटें बदल रही है क्योंकि उसकी आंखों में नींद का नामो-निशान नहीं है। उसके दिल में तरह-तरह की बातें पैदा होती और मिटती हैं। उसे इस कोठरी की बनावट ने और भी तरद्दुद में डाल रखा है। यद्यपि इस कोठरी में विशेष सामान नहीं और न किसी तरह की सजावट ही है, केवल एक चारपाई जिस पर कमलिनी सोई है और एक चौकी पड़ी है तथा कोने में एक शमादान जल रहा है, परन्तु तीन तरफ की दीवारों पर वह ताज्जुब और तरद्दुद की निगाह डाल रही है। इस कमरे की एक तरफ की दीवार, जिधर से इसमें आने के लिए दरवाजा था, ईंट और चूने से बनी हुई थी, परन्तु बाकी तीन तरफ की दीवारें तख्तेबन्दी की थीं, अर्थात् लकड़ी से बनी हुई थीं। कमलिनी के दिल में शक पैदा हुआ और उसने सोचा कि इस तख्तेबन्दी की दीवारों में कोई भेद जरूर है। इस मकान का कुछ-कुछ भेद कमलिनी को मालूम था, पर यहां का पूरा-पूरा हाल वह नहीं जानती थी और जानने की इच्छा रखती थी। आखिर कमलिनी से रहा न गया, और वह चारपाई से उठी। पहले उसने उस दरवाजे को भीतर की तरफ से बन्द किया जो इस कमरे में आने-जाने के लिए था। इसके बाद कमर से खंजर निकाल लिया और उसके कब्जे से तख्तेबन्दी की दीवारों को जगह-जगह से ठोंककर देखने लगी। एक जगह से उसे दीवार पोली मालूम पड़ी और उस पर वह बखूबी गौर करने लगी। जब कुछ मालूम न हुआ तो उसने शमादान उठा लिया और फिर उस जगह को गौर से देखा। थोड़ी ही देर में उसे विश्वास हो गया कि यहां पर एक छोटा-सा दरवाजा है, क्योंकि दरवाजे के चारों तरफ की बारीक दरार का निशान बहुत गौर करने पर मालूम होता था। कमलिनी ने दरार में खंजर की नोक चुभोई और उसे अच्छी तरह दो-चार बार हिलाया। दरार बड़ी हो गयी और आधा खंजर उसके अन्दर चला गया। फिर से कोशिश करने पर लकड़ी का एक तख्ता अलग हो गया और दूसरी तरफ जाने लायक रास्ता निकल आया।

हाथ में शमादान लिए हुए कमलिनी अन्दर घुसी और एक बहुत लम्बी-चौड़ी कोठरी में पहुंची। इस कोठरी में चारों तरफ की दीवार भी तख्तेबन्दी की थी। इसमें कई चीजें ऐसी पड़ी हुई थीं जिनके देखने से चाहे कैसा ही संगदिल और दिलावर आदमी क्यों न हो, एक दफे जरूर कांप उठे और उसका कलेजा मामूली से चौगुना और अठगुना धड़कने लग जाए।

इस कोठरी में एक घोड़े की लाश थी, मगर वह अजीब ढंग की थी। उसके चारों तरफ चार खूंटियां जमीन में गड़ी हुई थीं और उन खूंटियों के सहारे उस घोड़े के चारों पैर बंधे हुए थे। उस

घोड़े का पेट चीरा हुआ और आंतें निकालकर बाहर रखी हुई थीं। चारों तरफ खून फैला हुआ था, मालूम होता था कि यह घोड़ा किसी काम के लिए आज ही मारा गया है। उसके पास ही थोड़ी दूर पर फूलों के कई गमले रखे हुए थे और उनके पास ही एक सुन्दर बिछौना था जिस पर सफेद चादर बिछी हुई थी तथा उस पर एक आदमी गर्दन तक सफेद ही चादर ओढ़े सो रहा था। घोड़े के पास से लेकर उस बिछावन तक पैर से लगे हुए खून के दाग जमीन पर दिखाई दे रहे थे और बिछावन की चादर तथा उस चादर में भी, जो वह आदमी ओढ़े हुए था, खून के धब्बे लगे हुए थे।

उस आदमी को देखकर कमलिनी इसलिए हिचकी कि कहीं वह जागकर कमलिनी को देख न ले, मगर थोड़ी देर तक खड़े रहने पर भी उसके हिलने-डुलने अथवा उसकी सांस चलने की आहट न मिली। तब कमलिनी हाथ में शमादान लिए हुए उस बिछावन के पास गई और रोशनी में उस आदमी की सूरत देखने लगी जिसका बिल्कुल चेहरा बखूबी खुला हुआ था। सूरत देखते ही कमलिनी चौंक पड़ी और शमादान जमीन पर रख बेधड़क उस आदमी का बाजू पकड़कर हिलाने और यह कहकर उसको जगाने का उद्योग करने लगी कि "वाह-वाह! तुम यहां बेखबर पड़े हुए हो और मुझे इसका हाल जरा भी नहीं मालूम!"

जब बाजू पकड़के हिलाने से भी वह आदमी न जागा तब कमलिनी को ताज्जुब हुआ और गौर से उसकी सूरत देखने लगी, मगर नब्ज पर हाथ रखा तो मालूम हो गया कि वह जिन्दा नहीं, बल्कि मुर्दा है। यह जानते ही कमलिनी का जी भर आया और वह मुर्दे के सिर पर हाथ रखकर रोने और गरम-गरम आंसू गिराने लगी। थोड़ी देर तक कमलिनी इसी अवस्था में पड़ी रही, आखिर वह चैतन्य हुई और यह कहकर उठ खड़ी हुई कि "बात तो बहुत ही बुरी हुई, मगर इस समय मुझे सब्र करना चाहिए, नहीं तो कुछ भी न कर सकूंगी। हाय, मेरा दिल और मेरे काबू में न रहे! नहीं-नहीं, ऐसा नहीं हो सकता। मैं पूरा-पूरा सब्र करूंगी और देखूंगी कि क्या कर सकती हूं। इसमें जरा भी सन्देह नहीं कि इसकी जान निकले चार पहर से ज्यादा अभी नहीं हुए इसी दरबार में रामभोली का आशिक नानक गया था।" कमलिनी फिर शमादान उठाकर उस कोठरी में घूमने और चारों तरफ देखने लगी। पूरब और दक्खिन के कोने में एक लाश छत से लटकती हुई दिखाई पड़ी जिसके गले में फांसी लगी थी। वह ताज्जुब के साथ शमादान ऊंचा करके उसकी सूरत देखने लगी, जब अच्छी तरह पहचान चुकी तो नफरत के साथ उस लाश पर थूककर अपना मुंह फेर लिया और दूसरी तरफ चली ही थी कि यह आवाज सुनकर ठहर गई और उस तरफ देखने लगी, जिधर से आवाज आई थी। आवाज यह थी-"हाय, मौत को भी मौत आ गई!" उसे ताज्जुब मालूम हुआ कि यह आवाज किधर से आई! वह यह देखने के लिए उस तरफ बढ़ी, जिधर से आवाज आई थी कि शायद कोई सूराख या खिड़की दिखाई दे और आखिर ऐसा ही हुआ। दीवार के पास पहुंचते ही एक सूराख ऐसा दिखा जिसमें आदमी की गर्दन बखूबी जा सकती थी। यह टेढ़ा और नीचे की तरफ झुका हुआ सूराख, जिसे किसी कमरे का रोशनदान कहना चाहिए, दीवार के बिल्कुल नीचे की तरफ था।

कमलिनी ने उस सूराख में से झांककर देखा तो एक छोटे से मगर सजे हुए कमरे में निगाह गई। यह कमरा उस कोठरी से एक खंड नीचे था जिसमें से कमलिनी झांक रही थी। उस कमरे में जो कुछ कमलिनी ने देखा, उससे उसके दिल को बड़ा ही सदमा पहुंचा और जब तक वह देखती रही आंखों से आंसू बराबर जारी रहे।

कमलिनी ने देखा कि एक पलंग पर, जिसके पास ही शमादान जल रहा है, आफत की मारी बेचारी किशोरी पड़ी हुई है। रंज और गम के मारे सूखकर कांटा हो रही है। चेहरे पर मुर्दनी छायी हुई है और कमजोरी की यह अवस्था है कि सांस भी मुश्किल से आती-जाती है। थोड़ी-थोड़ी देर पर उसके होंठ हिलते हैं और धीरे-धीरे कुछ कहती है, मगर जब कहती है तो उसकी आवाज साफ सुनाई देती है। वह कह रही थी–

"हाय, इससे बढ़कर मेरी दुर्दशा और क्या हो सकती है! इन्द्रजीत सिंह, तुम्हारी मुहब्बत में मैं यहां तक पहुंच चुकी, कुल में कलंकिनी कहाई, लज्जा को तिलांजलि दे बैठी, और वह सब दु:ख झेलने को तैयार हुई, यह सब तुम्हारी बदौलत…

(थोड़ी देर चुप रहकर) यहां तक रोई कि अब आंखों में आंसू भी नहीं रहे। खाना-पीना छोड़ देने पर भी निगोड़ी जान नहीं निकलती। हाय, मौत को भी मौत आ गई! नहीं-नहीं, मौत को मौत नहीं आई, वह देखो, मेरे सामने खड़ा हुआ काल मेरी तरफ देख रहा है। अब कुछ दम की मेहमान हूं। मैं तो जाती हूं, मगर अफसोस, अपने प्यारे की जुदाई का रंज और उसकी बेवफाई और बेमुरौवती की शिकायत अपने साथ लिए जाती हूं। हाय, इस समय ऐसा कोई भी नहीं जो मेरी हालत देखे और मेरा हाल उनसे जाकर…

(थोड़ी देर चुप रहकर) जब उनको मेरी परवाह ही नहीं, तो मेरा हाल कोई उनसे कहकर करेगा ही क्या उन्होंने तो खुद कहला भेजा है कि मुझे कुछ भी परवाह नहीं। हाय, मैं ऐसी बात कैसे सुन सकी! उसी समय मेरी जान क्यों न निकल गई! नहीं-नहीं, यह सब ऐयारी है, उन्होंने ऐसी बात कभी न कही होगी। पर इससे क्या हो सकता है जबकि दम निकलने में कुछ कसर बाकी नहीं है। देखो-देखो वह काल अब मेरी तरफ बढ़ा चला आता है। अच्छा है, किसी तरह वह सायत आए भी तो। हे सर्वशक्तिमान् जगदीश्वर, मैं तुम्हीं को गवाह रखती हूं क्योंकि तुम खूब जानते हो कि मैं निर्दोष इस दुनिया से उठी जाती हूं और इन्द्रजीत सिंह की मुहब्बत के सिवाय अपने साथ कुछ भी नहीं लिए जाती, हां, उस प्यारे की…"

इसके बाद बहुत देर तक राह देखने पर भी कुछ सुनाई न दिया। कमलिनी ने समझा कि या तो इसे कमजोरी से गश आ गया और या इस हसरत की मारी बेचारी का दम ही निकल गया। इस समय कमलिनी ने जो कुछ देखा या सुना, वह उसे बेसुध करने के लिए काफी था। कमलिनी जार-जार रो रही थी, यहां तक कि हिचकी बंध गई और उसे इस बात का ध्यान बिल्कुल ही जाता रहा कि मैं यहां किस काम के लिए आई हूं, क्या कर रही हूं और इस समय कैसे खतरे में फंसी हुई हूं।

कमलिनी के लिए यह समय बड़े ही संकट का था। वह नहीं चाहती थी कि बेचारी किशोरी का पूरा-पूरा हाल जाने या उसे किसी तरह की मदद पहुंचाए बिना यहां से चली जाए और साथ ही इसके भूतनाथ के कागजात को भी, जिनके लेने का वह पूरा-पूरा उद्योग कर चुकी थी, किसी तरह छोड़ नहीं सकती थी, क्योंकि यह मौका निकल जाने पर फिर उनका हाथ लगना बहुत ही कठिन था।

किशोरी की हालत पर अफसोस करती हुई कमलिनी अभी नीचे देख ही रही थी कि यकायक उस कमरे का दरवाजा खुला और एक खूबसूरत नौजवान अमीराना पोशाक पहने अन्दर आता हुआ दिखाई पड़ा। उसके पीछे हाथ में पंखा लिए एक लौंडी भी थी जिसने अन्दर पहुंचने पर उस दरवाजे को उसी तरह बन्द कर दिया।

इस नौजवान की उम्र लगभग पच्चीस वर्ष के होगी। दर्म्याना कद, गोरा रंग, हाथ-पैर से मजबूत और खूबसूरत था। वह किशोरी के पलंग के पास आकर खड़ा हो गया और गौर से उसकी तरफ देखने लगा। उस पलंग के पास ही एक मोढ़ा कपड़े से मढ़ा हुआ पड़ा था जिसे लौंडी उठा लाई और पलंग के पास रखकर पंखा झलने लगी। नौजवान ने बड़े गौर से किशोरी की नाड़ी देखी और फिर उस लौंडी की तरफ मुंह करके कहा, "गश आ गया है" इसी दरबार में रामभोली का आशिक नानक गया था इसी दरबार में रामभोली का आशिक नानक गया था।"

लौंडी- कमजोरी के सबब से।

नौजवान- एक तो बीमार, दूसरे कई दिन से खाना-पीना सब छोड़ दिया, फिर ऐसी नौबत तो हुआ ही चाहे। अफसोस, यह मेरी बात नहीं मानती और मुफ्त में जान दे रही है।

लौंडी- इस जिद का भी कोई ठिकाना है!

नौजवान- खैर, चाहे जो हो, मगर दो बात से तीसरी कभी हो ही नहीं सकती, या तो यह मेरी होकर रहेगी या इसी अवस्था में पड़ी-पड़ी यमलोक को सिधार जाएगी। अच्छा, इसे होश में लाना चाहिए।

"जो हुक्म" कहकर लौंडी वहां से चली गई और एक आलमारी में से जो पलंग के सिरहाने की तरफ थी, कई बोतलें निकाल लाई, जिन्हें उस नौजवान के पास रखकर वह फिर पंखा झलने लगी।

नौजवान ने अपनी जेब में से रूमाल निकालकर एक बोतल के अर्क से उसे तर किया और दूसरी बोतल में से थोड़ा-सा अर्क हाथ में लेकर किशोरी के मुंह पर छींटा दिया। इसके बाद वही रूमाल नाक के पास ले जाकर कुछ देर तक सुंघाया। थोड़ी देर में किशोरी का गश जाता रहा और उसने आंख खोलकर देखा मगर जैसे ही उस नौजवान पर निगाह पड़ी वह कांप उठी और दोनों हाथों से मुंह ढांपकर बोली–

"हाय, न मालूम यह चाण्डाल अब क्यों मेरे पास आया है!"

नौजवान- मैं इसी वास्ते आया हूं कि एक दफे तुमसे और पूछ लूं।?

किशोरी- एक दफे क्या सौ दफे कह चुकी कि तू मुझसे किसी तरह की उम्मीद न रख। मैं तेरी सूरत देखने की बनिस्बत मौत को हजार दर्जे अच्छा समझती हूं!

नौजवान- क्या अभी तक तुझे इस बात की उम्मीद है कि इन्द्रजीत सिंह आकर तेरी मदद करेंगे और छुड़ा ले जायेंगे?

किशोरी- मुझे क्या पड़ी है कि इन सब बातों का तुझे जवाब दूं मैं तुझ पर बल्कि तेरे सात पुश्त पर थूकती हूं। चाण्डाल, हट जा मेरे सामने से.

लौंडी- (नौजवान से) हुजूर, इस कमीनी औरत से क्यों बेइज्जती करा रहे हैं इसमें क्या ऐसा हीरा जड़ा है?

नौजवान क्रोध के मारे कांपने लगा, आंखें लाल हो गईं, और दांत पीसता हुआ मोढ़े पर से उठ गया। दाहिने हाथ से वह छुरा निकाल लिया जो उसकी कमर में छिपा हुआ था और बाएं हाथ से किशोरी का हाथ पकड़कर यह कहता हुआ उसकी तरफ झुका, "जब ऐसा ही है तो मैं इसी समय क्यों न तुझे यमलोक पहुंचाऊं!"

उस नौजवान और किशोरी की यह अवस्था देखकर कमलिनी परेशान हो गई और सोचने लगी कि इस जल्दी में कौन-सी तरकीब की जाए कि किशोरी की जान बचे। मगर वह कर ही क्या सकती थी एक तो वह स्वयं चोरों की तरह कोठरियों में घूम रही थी, यदि किसी को जरा भी शक हो जाए तो उसकी जान पर आ बने। दूसरा, कोई ऐसा रास्ता भी नहीं दिखाई देता था जिधर से किशोरी के पास पहुंचकर उसकी सहायता करती मगर इसमें कोई सन्देह नहीं कि कमलिनी बहुत होशियार, चालाक और बुद्धिमान थी। उसने बहुत जल्द ही दिल में इस बात का फैसला कर लिया कि अब क्या करना चाहिए। एक खयाल बिजली की तरह उसके दिल में दौड़ गया मगर देखना चाहिए उससे कहां तक काम निकलता है।

जिस समय किशोरी को मारने के लिए वह नौजवान झुका और कमलिनी को मालूम हुआ कि अब उस बेचारी का काम तमाम होना चाहता है उसी समय कमलिनी ने अपनी कमर से तिलिस्मी खंजर निकाल लिया और जिस मोखे में देख रही थी उसके अन्दर डालकर उसका कब्जा दबाया। यह खंजर बिजली की तरह चमका और उस कोठरी में इतनी ज्यादा चमक या रोशनी पैदा हुई कि तुरत किशोरी और उस नौजवान की आंखें बिल्कुल बन्द हो गईं जो किशोरी को मारना चाहता था, इसके साथ ही कमलिनी ने भारी स्वर में यह आवाज दी, "खबरदार! किशोरी की जान लेकर अपनी जान का ग्राहक मत बन!"

उस बिजली की चमक ने तो नौजवान को परेशान कर ही दिया था, मगर साथ ही कमलिनी की आवाज ने जो गैब की आवाज मालूम होती थी उसे बदहवास कर दिया और वह इतना डरा और घबराया कि बिना कुछ सोचे और किशोरी को दुःख दिये उस कोठरी से निकल भागा।

कमलिनी ने भी अब उस जगह ठहरना मुनासिब न जाना। जहां तक जल्द हो सका अपने कमरे में चली आई। उस तख्ते के दरवाजे को जिसे खोल दूसरी कोठरी में गई थी ज्यों-का-ज्यों बन्द करने के बाद अपने कमरे का दरवाजा भी खोल दिया जो दूसरी कोठरी में जाने के पहले भीतर से बन्द कर लिया था।

इस समय रात बहुत थोड़ी रह गई थी। कमलिनी ने चाहा कि दो घण्टे आराम करे मगर जो कुछ अद्भुत बातें उसने देखी और सुनी थीं, उनके खयाल और विचार ने आराम लेने न दिया और उसे किसी तरह नींद न आई। अभी आसमान पर सुबह को सफेदी अच्छी तरह फैलने भी नहीं पाई थी कि दरवाजा खुलने की उसे आहट मालूम हुई, कमलिनी ने दरवाजे की तरफ देखा तो नागर पर नजर पड़ी।

कमलिनी पहले ही से सोचे हुए थी कि आज की अद्भुत बातों का असर कुछ न कुछ नागर पर जरूर पड़ेगा और वह सबेरा होने से पहले ही यहां पहुंचेगी बल्कि ताज्जुब नहीं कि वह मुझ पर किसी तरह का शक भी करे। आखिर कमलिनी का सोचना ठीक निकला।

इस समय नागर के चेहरे पर परेशानी और उदासी छाई हुई थी। उसने आते ही कमलिनी पर एक तेज निगाह डाली और सवाल करना शुरू किया–

नागर- इस समय तुम्हारी आंखें लाल मालूम होती हैं, क्या नींद नहीं आई?

कमलिनी- हां, दो घण्टे के लगभग तो मैं सोई मगर फिर नींद नहीं आई, अभी तक डर के मारे मेरा कलेजा कांप रहा है। यह उम्मीद न थी कि तुम मुझे ऐसी भयानक जगह सोने के लिए दोगी क्योंकि मैंने तुम्हारे साथ किसी तरह की बुराई नहीं की थी।

नागर- (ताज्जुब से) सो क्या तुम्हें किस बात की तकलीफ हुई और यहां पर क्या भयानक वस्तु देखने में आई?

कमलिनी- मैं यहां पर अब एक सायत भी नहीं ठहर सकती, केवल तुम्हारी राह देख रही थी।

नागर- आखिर मामला क्या है, कुछ कहो भी तो।

कमलिनी- अच्छा, बाहर चलो तो जो कुछ देखा है तुमसे कहूं।

इसमें कोई शक नहीं कि नागर बहुत तेजी के साथ आई थी और उसे कमलिनी पर शक था मगर कमलिनी ने ऐसे ढंग से बातें कीं कि उसकी हालत बिल्कुल ही बदल गई और वह तरह-तरह के सोच में पड़ गई। नागर और कमलिनी बाहर आईं और सहन में एक संगमरमर की चौकी पर बैठकर बातचीत करने लगीं।

नागर- हां, कहो, तुमने क्या देखा?

कमलिनी- दो घण्टे तो मैं बड़े आराम से सोई पर यकायक घड़घड़ाहट की आवाज सुन चौंक पड़ी और घबराकर चारों तरफ देखने लगी।

नागर- घड़घड़ाहट की आवाज कैसी?

कमलिनी- मालूम होता था कि इस कमरे के नीचे कई गाड़ियां दौड़ रही हैं। पहले तो मुझे शक हुआ कि शायद भूकम्प आने वाला है क्योंकि उसके पहले भी प्राय: ऐसी घटना हुआ करती है, मगर सो न हुआ। आखिर थोड़ी देर तक राह देखकर फिर सो रही। आधा घण्टा भी न हुआ होगा कि मेरी चारपाई हिली, मैं घबराकर उठ बैठी और अपने सामने एक कम-उम्र लड़के को देखकर ताज्जुब करने लगी।

नागर- (ताज्जुब से) कम-उम्र लड़का! या कोई औरत थी शायद तुमने अच्छी तरह खयाल न किया हो।

कमलिनी- जी नहीं, जहां तक मैं समझती हूं, वह लड़का ही था!

नागर- भला उसकी उम्र क्या होगी और सूरत-शक्ल कैसी थी?

कमलिनी- शायद चौदह या पन्द्रह वर्ष होगी, चेहरा खूबसूरत और रंग गोरा, सिर पर मुंड़ासा बांधे और हाथ में एक बड़ा-सा डिब्बा लिए था।

नागर- (कुछ सोचकर) तुमने धोखा खाया, वह जरूर कोई औरत बल्कि कमलिनी... अच्छा, तब क्या हुआ?

कमलिनी- उसने आते ही मुझसे पूछा कि 'सच बता, किशोरी कहां है इसी दरबार में रामभोली का आशिक नानक गया था।'

नागर- आते ही किशोरी को पूछा?

कमलिनी- जी हां। मैंने जवाब दिया कि 'मुझे खबर नहीं इसी दरबार में रामभोली का आशिक नानक गया था।' इतना सुनते ही उसकी आंखें लाल हो गईं और गुस्से के मारे थरथर कांपने लगा। उसने वह बड़ा डिब्बा जो हाथ में लिए था जमीन पर दे मारा। उस डिब्बे में से इतनी तेज चमक पैदा हुई कि जिसे मैं अच्छी तरह बयान नहीं कर सकती। मालूम होता था कि आसमान से उतरकर कई बिजलियां एक साथ कमरे के अन्दर आ घुसी हैं। मेरी आंखें एकदम बन्द हो गईं और मैं कांपकर चारपाई पर गिर पड़ी। थोड़ी देर बाद मालूम हुआ कि कोई आदमी मेरे बदन पर हाथ फेर रहा है। बस, उस समय मैं बेहोश हो गई और तन-बदन की सुध जाती रही। मैं समझती हूं कि कोई पहर भर के बाद मुझे होश आई और तब से बराबर जाग रही हूं। मैंने बहुत चाहा कि कमरे से निकल भागूं मगर डर के मारे हाथ-पैर ऐसे कमजोर हो गए थे कि चारपाई से उठ न सकी, इस समय जब तुम्हारी सूरत देखी तो जरा जी ठिकाने हुआ।

नागर- (कुछ देर सोचने के बाद धीरे से) बेशक यह काम मंझली रानी का है, दूसरे का नहीं।

कमलिनी- मंझली रानी कौन?

नागर- तुम उसे नहीं जानती हो।

कमलिनी- खैर, जो हो, मैं तो सोचे हुए थी कि कल या परसों जब मैं अपना काम करके लौटूंगी और एक रात इस शहर में काटने की नौबत आवेगी तो बस इसी मकान में रह जाऊंगी, क्योंकि मनोरमा की मोहब्बत के भरोसे इसे भी अपना घर समझती हूं मगर रात की बात ने ऐसा डरा दिया कि अब हिम्मत नहीं पड़ती।

नागर- नहीं-नहीं, तुम जब इधर आया-जाया करो तो यहां जरूर टिका करो और इस मकान को अपना ही समझो। मैं लौंडियों और नौकरों को इस विषय में पूरा-पूरा हुक्म देती हूं। यह भयानक घटना जो आज हुई है, रोज नहीं हो सकती, इससे निश्चिंत रहो।

कमलिनी- क्या कहूं अभी तक होशहवास दुरुस्त नहीं हुए।

नागर- जरा ठहरो, मैं इस कमरे में जाती हूं और एक चीज देखकर अभी लौट आती हूं।

नागर उठी और उस कमरे में चली गई जिसमें कमलिनी सोई थी। मगर थोड़ी देर बाद आकर बोली, "तुम बेखौफ रहो, आज के बाद फिर कभी इस मकान में ऐसी घटना न देखोगी। क्या करूं लाचार हूं, क्योंकि इस समय मुझे झख मारकर रोहतास गढ़ मनोरमा को छुड़ाने के लिए जाना ही पड़ेगा नहीं तो आज एक भारी काम निकलने का मौका आ गया था इसी दरबार में रामभोली का आशिक नानक गया था।"

कमलिनी- तुमने क्या कहा, मेरी समझ में कुछ भी नहीं आया।

नागर- इन बातों को तुम नहीं समझ सकतीं। खैर, अब तुम्हारा क्या इरादा है मैं तो रोहतास गढ़ जाने के लिए तैयार हो चुकी हूं।

कमलिनी- अच्छी बात है। जहां तक हो सके जल्दी जाओ, मैं भी एक जरूरी काम के लिए मिर्जापुर जाती हूं, कल या परसों तक लौटूंगी। मैं तो कल ही चली जाती, मगर तुमने व्यर्थ मुझे रोक लिया।

नागर- मैंने व्यर्थ नहीं रोका था, मगर हां, अब उसे व्यर्थ ही कहना चाहिए, खैर माफ करो और कृपा करके मेरी एक बात स्वीकार करो तो बड़ा अहसान मानूंगी।

कमलिनी- वह क्या?

नागर- इस समय तो मैं रोहतास गढ़ जाती हूं, क्या जाने कब तक लौटना हो, मगर तुम पन्द्रह दिन के अन्दर मुझसे एक दफे जरूर मिलो।

कमलिनी- पन्द्रह दिन तक तो मैं इस प्रान्त में नहीं रह सकती, हां, पांच-सात दिन तक में यदि मुझसे मिल सको तो ठीक है।

नागर- शायद पांच-सात दिन तक मेरा लौटना न हो।

कमलिनी- ऐसा नहीं हो सकता, तुम जिस समय पहुंचोगी और भूतनाथ के कागजात तेज सिंह को दिखाओगी उसी समय मनोरमा की छुट्टी हो जाएगी। इसमें कुछ सन्देह नहीं कि तेज सिंह बात का बड़ा धनी है।

नागर- यदि ऐसा हो तो मैं अपने तेज घोड़े पर सवार होकर कल बखूबी रोहतास गढ़ पहुंच सकती हूं।

कमलिनी- ऐसा करो तो तुम चार ही दिन में लौट आओगी। मैं भी कल या परसों मिर्जापुर से आ जाऊंगी और जब तक तुम न लौटोगी इस मकान में टिकी रहूंगी क्योंकि मनोरमा ने पुनः मिलने के लिए मुझसे कसम खिला ली है। अस्तु, पांच-चार दिन तक अपना हर्ज करके भी मनोरमा के लिए यहां अटकना आवश्यक है।

नागर- बहुत अच्छी बात है। जब मनोरमा से वायदा कर चुकी हो तो मुझे विशेष कहने की कोई आवश्यकता नहीं।

कमलिनी- अच्छा तो आप अब मेरा एक काम करें।

नागर- कहिये।

कमलिनी- अपने किसी आदमी को भेजकर एक घोड़ा किराये का मंगवा दीजिए, जिस पर सवार होकर मैं मिर्जापुर जाऊं, क्योंकि यद्यपि मैं ऐयार हूं परन्तु रोहतास गढ़ से यहां तक तेजी के साथ आने के कारण बहुत सुस्त हो रही हूं।

नागर- क्या मनोरमा के घर में घोड़ों की कमी है जो तुम्हारे लिए किराए का घोड़ा मंगवाया जाए।

इतना कहकर नागर चली गई। थोड़ी देर के बाद एक लौंडी आई जिसने कमलिनी को स्नान इत्यादि से छुट्टी पा लेने के लिए कहा। कमलिनी ने दो-एक जरूरी काम से तो छुट्टी पा ली, मगर स्नान करने से इन्कार किया और अपने बटुए से सामान निकालकर चिट्ठी लिखने लगी।

घण्टे भर बाद सफर के सामान से लैस होकर कई लौंडियों को साथ लिए हुए नागर भी उसी जगह आ पहुंची जहां कमलिनी बैठाई गई थी। उस समय कमलिनी चिट्ठी लिख चुकी थी।

नागर- मैंने तुम्हारे पास इसलिए एक लौंडी भेजी थी कि तुम्हें नहला-धुला दे मगर तुमने...

कमलिनी- हां, मैंने स्नान नहीं किया क्योंकि इस समय अर्थात् सूर्योदय के पहले स्नान करने की मेरी आदत नहीं। कहीं स्नान कर लूंगी, और कामों से छुट्टी पा चुकी हूं।

नागर- खैर, कुछ मेवा खाकर जल पी लो।

कमलिनी- नहीं, इस समय माफ करो। हां, थोड़ा-सा मेवा साथ रख लूंगी जो सफर में काम आवेगा।

थोड़ी देर बाद दो घोड़े कसे-कसाये लाए गये, एक पर नागर और दूसरे पर कमलिनी सवार हुई। उस समय कमलिनी ने वह चिट्ठी जो अभी घण्टा-भर हुआ लिखकर तैयार की थी नागर के हाथ में दे दी और कहा, "इसे हिफाजत से रखो, मनोरमा को देकर मेरी तरफ से 'जय माया की' कहना इसी दरबार में रामभोली का आशिक नानक गया था।" वह चिट्ठी लिफाफे के अन्दर थी और जोड़ पर मोहर लगाई हुई थी।

बाग के बाहर निकलकर कमलिनी ने पूरब का रास्ता लिया नागर पश्चिम की तरफ रवाना हुई।

***

चन्द्रकांता संतति
भाग-7

बयान-1

नागर थोड़ी दूर पश्चिम जाकर घूमी और फिर उस सड़क पर चलने लगी जो रोहतास गढ़ की तरफ गई थी।

पाठक स्वयं समझ सकते हैं कि नागर का दिल कितना मजबूत और कठोर था। उन दिनों जो रास्ता काशी से रोहतास गढ़ को जाता था, वह बहुत ही भयानक और खतरनाक था। कहीं-कहीं तो बिल्कुल ही मैदान में जाना पड़ता था और कहीं गहन वन में होकर दरिन्दे जानवरों की दिल दहलाने वाली आवाजें सुनते हुए सफर करना पड़ता था। इसके अतिरिक्त उस रास्ते में लुटेरों और डाकुओं का डर तो हरदम बना ही रहता था। मगर इन सब बातों पर जरा भी ध्यान न देकर नागर ने अकेले ही सफर करना पसन्द किया, इसी से कहना पड़ता है कि वह बहुत ही दिलावर, निडर और संगदिल औरत थीं। शायद उसे अपनी ऐयारी का भरोसा या घमण्ड हो क्योंकि ऐयार लोग यमराज से भी नहीं डरते और जिस ऐयार का दिल इतना मजबूत न हो, उसे ऐयार कहना भी न चाहिए।

नागर एक नौजवान मर्द की सूरत बनाकर तेज और मजबूत घोड़े पर सवार तेजी के साथ रोहतास गढ़ की तरफ जा रही थी। उसकी कमर में ऐयारी का बटुआ, खंजर, कटार और एक पथरकला[1] भी था। दोपहर होते-होते उसने लगभग पच्चीस कोस का रास्ता तय किया और उसके बाद एक ऐसे गहन वन में पहुंची जिसके अन्दर सूरज की रोशनी बहुत कम पहुंचती थी, केवल एक पगडंडी सड़क थी जिस पर बहुत सम्हलकर सवारों को सफर करना पड़ता था क्योंकि उसके दोनों तरफ कंटीले दरख्त और झाड़ियां थीं। इस जंगल के बाहर एक चौड़ी सड़क भी थी, जिस पर गाड़ी और छकड़े वाले जाते थे। मगर घुमाव और चक्कर पड़ने के कारण उस रास्ते को छोड़कर घुड़सवार और पैदल लोग अक्सर इसी जंगल में से होकर जाया करते थे, जिससे इस समय नागर जा रही है, क्योंकि इधर से कई कोस का बचाव पड़ता था।

यकायक नागर का घोड़ा भड़का और रुककर अपने दोनों कान आगे की तरफ करके देखने लगा। नागर शहसवारी का फन बखूबी जानती और अच्छी तरह समझती थी, इसलिए घोड़े के भड़कने और रुकने से उसे किसी तरह का रंज न हुआ बल्कि वह चौकन्नी हो गई और बड़े गौर से चारों तरफ देखने लगी। अचानक सामने की तरफ पगडंडी के बीचों-बीच में बैठे हुए शेर पर उसकी निगाह पड़ी जिसका पिछला भाग नागर की तरफ था अर्थात् मुंह उस तरफ जिधर नागर जा रही थी। नागर बड़े गौर से शेर को देखने और सोचने लगी कि अब क्या करना चाहिए। अभी उसने कोई राय पक्की नहीं की थी कि दाहिनी बगल की झाड़ी में से एक आदमी

निकलकर बढ़ा और फुर्ती के साथ घोड़े के पास आ पहुंचा, जिसे देखते ही वह चौंक पड़ी और घबड़ाहट के मारे बोल उठी, "ओफ, मुझे बड़ा भारी धोखा दिया गया!" साथ ही इसके वह अपना हाथ पथरकले पर ले गई, मगर उस आदमी ने इसे कुछ भी करने न दिया। उसने नागर का हाथ पकड़कर अपनी तरफ खींचा और एक झटका ऐसा दिया कि वह घोड़े के नीचे आ रही। वह आदमी तुरन्त उसकी छाती पर सवार हो गया और उसके दोनों हाथ कब्जे में कर लिए।

यद्यपि नागर को विश्वास हो गया कि अब उसकी जान किसी तरह नहीं बच सकती तो भी उसने बड़ी दिलेरी से अपने दुश्मन की तरफ देखा और कहा–

नागर- बेशक, उस हरामजादी ने मुझे पूरा धोखा दिया, मगर भूतनाथ, तुम मुझे मारकर जरूर पछताओगे। वह कागज जिसके मिलने की उम्मीद में तुम मुझे मार रहे हो, तुम्हारे हाथ कभी न लगेगा क्योंकि मैं उसे अपने साथ नहीं लाई हूं। यदि तुम्हें विश्वास न हो तो मेरी तलाशी ले लो, और बिना वह कागज पाए मेरे या मनोरमा के साथ बुराई करना तुम्हारे हक में ठीक नहीं है इसे तुम अच्छी तरह जानते हो।

भूतनाथ- अब मैं तुझे किसी तरह नहीं छोड़ सकता। मुझे विश्वास है कि वे कागजात, जिनके सबब से मैं तुझ जैसी कमीनों की ताबेदारी करने पर मजबूर हो रहा हूं, इस समय जरूर तेरे पास हैं तथा इसमें भी कोई सन्देह नहीं कि कमलिनी ने अपना वादा पूरा किया और कागजों के सहित तुझे मेरे हाथ फंसाया। अब तू मुझे धोखा नहीं दे सकती और न तलाशी लेने की नीयत से मैं तुझे कब्जे से छोड़ ही सकता हूं। तेरा जमीन से उठना मेरे लिए काल हो जाएगा क्योंकि फिर तू हाथ नहीं आवेगी।

नागर- (चौंककर और ताज्जुब से) हैं, तो क्या वह कम्बख्त कमलिनी थी, जिसने मुझे धोखा दिया! अफसोस, शिकार घर में आकर निकल गया। खैर, जो तेरे जी में आवे कर, यदि मेरे मारने में ही तेरी भलाई हो तो मार, मगर मेरी एक बात सुन ले।

भूतनाथ- अच्छा कह, क्या कहती है थोड़ी देर तक ठहर जाने में मेरा कोई हर्ज भी नहीं।

नागर- इसमें तो कोई शक नहीं कि अपने कागजात, जिन्हें तेरा जीवन-चरित्र कहना चाहिए, उन्हें लेने के लिए ही तू मुझे मारना चाहता है।

भूतनाथ- बेशक ऐसा ही है। यदि वह मुट्ठा मेरे हाथ का लिखा हुआ न होता तो मुझे उसकी परवाह न होती।

नागर- हां, ठीक है, परन्तु इसमें भी कोई सन्देह नहीं कि मुझे मारकर तू वे कागजात न पावेगा। खैर, जब मैं इस दुनिया से जाती ही हूं तो क्या जरूरत है कि तुझे भी बर्बाद करती जाऊं मैं तेरी लिखी चीजें खुशी से तेरे हवाले करती हूं, मेरा दाहिना हाथ छोड़ दे, मैं तुझे बता दूं कि मुझे मारने के बाद वे कागजात तुझे कहां से मिलेंगे।

भूतनाथ इतना डरपोक और कमजोर भी न था कि नागर का केवल दाहिना हाथ जिसमें हर्बे की किस्म से एक कांटा भी न था, छोड़ने से डर जाए, दूसरे उसने यह भी सोचा कि जब यह स्वयं ही कागजात देने को तैयार है तो क्यों न ले लिये जाएं, कौन ठिकाना इसे मारने के बाद कागजात हाथ न लगें। थोड़ी देर तक कुछ सोच-विचारकर भूतनाथ ने नागर का दाहिना हाथ छोड़ दिया जिसके साथ ही उसने फुर्ती से वह हाथ भूतनाथ के गाल पर दबाकर फेरा। भूतनाथ को ऐसा मालूम हुआ कि नागर ने एक सूई उसके गाल में चुभो दी, मगर वास्तव में ऐसा न था। नागर की उंगली में एक अंगूठी थी, जिस पर नगीने की जगह स्याह रंग का कोई पत्थर जड़ा हुआ था, वही भूतनाथ के गाल में गड़ा, जिससे एक लकीर-सी पड़ गई और जरा खून भी दिखाई देने लगा। पर मालूम होता है कि वह नोकीला स्याह पत्थर, जो अंगूठी में जड़ा हुआ था, किसी प्रकार का जहर-हलाहल था, जो खून के साथ मिलते ही अपना काम कर गया क्योंकि उसने भूतनाथ को बात करने की मोहलत न दी। वह एकदम चक्कर खाकर जमीन पर गिर पड़ा और नागर उसके कब्जे से छूटकर अलग हो गई।

नागर ने घोड़े की बागडोर, जो चारजामे में बंधी हुई थी खोली और उसी से भूतनाथ के हाथ-पैर बांधने के बाद एक पेड़ के साथ कस दिया, इसके बाद उसने अपने ऐयारी के बटुए में से एक शीशी निकाली, जिसमें किसी प्रकार का तेल था। उसने थोड़ा तेल उसमें से भूतनाथ के गाल पर उसी जगह जहां लकीर पड़ी हुई थी, मला। देखते-ही-देखते उस जगह एक बड़ा फफोला पड़ गया। नागर ने खंजर की नोक से उस फफोले में छेद कर दिया, जिससे उसके अन्दर का कुल जहरी पानी निकल गया और भूतनाथ होश में आ गया।

नागर- क्यों बे कम्बख्त, अपने किये की सजा पा चुका या कुछ कसर है तूने देखा, मेरे पास कैसी अद्भुत चीज है। अगर हाथी भी हो तो इस जहर को बर्दाश्त न कर सके और मर जाए, तेरी क्या हकीकत है!

भूतनाथ- बेशक ऐसा ही है और अब मुझे निश्चय हो गया कि मेरी किस्मत में जरा भी सुख भोगना बदा नहीं है।

नागर- साथ ही इसके तुझे यह भी मालूम हो गया कि इस जहर को मैं सहज ही में उतार भी सकती हूं। इसमें सन्देह नहीं कि तू मर चुका था, मगर मैंने इसलिए तुझे जिला दिया कि अपने लिखे हुए कागजों का हाल दुनिया में फैला हुआ तू स्वयं देख और सुन ले, क्योंकि उससे बढ़कर कोई दुःख तेरे लिए नहीं है, पर यह भी देख ले कि उस कम्बख्त कमलिनी के साथ मैंने क्या किया, जिसने मुझे धोखे में डाला था। इस समय वह मेरे कब्जे में है, क्योंकि कल वह मेरे घर में जरूर आकर टिकेगी! अहा, अब मैं समझ गई कि रात वाले अद्भुत मामले की जड़ भी वही है। जरूर ही इस मुर्दे शेर को रास्ते में तूने ही बैठाया होगा।

भूतनाथ- (आंखों में आंसू भरकर) अबकी दफे मुझे माफ करो, जो कुछ हुक्म दो, मैं करने को तैयार हूं।

नागर- मैं अभी कह चुकी हूं कि तुझे मारूंगी नहीं, फिर इतना क्यों डरता है?

भूतनाथ- नहीं-नहीं, मैं वैसी जिन्दगी नहीं चाहता, जैसी तुम देती हो, हां यदि इस बात का वादा करो कि वे कागजात किसी दूसरे को न दोगी तो मैं वे सब काम करने को तैयार हूं, जिन्हें पहले इनकार करता था।

नागर- मैं ऐसा कर सकती हूं, क्योंकि आखिर तुझे जिन्दा छोडूंगी ही, और यदि मेरे काम से तू जी न चुरावेगा तो मैं तेरे कागजात भी बड़ी हिफाजत से रखूंगी। हां खूब याद आया- उस चिट्ठी को तो जरा पढ़ना चाहिए जो उस कम्बख्त कमलिनी ने यह कहकर दी थी कि मुलाकात होने पर मनोरमा को दे देना।

यह सोचते ही नागर ने बटुए में से एक चिट्ठी निकाली और पढ़ने लगी। यह लिख हुआ था–

"जिस काम के लिए मैं आई थी, ईश्वर की कृपा से वह काम बखूबी हो गया। वे कागजात इसके पास हैं, ले लेना। दुनिया में यह बात मशहूर है कि उस आदमी का जहान से उठ जाना ही अच्छा है, जिससे भलों को कष्ट पहुंचे। मैं तुमसे मिलने के लिए यहां बैठी हूं।"

नागर- देखो नालायक ने चिट्ठी भी लिखी तो ऐसे ढंग से कि यदि मैं चोरी से पढूं भी तो किसी तरह का शक न हो और इसका पता भी न लगे कि यह भूतनाथ के नाम लिखी गई है या मनोरमा के, स्त्रीलिंग और पुल्लिंग को भी बचा ले गई है। उसने यही सोच के चिट्ठी मुझे दी होगी कि जब यह भूतनाथ के कब्जे में आ जाएगी, और वह इसकी तलाशी लेगा तो यह चिट्ठी उसके हाथ लग जाएगी, और जब वह पढ़ेगा तो नागर को अवश्य मार डालेगा, और फिर तुरंत आकर मुझसे मिलेगा, जिससे वह किशोरी को छुड़ा ले। अच्छा कम्बख्त, देख, मैं तेरे साथ क्या सलूक करती हूं।

भूतनाथ- अच्छा, इतना वादा तो मैं कर ही चुका हूं कि हर तरह से तुम्हारी ताबेदारी करूंगा और जो कुछ तुम कहोगी, बेउज्र बजा लाऊंगा, अब इस समय मैं तुम्हें एक भेद की बात बताता हूं, जिसे जानकर तुम बहुत प्रसन्न होओगी।

नागर- कहो, क्या कहते हो शायद तुम्हारी नेकचलनी का सबूत यहीं मिल जाए।

भूतनाथ- मेरे हाथ तो बंधे हैं, खैर, तुम ही आओ मेरी कमर से खंजर निकालो। उसके साथ एक पुर्जा बंधा है, खोलकर पढ़ो और देखो, क्या लिखा है?

नागर भूतनाथ के पास गई और उसकी कमर से खंजर निकालना चाहा, मगर खंजर पर हाथ पड़ते ही उसके बदन में बिजली दौड़ गई और वह कांपकर जमीन पर गिरते ही बेहोश हो गई। भूतनाथ पुकार उठा- "वह मारा!" उस तिलिस्मी खंजर का हाल जो कमलिनी ने भूतनाथ को दिया था, पाठक बखूबी जानते ही हैं, कुछ लिखने की आवश्यकता नहीं। इस समय वही खंजर भूतनाथ की कमर में था। उसकी तासीर से नागर बिल्कुल बेखबर थी। वह नहीं जानती थी कि जिसके पास उसके जोड़ की अंगूठी न हो, वह उस खंजर को छू नहीं सकता।

अब भूतनाथ का जी ठिकाने हुआ, और वह अपने छूटने का उद्योग करने लगा, परन्तु हाथ-पैर बंधे रहने के कारण कुछ न कर सका। आखिर वह जोर-जोर से चिल्लाने लगा, जिससे किसी आते-जाते मुसाफिर के कान में आवाज पड़े तो वह आकर उसको छुड़ावे।

दो घण्टे बीत गए, मगर किसी मुसाफिर के कान में भूतनाथ की आवाज न पड़ी और तब तक नागर भी होश में आकर उठ बैठी।

***

बयान-2

हम ऊपर लिख आए हैं कि राजा वीरेन्द्र सिंह तिलिस्मी खंडहर से (जिसमें दोनों कुमार और तारा सिंह इत्यादि गिरफ्तार हो गए थे) निकलकर रोहतास गढ़ की तरफ रवाना हुए तो तेज सिंह उनसे कुछ कह-सुनकर अलग हो गए और उनके साथ रोहतास गढ़ न गए। अब हम यह लिखना मुनासिब समझते हैं कि राजा वीरेन्द्र सिंह से अलग होकर तेज सिंह ने क्या किया।

एक दिन और रात उस खंडहर के चारों तरफ जंगल और मैदान में तेज सिंह घूमते रहे, मगर कुछ काम न चला। दूसरे दिन वह एक छोटे से पुराने शिवालय के पास पहुंचे, जिसके चारों तरफ बेल और पारिजात के पेड़ बहुत ज्यादा थे, जिसके सबब से वह स्थान बहुत ठंडा और रमणीक मालूम होता था। तेज सिंह शिवालय के अन्दर गए और शिवजी का दर्शन करने के बाद बाहर निकल आए, उसी जगह से बेलपत्र तोड़कर शिवजी की पूजा की, और फिर उस चश्मे के किनारे जो मन्दिर के पीछे की तरफ बह रहा था, बैठकर सोचने लगे कि अब क्या करना चाहिए। इस समय तेज सिंह एक मामूली जमींदार की सूरत में थे, और यह स्थान भी उस खण्डहर से बहुत दूर न था।

थोड़ी देर बाद तेज सिंह के कान में आदमियों के बोलने की आवाज आई। बात साफ समझ में नहीं आती थी इससे मालूम हुआ कि वे लोग कुछ दूर पर हैं। तेज सिंह ने सिर उठाकर देखा तो कुछ दूर पर दो आदमी दिखाई पड़े जो उसी शिवालय की तरफ आ रहे थे। तेज सिंह चश्मे के किनारे से उठ खड़े हुए और एक झाड़ी के अन्दर छिपकर देखने लगे कि वे लोग कहां जाते और क्या करते हैं। इन दोनों की पोशाकें उन लोगों से बहुत-कुछ मिलती थीं जो तारा सिंह की चालाकी से तिलिस्मी खंडहर में बेहोश हुए थे और जिन्हें राजा वीरेन्द्र सिंह साधु बाबा (तिलिस्मी दारोगा) के सहित कैदी बनाकर रोहतास गढ़ ले गए थे, इसलिए तेज सिंह ने सोचा कि ये दोनों आदमी भी जरूर उन्हीं लोगों में से हैं जिनकी बदौलत हम लोग दु:ख भोग रहे हैं अस्तु, इन लोगों में से किसी को फंसाकर अपना काम निकालना चाहिए।

तेज सिंह के देखते-ही-देखते वे दोनों आदमी वहां पहुंचकर उस शिवालय के अन्दर घुस गये और लगभग दो घड़ी के बीत जाने पर भी बाहर न निकले। तेज सिंह ने छिपकर राह देखना उचित न जाना। वह झाड़ी में से निकलकर शिवालय में आये मगर झांककर देखा तो शिवालय के अन्दर किसी आदमी की आहट न मिली। ताज्जुब करते हुए शिवलिंग के पास तक चले गये मगर किसी आदमी की सूरत दिखाई न पड़ी। तेज सिंह तिलिस्मी कारखानों और अद्भुत मकानों तथा तहखानों की हालत से बहुत-कुछ वाकिफ हो चुके थे इसलिए समझ गए

कि इस शिवालय के अन्दर कोई गुप्त राह या तहखाना अवश्य है और इसी सबब से ये दोनों आदमी गायब हो गये हैं।

शिवालय के सामने की तरफ बेल का एक पेड़ था। उसी के नीचे तेज सिंह यह निश्चय करके बैठ गए कि जब तक वे लोग अथवा उनमें से कोई एक बाहर न आयेगा तब तक यहां से न टलेंगे। आखिर घण्टे भर के बाद उन्हीं में से एक आदमी शिवालय के अन्दर से बाहर आता हुआ दिखाई पड़ा। उसे देखते ही तेज सिंह उठ खड़े हुए, निगाह मिलते ही झुककर सलाम किया और तब कहा, "ईश्वर आपका भला करे, मेरे भाई की जान बचाइए!"

आदमी- तू कौन है और तेरा भाई कहां है?

तेज सिंह- मैं जमींदार हूं, (हाथ का इशारा करके) उस झाड़ी के दूसरी ओर मेरा भाई है। बेचारे को एक बुढ़िया व्यर्थ मार रही है। आप पुजारीजी हैं, धर्मात्मा हैं, किसी तरह मेरे भाई को बचाइए। इसीलिए मैं यहां आया हूं। (गिड़गिड़ाकर) बस, अब देर न कीजिए, ईश्वर आपका भला करे!

तेज सिंह की बातें सुनकर उस आदमी को बड़ा ही ताज्जुब हुआ और बेशक ताज्जुब की बात भी थी, क्योंकि तेज सिंह बदन के मजबूत और निरोग मालूम होते थे, देखने वाला कह सकता था कि बेशक इसका भाई भी वैसा ही होगा, फिर ऐसे दो आदमियों के मुकाबले में एक बूढ़ी औरत का जबर्दस्त पड़ना ताज्जुब नहीं तो क्या है!

आखिर बहुत-कुछ सोच-विचारकर उस आदमी ने तेज सिंह से कहा, "खैर चलो देखें वह बुढ़िया कैसी पहलवान है।"

उस आदमी को साथ लिए हुए तेज सिंह शिवालय से कुछ दूर चले गए और एक गुंजान झाड़ी के पास पहुंचकर इधर-उधर घूमने लगे।

आदमी- तुम्हारा भाई कहां है?

तेज सिंह- उसी को तो ढूंढ़ रहा हूं।

आदमी- क्या तुम्हें याद नहीं कि उसे किस जगह छोड़ गए थे?

तेज सिंह-राम-राम, कैसे बेवकूफ से पाला पड़ा है! अरे कम्बख्त, जब जगह याद नहीं तो यहां तक कैसे आए!

आदमी- पाजी कहीं का! हम तो तेरी मदद को आए और तू हमें ही कम्बख्त कहता है!

तेज सिंह- बेशक तू कम्बख्त बल्कि कमीना है, तू मेरी मदद क्या करेगा जब तू अपने ही को नहीं बचा सकता

इतना सुनते ही वह आदमी चौकन्ना हो गया और बड़े गौर से तेज सिंह की तरफ देखने लगा। जब उसे निश्चय हो गया कि यह कोई ऐयार है, तब उसने खंजर निकालकर तेज सिंह पर वार

किया। तेज सिंह ने वार बचाकर उसकी कलाई पकड़ ली और एक झटका ऐसा दिया कि खंजर उसके हाथ से छूटकर दूर जा गिरा। वह और कुछ चोट करने की फिक्र में था कि तेज सिंह ने उसकी गर्दन में हाथ डाल दिया और बात-की-बात में जमीन पर दे मारा। वह घबड़ाकर चिल्लाने लगा, मगर इससे भी कुछ काम न चला क्योंकि उसकी नाक में बेहोशी की दवा जबर्दस्ती ठूंस दी गई और एक छींक मारकर वह बेहोश हो गया।

उस बेहोश आदमी को उठाकर तेज सिंह एक ऐसी झाड़ी में घुस गए जहां से आते-जाते मुसाफिरों को वे बखूबी देख सकते मगर उन पर किसी की निगाह न पड़ती। उस बेहोश आदमी को जमीन पर लिटा देने के बाद तेज सिंह चारों तरफ देखने लगे और जब किसी को न पाया तो धीरे से बोले, "अफसोस, इस समय मैं अकेला हूं, यदि मेरा कोई साथी होता तो इसे रोहतास गढ़ भिजवाकर बेखौफ हो जाता और बेफिक्री के साथ काम करता! खैर कोई चिन्ता नहीं, अब किसी तरह काम तो निकालना ही पड़ेगा।" तेज सिंह ने ऐयारी का बटुआ खोला और आईना निकालकर सामने रखा, अपनी सूरत ठीक वैसी ही बनाई जैसा कि वह आदमी था, इसके बाद अपने कपड़े उतारकर रख दिए और उसके बदन से कपड़े उतारकर आप पहन लेने के बाद उसकी सूरत बदलने लगे। किसी तेज दवा से उसके चेहरे पर कई जख्म के दाग ऐसे बनाये कि सिवाय तेज सिंह के दूसरा कोई छुड़ा ही नहीं सकता था और मालूम ऐसा होता था कि ये जख्म के दाग कई वर्षों से उसके चेहरे पर मौजूद हैं। इसके बाद उसका तमाम बदन एक स्याह मसाले से रंग दिया। इसमें यह गुण था कि जिस जगह लगाया जाए वह आबनूस के रंग की तरह स्याह हो जाए और जब तक केले के अर्क से न धोया जाए वह दाग किसी तरह न छूटे चाहे वर्षों बीत जाएं।

वह आदमी गोरा था मगर अब पूर्ण रूप से काला हो गया, चेहरे पर कई जख्म के निशान भी बन गये। तेज सिंह ने बड़े गौर से उसकी सूरत देखी और इस ढंग से गर्दन हिलाकर उठ खड़े हुए कि जिससे उनके दिल का भाव साफ झलक गया। तेज सिंह ने सोच लिया कि बस इसकी सूरत बखूबी बदल गई, अब और कोई कारीगरी करने की आवश्यकता नहीं है और वास्तव में ऐसा ही था भी, दूसरे की बात तो दूर रही यदि उसकी मां भी उसे देखती तो अपने लड़के को कभी न पहचान सकती।

उस आदमी की कमर के साथ ऐयारी का बटुआ भी था, तेज सिंह ने उसे खोल लिया और अपने बटुए की कुल चीजें उसमें रखकर अपना बटुआ उसकी कमर से बांध दिया और वहां से रवाना हो गये।

तेज सिंह फिर उसी शिवालय के सामने आए और एक बेल के पेड़ के नीचे बैठकर कुछ गाने लगे। दिन केवल घण्टे भर बाकी रह गया था जब वह दूसरा आदमी भी शिवालय के बाहर निकला। तेज सिंह को जो उसके साथी की सूरत में थे, पेड़ के नीचे मौजूद पाकर वह गुस्से में

आ गया और उनके पास आकर खूब कड़ी आवाज में बोला, "वाह जी बिहारी सिंह, अभी तक आप यहां बैठे गीत गा रहे है।"

तेज सिंह को इतना मालूम हो गया कि हम जिसकी सूरत में हैं उसका नाम बिहारी सिंह है। अब जब तक ये अपनी असली सूरत में न आवें, हम भी इन्हें बिहारी सिंह के ही नाम से लिखेंगे, हां कहीं-कहीं तेज सिंह लिख जाएं तो कोई हर्ज भी नहीं।

बिहारी सिंह ने अपने साथी की बात सुनकर गाना बन्द किया और उसकी तरफ देखकर कहा–

बिहारी सिंह- (दो-तीन दफे खांसकर) बोलो मत, इस समय मुझे खांसी हो गई है, आवाज भारी हो रही है, जितना कोशिश करता हूं उतना ही गाना बिगड़ जाता है। खैर तुम भी आ जाओ और जरा सुर में सुर मिलाकर साथ गाओ तो!

हरनाम सिंह- क्या बात है! मालूम होता है, तुम कुछ पागल हो गये हो, मालिक का काम गया जहन्नुम में और हम लोग बैठे गाया करें!

बिहारी सिंह- वाह, जरा-सी बूटी ने क्या मजा दिखाया। अहा-हा, जीते रहो पट्ठे! ईश्वर तुम्हारा भला करे, खूब सिद्धी पिलाई।

हरनाम सिंह- बिहारी सिंह, यह तुम्हें क्या हो गया तुम तो ऐसे न थे!

बिहारी सिंह- जब न थे तब बुरे थे, अब हैं तो अच्छे हैं। तुम्हारी बात ही क्या है, सत्रह हाथी जलपान करके बैठा हूं। कम्बख्त ने जरा नमक भी नहीं दिया, फीका ही उड़ाना पड़ा। ही-ही - ही-ही, आओ एक गदहा तुम भी खा लो, नहीं-नहीं सूअर, अच्छा कुत्ता ही सही। ओ हो हो हो, क्या दूर की सूझी! बच्चाजी ऐयारी करने बैठे हैं, हल जोतना आता ही नहीं, जिन्न पकड़ने लगे। हा-हा-हा-हा-हा, वाह रे बूटी, अभी तक जीभ चटचटाती है-लो देख लो (जीभ चटचटाकर दिखाता है)।

हरनाम सिंह- अफसोस!

बिहारी सिंह- अब अफसोस करने से क्या फायदा जो होना था वह तो हो गया। जाके पिण्डदान करो। हां, यह तो बताओ, पितर-मिलौनी कब करोगे मैं जाता हूं तुम्हारी तरफ से ब्राह्मणों को नेवता दे आता हूं।

हरनाम सिंह- (गर्दन हिलाकर) इसमें कोई सन्देह नहीं कि तुम पूरे पागल हो गए हो। तुम्हें जरूर किसी ने कुछ खिला-पिला दिया है।

बिहारी सिंह- न इसमें सन्देह न उसमें सन्देह, पागल की बातचीत हो जाने दो क्योंकि तुम लोगों में केवल मैं ही हूं सो हूं, बाकी सब पागल। खिलाने वाले की ऐसी-तैसी, पिलाने वाले का बोलबाला। एक लोटा भांग, दो सौ पैंतीस साढ़े तेरह आना, लोटा निशान। ऐयारी के नुस्खे एक से एक बढ़कर याद हैं, जहाज की पाल भी खूब ही उड़ती है। वाह, कैसी अंधेरी रात है। बाप रे

बाप, सूरज भी अस्त होना ही चाहता है। तुम भी नहीं हम भी नहीं, अच्छा तुम भी सही, बड़े अकिलमन्द हो, अकिल, अकिल, मन्द, मन्द, मन्द। (कुछ देर तक चुप रहकर) अरे बाप रे बाप, मैया री मैया, बड़ा ही गजब हो गया, मैं तो अपना नाम भी भूल गया! अभी तक तो याद था कि मेरा नाम बिहारी सिंह है मगर अब भूल गया, तुम्हारे सिर की कसम जो कुछ भी याद हो। भाई यार-दोस्त मेरे, जरा बता तो दो, मेरा नाम क्या है?

हरनाम सिंह- अफसोस, रानी मुझी को दोष देंगी, कहेंगी कि हरनाम सिंह अपने साथी की हिफाजत न कर सका।

बिहारी सिंह- ही ही ही ही, वाह रे भाई हरनाम सिंह, अलिफ बे ते टे से च छ ज झ, उल्लू की दुम फाख्ता...!

हरनाम सिंह को विश्वास हो गया कि जरूर किसी ऐयार की शैतानी से जिसने कुछ खिला या पिला दिया है, हमारा साथी बिहारी सिंह पागल हो गया, इसमें कोई सन्देह नहीं। उसने सोचा कि अब इससे कुछ कहना-सुनना उचित नहीं, इसे इस समय किसी तरह फुसलाकर घर ले चलना चाहिए।

हरनाम सिंह- अच्छा यार, अब देर हो गई, चलो घर चलें।

बिहारी सिंह- क्या हम औरत हैं कि घर चलें! चलो जंगल में चलें। शेर का शिकार खेलें, रंडी का नाच देखें, तुम्हारा गाना सुनें और सबके अन्त में तुम्हारे सिरहाने बैठकर रोएं। ही ही ही ही...!

हरनाम सिंह- खैर, जंगल ही में चलो।

बिहारी सिंह- हम क्या साधु-वैरागी या उदासी हैं कि जंगल में जाएँ! बस, इसी जगह रहेंगे, भंग पीएंगे, चैन करेंगे, यह भी जंगल ही है। तुम्हारे जैसे गदहों का शिकार करेंगे, गदहे भी कैसे कि बस पूरे अन्धे! (इधर-उधर देखकर) सात-पांच बारह, पांच तीन, तीन घण्टे बीत गये अभी तक भंग लेकर नहीं आया, पूरा झूठा निकला मगर मुझसे बढ़कर नहीं! बदमाश है, लुच्चा है, अब उसकी राह या सड़क नहीं देखूंगा! चलो भाई साहब चलें, घर ही की तरफ मुंह करना उत्तम है, मगर मेरा हाथ पकड़ लो, मुझे कुछ सूझता नहीं।

हरनाम सिंह ने गनीमत समझा और बिहारी सिंह का हाथ पकड़ घर की तरफ अर्थात् मायारानी के महल की तरफ ले चला। मगर वाह रे तेज सिंह, पागल बनकर क्या काम निकाला है! अब ये चाहे दो सौ दफे चूकें मगर किसी की मजाल नहीं कि शक करे। बिहारी सिंह को मायारानी बहुत चाहती थी क्योंकि इसकी ऐयारी खूब चढ़ी-बढ़ी थी, इसलिए हरनाम सिंह उसे ऐसी अवस्था में छोड़कर अकेला जा भी नहीं सकता था। मजा तो उस समय होगा जब नकली बिहारी सिंह मायारानी के सामने होंगे और भूत की सूरत बने असली बिहारी सिंह भी पहुंचेंगे।

बिहारी सिंह को साथ लिए हरनाम सिंह जमानिया[2] की तरफ रवाना हुआ। मायारानी

वास्तव में जमानिया की रानी थी, इसके बाप-दादे भी इस जगह हुकूमत कर गए थे। जमानिया के सामने गंगा के किनारे से कुछ दूर हटकर एक बहुत ही खुशनुमा और लम्बा-चौड़ा बाग था जिसे वहां वाले 'खास बाग' के नाम से पुकारते थे। इस बाग में राजा अथवा राज्य कर्मचारियों के सिवाय कोई दूसरा आदमी जाने नहीं पाता था। इस बाग के बारे में तरह-तरह की गप्पें लोग उड़ाया करते थे, मगर असल भेद यहां का किसी को भी मालूम न था। इस बाग के गुप्त भेदों को शाही खानदान और दीवान तथा ऐयारों के सिवाय कोई गैर आदमी नहीं जानता था और न कोई जानने की कोशिश कर सकता था, यदि कोई गैर आदमी इस बाग में पाया जाता तो तुरंत मार डाला जाता था, और यह कायदा बहुत पुराने जमाने से चला आता था।

जमानिया में जिस छोटे किले के अन्दर मायारानी रहती थी उसमें से गंगा के नीचे-नीचे एक सुरंग भी इस बाग तक गई थी और इसी राह से मायारानी वहां आती-जाती थी, इस सबब से मायारानी का इस बाग में आना या यहां से जाना खास-खास आदमियों के सिवाय किसी गैर को न मालूम होता था। किले और इस बाग का खुलासा हाल पाठकों को स्वयं मालूम हो जाएगा इस जगह विशेष लिखने की कोई आवश्यकता नहीं। हां, इस जगह इतना लिख देना मुनासिब मालूम होता है कि रामभोली के आशिक नानक तथा कमला ने इसी बाग में मायारानी का दरबार देखा था।

जमानिया पहुंचने तक बिहारी सिंह ने अपने पागलपन से हरनाम सिंह को बहुत ही तंग किया और साबित कर दिया कि पढ़ा-लिखा आदमी किस ढंग का पागल होता है। यदि मायारानी का डर न होता तो हरनाम सिंह अपने साथी को बेशक छोड़ देता और हजार खराबी के साथ घर ले जाने की तकलीफ न उठाता।

कई दिन के बाद बिहारी सिंह को साथ लिए हुए हरनाम सिंह जमानिया के किले में पहुंच गया। उस समय पहर भर रात जा चुकी थी। किले के अन्दर पहुंचने पर मालूम हुआ कि इस समय मायारानी बाग में है, लाचार बिहारी सिंह को साथ लिए हुए हरनाम सिंह को उस बाग में जाना पड़ा और इसलिए बिहारी सिंह (तेज सिंह) ने किले और सुरंग का रास्ता भी बखूबी देख लिया। सुरंग के अन्दर दस-पन्द्रह कदम जाने के बाद बिहारी सिंह ने हरनाम सिंह से कहा–

बिहारी सिंह- सुनो जी, इस सुरंग के अन्दर सैकड़ों दफे हम आ चुके और आज भी तुम्हारे मुलाहिजे से चले आये, मगर आज के बाद फिर कभी यहां लाओगे तो मैं तुम्हें कच्चा ही खा जाऊंगा और इस सुरंग को भी बर्बाद कर दूंगा, अच्छा, यह बताओ कि मुझे कहां लिए जाते हो?

हरनाम सिंह- मायारानी के पास।

बिहारी सिंह- तब तो मैं नहीं जाऊंगा क्योंकि मैं सुन चुका हूं कि मायारानी आजकल आदमियों को खाया करती है, तुम भी तो कल तक तीन गदहियां खा चुके हो! मायारानी के सामने चलो तो सही, देखो मैं तुम्हें कैसे छकाता हूं, ही ही ही, बच्चा तुम्हें छकाने से क्या होगा, मायारानी को छकाऊं तो कुछ मजा मिले! भज मन राम चरन सुखदाई! (भजन गाता है)।

बड़ी मुश्किल से सुरंग खतम की और बाग में पहुंचे। उस सुरंग का दूसरा सिरा बाग में एक कोठरी के अन्दर निकलता था। जिस समय वे दोनों कोठरी के बाहर हुए तो उस दालान में पहुंचे, जिसमें मायारानी का दरबार होता था। इस समय मायारानी उसी दालान में थी, मगर दरबार का सामान वहां कुछ न था, केवल अपनी बहिन और सखी-सहेलियों के साथ बैठी दिल बहला रही थी। मायारानी पर निगाह पड़ते ही उनकी पोशाक और गम्भीर भाव ने बिहारी सिंह (तेज सिंह) को निश्चय करा दिया कि यहां की मालिक यही है।

हरनाम सिंह और बिहारी सिंह को देखकर मायारानी को एक प्रकार की खुशी हुई और उसने बिहारी सिंह की तरफ देखकर पूछा, "कहो, क्या हाल है?"

बिहारी सिंह- रात अंधेरी है, पानी खूब बरस रहा है, काई फट गई, दुश्मन ने सिर निकाला, चोर ने घर देख लिया, भूख के मारे पेट फूल गया, तीन दिन से भूखा हूं, कल का खाना अभी तक हजम नहीं हुआ। मुझ पर बड़े अन्धेर का पत्थर आ टूटा, बचाओ! बचाओ!

बिहारी सिंह के बेतुके जवाब से मायारानी घबड़ा गई, सोचने लगी कि इसको क्या हो गया जो बेमतलब की बात बक गया। आखिर हरनाम सिंह की तरफ देखकर पूछा, "बिहारी क्या कह गया मेरी समझ में न आया!"

बिहारी सिंह- अहा हा, क्या बात है! तुमने मारा हाथ पसारा, छुरा लगाया खंजर खाया, शेर लड़ाया गीदड़ काया! राम लिखाया नहीं मिटाया, फांस लगाया आप चुभाया, ताड़ खुजाया खून बहाया, समझ खिलाड़ी बूझ मेरे लल्लू, हा हा हा, भला समझो तो!

मायारानी और भी घबड़ाई, बिहारी सिंह का मुंह देखने लगी। हरनाम सिंह मायारानी के पास गया और धीरे से बोला, "इस समय मुझे दुख के साथ कहना पड़ता है कि बेचारा बिहारी सिंह पागल हो गया है, मगर ऐसा पागल नहीं है कि हथकड़ी-बेड़ी की जरूरत पड़े क्योंकि किसी को दुःख नहीं देता, केवल बकता बहुत है और अपने-पराये का होश नहीं है, कभी बहुत अच्छी तरह भी बातें करता है। मालूम होता है कि वीरेन्द्र सिंह के किसी ऐयार ने धोखा देकर इसे कुछ खिला दिया।"

मायारानी- तुम्हारा और इसका साथ क्योंकर छूटा और क्या हुआ कुछ कहो तो हाल मालूम हो।

हरनाम सिंह- पहले इनके लिए कुछ बन्दोबस्त कर दीजिये फिर सब हाल कहूंगा। वैद्यजी को बुलाकर जहां तक जल्द हो इनका इलाज कराना चाहिए।

बिहारी सिंह- यह काना-फुसकी अच्छी नहीं, मैं समझ गया कि तुम मेरी चुगली खा रहे हो। (चिल्लाकर) दोहाई रानी साहिबा की, इस कम्बख्त हरनाम सिंह ने मुझे मार डाला, जहर खिलाकर मार डाला, मैं जिन्दा नहीं हूं, मैं तो मरने बाद भूत बनकर यहां आया हूं, तुम्हारी कसम खाकर कहता हूं, मैं अब वह बिहारी सिंह नहीं हूं, मैं कोई दूसरा ही हूं, हाय-हाय, बड़ा गजब

हुआ। या ईश्वर उन लोगों से तू ही समझियो जो भले आदमियों को पकड़कर पिंजरे में बन्द किया करते हैं।

मायारानी- अफसोस, इस बेचारे की क्या दशा हो गई, मगर हरनाम सिंह, यह तो तुम्हारा ही नाम लेता है, कहता है हरनाम सिंह ने जहर खिला दिया!

हरनाम सिंह- इस समय मैं इसकी बातों से रंज नहीं हो सकता, क्योंकि इस बेचारे की अवस्था ही दूसरी हो रही है।

मायारानी- इसकी फिक्र जल्द करनी चाहिए। तुम जाओ, वैद्यजी को बुला लाओ।

हरनाम सिंह- बहुत अच्छा।

मायारानी- (बिहारी से) तुम मेरे पास आकर बैठो। कहो, तुम्हारा मिजाज कैसा है?

बिहारी सिंह- (मायारानी के पास बैठकर) मिजाज मिजाज है, बहुत है, अच्छा है, क्यों अच्छा है सो ठीक है!

मायारानी- क्या तुम्हें मालूम है कि तुम कौन हो

बिहारी सिंह- हां, मालूम है, मैं महाराजाधिराज श्री वीरेन्द्र सिंह हूं। (कुछ सोचकर) नहीं, वह तो अब बूढ़े हो गये, मैं कुंअर इन्द्रजीत सिंह बनूंगा क्योंकि वह बड़े खूबसूरत हैं, औरतें देखने के साथ ही उन पर रीझ जाती हैं, अच्छा अब मैं कुंअर इन्द्रजीत सिंह हूं। (सोचकर) नहीं नहीं नहीं, वह तो अभी लड़के हैं और उन्हें ऐयारी भी नहीं आती, और मुझे बिना ऐयारी के चैन नहीं, अतएव मैं तेज सिंह बनूंगा। बस यही बात पक्की रही, मुनादी फिरवा दीजिए कि लोग मुझे तेजसिंह कहके पुकारा करें।

मायारानी- (मुस्कुराकर) बेशक ठीक है, अब हम भी तुमको तेज सिंह ही कहके पुकारेंगे।

बिहारी सिंह- ऐसा ही उचित है। जो मजा दिन भर भूखे रहने में है वह मजा आपकी नौकरी में है, जो मजा डूब मरने में है वह मजा आपका काम करने में है।

मायारानी- सो क्यों?

बिहारी सिंह- इतना दुःख भोगा, लड़े-झगड़े, सिर के बाल नोंच डाले, सब-कुछ किया, मगर अभी तक आंख से अच्छी तरह न देखा। यह मालूम ही न हुआ कि किसके लिए किसको फांसा और उस फंसाई से फंसने वाले की सूरत अब कैसी है!

मायारानी- मेरी समझ में न आया कि इस कहने से तुम्हारा क्या मतलब है?

बिहारी सिंह- (सिर पीटकर) अफसोस, हम ऐसे नासमझ के साथ है, ऐसी जिन्दगी ठीक नहीं, ऐसा खून किसी काम का नहीं। जो कुछ मैं कह चुका हूं जब तक उसका कोई मतलब न समझेगा और मेरी इच्छा पूरी न होगी, तब तक मैं किसी से न बोलूंगा, न खाऊंगा, न सोऊंगा, न एक न दो न चार, हजार-पांच सौ कुछ नहीं, चाहे जो हो मैं तो देखूंगा!

मायारानी- क्या देखोगे ?

बिहारी सिंह- मुंह से तो बोलने वाला नहीं, आपको समझने की गौ हो तो समझिए।

मायारानी- भला कुछ कहो भी तो सही।

बिहारी सिंह- समझ जाइए।

मायारानी- कौन-सी चीज ऐसी है जो तुम्हारी देखी नहीं है।

बिहारी सिंह- देखी है मगर अच्छी तरह देखूंगा।

मायारानी- क्या देखोगे ?

बिहारी सिंह- समझिए!

मायारानी- कुछ कहो भी कि समझिये-समझिये ही बकते जाओगे।

बिहारी सिंह- अच्छा एक हर्फ कहो तो कह दूं।

मायारानी- खैर, यही सही।

बिहारी सिंह- कै कै कै कै!

मायारानी- (मुस्कुराकर) कैदियों को देखोगे

बिहारी सिंह- हां, हां, हां, बस बस बस, वही वही वही।

मायारानी- उन्हें तो तुम देख ही चुके हो, तुम्हीं लोगों ने तो उन्हें गिरफ्तार किया है।

बिहारी सिंह- फिर देखेंगे, सलाम करेंगे, नाच नचावेंगे, ताक धिनाधिन नाचो भालू (उठकर कूदता है)।

मायारानी बिहारी सिंह को बहुत मानती थी। मायारानी के कुछ ऐयारों का वह सरदार था और वास्तव में बहुत ही तेज और ऐयारी के फन में पूरा उस्ताद भी था। यद्यपि इस समय वह पागल है तथापि मायारानी को उसकी खातिर मंजूर है। मायारानी हंसकर उठ खड़ी हुई और बिहारी सिंह को साथ लिए हुए उस कोठरी में चली गई जिसमें सुरंग का रास्ता था। दरवाजा खोलकर सुरंग के अन्दर गई। सुरंग में कई शीशे की हांडियां लटक रही थीं और रोशनी बखूबी हो रही थी। मायारानी लगभग पचास कदम के जाकर रुकी, उस जगह दीवार में एक छोटी-सी आलमारी बनी हुई थी। मायारानी की कमर में जो सोने की जंजीर थी, उसके साथ तालियों का एक छोटा-सा गुच्छा लटक रहा था। मायारानी ने वह गुच्छा निकाला और उसमें की एक ताली लगाकर यह आलमारी खोली। आलमारी के अन्दर निगाह करने से सीढ़ियां नजर आईं जो नीचे उतर जाने के लिए थीं। वहां भी शीशे की कन्दील में रोशनी हो रही थी। बिहारी सिंह को साथ लिए हुए मायारानी नीचे उतरी। अब बिहारी सिंह ने अपने को ऐसी जगह पाया जहां लोहे के जंगले वाली कई कोठरियां थीं, और हर एक कोठरी का दरवाजा मजबूत ताले से बंद था। उन कोठरियों में हथकड़ी-बेड़ी से बेबस, उदास और दु:खी केवल चटाई पर लेटे अथवा बैठे हुए कई कैदियों की

सूरत दिखाई दे रही थी। ये कोठरियां गोलाकार ऐसे ढंग से बनी हुई थीं कि हर एक कोठरी में अलग-अलग कैद करने पर भी कैदी लोग आपस में बातें कर सकते थे।

सबसे पहले बिहारी सिंह की निगाह जिस कैदी पर पड़ी वह तारा सिंह था जिसे देखते ही बिहारी सिंह खिलखिलाकर हंसा और चारों तरफ देख न मालूम क्या-क्या बक गया जिसे मायारानी कुछ भी न समझ सकी, इसके बाद बिहारी सिंह ने मायारानी की तरफ देखा और कहा–

"छिः छिः, मुझे आप इन कम्बख्तों के सामने क्यों लाईं मैं इन लोगों की सूरत नहीं देखा चाहता। मैं तो कै देखूंगा कै, बस केवल कै देखूंगा और कुछ नहीं, आप जब तक चाहें यहां रहें मगर मैं दम भर नहीं रह सकता, अब कै देखूंगा कै, बस कै देखूंगा बस कै केवल कै!"

'कै-कै' बकता हुआ बिहारी सिंह वहां से भागा और उस जगह आकर बैठ गया जहां मायारानी से पहले-पहल मुलाकात हुई थी। बिहारी सिंह की बदहवासी देखकर मायारानी घबड़ाई और जल्दी-जल्दी सीढ़ियां चढ़ कैदखाने का ताला बन्द करने के बाद अपनी जगह पर आई, जहां लम्बी-लम्बी सांसें लेते बिहारी सिंह को बैठे हुए पाया। मायारानी की वे सहेलियां भी उसी जगह बैठी थीं, जिन्हें छोड़कर मायारानी कैदखाने की तरफ गई थी।

मायारानी ने बिहारी सिंह से भागने का सबब पूछा, मगर उसने कुछ जवाब न दिया। मायारानी ने कई तरह के प्रश्न किए, मगर बिहारीसिंह ने ऐसी चुप्पी साधी कि जिसका कोई हिसाब ही नहीं। मालूम होता था कि यह जन्म का गूंगा और बहरा है, न सुनता है न कुछ बोल सकता है। मायारानी की सहेलियों ने भी बहुत कुछ जोर मारा मगर बिहारी सिंह ने मुंह न खोला। इस परेशानी में मायारानी को बिहारी सिंह की हालत पर अफसोस करते हुए घंटा भर बीत गया और तब तक वैद्यजी को जिनकी उम्र लगभग अस्सी वर्ष के होगी, अपने साथ लिए हुए हरनाम सिंह भी आ पहुंचा।

वैद्यराज ने इस अनोखे पागल की जांच की और अन्त में यह निश्चय किया कि बेशक इसे कोई ऐसी दवा खिलाई गई है, जिसके असर से पागल हो गया है, और यदि इसी समय इसका इलाज किया जाए तो एक ही दो दिन में आराम हो सकता है। मायारानी ने इलाज करने की आज्ञा दी और वैद्यराज ने अपने पास से एक जड़ाऊ डिबिया निकाली जो कई तरह की दवाओं से भरी हुई हमेशा उनके पास रहा करती थी।

वैद्यराज को उस अनोखे पागल की जांच में कुछ भी तकलीफ न हुई। बिहारी सिंह ने नाड़ी दिखाने में उज्र न किया और अन्त में दवा की वह गोली भी खा गया जो वैद्यराज ने अपने हाथ से उसके मुंह में रख दी थी। बिहारी सिंह ने अपने को ऐसा बनाया जिससे देखने वालों को विश्वास हो कि वह दवा खा गया, परन्तु उस चालाक पागल ने गोली दांतों के नीचे छिपा ली, और थोड़ी देर बाद मौका पा इस ढब से थूक दी कि किसी को गुमान तक न हुआ।

आधी घड़ी तक उछल-कूद करने के बाद बिहारी सिंह जमीन पर गिर पड़ा और सबेरा होने तक उसी तरह पड़ा रहा। वैद्यराज ने नब्ज देखकर कहा कि यह दवा की तासीर से बेहोश हो गया है, इसे कोई छेड़े नहीं, आशा है कि जब इसकी आंख खुलेगी तो अच्छी तरह बातचीत करेगा। बिहारी सिंह चुपचाप पड़ा ये बातें सुन रहा था। मायारानी बिहारी सिंह की हिफाजत के लिए कई लौंडियां छोड़ दूसरे कमरे में चली गई और एक नाजुक पलंग पर जो वहां बिछा हुआ था सो रही।

सूर्योदय से पहले ही मायारानी उठी और हाथ-मुंह धोकर उस जगह पहुंची जहां बिहारी सिंह को छोड़ गई थी। हरनाम सिंह पहले ही वहां जा चुका था। बिहारी सिंह को जब मालूम हो गया कि मायारानी उसके पास आकर बैठ गई है तो वह भी दो-तीन करवटें लेकर उठ बैठा और ताज्जुब से चारों तरफ देखने लगा।

मायारानी- अब तुम्हारा क्या हाल है?

बिहारी सिंह- हाल क्या कहूं, मुझे ताज्जुब मालूम होता है कि मैं यहां क्योंकर आया, मेरी आवाज क्यों बैठ गई, और इतनी कमजोरी क्यों मालूम होती है कि मैं उठकर चल-फिर नहीं सकता!

मायारानी- ईश्वर ने बड़ी कृपा की, जो तुम्हारी जान बच गई, तुम तो पूरे पागल हो गये थे, वैद्यराज ने भी ऐसी दवा दी कि एक ही खुराक में फायदा हो गया। बेशक उन्होंने इनाम पाने का काम किया। तुम अपना हाल तो कहो, तुम्हें क्या हो गया था?

बिहारी सिंह- (हरनामसिंह की तरफ देखकर) मैं एक ऐयार के फेर में पड़ गया था, मगर पहले आप कहिए कि मुझे इस अवस्था में कहां पाया?

हरनाम सिंह- आप मुझसे यह कहकर कि तुम थोड़ा-सा काम जो बच रहा है उसे पूरा करके जमानिया चले जाना, मैं कमलिनी से मुलाकात करके और जिस तरह होगा, उसे राजी करके जमानिया आऊंगा-खंडहर वाले तहखाने से बाहर चले गये, परन्तु काम पूरा करने के बाद मैं सुरंग के बाहर निकला तो आपको शिवालय के सामने पेड़ के नीचे विचित्र दशा में पाया। (पागलपने की बातचीत और मायारानी के पास तक आने का खुलासा हाल कहने के बाद) मालूम होता है आप कमलिनी के पास नहीं गये?

बिहारी सिंह- (मायारानी से) जैसा धोखा मैंने अबकी खाया, आज तक नहीं खाया। हरनाम सिंह का कहना सही है। जब मैं सुरंग से निकलकर शिवालय से बाहर हुआ तो एक आदमी पर नजर पड़ी जो मामूली जमींदार की सूरत में था। वह मुझे देखते ही मेरे पैरों पर गिर पड़ा और गिड़गिड़ाकर कहने लगा कि "पुजारी महाराज, किसी तरह मेरे भाई की जान बचाइए!" मैंने उससे पूछा कि "तेरे भाई को क्या हुआ है" उसने जवाब दिया कि "उसे एक बुढ़िया बेतरह मार रही है। किसी तरह उसके हाथ से छुड़ाइये।" वह जमींदार बहुत ही मजबूत और मोटा-ताजा था। मुझे ताज्जुब मालूम हुआ कि वह कैसी बुढ़िया है, जो ऐसे-ऐसे दो भाइयों से नहीं हारती! आखिर

मैं उसके साथ चलने पर राजी हो गया। वह मुझे शिवालय से कुछ दूर एक झाड़ी में ले गया, जहां कई आदमी छिपे हुए बैठे थे। उस जमींदार के इशारे से सभी ने मुझे घेर लिया और एक ने चांदी की एक लुटिया मेरे सामने रखकर कहा कि "यह भंग है इसे पी जाओ।" मुझे मालूम हो गया कि यह वास्तव में कोई ऐयार है जिसने मुझे धोखा दिया। मैंने भंग पीने से इनकार किया और वहां से लौटना चाहा, मगर उन सभी ने भागने न दिया। थोड़ी देर तक मैं उन लोगों से लड़ा, मगर क्या कर सकता था क्योंकि वे लोग गिनती में पन्द्रह से कम न थे। आखिर में उन लोगों ने पटककर मुझे मारना शुरू किया और जब मैं बेदम हो गया तो भंग या दवा जो कुछ हो मुझे जबर्दस्ती पिला दी, बस इसके बाद मुझे कुछ भी खबर नहीं कि क्या हुआ।

थोड़ी देर तक इसी तरह की ताज्जुब की बातें कहकर बिहारी सिंह ने मायारानी का दिल बहलाया और इसके बाद कहा, "मेरी तबीयत बहुत खराब हो रही है, यदि कुछ देर तक बाग में टहलूं तो बेशक जी प्रसन्न हो, मगर कमजोरी इतनी बढ़ गई है कि स्वयं उठने और टहलने की हिम्मत नहीं पड़ती दरबार में इसी रामभोली का आशिक नानक गया था।" मायारानी ने कहा, "कोई हर्ज नहीं, हरनाम सिंह सहारा देकर तुम्हें टहलावेंगे, मैं समझती हूं कि बाग की ताजा हवा खाने और फूलों की खुशबू सूंघने से तुम्हें बहुत कुछ फायदा पहुंचेगा।"

आखिर हरनाम सिंह ने बिहारी सिंह को हाथ पकड़कर बाग में अच्छी तरह टहलाया और इस बहाने से तेज सिंह ने उस बाग को तथा वहां की इमारतों को भी अच्छी तरह देख लिया। ये लोग घूम-फिरकर मायारानी के पास पहुंचे ही थे कि एक लौंडी ने जो चोबदार थी, मायारानी के सामने आकर और हाथ जोड़कर कहा, "बाग के फाटक पर एक आदमी आया है और सरकार में हाजिर होना चाहता है। बहुत ही बदसूरत और काला-कलूटा है, परन्तु, कहता है कि मैं बिहारी सिंह हूं, मुझे किसी ऐयार ने धोखा दिया और चेहरे तथा बदन को ऐसे रंग से रंग दिया कि अभी तक साफ नहीं होता!"

मायारानी- यह अनोखी बात सुनने में आई कि ऐयारों का रंगा हुआ रंग और धोने से न छूटे! कोई-कोई रंग पक्का जरूर होता है मगर उसे भी ऐयार लोग छुड़ा सकते हैं। (हंसकर) बिहारी सिंह ऐसा बेवकूफ नहीं है कि अपने चेहरे का रंग न छुड़ा सके!

बिहारी सिंह- रहिये-रहिये, मुझे शक पड़ता है कि शायद यह वही आदमी हो जिसने मुझे धोखा दिया, बल्कि ऐसा कहना चाहिए कि मेरे साथ जबर्दस्ती की। (लौंडी की तरफ देखकर) उसके चेहरे पर जख्म के दाग भी हैं

लौंडी- जी हां, पुराने जख्म के कई दाग हैं।

बिहारी सिंह- भौंह के पास भी कोई जख्म का दाग है?

लौंडी- एक आड़ा दाग है, मालूम होता है कि कभी लाठी की चोट खाई है।

बिहारी सिंह- बस-बस, यह वही आदमी है, देखो जाने न पावे। चंडूल को यह खबर ही नहीं कि बिहारी सिंह तो यहां पहुंच गया है। (मायारानी की तरफ देखकर) यहां पर्दा करवाकर उसे बुलवाइये, मैं भी पर्दे के अन्दर रहूंगा, देखिए क्या मजा करता हूं। हां, हरनाम सिंह पर्दे के बाहर रहें, देखें पहचानता है या नहीं।

मायारानी- (लौंडी की तरफ देखकर) पर्दा करने के लिए कहो और नियमानुसार आंखों पर पट्टी बांधकर उसे यहां लिवा लाओ।

लौंडी- वह यहां की हर एक चीज का पूरा-पूरा पता देता है और जरूर इस बाग के अन्दर आ चुका है।

बिहारी सिंह- पक्का चोर है, ताज्जुब नहीं कि यहां आ चुका हो! खैर, तुम लोगों को अपना नियम पूरा करना चाहिए।

हुक्म पाते ही लौंडियों ने पर्दे का इन्तजाम कर दिया और वह लौंडी जिसने बिहारी सिंह के आने की खबर दी थी, इसलिए फाटक की तरफ रवाना हुई कि नियमानुसार आंख पर पट्टी बांधकर बिहारी सिंह को बाग के अन्दर ले आवे और मायारानी के सामने हाजिर करे।

इस जगह इस बाग का कुछ थोड़ा-सा हाल लिख देना मुनासिब मालूम होता है। यह दो सौ बीघे का बाग मजबूत चहारदीवारी के अन्दर था। इसके चारों तरफ की दीवारें बहुत मोटी मजबूत और लगभग पच्चीस हाथ के ऊंची थीं। दीवार के ऊपरी हिस्से में तेज नोक और धार वाले लोहे के कांटे और फाल इस ढंग से लगे हुए थे कि काबिल ऐयार भी दीवार लांघकर बाग के अन्दर जाने का साहस नहीं कर सकते थे। कांटों के सबब यद्यपि कमन्द लगाने में सुभीता था। परन्तु उसके सहारे ऊपर चढ़ना बिलकुल ही असम्भव था। इस चहारदीवारी के अन्दर की जमीन जिसे हम बाग कहते हैं चार हिस्सों में बंटी हुई थी। पूरब की तरफ आलीशान फाटक था, जिसके अन्दर जाकर एक बाग जिसे पहला हिस्सा कहना चाहिए, मिलता था। इसकी चौड़ी-चौड़ी रविशें ईंट और चूने से बनी हुई थीं। पश्चिम तरफ अर्थात् इस हिस्से के अन्त में बीस हाथ मोटी और इससे ज्यादा ऊंची दीवार बाग की पूरी चौड़ाई तक बनी हुई थी जिसके नीचे बहुत-सी कोठरियां थीं जो सिपाहियों के काम में आती थीं। उस दीवार के ऊपर चढ़ने के लिए खूबसूरत सीढ़ियां थीं जिन पर जाने में बाग का दूसरा हिस्सा दिखाई देता था और इन्हीं सीढ़ियों की राह दीवार के नीचे उतरकर उस हिस्से में आना पड़ता था, सिवा इसके और कोई दूसरा रास्ता उस बाग में जिसे हम दूसरा हिस्सा कहते हैं, जाने के लिए नहीं था। बाग के इसी दूसरे हिस्से में वह इमारत या कोठी थी, जिसमें मायारानी दरबार किया करती थी या जिसमें पहुंचकर नानक ने मायारानी को देखा था। पहले हिस्से की अपेक्षा यह हिस्सा विशेष खूबसूरत और सजा हुआ था। बाग के तीसरे हिस्से में जाने का रास्ता उसी मकान के अन्दर से था जिसमें मायारानी रहा करती थी। बाग के तीसरे हिस्से का हाल लिखना जरा मुश्किल है तथापि इमारत के बारे में इतना कह सकते हैं कि इस तीसरे हिस्से के बीचों-बीच में एक बहुत ऊंचा बुर्ज था। उस बुर्ज के चारों तरफ

कई मकान थे जिनके दालानों, कोठरियों, कमरों और बारहदरियों तथा तहखानों का हाल इस जगह लिखना कठिन है, क्योंकि उन सभी का तिलिस्मी बातों से विशेष सम्बन्ध है। हां, इतना कह सकते हैं कि उसी बुर्ज में से बाग के चौथे हिस्से में जाने का रास्ता था, मगर इस बाग के चौथे हिस्से में क्या-क्या है, उसका हाल लिखते कलेजा कांपता है। इस जगह हम उसका जिक्र करना मुनासिब नहीं समझते, आगे जाकर किसी मौके पर वह हाल लिखा जाएगा।

जब वह लौंडी असली बिहारी सिंह को जो बाग के फाटक पर आया था, लेने चली गई तो नकली बिहारी सिंह अर्थात् तेज सिंह ने मायारानी से कहा, "इसे ईश्वर की कृपा ही कहना चाहिए कि वह शैतान ऐयार, जिसने मेरे साथ जबर्दस्ती की और ऐसी दवा खिलाई कि जिसके असर से मैं पागल ही हो गया था, घर बैठे फंदे में आ गया।"

मायारानी- ठीक है, मगर देखना चाहिए, यहां पहुंचकर क्या रंग लाता है।

बिहारी सिंह- जिस समय वह यहां पहुंचे सबके पहले हथकड़ी और बेड़ी उसके नजर करनी चाहिए जिससे मुझे देखकर भागने का उद्योग न करे।

मायारानी- जो मुनासिब हो करो, मगर मुझे यह आश्चर्य जरूर मालूम होता है कि वह ऐयार जब तुम्हारे साथ बुरा बर्ताव कर ही चुका और तुम्हें पागल बनाकर छोड़ ही चुका था तो बिना अपनी सूरत बदले यहां क्यों चला आया ऐयारों से ऐसी भूल न होनी चाहिए, उसे मुनासिब था कि तुम्हारी या मेरे किसी और आदमी की सूरत बनाकर आता।

बिहारी सिंह- ठीक, मगर जो कुछ उसने किया वह भी उचित ही किया। मेरी या यहां के किसी और नौकर की सूरत बनाकर उसका यहां आना तब अच्छा होता जब मुझे गिरफ्तार रखता!

मायारानी- मैं यह भी सोचती हूं कि तुम्हें गिरफ्तार करके केवल पागल ही बनाकर छोड़ देने में उसने क्या फायदा सोचा था मेरी समझ में तो यह उसने भूल की।

इतना कहकर मायारानी ने टटोलने की नीयत से नकली बिहारी सिंह अर्थात् तेज सिंह पर एक तेज निगाह डाली। तेज सिंह भी समझ गये कि मायारानी को मेरी तरफ से कुछ शक हो गया है और इस शक को मिटाने के लिए वह किसी तरह की जांच जरूर करेगी, तथापि इस समय बिहारी सिंह (तेज सिंह) ने ऐसा गम्भीर भाव धारण किया कि मायारानी का शक बढ़ने न पाया। थोड़ी देर तक इधर-उधर की बातें होती रहीं और इसके बाद लौंडी असली बिहारी सिंह को लेकर आ पहुंची। आज्ञानुसार असली बिहारी सिंह पर्दे के बाहर बैठाया गया। अभी तक उसकी आंखों पर पट्टी बंधी हुई थी।

असली बिहारी सिंह की आंखों से पट्टी खोली गई और उसने चारों तरफ अच्छी तरह निगाह दौड़ाने के बाद कहा, "बड़ी खुशी की बात है कि मैं जीता-जागता अपने घर में आ पहुंचा। (हाथ का इशारा करके) मैं इस बाग को और अपने साथियों को खुशी की निगाह से देखता हूं। इस बात का अफसोस नहीं है कि मायारानी ने मुझसे पर्दा किया क्योंकि जब तक मैं अपना बिहारी

सिंह होना साबित न कर दूं, तब तक इन्हें मुझ पर भरोसा न करना चाहिए, मगर मुझे (हरनाम सिंह की तरफ देखकर और इशारा करके) अपने इस अनूठे दोस्त हरनाम सिंह पर अफसोस होता है कि इन्होंने मेरी कुछ भी परवाह न की और मुझे ढूंढ़ने का भी कष्ट न उठाया। शायद इसका सबब यह हो कि वह ऐयार मेरी सूरत बनाकर इनके साथ हो लिया हो, जिसने मुझे धोखा दिया। अगर मेरा खयाल ठीक है तो वह ऐयार यहां जरूर आया होगा, मगर ताज्जुब की बात है कि मैं चारों तरफ निगाह दौड़ाने पर भी उसे नहीं देखता। खैर, यदि यहां आया तो देख ही लूंगा कि बिहारी सिंह वह है या मैं हूं। केवल इस बाग के चौथे भाग के बारे में थोड़े सवाल करने से ही सारी कलई खुल जाएगी।"

असली बिहारी सिंह की बातों ने, जो इस जगह पहुंचने के साथ ही उसने कहीं सभी पर अपना असर डाला। मायारानी के दिल पर तो उनका बहुत ही गहरा असर पड़ा, मगर उसने बड़ी मुश्किल से अपने को सम्हाला और तब एक निगाह तेज सिंह के ऊपर डाली। तेज सिंह को यह क्या खबर थी कि यहां कोई ऐसा विचित्र बाग देखने में आवेगा और उसके भाग अथवा दर्जों के बारे में सवाल किये जायेंगे। उन्होंने सोच लिया कि अब मामला बेढब हो गया, काम निकालना अथवा राजकुमारों को छुड़ाना तो दूर रहा कोई दूसरा उद्योग करने के लिए मेरा बचकर यहां से निकल जाना भी मुश्किल हो गया, क्योंकि मैं किसी तरह उसके सवालों का जवाब नहीं दे सकता और न उस बाग के गुप्त भेदों की मुझे खबर ही है।

असली बिहारी सिंह अपनी बात कहकर चुप हो गया और इस फिक्र में हुआ कि मेरी बात का कोई जवाब दे ले तो मैं कुछ कहूं, मगर मायारानी की आज्ञा बिना कोई भी उसकी बातों का जवाब न दे सकता था। चालाक और धूर्त मायारानी न मालूम क्या सोच रही थी कि आधी घड़ी तक उसने सिर न उठाया। इसके बाद उसने एक लौंडी की तरफ देखकर कहा, "हरनाम सिंह को यहां बुलाओ!"

हरनाम सिंह पर्दे के अन्दर आया और मायारानी के सामने खड़ा हो गया।

मायारानी- यह ऐयार जो अभी आया है और बड़ी तेजी से बोलकर चुप बैठा है बड़ा ही शैतान और धूर्त मालूम होता है। मैं उससे बहुत-कुछ पूछना चाहती हूं परंतु इस समय मेरे सिर में दर्द है, बात करना या सुनना मुश्किल है। तुम इस ऐयार को ले जाओ, चार नम्बर के कमरे में इसके रहने का बन्दोबस्त कर दो, जब मेरी तबीयत ठीक होगी तो देखा जाएगा।

हरनाम सिंह- बहुत मुनासिब है, और मैं सोचता हूं कि बिहारी सिंह को भी...

मायारानी- हां, बिहारी सिंह भी दो-चार दिन इसी बाग में रहें तो ठीक है, क्योंकि यह इस समय बहुत ही कमजोर और सुस्त हो रहे हैं। यहां की आबहवा से दो-तीन दिन में यह ठीक हो जायेंगे। इनके लिए बाग के तीसरे हिस्से का दो नम्बर वाला कमरा ठीक है जिसमें तुम रहा करते हो।

हरनाम सिंह- मैं सोचता हूं कि पहले बिहारी सिंह का बन्दोबस्त कर लूं, तब शैतान ऐयार की फिक्र करूं।

मायारानी- हां, ऐसा ही होना चाहिए।

हरनाम सिंह- (नकली बिहारी सिंह अर्थात् तेज सिंह की तरफ देखकर) चलिए उठिये।

यद्यपि तेज सिंह को विश्वास हो गया कि अब बचाव की सूरत मुश्किल है तथापि उन्होंने हिम्मत न हारी और अपनी कार्रवाई सोचने से बाज न आए। इस समय चुपचाप हरनाम सिंह के साथ चले जाना ही उन्होंने मुनासिब जाना।

तेज सिंह को साथ लेकर हरनाम सिंह उस कोठरी में पहुंचा जिसमें सुरंग का रास्ता था। इस कोठरी में दीवार के साथ लगी हुई छोटी-छोटी कई आलमारियां थीं। हरनाम सिंह ने उनमें से एक आलमारी खोली, मालूम हुआ कि यह दूसरी कोठरी में जाने का दरवाजा है। हरनाम सिंह और तेज सिंह दूसरी कोठरी में गये। यह कोठरी बिल्कुल अंधेरी थी अस्तु तेज सिंह को मालूम न हुआ कि यह कितनी लम्बी और चौड़ी है। दस-बारह कदम आगे बढ़कर हरनाम सिंह ने तेज सिंह की कलाई पकड़ी और कहा, "बैठ जाइये।" यहां की जमीन कुछ हिलती हुई मालूम हुई और इसके बाद इस तरह की आवाज आई, जिससे तेज सिंह ने समझा कि हरनाम सिंह ने किसी कल या पुर्जे को छेड़ा है।

वह जमीन का टुकड़ा जिस पर दोनों ऐयार बैठे थे यकायक नीचे की तरफ धंसने लगा और थोड़ी देर के बाद ही किसी दूसरी जमीन पर पहुंचकर ठहर गया। हरनाम सिंह ने हाथ पकड़कर तेज सिंह को उठाया और दस कदम आगे बढ़ाकर हाथ छोड़ दिया, इसके बाद फिर घड़घड़ाहट की आवाज आई जिससे तेज सिंह ने समझ लिया कि वह जमीन का टुकड़ा जो नीचे उतर आया था फिर ऊपर की तरफ चढ़ गया। यहां तेज सिंह को सामने की तरफ कुछ उजाला मालूम हुआ। ये उसी तरफ बढ़े मगर अपने साथ हरनाम सिंह के आने की आहट न पाकर उन्होंने हरनाम सिंह को पुकारा पर कुछ जवाब न मिला। अब तेज सिंह को विश्वास हो गया कि हरनाम सिंह मुझे इस जगह कैद करके चलता बना, लाचार वे उसी तरफ रवाना हुए जिधर कुछ उजाला मालूम होता था। लगभग पचास कदम तक चलते जाने के बाद दरवाजा मिला और उसके पार होने पर तेज सिंह ने अपने को एक बाग में पाया।

यह बाग भी हरा-भरा था, और मालूम होता था कि इसकी रविशों पर अभी छिड़काव किया गया है मगर माली या किसी दूसरे आदमी का नाम भी न था। इस बाग में बनिस्बत फूलों के मेवों के पेड़ बहुत ज्यादा थे और एक छोटी-सी नहर भी जारी थी जिसका पानी मोती की तरह साफ था, सतह की कंकड़ियां भी साफ दिखाई देती थीं। बाग के बीचों-बीच में एक ऊंचा बुर्ज था और उसके चारों तरफ कई मकान, कमरे और दालान इत्यादि थे जैसा कि हम ऊपर लिख आये हैं। तेज सिंह सुस्त और उदास होकर नहर के किनारे बैठ गए और न मालूम क्या-क्या सोचने लगे। और चाहे जो कुछ भी हो मगर अब तेज सिंह इस योग्य न रहे कि अपने को बिहारी सिंह

कहें। उनकी बची-बचाई कलई भी हरनाम सिंह के साथ इस बाग में आने से खुल गई। क्या बिहारी सिंह तेज सिंह की तरह चुपचाप हरनाम सिंह के साथ अनजान आदमियों की तरह चला आता! क्या मायारानी अथवा उसका कोई ऐयार अब तेज सिंह को बिहारी सिंह समझ सकता है कभी नहीं, कभी नहीं! इन सब बातों को तेज सिंह भी बखूबी समझ सकते थे और उन्हें विश्वास हो गया कि अब हम कैद कर लिए गये।

थोड़ी देर बाद यहां के मकानों को घूम-घूमकर देखने के लिए तेज सिंह उठे, मगर सिवाय एक कमरे के जिसके दरवाजे पर मोटे अक्षर में दो (2) का अंक लिखा हुआ था बाकी सब कमरे और मकान बन्द पाये। दो का नम्बर देखते ही तेज सिंह को ध्यान आया कि मायारानी ने इसी कमरे में मुझे रखने का हुक्म दिया है। उस कमरे में एक दरवाजा और छोटी-छोटी कई खिड़कियां थीं, अन्दर फर्श बिछा हुआ और कई तकिये भी मौजूद थे। तेज सिंह को भूख लगी हुई थी, बाग में मेवों की कमी न थी, उन्हीं से पेट भरा और नहर का पानी पीकर उसी दो नम्बर वाले कमरे को अपना मकान या कैदखाना समझा।

***

बयान-3

रात पहर भर से ज्यादा जा चुकी है। तेज सिंह उसी दो नम्बर वाले कमरे के बाहर सहन में तकिया लगाये सो रहे हैं। चिराग बालने का कोई सामान यहां मौजूद नहीं जिससे रोशनी करते, पास में कोई आदमी नहीं जिससे दिल बहलाते। बाग से बाहर निकलने की उम्मीद नहीं कि कुमारों को छुड़ाने के लिए कोई बन्दोबस्त करते, लाचार तरह-तरह के तरद्दुदों में पड़े उन पेड़ों पर नजर दौड़ा रहे थे जो सहन के सामने बहुतायत से लगे हुए थे।

यकायक पेड़ों की आड़ में रोशनी मालूम पड़ी। तेज सिंह घबड़ाकर ताज्जुब के साथ उसी तरफ देखने लगे। थोड़ी ही देर में मालूम हुआ कि कोई आदमी हाथ में चिराग लिए तेजी के साथ कदम बढ़ाता उनकी तरफ आ रहा है। देखते-देखते वह आदमी तेज सिंह के पास आ पहुंचा और चिराग एक तरफ रखकर सामने खड़ा हो के बोला, "जय माया की!"

यह आदमी सिपाहियाना ठाठ में था। छोटी-छोटी स्याह दाढ़ी से इसके चेहरे का ज्यादा हिस्सा ढंका हुआ था, दर्म्याना कद और शरीर से हृष्ट-पुष्ट था। तेज सिंह ने भी यह समझकर कि कोई ऐयार है जवाब में कहा, "जय माया की!"

सिपाही- (जो अभी आया है) उस्ताद, तुमने चालाकी तो खूब की थी मगर जल्दी करके काम बिगाड़ दिया।

तेज सिंह- चालाकी क्या और जल्दी कैसी?

सिपाही- इसमें तो कोई सन्देह नहीं कि मायारानी के बाग में रूप बदलकर आने वाला ऐयार पागल बने बिना किसी दूसरी रीति से काम चला ही नहीं सकता था परन्तु आपने जल्दी कर दी, दो-चार दिन और पागल बने रहते तो ठीक था, असली बिहारी सिंह की बातों का जवाब आपको न देना पड़ता और इस बाग के तीसरे या चौथे हिस्से का भेद भी आपसे न पूछा जाता, अब तो सभी को मालूम हो गया कि आप असली बिहारी सिंह नहीं बल्कि कोई ऐयार हैं।

तेज सिंह- सब लोग जो चाहे समझें मगर तुम मेरे पास क्यों आये हो?

सिपाही- इसीलिए कि आपका हाल जानूं और जहां तक हो सके आपकी मदद करूं।

तेज सिंह- मैं अपना हाल सिवाय इसके और क्या कहूं कि मैं वास्तव में बिहारी सिंह हूं।

सिपाही- (हंसकर) क्या खूब, अभी तक आपका मिजाज ठिकाने नहीं हुआ! मगर मैं फिर कहता हूं कि मुझ पर भरोसा कीजिये और अपना ठीक-ठीक नाम बताइए।

तेज सिंह- जब तुम यह समझते हो कि मैं ऐयार हूं तो क्या यह नहीं जानते कि ऐयार लोग किसी ऐसे बतोलिए पर जैसे कि आप हैं यकायक कैसे भरोसा कर सकते हैं?

सिपाही- हां, आपका कहना ठीक है, ऐयारों को यकायक किसी का विश्वास न करना चाहिए, मगर मेरे पास एक ऐसी चीज है कि आपको झख मारकर मुझ पर भरोसा करना पड़ेगा।

तेज सिंह- (ताज्जुब से) वह ऐसी कौन-सी अनोखी चीज तुम्हारे पास है जिसमें इतना बड़ा असर है कि मुझे झख मारकर तुम पर भरोसा करना पड़ेगा?

सिपाही- नेमची रक्तग्रंथ![3]

'नेमची रक्तग्रंथ' इस शब्द में न मालूम कैसा असर था कि सुनते ही तेज सिंह के रोंगटे खड़े हो गए, सिर नीचा कर लिया और न जाने क्या सोचने लगे। थोड़ी देर तक तो ऐसा मालूम होता था कि वह तेज सिंह नहीं हैं बल्कि पत्थर की कोई मूरत हैं। आखिर वे एक लम्बी सांस लेकर उठ खड़े हुए और सिपाही का हाथ पकड़कर बोले, "अब कहो तुम्हें मैं अपने साथियों में से कोई समझूं या अपना पक्का दुश्मन जानूं?"

सिपाही- दोनों में से कोई भी नहीं।

तेज सिंह- यह और भी ताज्जुब की बात है! (कुछ सोचकर) हां, ठीक है, यदि तुम चोर होते तो इतनी दिलावरी के साथ मुझसे बातें न करते, न मेरे सामने ही आते, लेकिन यह तो मालूम होना चाहिए कि तुम हो कौन, क्या रक्तग्रंथ तुम्हारे पास है?

सिपाही- जी नहीं, यदि वह मेरे पास होता तो अब तक राजा वीरेन्द्र सिंह के पास पहुंच गया होता।

तेज सिंह- फिर यह शब्द तुमने कहां से सुना?

सिपाही- यह वही शब्द है जिसे आप लोग समय पड़ने पर आपस में कहकर इस बात का परिचय देते हैं कि हम राजा वीरेन्द्र सिंह के दिली दोस्तों में से कोई हैं।

तेज सिंह- हां बेशक यह वही शब्द है, तो क्या तुम राजा वीरेन्द्र सिंह के दिली दोस्तों में से कोई हो।

सिपाही- नहीं, हां, होंगे।

तेज सिंह- (चिढ़कर) तुम अजब मसखरे हो जी, साफ-साफ क्यों नहीं कहते कि तुम कौन हो?

सिपाही- (हंसकर) क्या उस शब्द के कहने पर भी आप मुझ पर भरोसा न करेंगे?

तेज सिंह- (मुंह बनाकर और बात पर जोर देकर) हाय-हाय, कह तो दिया कि भरोसा किया, भरोसा किया, भरोसा किया! झख मारा और भरोसा किया! अब भी कुछ कहोगे या नहीं अपना नाम बताओगे या नहीं?

सिपाही- अच्छा तो आप ही पहले अपना परिचय दीजिये।

तेज सिंह- मैं तेज सिंह हूं, बस हुआ अब भी तुम अपना कुछ परिचय दोगे या नहीं?

सिपाही- हां-हां, अब मैं अपना परिचय दूंगा, मगर पहले एक बात का जवाब और दीजिये।

तेज सिंह- अभी एक आंच की कसर रह गई, अच्छा पूछिये।

सिपाही- यदि कोई ऐसा आदमी आपके सामने आवे जो आपसे मुहब्बत रखे, आपके काम में दिलोजान से मदद दे, आपकी भलाई के लिए जान तक देने को तैयार रहे, मगर उसके बाप-दादा या चाचा-भाई आदि में से कोई आदमी आपके साथ पूरी-पूरी दुश्मनी कर चुका हो तो आप उसके साथ कैसा बर्ताव करेंगे?

तेज सिंह- जो मेरे साथ नेकी करेगा उसके साथ मैं दोस्ती का बर्ताव करूंगा, चाहे उसके बाप-दादे मेरे साथ पूरी दुश्मनी क्यों न कर चुके हों।

सिपाही- ठीक है ऐसा ही करना चाहिए, अच्छा तो फिर सुनिए-मेरा नाम नानक है और मकान काशीजी।

तेज सिंह- नानक!

सिपाही- जी हां। मेरा किस्सा बहुत ही अनूठा और आश्चर्यजनक है।

तेज सिंह- मैंने यह नाम कहीं सुना है मगर याद नहीं पड़ता कि कब और क्यों सुना। इसमें कोई सन्देह नहीं कि तुम्हारा हाल आश्चर्य और अद्भुत घटनाओं से भरा होगा। मेरी तबीयत घबड़ा रही है, जितनी जल्दी हो सके अपना ठीक-ठीक हाल कहो।

नानक-दिल लगाकर सुनिये मैं कहता हूं, यद्यपि उस काम में देर हो जाएगी जिसके लिए मैं आया हूं तथापि मेरा किस्सा सुनकर आप अपना काम बहुत आसानी से निकाल सकेंगे और यहां की बहुत-सी बातें भी आपको मालूम हो जाएँगी।

नानक का किस्सा

लड़कपन में बड़े चैन से गुजरती थी। मेरे घर में किसी चीज की कमी न थी। खाने के लिए अच्छी-से-अच्छी चीजें, पहनने के लिए एक-से-एक बढ़ कर कपड़े और वे सब चीजें मुझे मिला करतीं जिनकी मुझे जरूरत होती या जिनके लिए मैं जिद किया करता। मां से मुझे बहुत ज्यादा मुहब्बत थी और बाप से कम क्योंकि मेरा बाप किसी दूसरे शहर में किसी राजा के यहां नौकर था, चौथे-पांचवें महीने और कभी-कभी साल भर पीछे घर में आता और दस-पांच दिन रहकर चला जाता था। उसका पूरा हाल आगे चलकर आपको मालूम होगा। मेरा बाप मेरी मां को बहुत चाहता था और जब घर आता तो बहुत-सा रुपया और अच्छी-अच्छी चीजें उसे दे जाया करता था और इसलिए हम लोग अमीरी ठाठ के साथ अपने दिन बिताते थे।

मैं जिस बूढी दाई की गोद में खेला करता था वह बहुत ही नेक थी और उसकी बहिन एक जमींदार के यहां जिसका घर मेरे पड़ोस में था रहती और उसकी लड़की को खिलाया करती थी। मेरी दाई कभी मुझे लेकर उस जमींदार के घर जा बैठा करती और कभी उसकी बहिन उस लड़की को लेकर जिसके खिलाने पर वह नौकर थी, मेरे घर आ बैठा करती इसलिए मेरा और उस लड़की का रोज साथ रहता तथा धीरे-धीरे हम दोनों में मुहब्बत दिन-दिन बढ़ने लगी। उस लड़की का नाम, जो मुझसे उम्र में दो वर्ष कम थी, रामभोली था और मेरा नाम नानक, मगर घर वाले मुझे ननकू कहके पुकारा करते। वह लड़की बहुत खूबसूरत थी मगर जन्म की गूंगी-बहरी थी तथापि हम दोनों की मुहब्बत का यह हाल था कि उसे देखे बिना मुझे और मुझे देखे बिना उसे चैन न पड़ता। गुरु के पास बैठकर पढ़ना मुझे बहुत बुरा मालूम होता और उस लड़की से मिलने के लिए तरह तरह के बहाने करने पड़ते।

धीरे-धीरे मेरी उम्र दस वर्ष की हुई और मैं अपने-पराये को अच्छी तरह समझने लगा। मेरे पिता का नाम रघुबर सिंह था। बहुत दिनों पर उसका घर आया करना मुझे बहुत बुरा मालूम हुआ और मैं अपनी मां से उसका हाल खोद-खोदकर पूछने लगा। मालूम हुआ कि वह अपना हाल बहुत छिपाता है यहां तक कि मेरी मां भी उसका पूरा-पूरा हाल नहीं जानती तथापि यह मालूम हो गया कि मेरा बाप ऐयार है और किसी राजा के यहां नौकर है। यह भी सुना कि वहां मेरी एक सौतेली मां भी रहती है जिससे एक लड़का और एक लड़की भी है।

मेरा बाप जब आता तो महीने-दो महीने या कभी-कभी केवल आठ ही दस दिन रहकर चला जाता और जितने दिन रहता, मुझे ऐयारी सिखाने में विशेष ध्यान देता। मुझे भी पढ़ने-लिखने से ज्यादा खुशी ऐयारी सीखने में होती, क्योंकि रामभोली से मिलने तथा अपना मतलब निकालने के लिए ऐयारी बड़ा काम देती थी। धीरे-धीरे लड़कपन का जमाना बहुत-कुछ निकल गया और वे दिन आ गये कि जब लड़कपन नौजवानी के साथ ऊधम मचाने लगा और मैं अपने को नौजवान और ऐयार समझने लगा।

एक रात मैं अपने घर में नीचे के खण्ड में कमरे के अन्दर चारपाई पर लेटा हुआ रामभोली के विषय में तरह-तरह की बातें सोच रहा था। इश्क की चपेट में नींद हराम हो गई थी, दीवार के साथ लटकती हुई तस्वीरों की तरफ टकटकी बांधकर देख रहा था, यकायक ऊपर की छत पर धमधमाहट की आवाज आने लगी। मैं यह सोचकर निश्चिन्त हो रहा कि शायद कोई लौंडी जरूरी काम के लिए उठी होगी उसी के पैरों की धमधमाहट मालूम होती है मगर थोड़ी देर बाद ऐसा मालूम हुआ कि सीढ़ियों की राह कोई आदमी नीचे उतरा चला आता है। पैर की आवाज भारी थी जिससे मालूम हुआ कि यह कोई मर्द है। मुझे ताज्जुब मालूम हुआ कि इस समय मर्द इस मकान में कहां से आया क्योंकि मेरा बाप घर में न था, उसे नौकरी पर गए हुए दो महीने से ज्यादा हो चुके थे।

मैं आहट लेने और कमरे से बाहर निकलकर देखने की नीयत से उठ बैठा। चारपाई की चरमराहट और मेरे उठने की आहट पाकर यह आदमी फुर्ती से उतरकर चौक में पहुंचा और जब तक मैं कमरे के बाहर होकर उसे देखूं, तब तक वह सदर दरवाजा खोलकर मकान के बाहर निकल गया। मैं हाथ में खंजर लिये हुए मकान के बाहर निकला और उस आदमी को जाते हुए देखा। उस समय मेरे नौकर और सिपाही, जो दरवाजे पर रहा करते थे, बिल्कुल गाफिल सो रहे थे मगर मैं उन्हें सचेत करके उस आदमी के पीछे रवाना हुआ।

मैं नहीं कह सकता कि उस आदमी को, जो स्याह कपड़ा ओढ़े मेरे घर से निकला था, यह खबर थी या नहीं कि मैं उसके पीछे-पीछे आ रहा हूं क्योंकि वह बड़ी बेफिक्री से कदम बढ़ाता हुआ मैदान की तरफ जा रहा था।

थोड़ी दूर जाने के बाद मुझे यह भी मालूम हुआ कि यह आदमी अपनी पीठ पर एक गठरी लादे हुए है जो एक स्याह कपड़े के अन्दर है। अब मुझे विश्वास हो गया कि यह चोर है और इसने जरूर मेरे यहां चोरी की है। जी मैं तो आया कि गुल मचाऊं जिसमें बहुत-से आदमी इकट्ठे होकर उसे गिरफ्तार कर लें, मगर कई बातें सोचकर चुप ही रहा और उसके पीछे-पीछे जाना ही उचित समझा।

घण्टे भर तक बराबर मैं उस आदमी के पीछे-पीछे चला गया, यहां तक कि वह शहर के बाहर मैदान में एक ऐसी जगह जा पहुंचा जहां इमली के बड़े-बड़े पेड़ इतने ज्यादा लगे हुए थे कि उनके सबब से मामूली से विशेष अंधकार हो रहा था। जब मैं उन घने पेड़ों के बीच पहुंचा तो मालूम हुआ कि यहां लगभग दस-बारह आदमी और भी हैं जो एक समाधि की बगल में बैठे धीरे-धीरे बातें कर रहे थे। वह आदमी उसी जगह पहुंचा और उन लोगों में से दो ने बढ़कर पूछा, "कहो, अबकी दफे किसे लाए" इसके जवाब में उस आदमी ने कहा, "नानक की मां को।"

आप खयाल कर सकते हैं कि इस शब्द को सुनकर मेरे दिल पर कैसी चोट लगी होगी। अब तक तो मैं यही समझ रहा था कि वह चोर मेरे यहां से माल-असबाब चुराकर लाया है जिसकी मुझे विशेष परवाह न थी और मैं उसका पूरा-पूरा हाल जानने की नीयत से चुपचाप उसके पीछे-पीछे चला गया था, मगर जब यह मालूम हुआ कि वह कम्बख्त मेरी मां को चुरा लाया है तो मुझे बड़ा ही रंज हुआ। और मैं इस बात पर अफसोस करने लगा कि उसे यहां तक आने का मौका क्यों दिया, क्योंकि अब इस समय यहां मेरे किये कुछ भी नहीं हो सकता था। चारों तरफ ऐसा सन्नाटा था कि अगर गला फाड़कर चिल्लाता तो भी मेरी आवाज किसी के कान तक न पहुंचती, इसके अतिरिक्त वे लोग गिनती में भी ज्यादा थे, मैं किसी तरह उनका मुकाबला नहीं कर सकता था, लाचार उस समय बड़ी मुश्किल से मैंने अपने दिल को सम्हाला और चुपचाप एक पेड़ की आड़ में खड़े रहकर उन लोगों की कार्रवाई देखने और यह सोचने लगा कि अब क्या करना चाहिए।

वह समाधि जो औंधी हांडी की तरह थी, बहुत बड़ी तथा मजबूत बनी हुई थी और मुझे उसी समय यह भी मालूम हो गया कि उसके अन्दर जाने के लिए कोई रास्ता भी है क्योंकि मेरे देखते-देखते वे सब-के-सब उसी समाधि के अन्दर घुस गए और जब तक मैं रहा, बाहर न निकले।

घण्टे भर तक राह देखकर मैं उस समाधि के पास गया और उसके चारों तरफ घूम- घूमकर अच्छी तरह देखने लगा मगर कोई दरवाजा या छेद ऐसा न दिखाई दिया जिस राह से कोई उसके अन्दर जा सकता और न मैंने उस जगह पर कोई दरवाजे का निशान ही पाया। मैं उस समाधि को अच्छी तरह जानता था, उसके बारे में कभी कोई बुरा खयाल किसी के दिल में न हुआ होगा। देहाती लोग वहां तरह-तरह की मन्नतें मानते और प्राय: पूजा करने के लिए आया करते थे परन्तु मुझे आज मालूम हुआ कि वह वास्तव में समाधि नहीं, बल्कि खूनियों का अड्डा है।

मैंने बहुत सिर पीटा मगर कुछ काम न निकला, लाचार यह सोचकर घर की तरफ लौटा कि पहले लोगों को इस मामले की खबर करूं और इसके बाद आदमियों को साथ लाकर इस समाधि को खुदवा अपनी मां और बदमाशों का पता लगाऊं।

रात बहुत थोड़ी रह गई थी जब मैं घर पहुंचा। मैं चाहता था कि अपनी परेशानी का हाल नौकरों से कहूं, मगर वहां तो मामला ही दूसरा था। वह बूढ़ी दाई जिसने मुझे गोद में खिलाया था और अब बहुत ही बूढ़ी और कमजोर हो रही थी, इस समय दरवाजे पर बैठे नौकरों पर खफा हो रही थी और कह रही थी कि आधी रात के समय तुमने लड़के को अकेले क्यों जाने दिया तुम लोगों में से कोई आदमी उसके साथ क्यों न गया इतने ही में मुझे देख नौकरों ने कहा, "लो ननकू बाबू आ गये, खफा क्यों होती हो!"

मैंने पास जाकर कहा, "क्या है जो हल्ला मचा रही हो?"

दाई- है क्या, चुपचाप न जाने कहां चले गये, न किसी से कुछ कहा न सुना! तुम्हारी मां बेचारी रो-रोकर जान दे रही है! ऐसा जाना किस काम का कि एक आदमी भी साथ न ले गए, जा के अपनी मां का हाल तो देखो।

मैं- मां कहां है?

दाई- घर में है और कहां है, तुम जाओ तो सही!

दाई की बात सुनकर मैं बड़ी हैरानी में पड़ गया। वहां उस चोर ऐयार की जुबानी जो कुछ सुना था उससे तो साफ मालूम हुआ था कि वह मेरी मां को गिरफ्तार करके ले गया है, मगर घर पहुंचकर सुनता हूं कि मां यहां मौजूद है! खैर, मैंने अपने दिल का हाल किसी से न कहा और चुपचाप मकान के अन्दर उस कमरे में पहुंचा जिसमें मेरी मां रहती थी। देखा कि वह चारपाई पर पड़ी रो रही है, उसका सिर फटा हुआ है और उसमें से खून बह रहा है, एक लौंडी हाथ में कपड़ा लिए खून पोंछ रही है। मैंने घबड़ाकर पूछा, "यह क्या हाल है! सिर कैसे फट गया"

मां- मैंने जब सुना कि तुम घर में नहीं हो तुम्हें ढूंढ़ने के लिए घबड़ाकर नीचे उतरी, अकस्मात् सीढ़ी पर गिर पड़ी। तुम कहां गये थे!

मैं- मैं घर में से एक चोर को कुछ असबाब लेकर बाहर जाते देखकर उसके पीछे-पीछे चला गया था?

मां- (कुछ घबराकर) क्या यहां से किसी चोर को बाहर जाते देखा था?

मैं- हां, कहा तो कि उसी के पीछे-पीछे मैं गया था।

मां- तुम उसके पीछे-पीछे कहां तक गए क्या उसका घर देख आए?

मैं- नहीं, थोड़ी दूर जाने के बाद गलियों में घूम-फिरकर न मालूम वह कहां गायब हो गया, मैंने बहुत ढूंढा मगर पता न लगा। आखिर लाचार होकर लौट आया। (लौंडी की तरफ देखकर) कुछ मालूम हुआ, घर में से क्या चीज चोरी हो गई|

लौंडी- (ताज्जुब में आकर और चारों तरफ देखकर) यहां से तो कोई चीज चोरी नहीं गई।

यह जवाब सुन मैं चुपचाप नीचे उतर आया और घर में चारों तरफ घूम-घूमकर देखने लगा। जिस घर में खजाना रहता था, उसमें भी ताला बन्द पाया और कई कीमती चीजें जो मामूली तौर पर भण्डेरियों और खुली आलमारियों में पड़ी रहा करती थीं, ज्यों की त्यों मौजूद पाईं। लाचार मैं अपनी चारपाई पर जाकर लेट रहा और तरह-तरह की बातें सोचने लगा। उस समय रात बीत चुकी थी और सुबह की सफेदी घर में घुसकर कह रही थी कि अब थोड़ी ही देर में सूर्य भगवान निकलना चाहते हैं।

इस बात को कई महीने बीत गये। मैंने अपने दिल का हाल और वे बातें जो देखी-सुनी थीं, किसी से न कहीं। हां, छिपे-छिपे तहकीकात करता रहा कि असल मामला क्या है। चाल-चलन, बातचीत और मुहब्बत की तरफ ध्यान देने से मुझे निश्चय हो गया कि मेरी मां जो घर में है, वह असल में मेरी मां नहीं है बल्कि कोई ऐयार है। मैं छिपे-छिपे अपनी मां की खोज करने लगा और इस विषय पर ध्यान देने लगा कि वह ऐयार घर में मेरी मां बनकर क्यों रहती है और उसकी नीयत क्या है इसके अलावे मैं अपनी जान की हिफाजत भी अच्छी तरह करने लगा। इस बीच में रामभोली ने मुझसे मुहब्बत ज्यादा बढ़ा दी। यद्यपि उसकी चाल-चलन में मुझे कुछ फर्क मालूम होता था। परन्तु मुहब्बत ने मुझे अन्धा बना रखा था और मैं उसका पूरा आशिक बन गया था।

एक पढ़ी-लिखी बुद्धिमान नौजवान औरत ने जिम्मा लिया हुआ था कि यद्यपि रामभोली गूंगी और बहरी है, परन्तु वह उसे इशारे ही में समझा-बुझाकर पढ़ना-लिखना सिखा देगी और वास्तव में उस औरत ने बड़ी चालाकी से रामभोली को पढ़ना-लिखना सिखा दिया। उसी औरत के हाथ रामभोली की लिखी चिट्ठी मेरे पास आती और मैं उसी के हाथ जवाब भेजा करता था। ऊपर कही वारदात के कुछ दिन बाद ही जो चीठियां रामभोली की मेरे पास आने लगीं, उनके अक्षरों

का रंग-ढंग और गढ़न कुछ निराले ही तौर की थी परन्तु मैंने उस समय उस पर कुछ विशेष ध्यान न दिया।

अब ऊपर वाले मामले को छह महीने से ज्यादा गुजर गये। इस बीच में मेरा बाप कई दफे घर पर आया और थोड़े-थोड़े दिन रहकर चला गया। घर की बातों में सिर्फ इतना फर्क पड़ा कि मेरा बाप मेरी मां से मुहब्बत ज्यादा करने लगा, मगर मेरी नकली मां तरह-तरह की बेढब फरमाइशों से उसे तंग करने लगी।

एक दिन जब मेरा बाप घर ही में था, आधी रात के समय मेरे बाप और मेरी मां में कुछ खटपट होने लगी। उस समय मैं जागता था। मेरे जी में आया कि किसी तरह इस झगड़े का सबब मालूम करना चाहिए। आखिर ऐसा ही किया, मैं चुपके से उठा और धीरे-धीरे उस कमरे के पास गया जिसके अन्दर वे दोनों जली-कटी बातें कर रहे थे। उस कमरे में तीन दरवाजे थे, जिनमें से एक खुला हुआ मगर उसके आगे पर्दा गिरा हुआ था और दो दरवाजे बन्द थे। मैं एक बन्द दरवाजे के आगे जाकर (जो खुले दरवाजे के ठीक दूसरी तरफ था) लेटा रहा और उन दोनों की बातें सुनने लगा। जो कुछ मैंने सुना, उसे ठीक-ठीक बयान करता हूं–

मां- जब तुम्हें मेरा विश्वास नहीं तो किस मुंह से कहते हो कि मैंने तेरे लिए यह किया और वह किया?

बाप- बेशक, मैंने तेरे लिए अपनी जान खतरे में डाली और जन्म भर के लिए अपने नाम पर धब्बा लगाया, और अब तू चाहती है कि मैं न मरने लायक रहूं और न जीते रहकर किसी को मुंह दिखा सकूं।

मां- अपने मुंह से तुम जो भी चाहे कहो, मगर मैं ऐसा नहीं चाहती जो तुम कहते हो। क्या मैं वह किताब खा जाऊंगी या किसी दूसरे को दे दूंगी जाओ, अपनी किताब ले जाओ और अपनी चहेती बेगम को नजर कर दो!

बाप- मेरी वह जोरू जिसे तुम ताना देकर बेगम कहती हो तुम्हारे ऐसी जिद्दी नहीं। उसने मुझे राजा वीरेन्द्र सिंह के यहां चोरी करने के लिए नहीं कहा और न वह तिलिस्म का तमाशा ही देखना चाहती है।

मां- उसको इतना दिमाग नहीं, कंगाल की लड़की का हौसला ही कितना!

बाप- हां, बेशक उसका इतना बड़ा हौसला नहीं कि मेरी जान की ग्राहक बन बैठे।

इसके बाद थोड़ी-सी बातें बहुत ही धीरे-धीरे हुईं जिन्हें मैं अच्छी तरह सुन न सका। अन्त में मेरा बाप इतना कहकर चुप हो रहा-"खैर, फिर जो कुछ भाग्य में बदा है वह भोगूंगा। लो यह खूनी किताब तुम्हारे हवाले करता हूं, पांच रोज में लौट कर आऊंगा, तो तिलिस्म का तमाशा दिखा दूंगा और फिर यह किताब राजा वीरेन्द्र सिंह के यहां किसी ढंग से पहुंचा दूंगा।"

मैं यह सोचकर कि अब मेरा बाप बाहर निकलना ही चाहता है, उठ खड़ा हुआ और चुपचाप नीचे उतर अपने कमरे में चला आया। मगर मेरे दिल की अजब हालत थी। मैं खूब जानता था कि वह मेरी मां नहीं है और अब तो मालूम हो गया कि उस कम्बख्त के फेर में पड़कर मेरा बाप अपने ऊपर कोई आफत लाना चाहता है, इसलिए मैं सोचने लगा कि किसी तरह अपने बाप को इसके फरेब से बचाना और अपनी असली मां का पता लगना चाहिए।

दो घण्टे बीत गये, मगर मेरा बाप नीचे न उतरा। मेरी चिन्ता और भी बढ़ गई। मैं सोचने लगा कि शायद फिर कुछ खटपट होने लगी। आखिर मुझसे रहा न गया, मैंने अपने कमरे से बाहर निकलके बाप को आवाज दी। आवाज सुनते ही वे मेरे पास चले आये और धीरे-से बोले, “क्यों बेटा, क्या है?”

मैं- आपसे एक बात कहना चाहता हूं, मगर कुछ छिपाकर।

बाप- कहो, यहां तो कोई भी सुनने वाला नहीं है, ऐसा ही डर है तो ऊपर चले चलो।

मैं- (धीरे से) नहीं, मैं उस दुष्टा के सामने कुछ भी कहना नहीं चाहता जिसे आप मेरी मां समझते हैं।

बाप- (ताज्जुब में आकर) क्या वह तुम्हारी मां नहीं है?

मैं- नहीं।

बाप- आज क्या है, जो तुम ऐसी बातें कर रहे हो क्या उसने तुम्हें कुछ तकलीफ दी है?

मैं- आप इस जगह मुझसे कुछ भी न पूछिये, निराले में जब मेरी बातें सुनियेगा तो असल भेद मालूम हो जाएगा!

इतना सुनते ही मेरे बाप ने घबड़ाकर मेरा हाथ पकड़ लिया और मकान के अपने खास बैठके में ले जाकर दरवाजा बन्द करने के बाद पूछा, “कहो, क्या बात है” मैंने वे कुल बातें जो देखी-सुनी थीं और जो ऊपर बयान कर चुका हूं कह सुनाईं जिनके सुनते ही मेरे बाप की अजब हालत हो गयी, चेहरे पर उदासी और तरद्दुद की निशानी मालूम होने लगी, थोड़ी देर तक चुप रहने और कुछ गौर करने के बाद बोले, “बेशक धोखा हो गया! अब जो गौर करता हूं तो इस कम्बख्त की बातचीत और चाल-चलन में बेशक बहुत-कुछ फर्क पाता हूं। मगर अफसोस, तुमने इतने दिनों तक न मालूम क्या समझकर यह बात छिपा रखी और अपनी मां की तरफ से भी गाफिल रहे! न जाने वह बेचारी जीती भी है या इस दुनिया से ही उठ गयी!”

मैं- जरा-सा गौर करने पर आप खुद समझ सकते हैं कि इस बात को इतने दिनों तक मैं क्यों छिपाये रहा। मां की तरफ से भी गाफिल न रहा, जहां तक हो सका पता लगाने के लिए परेशान हुआ मगर अभी तक कोई अच्छा नतीजा न निकला। यद्यपि मुझे विश्वास है कि वह इस दुनिया में जीती-जागती मौजूद है।

बाप- तुम्हारा खयाल ठीक है और इसका सबूत इससे बढ़कर और क्या होगा कि एक ऐयार उसकी सूरत बनाकर अपना काम निकालना चाहती है और इस घर में अभी तक मौजूद है, जब तक इसका काम न निकलेगा, बेशक उसकी जान बची रहेगी। मगर अफसोस, मैंने बड़ा धोखा खाया और अपने को किसी लायक न रखा। अच्छा यह कहो कि इस समय तुम्हें क्या सूझी जो यह सब कहने के लिए तैयार हो गये?

मैं- खुटका तो बहुत दिनों से लगा हुआ था मगर इस समय कुछ तकरार की आहट पाकर मैं ऊपर चढ़ गया और बड़ी देर तक छिपकर आप लोगों की बातें सुनता रहा, ज्यादा तो समझ में न आया, मगर इतना मालूम हो गया कि आप उसकी खातिर से राजा वीरेन्द्र सिंह के यहां से कोई किताब चुरा लाये हैं और अब कोई काम ऐसा करना चाहते हैं जो आपके लिए बहुत बुरे नतीजे पैदा करेगा। अस्तु, ऐसे समय में चुप रहना मैंने उचित न जाना। अब आप कृपा करके यह कहिए कि वह किताब जो आप चुरा लाये हैं, कैसी है?

बाप- इस समय सब खुलासा हाल कहने का मौका तो नहीं है, परन्तु संक्षेप में कुछ हाल कह तुम्हें होशियार कर देना भी बहुत जरूरी है, क्योंकि अब मेरी जिन्दगी का कोई ठिकाना नहीं। हां, अगर यह औरत तुम्हारी मां होती तो कोई हर्ज न था। वह एक प्राचीन समय की किसी के खून से लिखी हुई किताब है जो राजा वीरेन्द्र सिंह को बिक्रमी तिलिस्म से मिली थी। उस तिलिस्म में स्याह पत्थर के दालान में एक सिंहासन के ऊपर छोटा-सा पत्थर का एक सन्दूक था, जिसके छूने से आदमी बेहोश हो जाता था।

मैं- हां, यह किस्सा आप पहले भी मुझसे कह चुके हैं, बल्कि आपने यह भी कहा कि सिंहासन के ऊपर जो पत्थर था और जिसके छूने से आदमी बेहोश हो जाता था, वास्तव में वह एक सन्दूक था और उसके अन्दर से कोई नायाब चीज राजा वीरेन्द्र सिंह को मिली थी।

बाप- ठीक है, ठीक है, इस समय मेरी अक्ल ठिकाने नहीं है, इसी से बहुत-सी बातें भूल रहा हूं, हां तो उसी पत्थर के टुकड़े में से जिसे छोटा सन्दूक कहना चाहिए यह किताब और हीरे का एक सरपेंच निकला था।

मैं- उस किताब में क्या बात लिखी है?

बाप- उस किताब में उस तिलिस्म के भेद लिखे हुए हैं जो राजा वीरेन्द्र सिंह के हाथ से न टूट सका और जिसके विषय में मशहूर है कि राजा वीरेन्द्र सिंह के लड़के उस तिलिस्म को तोड़ेंगे।

मैं- यदि उस पुस्तक में उस भारी तिलिस्म के भेद लिखे हुए थे, तो राजा वीरेन्द्र सिंह ने उस तिलिस्म को क्यों छोड़ दिया?

बाप- केवल उस किताब की सहायता से ही यह तिलिस्म नहीं टूट सकता। हां, जिसके पास वह पुस्तक हो, उसे उस तिलिस्म का कुछ हाल जरूर मालूम हो सकता है और यदि वह चाहे तो तिलिस्म में जाकर वहां की सैर भी कर सकता है। इस कम्बख्त औरत ने यही कहा कि मुझे

तिलिस्म की सैर करा दो। उसी जिद ने मुझसे यह अपराध कराया, लाचार मैंने वह किताब चुराई। मैंने सोच लिया था कि इसकी इच्छा पूरी करने के बाद मैं वह पुस्तक जहां की तहां रख आऊंगा, मगर जब यह औरत कोई दूसरी ही है तो बेशक मुझे धोखा दिया गया है तथा इसमें भी कोई सन्देह नहीं कि यह औरत उस तिलिस्म से कोई सम्बन्ध रखती है और यदि ऐसा है तो अब उस पुस्तक का मिलना मुश्किल है। अफसोस, जब मैं किताब चुराकर राजा वीरेन्द्र सिंह के शीशमहल से बाहर निकल रहा था तो उसके एक ऐयार ने मुझे देख लिया था। मैं मुश्किल से निकल भागा और यह सोचे हुए था कि यदि मैं पुस्तक फिर वहीं रख आऊंगा तो फिर मेरी खोज न होगी, मगर हाय, यहां तो कोई दूसरा ही रंग निकला।

मैं- आपने उस पुस्तक को पढ़ा था?

बाप- (आंखों में आंसू भरकर) उसका पहला पृष्ठ देख सका था, जिसमें इतना ही लिखा था कि जिसके कब्जे में यह पुस्तक रहेगी, उसे तिलिस्मी आदमियों के हाथ से दुःख नहीं पहुंच सकता। जो हो परन्तु अब इन बातों का समय नहीं है, यदि हो सके तो उस औरत के हाथ से किताब ले लेनी चाहिए, उठो और मेरे साथ चलो।

इतना कहकर मेरा बाप उठा, मकान के अन्दर चला, मैं भी उसके पीछे-पीछे था। अन्दर से मकान का दरवाजा बन्द कर लिया गया, मगर जब मेरा बाप ऊपर के कमरे में जाने लगा जहां मेरी मां रहा करती थी, तो मुझे सीढ़ी के नीचे खड़ा कर गया और कहता गया कि देखो जब मैं पुकारूं तो तुरन्त चले आना।

घण्टे भर तक मैं खड़ा रहा। इसके बाद छत पर धमधमाहट मालूम होने लगी, मानो कई आदमी आपस में लड़ रहे हों। अब मुझसे रहा न गया, हाथ में खंजर लेकर मैं ऊपर चढ़ गया और बेधड़क उस कमरे में घुस गया, जिसमें मेरा बाप था। इस समय धमधमाहट की आवाज बन्द हो गई थी और कमरे के अन्दर सन्नाटा था। भीतर की अवस्था देखकर मैं घबड़ा गया। वह औरत जो मेरी मां बनी हुई थी, वहां न थी। मेरा बाप जमीन पर पड़ा हुआ था, और उसके बदन से खून बह रहा था। मैं घबड़ाकर उसके पास गया और देखा कि वह बेहोश पड़ा है और उसके सिर और बाएं हाथ में तलवार की गहरी चोट लगी हुई है जिसमें से अभी तक खून निकल रहा है। मैंने अपनी धोती फाड़ी और पानी से जख्म धोकर बांधने के बाद बाप को होश में लाने की फिक्र करने लगा। थोड़ी देर बाद वह होश में आया और उठ बैठा।

मैं- मुझे ताज्जुब है कि एक औरत के हाथ से आप चोट खा गये!

बाप- केवल औरत ही न थी, यहां आने पर मैंने कई आदमी देखे जिनके सबब से यहां तक नौबत आ पहुंची। अफसोस, वह किताब हाथ न लगी और मेरी जिन्दगी मुफ्त में बरबाद हुई!

मैं- ताज्जुब है कि इस मकान में लोग किस राह से आकर अपना काम कर जाते हैं, पहले भी कई दफे यह बात देखने में आयी!

बाप- खैर, जो हुआ सो हुआ, अब मैं जाता हूं, गुमनाम रहकर अपने किये का फल भोगूंगा, यदि वह किताब हाथ लग गई और अपने माथे से बदनामी का टीका मिटा सका तो फिर तुमसे मिलूंगा नहीं तो हरि-इच्छा। तुम इस मकान को मत छोड़ना और जो कुछ देख-सुन चुके हो उसका पता लगाना। तुम्हारे घर में जो कुछ दौलत है, उसे हिफाजत से रखना और होशियारी से रहकर गुजारा करना तथा बन पड़े तो अपनी मां का भी पता लगाना।

बाप की बातें सुनकर मेरी अजब हालत हो गयी, दिल धड़कने लगा, गला भर आया, आंसुओं ने आंखों के आगे पर्दा डाल दिया। मैं बहुत-कुछ कहना चाहता था मगर कह न सका। मेरे बाप ने देखते-देखते मकान के बाहर निकलकर न मालूम किधर का रास्ता लिया। उस समय मेरे हिसाब से दुनिया उजड़ गई थी और मैं बिना मां-बाप के मुर्दे से भी बदतर हो रहा था। मेरे घर में जो उपद्रव हुआ था, उसका कुछ हाल नौकरों और लौंडियों को मालूम हो चुका था, मगर मेरे समझाने से उन लोगों ने छिपा लिया और बड़ी कठिनाई से मैं उस मकान में रहने और बीती हुई बातों का पता लगाने लगा।

प्रतिदिन आधी रात के समय मैं ऐयारी के सामान से दुरुस्त होकर उस समाधि के पास जाया करता जहां मैं पहले दिन उस आदमी के पीछे-पीछे गया था, जो मेरी मां को चुराकर ले गया था। अब यहां से मैं अपने किस्से को बहुत ही संक्षेप में कहता हूं क्योंकि समय बहुत कम है।

एक दिन आधी रात के समय उसी समाधि के पास एक इमली के पेड़ पर चढ़कर मैं बैठा हुआ था और अपनी बदकिस्मती पर रो रहा था कि इतने में उस समाधि के अन्दर से एक आदमी निकला और पूरब की तरफ रवाना हुआ। मैं झटपट पेड़ से उतरा और पैर दबाता हुआ उसके पीछे-पीछे जाने लगा, इसलिए उसे मेरे आने की आहट कुछ भी मालूम न हुई। उस आदमी के हाथ में एक कपडे लिफाफा का था। उस लिफाफे की सूरत ठीक उस खलीते की तरह थी जैसा प्राय: राजे और बड़े जमींदार लोग राजाओं-महाराजाओं के यहां चिट्ठी भेजते समय लिफाफे की जगह काम में लाते हैं। यकायक मेरे जी में आया कि किसी तरह यह लिफाफा इसके हाथ से ले लेना चाहिए, इससे मेरा मतलब कुछ न कुछ जरूर निकलेगा।

वह लिफाफा अंधेरी रात के सबब मुझे दिखाई न देता मगर राह चलते-चलते वह एक ऐसी दुकान के पास से होकर निकला जो बांस की जालीदार टट्टी से बन्द थी मगर भीतर जलते हुए चिराग की रोशनी बाहर सड़क पर आने-जाने वाले के ऊपर बखूबी पड़ती थी। उसी रोशनी ने मुझे दिखा दिया कि इसके हाथ में एक बड़ा लिफाफा मौजूद है। मैंने उसके हाथ से किसी तरह लिफाफा ले लेने के बारे में अपनी राय पक्की कर ली और कदम बढ़ाकर उसके पास जा पहुंचा। मैंने उसे धोखे में इस जोर से धक्का दिया कि वह किसी तरह सम्हल न सका और मुंह के बल जमीन पर गिर पड़ा। लिफाफा उसके हाथ से छूटकर दूर जा रहा जिसे मैंने फुर्ती से उठा लिया और वहां से भागा। जहां तक हो सका मैंने भागने में तेजी की। मुझे मालूम हुआ कि वह आदमी भी उठकर मुझे पकड़ने के लिए दौड़ा पर मुझे पा न सका। गलियों में घूमता और दौड़ता

हुआ मैं अपने घर पहुंचा और दरवाजे पर खड़ा होकर दम लेने लगा। उस समय मेरे दरवाजे पर रामधनी सिंह नामी मेरा एक सिपाही पहरा दे रहा था। यह सिपाही नाटे कद का बहुत मजबूत और चालाक था, थोड़े ही दिनों से चौकीदारी के काम पर मेरे बाप ने इसे नौकर रखा था।

मुझे उम्मीद थी कि रामधनी सिंह दौड़ते हुए आने का कारण मुझसे पूछेगा मगर उसने कुछ भी न पूछा। दरवाजा खुलवाकर मैं मकान के अन्दर गया और दरवाजा बन्द करके अपने कमरे में पहुंचा। शमादन अभी तक जल रहा था। उस लिफाफे को खोलने के लिए मेरा जी बेचैन हो रहा था, आखिर शमादान के पास आकर लिफाफा खोला। उस लिफाफे में एक चिट्ठी और लोहे की एक ताली थी। वह ताली विचित्र ढंग की थी, उसमें छोटे-छोटे कई छेद और पत्तियां बनी हुई थीं, वह ताली जेब में रख लेने के बाद मैं चिट्ठी पढ़ने लगा, यह लिखा हुआ था-"श्री 108 मनोरमा जी की सेवा में–

महीनों की मेहनत आज सफल हुई। जिस काम पर आपने मुझे तैनात किया था वह ईश्वर की कृपा से पूरा हुआ। रक्तग्रंथ मेरे हाथ लगा। आपने लिखा था कि-'हारीत'[4] सप्ताह में मैं रोहतास गढ़ के तिलिस्मी तहखाने में रहूंगी, इस बीच में यदि रक्तग्रंथ (खून से लिखी हुई किताब) मिल जाए तो उसी तहखाने के बलिमण्डप में मुझसे मिलकर मुझे देना। आज्ञानुसार रोहतास गढ़ के तहखाने में गया परन्तु आप न मिलीं। रक्तग्रंथ लेकर लौटने की हिम्मत न पड़ी क्योंकि तेज सिंह की गुप्त अमलदारी तहखाने में हो चुकी थी और उनके साथी ऐयार लोग चारों तरफ ऊधम मचा रहे थे। मैंने यह सोचकर कि यहां से निकलते समय शायद किसी ऐयार के पाले पड़ जाऊं और यह रक्तग्रंथ छिन जाए तो मुश्किल होगी, रक्तग्रंथ को चौबीस नम्बर की कोठरी में जिसकी ताली आपने मुझे दे रखी थी रख दिया और खाली हाथ बाहर निकल आया। ईश्वर की कृपा से किसी ऐयार से मुलाकात न हुई, परन्तु दस्तों की बीमारी ने मुझे बेकार कर दिया, मैं आपके पास आने लायक न रहा, लाचार अपने एक दोस्त के हाथ जिससे अचानक मुलाकात हो गई यह ताली आपके पास भेजता हूं। मुझे उम्मीद है कि वह आदमी चौबीस नम्बर की कोठरी को कदापि नहीं खोल सकता जिसके पास यह ताली न हो, अस्तु अब आपको जब समय मिले, रक्तग्रंथ मंगवा लीजिएगा और बाकी हाल पत्र ले जाने वाले के मुंह से सुनिएगा। मुझमें अब कुछ लिखने की ताकत नहीं, बस अब साधोराम को इस दुनिया में रहने की आशा नहीं, अब साधोराम आपके चरणों को नहीं देख सकता। यदि आराम हुआ तो पटने से होता हुआ सेवा में उपस्थित होऊंगा, यदि ऐसा न हुआ तो समझ लीजियेगा कि साधोराम नहीं रहा। इस पत्र को पाते ही नानक की मां को निपटा दीजिएगा।

आपका- साधोराम।"

इस चिट्ठी के पाते ही मेरे दिल की मुरझाई कली खिल गई। निश्चय हो गया कि मेरी मां अभी जीती है, यदि यह चिट्ठी ठिकाने पहुंच जाती तो उस बेचारी का बचना मुश्किल था। अब मैं यह सोचने लगा कि जिसके हाथ से यह चिट्ठी मैंने ली है वह साधोराम था या उसका कोई मित्र!

परन्तु मेरी विचारशक्ति ने तुरन्त ही उत्तर दिया कि नहीं, वह साधोराम नहीं था, यदि वह होता तो अपने लिखे अनुसार उस सड़क से आता जो पटने की तरफ से आती है। साधोराम के मरने का दूसरा सबूत यह भी है कि यह चिठ्ठी और ताली काले खलीते (कपडे के लिफाफे) के अन्दर है।

चिठ्ठी के ऊपर मनोरमा का नाम लिखा था, इससे निश्चय हो गया कि यह बिल्कुल बखेड़ा मनोरमा ही का मचाया हुआ है। मैं मनोरमा को अच्छी तरह जानता था। त्रिलोचनेश्वर महादेव के पास उसका आलीशान मकान देखने से यही मालूम होता था कि वह किसी राजा की लड़की होगी मगर ऐसा नहीं था, हां उसका खर्च हद से ज्यादे बढ़ा हुआ था और आमदनी का ठिकाना कुछ मालूम नहीं होता था। दूसरी बात यह कि वह प्रचलित रीति पर ध्यान न देकर बेपर्द खुलेआम पालकी, तामझाम और कभी-कभी घोड़े पर सवार होकर बड़े ठाठ से घूमा करती और इसीलिए काशी के छोटे-बड़े सभी मनुष्य उसे पहचानते थे। उस चिठ्ठी के पढ़ने से मुझे विश्वास हो गया कि मनोरमा जरूर तिलिस्म से कुछ सम्बन्ध रखती है और मेरी मां उसी के कब्जे में है।

इस सोच में कि किस तरह अपनी मां को छुड़ाना और रक्तग्रंथ पर कब्जा करना चाहिए कई दिन गुजर गये और इस बीच में उस ताली को मैं अपने मकान के बाहर किसी दूसरे ठिकाने हिफाजत से रख आया।

यहां तक अपना हाल कहकर नानक चुप हो रहा और झुककर बाहर की तरफ देखने लगा।

तेज सिंह- हां-हां, कहो फिर क्या हुआ! तुम्हारा हाल बड़ा ही दिलचस्प है, कुल बातें हमारे ही सम्बन्ध की हैं।

नानक- ठीक है, परन्तु अफसोस, इस समय मैं जो कुछ आपसे कह रहा हूं उससे मेरे बाप का कसूर और...

तेज सिंह- मैं समझ गया जो कुछ तुम कहना चाहते हो, मगर मैं सच्चे दिल से कहता हूं कि यद्यपि तुम्हारे बाप ने भारी जुर्म किया है और उसके विषय में हमारी तरफ से विज्ञापन दिया गया है कि जो कोई रक्तग्रंथ के चोर को गिरफ्तार करेगा उसे मुंहमांगा इनाम दिया जाएगा, तथापि तुम्हारे इस किस्से को सुनकर, जिसे तुम सचाई के साथ कह रहे हो, मैं वादा करता हूं कि उसका कसूर माफ कर दिया जाएगा और तुम जो कुछ नेकी हमारे साथ किया चाहते हो या करोगे उसके लिए धन्यवाद के साथ पूरा-पूरा इनाम दिया जाएगा। मैं समझता हूं कि तुम्हें अपना किस्सा अभी बहुत कुछ कहना है और इसमें भी कोई सन्देह नहीं कि जो कुछ तुम कहोगे मेरे मतलब की बात होगी, परन्तु इस बात का जवाब मैं सबसे पहले सुना चाहता हूं कि वह रक्तग्रंथ तुम्हारे कब्जे में है या नहीं अथवा हम लोग उसके पाने की आशा कर सकते हैं या नहीं?

इसके पहले कि तेज सिंह की आखिरी बात का कुछ जवाब नानक दे, बाहर से यह आवाज आई-"यद्यपि रक्तग्रंथ नानक के कब्जे में अब नहीं है तथापि तुम उसे उस अवस्था में पा सकते हो जब अपने को उसके पाने योग्य साबित करो!" इसके बाद खिलखिलाकर हंसने की आवाज आई।

इस आवाज ने दोनों ही को परेशान कर दिया, दोनों ही को दुश्मन का शक हुआ। नानक ने सोचा कि शायद मायारानी का कोई ऐयार आ गया और उसने छिपकर मेरा किस्सा सुन लिया, अब यहां से निकलना या जान बचाकर भागना बहुत मुश्किल है, तेज सिंह को भी यह निश्चय हो गया कि नानक द्वारा जो कुछ भलाई की आशा हुई थी अब निराशा के साथ बदल गई।

दोनों ऐयार उसे ढूंढ़ने के लिए उठे जिसकी आवाज ने यकायक उन दोनों को चौंका और होशियार कर दिया था। दो कदम भी आगे न बढ़े थे कि फिर आवाज आई, "क्यों कष्ट करते हो, मैं स्वयं तुम्हारे पास आता हूं।" साथ ही इसके एक आदमी इन दोनों की तरफ आता हुआ दिखाई पड़ा। जब वह पास पहुंचा तो बोला, "ऐ तेज सिंह और नानक, तुम दोनों मुझे अच्छी तरह देख और पहचान लो, मैं तुमसे कई दफे मिलूंगा, देखो भूलना मत।"

तेज सिंह और नानक ने उस आदमी को अच्छी तरह देखा। उसका कद नाटा और रंग सांवला था। घनी और स्याह दाढ़ी और मूंछों ने उसका आधा चेहरा छिपा रखा था। उसकी आंखें बड़ी-बड़ी मगर बहुत ही सुर्ख और चमकीली थीं, हाथ-पैर से मजबूत और फुर्तीला जान पड़ता था। माथे पर सफेद चार अंगुल जगह घेरे हुए रामानन्दी तिलक था जिस पर देखने वाले की निगाह सबसे पहले पड़ सकती थी, परन्तु ऐसी अवस्था होने पर भी उसका चेहरा नमकीन और खूबसूरत था तथा देखने वाले का दिल उसकी तरफ खिंच जाना कोई ताज्जुब न था। उसकी पोशाक बेशकीमत और चुस्त मगर कुछ भौंडी थी। स्याह पायजामा, सुर्ख अंगा जिसमें बड़े-बड़े कई जेब किसी चीज से भरे हुए थे, और सब्ज रंग के मुंड़ासे की तरफ ध्यान देने से हंसी आती थी, एक खंजर बगल में और दूसरा हाथ में लिए हुए था।

तेज सिंह ने बड़े गौर से उसे देखा और पूछा, "क्या तुम अपना नाम बता सकते हो" जिसके जवाब में उसने कहा, "नहीं, मगर चण्डूल के नाम से आप मुझे बुला सकते हैं।"

तेज सिंह- जहां तक मैं समझता हूं, आप इस नाम के योग्य नहीं हैं।

चण्डूल- चाहे न हों।

तेज सिंह- खैर, यह भी कह सकते हो कि तुम्हारा आना यहां क्यों हुआ?

चण्डूल- इसलिए कि तुम दोनों को होशियार कर दूं कि कल शाम के वक्त उन आठ आदमियों के खून से इस बाग की क्यारियां रंगी जाएंगी जो फंसकर यहां आ चुके हैं।

तेज सिंह- क्या उनके नाम भी बता सकते हो?

चण्डूल- हां, सुनो-राजा वीरेन्द्र सिंह एक, रानी चन्द्रकांता दो, इन्द्रजीत सिंह तीन, आनन्द सिंह चार, किशोरी पांच, कामिनी छह, तेज सिंह सात, नानक आठ।

तेज सिंह- (घबड़ाकर) यह तो मैं जानता हूं कि दोनों कुमार और उनके ऐयार मायारानी के फंदे में फंसकर यहां आ चुके हैं मगर राजा वीरेन्द्र सिंह और चन्द्रकांता तो...

चण्डूल- हां-हां, वे दोनों भी फंसकर यहां आ चुके हैं, पूछो नानक से।

नानक- (तेज सिंह की तरफ देखकर) हां ठीक है, अपना किस्सा कहने के बाद राजा वीरेन्द्र सिंह और रानी चन्द्रकांता का हाल मैं आपसे कहने ही वाला था, मगर मुझे वह बात अच्छी तरह मालूम नहीं है कि वे लोग क्योंकर मायारानी के फन्दे में फंसे।

चण्डूल- (नानक से) अब विशेष बातों का मौका नहीं है, तेज सिंह से जो कुछ करते बनेगा कर लेंगे, मैं इस समय तुम्हारे लिए आया हूं, आओ और मेरे साथ चलो।

नानक- मैं तुम पर विश्वास करके तुम्हारे साथ क्योंकर चल सकता हूं?

चण्डूल- (कड़ी निगाह से नानक की तरफ देखकर और हुकूमत के साथ) लुच्चा कहीं का! अच्छा सुन, एक बात मैं तेरे कान में कहना चाहता हूं।

इतना कहकर चण्डूल चार-पांच कदम पीछे हट गया। उसकी डपट और बात ने नानक के दिल पर कुछ ऐसा असर किया कि वह अपने को उसके पास जाने से रोक न सका। नानक चण्डूल के पास गया मगर अपने को हर तरह सम्हाले और अपना दाहिना हाथ खंजर के कब्जे पर रखे हुए था। चण्डूल ने झुककर नानक के कान में कुछ कहा जिसे सुनते ही नानक दो कदम पीछे हट गया और बड़े गौर से उसकी सूरत देखने लगा। थोड़ी देर तक यही अवस्था रही, इसके बाद नानक ने तेज सिंह की तरफ देखा और कहा, "माफ कीजियेगा, लाचार होकर मुझे इनके साथ जाना ही पड़ा, अब मैं बिल्कुल इनके कब्जे में हूं यहां तक कि मेरी जान भी इनके हाथ में है।" इसके बाद नानक ने कुछ न कहा। वह चण्डूल के साथ चला गया और पेड़ों की आड़ में घूम-फिरकर देखते-देखते नजरों से गायब हो गया।

अब तेज सिंह फिर अकेले पड़ गए। तरह-तरह के खयालों ने चारों तरफ से आकर उन्हें घेर लिया। नानक की जुबानी जो कुछ उन्होंने सुना था उससे बहुत-सी भेद की बातें मालूम हुई थीं और अभी बहुत-कुछ मालूम होने की आशा थी परन्तु नानक अपना किस्सा पूरा कहने भी न पाया था कि इस चण्डूल ने आकर दूसरा ही रंग मचा दिया जिससे तरद्दुद और घबड़ाहट सौ गुनी ज्यादा बढ़ गई। बिछावन पर पड़े-पड़े वे तरह-तरह की बातें सोचने लगे।

"नानक की बातों से विश्वास होता है कि उसने अपना हाल जो कुछ कहा सही-सही कहा, मगर उसके किस्से में कोई ऐसा पात्र नहीं आया जिसके बारे में चण्डूल होने का अनुमान किया जाए। फिर यह चण्डूल कौन है जिसकी थोड़ी-सी बात से जो उसने झुककर नानक के कान में कही नानक घबड़ा गया और उसके साथ जाने पर मजबूर हो गया! हाय यह कैसी भयानक खबर सुनने में आई कि अब शीघ्र ही राजा वीरेन्द्र सिंह, रानी चन्द्रकांता तथा दोनों कुमार और ऐयार लोग इस बाग में मारे जायेंगे। बेचारे राजा वीरेन्द्र सिंह और रानी चन्द्रकांता के बारे में भी अब ऐसी बातें! ...ओफ न मालूम अब ईश्वर क्या किया चाहता है! मगर हिम्मत न हारनी चाहिए, आदमी की हिम्मत और बुद्धि की जांच ऐसी ही अवस्था में होती है। ऐयारी का बटुआ और खंजर अभी मेरे पास मौजूद है, कोई उद्योग करना चाहिए, और वह भी जहां तक हो सके शीघ्रता के साथ।"

इन्हीं सब विचारों और गम्भीर चिन्ताओं में तेज सिंह डूबे हुए थे और सोच रहे थे कि अब क्या करना उचित है कि इतने ही में सामने से आती हुई मायारानी दिखाई पड़ी। इस समय वह असली बिहारीसिंह (जिसकी सूरत तेज सिंह ने बदल दी थी और अभी तक खुद जिसकी सूरत में थे) और हरनाम सिंह तथा और भी कई ऐयारों और लौंडियों से घिरी हुई थी। इस समय सबेरा अच्छी तरह हो चुका था और सूर्य की लालिमा ऊंचे-ऊंचे पेड़ों की डालियों पर फैल चुकी थी।

मायारानी तेज सिंह के पास आई और असली बिहारी सिंह ने आगे बढ़कर तेज सिंह से कहा, "धर्मावतार बिहारी सिंह, मिजाज दुरुस्त है या अभी तक आप पागल ही हैं।"

तेज सिंह- अब मुझे बिहारी सिंह कहकर पुकारने की आवश्यकता नहीं, क्योंकि आप जान ही गए हैं कि यह पागल असल में राजा वीरेन्द्र सिंह का कोई ऐयार है और अब आपको यह जानकर हद दर्जे की खुशी होगी कि यह पागल बिहारी सिंह वास्तव में ऐयारों के गुरुघंटाल तेज सिंह हैं जिनकी बढ़ी हुई हिम्मतों को मुकाबला करने वाला इस दुनिया में कोई नहीं है और जो इस कैद की अवस्था में भी अपनी हिम्मत और बहादुरी का दावा करके कुछ कर गुजरने की नीयत रखता है।

बिहारी सिंह- ठीक है, मगर अब आप ऐयारों के गुरुघंटाल की पदवी नहीं रख सकते, क्योंकि आपकी अनमोल ऐयारी यहां मिट्टी में मिल गई और अब शीघ्र ही हथकड़ी-बेड़ी भी आपके नजर की जाएगी।

तेज सिंह- अगर तुम मेरी ऐयारी चौपट कर चुके थे तो ऐयारी का बटुआ और खंजर भी ले लिए होते! यह गुरुघंटाल का ही काम था कि पागल होने पर भी ऐयारी का बटुआ और खंजर किसी के हाथ में जाने न दिया। बाकी रही बेड़ी सो मेरा चरण कोई छू नहीं सकता जब तक हाथ में खंजर मौजूद है! (हाथ में खंजर लेकर और दिखाकर) वह कौन-सा हाथ है जो हथकड़ी लेकर इसके सामने आने की हिम्मत रखता है।

बिहारी सिंह- मालूम होता है कि इस समय तुम्हारी आंखें केवल मुझी को देख रही हैं उन लोगों को नहीं देखतीं जो मेरे साथ हैं, अतएव सिद्ध हो गया कि तुम पागल होने के साथ-साथ अन्धे भी हो गए, नहीं तो...

बिहारी सिंह की बात पूरी न हुई थी कि बगल की एक कोठरी का दरवाजा खुला और वही चण्डूल फुर्ती के साथ निकलकर सभी के बीच में आ खड़ा हुआ जिसे देखते ही मायारानी और उसके साथियों की हैरानी का कोई ठिकाना न रहा। केवल इतना ही नहीं, बल्कि यह भी मालूम हुआ कि उस कोठरी में और भी कई आदमी हैं जिसके अन्दर से चण्डूल निकला था क्योंकि उस कोठरी का दरवाजा चण्डूल ने खुला ही छोड़ दिया था और उसके अन्दर के आदमी कुछ-कुछ दिखाई पड़ रहे थे।

चण्डूल- (मायारानी और उसके साथियों की तरफ देखकर) यह कहने की कोई जरूरत नहीं कि मैं कौन हूं, हां अपने यहां आने का सबब जरूर कहूंगा। मुझे एक लौंडी और एक गुलाम की

जरूरत है, कहो, तुम लोगों में से किसे चुनूं (मायारानी की तरफ इशारा करके) मैं समझता हूं कि इसी को अपनी लौंडी बनाऊं, और (बिहारी सिंह की तरफ इशारा करके) इसे गुलाम की पदवी दूं।

बिहारी सिंह- तू कौन है जो इस बेअदबी के साथ बातें कर रहा है। (मायारानी की तरफ इशारा करके) तू जानता नहीं कि ये कोन हैं|

चण्डूल- (हंसकर) मेरी शान में चाहे कोई कैसी ही कड़ी बात कहे मगर मुझे क्रोध नहीं आता क्योंकि मैं जानता हूं कि सिवा ईश्वर के कोई दूसरा मुझसे बड़ा नहीं है, और मेरे सामने खड़ा होकर जो बातें कर रहा है वह तो गुलाम के बराबर भी हैसियत नहीं रखता! मैं क्या जानूं कि (मायारानी की तरफ इशारा करके) यह कौन है हां, यदि मेरा हाल जानना चाहते हो तो मेरे पास आओ और कान में सुनो कि क्या कहता हूं।

बिहारी सिंह- हम ऐसे बेवकूफ नहीं हैं कि तुम्हारे चकमे में आ जाएं।

चण्डूल- क्या तू समझता है कि मैं उस समय तुझ पर वार करूंगा जब तू कान झुकाए हुए मेरे पास आकर खड़ा होगा?

बिहारी सिंह- बेशक ऐसा ही है।

चण्डूल- नहीं-नहीं, यह काम हमारे ऐसे बहादुरों का नहीं है। अगर डरता है तो किनारे चल, मैं दूर ही से जो कुछ कहना है कह दूं जिससे कोई दूसरा न सुने!

बिहारी सिंह- (कुछ सोचकर) ओफ, मैं तुझ ऐसे कमजोर से डरने वाला नहीं, कह, क्या कहता है।

यह कहकर बिहारी सिंह उसके पास गया और झुककर सुनने लगा कि वह क्या कहता है?

न मालूम चण्डूल ने बिहारी सिंह के कान में क्या कहा, न मालूम उन शब्दों में कितना असर था, न मालूम वह बात कैसे-कैसे भेदों से भरी हुई थी, जिसने बिहारी सिंह को अपने आपे से बाहर कर दिया। वह घबड़ाकर चण्डूल को देखने लगा, उसके चेहरे का रंग जर्द हो गया और बदन में थरथराहट पैदा हो गई।

चण्डूल- क्यों अगर अच्छी तरह न सुन सका हो तो जोर से पुकार के कहूं जिससे और लोग भी सुन लें।

बिहारी सिंह- (हाथ जोड़कर) बस-बस, क्षमा कीजिए, मैं आशा करता हूं कि आप अब दोहराकर उन शब्दों को श्रीमुख से न निकालेंगे, मुझे यह जानने की भी आवश्यकता नहीं कि आप कौन हैं, चाहे जो भी हों।

मायारानी- (बिहारी से) उसने तुम्हारे कान में क्या कहा जिससे तुम घबड़ा गए?

बिहारी सिंह- (हाथ जोड़कर) माफ कीजिए, मैं इस विषय में कुछ भी नहीं कह सकता।

मायारानी- (कड़ी आवाज में) क्या मैं वह बात सुनने योग्य नहीं हूं?

बिहारी सिंह- कह तो चुका कि उन शब्दों को अपने मुंह से नहीं निकाल सकता।

मायारानी- (आंखें लाल करके) क्या तुझे अपनी ऐयारी पर घमंड हो गया क्या तू अपने को भूल गया या इस बात को भूल गया कि मैं क्या कर सकती हूं और मुझमें कितनी ताकत है?

बिहारी सिंह- मैं आपको और अपने को खूब जानता हूं, मगर इस विषय में कुछ नहीं कह सकता। आप व्यर्थ खफा होती हैं, इससे कोई काम न निकलेगा।

मायारानी- मालूम हो गया कि तू भी असली बिहारी सिंह नहीं है। खैर, क्या हर्ज है, समझ लूंगी! (चण्डूल की तरफ देखकर) क्या तू भी दूसरे को वह बात नहीं कह सकता?

चण्डूल- जो कोई मेरे पास आवेगा उसके कान में मैं कुछ कहूंगा। मगर, इसका वायदा नहीं कर सकता कि वही बात कहूंगा या हर एक को नई-नई बात का मजा चखाऊंगा।

मायारानी- क्या यह भी नहीं कह सकता कि तू कौन है और इस बाग में किस राह से आया है?

चण्डूल- मेरा नाम चण्डूल है, आने के विषय में तो केवल इतना ही कह देना काफी है कि मैं सर्वव्यापी हूं, जहां चाहूं पहुंच सकता हूं। हां, कोई नई बात सुनना चाहती हो तो मेरे पास आओ और सुनो।

हरनाम सिंह- (मायारानी से) पहले मुझे उसके पास जाने दीजिए, (चण्डूल के पास जाकर) अच्छा, लो कहो, क्या कहते हो?

चण्डूल ने हरनाम सिंह के कान में कोई बात कही। उस समय हरनाम सिंह चण्डूल की तरफ कान झुकाए जमीन की तरफ देख रहा था। चण्डूल कान में कुछ कहकर दो कदम पीछे हट गया मगर हरनाम सिंह ज्यों-का-त्यों झुका हुआ खड़ा ही रह गया। यदि उस समय उसे कोई नया आदमी देखता तो यही समझता कि यह पत्थर का पुतला है। मायारानी को बड़ा ही आश्चर्य हुआ, कई सायत बीत जाने पर भी जब हरनाम सिंह वहां से न हिला तो उसने पुकारा, "हरनाम!" उस समय वह चौंका और चारों तरफ देखने लगा, जब चण्डूल पर निगाह पड़ी तो मुंह फेर लिया और बिहारी सिंह के पास जा सिर पर हाथ रखकर बैठ गया।

मायारानी- हरनाम, क्या तू भी बिहारी का साथी हो गया वह बात मुझसे न कहेगा जो अभी तूने सुनी है?

हरनाम सिंह- मैं इसी वास्ते यहां आ बैठा हूं कि आखिर तुम रंज होकर मेरा सिर काट लेने का हुक्म दोगी ही क्योंकि तुम्हारा मिजाज बड़ा क्रोधी है। मगर, लाचार हूं, मैं वह बात कदापि नहीं कह सकता।

मायारानी- मालूम होता है कि यह आदमी कोई जादूगर है। अस्तु, मैं हुक्म देती हूं कि यह फौरन गिरफ्तार किया जाए!

चण्डूल- गिरफ्तार होने के लिए तो मैं आया ही हूं, कष्ट उठाने की क्या आवश्यकता है लीजिए स्वयं मैं आपके पास आता हूं, हथकड़ी-बेड़ी कहां है लाइए!

इतना कहकर चण्डूल तेजी के साथ मायारानी के पास गया और जब तक वह अपने को सम्हाले, झुककर उसके कान में न मालूम क्या कह दिया कि उसकी अवस्था बिल्कुल ही बदल गई। बिहारी सिंह और हरनाम सिंह तो बात सुनने के बाद इस लायक भी रहे थे कि किसी की बात सुनें और उसका जवाब दें। मगर, मायारानी इस लायक भी न रही। उसके चेहरे पर मुर्दनी छा गई तथा वह घूमकर जमीन पर गिर पड़ी और बेहोश हो गई। बिहारी सिंह और हरनाम सिंह को छोड़कर बाकी जितने आदमी उसके साथ आये थे सभी में खलबली मच गई और सभी को इस बात का डर बैठ गया कि चण्डूल उनके कान में भी कोई ऐसी बात न कह दे जिससे मायारानी की-सी अवस्था हो जाए।

घण्टा भर बीत गया पर मायारानी होश में न आई। चण्डूल, तेज सिंह के पास गया और उनके कान में भी कोई बात कही, जिसके जवाब में तेज सिंह ने केवल इतना ही कहा, "मैं तैयार हूं!"

तेज सिंह का हाथ पकड़े हुए चण्डूल उसी कोठरी में चला गया जिसमें से बाहर निकला था। अन्दर जाने के बाद दरवाजा बखूबी बन्द कर लिया। मायारानी के साथियों में से किसी की भी हिम्मत न पड़ी कि चण्डूल को या तेज सिंह को जाने से रोके। जिस समय चण्डूल यकायक कोठरी का दरवाजा खोलकर बाहर निकला था, उस समय मालूम होता था कि उस कोठरी के अन्दर और भी कई आदमी हैं। मगर, उस समय तेज सिंह ने वहां सिवाय अपने और चण्डूल के और किसी को भी न पाया। उधर मायारानी जब होश में आई तो बिहारी सिंह, हरनाम सिंह तथा अपने और साथियों को लेकर खास महल में चली गई। उसके दोनों ऐयार बिहारी सिंह और हरनाम सिंह अपने मालिक के वैसे ही ताबेदार और खैरख्वाह बने रहे जैसे थे। मगर, चण्डूल की कही हुई बात वे दोनों अपने मुंह से कभी भी निकाल नहीं सकते थे। जब-जब चण्डूल का ध्यान आता बदन के रोंगटे खड़े हो जाते थे और ठीक यही अवस्था मायारानी की भी थी। मायारानी को यह भी निश्चय हो गया कि चण्डूल नकली बिहारी सिंह अर्थात् तेज सिंह को छुड़ा ले गया।

***

बयान-4

शाम का वक्त है। सूर्य भगवान अस्त हो चुके हैं तथापि पश्चिम तरफ आसमान पर कुछ-कुछ लाली अभी तक दिखाई दे रही है। ठण्डी हवा मन्द गति से चल रही है। गरमी तो नहीं मालूम होती लेकिन इस समय की हवा बदन में कंपकंपी भी पैदा नहीं कर सकती। हम इस समय आपको एक ऐसे मैदान की तरफ ध्यान देने के लिए कहते हैं, जिसकी लम्बाई और चौड़ाई का अन्दाज करना कठिन है। जिधर निगाह दौड़ाइये, सन्नाटा नजर आता है। कोई पेड़ भी ऐसा नहीं है, जिसके पीछे या जिस पर चढ़कर कोई आदमी अपने को छिपा सके। हां, पूरब तरफ निगाह कुछ ठोकर खाती है और एक धुंधली चीज को देखकर गौर करने वाला कह सकता है कि उस तरफ शायद कोई छोटी-सी पहाड़ी या पुराने जमाने का कोई ऊंचा टीला है।

ऐसे मैदान में तीन औरतें घोड़ियों पर सवार धीरे-धीरे उसी तरफ जा रही हैं, जिधर उस टीले या छोटी पहाड़ी की स्याही मालूम हो रही है। यद्यपि उन औरतों की पोशाक जनाना वज: की है। मगर, फिर भी चुस्त और दक्षिणी ढंग की है। तीनों के चेहरे पर नकाब पड़ी है, तथापि बदन की सुडौली और कलाई तथा नाजुक उंगलियों पर ध्यान देने से देखने वाले के दिल में यह बात जरूर पैदा होगी कि ये तीनों ही नाजुक नौजवान और खूबसूरत हैं। इन औरतों के विषय में हम अपने पाठकों को ज्यादा देर तक खटके में न डालकर इसी समय इनका परिचय दे देना उत्तम समझते हैं। वह देखिये ऊंची और मुश्की घोड़ी पर जो सवार है, वह मायारानी है। चोगर आंखों वाली सफेद पचकल्यान घोड़ी पर जो पटरी जमाये है वह उसकी छोटी बहिन लाडिली है, जिसे अभी तक हम रामभोली के नाम से लिखते चले आये हैं, और सब्जी घोड़ी पर सवार चारों तरफ निगाह दौड़ा-दौड़ाकर देखने वाली धनपत है। ये तीनों आपस में धीरे-धीरे बातें करती जा रही हैं। लीजिए तीनों ने अपने चेहरों पर से नकाबें उलट दीं, अब हमें तीनों की बातों पर ध्यान देना उचित है।

मायारानी- न मालूम चण्डूल कम्बख्त तीसरे नम्बर के बाग में क्योंकर जा पहुंचा! इसमें तो कुछ सन्देह नहीं कि जिस राह से हम लोग आते-जाते हैं उस राह से वह नहीं गया था।

लाडिली- तिलिस्म बनाने वालों ने वहां पहुंचने के लिए कई रास्ते बनाए हैं शायद उन्हीं रास्तों में से कोई रास्ता उसे मालूम हो गया हो।

धनपत- मगर उन रास्तों का हाल किसी दूसरे को मालूम हो जाना तो बड़ी भयानक बात है।

मायारानी- और यह एक ताज्जुब की बात है कि उन रास्तों का हाल जब मुझको जो तिलिस्म की रानी कहलाती है, नहीं मालूम तो किसी दूसरे को कैसे मालूम हुआ!

लाडिली- ठीक है, तिलिस्म की बहुत-सी बातें ऐसी हैं, जो तुम्हें मालूम हैं। मगर नियमानुसार तुम मुझसे भी नहीं कह सकती हो। हां, उन रास्तों का हाल जीजाजी[5] को जरूर मालूम था। अफसोस, उन्हें मरे पांच वर्ष हो गये, अगर जीते होते तो...।

मायारानी- (कुछ घबड़ाकर और जल्दी से) तुम कैसे जानती हो कि उन रास्तों का हाल उन्हें मालूम था?

लाडिली- हंसी-हंसी में उन्होंने एक दिन मुझसे कहा था कि बाग के तीसरे दर्जे में जाने के लिए पांच रास्ते हैं, बल्कि वे मुझे अपने साथ वहां ले चलकर नया रास्ता दिखाने को तैयार भी थे मगर मैं तुम्हारे डर से उनके साथ न गई।

मायारानी- आज तक तूने यह हाल मुझसे क्यों न कहा?

लाडिली- मेरी समझ में यह कोई जरूरी बात न थी जो तुमसे कहती।

लाडिली की बात सुन मायारानी चुप हो गई और बड़े गौर में पड़ गई। उसकी अवस्था और उसकी सूरत पर ध्यान देने से मालूम होता था कि लाडिली की बात से उसके दिल पर एक सख्त सदमा पहुंचा है और वह थोड़ी देर के लिए अपने को बिल्कुल ही भूल गई है। मायारानी की ऐसी अवस्था क्यों हो गई और इस मामूली-सी बात से उसके दिल पर क्यों चोट लगी इसका सबब उसकी छोटी बहिन लाडिली भी न समझ सकी। कदाचित् यह कहा जाए कि वह अपने पति को याद करके इस अवस्था में पड़ गई, सो भी नहीं हो सकता। क्योंकि लाडिली खूब जानती थी कि मायारानी अपने खूबसूरत, हंसमुख और नेक चाल-चलन वाले पति को कुछ भी नहीं चाहती थी। इस समय लाडिली के दिल में एक तरह का खटका पैदा हुआ और शक की निगाह से मायारानी की तरफ देखने लगी। मगर मायारानी कुछ भी नहीं जानती थी कि उसकी छोटी बहिन उसे किस निगाह से देख रही है। लगभग दो सौ कदम चले जाने बाद वह चौंकी और लाडिली की तरफ जरा-सा मुंह फेरकर बोली, "हां, तो वह उन रास्तों का हाल जानता था।"

लाडिली के दिल में और भी खुटका पैदा हुआ बल्कि इस बात का रंज हुआ कि मायारानी ने अपने पति या लाडिली के प्यारे बहनोई की तरफ ऐसे शब्दों में इशारा किया जो किसी नीच या खिदमतगार तथा नौकर के लिए बरता जाता है। लाडिली का ध्यान धनपत की तरफ भी गया जिसके चेहरे पर उदासी और रंज की निशानी मामूली से कुछ ज्यादा पाई जाती थी और जिसकी घोड़ी भी पांच-सात कदम पीछे रह गई थी। मगर मायारानी और धनपत की ऐसी अवस्था ज्यादा देर तक न रही, उन दोनों ने बहुत जल्द अपने को सम्हाला और फिर मामूली तौर पर बातचीत करने लगीं।

धनपत- अब वह टीला भी आ पहुंचा। देखा चाहिए बाबा जी से मुलाकात होती है या नहीं!

मायारानी- मुलाकात अवश्य होगी क्योंकि वे कहीं नहीं जाते मगर अब मेरा जी नहीं चाहता कि वहां तक जाऊं या उनसे मिलूं।

लाडिली- सो क्यों! तुम तो बड़े उत्साह से उनसे मिलने के लिए आई हो!

माया- ठीक है, मगर अब जो मैं सोचती हूं तो यही जान पड़ता है कि बेचारे बाबा जी इन सब बातों का जवाब कुछ भी न दे सकेंगे।

लाडिली- खैर, जब इतनी दूर आ चुकी हो तो अब लौट चलना भी उचित नहीं।

माया- नहीं, अब मैं वहां न जाऊंगी!

इतना कहकर मायारानी ने घोड़ा फेरा, लाचार होकर लाडिली और धनपत को भी घूमना पड़ा, मगर इस कार्रवाई से लाडिली के दिल का शक और भी ज्यादा हुआ और उसे निश्चय हो गया कि मेरी बात से मायारानी के दिल पर गहरी चोट बैठी है मगर ठीक इसका सबब क्या है सो कुछ भी नहीं मालूम होता।

मायारानी ने जैसे ही घोड़े की बाग फेरी, वैसे ही उसकी निगाह तेज सिंह पर पड़ी जो तीर और कमान हाथ में लिए बहुत दूर से कदम बढ़ाए इन तीनों के पीछे-पीछे आ रहे थे। मायारानी तेज सिंह को अच्छी तरह से जानती थी। यद्यपि इस समय कुछ अंधेरा हो गया था परन्तु मायारानी की तेज निगाहों ने तेज सिंह को तुरन्त ही पहचान लिया और इसके साथ ही वह तलवार खींचकर तेज सिंह पर झपटी।

मायारानी को नंगी तलवार लिए झपटते देख तेज सिंह ने ललकारकर कहा, "खबरदार, आगे न बढ़ना, नहीं तो एक ही तीर में काम तमाम कर दूंगा!"

तेज सिंह के ललकारने से मायारानी रुक गई मगर धनपत से न रहा गया। वह तलवार खींचकर यह कहती हुई आगे बढ़ी, "मैं तेरे तीर से डरने वाली नहीं!"

तेज सिंह- मालूम होता है तुझे अपनी जान प्यारी नहीं है, इसे खूब समझ लेना कि तेज सिंह के हाथ से छूटा तीर खाली न जाएगा।

धनपत- मालूम होता है कि तू केवल एक तीर ही से हम तीनों को डराकर अपना काम निकालना चाहता है। अफसोस, इस समय मेरे पास तीर-कमान नहीं है, यदि होता तो तुझे जान पड़ता कि तीर चलाना किसे कहते हैं।

तेज सिंह- (हंसकर) न मालूम तूने औरत होने पर भी अपने को क्या समझ रखा है खैर, अब मैं एक कमसिन औरत पर तीर न चलाऊंगा।

इतना कहकर तेज सिंह ने तीर तरकस में रख लिया और कमान बगल में लटकाने के बाद ऐयारी के बटुए में से एक छोटा-सा लोहे का गोला निकालकर सामने खड़े हो गये और धनपत को वह गोला दिखाकर बोले, "तुम लोगों के लिए यही बहुत है, मगर मैं फिर कहे देता हूं कि मुझ पर तलवार चलाकर भलाई की आशा मत रखना!"

धनपत- (मायारानी की तरफ इशारा करके) क्या तू जानता नहीं कि यह कौन हैं?

तेज सिंह- मैं तुम तीनों को खूब जानता हूं और यह भी जानता हूं कि मायारानी सैंतालीस नम्बर की कोठरी को पवित्र करके बेवा हो गई और इस बात को पांच वर्ष का जमाना हो गया।

इतना कहकर मुस्कराते हुए तेज सिंह ने एक भेद की निगाह मायारानी पर डाली और देखा कि मायारानी का चेहरा पीला पड़ गया और शर्म से उसकी आंखें नीचे की तरफ झुकने लगीं। मगर यह अवस्था उसकी बहुत देर तक न रही, तेज सिंह के मुंह से बात निकलने के बाद जैसे ही लाडिली की ताज्जुब-भरी निगाह मायारानी पर पड़ी वैसे ही मायारानी ने अपने को सम्हालकर धनपत की तरफ देखा।

अब धनपत अपने को रोक न सकी, उसने घोड़ी बढ़ाकर तेज सिंह पर तलवार का वार किया। तेज सिंह ने फुर्ती से वार खाली देकर अपने को बचा लिया और वही लोहे का गोला धनपत की घोड़ी के सिर में इस जोर से मारा कि वह सम्हल न सकी और सिर हिलाकर जमीन पर गिर पड़ी। लोहे का गोला छिटककर दूर जा गिरा और तेज सिंह ने लपककर उसे उठा लिया।

आशा थी कि घोड़ी के गिरने से धनपत को भी कुछ चोट लगेगी मगर वह घोड़ी पर से उछल कुछ दूर जा रही और बड़ी चालाकी से गिरते-गिरते उसने अपने को बचा लिया। तेज सिंह फिर वही गोला लेकर सामने खड़े हो गए।

तेज सिंह- (गोला दिखाकर) इस गोले की करामात देखी अगर अबकी फिर वार करने का इरादा करेगी तो यह गोला तेरे घुटने पर बैठेगा और तुझे लंगड़ी होकर मायारानी का साथ देना पड़ेगा। मैं यह नहीं चाहता कि तुम लोगों को इस समय जान से मारूं मगर हां जिस काम के लिए आया हूं, उसे किए बिना लौट जाना भी मुनासिब नहीं समझता।

मायारानी- अच्छा बताओ, तुम हम लोगों के पीछे-पीछे क्यों आए हो और क्या चाहते हो

तेज सिंह- (लाडिली की तरफ इशारा करके) केवल इनसे एक बात कहनी है और कुछ नहीं।

लाडिली- कहो, क्या कहते हो?

तेज सिंह- मैं इस तरह नहीं कहना चाहता कि तुम्हारे सिवाय कोई दूसरा सुने, इन दोनों से अलग होकर सुन लो फिर मैं चला जाऊंगा। डरो मत, मैं दगाबाज नहीं हूं, यदि चाहूं तो ललकारकर तुम तीनों को यमलोक पहुंचा सकता हूं, मगर नहीं, तुमसे केवल एक बात कहने के लिए आया हूं जिसके सुनने का अधिकार सिवाय तुम्हारे और किसी को नहीं है।

कुछ सोचकर लाडिली वहां से हट गई और कुछ दूर जाकर तेज सिंह की तरफ देखने लगी मानो वह तेज सिंह की बात सुनने के लिए तैयार हो। तेज सिंह लाडिली के पास गए और बटुए में से एक चिठ्ठी निकाल उसके हाथ में देकर बोले, "इसे जल्द पढ़ लो, देखो, मायारानी को इसका हाल न मालूम हो!"

लाडिली ने बड़े गौर से वह चिठ्ठी पढ़ी और इसके बाद टुकड़े-टुकड़े कर फेंक दी।

तेज सिंह- इसका जवाब?

लाडिली- केवल इतना ही कह देना कि 'बहुत अच्छा!'

अब तेज सिंह को ठहरने की कोई जरूरत न थी। उन्होंने उत्तर का रास्ता लिया, मगर घूम-घूमकर देखते जाते थे कि पीछे कोई आता तो नहीं। तेज सिंह के जाने के बाद मायारानी ने लाडिली से पूछा, "वह चिठ्ठी किसकी थी और उसमें क्या लिखा था!" लाडिली ने असल भेद तो छिपा रखा, मगर कोई विचित्र बात गढ़कर उस समय मायारानी की दिलजमई कर दी।

***

बयान-5

पाठकों को याद होगा कि भूतनाथ को नागर ने एक पेड़ के साथ बांध रखा है। यद्यपि भूतनाथ ने अपनी चालाकी और तिलिस्मी खंजर की मदद से नागर को बेहोश कर दिया मगर देर तक उसके चिल्लाने पर भी वहां कोई उसका मददगार न पहुंचा और नागर फिर से होश में आकर उठ बैठी।

नागर- अब मुझे मालूम हुआ कि तेरे पास भी एक अद्भुत वस्तु है।

भूतनाथ- जो अब तुम्हारी होगी।

नागर- नहीं, जिसके छूने से बेहोश हो गई उसे अपने पास क्योंकर रख सकती हूं! मगर मालूम होता है कि कोई ऐसी चीज भी तेरे पास जरूर है जिसके सबब से इस खंजर का असर तुझ पर नहीं होता। खैर, मैं तेरा यह तीसरा कसूर भी माफ करूंगी यदि तू यह खंजर मुझे दे दे और वह दूसरी चीज भी मेरे हवाले कर दे जिसके सबब से इस खंजर का असर तुझ पर नहीं होता।

भूतनाथ- मगर मुझे क्योंकर विश्वास होगा कि तुमने मेरा कसूर माफ किया?

नागर- और मुझे क्योंकर विश्वास होगा कि तूने वास्तव में वही चीज मुझे दी जिसके सबब से खंजर की करामात से तू बचा हुआ है?

भूतनाथ- बेशक मैं वही चीज तुम्हें दूंगा, और तुम आजमाने के बाद मुझे छोड़ सकती हो।

नागर- मगर ताज्जुब नहीं कि आजमाते ही मैं फिर बेहोश हो जाऊं क्योंकि तू धोखा देने में मुझसे किसी तरह कम नहीं है!

भूतनाथ- इसका जवाब तुम खुद समझ सकती हो!

नागर- हां ठीक है, यदि मैं थोड़ी देर के लिए बेहोश भी हो जाऊंगी तो तू मेरा कुछ कर नहीं सकता क्योंकि पेड़ के साथ बंधा हुआ है और तेरे हाथ-पैर भी खुले नहीं हैं।

भूतनाथ- और मेरे चिल्लाने से भी यहां कोई मददगार न पहुंचेगा।

नागर- हां, इसका प्रमाण भी...।

कहते-कहते नागर रुक गई क्योंकि तभी पत्तों के खड़खड़ाने की आवाज उसने सुनी और किसी के आने का उसे शक हुआ। नागर ने पीछे घूमकर देखा तो कमलिनी पर नजर पड़ी जो नागर के दिए घोड़े पर सवार इसी तरफ आ रही थी। कमलिनी इस समय भी उसी सूरत में थी जिस सूरत में नागर के यहां गई थी और उसका पहचानना मुश्किल था, मगर भूतनाथ की

जुबानी नागर को पता लग चुका था इसलिए उसने कमलिनी को तुरत पहचान लिया और भूतनाथ को उसी तरह छोड़ फुर्ती से अपने घोड़े पर सवार हो गई। कमलिनी भी पास पहुंची और नागर की तरफ देखकर बोली–

कमलिनी- तुझे तो विश्वास हो गया होगा कि मैं मिर्जापुर चली गई!

नागर- बेशक तुमने मुझे धोखा दिया, खैर, अब मेरे हाथ से बचकर कहां जा सकती हो यद्यपि तुम मायारानी की बहिन हो और इस सबब से मुझे तुम्हारा अदब करना चाहिए मगर तुम्हारी बुराइयों पर ध्यान देकर मायारानी ने हुक्म दे रखा है कि जो कोई तुम्हारा सिर काटकर उसके पास ले जायेगा वह मुंहमांगा इनाम पाएगा, अस्तु अब मैं तुम्हें किसी तरह छोड़ नहीं सकती। हां, अगर तुम खुशी से मायारानी के पास चली चलो तो अच्छी बात है!

कमलिनी- (मुस्कराकर) ठीक है, मालूम होता है कि तू अभी तक अपने को अपने मकान में मौजूद समझती है और चारों तरफ अपने नौकरों को देख रही है।

नागर- (कुछ शर्माकर) मैं खूब जानती हूं कि इस मैदान में मैं अकेली हूं लेकिन यह भी देख रही हूं कि तुम्हारे साथ भी कोई दूसरा नहीं है। अगर तुम अपने को हर्बा चलाने और ताकत में मुझसे बढ़कर समझती हो तो यह तुम्हारी भूल है और इसका फैसला हाथ मिलाने से ही हो सकता है (हाथ बढ़ाकर) आइए!

कमलिनी- (हंसकर) वाह, तू समझती है कि मुझे उस अंगूठी की खबर नहीं जो तेरे इस बढ़े हुए हाथ में देख रही हूं, अच्छा ले!

"अच्छा ले" कहकर कमलिनी ने दिखा दिया कि उसमें कितनी तेजी और फुर्ती है। घोड़ा आगे बढ़ाया और तिलिस्मी खंजर निकालकर इतनी तेजी के साथ नागर के हाथ पर रख दिया कि वह अपना हाथ हटा भी न सकी और खंजर की तासीर से बदहवास होकर जमीन पर गिर पड़ी। कमलिनी ने घोड़े से उतरकर भूतनाथ को कैद से छुट्टी दी और कहा, "वाह, तुम इतने बड़े चालाक होकर भी इसके फन्दे में आ गये!"

भूतनाथ- मैं इसके फन्दे में न आता यदि उस अंगूठी का गुण जानता जो इसकी उंगली में चमक रही है, वास्तव में यह अनमोल वस्तु है और कठिन समय पर काम दे सकती है।

कमलिनी- इस कम्बख्त के पास यही तो एक चीज है जिसके सबब से मायारानी की आंखों में इसकी इज्जत है। इसके जहर से कोई बच नहीं सकता, हां यदि यह चाहे तो जहर उतार भी सकती है। न मालूम यह अंगूठी और इसका जहर उतारने की तरकीब मनोरमा ने कहां से पाई।

भूतनाथ- मायारानी से और इससे क्या सम्बन्ध?

कमलिनी- मनोरमा उसकी छह सखियों में सबसे बड़ा दर्जा रखती है और वह इस कम्बख्त को अपनी बहिन से बढ़ कर मानती है। यह अंगूठी भी मनोरमा ही की है।

भूतनाथ- तो मायारानी ने यह अंगूठी क्यों न ले ली उसके तो बड़े काम की चीज थी!

कमलिनी- उसको भी मनोरमा ने ऐसी ही अंगूठी बना दी है और जहर उतारने की दवा भी तैयार कर दी है मगर इसके बनाने की तरकीब नहीं बताती।

भूतनाथ- खैर, अब यह अंगूठी आप ले लीजिए।

कमलिनी- यद्यपि यह मेरे काम की चीज नहीं है बल्कि इसको अपने पास रखने में मैं पाप समझती हूं तथापि जब तक मायारानी से खटपट चली जाती है तब तक यह अंगूठी अपने पास जरूर रखूंगी (तिलिस्मी खंजर की तरफ इशारा करके) इसके सामने यह अंगूठी कोई चीज नहीं है।

भूतनाथ- बेशक-बेशक! जिसके पास यह खंजर है उसे दुनिया में किसी चीज की परवाह नहीं और वह अपने दुश्मन से चाहे वह कैसा जबरदस्त क्यों न हो कभी नहीं डर सकता। आपने मुझ पर बड़ी ही कृपा की जो ऐसा खंजर थोड़े दिन के लिए मुझे दिया। आह, वह दिन भी कैसा होगा जिस दिन यह खंजर हमेशा अपने पास रखने की आज्ञा आप मुझे देंगी।

कमलिनी- (मुस्कराकर) खैर, वह दिन आज ही समझ लो, मैं हमेशा के लिए यह खंजर तुम्हें देती हूं, मगर नानक के लिए ऐसा करने की सिफारिश मत करना।

भूतनाथ ने खुश होकर कमलिनी को सलाम किया। कमलिनी ने नागर की उंगली से जहरीली अंगूठी उतार ली और उसके बटुए में से खोजकर उस दवा की शीशी भी निकाल ली जो उस अंगूठी के भयानक जहर को बात की बात में दूर कर सकती थी। इसके बाद कमलिनी ने भूतनाथ से कहा, "नागर को हमारे अद्भुत मकान में ले जाकर तारा के सुपुर्द करो और फिर मुझसे आकर मिलो। मैं फिर वहीं अर्थात् मनोरमा के मकान पर जाती हूं। अपने कागजात भी उसके बटुए में से निकाल लो और इसी समय उन्हें जलाकर सदैव के लिए निश्चिन्त हो जाओ।"

***

बयान-6

मायारानी का डेरा अभी तक खास बाग (तिलिस्मी बाग) में है। रात आधी से ज्यादा जा चुकी है, चारों तरफ सन्नाटा छाया हुआ है। पहरे वालों के सिवाय सभी को निद्रादेवी ने बेहोश करके डाल रखा है, मगर उस बाग में दो औरतों की आंखों में नींद का नाम-निशान भी नहीं। एक तो मायारानी की छोटी बहिन लाडिली, जो अपने सोने वाले कमरे में मसहरी के ऊपर पड़ी कुछ सोच रही है और थोड़ी-थोड़ी देर पर उठकर बाहर निकलती और सन्नाटे की तरफ ध्यान देकर लौट जाती है, मालूम होता है कि वह मकान से बाहर जाकर किसी से मिलने का मौका ढूंढ़ रही है, और दूसरी मायारानी, जो निद्रा न आने के कारण अपने कमरे में टहल रही है। उसे भी तरह-तरह के खयालों ने सता रखा है। कभी-कभी उसका सिर हिल जाता है जो उसके दिल की परेशानी को पूरी तरह से छिपा रहने नहीं देता, उसके होंठ भी कभी-कभी अलग होकर दिल का दरवाजा खोल देते हैं जिससे दिल के अन्दर कैद रहने वाले कई भेद शब्द रूप होकर धीरे से बाहर निकल पड़ते हैं।

जब चारों तरफ अच्छी तरह सन्नाटा हो गया तो लाडिली ने काले कपड़े पहने और ऐयारी का बटुआ कमर में लगाने के बाद कमरे के बाहर निकलकर इधर-उधर टहलना शुरू किया। वह उस कमरे के पास आई जिसके अन्दर मायारानी तरद्दुद और घबड़ाहट से निद्रा न आने के कारण टहल रही थी। लाडिली छिपकर देखने लगी कि मायारानी क्या कर रही है। थोड़ी देर के बाद मायारानी के मुंह से निकले हुए शब्द लाडिली ने सुने और वे शब्द ये थे-"वह इस रास्ते को जानता है... वह भेद जिसे लाडिली नहीं जानती-आह, धनपत की मुहब्बत ने-"

इन शब्दों को सुनकर लाडिली घबड़ा गई और बेचैनी से अपने कमरे में लौट आने के लिए तैयार हुई, मगर उसके दिल ने उसे वहां से लौटने न दिया। इच्छा हुई कि मायारानी के मुंह से और भी कोई शब्द निकलें तो सुने, परन्तु इसके बाद मायारानी कुछ ज्यादा बेचैन मालूम हुई और अपनी मसहरी पर जाकर लेट रही। आधी घड़ी से ज्यादा न बीती थी कि मायारानी की सांस ने लाडिली को उसके सो जाने की खबर दी और लाडिली वहां से लौटकर बाग में टहलने लगी। फिर घूमती-फिरती और अपने को पेड़ों की आड़ में बचाती हुई वह बाग के पिछले कोने में पहुंची जहां एक छोटा-सा मगर मजबूत बुर्ज बना था। इसके अन्दर जाने के लिए छोटा-सा लोहे का दरवाजा था जिसे उसने धीरे से खोला और अन्दर जाने के बाद फिर बन्द कर लिया। भीतर बिल्कुल अंधेरा था। बटुए में से सामान निकालकर मोमबत्ती जलाई और उस कोठरी की हालत अच्छी तरह देखने लगी। यह बुर्ज वाली कोठरी वर्षों से ही बन्द थी और इस सबब से इसके अन्दर मकड़ों ने अच्छी तरह अपना घर बना लिया था, मगर लाडिली ने इस कोठरी की गन्दी

हालत पर कुछ ध्यान न दिया। इस कोठरी की जमीन चौखूंटे पत्थरों से बनी हुई थी और छत में छोटे-छोटे दो-तीन सूराख थे जिनमें से आसमान में जड़े हुए तारे दिखाई दे रहे थे। पहले तो लाडिली इस विचार में पड़ी कि बहुत दिनों से बन्द रहने के कारण इस कोठरी की हवा खराब होकर जहरीली हो गई होगी, शायद किसी तरह का नुकसान पहुंचे, मगर छत के सूराखों को देख निश्चिन्त हो गई और मोमबत्ती एक किनारे जमाकर जमीन पर बैठ गई। आधी घड़ी तक सोच-विचार में पड़ी रही, इसके बाद हलकी आवाज के साथ कोने की तरफ जमीन का एक चौखूंटा पत्थर किवाड़ के पल्ले की तरह खुलकर अलग हो गया और नीचे से अपनी असली सूरत में कमलिनी निकलकर लाडिली के सामने खड़ी हो गई। कमलिनी को देखते ही लाडिली उठ खड़ी हुई और बड़ी मुहब्बत से उसके साथ लिपटकर रोने लगी तथा कमलिनी की आंखें भी आंसू की बूंदें गिराने लगीं, कुछ देर बाद दोनों अलग हुईं और जमीन पर बैठकर बातचीत करने लगीं।

लाडिली- मेरी प्यारी बहिन, इस समय मेरी खुशी का अन्दाजा कोई भी नहीं कर सकता। मुझे तो इस बात का बड़ा ही रंज था कि तुमने मुझे अपने दिल से भुला दिया जिसकी आशा कदापि न थी, मगर आज शाम को तुम्हारे हाथ की लिखी हुई उस चिट्ठी ने मुझमें जान डाल दी जो तेज सिंह के हाथ मुझ तक पहुंचाई गई थी।

कमलिनी- नहीं-नहीं, अभी तक मैं तुझे उतना ही प्यार करती हूं जितना यहां रहने पर करती थी परन्तु इस समय आशा कम थी कि मेरे लिखे अनुसार यहां आकर तू मुझसे मिलेगी, क्योंकि बड़ी बहिन मायारानी मेरी जान की ग्राहक हो रही है और तू पूरी तरह उसके कब्जे में है।

लाडिली- प्यारी बहिन, चाहे मायारानी का दिल तुम्हारी दुश्मनी से भरा हुआ क्यों न हो मगर मेरा दिल तुम्हारी मुहब्बत से किसी तरह खाली नहीं हो सकता। तुम्हारी चिट्ठी पाते ही मैं बेचैन हो गई और हजारों आफतों की तरफ ध्यान न देकर बेखटके यहां चली आई। क्या अब भी तुम्हें...।

कमलिनी- हां-हां मुझे विश्वास है और मैं खूब जानती हूं कि अगर तेरे दिल में मेरी मुहब्बत न होती तो तू मेरे लिखने पर यकायक यहां न आती।

लाडिली- मुझे इस बात की शिकायत करने का मौका आज मिला कि तुमने इस घर को तिलांजलि देते समय अपने इरादे से मुझे बेखबर रखा।

कमलिनी- तो क्या मेरा इरादा जानने पर तू मेरा साथ देती?

लाडिली- (जोर देकर) जरूर साथ देती! हाय, यहां रहकर जैसी तकलीफ में दिन काट रही हूं वह मेरा ही जी जान रहा है। ऐसे-ऐसे भयानक काम मुझसे लिए जाते हैं कि जिसे मैं मुख्तसर में कह नहीं सकती, लाचार होकर और झख मारकर सब-कुछ करना पड़ता है क्योंकि इस बात को मैं अच्छी तरह जानती हूं कि मायारानी के गुस्से में पड़कर मैं अपनी जान भारतवर्ष के किसी घने जंगल में छिपकर भी नहीं बचा सकती।

कमलिनी- इसका सबब यही है कि तू तिलिस्मी हाल से बिल्कुल बेखबर और भोली है, बल्कि वास्तव में रामभोली है।

लाडिली- (चौंककर) क्या तुम जानती हो कि मैं रामभोली बनने पर लाचार की गई थी?

कमलिनी- मुझे अच्छी तरह मालूम है, अभी तक नानक मेरे साथ रहकर मेरा काम कर रहा है।

लाडिली- हाय, जब वह तुम्हारे साथ है तो जरूर एक दिन सामना होगा। उस समय शर्म से मेरी आंखें ऊंची न होंगी, उस बेचारे के साथ मैंने बड़ी बुराई की।

कमलिनी- लेकिन मैं खूब जानती हूं कि इसमें तेरा कोई कसूर नहीं। खैर इस बात को जाने दे, मुझे तेरी मुहब्बत यहां तक खींच लाई है, मैं इस समय यह पूछने आई हूं कि अब तेरा क्या इरादा है क्योंकि इस तिलिस्म की उम्र अब तमाम हो गई और मायारानी अपने बुरे कर्मों का फल भोगा ही चाहती है।

लाडिली- (हाथ जोड़कर) मैं यही चाहती हूं कि तुम मुझे अपने साथ रखो जिसमें मायारानी का मुंह देखना नसीब न हो। मैं जानती हूं कि यह तिलिस्म अब टूटा ही चाहता है क्योंकि इधर थोड़े दिनों से बड़ी-बड़ी अद्भुत बातें देखने में आ रही हैं जिनसे खुद मायारानी की अक्ल चक्कर में है, मगर शक है तो इतना ही कि तिलिस्म तोड़ने वाले कुंअर इन्द्रजीत सिंह और आनन्द सिंह इस समय मायारानी के कैदी हो रहे हैं और कल उन दोनों का सिर जरूर काटा जाएगा।

कमलिनी- यह बात मुझे भी मालूम है मगर सवेरा होने के पहले ही मैं उन दोनों को छुड़ाकर ले जाऊंगी।

लाडिली- यदि ऐसा हो तो क्या बात है! वे दोनों कैसे नेक और खूबसूरत हैं। जिस समय मैंने आनन्दसिंह को देखा...।

इतना कह लाडिली चुप हो रही, उसकी आंखें नीची हो गईं और उसके गालों पर शर्म की सुर्खी दौड़ गई। कमलिनी समझ गई कि यह आनन्दसिंह को चाहती है।

कमलिनी- मगर उन दोनों को छुड़ाने के लिए कुछ तुमसे भी मदद चाहती हूं।

लाडिली- तुम्हारी आज्ञा मानने के लिए मैं हर तरह से तैयार हूं।

कमलिनी- तू बस कैदखाने की ताली मुझे ला दे जिसमें दोनों कुमार कैद हैं।

लाडिली- मैं उद्योग कर सकती हूं, मगर वह तो हरदम मायारानी की कमर में रहती है!

कमलिनी- उसके लेने की सहज तरकीब मैं बताती हूं।

लाडिली- क्या?

कमलिनी- (कमर से तिलिस्मी खंजर निकाल और दिखाकर) यह तिलिस्म की सौगात है, हाथ में लेकर जब इसका कब्जा दबाया जाएगा तो बिजली की-सी चमक पैदा होगी जिसके सामने किसी की आंख खुली नहीं रह सकती। इसके अतिरिक्त इसमें और भी दो गुण हैं, एक तो यह कि जिसके बदन से यह लगा दिया जाए उसके बदन में बिजली दौड़ जाती है और वह तुरत

बेहोश होकर जमीन पर गिर पड़ता है, और दूसरे यह हर एक चीज को काट डालने की ताकत रखता है।

कमलिनी ने खंजर का कब्जा दबाया। उसमें से ऐसी चमक पैदा हुई कि लाडिली ने दोनों हाथों से आंखें बन्द कर लीं और कहा, "बस-बस इस चमक को दूर करो तो आंखें खोलूं!"

कमलिनी- (कब्जा ढीला करके) लो चमक बन्द हो गई, आंखें खोलो।

लाडिली- (आंखें खोलकर) मेरे हाथ में दो तो मैं भी कब्जा दबाकर देखूं! मगर नहीं तुम तो कह चुकी हो कि यह जिसके बदन से छुआया जाएगा वह बेहोश हो जाएगा, तो मैं इसे कैसे ले सकूंगी और तुम पर इसका असर क्यों नहीं होता?

हम ऊपर लिख जाए हैं कि कमलिनी की कमर में दो तिलिस्मी खंजर थे और उनके जोड़ की दो अंगूठियां भी उसकी उंगलियों में थीं। उसने एक अंगूठी लाडिली की उंगली में पहिनाकर उसका गुण अच्छी तरह समझा दिया और कह दिया कि जिसके हाथ में यह अंगूठी रहेगी केवल वही इस खंजर को अपने पास रख सकेगा।

लाडिली- जब ऐसी चीज तुम्हारे पास है तो वह ताली तुम स्वयं उससे ले सकती हो।

कमलिनी- हां, मैं यह काम खुद भी कर सकती हूं मगर ताज्जुब नहीं कि मायारानी के कमरे तक जाते मुझे कोई देख ले और गुल करे तो मुश्किल होगी। यद्यपि मेरा कोई कुछ कर नहीं सकता और मैं इस खंजर की बदौलत सैकड़ों को मारकर निकल जा सकती हूं, मगर जहां तक बिना खून-खराबा किए काम निकल जाए तो उत्तम ही है।

लाडिली- हां ठीक है, तो अब विलम्ब न करना चाहिए।

कमलिनी- तो फिर जा, मैं इसी जगह बैठी तेरी राह देखूंगी!

खंजर के जोड़ की अंगूठी हाथ में पहनने बाद लाडिली ने तिलिस्मी खंजर ले लिया और बुर्ज का दरवाजा खोल यहां से रवाना हुई। कमलिनी को आधे घंटे से ज्यादे राह न देखनी पड़ी, इसके भीतर ही ताली लिए हुए लाडिली आ पहुंची और अपनी बड़ी बहिन के सामने ताली रखकर बोली, "इस ताली के लेने में कुछ भी कठिनाई न हुई। मुझे किसी ने भी न देखा। चारों तरफ सन्नाटा छाया हुआ था, मायारानी बेखबर सो रही थी, ताली लेते समय वह जाग न उठे इससे यह तिलिस्मी खंजर एक दफे उसके बदन से लगा देना पड़ा, बस तुरत ही उसका बदन कांप उठा मगर वह आंखें न खोल सकी, मुझे विश्वास हो गया कि बेहोश हो गई। बस मैं ताली लेकर चली आई, मगर अब यहां ठहरना उचित नहीं।"

कमलिनी- हां, अब यहां से चलना और उन कैदियों को छुड़ाना चाहिए।

लाडिली- मगर उन कैदियों को छुड़ाने के लिए तुमको इसी बाग की राह से कैदखाने तक जाना होगा!

कमलिनी- नहीं, वहां जाने के लिए दूसरी राह भी है जिसे मैं जानती हूं।

लाडिली- (ताज्जुब से कमलिनी का मुंह देखकर) जीजाजी यहां के बहुत से रास्तों और सुरंगों तथा तहखानों को जानते थे, मालूम होता है तुमने उन्हीं से इसका हाल जाना होगा?

कमलिनी- नहीं, यहां की बहुत-सी बातें किसी दूसरे ही सबब से मुझे मालूम हुईं जिसे सुनकर तू बहुत ही खुश होगी, हां यदि जीजाजी हम लोगों से जुदा न किए जाते तो यहां की अजीब बातों के देखने का आनन्द मिलता। मायारानी को भी यहां के भेद अच्छी तरह मालूम नहीं हैं।

लाडिली- जीजाजी हम लोगों से जुदा किये गये इसका मतलब मैं नहीं समझी।

कमलिनी- क्या तू समझती है कि गोपाल सिंह जी (मायारानी के पति) अपनी मौत से मरे?

लाडिली- (कुछ सोचकर) मुझे तो यही विश्वास है कि उन्हें जहर दिया गया, मैंने स्वयं देखा कि मरने पर उनका रंग काला हो गया था और चेहरा ऐसा बिगड़ गया कि मैं पहचान न सकी। हाय, हम दोनों बहिनों पर उनकी बड़ी कृपा रहती थी!

कमलिनी- उनकी कृपा किस पर नहीं रहती थी! (कुछ सोचकर) खैर आज मैं तुझे इस बाग के चौथे दर्जे में ले चलकर एक तमाशा दिखलाऊंगी।

लाडिली- (ताज्जुब से) क्या चौथे दर्जे में तुम जा सकती हो?

कमलिनी- हां, मैं यहां के बहुत से भेदों को जान गई हूं और सब जगह घूम-फिर सकती हूं।

लाडिली- अहा, अब तो मैं जरूर चलूंगी! जीजाजी अक्सर कहा करते थे कि इस बाग के चौथे दर्जे में अगर कोई जाए तो उसे मालूम हो कि दुनिया क्या चीज है और ईश्वर की सृष्टि में कैसी विचित्रता दिखाई दे सकती है।

कमलिनी- अच्छा, अब चलकर पहले कैदियों को छुड़ाना चाहिए।

इतना कहकर कमलिनी उठी और मोमबत्ती हाथ में लिए हुए उस सुरंग के मुहाने पर गई जिसका मुंह चौखूंटे पत्थर के हट जाने से खुल गया था और जिसमें से वह कुछ ही देर पहले निकली थी। नीचे उतरने के लिए सीढ़ियां मौजूद थीं, दोनों बहिनें नीचे उतर गईं। आखिरी सीढ़ी पर पहुंचने के साथ ही वह चौखूंटा पत्थर एक हलकी आवाज के साथ अपने ठिकाने पहुंच गया और उस सुरंग का मुंह बन्द हो गया।

1. पथरकला उस छोटी-सी बन्दूक को कहते हैं जिसके घोड़े में चकमक लगा होता है जो रंजक पर गिरकर आग पैदा करता है।
2. जमानिया-इसे लोग जमनिया भी कहते हैं। काशी के पूरब गंगा के दाहिने किनारे पर आबाद है।
3. नेमची रक्तग्रंथ-यह ऐयारी भाषा का शब्द है, इसका अर्थ है-खून से लिखी किताब का घर।
4. ऐयारी भाषा में 'हारीत' देवी-पूजा को कहते हैं।
5. जीजा जी से मतलब मायारानी के पति से है जो लाड़िली का बहनोई था।

***

चन्द्रकांता संतति
भाग-8

बयान-1

मायारानी की कमर में से ताली लेकर जब लाडिली चली गई तो उसके घंटे भर बाद मायारानी होश में आकर उठ बैठी। उसके बदन में कुछ-कुछ दर्द हो रहा था जिसका सबब वह समझ नहीं सकती थी। उसे फिर उन्हीं खयालों ने आकर घेर लिया जिनकी बदौलत दो घण्टे पहले वह बहुत ही परेशान थी। न वह बैठकर आराम पा सकती थी और न कोई उपन्यास इत्यादि पढ़कर ही अपना जी बहला सकती। उसने अपनी आलमारी में से नाटक की किताब निकाली और शमादान के पास जाकर पढ़ना शुरू किया, पर नान्दी पढ़ते-पढ़ते ही उसकी आंखों पर पलकों का पर्दा पड़ गया और फिर आधे घंटे तक वह गम्भीर चिन्ता में डूबी रह गई, इसके बाद किसी के आने की आहट ने उसे चौंका दिया और वह घूमकर दरवाजे की तरफ देखने लगी। धनपत उसके सामने आकर खड़ी हो गई और बोली–

धनपत- मेरी प्यारी रानी, मैं देखती हूं कि इस समय तू बहुत ही उदास और किसी गम्भीर चिन्ता में डूबी हुई है, शायद अभी तक तेरी आंखों में निद्रादेवी का डेरा नहीं पड़ा।

माया- बेशक ऐसा ही है, मगर तेरे चेहरे पर भी...।

धनपत- मैं तो बहुत घबड़ा गई हूं क्योंकि अब यह बात लोगों को मालूम हुआ चाहती है। मैं खूब जानती हूं कि तुम्हारी कट्टर रिआया उसे जी-जान से..।

माया- बस-बस, आगे कहने की कोई आवश्यकता नहीं, इसी सोच ने तो मुझे बेकाम कर दिया है।

धनपत- मैं थोड़े दिनों के लिए तुमसे जुदा हो जाना उचित समझती हूं और यही कहने के लिए मैं यहां तक आयी हूं।

माया- (घबड़ाकर) तुझे क्या हो गया है मुंह से बात भी सम्हालकर नहीं निकालती!

धनपत- हां-हां, मुझसे भूल हो गई, इस समय तरद्दुद और डर ने मुझे बेकाम कर रखा है।

माया- अच्छा तो तू मुझसे जुदा होकर कहां जाएगी?

धनपत- जहां कहो।

माया- (कुछ सोचकर) अभी जल्दी न करो, इन्द्रजीत सिंह और आनन्द सिंह कब्जे में आ ही चुके हैं, सूर्योदय के

पहले ही मैं उनका काम तमाम कर दूंगी।

धनपत- मगर उसका क्या बन्दोबस्त किया जाएगा जिसके विषय में चण्डूल ने तेरे कान में...।

माया- आह, उसकी तरफ से भी अब मुझे निराशा हो गई, वह बड़ा जिद्दी है।

धनपत- तो क्यों नहीं उसकी तरफ से भी निश्चिन्त हो जाती हो?

माया- हां, अब यही होगा।

धनपत- फिर देर करने की क्या जरूरत है?

माया- मैं अभी जाती हूं, क्या तू भी मेरे साथ चलेगी?

धनपत- मैं चलने को तैयार हूं, मगर न मालूम उसे (चण्डूल को) यह बात क्योंकर मालूम हो गई।

माया- खैर, अब चलना चाहिए।

अब मायारानी का ध्यान कैदखाने की ताली पर गया। अपनी कमर में ताली न देखकर बहुत हैरान हुई। थोड़ी देर के लिए वह अपने को बिल्कुल ही भूल गई पर आखिर एक लम्बी सांस लेकर धनपत से बोली–

माया- आफत आने की यह दूसरी निशानी है।

धनपत- सो क्या मेरी समझ में कुछ भी न आया कि यकायक तेरी अवस्था क्यों बदल गई और किस नई घटना ने आकर तुझे घेर लिया।

माया- कैदखाने की ताली जिसे मैं सदा अपनी कमर में रखती थी, गायब हो गई।

धनपत- (घबड़ाकर) कहीं दूसरी जगह न रख दी हो।

माया- नहीं-नहीं, जरूर मेरे पास ही थी। चल लाडिली से पूछूं, शायद वह इस विषय में कुछ कह सके।

मायारानी धनपत को साथ लिए लाडिली के कमरे में गई मगर वहां लाडिली थी कहां जो मिलती। अब उसकी घबड़ाहट की कोई हद्द न रही। एकदम बोल उठी, "बेशक लाडिली ने धोखा दिया।"

धनपत- उसे ढूंढ़ना चाहिए।

मायारानी- (आसमान की तरफ देखकर और लम्बी सांस लेकर) आह, यह पहर भर के लगभग रात जो बाकी है मेरे लिए बड़ी ही अनमोल है। इसे मैं लाडिली की खोज में व्यर्थ नहीं खोना चाहती। इतने ही समय में मुझे उस जिद्दी के पास पहुंचना और उसका सिर काटकर लौट आना है। कैदियों से भी ज्यादे तरद्दुद मुझे उसका है। हाय, अभी तक वह आवाज मेरे कानों में गूंज रही है जो चण्डूल ने कही थी। खैर, वहां जाते-जाते कैदखाने को भी देखती चलूंगी, (जोश में आकर) कैदी चाहे कैदखाने के बाहर हो जाएं मगर इस बाग की चहारदीवारी को नहीं लांघ सकते। जा, बिहारी सिंह और हरनाम सिंह को बहुत जल्द बुला ला।

धनपत दौड़ी हुई गई और थोड़ी ही देर में दोनों ऐयारों को साथ लिए हुए लौट आई। वे दोनों ऐयारी के सामान से दुरुस्त और हर एक काम के लिए मुस्तैद थे। यद्यपि बिहारी सिंह के चेहरे का रंग अच्छी तरह साफ नहीं हुआ था, तथापि उसकी कोशिश ने उसके चेहरे की सफाई आधी से ज्यादा कर दी थी, आशा थी कि दो ही एक दिन में वह आईने में अपनी असली सूरत देख लेगा।

कैदखाने का रास्ता पाठकों को मालूम है, क्योंकि तेज सिंह जब बिहारी सिंह की सूरत में यहां आए थे तो मायारानी के साथ कैदियों को देखने गये थे।

लाडिली के कमरे में से दस-बारह तीर और कमान ले के धनपत तथा दोनों ऐयारों को साथ लिए हुए मायारानी सुरंग में घुसी। जब कैदखाने के दरवाजे पर पहुंची तो दरवाजा ज्यों-का-त्यों बन्द पाया। कैदखाने की ताली और लाडिली के गायब होने का हाल कहकर बिहारी सिंह और हरनाम सिंह को ताकीद कर दी कि जब तक मैं लौटकर न आऊं तब तक तुम दोनों बड़ी होशियारी से इस दरवाजे पर पहरा दो। इसके बाद धनपत को साथ लिये हुए मायारानी बाग के तीसरे दर्जे में उसी रास्ते से गई जिस राह से तेज सिंह भेजे गये थे।

हम पहले लिख आए हैं कि बाग के तीसरे दर्जे में एक बुर्ज है और उसके चारों तरफ बहुत-से मकान, कमरे और कोठरियां हैं। बाग में एक छोटा-सा चश्मा बह रहा था जिसमें हाथ भर से ज्यादा पानी नहीं था। मायारानी उसी चश्मे के किनारे-किनारे थोड़ी दूर तक गई यहां तक कि वह एक मौलसिरी के पेड़ के नीचे पहुंची जहां संगमरमर का एक छोटा-सा चबूतरा बना हुआ था और उस चबूतरे पर पत्थर की मूरत आदमी के बराबर की बैठी हुई थी। रात पहर भर से कम बाकी थी। चन्द्रमा धीरे-धीरे निकलकर अपनी सफेद रोशनी पूरे आसमान पर फैला रहा था। मायारानी ने उस मूरत की कलाई पकड़कर उमेठी, साथ ही मूरत ने मुंह खोल दिया। मायारानी ने उसके मुंह में हाथ डालकर कोई पेंच घुमाना शुरू किया। थोड़ी देर में चबूतरे के सामने की तरफ का एक बड़ा-सा पत्थर हल्की आवाज के साथ हटकर अलग हो गया और नीचे उतरने के लिए सीढ़ियां दिखाई दीं। अपने पीछे-पीछे धनपत को आने का इशारा करके मायारानी उस तहखाने में उतर गई। यद्यपि तहखाने में अंधेरा था मगर मायारानी ने टटोलकर एक आले पर से लालटेन और उसके बालने का सामान उतारा और बत्ती बालकर चारों तरफ देखने लगी। पूरब की तरफ की सुरंग का एक छोटा-सा दरवाजा खुला हुआ था, दोनों उसके अन्दर घुसीं और सुरंग में चलने लगीं। लगभग सौ कदम जाने के बाद वह सुरंग खत्म हुई और ऊपर चढ़ने के लिए सीढ़ियां दिखाई दीं। दोनों औरतें ऊपर चढ़ गईं और उस बुर्ज के निचले हिस्से में पहुंचीं जो बहुत-से मकानों से घिरा हुआ था। यहां भी उसी तरह का चबूतरा और उस पर पत्थर का आदमी बैठा हुआ था। वह भी किसी सुरंग का दरवाजा था जिसे मायारानी ने पहली रीति से खोला। यह सुरंग चौथे दर्जे में जाने के लिए थी।

दोनों औरतें उस सुरंग में घुसीं। दो सौ कदम के लगभग जाने के बाद वह सुरंग खत्म हुई और ऊपर चढ़ने के लिए सीढ़ियां नजर आईं। दोनों औरतें ऊपर चढ़कर एक कोठरी में पहुंचीं जिसका दरवाजा खुला हुआ था। कोठरी के बाहर निकलकर धनपत और मायारानी ने अपने को बाग के चौथे हिस्से में पाया। इस बाग का पूरा-पूरा नक्शा हम आगे चलकर खींचेंगे यहां केवल मायारानी की कार्रवाई का हाल लिखते हैं।

कोठरी से आठ-दस कदम की दूरी पर पक्का मगर सूखा कुआं था जिसके अन्दर लोहे की एक मोटी जंजीर लटक रही थी। कुएं के ऊपर डोल और रस्सा पड़ा था। डोल में लालटेन रखकर कुएं के अन्दर ढीला और जब वह तह में पहुंच गया तो दोनों औरतें जंजीर थामकर कुएं के अन्दर उतर गईं। नीचे कुएं की दीवार के साथ छोटा-सा दरवाजा था जिसे खोलकर धनपत को पीछे आने का इशारा करके मायारानी हाथ में लालटेन लिये हुए अन्दर घुसी। वहां पर छोटी-छोटी कई कोठरियां थीं। निचली कोठरी में, जिसके आगे लोहे का जंगला लगा हुआ था, एक आदमी हाथ में फौलादी ढाल लिए टहलता हुआ दिखाई पड़ा। यहां बिल्कुल अंधेरा था मगर मायारानी के हाथ वाली लालटेन ने उस कोठरी की हर एक चीज और उस आदमी की सूरत बखूबी दिखा दी। इस समय उस आदमी की उम्र का अन्दाज करना मुश्किल है क्योंकि रंज और गम ने उसे सुखाकर कांटा कर दिया है, बड़ी-बड़ी आंखों के चारों तरफ स्याही दौड़ गई है और उसके चेहर पर झुर्रियां पड़ी हुई हैं, तो भी हर एक हालत पर ध्यान देकर कह सकते हैं कि वह किसी जमाने में बहुत ही हसीन और नाजुक रहा होगा मगर इस समय कैद ने उसे मुर्दा बना रखा है। उसके बदन के कपड़े बिल्कुल फटे और मैले थे और वह बहुत ही मजहूल हो रहा था। कोठरी के एक तरफ तांबे का घड़ा, लोटा और कुछ खाने का सामान रखा हुआ था, ओढ़ने और बिछाने के लिए दो कम्बल थे। कोठरी की पिछली दीवार में खिड़की थी जिसके अन्दर से बदबू आ रही थी।

मायारानी और धनपत को देखकर वह आदमी ठहर गया और इस अवस्था में भी लाल-लाल आंखें कर उन दोनों की तरफ देखने लगा।

मायारानी- यह आखिरी दफे मैं तेरे पास आई हूं।

कैदी- ईश्वर करे ऐसा ही हो और फिर तेरी सूरत दिखाई न दे।

मायारानी- अब भी अगर वह भेद मुझे बता दे तो तुझे छोड़ दूंगी।

कैदी- हरामजादी कमीनी औरत, दूर हो मेरे सामने से!

मायारानी- मालूम होता है वह भेद तू अपने साथ ले जाएगा।

कैदी- बेशक ऐसा ही है।

मायारानी- यह ढाल तेरे हाथ में कहां से आई?

कैदी- तुझ चाण्डालिनी की इस बात का जवाब मैं क्यों दूं?

मायारानी- मालूम होता है कि तुझे अपनी जान प्यारी नहीं है और अब तू मौत के पंजे में पड़ना चाहता है!

कैदी- बेशक पहले मुझे अपनी जान प्यारी न थी, पांच दिन पीछे भोजन करना मुझे पसन्द न था, कभी-कभी तेरी सूरत देखने की बनिस्बत मौत को हजार दर्जे अच्छा समझता था, मगर अब मैं मरने के लिए तैयार नहीं हूं।

मायारानी- (हंसकर) तुझे मेरे हाथ से बचाने वाला कौन है?

कैदी- (ढाल दिखाकर) यह!

धनपत- (मायारानी के कान में) न मालूम यह ढाल इसे क्योंकर मिल गई! क्या चण्डूल यहां तो नहीं पहुंच गया?

मायारानी- (धनपत से) कुछ समझ में नहीं आता। यह ढाल भविष्य बुरा बता रही है।

धनपत- मेरा कलेजा डर के मारे कांप रहा है।

मायारानी- (कैदी से) यह तुझे किसी तरह बचा नहीं सकती और मैं तेरी जान लिए बिना जा नहीं सकती।

कैदी- खैर, जो कुछ तू कर सके, कर ले।

मायारानी- तू जिद्दी और बेहया है।

कैदी- हरामजादी की बच्ची, बेहया तो तू है जो घड़ी-घड़ी के बाद मेरे सामने आती है।

इस बात के जवाब में मायारानी ने एक तीर कैदी को मारा, जिसे उसने बड़ी चालाकी से ढाल पर रोक लिया, दूसरा तीर चलाया, वह भी बेकार हुआ, तीसरा तीर चलाया, उससे भी कोई काम न चला। लाचार मायारानी कैदी का मुंह देखने लगी।

कैदी- तेरे किए अब कुछ भी न होगा।

मायारानी- खैर, देखूंगी, तू कब तक अपनी जान बचाता है।

कैदी- मेरी जान कोई भी नहीं ले सकता, बल्कि मुझे निश्चय हो गया कि अब तेरी मौत आ गई।

इसका जवाब मायारानी कुछ देना ही चाहती थी कि एक आवाज ने उसे चौंका दिया। कैदी की बात पूरी होने के साथ ही किसी ने कहा, "बेशक मायारानी की मौत आ गई।"

***

बयान-2

कैदखाने का हाल हम ऊपर लिख चुके हैं, पुनः लिखने की कोई आवश्यकता नहीं। उस कैदखाने में कई कोठरियां थीं जिनमें से आठ कोठरियों में तो हमारे बहादुर लोग कैद थे और बाकी कोठरियां खाली थीं। कोई आश्चर्य नहीं, यदि हमारे पाठक महाशय उन बहादुरों के नाम भूल गये हों जो इस समय मायारानी के कैदखाने में बेबस पड़े हैं अस्तु एक दफे पुनः याद दिला देते हैं। उस कैदखाने में कुंअर इन्द्रजीत सिंह, कुंअर आनन्द सिंह, तारा सिंह, भैरो सिंह, देवी सिंह और शेर सिंह के अतिरिक्त एक कुमारी भी थी जिसके मुख की सुन्दर आभा ने उस कैदखाने में उजाला कर रखा था। पाठक समझ ही गये होंगे कि हमारा इशारा कामिनी की तरफ है। यद्यपि वह ऐसी कोठरी में बन्द थी जिसके अन्दर मर्दों की निगाह नहीं जा सकती थी तथापि कुंअर आनन्द सिंह को इस बात पर ढाढ़स थी कि उनकी प्यारी कामिनी उनसे दूर नहीं है, मगर कुंअर इन्द्रजीत सिंह के रंज का कोई ठिकाना न था। वे कुछ भी नहीं जानते थे कि उनकी प्यारी किशोरी कहां और किस अवस्था में है।

इस कैदखाने में छत के सहारे शीशे की एक कन्दील लटक रही थी। उसी में मायारानी का एक आदमी रोज जाकर रोशनी ठीक कर देता था। ठीक कर देना हम इसलिए कहते हैं, कि उस कैदखाने में अंधेरा रहने के कारण दिन-रात बत्ती जला करती थी और ठीक समय पर आदमी जाकर उसे दुरुस्त कर दिया करता था। खाने-पीने का सामान आठ पहर में एक दफे कैदियों को दिया जाता था। कैदखाने की भयानक अवस्था लिखने में हम विशेष समय नष्ट करना नहीं चाहते, क्योंकि हमें किस्सा बहुत लिखना है और जगह कम है।

अब हम उस संध्या का हाल लिखते हैं जिस दिन मायारानी से और चण्डूल से बातचीत हुई थी, या जब कमलिनी से लाडिली मिली थी। यों तो तहखाने के अन्दर दिन-रात समान था और कैदियों को इस बात का ज्ञान बिल्कुल नहीं हो सकता था कि सूर्य कब उदय और कब अस्त हुआ, तथापि बाहरी हिसाब से हमें समय लिखना ही पड़ता है।

संध्या होने के बाद एक आदमी कैदखाने में आया और कैदियों की तरफ देखकर बोला, "मायारानी की तरफ से इस समय मैं आप लोगों के पास यह कहने के लिए आया हूं कि कल पहर दिन चढ़ने के पहले ही आप लोग इस दुनिया से उठा दिए जाएंगे। इसके अतिरिक्त अपनी तरफ से अफसोस के साथ आपको इत्तिला देता हूं कि राजा वीरेन्द्र सिंह और रानी चन्द्रकांता को भी हमारी मायारानी ने गिरफ्तार कर लिया है। उन्हीं के सामने आप लोग मारे जाएंगे, और इसके बाद उन दोनों की भी जान ली जाएगी।"

इस आदमी के आने के पहले कैदी लोग सुस्त और उदास बैठे हुए थे, मगर जब इस आदमी ने आकर ऊपर लिखी बातें कहीं तो सभी की अवस्था बदल गई। क्रोध से सभी का चेहरा लाल हो गया और बदन कांपने लगा, लेकिन उस आदमी की बात का जवाब किसी ने भी कुछ न दिया।

कैदियों को सन्देशा देने के बाद मायारानी का आदमी उस कोठरी में गया, जिसमें हथकड़ी और बेड़ी से बेबस बेचारी कामिनी कैद थी। थोड़ी ही देर बाद कामिनी को साथ लिए हुए वह आदमी बाहर निकला। उस समय सभी की निगाह उस बेचारी पर पड़ी। देखा कि रंज, गम और दु:ख के मारे वह सूखकर कांटा हो गई है। मालूम होता है मानो वर्षों से बीमार है। सिर के बाल खुले और फैले हुए हैं, साड़ी मैली और खराब हो गई है, मगर भोलापन, खूबसूरती और नजाकत ने इस अवस्था में भी उसका साथ नहीं छोड़ा है। उसके दोनों हाथ बंधे थे, और वह बेड़ी के सबब से अच्छी तरह कदम नहीं उठा सकती थी।

सभी को देखते-देखते कामिनी को साथ लिए हुए मायारानी का आदमी कैदखाने के बाहर चला गया और कैदखाने का दरवाजा फिर बन्द हो गया। ताली भरने की आवाज भी बहादुर कैदियों के कानों में पड़ी। यों तो वहां जितने कैदी थे, सभी क्रोध के मारे कांप रहे थे, मगर हमारे आनन्द सिंह की अवस्था कुछ और ही थी। एक तो अपने मां-बाप का हाल सुनकर जोश में आ ही चुके थे, दूसरे कामिनी को जो इस बेबसी के साथ कैदखाने के बाहर जाते देखा, और भी उबल पड़े, क्रोध सम्हाल न सके, उठके खड़े हो गए और जंगले वाली कोठरी में जिसमें कैद थे टहलने लगे। जिस जंगले वाली कोठरी में कुंअर इन्द्रजीत सिंह थे, वह आनन्द सिंह के ठीक सामने थी और ऐयार लोग भी उन्हें अच्छी तरह देख सकते थे। टहलने के साथ आनन्द सिंह के पैर की जंजीरी बोली, जिससे सभी का ध्यान उनकी तरफ जा रहा।

इन्द्रजीत सिंह- आनन्द!

आनन्द सिंह- आज्ञा!

इन्द्रजीत सिंह-क्या बेबसी हम लोगों का साथ न छोड़ेगी?

आनन्द सिंह- बेशक छोड़ेगी, अब हम लोग इस अवस्था में कदापि नहीं रह सकते। हम लोग जंगली शेर नहीं हैं जो जंगले के अन्दर बन्द पड़े रहें।

इन्द्रजीत सिंह- (खड़े होकर) हां, ऐसा ही है, यह लोहे की तार अब हमें रोक नहीं सकती!

इतना कहके इन्द्रजीत सिंह ने इष्टदेव का ध्यान कर अपनी कलाई उमेठी, और जोर करके हथकड़ी तोड़ डाली। बड़े भाई की देखादेखी आनन्द सिंह ने भी वैसा ही किया। हथकड़ी तोड़ने के बाद दोनों ने अपने पैरों की बेड़ियां खोलीं, और तब जंगले के बाहर निकलने का उद्योग करने लगे। दोनों हाथों से लोहे का छड़ जो जंगले में लगा हुआ था पकड़ के और लात अड़ा के खींचने लगे। इसमें कोई सन्देह नहीं कि दोनों कुमार बड़े बहादुर और ताकतवर थे। छड़ टेढ़े हो-होकर

छेदों से बाहर निकलने लगे और बात-की-बात में दोनों शेर जंगले वाली कोठरी के बाहर निकलकर खड़े हो गये। दोनों गले मिले, और इसके बाद हर एक जंगले के छड़ों को निकालकर दोनों भाइयों ने अपने ऐयारों को भी छुड़ाया, और जोश में आकर बोले, "उद्योग से बढ़कर दुनिया में कोई पदार्थ नहीं!"आनन्द सिंह- ईश्वर चाहेगा तो अब थोड़ी देर में हम लोग इस कैदखाने के बाहर भी निकल जाएंगे।

इन्द्रजीत सिंह- हां, अब हम लोगों को इसके लिए भी उद्योग करना चाहिए।

भैरो सिंह- हम लोग जोर करके तहखाने का दरवाजा उखाड़ डालेंगे, और इसी समय कम्बख्त मायारानी के सामने जा खड़े होंगे।

ऐयारों को साथ लिए हुए दोनों भाई सदर दरवाजे के पास गये जो बाहर से बन्द था। यह दरवाजा चार अंगुल मोटे लोहे का बना था और इसकी मजबूत चूल भी जमीन में बहुत गहरी घुसी हुई थी। इसलिए पूरे दो घण्टे तक मेहनत करने पर भी कोई नतीजा न निकला। क्रोध में आकर इन्द्रजीत सिंह और आनन्द सिंह ने लोहे का छड़ जो जंगले में से निकला था उठा लिया, और बाईं तरफ की दीवार जो चूना और ईंटों से बनी हुई थी, तोड़ने लगे। उस समय ऐयारों ने दोनों भाइयों के हाथ से छड़ ले लिया, और दीवार तोड़ना शुरू किया।

पहर भर की मेहनत से दीवार में इतना बड़ा छेद हो गया कि आदमी उसकी राह बखूबी निकल जाए। भैरो सिंह ने झांककर देखा, उस तरफ बिल्कुल अंधेरा था और इस बात का ज्ञान जरा-भी नहीं हो सकता था कि दीवार के दूसरी तरफ क्या है। हम ऊपर लिख आए हैं कि इस कैदखाने में छत के सहारे शीशे की एक कन्दील लटकती थी। इस समय ऐयारों ने उसी कन्दील की रोशनी से काम लेना चाहा। तारा सिंह ने भैरो सिह के कन्धे पर चढ़कर कन्दील उतार ली और उसे हाथ में लिए हुए उस सूराख की राह दूसरी तरफ निकल गये। इनके पीछे दोनों कुमार और ऐयार लोग भी गए। अब मालूम हुआ कि यह कोठरी है जो लगभग तीस हाथ के लम्बी और पन्द्रह हाथ से कम चौड़ी है। कुमार तथा ऐयार लोग अगर बिना रोशनी के इस कोठरी में आते तो जरूर दु:ख भोगते, क्योंकि यहां जमीन बराबर न थी, बीचों-बीच में एक कुआं था और उसके चारों तरफ जमीन में चार दरवाजे बने हुए थे, जिनके देखने से मालूम होता था कि यहां कई तहखाने हैं, और ये दरवाजे नहीं, तहखानों के रास्ते हैं। इस समय उन दरवाजों के पल्ले जो लकड़ी के थे अच्छी तरह देखने से मालूम हुआ कि नीचे उतरने के लिए सीढ़ियां बनी हुई हैं, और उस कुएं में भी लोहे की एक जंजीर लटक रही थी। इसके अतिरिक्त चारों तरफ की दीवारें बराबर थीं, अर्थात् किसी तरफ कोई दरवाजा न था, जिसे खोलकर ये लोग बाहर जाने की इच्छा करते।

इन्द्रजीत सिंह- मालूम होता है कि यहां आने या यहां से जाने के लिए इन तहखानों के सिवाय कोई राह नहीं है।

आनन्द सिंह- मैं भी यही समझता हूं।

देवी सिंह- इन तहखानों में उतरे बिना काम न चलेगा।

तारा सिंह- आज्ञा हो तो मैं रोशनी लेकर एक तहखाने में उतरूं और देखूं कि क्या है।

इन्द्रजीत सिंह- खैर, जाओ, कोई हर्ज नहीं।

आज्ञा पाकर तारा सिंह एक तहखाने के मुंह पर गये, मगर जब नीचे उतरने लगे तो कुछ देखकर रुक गये। कुंअर इन्द्रजीत सिंह ने रुकने का सबब पूछा। जिसके जवाब में तारा सिंह ने कहा, "इस तहखाने में रोशनी मालूम होती है और धीरे-धीरे वह रोशनी तेज होती जाती है। मालूम होता है कि सुरंग है, और कोई आदमी हाथ में बत्ती लिये इसी तरफ आ रहा है।"

दोनों कुमार और ऐयार लोग भी वहां गये और झांककर देखने लगे। थोड़ी देर में दो कमसिन औरतें नजर पड़ीं, जो सीढ़ी के पास आकर ऊपर चढ़ने का इरादा कर रही थीं। एक के हाथ में मोमबत्ती थी, जिसे देखते ही कुमार ने पहचान लिया कि यह कमलिनी है, साथ में लाडिली भी थी, मगर उसे वे पहचानते न थे। हां, जब कैदी बनकर मायारानी के दरबार में लाए गये थे, तो मायारानी की बगल में बैठे हुए उसे देखा था और समझते थे कि वह भी हम लोगों की दुश्मन है। इस समय कमलिनी के साथ उसे देखकर कुमार को शक मालूम हुआ, क्योंकि इन्द्रजीत सिंह कमलिनी को दोस्त समझते थे और दोस्त के साथ दुश्मन का होना बेशक खटके की बात है।

कमलिनी जब सीढ़ी के पास पहुंची तो ऊपर रोशनी देखकर रुक गई। साथ ही कुमार ने पुकारकर कहा, "डरो मत, ऊपर चली आओ, मैं हूं इन्द्रजीत सिंह!"

कमलिनी ने कुमार की आवाज पहचान ली और लाडिली को साथ लिये ऊपर चली आई, मगर दोनों कुमारों और उनके ऐयारों को वहां देखकर ताज्जुब करने लगी।

कमलिनी- आप लोग यहां कैसे आये?

इन्द्रजीत सिंह- यही बात मैं तुमसे पूछने वाला था!

कमलिनी- मैं तो आपको छुड़ाने के लिए आई हूं, मगर मालूम होता है कि मेरे आने के पहले ही, किसी ने पहुंचकर आप लोगों को छुड़ा दिया।

देवी सिंह- कोई दूसरा नहीं आया, दोनों कुमारों ने स्वयं अपनी-अपनी हथकड़ी तोड़ डाली, जंगलों के सींखचे खींचकर बाहर निकाल दिये और हम लोगों को भी कैद से छुड़ाया, इसके बाद दीवार तोड़कर हम लोग अभी थोड़ी देर हुई इधर आये हैं!

कमलिनी-(हंसकर) बहादुर हैं, यह न ऐसा करेंगे तो दूसरा कौन करेगा!

इन्द्रजीत सिंह- हम एक बात तुमसे और पूछना चाहते हैं।

कमलिनी- आपका मतलब मैं समझ गई। (लाडिली की तरफ देखकर) शायद इसके बारे में आप कुछ पूछेंगे!

इन्द्रजीत सिंह- हां ठीक है, क्योंकि इन्हें हमने उसके पास बैठा देखा था, जिसके फरेब ने हमारी यह दशा की है, और लोगों की बातों से यह भी मालूम हुआ कि उसका नाम मायारानी है।

कमलिनी- बहुत दिनों तक साथ रहने पर भी आपको मेरा भेद कुछ भी मालूम नहीं हुआ, मगर इस समय मैं इतना कह देना उचित समझती हूं कि यह मेरी छोटी बहिन है और मायारानी बड़ी बहिन है। हम तीनों बहिनें हैं। लेकिन अनबन होने के कारण मैं उससे अलग हो गई और आज इसने भी उसका साथ छोड़ दिया। आज से पहले वह मेरी ही दुश्मन थी, मगर आज से इसकी भी जिसका नाम लाडिली है, जान की प्यासी हो गयी, मगर इतना सुनने पर भी मैं समझती हूं कि आप मुझे अपना दुश्मन न समझते होंगे।

इन्द्रजीत सिंह- नहीं-नहीं, कदापि नहीं। मैं तुम्हें अपना हमदर्द समझता हूं, तुमने मेरे साथ बहुत-कुछ नेकी की है।

कमलिनी- आप लोगों को छुड़ाने के लिए तेज सिंह भी यहां आये थे, मगर गिरफ्तार हो गये!

इन्द्रजीत सिंह- क्या तेजसिंह भी गिरफ्तार हो गये लेकिन वे उस कैदखाने में नहीं लाये गये जहां हम लोग थे।

कमलिनी- वह दूसरी जगह रखे गये थे। मैंने उन्हें भी कैद से छुड़ाया है, अब थोड़ी ही देर में आप उनसे मिलना चाहते हैं।

आनन्द सिंह चुपचाप इन दोनों की बातें सुन रहे थे, और छिपी निगाहों से लाडिली के रूप की अलौकिक छटा का भी आनन्द ले रहे थे। लाडिली भी प्रेम की निगाहों से उन्हें देख रही थी। इस बात को कमलिनी ने भी जान लिया, मगर वह तरह दे गई। जब आनन्द सिंह ने तेज सिंह का हाल सुना तब चौंके और कमलिनी की तरफ देखकर बोले–

आनन्द सिंह- सुना है कि हमारे माता-पिता भी...।

कमलिनी- हां, उन दोनों को भी कम्बख्त मायारानी ने फंसा लिया है! हाय, मैंने सुना है कि वे दोनों बेचारे बड़े संकट में हैं और सहज ही में उन दोनों का छूटना मुश्किल है, तथापि उद्योग में विलम्ब न करना चाहिए। अब आप कोई सवाल न कीजिये और यहां से जल्द निकल चलिये।

राजा वीरेन्द्र सिंह और रानी चन्द्रकांता का हाल सुनकर सबके सब घबड़ा गये और आगे कुछ सवाल करने की हिम्मत न पड़ी। कुमार कमलिनी के साथ चलने के लिए तैयार हो गये और सभी को साथ लिए हुए कमलिनी फिर उसी तहखाने में उतर गई, जहां से आई थी। कुंअर इन्द्रजीत सिंह किशोरी का और आनन्द सिंह कामिनी का हाल पूछने के लिए बेचैन थे, मगर मौका न समझकर चुप रह गये।

नीचे जाने पर मालूम हुआ कि वह एक सुरंग का रास्ता था, मगर यह सुरंग साधारण न थी। इसकी चौड़ाई केवल इतनी थी कि दो आदमी बराबर मिलकर जा सकते थे। ऊंचाई की यह अवस्था थी कि हर एक मर्द हाथ ऊंचा करके उसकी छत छू सकता था। दोनों तरफ की दीवार

स्याह पत्थर की थी, जिस पर तरह-तरह की खूबसूरत, भयानक और कहीं-कहीं आश्चर्यजनक तस्वीरें मुसौवरों की कारीगरी का नमूना दिखा रही थीं, अर्थात् रंगों से बनी थीं। पत्थर गढ़कर नहीं बनाई गई थीं, परन्तु उन तस्वीरों के रंग की भी यह अवस्था थी कि अभी दो-चार दिन की बनी मालूम होती थीं जिन्हें देख हमारे कुमारों और ऐयारों को बहुत ही ताज्जुब मालूम हो रहा था।

कमलिनी- (इन्द्रजीत सिंह से) आप चाहते होंगे कि इन विचित्र तस्वीरों को अच्छी तरह देखें!

इन्द्रजीत सिंह- बेशक ऐसा ही है, किंतु इस दौड़ादौड़ में ऐसी उत्तम तस्वीरों के देखने का आनन्द कुछ भी नहीं मिल सकता और यहां की एक-एक तस्वीर ध्यान देकर देखने योग्य है, परन्तु क्या किया जाए, जब से अपने माता-पिता का हाल तुम्हारी जुबानी सुना है, जी बेचैन हो रहा है, यही इच्छा होती है कि जहां तक जल्द हो सके, उनके पास पहुंचें और उन्हें कैद से छुड़ावें। तुम स्वयं कह चुकी हो कि वह बड़े संकट में पड़े हैं, परन्तु यह न जाना गया कि उन्हें किस प्रकार का संकट है!

कमलिनी- आपका कहना बहुत ठीक है, इन तस्वीरों को देखने के लिए बहुत समय चाहिए बल्कि इनका हाल और मतलब जानने के लिए कई दिन चाहिए, और यह समय यहां अटकने का नहीं है, मगर साथ ही इसके यह भी याद रखिये कि आप दो-चार या दस घण्टे के अन्दर ठिकाने पहुंचकर भी अपने माता-पिता को नहीं छुड़ा सकते। मुझे ठीक-ठीक मालूम नहीं कि वह किस कैदखाने में कैद हैं, पहले तो इसी बात का पता लगाने के लिए कई दिन नहीं तो कई पहर चाहिए।

इन्द्रजीत सिंह- तो क्या तुमने उन्हें अपनी आंखों से नहीं देखा?

कमलिनी- नहीं, मगर इतना जानती हूं कि इस बाग के चौथे दर्जे में किसी ठिकाने वे कैद हैं।

इन्द्रजीत सिंह- क्या इस बाग के कई दर्जे हैं, जिसमें मायारानी रहती है और जहां हम लोग बेबस करके लाये गये थे?

कमलिनी- हां, इस बाग के चार दर्जे हैं। पहले में तो सिपाहियों और नौकरों के ठहरने का ठिकाना है, दूसरे दर्जे में स्वयं मायारानी रहती है, तीसरे और चौथे दर्जे में कोई नहीं रहता। हां, यदि कोई ऐसा कैदी हो जिसे बहुत ही गुप्त रखना मंजूर हो तो वहां भेज दिया जाता है। तीसरे और चौथे दर्जे को तिलिस्म कहना चाहिए, बल्कि चौथा दर्जा तो (कांपकर) ओफ, बड़ी-बड़ी भयानक चीजों से भरा हुआ है।

इन्द्रजीत सिंह- तो उसी चौथे दर्जे में हमारे माता-पिता कैद हैं?

कमलिनी- जी हां।

आनन्द सिंह- शायद तुम्हारी छोटी बहिन कुछ जानती हों जो तुम्हारे साथ हैं?

कमलिनी- नहीं-नहीं, यह बेचारी तीसरे और चौथे दर्जे का हाल कुछ भी नहीं जानती।

लाडिली- बल्कि तीसरे और चौथे दर्जे का पूरा-पूरा हाल मायारानी को भी नहीं मालूम। कमलिनी बहिन को मालूम न था, मगर दो ही चार महीनों में न मालूम क्योंकर वहां का विचित्र हाल इन्हें मालूम हो गया। देखिये, इसी सुरंग को जिसमें हम लोग जा रहे हैं, मायारानी भी नहीं जानती और मुझे तो इसका कुछ गुमान भी न था।

यहां पर कमलिनी के साथ की वह मोमबत्ती जलकर पूरी हो गयी और कमलिनी ने उसे जमीन पर फेंक दिया। अब इस सुरंग में केवल उस कन्दील की रोशनी रह गई, जो ये लोग कैदखाने में से लाये थे और इस समय तारा सिंह उसे अपने हाथ में लटकाये सभी के पीछे-पीछे आ रहे थे। कमलिनी के कहे मुताबिक तारा सिंह अब कन्दील लिए हुए आगे-आगे चलने लगे। लगभग बीस कदम जाने के बाद एक चौमुहानी मिली, अर्थात् वहां से चारों तरफ सुरंगें गई हुई थीं। कमलिनी ने रुककर इन्द्रजीत सिंह की तरफ देखा और कहा, "अब यहां से अगर हम लोग चाहें तो इस तिलिस्मी मकान के बाहर निकल जा सकते हैं।"

इन्द्रजीत सिंह- यह सामने वाला रास्ता कहां गया है?

कमलिनी- बाग के तीसरे और चौथे दर्जे में जाने के लिए यही रास्ता है और बायीं तरफ वाली सुरंग उस दूसरे दर्जे में गई है, जिसमें मायारानी रहती है।

आनन्द सिंह- और दाहिनी तरफ जाने से हम लोग कहां पहुंचेंगे?

कमलिनी- इस तिलिस्मी मकान या बाग से बाहर जाने के लिए वही राह है।

इन्द्रजीत सिंह- तो अब तुम हम लोगों को कहां ले जाना चाहती हो?

कमलिनी- जहां आप कहिए।

आनन्द सिंह- अगर मायारानी के बाग में ले चलो तो हम उसे इसी समय गिरफ्तार कर लें, इसके बाद सब काम सहज ही में हो जाएगा।

कमलिनी- यह काम सहज नहीं है और इसके सिवाय जहां तक मैं समझती हूं, मायारानी इस समय अपने कमरे में न होगी या यदि होगी भी तो हर तरह से होशियार होगी। केवल इतना ही नहीं वहां जाने से और भी कई प्रकार का धोखा है। एक तो उस बाग की चहारदीवारी के बाहर कूदकर या कमन्द लगाकर निकल जाना असंभव है, दूसरे उस बाग की हिफाजत के लिए पांच सौ सिपाही मुकर्रर हैं जो हमेशा मुस्तैद और सहज ही मायारानी के पास पहुंच जाने के लिए तैयार रहते हैं। मायारानी को गिरफ्तार करके बाग के बाहर ले जाना कठिन है। मेरी समझ में तो आपको एक दफे यहां से बाहर निकल जाना चाहिए।

इन्द्रजीत सिंह- मगर मैं कुछ और ही चाहता हूं।

कमलिनी- वह क्या?

इन्द्रजीत सिंह- यदि तुमसे हो सके तो हमें किसी ऐसी जगह ले चलो, जो इस बाग की सरहद के अन्दर हो और जहां दो-तीन रोज तक गुप्त रीति से हम लोग रह भी सकें।

कमलिनी- (कुछ सोचकर) हां, यह हो सकता है और इस राय को मैं भी पसंद करती हूं।

लाडिली- (कमलिनी से) तुमने कौन-सी ऐसी जगह सोची है?

कमलिनी- ऐसी जगह बाग के तीसरे दर्जे में है, बल्कि चौथे दर्जे में भी है।

लाडिली- चौथे दर्जे में जाकर दो-तीन दिन तक रहना उचित नहीं क्योंकि वह बड़ी भयानक जगह है, क्या तुम वहां के भेद अच्छी तरह जानती हो?

कमलिनी- हरे कृष्ण गोविन्द! वहां का हाल जानना क्या खिलवाड़ है हां, एक मकान के अन्दर जाने का रास्ता जरूर मालूम है, जहां कोई दूसरा नहीं पहुंच सकता।

इन्द्रजीत सिंह- तो फिर उसी जगह हम लोगों को क्यों नहीं ले चलती हो?

कमलिनी- (कुछ सोचकर) हां, मुझे अब याद आया, इतनी देर से व्यर्थ भटक रही हूं। अच्छा आप लोग मेरे पीछे-पीछे चले आइये।

सभी को साथ लिए हुए कमलिनी रवाना हुई। थोड़ी दूर जाने के बाद एक बन्द दरवाजा मिला। वह दरवाजा लोहे का था। मगर यह नहीं मालूम होता था कि वह किस तरह खुलेगा क्योंकि न तो उसमें कहीं ताली लगाने की जगह थी, और न कोई जंजीर या कुंडी ही दिखाई देती थी। दरवाजे की दोनों बगल दीवार में तीन-तीन हाथ ऊंचे दो हाथी बने हुए थे। ये हाथी चांदी के थे और इनके धड़ का अगला हिस्सा कुछ आगे की तरफ बढ़ा हुआ था। एक हाथी की सूंड में दूसरे हाथी की सूंड गुंथी थी। इन दोनों हाथियों के अगले एक-एक पैर आगे बढ़े और कुछ जमीन की तरफ इस प्रकार मुड़े हुए थे, जिसके देखने से मालूम होता था कि दो सफेद हाथी क्रोध में आकर सूंड मिला रहे हैं और लड़ने के लिए तैयार हैं।

कमलिनी- एक ग्रन्थ के पढ़ने से मुझे मालूम हुआ कि दरवाजा कमानी के सहारे से खुलता और बन्द होता है और इसकी कमानी इन दोनों हाथियों के पेट में है, जिस पर दोनों सूंडों के दबाने से दबाव पहुंचता है, अस्तु यहां ताकत का काम है। इस दोनों सूंडों को जोर के साथ यहां तक झुकाना और दबाना चाहिए कि दरवाजे के साथ लग जाए। मैं देखना चाहती हूं कि आपके ऐयारों में कितनी ताकत है।

देवी सिंह- अगर किसी आदमी के झुकाये यह झुक सकता है, तो पहले मुझे उद्योग करने दीजिए।

कमलिनी- आइये-आइये, लीजिये, मैं हट जाती हूं।

देवी सिंह ने दोनों सूंडों पर हाथ रखा और छाती से अड़ाकर जोर किया, मगर एक बित्ते से ज्यादा न दबा सके और दरवाजा दो हाथ की दूरी पर था, इसलिए दो हाथ दबाकर ले जाने की आवश्यकता थी। आखिर देवी सिंह यह कहते हुए पीछे हटे, "यह राक्षसी काम है।"

इसके बाद और ऐयारों ने भी जोर किया, मगर देवी सिंह से ज्यादा काम न कर सके। तब कमलिनी कुमारों की तरफ देखकर हंसी और बोली, "सिवाय आप दोनों के यह काम किसी तीसरे से न हो सकेगा!"

आनन्द सिंह- (इन्द्रजीत सिंह की तरफ देखकर) यदि आज्ञा हो तो मैं भी जोर करूं

इन्द्रजीत सिंह- क्या हर्ज है, तुम यह काम बखूबी कर सकते हो!

आज्ञा पाते ही कुंअर आनन्द सिंह ने दोनों सूंडों पर हाथ रखकर जोर किया और पहले ही जोर में दरवाजे के साथ लगा दिया। यह हाल देखते ही लाडिली ने जोश में आकर कहा, "वाह-वाह! कैद की मुसीबत उठाकर कमजोर होने पर भी यह हाल है!"

दरवाजे के साथ सूंडों का लगना था कि हाथियों के चिंघाड़ने की हलकी आवाज आई और दरवाजा जो एक ही पल्ले का था, सरसर करता जमीन के अन्दर घुस गया। कमलिनी ने आनन्द सिंह से कहा, "अब सूंड को पीछे की तरफ हटाइये, मगर पहले सूंड के नीचे से या उसके ऊपर से लांघकर दूसरी तरफ निकल चलिए।"

हाथ में कंदील लिए हुए पहले तारा सिंह टप गये और दरवाजे के उस पार जा खड़े हुए, तब इन्द्रजीत सिंह दरवाजे के उस पार पहुंचे, उसके बाद कुंअर आनन्द सिंह जाना ही चाहते थे कि एक नई घटना ने सब खेल ही बिगाड़ दिया।

दरवाजे के उस पार एक आदमी न मालूम कब से छिपा बैठा था। उसने फुर्ती से आगे बढ़कर एक लात उस कन्दील में मारी जो तारा सिंह के हाथ में थी। कंदील हाथ से छूटकर जमीन पर तो न गिरी मगर बुझ गई और एकदम अन्धकार हो गया। यद्यपि यह काम उसने बड़ी फुर्ती से किया, तथापि इन लोगों की निगाह उस पर पड़ ही गई, लेकिन उसकी असली सूरत नजर न पड़ी क्योंकि वह काला कपड़ा पहने और अपने चेहरे को नकाब से छिपाये हुए था।

अंधेरा होते ही उसने दूसरा काम किया। भुजाली उसके पास थी, जिसका एक भरपूर हाथ उसने कुंअर इन्द्रजीत सिंह के सिर पर जमाया। अंधेरे के सबब से निशाने में फर्क पड़ गया तो भी कुमार के बायें मोढ़े पर गहरी चोट बैठी। चोट खाते ही कुमार ने पुकारकर कहा, "सब कोई होशियार रहना! दुश्मन के हाथ में हर्बा है और वह मुझे जख्मी भी कर चुका है!"

यह हाल देख और सुनकर कमलिनी ने झट अपने तिलिस्मी खंजर से काम लिया। हम ऊपर लिख आये हैं कि उसकी कमर में दो तिलिस्मी खंजर हैं। उसने एक खंजर हाथ में लेकर उसका कब्जा दबाया और उसमें से बिजली की तरह चमक पैदा हुई जिससे कमलिनी के सिवाय जो आदमी वहां थे, कोई भी उस चमक को न सह सका और सभी ने अपनी-अपनी आंखें बन्द कर लीं।

दरवाजे के उस पार भी उसी तरह की सुरंग थी। कमलिनी ने देखा कि दुश्मन अपना काम करके सामने की तरफ भागा जा रहा है, मगर इस खंजर की चमक ने उसे भी चौंधिया दिया था।

जिसका नतीजा यह हुआ कि कमलिनी बहुत जल्द ही उसके पास जा पहुंची और खंजर उसके बदन से लगा दिया, जिसके साथ ही वह बेहोश होकर जमीन पर गिर पड़ा। खंजर कमर में रखकर कमलिनी लौटी और उसने अपने बटुए में से सामान निकालकर एक मोमबत्ती जलाई तथा इतने में हमारे ऐयार लोग भी दरवाजे के दूसरी तरफ जा पहुंचे।

कुंअर इन्द्रजीत सिंह के मोढ़े से खून निकल रहा था। यद्यपि कुमार को उसकी कुछ पहवाह न थी और उनके चेहरे पर भी किसी प्रकार का रंज न मालूम होता था तथापि देवी सिंह ने जख्म बांधने का इरादा किया, मगर कमलिनी ने रोककर अपने बटुए में से किसी प्रकार के तेल की एक शीशी निकाली और अपने नाजुक हाथों से घाव पर तेल लगाया, जिससे तुरन्त ही खून बन्द हो गया। इसके बाद अपने आंचल में से थोड़ा कपड़ा फाड़कर जख्म बांधा। उसके अहसान ने कुंअर इन्द्रजीत सिंह को पहले ही अपना कर लिया था, अब उसकी मुहब्बत और हमदर्दी ने उन्हें अच्छी तरह अपने काबू में कर लिया।

इन्द्रजीत सिंह- (कमलिनी से) तुम्हारे अहसानों के बोझ से मैं दबा ही जाता हूं। (मुस्कुराकर और धीरे से) देखना चाहिए, सिर उठाने का दिन भी कभी आता है या नहीं।

कमलिनी- (मुस्कराकर) बस, रहने दीजिये, बहुत बातें न बनाइये।

आनन्द सिंह- मालूम होता है, वह शैतान भाग गया।

कमलिनी- नहीं-नहीं, मेरे सामने से भागकर निकल जाना जरा मुश्किल है, आगे चलकर आप उसे जमीन पर बेहोश पड़ा हुआ देखेंगे।

इन्द्रजीत सिंह- इस समय तो तुमने वह काम किया है जिसे करामात कहना चाहिए!

कमलिनी- मैं बेचारी क्या कर सकती हूं, इस समय तो (खंजर की तरफ इशारा करके) इसने बड़ा काम किया।

इन्द्रजीत सिंह- बेशक यह अनूठी चीज है, इसकी चमक ने तो आंखें बन्द कर दीं, कुछ देख भी न सके कि तुमने क्या किया।

कमलिनी- यह तिलिस्मी खंजर है और इसमें बहुत से गुण हैं।

इन्द्रजीत सिंह- मैं सुनना चाहता हूं कि इस खंजर में क्या-क्या गुण हैं। बल्कि और भी कई बातें पूछना चाहता हूं मगर यकायक दुश्मन के पहुंचने से...।

कमलिनी- खैर, ईश्वर की मर्जी, मैं खूब जानती हूं कि सिवाय इस शैतान के और कोई यहां तक नहीं आ सकता, तिस पर भी इस दरवाजे को खोलने की इसे सामर्थ्य न थी, इसी से चुपचाप दुबका हुआ था। मगर फिर भी इसका यहां तक पहुंच जाना ताज्जुब मालूम होता है।

इन्द्रजीत सिंह- क्या तुम उसे पहचानती हो?

कमलिनी- हां, कुछ-कुछ शक तो होता है मगर निश्चय किये बिना कुछ नहीं कह सकती।

इन्द्रजीत सिंह- जो हो, मगर अब हम लोगों को यहां से निकल चलने के लिए जल्दी करनी चाहिए।

कमलिनी- पहले इस दरवाजे को बन्द कर लीजिये नहीं तो इस राह से दुश्मन के आ पहुंचने का डर रहेगा।

दरवाजे के दूसरी तरफ भी उसी प्रकार के दो हाथी बने हुए थे। कमलिनी के कहे मुताबिक आनन्द सिंह ने जोर से सूंड को दरवाजे की तरफ हटाया जिससे उस तरफ वाले हाथियों की सूंड ज्यों-की-त्यों सीधी हो गई और दरवाजा भी बन्द हो गया।

इन्द्रजीत सिंह- मालूम होता है कि इस तरफ से कोई दरवाजा खोलना चाहे तो इन हाथियों की सूंडों को, जो इस समय दरवाजे के साथ लगी हुई हैं, अपनी तरफ खींचकर सीधा करना पड़ेगा और ऐसा करने से उस तरफ के हाथियों की सूंडें दरवाजे के पास आ लगेंगी।

कमलिनी- आपका सोचना बहुत ठीक है, वास्तव में ऐसा ही है।

इन्द्रजीत सिंह- अच्छा, अब यहां से चल देना चाहिए, चलते-चलते इस खंजर का गुण भी कहो जिसकी करामात मैं अभी देख चुका हूं।

कमलिनी- चलते-चलते कहने की कोई जरूरत नहीं, मैं इसी जगह अच्छी तरह समझाकर एक खंजर आपके हवाले करती हूं।

उस खंजर में जो-जो गुण था उसके विषय में ऊपर कई जगह लिखा जा चुका है, कमलिनी ने कुंअर इन्द्रजीत सिंह को सब समझाया और इसके बाद खंजर के जोड़ की अंगूठी उनके हाथ में पहनाकर एक खंजर उनके हवाले किया, जिसे पाकर कुमार बहुत प्रसन्न हुए।

लाडिली- (कमलिनी से) एक खंजर छोटे कुमार को भी देना चाहिए।

कमलिनी- (मुस्कराकर) आपकी सिफारिश की कोई जरूरत नहीं है, मैं खुद एक खंजर छोटे कुमार को दूंगी।

आनन्द सिंह- कब?

कमलिनी- यह दूसरा खंजर उसी तरह का मेरे पास है। इसे मैं आपको अभी दे देती मगर इसलिए रख छोड़ा है कि आप ही के लिए इस घर में अभी कई तरह का काम करना है, शायद कभी दुश्मनों के...।

आनन्द सिंह- नहीं-नहीं, यह खंजर, जो तुम्हारे पास रह गया है, लेकर मैं तुम्हें खतरे में नहीं डाल सकता, कल-परसों या दस दिन में जब मौका हो तब मुझे देना।

कमलिनी- जरूर दूंगी, अच्छा अब यहां से चलना चाहिए।

दोनों कुमारों और ऐयारों को साथ लिये हुए कमलिनी वहां से रवाना हुई और उस ठिकाने पहुंची जहां वह शैतान बेहोश पड़ा हुआ था जिसने कन्दील बुझाकर कुमार को जख्मी किया था।

चेहरे पर से नकाब हटाते ही कमलिनी चौंकी और बोली, "हैं, यह तो कोई दूसरा ही है! मैं समझे हुए थी कि दारोगा, किसी तरह राजा वीरेन्द्र सिंह की कैद से छूटकर आ गया होगा, मगर इसे तो मैं बिल्कुल नहीं पहचानती। (कुछ रुककर) उसने मेरे साथ दगा तो नहीं की! कौन ठिकाना, ऐसे आदमी का विश्वास न करना चाहिए, मगर मैंने तो उसके साथ..."

ऊपर लिखी बातें कह कमलिनी चुप हो गई और थोड़ी देर तक किसी गम्भीर चिन्ता में डूबी-सी दिखाई पड़ी। आखिर कुंअर इन्द्रजीत सिंह से रहा न गया, धीरे से कमलिनी की उंगली पकड़कर बोले–

इन्द्रजीत सिंह- तुम्हें इस अवस्था में देखकर मुझे जान पड़ता है कि शायद कोई नयी मुसीबत आने वाली है जिसके विषय में तुम कुछ सोच रही हो।

कमलिनी- हां, ऐसा ही है, मेरे कामों में विघ्न पड़ता दिखाई देता है। अच्छा मर्जी परमेश्वर की! आपके लिए कष्ट उठाना क्या, जान तक देने को तैयार हूं। (कुछ रुककर) अब देर करना उचित नहीं, यहां से निकल ही जाना चाहिए।

इन्द्रजीत सिंह- क्या मायारानी के अनूठे बाग के बाहर निकलने को कहती हो?

कमलिनी- हां।

इन्द्रजीत सिंह- मैं तो सोचे हुए था कि माता-पिता को छुड़ाकर तभी यहां से जाऊंगा।

कमलिनी- मैंने भी यही निश्चय किया था, परन्तु अब क्या किया जाए, सबके पहले अपने को बचाना उचित है, यदि आप ही आफत में फंसेंगे तो उन्हें कौन छुड़ायेगा!

इन्द्रजीत सिंह- यहां की अद्भुत बातों से मैं अनजान हूं इसलिए जो कुछ करने को कहोगी करना ही पड़ेगा, नहीं तो मेरी राय तो यहां से भागने की न थी, क्योंकि जब मेरे हाथ-पैर खुले हैं और सचेत हूं तो एक क्या पांच सौ से भी डर नहीं सकता। जिस पर तुम्हारा दिया हुआ यह अनूठा तिलिस्मी खंजर पाकर तो साक्षात् काल का भी मुकाबला करने से बाज न आऊंगा।

कमलिनी- आपका कहना ठीक है, मैं आपकी बहादुरी को अच्छी तरह जानती हूं, परन्तु इस समय नीति यही कहती है कि यहां से निकल जाओ।

इन्द्रजीत सिंह- अगर ऐसा ही है तो चलो मैं चलता हूं। (धीरे-से कान में) तुम्हारी बुद्धिमानी पर मुझे डाह होता है।

कमलिनी- (धीरे से) डाह कैसा?

इन्द्रजीत सिंह- (दो कदम आगे ले जाकर) डाह इस बात का कि वह बड़ा ही भाग्यशाली होगा जिसके तुम पाले पड़ोगी।

इसके जवाब में कमलिनी ने कुमार को एक हल्की चुटकी काटी और धीरे से कहा, "मुझे तो तुमसे बढ़कर भाग्यशाली कोई दिखाई नहीं पड़ता मगर...!"

आह, कमलिनी की इस बात ने तो कुमार को फड़का दिया लेकिन इस 'मगर' शब्द ने भी बड़ा अंधेर किया जिसका सबब हमारे मनचले पाठक स्वयं समझ जाएंगे क्योंकि वे कमलिनी और कुंअर इन्द्रजीत सिंह की पहली बातें अभी भूले न होंगे, जो तालाब के बीच वाले उस मकान में हुई थीं जहां कमलिनी रहा करती थी।

कमलिनी- (देवी सिंह से) इस आदमी को जो बेहोश पड़ा है उठाकर ले चलना चाहिए।

देवी सिंह- हां-हां, इसे मैं उठाकर ले चलूंगा।

इन्द्रजीत सिंह- शायद हम लोगों को फिर लौटना पड़े क्योंकि बाहर निकलने का रास्ता पीछे छोड़ आये हैं।

कमलिनी-हां, सुगम रास्ता तो यही था मगर अब मैं उधर न जाऊंगी। कौन ठिकाना हाथी वाले दरवाजे के उस तरफ दुश्मन लोग आ गये हों, क्योंकि कैदखाने की दीवार आप तोड़ ही चुके हैं और उधर वाली सुरंग का मुंह खुला रहने के कारण किसी का आना कठिन नहीं है।

इन्द्रजीत सिंह- तब दूसरी राह कौन-सी है क्या उधर चलोगी जिधर से यह दुश्मन आया है?

कमलिनी- नहीं, उधर भी दुश्मनों का गुमान है, आइये मैं एक और ही राह से ले चलती हूं।

आगे-आगे कमलिनी और उसके पीछे दोनों कुमार और ऐयार लोग रवाना हुए।

यहां भी दोनों तरफ दीवारों पर सुन्दर तस्वीरें बनी हुई थीं। दस-बारह कदम आगे जाने के बाद बगल की दीवार पर एक छोटा-सा खुला हुआ दरवाजा था जिसे देखकर कमलिनी ने इन्द्रजीत सिंह से कहा, "यह आदमी इसी राह से आया होगा, क्योंकि अभी तक दरवाजा खुला हुआ है, मगर मैं दूसरी ही राह से चलूंगी जो जरा कठिन है।"

कुमार- मैं तो कहता हूं कि इसी राह से चलो। दरवाजे पर दस-पांच दुश्मन मिल ही जाएंगे तो क्या होगा।

कमलिनी- खैर, तब चलिये।

सब कोई उस राह से बाहर हुए और कमलिनी ने उस दरवाजे को जो एक खटके के सहारे खुलता और बन्द होता था बन्द कर दिया। उस तरफ भी थोड़ी दूर सुरंग में ही जाना पड़ा। जब सुरंग का अन्त हुआ तो छोटी-छोटी सीढ़ियां ऊपर चढ़ने के लिए मिलीं। कमलिनी ने ऊपर की तरफ देखा और कहा, "यहां का दरवाजा तो बन्द है।" सबके आगे कमलिनी और फिर दोनों कुमार और ऐयार लोग ऊपर चढ़े। ये सीढ़ियां घूमती हुई ऊपर गई थीं, मालूम होता था कि किसी बुर्ज पर चढ़ रहे हैं।

जब सीढ़ियों का अन्त हुआ तो एक चक्कर पहिए की तरह बना हुआ दिखाई दिया जिसे कमलिनी ने चार-पांच दफे घुमाया। खटके की आवाज के साथ पत्थर की चट्टान अलग हो गई और सभी लोग उस राह से निकलकर बाहर मैदान में दिखाई देने लगे। बाहर सन्नाटा देखकर कमलिनी ने कहा, "शुक्र है कि यहां हमारा दुश्मन कोई नहीं दिखाई देता।"

जिस राह से कुमार और ऐयार लोग बाहर निकले वह पत्थर का एक चबूतरा था, जिसके ऊपर महादेव का लिंग स्थापित था। चबूतरे के नीचे की तरफ का बगल वाला पत्थर खुलकर जमीन के साथ सट गया था और वही बाहर निकलने का रास्ता बन गया था। लिंग की बगल में तांबे का बड़ा-सा नन्दी (बैल) बना हुआ था और उसके मोढ़े पर लोहे का एक सर्प कुण्डली मारे बैठा था। कमलिनी ने सांप के सिर को दोनों हाथ से पकड़कर उभाड़ा और साथ ही नन्दी ने मुंह खोल दिया, तब कमलिनी ने उसके मुंह में हाथ डालकर कोई पेंच घुमाया। वह पत्थर की चट्टान जो अलग हो गई थी फिर ज्यों-की-त्यों हो गई और सुरंग का मुंह बन्द हो गया। कमलिनी ने सांप के फन को फिर दबा दिया और बैल ने भी अपना मुंह बन्द कर लिया।

इन्द्रजीत सिंह- (कमलिनी से) यह दरवाजा भी अजब तरह से खुलता और बन्द होता है।

कमलिनी- हां, बड़ी कारीगरी से बनाया गया है।

इन्द्रजीत सिंह- इसके खोलने और बन्द करने की तरकीब मायारानी को मालूम होगी!

कमलिनी- जी हां, बल्कि (लाडिली की तरफ इशारा करके) यह भी जानती है, क्योंकि बाग के तीसरे दर्जे में जाने के लिए यह भी एक रास्ता है जिसे हम तीनों बहिनें जानती हैं, मगर उस हाथी वाले दरवाजे का हाल, जिसे आपने खोला था, सिवाय मेरे और कोई भी नहीं जानता।

आनन्द सिंह- यह जगह बड़ी भयानक मालूम पड़ती है!

कमलिनी- जी हां, यह पुराना मसान है और गंगाजी भी यहां से थोड़ी ही दूर पर हैं। किसी जमाने में जब का यह मसान है, गंगाजी इसी जगह पास ही में बहती थीं मगर अब कुछ दूर हट गईं और इस जगह बालू पड़ गया है।

आनन्द सिंह- खैर, अब क्या करना और कहां चलना चाहिए?

कमलिनी- अब हमको गंगा पार होकर जमानिया में पहुंचना चाहिए। वहां मैंने एक मकान किराये पर ले रखा है जो बहुत ही गुप्त स्थान में है, उसी में दो-तीन दिन रहकर कार्रवाई करूंगी।

इन्द्रजीत सिंह- गंगा के पार किस तरह जाना होगा?

कमलिनी- थोड़ी ही दूर पर गंगा के किनारे एक किश्ती बंधी हुई है जिस पर मैं आई थी, मैं समझती हूं वह किश्ती अभी तक वहां ही होगी।

सबेरा होने में कुछ विलम्ब न था। मन्द-मन्द दक्षिणी हवा चल रही थी और आसमान पर केवल दस-पांच तारे दिखाई पड़ रहे थे जिनके चेहरे की चमक-दमक चला-चली की उदासी के कारण मन्द पड़ती जा रही थी, जबकि कमलिनी और कुमार इत्यादि सब कोई वहां से रवाना हुए और उसी किश्ती पर सवार होकर जिसका जिक्र कमलिनी ने किया था, गंगापार हो गये।

***

बयान-3

मायारानी उस बेचारे मुसीबत के मारे कैदी को रंज, डर और तरद्दुद की निगाहों से देख रही थी जबकि यह आवाज उसने सुनी, "बेशक मायारानी की मौत आ गई!" इस आवाज ने मायारानी को हद्द से ज्यादा बेचैन कर दिया। वह घबड़ाकर चारों तरफ देखने लगी मगर कुछ मालूम न हुआ कि यह आवाज कहां से आई। आखिर वह लाचार होकर धनपत को साथ लिये हुए वहां से लौटी और जिस तरह वहां गई थी उसी तरह बाग के तीसरे दर्जे से होती हुई कैदखाने के दरवाजे पर पहुंची जहां अपने दोनों ऐयार बिहारी सिंह और हरनाम सिंह को छोड़ गई थी। मायारानी को देखते ही बिहारी सिंह बोला–

बिहारी सिंह- आप हम लोगों को यहां व्यर्थ ही छोड़ गईं!

मायारानी- हां, अब मैं भी यही सोचती हूं क्योंकि अगर तुम दोनों को अपने साथ ले जाती तो इसी समय टण्टा तय हो जाता। यद्यपि धनपत मेरे साथ थी और तुम लोग भी जानते हो कि यह बहुत ताकतवर है तथापि मेरा हौसला न पड़ा कि उसे बाहर निकालती।

बिहारी सिंह- (चौंककर) तो क्या आप अपने कैदी को देखने के लिए चौथे दर्जे में गई थीं! मगर मैंने जो कुछ कहा वह कुछ दूसरे मतलब से कहा था।

मायारानी- हां, मैं उसी दुश्मन के पास गई थी जिसके बारे में चण्डूल ने मुझे होशियार किया था, मगर तुमने यह किस मतलब से कहा कि आप हम लोगों को यहां व्यर्थ ही छोड़ गई थीं?

बिहारी सिंह- मैंने इस मतलब से कहा कि हम लोग यहां बैठे-बैठे जान रहे थे कि इस कैदखाने के अन्दर ऊधम मच रहा है मगर कुछ कर नहीं सकते थे।

मायारानी- ऊधम कैसा?

बिहारी सिंह- इस कैदखाने के अन्दर से दीवार तोड़ने की आवाज आ रही थी, मालूम होता है कि कैदियों की हथकड़ी-बेड़ी किसी ने खोल दीं।

मायारानी- मगर तुम्हारी बातों से यह जाना जाता है कि अभी कैदी लोग इसके अन्दर ही हैं। मैं सोच रही थी कि जब ताली लेकर लाडिली चली गई तो कहीं कैदियों को भी छुड़ा न ले गई हो।

बिहारी सिंह- नहीं-नहीं, कैदी बेशक इसके अन्दर थे और आपके जाने के बाद कैदियों की बातचीत की कुछ-कुछ आवाज भी आ रही थी, कुछ देर बाद दीवार तोड़ने की आहट मालूम होने लगी, मगर अब मैं नहीं कह सकता कि कैदी इसके अन्दर हैं या निकल गये, क्योंकि थोड़ी

देर से भीतर सन्नाटा-सा जान पड़ता है, न तो किसी की बातचीत की आहट मिलती है, न दीवार तोड़ने की।

मायारानी- (कुछ सोचकर) दीवार तोड़कर इस बाग के बाहर निकल जाना जरा मुश्किल है, मगर मुझे ताज्जुब मालूम होता है कि उन कैदियों की हथकड़ी-बेड़ी किसने खोली और दीवार तोड़ने का सामान उन्हें क्योंकर मिला! शायद तुम्हें धोखा हुआ हो।

बिहारी सिंह- नहीं-नहीं, मुझे धोखा नहीं हुआ, मैं पागल नहीं हूं!

हरनाम सिंह- क्या हम लोग इतना भी नहीं पहचान सकते कि यह दीवार तोड़ने की आवाज है?

मायारानी- (ऊंची सांस लेकर) हाय, न मालूम मेरी क्या दुर्दशा होगी! खैर, कैदियों के बारे में मैं पीछे सोचूंगी, पहले तुम लोगों से एक दूसरे काम में मदद लिया चाहती हूं!

बिहारी सिंह- वह कौन-सा काम है?

मायारानी- मैंने जिस काम के लिए उसे कैद किया था वह न हुआ और न आशा है कि वह कोई भेद बताएगा, अत: अब उसे मारकर टण्टा मिटाया चाहती हूं।

बिहारी सिंह- हां आपने उसे जिस तरह की तकलीफ दे रखी है उससे तो उसका मर जाना ही उत्तम है। हाय, वह बेचारा इस योग्य न था। हाय, आपकी बदौलत मेरे भी लोक-परलोक दोनों बिगड़ गये! ऐसे नेक और होनहार मालिक के साथ आपके बहकाने से जो कुछ मैंने किया उसका दु:ख जन्म भर न भूलूंगा।

मायारानी- और उन नेकियों को याद न करोगे जो मैंने तुम्हारे साथ की थीं।

बिहारी सिंह- खैर, अब इस विषय पर हुज्जत करना व्यर्थ है। जब लालच में आकर बुरा काम कर ही चुके तो अब रोना काहे का है।

हरनाम सिंह- मुझे भी इस बात का बहुत ही दु:ख है, देखा चाहिए क्या होता है। आजकल जो कुछ देखने-सुनने में आ रहा है उसका नतीजा अवश्य ही बुरा होगा।

मायारानी- (लम्बी सांस लेकर) खैर जो होगा देखा जायेगा मगर इस समय यदि सुस्ती करोगे तो मेरी जान तो जाएगी ही तुम लोग भी जीते न बचोगे।

बिहारी सिंह- यह तो हम लोगों को पहले ही मालूम हो चुका है कि अब उन बुरे कर्मों का फल शीघ्र ही भोगना पड़ेगा मगर खैर आप यह कहिए कि हम लोग क्या करें जान बचाने की क्या कोई सूरत दिखाई पड़ती है?

मायारानी- मेरे साथ बाग के चौथे दर्जे में चलकर पहले उस कैदी को मारकर छुट्टी करो तो दूसरा काम बताऊं।

हरनाम सिंह- नहीं-नहीं-नहीं, यह काम मुझसे न हो सकेगा। बिहारी सिंह से हो सके तो इन्हें ले जाइए। मैं उनके ऊपर हर्बा नहीं उठा सकता। नारायण-नारायण, इस अनर्थ का भी कोई ठिकाना है।

मायारानी- (चिढ़कर) हरनाम, क्या तू पागल हो गया है जो मेरे सामने ऐसी बेतुकी बातें करता है अदब और लिहाज को भी तूने एकदम चूल्हे में डाल दिया! क्या तू मेरी सामर्थ्य को भूल गया?

हरनाम सिंह- नहीं, मैं आपकी सामर्थ्य को नहीं भूला बल्कि आपकी सामर्थ्य ने स्वयं आपका साथ छोड़ दिया।

बिहारी सिंह और हरनाम सिंह की बातें सुनकर मायारानी को क्रोध तो बहुत आया परन्तु इस समय क्रोध करने का मौका न देखकर वह तरह दे गयी। मायारानी बड़ी ही चालबाज और दुष्ट औरत थी, समय पड़ने पर वह एक अदने को बाप बना लेती और काम न होने पर किसी को एक तिनके बराबर भी न मानती। इस समय अपने ऊपर संकट आया हुआ जान उसने दोनों ऐयारों को किसी तरह राजी रखना ही उचित समझा।

मायारानी- क्यों हरनामसिंह, तुमने कैसे जाना कि मेरी सामर्थ्य ने मेरा साथ छोड़ दिया?

हरनाम सिंह- वह तो इसी से जाना जाता है कि बेबस कैदी की जान लेने के लिए हम लोगों को ले जाना चाहती हो। उस बेचारे को तो एक अदना लड़का भी मार सकता है।

बिहारी सिंह- हरनाम सिंह का कहना ठीक है, बाहर खड़े होकर आपके हाथ से चलाई हुई एक तीर उसका काम तमाम कर सकती है।

मायारानी- नहीं, यदि ऐसा होता तो मैं उसे बिना मारे लौट न आती। मेरे कई तीर व्यर्थ गये और नतीजा कुछ भी न निकला!

बिहारी सिंह- (चौंककर) सो क्यों?

मायारानी- उसके हाथ में एक ढाल है। न मालूम वह ढाल उसे किसने दी जिस पर वह तीर रोकर हंसता है और कहता है कि अब मुझे कोई मार नहीं सकता।

बिहारी सिंह- (कुछ सोचकर) अब अनर्थ होने में कोई सन्देह नहीं, यह काम बेशक चण्डूल का है। कुछ समझ में नहीं आता कि वह कौन कम्बख्त है?

मायारानी- अब सोच-विचार में विलम्ब करना उचित नहीं, जो होना था सो हो चुका, अब जान बचाने की फिक्र करनी चाहिए।

बिहारी सिंह- आपने क्या विचारा?

मायारानी- तुम लोग यदि मेरी मदद न करोगे तो मेरी जान न बचेगी और जब मुझ पर आफत आवेगी तो तुम लोग भी जीते न बचोगे।

बिहारी सिंह- हां, यह तो ठीक है, जान बचाने के लिए कोई-न-कोई उद्योग तो करना ही होगा।

मायारानी- अच्छा तो तुम लोग मेरे साथ चलो और जिस तरह हो उस कैदी को यमलोक पहुंचाओ। मुझे विश्वास हो गया कि उस कैदी की जान के साथ हम लोगों की आधी बला टल जाएगी और इसके बदले में मैं तुम दोनों को एक लाख दूंगी।

हरनाम सिंह- काम तो बड़ा कठिन है!

यद्यपि बिहारी सिंह और हरनाम सिंह अपने हाथ से उस कैदी को मारना नहीं चाहते थे, तथापि मायारानी की मीठी-मीठी बातों से और रुपये की लालच तथा जान के डर से वे लोग यह अनर्थ करने के लिए तैयार हो गये। धनपत और दोनों ऐयारों को साथ लिए हुए मायारानी फिर बाग के चौथे दर्जे की ओर रवाना हुई। सूर्य भगवान के दर्शन तो नहीं हुए थे मगर सबेरा हो चुका था और मायारानी के नौकर नींद से उठकर अपने-अपने कामों में लग चुके थे। लेकिन मायारानी का ध्यान उस तरफ कुछ न था, उस बेचारे कैदी की जान लेना ही सबसे जरूरी काम समझ रखा था।

थोड़ी ही देर में चारों आदमी बाग के चौथे दर्जे में जा पहुंचे और कुएं के अन्दर उतरकर उस कैदखाने में गये जिसमें मायारानी का वह अनूठा कैदी बन्द था। मायारानी को उम्मीद थी कि उस कैदी को फिर उसी तरह हाथ में ढाल लिए हुए देखेगी, मगर ऐसा न हुआ। उस जंगले वाली कोठरी का दरवाजा खुला हुआ था और उस कैदी का कहीं पता न था।

वहां की ऐसी अवस्था देखकर मायारानी अपने रंज और गम को सम्हाल न सकी और एकदम 'हाय' करके जमीन पर गिरकर बेहोश हो गई। धनपत और दोनों ऐयारों के भी होश जाते रहे, उनके चेहरे पीले पड़ गए और निश्चय हो गया कि अब जान जाने में कोई कसर नहीं है। केवल इतना ही नहीं बल्कि डर के मारे वहां ठहरना भी वे लोग उचित न समझते थे मगर बेहोश मायारानी को वहां से उठाकर बाग के दूसरे दर्जे में ले जाना भी कठिन काम था। इसलिए लाचार होकर उन लोगों को वहां ठहरना पड़ा।

बिहारी सिंह ने अपने बटुए में से लखलखा निकालकर मायारानी को सुंघाया और कोई अर्क उसके मुंह में टपकाया। थोड़ी देर में मायारानी होश में आई और पड़े-पड़े, नीचे लिखी बातें प्रलाप की तरह बकने लगी–

"हाय, आज मेरी जिन्दगी का दिन पूरा हो गया और मेरी मौत आ पहुंची। हाय, मुझे तो अपनी जान का धोखा उसी दिन हो चुका था, जिस दिन कम्बख्त नानक ने दरबार में मेरे सामने कहा था कि 'उस कोठरी की ताली मेरे पास है जिसमें किसी के खून से लिखी हुई किताब रखी है।'[1] इस समय उसी किताब ने धोखा दिया। हाय, उस किताब के लिए नानक को छोड़ देना ही बुरा हुआ। यह काम उसी हरामजादे का है, लाडिली और धनपत के किए कुछ भी न हुआ। (धनपत की तरफ देखकर) सच तो यह है कि मेरी मौत तेरे ही सबब से हुई। तेरी ही मुहब्बत ने मुझे

गारत किया, तेरे ही सबब से मैंने पाप की गठरी सिर पर लादी, तेरे ही सबब से मैंने अपना धर्म खोया, तेरे ही सबब से मैं बुरे कामों पर उतारू हुई, तेरे ही सबब से मैंने

1. देखिए चौथा भाग, सातवां बयान।

अपने पति के साथ बुराई की, तेरे ही सबब से मैंने अपना सर्वस्व बिगाड़ दिया। तेरे ही सबब से मैं वीरेन्द्र सिंह के लड़कों के साथ बुराई करने के लिए तैयार हुई, तेरे ही सबब से कमलिनी मेरा साथ छोड़कर चली गई, और तेरे ही सबब से आज मैं इस दशा को पहुंची। हाय, इसमें कोई सन्देह नहीं कि बुरे कर्मों का बुरा फल अवश्य मिलता है। हाय, मुझ-सी औरत जिसे ईश्वर ने हर प्रकार का सुख दे रखा था आज बुरे कर्मों की बदौलत ही इस अवस्था को पहुंची। आह, मैंने क्या सोचा था और क्या हुआ क्या बुरे कर्म करके भी कोई सुख भोग सकता है! नहीं-नहीं, कभी नहीं, दृष्टान्त के लिए स्वयं मैं मौजूद हूं!"

मायारानी न मालूम और भी क्या-क्या बकती मगर एक आवाज ने उसके प्रलाप में विघ्न डाल दिया और उसके होश-हवास दुरुस्त कर दिए। किसी तरफ से यह आवाज आई- "अब अफसोस करने से क्या होता है, बुरे कर्मों का फल भोगना ही पड़ेगा।"

बहुत-कुछ विचारने और चारों तरफ निगाह दौड़ाने पर भी किसी की समझ में न आया कि बोलने वाला कौन या कहां है। डर के मारे सभी के बदन में कंपकंपी पैदा हो गई। मायारानी उठ बैठी और धनपत तथा दोनों ऐयारों को साथ लिए और कांपते हुए कलेजे पर हाथ रखे वहां से अपने स्थान अर्थात् बाग के दूसरे दर्जे की तरफ भागी।

***

बयान-4

कमलिनी की आज्ञानुसार बेहोश नागर की गठरी पीठ पर लादे हुए भूतनाथ कमलिनी के उस तिलिस्मी मकान की तरफ रवाना हुआ जो एक तालाब के बीचों-बीच में था। इस समय उसकी चाल तेज थी और वह खुशी के मारे बहुत ही उमंग और लापरवाही के साथ बड़े-बड़े कदम भरता जा रहा था। उसे दो बातों की खुशी थी, एक तो उन कागजों को वह अपने हाथ से जलाकर खाक कर चुका था जिनके सबब से वह मनोरमा और नागर के आधीन हो रहा था और जिनका भेद लोगों पर प्रकट होने के डर से अपने को मुर्दे से भी बदतर समझे हुए था। दूसरे, उस तिलिस्मी खंजर ने उसका दिमाग आसमान पर चढ़ा दिया था, और ये दोनों बातें कमलिनी की बदौलत उसे मिली थीं, एक तो भूतनाथ पहले ही भारी मक्कार ऐयार और होशियार था, अपनी चालाकी के सामने किसी को कुछ गिनता ही न था, दूसरे आज खंजर का मालिक बनके खुशी के मारे अन्धा हो गया। उसने समझ लिया कि अब न तो उसे किसी का डर है और न किसी की परवाह।

अब हम उसके दूसरे दिन का हाल लिखते हैं जिस दिन भूतनाथ नागर की गठरी पीठ पर लादे कमलिनी के मकान की तरफ रवाना हुआ था। भूतनाथ अपने को लोगों की निगाहों से बचाते हुए आबादी से दूर-दूर जंगल, मैदान, पगडंडी और पेचीले रास्ते पर सफर कर रहा था। दोपहर के समय वह एक छोटी-सी पहाड़ी के नीचे पहुंचा जिसके चारों तरफ मकोय और बेर इत्यादि कंटीले और झाड़ी वाले पेड़ों ने एक प्रकार का हलका-सा जंगल बना रखा था। उसी जगह एक छोटा-सा 'चूआ' (*'चूआ'-छोटा-सा (हाथ दो हाथ का) गड़हा जिसमें से पहाड़ी पानी धीरे-धीरे दिन-रात बारहों महीना निकला करता है।*) भी था और पास ही में जामुन का एक छोटा-सा पेड़ था। थकावट और दोपहर की धूप से व्याकुल भूतनाथ ने दो-तीन घण्टे के लिए वहां आराम करना पसन्द किया। जामुन के पेड़ के नीचे गठरी उतारकर रख दी और आप भी उसी जगह जमीन पर चादर बिछाकर लेट गया। थोड़ी देर बाद जब सुस्ती जाती रही तो उठ बैठा, कुएं के जल से हाथ-मुंह धोकर कुछ मेवा खाया जो उसके बटुए में था और इसके बाद लखलखा सुंघा नागर को होश में लाया। नागर होश में आकर उठ बैठी और चारों तरफ देखने लगी। जब सामने बैठे भूतनाथ पर नजर पड़ी तो समझ गई कि कमलिनी की आज्ञानुसार यह मुझे कहीं लिए जाता है।

नागर- यह तो मैं समझ ही गई कि कमलिनी ने मुझे गिरफ्तार कर लिया और उसी की आज्ञा से तू मुझे लिए जाता है, मगर यह देखकर मुझे ताज्जुब होता है कि कैदी होने पर भी मेरे हाथ-पैर क्यों खुले हैं और मेरी बेहोशी क्यों दूर की गई?

भूतनाथ- तेरी बेहोशी इसलिए दूर की गयी कि जिससे तू भी इस दिलचस्प मैदान और यहां की साफ हवा का आनन्द उठा ले। तेरे हाथ-पैर बंधे रहने की कोई आवश्यकता नहीं है क्योंकि अब मैं तेरी तरफ से होशियार हूं, तू मेरा कुछ भी नहीं बिगाड़ सकती, दूसरे तेरे पास वह अंगूठी भी अब नहीं रही जिसके भरोसे तू फूली हुई थी, तीसरे (खंजर की तरफ इशारा करके) यह अनूठा खंजर भी मेरे पास मौजूद है, फिर किसका डर है इसके अलावा उन कागजों को भी मैं जला चुका जो तेरे पास थे और जिनके सबब से मैं तुम लोगों के आधीन हो रहा था।

नागर- ठीक है, अब तुझे किसी का डर नहीं है, मगर फिर भी मैं इतना कहे बिना न रहूंगी कि तू हम लोगों के साथ दुश्मनी करके कोई फायदा नहीं उठा सकता और राजा वीरेन्द्र सिंह तेरा कसूर कभी माफ न करेंगे।

भूतनाथ- राजा वीरेन्द्र सिंह अवश्य मेरा कसूर माफ करेंगे और जब मैं उन कागजों को जला ही चुका तो मेरा कसूर साबित भी कैसे हो सकता है?

नागर- ऐसा होने पर भी तुझे सच्ची खुशी इस दुनिया में नहीं मिल सकती और राजा वीरेन्द्र सिंह के लिए जान दे देने पर भी तुझे उनसे कुछ विशेष लाभ नहीं हो सकता।

भूतनाथ- सो क्यों वह कौन सच्ची खुशी है जो मुझे नहीं मिल सकती?

नागर- तेरे लिए सच्ची खुशी यही है कि तेरे पास इतनी धन-दौलत हो कि तू बेफिक्र होकर अमीरों की तरह जिन्दगी काट सके और तेरे पास तेरी वह प्यारी स्त्री भी हो जो काशी में रहती थी और जिसके पेट से नानक पैदा हुआ है।

भूतनाथ- (चौंककर) तुझे यह कैसे मालूम हुआ कि वह मेरी ही स्त्री थी?

नागर- वाह-वाह, क्या मुझसे कोई बात छिपी रह सकती है मालूम होता है नानक ने तुझसे वह सब हाल नहीं कहा जो तेरे निकल जाने के बाद उसे मालूम हुआ था और जिसकी बदौलत नानक को उस जगह का पता लग गया जहां किसी के खून से लिखी हुई किताब रखी हुई थी।

भूतनाथ- नहीं, नानक ने मुझसे वह सब हाल नहीं कहा, बल्कि वह यह भी नहीं जानता कि मैं ही उसका बाप हूं, हां, खून से लिखी किताब का हाल मुझे मालूम है।

नागर- शायद वह किताब अभी तक नानक ही के कब्जे में है।

भूतनाथ- उसका हाल मैं तुझसे नहीं कह सकता।

नागर- खैर, मुझे उसके विषय में कुछ जानने की इच्छा भी नहीं है।

भूतनाथ- हां, तो मेरी स्त्री का हाल तुझे मालूम है?

नागर- बेशक मालूम है।

भूतनाथ- क्या अभी तक वह जीती है ?

नागर- हां, जीती है मगर अब चार-पांच दिन के बाद जीती न रहेगी।

भूतनाथ- सो क्यों क्या बीमार है ?

नागर- नहीं बीमार नहीं है, जिसके यहां वह कैद है उसी ने उसके मारने का विचार किया है।

भूतनाथ- उसे किसने कैद कर रखा है ?

नागर- यह हाल तुझसे मैं क्यों कहूं जब तू मेरा दुश्मन है और मुझे कैदी बनाकर लिए जाता है तो मैं तेरे साथ नेकी क्यों करूं ?

भूतनाथ- इसके बदले में मैं तेरे साथ कुछ नेकी कर दूंगा।

नागर- बेशक इसमें कोई सन्देह नहीं कि तू हर तरह से मेरे साथ नेकी कर सकता है और मैं भी तेरे साथ बहुत-कुछ भलाई कर सकती हूं, सच तो यह है कि तुझ पर मेरा दावा है।

भूतनाथ- दावा कैसा ?

नागर- (हंसकर) उस चांदनी रात में मेरी चुटिया के साथ फूल गूंथने का दावा! उस मसहरी के नीचे रूठ जाने का दावा! नाखून के साथ खून निकालने का दावा! और उस कसम की सचाई का दावा जो रोहतास गढ़ जाती समय नरमी लिए हुए कठोर पिण्डी पर -! क्या और कहूं!

भूतनाथ- बस-बस-बस, मैं समझ गया! विशेष कहने की कोई आवश्यकता नहीं है। वह सब कार्रवाई तुम्हीं लोगों की तरफ से हुई थी। जरूर नानक की मां के गायब होने के बाद तू ही उसकी शक्ल बनाकर बहुत दिनों तक मेरे घर रही और तेरे ही साथ बहुत दिनों तक मैंने ऐश किया।

नागर- और अन्त में वह 'रक्तग्रंथ' तुमने मेरे ही हाथ में दिया था।

भूतनाथ- ठीक है, ठीक है, तो तेरा दावा मुझ पर अब उतना ही हो सकता है जितना किसी बेईमान और बेमुरौवत रण्डी का अपने यार पर।

नागर-खैर उतना ही सही, मैं रण्डी तो हूं ही, मुझे चालाक और अपने काम का समझकर मनोरमा ने अपनी सखी बना लिया और इसमें भी कोई सन्देह नहीं कि उसकी बदौलत मैंने बहुत कुछ सुख भोगा।

भूतनाथ- खैर तो मालूम हुआ कि यदि तू चाहे तो मेरी स्त्री को मुझसे मिला सकती है ?

नागर- बेशक ऐसा ही है मगर इसके बदले में तू मुझे क्या देगा ?

भूतनाथ-(खंजर की तरफ इशारा करके) यह तिलिस्मी खंजर छोड़कर जो मांगे सो तुझे दूं।

नागर- मैं तेरा खंजर नहीं लेना चाहती, मैं केवल इतना ही चाहती हूं कि तू वीरेन्द्र सिंह की तरफदारी छोड़ दे और हम लोगों का साथी बन जा। फिर तुझे हर तरह की खुशी मिल सकती है। तू करोड़ों रुपये का धनी हो जाएगा और दुनिया में बड़ी खुशी से अपनी जिन्दगी बितावेगा।

भूतनाथ- यह मुश्किल बात है, ऐसा करने से मेरी सख्त बदनामी ही नहीं होगी बल्कि मैं बड़ी दुर्दशा के साथ मारा जाऊंगा।

नागर- तुम्हारा कुछ न बिगड़ेगा, मैं खूब जानती हूं कि इस समय जिस सूरत में तुम हो वह तुम्हारी असली सूरत नहीं है और कमलिनी से तुम्हारी नई जान-पहचान है, जरूर कमलिनी तुम्हारी असली सूरत से वाकिफ न होगी इसलिए तुम सूरत बदलकर दुनिया में घूम सकते हो और कमलिनी तुम्हारा कुछ भी नहीं कर सकती।

भूतनाथ- (हंसकर) कमलिनी को मेरा सब भेद मालूम है और कमलिनी के साथ दगा करना अपनी जान के साथ दुश्मनी करना है क्योंकि वह साधारण औरत नहीं है। वह जितनी ही खूबसूरत है उतनी ही बड़ी चालाक, धूर्त, विद्वान और ऐयार भी है और साथ इसके नेक और दयावान भी। ऐसे के साथ दगा करना बुरा है। ऐसा करने से दूसरे की क्या कहूं, खास मेरा लड़का नानक ही मुझसे घृणा करेगा।

नागर- नानक जिस समय अपनी मां का हाल सुनेगा, बहुत ही प्रसन्न होगा बल्कि मेरा अहसान मानेगा, रहा तुम्हारा कमलिनी से डरना तो वह बहुत बड़ी भूल है, महीने-दो महीने के अन्दर ही तुम सुन लोगे कि कमलिनी इस दुनिया से उठ गई, और यदि तुम हम लोगों की मदद करोगे तो आठ ही दस दिन में कमलिनी का नाम-निशान मिट जाएगा। फिर तुम्हें किसी तरह का डर नहीं रहेगा और तुम्हारे इस खंजर का मुकाबला करने वाला भी इस दुनिया में कोई न रहेगा। तुम विश्वास करो कि कमलिनी बहुत जल्दी मारी जाएगी और तब उसका साथ देने से तुम सूखे ही रह जाओगे। मैं तुम्हें फिर समझाकर कहती हूं कि हम लोगों की मदद करो। तुम्हारी मदद से हम लोग थोड़े ही दिनों में कमलिनी, राजा वीरेन्द्र सिंह और उनके दोनों कुमारों को मौत की चारपाई पर सुला देंगे। तुम्हारी खूबसूरत प्यारी जोरू तुम्हारे बगल में होगी, करोड़ों रुपये की सम्पत्ति के तुम मालिक होगे और मैं भी तुम्हारी रण्डी बनकर तुम्हारी बगल गर्म करूंगी क्योंकि मैं तुम्हें दिल से चाहती हूं, और ताज्जुब नहीं कि तुम्हें विजयगढ़ का राज्य दिला दूं। मैं समझती हूं कि तुम्हें मायारानी की ताकत का हाल मालूम होगा।

भूतनाथ- हां-हां मैं मशहूर मायारानी को अच्छी तरह जानता हूं, परन्तु उसके गुप्त भेदों का हाल कुछ-कुछ सिर्फ कमलिनी की जुबानी सुना है अच्छी तरह नहीं मालूम।

नागर- उसका हाल मैं तुमसे कहूंगी, वह लाखों आदमियों को इस तरह मार डालने की कुदरत रखती है कि किसी को कानों-कान मालूम न हो। उसके एक जरा से इशारे पर तुम दीन-दुनिया से बेकार कर दिए गए, तुम्हारी जोरू छीन ली गई, और तुम किसी को मुंह दिखाने लायक न रहे। कहो, जो मैं कहती हूं वह ठीक है या नहीं?

भूतनाथ- हां ठीक है मगर इस बात को मैं नहीं मान सकता कि वह गुप्त रीति से लाखों आदमियों को मार डालने की कुदरत रखती है। अगर ऐसा ही होता तो वीरेन्द्र सिंह आदि को तथा मुझे मारने में कठिनता ही काहे की थी!

नागर- यह कौन कहता है कि वीरेन्द्र सिंह आदि के मारने में उसे कठिनता है! इस समय वीरेन्द्र सिंह, उनके दोनों कुमार, किशोरी, कामिनी और तेज सिंह आदि कई ऐयारों को उसने कैद कर रखा है, जब चाहे तब मार डाले, और तुम्हें तो वह ऐसा समझती है जैसे तुम एक खटमल हो, हां कभी-कभी उसके ऐयार धोखा खा जाएं तो यह बात दूसरी है। यही सबब था कि रक्तग्रंथ हम लोगों के हाथ में आकर इत्तिफाक से निकल गया, परन्तु क्या हर्ज है, आज ही कल में वह किताब फिर महारानी मायारानी के हाथ में दिखाई देगी। यदि तुम हमारी बात न मानोगे तो कमलिनी तथा वीरेन्द्र सिंह इत्यादि के पहले ही मारे जाओगे। हम तुमसे कुछ काम निकालना चाहते हैं इसलिए तुम्हें छोड़े जा रहे हैं। फिर जरा-सी मदद के बदले में क्या तुम्हें दिया जाता है, इस पर भी ध्यान दो और यह मत सोचो कि कमलिनी ने मुझे और मनोरमा को कैद कर लिया तो कोई बड़ा काम किया, इससे मायारानी का कुछ भी न बिगड़ेगा और हम लोग भी ज्यादा दिन तक कैद में न रहेंगे। जो कुछ मैं कह चुकी हूं उस पर अच्छी तरह विचार करो और कमलिनी का साथ छोड़ो, नहीं तो पछताओगे और तुम्हारी जोरू भी बिलख-बिलखकर मर जाएगी। दुनिया में ऐश-आराम से बढ़कर कोई चीज नहीं है सो सब-कुछ तुम्हें दिया जाता है, और यदि यह कहो कि तेरी बातों का मुझे विश्वास क्योंकर हो तो इसका जवाब अभी से यह देती हूं कि मैं तुम्हारी दिलजमई ऐसी अच्छी तरह से कर दूंगी कि तुम स्वयं कहोगे कि हां, मुझे विश्वास हो गया। (मुस्कराकर और नखरे के साथ भूतनाथ की उंगली दबाकर) मैं तुम्हें चाहती हूं इसीलिए इतना कहती हूं, नहीं तो मायारानी को तुम्हारी कुछ भी परवाह न थी, तुम्हारे साथ रहकर मैं भी दुनिया का कुछ आनन्द ले लूंगी।

नागर की बातें सुनकर भूतनाथ चिन्ता में पड़ गया और देर तक कुछ सोचता रह गया। इसके बाद वह नागर की तरफ देखकर बोला, "खैर, तुम जो कुछ कहती हो मैं करूंगा और अपनी प्यारी स्त्री के साथ तुम्हारी मुहब्बत की भी कदर करूंगा!"

इतना सुनते ही नागर ने झट भूतनाथ के गले में हाथ डाल दिया और तब दोनों प्रेमी हंसते हुए उस छोटी-सी पहाड़ी के ऊपर चढ़ गये।

***

बयान-5

दिन दो पहर से कुछ ज्यादा चढ़ चुका है मगर मायारानी को खाने-पीने की कुछ भी सुध नहीं है। पल-पल में उसकी परेशानी बढ़ती ही जाती है। यद्यपि बिहारी सिंह, हरनाम सिंह और धनपत ये तीनों उसके पास मौजूद हैं परन्तु समझाने-बुझाने की तरफ किसी का ध्यान नहीं। उसे कोई भी नहीं दिलासा देता, कोई धीरज भी नहीं बंधाता और कोई भी यह विश्वास नहीं दिलाता कि तुझ पर आई हुई बला टल जाएगी, यहां तक कि किसी के मुंह से यह भी नहीं निकलता कि सब्र कर, हम लोग ऐयारी के फन में होशियार हैं, कोई-न-कोई काम अवश्य करेंगे।

ऊपर के बयानों को पढ़कर पाठक समझ ही गये होंगे कि मायारानी की तरह उसकी सखी धनपत और उसके दोनों ऐयार बिहारी सिंह तथा हरनाम सिंह किसी भारी पाप के बोझ से दबे हुए हैं और ऊपर की घटनाओं ने उन तीनों की भी जान सुखा दी है। ये तीनों ही बदहोश और परेशान हो रहे हैं, इन तीनों को भी अपनी-अपनी फिक्र पड़ी है, और इस समय इन तीनों के अतिरिक्त कोई चौथा आदमी मायारानी के सामने नहीं है, फिर उसे कौन समझावे-बुझावे इनके सिवाय कोई चौथा आदमी उसके भेदों को जानता भी नहीं और न वह किसी को अपना भेद बताने का साहस कर सकती है। मायारानी की उदासी से चारों तरफ उदासी फैली हुई है। लौंडियों, नौकरों और सिपाहियों को भी चिन्ता ने आकर घेर लिया और कोई भी नहीं जानता कि क्या हुआ या क्या होने वाला है।

बहुत देर तक चुप रहने के बाद बिहारी सिंह ने सिर उठाया और मायारानी की तरफ देखकर कहा–

बिहारी सिंह- एक तो वीरेन्द्र सिंह के ऐयार स्वयं धुरंधर हैं जिनका मुकाबला कोई कर नहीं सकता, दूसरे कमलिनी की मदद से उन लोगों का साहस और भी बढ़ गया है।

धनपत- इसमें कोई सन्देह नहीं कि आजकल जो खराबी हो रही है वह सब कमलिनी ही की बदौलत है जिसका हम लोग कुछ भी नहीं बिगाड़ सकते।

मायारानी- अफसोस, वह कम्बख्त इस तिलिस्मी बाग के अन्दर आकर अपना काम कर जाए और किसी को कानों-कान खबर न हो! हाय, न मालूम हम लोगों की क्या दुर्दशा होने वाली है! क्या करूं, कहां भागकर जाऊं, अपनी जान बचाने के लिए क्या उद्योग करूं?

धनपत- अभी एकदम से हताश न हो जाना चाहिए बल्कि देखना चाहिए कि इस मुनादी का क्या असर रिआया के दिल पर होता है।

मायारानी- हां, मुझे जरा फिर से समझा के कह तो सही कि मुनादी वाले को क्या कहकर पुकारने की आज्ञा मेरी तरफ से दी गई है उस समय मैं आपे में बिल्कुल न थी इससे कुछ समझ में न आया।

धनपत- आपकी तरफ से मैंने दीवान साहब को हुक्म दिया जिसका बन्दोबस्त उन्होंने पूरा-पूरा किया। मेरे सामने ही उन्होंने चार डुग्गी वालों को तलब किया और समझाकर कह दिया कि वे लोग शहर भर में पुकारकर इस बात की मुनादी कर दें कि "सरकारी ऐयारों को मालूम हुआ है कि वीरेन्द्र सिंह का एक ऐयार राजा गोपाल सिंह की सूरत बनाकर शहर में आया है, जिन्हें बैकुण्ठ पधारे पांच वर्ष के लगभग हो चुके हैं और रियाया को भड़काना चाहता है। जो कोई उस कम्बख्त का सिर काटकर लावेगा उसे एक लाख रुपया इनाम दिया जाएगा।"

मायारानी- ठीक है, मगर देखना चाहिए इसका नतीजा क्या निकलता है।

मायारानी- खैर, जो कुछ नसीब में लिखा है भोगूंगी, इस समय बदहवास होने से तो काम नहीं चलेगा। मगर यह तो कहो कि तुम दोनों ऐयार ऐसी अवस्था में मेरी सहायता किस रीति से करोगे?

बिहारी सिंह- मेरे किये तो कुछ न होगा। मैं खूब समझ चुका हूं कि वीरेन्द्र सिंह के ऐयारों तथा कमलिनी का मुकाबला मैं किसी तरह नहीं कर सकता। देखो, तेज सिंह ने मेरा मुंह ऐसा काला किया कि अभी तक रंग साफ नहीं होता। न मालूम उसे कैसे-कैसे मसाले याद हैं। इसके अतिरिक्त तुम्हें अपने लिए शायद कुछ उम्मीद हो, मगर मैं तो बिल्कुल ही नाउम्मीद हो चुका हूं और अब एक घंटे के लिए भी यहां ठहरना बुरा समझता हूं।

मायारानी- क्या तुम वास्तव में ऐसा ही करोगे जैसा कह चुके हो।

बिहारी सिंह- हां बेशक मैं अपनी राय पक्की कर चुका हूं। मैं इसी समय यहां से चला जाऊंगा और फिर मेरा पता कोई भी न लगा सकेगा।

मायारानी- (हरनाम सिंह की तरफ देखकर) और तुम्हारी क्या राय है?

हरनाम सिंह- मेरी भी वही राय है जो बिहारी सिंह की है।

मायारानी- खूब समझ-बूझकर मेरी बातों का जवाब दो।

हरनामसिंह- जो कुछ समझना था समझ चुका।

मायारानी- (कुछ सोचकर) अच्छा मैं एक तरकीब बताती हूं, अगर उससे कुछ काम न चले तो फिर जो कुछ तुम्हारी समझ में आवे करना या जहां जी चाहे जाना।

बिहारी सिंह- अब उद्योग करना वृथा है, मेरे किए कुछ भी न होगा!

मायारानी- नहीं-नहीं, घबड़ाओ मत, तुम जानते हो कि मैं इस तिलिस्म की रानी हूं और इस तिलिस्म में बहुत-सी अद्भुत चीजें हैं। मैं तुम दोनों को एक चीज देती हूं जिसे देखकर और

जिसका मतलब समझकर तुम दोनों स्वयं कहोगे कि "कोई हर्ज नहीं, अब हम लोग बात की बात में लाखों आदमियों की जान ले सकते हैं।"

हरनाम सिंह- बेशक तुम इस तिलिस्म की रानी हो और तुम्हारे अधिकार में बहुत-सी अनमोल चीजें हैं परन्तु जब तक हम लोग उस वस्तु को देख नहीं लेते जिसके विषय में तुम कह रही हो, तब तक किसी तरह का वादा नहीं कर सकते।

मायारानी- मैं भी तो यही कह रही हूं, तुम दोनों मेरे साथ चलो और उस चीज को खुद देख लो, फिर अगर मन भरे तो मेरा साथ दो, नहीं तो जहां जी चाहे चले जाओ।

हरनाम सिंह- खैर, पहले देखें तो सही वह कौन-सी अनूठी चीज है, जिस पर तुम्हें इतना भरोसा है।

मायारानी- हां, तुम मेरे साथ चलो, मैं अभी वह चीज तुम दोनों के हवाले करती हूं।

मायारानी उठ खड़ी हुई और धनपत तथा दोनों ऐयारों को साथ लिए हुए वहां से रवाना हुई। बाग में घूमती वह उस बुर्ज के पास गई जो बाग के पिछले कोने में था और जिसमें लाडिली और कमलिनी की मुलाकात हुई थी। उस बुर्ज के बगल ही में एक और कोठरी स्याह पत्थर से बनी हुई थी मगर यह मालूम न होता था कि उसका दरवाजा किधर से है क्योंकि पिछली तरफ तो बाग की दीवार थी और बाकी तीनों तरफ वाली कोठरी की स्याह दीवारों में दरवाजे का कहीं कोई निशान न था। मायारानी ने बिहारी से कहा, "कमन्द लगाओ क्योंकि हम लोगों को इस कोठरी की छत पर चलना होगा।" बिहारी सिंह ने वैसा ही किया। सबके पहले मायारानी कमन्द के सहारे उस कोठरी पर चढ़ गई और उसके बाद धनपत और दोनों ऐयार भी उसी छत पर जा पहुंचे।

ऊपर जाकर दोनों ऐयारों ने देखा कि छत के बीचों-बीच में एक दरवाजा ठीक वैसा ही है जैसा प्रायः तहखानों के मुंह पर रहता है। वह दरवाजा लकड़ी का था मगर उस पर लोहे की चादर मढ़ी हुई थी और उसमें एक साधारण ताला लगा हुआ था। मायारानी ने हरनाम सिंह से कहा, "यह ताला मामूली है, इसे किसी तरह खोलना चाहिए।"

बिहारी सिंह ने ऐयारी के बटुए में से लोहे की एक टेढ़ी सलाई निकाली और उसे ताले के मुंह में डालकर ताला खोल डाला, इसके बाद दरवाजे का पल्ला हटाकर किनारे किया। मायारानी ने दोनों ऐयारों को अन्दर जाने के लिए कहा, मगर बिहारी सिंह ने इनकार किया और कहा, "पहले आप इसके अन्दर उतरिये तब हम लोग इसके अन्दर जायेंगे क्योंकि यहां की अद्भुत बातों से हम लोग बहुत डर गये हैं।" लाचार होकर मायारानी कमन्द के सहारे उस कोठरी के अन्दर उतर गई और इसके बाद धनपत और दोनों ऐयार भी नीचे उतर गये।

ऊपर का दरवाजा खुला रहने से कोठरी के अन्दर चांदना पहुंच रहा था। यह कोठरी लगभग बीस हाथ के चौड़ी और इससे कुछ ज्यादा लम्बी थी। यहां की जमीन लकड़ी की थी और उस पर किसी तरह का मसाला चढ़ा हुआ था। कोठरी के बींचो-बीच में एक छोटा-सा सन्दूक पड़ा

हुआ था। धनपत का हाथ पकड़े मायारानी एक किनारे खड़ी हो गई और दोनों ऐयारों की तरफ देखकर बोली, "तुम दोनों मिलकर इस सन्दूक को मेरे पास लाओ।"

हुक्म के मुताबिक दोनों ऐयार उस सन्दूक के पास गए, मगर सन्दूक का कुण्डा पकड़ के उठाने का इरादा किया ही था कि उस जमीन का वह गोल हिस्सा जिस पर दोनों ऐयार खड़े थे किवाड़ के पल्ले की तरह एक तरफ से अन्दर की तरफ यकायक धंस गया और वे दोनों ऐयार जमीन के अन्दर जा रहे, साथ ही एक आवाज ऐसी आई जिसके सुनने से धनपत को मालूम हो गया कि दोनों ऐयार नीचे जल की तह तक पहुंच गये।

इसके बाद जमीन का वह हिस्सा जो लकड़ी का था फिर बराबर हो गया और सन्दूक भी उसी तरह दिखाई देने लगा।

यह हाल देख धनपत डर के मारे कांपने लगी और मायारानी की तरफ देखके बोली, "क्या यह कोई कुआं है?"

मायारानी- हां, यह कुआं है और ऐसे नमकहरामों को सजा देने के लिए बनाया गया है! दोनों बेईमान ऐयार मेरा साथ छोड़कर अपनी जान बचाना चाहते थे। हरामजादे पाजी नालायक, अब अपनी सजा को पहुंचे।

धनपत- इतने दिनों तक आपके साथ रहने पर भी इस कुंए का हाल मुझे मालूम न था।

मायारानी- यहां के बहुत-से भेद अभी तुम्हें मालूम नहीं हैं, खैर, अब यहां से चलना चाहिए।

धनपत को साथ लिए मायारानी उस कोठरी के बाहर निकली और दरवाजा बन्द करने बाद कमन्द के सहारे उतरकर अपने खास सोने वाले कमरे में चली आई। मायारानी की लौंडियों ने मायारानी को दोनों ऐयारों और धनपत के साथ उस कोठरी की तरफ जाते देखा था मगर अब केवल धनपत को साथ लिए लौटते देख उनको ताज्जुब हुआ लेकिन डर के मारे कुछ पूछ न सकी।

संध्या का समय हो गया। मायारानी अपने कमरे में जाकर मसहरी पर लेट गई। उस समय बहुत-सी लौंडियां उसके सामने थीं मगर इशारा पाकर सब बाहर चली गईं केवल धनपत वहां रह गई।

धनपत- आपने बहुत जल्दी की, बेचारे ऐयारों की जान व्यर्थ ही गई।

मायारानी- वे दोनों कमीने इसी लायक थे। इसीलिए मैं उनसे बार-बार पूछ रही थी, जब देख लिया कि वे अपने विचार पर दृढ़ हैं तो लाचार...।

धनपत- खैर, जो कुछ हुआ सो अच्छा हुआ लेकिन अब क्या करना चाहिए अफसोस यह है कि ऐसे समय में बेचारी मनोरमा भी नहीं है।

मायारानी- (लम्बी सांस लेकर) हाय, बेचारी मनोरमा मेरी सच्ची सहायक थी पर उसे भी तेज सिंह ने गिरफ्तार कर लिया। इसी खबर के साथ नागर ने कहला भेजा था कि भूतनाथ के

कागजात अपने साथ लेकर उसे छुड़ाने जाती हूं, मगर उस बात को भी बहुत दिन बीत गए और अभी तक मालूम न हुआ कि नागर के जाने का क्या नतीजा निकला। तेज सिंह ने उसे भी गिरफ्तार कर लिया हो तो ताज्जुब नहीं, सच तो यह है कि भूतनाथ को मारने में मनोरमा ने बड़ी जल्दी की।

धनपत- बेशक भूतनाथ को मारने में उसने बड़ी भूल की, भूतनाथ से बहुत-कुछ काम निकलने की आशा थी!

इतने ही में बाहर से आवाज आई, "थी नहीं बल्कि है!" मायारानी ने दरवाजे की तरफ देखा तो नागर पर निगाह पड़ी।

मायारानी- आह, इस समय तेरा आना बहुत ही अच्छा हुआ, आ, मेरे पास आकर बैठ।

नागर- (मायारानी के पास बैठकर) मैं देखती हूं कि आज आपकी अवस्था बिल्कुल बदली हुई है। कहिये मिजाज तो अच्छा है?

मायारानी- अच्छा क्या है बस दम निकलने की देर है।

नागर- (घबड़ाकर) सो क्यों?

मायारानी- अब आई है तो सब-कुछ सुन ही लेगी, पर पहले अपना हाल तो कह कि मेरी प्यारी सखी मनोरमा को छुड़ा लाई या नहीं और चौखट के अन्दर पैर रखते ही तूने यह क्या कहा कि 'थी नहीं बल्कि है!' क्या भूतनाथ मारा नहीं गया क्या वह खबर झूठ थी।

नागर- हां वह खबर झूठ थी, मनोरमा ने भूतनाथ की जान नहीं ली और न उसे तेज सिंह ने गिरफ्तार किया है बल्कि वह कमलिनी की कैदी है।

मायारानी- तो वह औरत जो मनोरमा की खबर लेकर तेरे पास आई थी, झूठी थी?

नागर- वह स्वयं कमलिनी थी, मनोरमा को कैद कर चुकी थी और मुझे भी गिरफ्तार किया चाहती थी, वह तो असल में भूतनाथ के कागजात ले लेने का बन्दोबस्त कर रही थी बल्कि यों कहना चाहिए कि मैं उसके धोखे में आ गई थी। उसने मुझे गिरफ्तार कर लिया और भूतनाथ के कुल कागजात भी मुझसे लेकर जला दिये।

मायारानी- यह बहुत ही बुरा हुआ, अब भूतनाथ बिल्कुल हम लोगों के कब्जे से बाहर हो गया, खैर जीता है यही बहुत है। यह कह कि तेरी जान कैसे बची?

इसके बाद नागर ने अपना पूरा-पूरा हाल मायारानी के सामने कहा और उसने बड़े गौर से सुना। अन्त में नागर ने कहा, "इस समय भूतनाथ को अपने साथ ले आई हूं जो जी से हम लोगों की मदद करने के लिए तैयार है।"

यह सुनकर कि भूतनाथ अब हम लोगों का पक्षपाती हो गया और नागर के साथ आया है मायारानी बहुत ही खुश हुई और उसे एक प्रकार की आशा बंध गई। उसने धनपत की तरफ

देखकर कहा, "ताज्जुब नहीं कि अब वह बला मेरे सिर से टल जाए जिसके टलने की आशा न थी।"

नागर- आपने अपना हाल तो कुछ कहा ही नहीं! यह जानने के लिए मेरा जी बेचैन हो रहा है कि आप क्यों उदास हो रही हैं और आप पर क्या बला आई है?

मायारानी- थोड़ी देर में तुझे सब-कुछ मालूम हो जाएगा, पहले भूतनाथ को मेरे पास बुला ला, मैं स्वयं उससे कुछ बात किया चाहती हूं!

नागर- नहीं-नहीं, पहले आप अपना कुल हाल मुझसे कहिये क्योंकि मेरी तबीयत घबड़ा रही है।

मायारानी ने अपना बिल्कुल हाल अर्थात् तेज सिंह का पागल बनकर आना, उन्हें बाग के तीसरे दर्जे में कैद करना, चण्डूल का यकायक पहुंचना और उसकी अद्भुत बातें तथा लाडिली का दगा दे जाना आदि नागर से कहा, मगर अपने पुराने कैदी के छुड़ाने का और दोनों ऐयारों के मार डालने का हाल छुपा रखा, हां उसके बदले में इतना कहा कि "वीरेन्द्र सिंह का एक ऐयार मेरे पति की सूरत बनाकर आया है जिन्हें मरे पांच वर्ष के लगभग हुए, उसी को गिरफ्तार करने के लिए बिहारी सिंह और हरनाम सिंह गये हैं।"

नागर- मगर यह तो कहिए कि चण्डूल ने आपके तथा बिहारी सिंह और हरनाम सिंह के कान में क्या कहा था?

मायारानी- बहुत पूछने पर भी बिहारी सिंह और हरनाम सिंह ने नहीं बताया कि चण्डूल ने उनके कान में क्या कहा था।

नागर- और आपके कान में उसने क्या कहा?

मायारानी- मेरे कान में तो उसने केवल इतना ही कहा था कि 'आठ दिन के अन्दर ही यह राज्य इन्द्रजीत सिंह का हो जाएगा और तू मारी जाएगी।' खैर, जो होगा देखा जाएगा, अब भूतनाथ को यहां ले आ, उससे मिलने की बहुत जरूरत है।

नागर- बहुत अच्छा, तो क्या इसी जगह बुला लाऊं?

मायारानी- हां-हां, इसी जगह बुला ला। वह तो ऐयार है, उससे पर्दा काहे का।

नागर कुछ सोचती-विचारती वहां से रवाना हुई और भूतनाथ को जिसे बाग के फाटक पर छोड़ गई थी, साथ लेकर बाग के अन्दर घुसी। पहरे वालों ने किसी तरह का उज्र न किया और भूतनाथ इस बाग की हर एक चीज को अच्छी तरह देखता और ताज्जुब करता हुआ मायारानी के पास पहुंचा। नागर ने मायारानी की तरफ इशारा करके कहा, "यही हम लोगों की मायारानी हैं।" और भूतनाथ ने यह कहकर कि "मैं बखूबी पहचानता हूं" मायारानी को सलाम किया।

मायारानी ने भूतनाथ की उतनी ही खातिरदारी और चापलूसी की जितनी कोई खुदगर्ज आदमी उसकी खातिरदारी करता है जिससे कुछ मतलब निकालने की आवश्यकता होती है।

मायारानी- तुम्हारी स्त्री तुम्हें मिल गई?

भूतनाथ- जी हां, मिल गई और यह उस इनाम का पहला नमूना है जो आपकी ताबेदारी करने पर मुझे मिलने की आशा है।

मायारानी- नागर ने जो कुछ प्रतिज्ञा तुमसे की है मैं अवश्य पूरी करूंगी बल्कि उससे बहुत ज्यादा इनाम हर एक काम के बदले में दिया करूंगी।

भूतनाथ- मैं दिलोजान से आपके काम में उद्योग करूंगा और कमलिनी को बुरा धोखा दूंगा। वह जितना मुझ पर विश्वास रखती है, उतना ही पछतायेगी। परन्तु आपको कई बातों का खयाल रखना चाहिए।

मायारानी- वह क्या?

भूतनाथ- एक तो जाहिर में मैं कमलिनी का दोस्त बना रहूंगा, जिससे उसे मुझ पर किसी तरह का शक न हो, यदि आपका कोई जासूस मेरे विषय में आपको इस बात का सबूत दे कि मैं कमलिनी से मिला हुआ हूं तो आप किसी तरह की चिन्ता न कीजियेगा।

मायारानी- नहीं, नहीं, ऐसी छोटी-छोटी बातें मुझे समझाने की जरूरत नहीं है, मैं खूब जानती हूं कि बिना उससे मिले किसी तरह पर काम न चलेगा।

भूतनाथ- बेशक-बेशक, और इसी वजह से मैं बहुत छिपकर आपके पास आया करूंगा।

मायारानी- ऐसा होना ही चाहिए और दूसरी बात कौन-सी है?

भूतनाथ- दूसरे यह कि मुझसे आप अपने भेद न छिपाया कीजिये क्योंकि ऐयार का काम बिना ठीक-ठीक भेद जाने नहीं चल सकता।

मायारानी- मुझे तुम पर पूरा भरोसा है, इसलिए मैं अपना कोई भेद तुमसे न छिपाऊंगी।

भूतनाथ- अच्छा, अब एक बात मैं आपसे और कहूंगा।

मायारानी- कहो!

भूतनाथ- नागर की जुबानी यह तो आपको मालूम ही हुआ होगा कि काशी में मनोरमा के तिलिस्मी मकान के अन्दर किशोरी के रखने का हाल अब कमलिनी जान गई है।

मायारानी- हां, नागर वह सब हाल मुझसे कह चुकी है।

भूतनाथ- ठीक है, तो आपने यह भी विचारा होगा कि किशोरी को उस मकान से निकालकर किसी दूसरे मकान में रखना चाहिए।

मायारानी- हां, मेरी तो यही राय है।

भूतनाथ- मगर नहीं, आप किशोरी को उसी मकान में रहने दीजिये, इस बात की खबर मैं किशोरी के पक्षपातियों को दूंगा जिसे सुनकर वे लोग किशोरी को छुड़ाने की नीयत से अवश्य उस मकान के अन्दर जायेंगे, उस समय उन लोगों को ऐसे ढंग से फंसा लूंगा कि किसी को पता न लगेगा और न इसी बात का शक किसी को होगा कि मैं आपका तरफदार हूं।

मायारानी- तुम्हारी यह राय बहुत अच्छी है, मैं भी इसे पसन्द करती हूं और ऐसा ही करूंगी।

भूतनाथ- अच्छा तो अब आप यह बताइये कि कुंअर इन्द्रजीत सिंह वगैरह के साथ आपने क्या बर्ताव किया जो आपके यहां कैद हैं?

मायारानी- (ऊंची सांस लेकर) अफसोस, कमलिनी उन लोगों को यहां से छुड़ा ले गई और मेरी छोटी बहिन लाडिली भी मुझे धोखा दे गई जिसका खुलासा हाल मैं तुमसे कहती हूं।

मायारानी ने अपना कुल हाल जो नागर से कहा था, भूतनाथ को कह सुनाया। मगर, अपने पुराने कैदी का हाल और यह बात कि चण्डूल ने उसके कान में क्या कहा था, भूतनाथ से भी छिपा रखा और उसके बदले में वह कहा जो नागर से कहा था। मगर, भूतनाथ ने उस जगह मुस्करा दिया जिससे मायारानी समझ गई कि भूतनाथ को मेरी बातों में कुछ शक हुआ।

मायारानी- जो कुछ मैं कह चुकी हूं, उसमें एक बात झूठ थी और एक को मैंने छिपा लिया।

भूतनाथ- (हंसकर) वह बात शायद मुझसे कहने योग्य नहीं है!

मायारानी- हां, मगर अब तो मैं वायदा कर चुकी हूं कि तुमसे कोई बात न छिपाऊंगी। इसलिए यद्यपि उस बात का भेद अभी तक मैंने नागर को भी नहीं दिया, मगर तुमसे जरूर कहूंगी। परन्तु इसके पहले एक बात तुमसे पूछूंगी। क्योंकि बहुत देर से उसके पूछने की इच्छा लगी है, पर बातों का सिलसिला दूसरी तरफ हो जाने के कारण पूछ न सकी।

भूतनाथ- खैर, अब पूछ लीजिए।

मायारानी- मनोरमा को कमलिनी की कैद से छुड़ाने के लिए तुमने क्या विचारा है?

भूतनाथ- मनोरमा को यद्यपि मैं सहज ही छुड़ा सकता हूं, परन्तु उसे भी इस ढंग से छुड़ाना चाहता हूं कि कमलिनी को मुझ पर शक न हो। अगर जरा भी शक हो जाएगा तो वह सम्हल जाएगी क्योंकि वह बड़ी धूर्त और शैतान है।

मायारानी- सो तो ठीक है, मगर कोई बन्दोबस्त तो करना ही चाहिए।

भूतनाथ- हां-हां, उसका बन्दोबस्त बहुत जल्द किया जाएगा।

मायारानी- अच्छा, तो अब वह भेद की बात भी तुमसे कहती हूं, जिसे मैं अभी तक बड़ी कोशिश से छिपाये हुए थी, यहां तक कि अपनी प्यारी सखी मनोरमा को भी उस समय से आज तक मैंने कुछ नहीं कहा था। (नागर की तरफ देखकर) लो, तुम भी सुन लो।

मायारानी दो घण्टे तक अपने गुप्त भेदों की बात भूतनाथ से कहती रही और वह गौर से सुनता रहा और अन्त में मायारानी को कुछ समझा-बुझाकर और इनाम में हीरे की एक माला पाकर वहां से रवाना हुआ।

***

बयान-6

रात आधी जा चुकी है, चारों तरफ सन्नाटा छाया हुआ है, हवा भी एकदम बन्द है, यहां तक कि किसी पेड़ की एक पत्ती भी नहीं हिलती। आसमान में चांद तो नहीं दिखाई देता, मगर जंगल मैदान में चलने वाले मुसाफिरों को तारों की रोशनी जो अब बहुतायत से दिखाई दे रहे हैं, काफी है। ऐसे समय में गंगा के किनारे-किनारे दो मुसाफिर तेजी के साथ जमानिया की तरफ जा रहे हैं। जमानिया अब बहुत दूर नहीं है और ये दोनों मुसाफिर शहर के बाहरी प्रान्त में पहुंच चुके हैं।

अब ये दोनों आदमी शहर के पास पहुंच गये। मगर शहर के अन्दर न जाकर बाहर-ही-बाहर मैदान के उस हिस्से की तरफ जाने लगे जिधर पुराने जमाने की आबादी का कुछ-कुछ निशान मौजूद था। यहां बहुत-से टूटे-फूटे मकानों के कोई-कोई हिस्से बचे हुए थे जो बदमाशों तथा चोरों के काम में आते थे। यहां की निस्बत शहर के कमजोर दिमाग वालों और डरपोक आदमियों में तरह-तरह की गप्पें उड़ा करती थीं। कोई कहता था कि वहां किसी जमाने में बहुत-से आदमी मारे गये हैं और वे लोग भूत होकर अभी तक मौजूद हैं और उधर से आने-जाने वालों को सताया करते हैं, कोई कहता था कि उस जमीन में जिन्नों ने अपना घर बना लिया है और जो कोई उधर से जाता है उसे मारकर अपनी जात में मिला लिया करते हैं, इत्यादि तरह-तरह की बातें लोग करते थे। मगर उन दोनों मुसाफिरों को जो इस समय उसी तरफ कदम बढ़ाये जा रहे हैं, इन बातों की कुछ परवाह न थी।

थोड़ी ही देर में ये दोनों आदमी जिनमें से एक बहुत ही कमजोर और थका हुआ जान पड़ता था, उस हिस्से में जा पहुंचे और खड़े होकर चारों तरफ देखने लगे। पास ही में एक पुराना मकान दिखाई दिया जो तीन हिस्से से ज्यादा टूट चुका था और उसके चारों तरफ जंगली पेड़ों और लताओं ने एक भयानक-सा दृश्य बना रखा था। उसी जगह एक आदमी टहलता हुआ नजर आया, जो इन दोनों को देखते ही पास आया और बोला, "हमारे साथियों ने उस नियत जगह पर ठहरना उचित न जाना और राय पक्की हुई कि एक नाव पर सवार होकर सब लोग काशी की तरफ रवाना हो जाएं और उसी जगह से अपनी कार्रवाई करें। वे लोग नाव पर सवार हो चुके हैं, कमलिनी जी यह कहकर मुझे इस जगह छोड़ गई हैं कि तेज सिंह राजा गोपाल सिंह को साथ लेकर आवें तो उन्हें लिए हुए बालाघाट की तरफ, जहां हम लोगों की नाव खड़ी होगी, बहुत जल्द चले आना।"

पाठक समझ ही गये होंगे कि ये दोनों मुसाफिर तेज सिंह और राजा गोपाल सिंह (मायारानी के पुराने कैदी) थे। हां उस आदमी का परिचय हम दिये देते हैं, जो उन दोनों को इस भयानक स्थान में मिला था। यह तेज सिंह के प्यारे दोस्त देवी सिंह थे।

देवी सिंह की बात को सुनकर तेजसिंह अपने साथी राजा गोपाल सिंह को साथ लिए हुए वहां से रवाना हुए और थोड़ी देर में गंगा के किनारे पहुंचकर उस नाव पर जा सवार हुए, जिस पर कमलिनी, लाडिली, इन्द्रजीत सिंह, आनन्द सिंह, तारा सिंह, भैरो सिंह और शेर सिंह सवार थे। वह किश्ती बहुत छोटी तो न थी, मगर हल्की और तेज जाने वाली थी। मालूम होता है कि उसको उन लोगों ने खरीद लिया था, क्योंकि उस पर कोई मल्लाह न था और केवल ऐयार लोग खेकर ले जाने के लिए तैयार थे। तेज सिंह को और राजा गोपाल सिंह को देखते ही सब उठ खड़े हुए। कुंअर इन्द्रजीत सिंह ने खातिर के साथ राजा गोपाल सिंह को अपने पास बैठाकर किश्ती किनारे से हटाने की आज्ञा दी और बात की बात में नाव किनारा छोड़कर दूर दिखाई देने लगी।

इन्द्रजीत सिंह- (राजा गोपाल सिंह से) मैं इस समय आपको अपने पास देखकर बहुत ही प्रसन्न हूं, ईश्वर ही ने आपकी जान बचाई।

गोपाल- मुझे अपने बचने की कुछ भी आशा न थी, यह तो बस आपके चरणों का प्रताप है कि कमलिनी वहां गई और उसे इत्तिफाक से मेरा हाल मालूम हो गया।

कमलिनी- मुझे आशा थी कि आपको साथ लिए तेज सिंह सूर्य निकलने के साथ ही हम लोगों से आ मिलेंगे, मगर दो दिन की देर हो गई और यह दो दिन का समय बड़ी मुश्किल से बीता क्योंकि हम लोगों को बड़ी चिन्ता इस बात की थी कि आपके आने में देर क्यों हुई। अब सबके पहले इस विलम्ब का कारण हम लोग सुना चाहते हैं।

गोपाल सिंह- तेज सिंह जिस समय मुझे कैद से छुड़ाकर उस तिलिस्मी बाग के बाहर हुए उस समय उन्होंने राजा वीरेन्द्र सिंह का जिक्र किया और कहा कि हरामजादी मायारानी ने राजा वीरेन्द्र सिंह और रानी चन्द्रकांता को भी इस तिलिस्म में कहीं पर कैद कर रखा है जिनका पता नहीं लगता। यह सुनते ही मैं उन्हें साथ लिए हुए फिर उसी तिलिस्मी बाग में चला गया। जहां-जहां मैं जा सकता था, जाकर अच्छी तरह पता लगाया क्योंकि कैद से छूट जाने पर मैं बिल्कुल ही लापरवाह और निडर हो गया था।

इन्द्रजीत सिंह- यह काम आपने बहुत ही उत्तम किया। हां, तो उनका कहीं पता लगा?

गोपाल सिंह- (सिर हिलाकर) नहीं, वह खबर बिल्कुल झूठी थी। उसने आप लोगों को धोखा देने के लिए अपने ही दो आदमियों को राजा वीरेन्द्र सिंह और रानी चन्द्रकांता की शक्ल बनाकर रंग के कैद कर रखा है।

कमलिनी- यह आपको कैसे निश्चय हुआ?

गोपाल सिंह- हमने स्वयं उन दोनों को अच्छी तरह आजमाकर देख लिया।

इन्द्रजीत सिंह- यह खबर सुनकर हम लोगों को हद से ज्यादा खुशी हुई। अब हम लोग उनकी तरफ से निश्चिन्त हो गये और केवल किशोरी और कामिनी की फिक्र रह गई।

तेज सिंह- बेशक हम लोग उनकी तरफ से निश्चिन्त हो गये (राजा गोपाल सिंह की तरफ इशारा करके) इनके साथ दो दिन तक उस बाग में रहने और गुप्त स्थानों में घूमने का मौका मिला। ऐसी-ऐसी चीजें देखने में आईं कि होश दंग हो गये। यद्यपि राजा वीरेन्द्र सिंह के साथ विक्रमी तिलिस्म में मैं बहुत कुछ तमाशा देख चुका हूं परन्तु अब यही कहते बन पड़ता है कि इस तिलिस्म के आगे उसकी कोई हकीकत न थी।

कमलिनी- यह उस तिलिस्म के राजा ही ठहरे, फिर इनसे ज्यादा वहां का हाल कौन जान सकता था और किसकी सामर्थ्य थी कि दो दिन तक उस बाग में आपको रखकर घुमाये वहां का जितना हाल ये जानते हैं उसका सोलहवां हिस्सा भी मायारानी नहीं जानती। ये बेचारे नेक और धर्मात्मा हैं, पर न मालूम क्योंकर उस कम्बख्त के धोखे में पड़ गये।

आनन्द सिंह- बेशक इनका किस्सा बहुत ही दिलचस्प होगा।

गोपाल सिंह- मैं अपना अनूठा किस्सा आपसे कहूंगा जिसे सुनकर आप अफसोस करेंगे। (लाडिली की तरफ देखकर) क्यों लाडिली, तू अच्छी तरह से तो है?

लाडिली- (गद्गद स्वर से) इस समय मेरी खुशी का कोई ठिकाना नहीं! क्या स्वप्न में भी गुमान हो सकता था कि इस जिन्दगी में पुन: आपको देखूंगी यह दिन आज कमलिनी बहिन की बदौलत देखने में आया।

गोपाल सिंह- बेशक-बेशक, और ये पांच वर्ष मैंने किस मुसीबत में काटे हैं, सो बस मैं ही जानता हूं (कमलिनी की तरफ देखकर) मगर, तुझे उस तिलिस्मी बाग के अन्दर घुसने का साहस कैसे हुआ?

कमलिनी- 'रक्तग्रंथ' मेरे हाथ लग गया इसी से मैं इतना काम कर सकी।

गोपाल सिंह- ठीक है, तब तो तू मुझसे भी ज्यादा अब वहां का हाल जान गई होगी।

इन्द्रजीत सिंह- (चौंककर और कमलिनी की तरफ देखकर) क्या 'रक्तग्रंथ' तुम्हारे पास है?

कमलिनी- (हंसकर) जी हां, मगर इससे यह न समझ लीजिएगा कि मैंने आपके यहां चोरी की थी।

तेज सिंह- नहीं, नहीं, मैं खूब जानता हूं, 'रक्तग्रंथ' का चोर कोई दूसरा ही है, आपको नानक की बदौलत वह किताब हाथ लगी।

कमलिनी- जी हां, जिस समय तिलिस्मी बाग में नानक अपना किस्सा आपसे कह रहा था, मैं छिपकर सुन रही थी।

इन्द्रजीत सिंह- नानक का किस्सा कैसा है?

तेज सिंह- मैं आपसे कहता हूं, जरा सब्र कीजिए।

इस समय उस किश्ती पर ये जितने आदमी थे, उनमें केवल इन्द्रजीत सिंह और आनन्द सिंह को किशोरी और कामिनी का ध्यान था। तेज सिंह ने अपने पागल बनने का हाल और उसी बीच में नानक का किस्सा जितना उसकी जुबानी सुना था कह सुनाया। तेज सिंह के पागल बनने का हाल सुनकर सभी को हंसी आ गई। दोनों कुमारों ने नानक का बाकी हाल कमलिनी से पूछा, जिसके जवाब में कमलिनी ने कहा- "यद्यपि नानक का कुछ हाल मुझे मालूम है। मगर मैं इस समय कुछ भी न कहूंगी, क्योंकि उसका किस्सा सुने बिना इस समय कोई हर्ज भी नहीं। हां, इस समय थोड़ा-सा अपना हाल मैं आपसे कहूंगी।"

कमलिनी ने भूतनाथ का, मनोरमा और नागर का तथा अपना हाल जितना हम ऊपर लिख आये हैं, सभी के सामने कहना शुरू किया। अपना हाल कहते-कहते जब कमलिनी ने मनोरमा के मकान का अद्भुत हाल कहना शुरू किया तो सभी को बड़ा ही ताज्जुब हुआ और किशोरी की अवस्था पर इन्द्रजीत सिंह को रुलाई आ गई। उनके दिल पर बड़ा ही सदमा गुजरा, मगर तेज सिंह के लिहाज से जिन्हें वे चाचा के बराबर समझते थे, अपने को सम्हाला। गोपाल सिंह ने बहुत दिलासा देकर कहा, "आप लोग घबड़ाइये नहीं, कम्बख्त मनोरमा के मकान का पूरा-पूरा भेद मैं जानता हूं, इसलिए मैं बहुत जल्द किशोरी को उसकी कैद से छुड़ा लूंगा।"

लाडिली- कामिनी भी उसी के मकान में भेज दी गई है।

गोपाल सिंह- यह और अच्छी बात है, 'एक पंथ दो काज' हो जाएगा।

इन्द्रजीत सिंह- (कमलिनी से) अब यह 'रक्तग्रंथ' मुझे कब मिलेगा?

कमलिनी- वह मेरे पास है, उसी की बदौलत मैं आपको उस कैदखाने से छुड़ा सकी और उसी की बदौलत आपको तिलिस्म तोड़ने में सुगमता होगी, मैं बहुत जल्द वह किताब आपके हवाले करूंगी।

गोपाल सिंह- (चारों तरफ देखके कमलिनी से) ओफ, बात ही बात में हम लोग बहुत दूर निकल आए! क्या तुम्हारा इरादा काशी चलने का है?

कमलिनी- जी हां, हम लोगों ने तो यही इरादा कर लिया है कि काशी चलकर किसी गुप्त स्थान में रहेंगे और उसी जगह से अपनी कार्रवाई करेंगे।

गोपाल सिंह- मगर मेरी राय तो कुछ दूसरी है।

कमलिनी- वह क्या मुझे विश्वास है कि आप बनिस्बत मेरे हमें बहुत अच्छी राय देंगे।

गोपाल सिंह- यद्यपि मैं इस शहर जमानिया का राजा हूं और इस शहर को फिर कब्जे में कर सकता हूं, परन्तु पांच वर्ष तक मेरे मरने की झूठी खबर लोगों में फैली रहने के कारण यहां की रिआया के मन में बहुत कुछ फर्क पड़ गया होगा। यदि ऐसा न भी हो तो भी मैं अपने को जाहिर

नहीं करना चाहता और न मायारानी को ही अभी जान से मारूंगा, क्योंकि यदि वह मर ही जाएगी तो अपने किये का यथार्थ फल मेरे देखते कौन भोगेगा इसलिए मैं थोड़े दिनों तक छिपे रहकर ही उसे सजा देना उचित समझता हूं।

कमलिनी- जैसी मर्जी।

गोपालसिंह- (कमलिनी से) इसलिए मैं चाहता हूं कि कुंअर साहब अपना एक ऐयार मुझे दें, मैं उसे साथ लेकर काशी जाऊंगा और किशोरी तथा कामिनी को, जो मनोरमा के मकान में कैद हैं, बहुत जल्द छुड़ा लाऊंगा, तब तक तुम दोनों कुमारों और लाडिली को अपने साथ लेकर मायारानी के उस तिलिस्मी बाग के चौथे दर्जे में जाकर देवमन्दिर में रहो। वहां खाने के लिए मेवों की बहुतायत है और पानी का चश्मा भी जारी है। मायारानी को तुम लोगों का हाल मालूम न होगा, क्योंकि उसे वह स्थान मालूम नहीं है और न वहां तक जा ही सकती है। उसी जगह रहकर दोनों कुमारों को एक-दो दफे 'रक्तग्रंथ' शुरू से आखिर तक अच्छी तरह पढ़ जाना चाहिए। जो बातें इनकी समझ में न आवें, तुम समझा देना और इसी बीच में वहां की बहुत-सी अद्भुत बातें भी ये देख लेंगे, इसलिए कि इनको बहुत जल्द वह तिलिस्म तोड़ना होगा, जैसा कि हम बुजुर्गों की लिखी किताबों में देख चुके हैं, वह इन्हीं लोगों के हाथ से टूटेगा।

कमलिनी- बेशक-बेशक।

गोपाल सिंह- और एक ऐयार को रोहतास गढ़ भेज दो कि वहां जाकर महाराज वीरेन्द्र सिंह को कुमारों के कुशल-मंगल का हाल कहे और थोड़ी-सी फौज अपने साथ ले आकर जमानिया के मुकाबिले में लड़ाई शुरू कर दे, मगर वह लड़ाई जोर के साथ शीघ्र बखेड़ा निपटाने की नीयत से न की जाए जब तक कि हम लोग दूसरा हुक्म न दें। बस इसके बाद जब मैं अपना काम करके अर्थात् किशोरी और कामिनी को छुड़ाकर लौटूंगा और तुमसे मिलूंगा तो जो कुछ मुनासिब होगा किया जाएगा। हां देवमन्दिर में रहकर मौका मिले तो मायारानी को गुप्त रूप से छेड़ती रहना।

कमलिनी- आपकी राय बहुत ठीक है, मगर आप कैद की तकलीफ उठाने के कारण बहुत ही सुस्त और कमजोर हो रहे हैं, इतनी तकलीफ क्योंकर उठा सकेंगे।

गोपाल सिंह- तुम इसकी चिन्ता मत करो! (कुमारों की तरफ देखकर) आप लोग मेरी राय पसन्द करते हैं या नहीं?

कुमार- बेशक आपकी राय उत्तम है।

कमलिनी- अच्छा तो अपना तिलिस्मी खंजर जिसका गुण आपसे कह चुकी हूं, आपको देती हूं, यह आपकी बहुत सहायता करेगा।

गोपाल सिंह- हां बेशक, यह खंजर ऐसी अवस्था में मेरे साथ रहने योग्य है, मैं तुम्हें किसी तरह का खतरा नहीं पहुंचा सकता, इसलिए खंजर को मैं तुमसे जुदा न करूंगा।

इन्द्रजीत सिंह- उस खंजर का जोड़ा, जो कमलिनी ने मुझे दिया है, मैं आपको देता हूं, आप इसे अवश्य अपने साथ रखें।

गोपाल सिंह- नहीं-नहीं, इसकी कोई आवश्यकता नहीं।

इतना कहकर इन्द्रजीत सिंह ने वह खंजर जबर्दस्ती गोपाल सिंह के हवाले किया और किश्ती किनारे लगाने का हुक्म दिया।

गोपाल सिंह- अच्छा तो मेरे साथ कौन ऐयार चलेगा?

इन्द्रजीत सिंह- जिसे आप पसन्द करें! केवल तेज सिंह चाचा को मैं अपने पास रखना चाहता हूं, इसलिए कि इनकी जुबानी उन घटनाओं का हाल सुनूंगा जो आपको कैद से छुड़ाने के समय हुई होंगी।

गोपाल सिंह- (हंसकर) बेशक वे बातें सुनने योग्य हैं।

देवी सिंह- आपके साथ मैं चलूंगा।

गोपाल सिंह- अच्छी बात है।

इन्द्रजीत सिंह- भैरो सिंह को रोहतास गढ़ भेजता हूं।

गोपाल सिंह- बहुत मुनासिब, मगर तेज सिंह के अतिरिक्त और दोनों ऐयारों को अर्थात् तारा सिंह और शेर सिंह को अपने साथ मत फंसाये रहियेगा।

इन्द्रजीत सिंह- नहीं-नहीं, उन दोनों को अपने रहने का ठिकाना दिखाकर छोड़ देंगे, ये दोनों चारों तरफ घूमकर खबर लगाते रहेंगे।

गोपाल सिंह- और मैं भी यही चाहता हूं। (कमलिनी की तरफ देखकर) बाग के चौथे दर्जे में जो देवमन्दिर है, वहां जाने का रास्ता तुझे अच्छी तरह मालूम है या नहीं?

कमलिनी- 'रक्तग्रंथ' की बदौलत वहां का रास्ता मैं अच्छी तरह जानती हूं। इतने में किश्ती किनारे लगी और सब कोई उतर पड़े।

***

बयान-7

राजा गोपाल सिंह और देवी सिंह को काशी की तरफ और भैरो सिंह को रोहतास गढ़ की तरफ रवाना करके कमलिनी अपने साथियों को साथ लिए हुए मायारानी के तिलिस्मी बाग की तरफ रवाना हुई। इस समय रात नाममात्र को बाकी थी। प्रायः सुबह को चलने वाली दक्षिणी हवा ताजी खिली हुई खुशबूदार फूलों की कलियों में से अपने हिस्से की सबसे पहली खुशबू लिए हुए अठखेलियां करती सामने से चली आ रही थी। हमारे बहादुर कुमार लोग भी धीरे-धीरे उसी तरफ जा रहे थे। यद्यपि मायारानी का तिलिस्मी बाग यहां से बहुत दूर था, मगर वह खूबसूरत बंगला जो चश्मे के ऊपर बना हुआ था और जिसमें पहले-पहल नानक और बाबा जी (मायारानी के दारोगा) से मुलाकात हुई थी, थोड़ी ही दूर पर था, बल्कि उसकी स्याही दिखाई दे रही थी। हमारे पाठक इस बंगले को भी भूले न होंगे और उन्हें यह बात भी याद होगी कि नानक रामभोली को ढूंढ़ता हुआ चश्मे के किनारे चलकर इसी बंगले में पहुंचा था और इसी जगह से बेबस करके मायारानी के दरबार में पहुंचाया गया था।

इन्द्रजीत सिंह- (कमलिनी से) सूर्योदय के पहले ही हम लोगों को अपना सफर पूरा कर लेना चाहिए क्योंकि दूसरे के राज्य में बल्कि यों कहना चाहिए कि एक दुश्मन के राज्य में लापरवाही के साथ घूमना उचित नहीं है।

कमलिनी- ठीक है, मगर हमें अब बहुत दूर जाना भी नहीं है। (हाथ का इशारा करके) वह जो मकान दिखाई देता है, बस वहीं तक चलना है।

लाडिली- वह तो दारोगा वाला बंगला है!

कमलिनी- हां, और मैं समझती हूं कि जब से कम्बख्त दारोगा कैद हो गया है तब से वह खाली ही रहता होगा।

लाडिली- हां, वह मकान आजकल बिल्कुल खाली पड़ा है। वहां से एक सुरंग मायारानी के बाग तक गयी है। मगर उसका हाल सिवाय दारोगा के और किसी को मालूम नहीं है और दारोगा ने आज तक उसका भेद किसी से नहीं कहा।

कमलिनी- ठीक है, मगर मुझे उस सुरंग से कोई मतलब नहीं, उस मकान के पास ही चश्मे के दूसरी तरफ एक टीला है, मैं वहां चलूंगी क्योंकि आज दिन भर उसी टीले पर बिताना होगा।

लाडिली- यदि मायारानी का कोई आदमी मिल गया तो?

कमलिनी- एक नहीं अगर दस भी हों तो क्या परवाह!

थोड़ी ही देर में यह मण्डली उस मकान के पास जा पहुंची, जिसमें दारोगा रहा करता था। कमलिनी ने चाहा कि उस मकान के बगल से होकर चश्मे के पार चली जाए और उस टीले पर पहुंचे, जहां जाने की आवश्यकता थी, मगर बंगले के बरामदे में एक लम्बे कद के आदमी को टहलते देख वह रुकी और उसी तरफ गौर से देखने लगी। कमलिनी के रुकने से दोनों कुमार और ऐयार लोग भी रुक गये और सभी का ध्यान उसी तरफ जा रहा। सवेरा तो हो चुका था, मगर इतना साफ नहीं हुआ था कि सौ कदम की दूरी से कोई किसी को पहचान सके।

उस आदमी ने भी कुंअर इन्द्रजीत सिंह की मण्डली को देखा और तेजी से इन लोगों की तरफ बढ़ा। कुछ पास आते ही कमलिनी ने उसे पहचाना और कहा, "यह तो भूतनाथ है!" भूतनाथ नाम सुनते ही शेर सिंह कांप उठा, मगर दिल कड़ा करके चुपचाप खड़ा रह गया।

कमलिनी- (भूतनाथ से) वाह-वाह-वाह! तुम्हारे भरोसे पर अगर कोई काम छोड़ दिया जाए तो वह बिलकुल ही चौपट हो जाए!

भूतनाथ- (हाथ जोड़कर) माफ कीजिएगा, मुझसे एक भूल हो गई और इसी सबब से मैं आज्ञानुसार काशी में आपसे मिल न सका।

कमलिनी- भूल कैसी?

भूतनाथ- नागर को लिए हुए मैं आपके मकान की तरफ जा रहा था। एक दिन तो बखूबी चला गया, दूसरे दिन जब बहुत थक गया तो एक पहाड़ी के नीचे घने जंगल में उसकी गठरी रखकर सुस्ताने के लिए जमीन पर लेट गया, यकायक कम्बख्त नींद ने धर दबाया और मैं सो गया। जब आंख खुली तो नागर को अपने पास न देखकर घबड़ा गया और उसे चारों तरफ ढूंढ़ने लगा, मगर कहीं पता न लगा।

कमलिनी- अफसोस!

भूतनाथ- कई दिन तक मैं ढूंढ़ता रहा, आखिर भेष बदल जब काशी में आया तो खबर लगी कि नागर अपने मकान में मौजूद है। इसके बाद मैं गुप्त रीति से मायारानी के तिलिस्मी बाग के चारों तरफ घूमने लगा, वहां पता लगा कि दोनों कुमार और उनके ऐयारों को, जिन्हें मायारानी ने कैद कर रखा था, कोई छुड़ाकर ले गया, मैं उसी समय समझ गया कि यह काम आपका है। बस, तभी से आपको ढूंढ़ रहा हूं। इस समय इत्तिफाक से इधर आ निकला।

कमलिनी- (कुछ सोचकर) तुम तो अपने को बड़ा होशियार लगाते हो, मगर वास्तव में कुछ भी नहीं हो! खैर, हम लोगों के साथ चले आओ।

भूतनाथ को भी साथ लिए हुए कमलिनी वहां से रवाना हुई और चश्मे के पास से होकर उस टीले के पास पहुंची जिसके ऊपर जाने का इरादा था। कमलिनी जब अपने साथियों को पीछे-पीछे आने के लिए कहकर टीले के ऊपर चढ़ने लगी, तब शेर सिंह ने टोक दिया और कहा, "यदि कोई हर्ज न हो तो आप मेरी एक बात पहले सुन लीजिये।"

कमलिनी- आप जो कुछ कहेंगे, मैं पहले ही समझ गई, आप चिन्ता न कीजिये और चले आइये।

शेरसिंह- ठीक है, मगर जब तक मैं कुछ कह न लूंगा, जी न मानेगा।

कमलिनी- (हंसकर) अच्छा कहिये।

शेर सिंह को अपने साथ आने का इशारा करके कमलिनी टीले के दूसरी तरफ चली और दोनों कुमार, तेज सिंह, तारा सिंह, लाडिली और भूतनाथ को टीले के ऊपर धीरे-धीरे चढ़ने के लिए कह गई। टीले के पीछे निराले में पहुंचने पर शेर सिंह ने अपने दिल का हाल कहना शुरू किया–

शेरसिंह-चाहे आप भूतनाथ को कैसा ही नेक और ईमानदार समझती हों, मगर मैं इतना कहे बिना नहीं रह सकता कि आप उस बेईमान शैतान पर भरोसा न कीजिये।

कमलिनी- मैं पहले ही समझ गई थी कि आप यही बात मुझसे कहेंगे। इसमें कोई सन्देह नहीं कि भूतनाथ ने जो कुछ काम किये हैं वे उसकी नेकनामी, ईमानदारी और ऐयारी में बट्टा लगाते हैं, परन्तु आप कोई तरद्दुद न कीजिए, मैं बड़े-बड़े बेईमानों से अपना मतलब निकाल लेती हूं, मेरे साथ वह अगर जरा भी दगा करेगा तो उसे बेकाम करके छोड़ दूंगी।

शेरसिंह- मैं समझता हूं कि आप उसका पूरा-पूरा हाल नहीं जानतीं।

कमलिनी- भूतनाथ यद्यपि तुम्हारा भाई है, मगर मैं उसका हाल तुमसे भी ज्यादा जानती हूं। तुम्हें अगर डर है तो इसी बात का कि यदि कुमारों को मालूम हो जाएगा कि वह तुम्हारा भाई है तो तुम्हारी तरफ से उनका दिल मैला हो जाएगा या भूतनाथ अगर कोई बुराई कर बैठेगा तो मुफ्त में तुम भी बदनाम किये जाओगे।

शेर सिंह- हां-हां, बस इसी सोच में मैं मरा जाता हूं।

कमलिनी- तो तुम निश्चिन्त रहो। तुम्हारे सिर कोई बदनामी न आवेगी, जो कुछ होगा मैं समझ लूंगी।

शेर सिंह- अख्तियार आपको है, मुझे जो कुछ कहना था कह चुका।

दोनों कुमार और उनके साथी लोग टीले पर चढ़ चुके थे, इसके बाद शेर सिंह को अपने साथ लिए हुए कमलिनी भी यहां जा पहुंची। टीले के ऊपर की अवस्था देखने से मालूम होता था कि किसी जमाने में वहां पर जरूर कोई खूबसूरत मकान बना हुआ होगा, मगर इस समय तो एक कोठरी के सिवाय वहां और कुछ भी मौजूद न था। यह कोठरी बीस-पच्चीस आदमियों के बैठने के योग्य थी। कोठरी के बीचों-बीच पत्थर का एक चबूतरा बना हुआ था और उसके ऊपर पत्थर ही का शेर बैठा था। कमलिनी ने उसी जगह सभी को बैठने के लिए कहा और भूतनाथ की तरफ देखकर बोली, "इसी जगह से एक रास्ता मायारानी के तिलिस्मी बाग में गया है। तुम्हें छोड़ सब लोगों को लेकर मैं वहां जाऊंगी और कुछ दिनों तक उसी बाग में रहकर अपना काम

करूंगी। तब तक के लिए एक दूसरा काम तुम्हारे सुपुर्द करती हूं, आशा है कि तुम बड़ी होशियारी से उस काम को करोगे।"

भूतनाथ- जो कुछ आज्ञा हो, मैं करने के लिए तैयार हूं, मगर इस समय सबसे पहले मैं दो-चार बातें आपसे कहना चाहता हूं, यदि आप एकान्त में सुनें तो ठीक है।

कमलिनी- कोई हर्ज नहीं, तुम जो कुछ कहोगे मैं सुनने के लिए तैयार हूं।

इतना कहकर भूतनाथ को साथ लिए कमलिनी उस कोठरी के बाहर निकल आई और दूसरी तरफ एक पत्थर की चट्टान पर बैठकर भूतनाथ से बातचीत करने लगी। दो घड़ी से ज्यादा दोनों में बातचीत होती रही, जिसे इस जगह लिखना हम मुनासिब नहीं समझते। अन्त में भूतनाथ ने अपने बटुए में से कलम-दवात और कागज का टुकड़ा निकालकर कमलिनी के सामने रख दिया। कमलिनी ने एक चिट्ठी अपने बहनोई राजा गोपाल सिंह के नाम लिखी और उसमें यह लिखा कि "भूतनाथ को यह चिट्ठी देकर हम तुम्हारे पास भेजते हैं। इसे बहुत ही नेक और ईमानदार समझना और हर एक काम में इसकी राय और मदद लेना। यदि यह किसी जगह ले जाए तो बेखटके चले जाना और यदि अपनी इच्छानुसार कोई काम करने के लिए कहे तो उसमें किसी तरह का शक न करना। मैं इससे अपना भेद नहीं छिपाती और इसे अपना विश्वासपात्र समझती हूं।" इसके बाद हस्ताक्षर और निशान करके वह चिट्ठी भूतनाथ के हवाले की और कहा कि "बस तुम इसी समय मनोरमा के मकान की तरफ चले जाओ और राजा गोपाल सिंह से मिलकर काम करो या जो मुनासिब हो करो मगर देखो, खूब होशियारी से काम करना, मामला बहुत नाजुक है और तुम्हारे ईमान में जरा-सा फर्क पड़ेगा तो मैं बहुत बुरी तरह पेश आऊंगी।"

"आप हर तरह से बेफिक्र रहिए!" कहकर भूतनाथ टीले के नीचे उतर आया और देखते-देखते सामने के जंगल में घुसकर गायब हो गया।

***

बयान-8

अपनी बहिन लाडिली, ऐयारों और दोनों कुमारों को साथ लेकर कमलिनी राजा गोपाल सिंह के कहे अनुसार मायारानी के तिलिस्मी बाग के चौथे दर्जे में जाकर देवमन्दिर में कुछ दिन रहेगी। वहां रहकर ये लोग जो कुछ करेंगे, उसका हाल पीछे लिखेंगे, इस समय तो भूतनाथ का कुछ हाल लिखकर हम अपने पाठकों के दिल में एक प्रकार का खुटका पैदा करते हैं।

भूतनाथ कमलिनी से विदा होकर सीधे काशीजी की तरफ नहीं गया, बल्कि मायारानी से मिलने के लिए उसके खास बाग (तिलिस्मी बाग) की तरफ रवाना हुआ और दो पहर दिन चढ़ने के पहले ही बाग के फाटक पर जा पहुंचा। पहरे वाले सिपाहियों में से एक की तरफ देखकर बोला, "जल्द इत्तिला कराओ कि भूतनाथ आया है।" इसके जवाब में उस सिपाही ने कहा, "आपके लिए रुकावट नहीं है आप चले जाइए, जब दूसरे दर्जे के फाटक पर जाइएगा तो लौंडियों से इत्तिला के दीजियेगा।"

भूतनाथ बाग के अन्दर चला गया। जब दूसरे दर्जे के फाटक पर पहुंचा, तो लौंडियों ने उसके आने की इत्तिला की और वह बहुत जल्द मायारानी के सामने हाजिर किया गया।

मायारानी- कहो भूतनाथ, कुशल से तो हो तुम्हारे चेहरे पर खुशी की निशानी पाई जाती है, इससे मालूम होता है कि कोई खुशखबरी लाये हो और तुम्हारे शीघ्र लौट आने का भी यही सबब है। तुम जो चाहो कर सकते हो! हां, क्या खबर लाये।

भूतनाथ- अब तो मैं बहुत कुछ इनाम लूंगा, क्योंकि वह काम कर आया हूं जो सिवा मेरे दूसरा कोई कर ही नहीं सकता था।

मायारानी- बेशक तुम ऐसे ही हो, भला कहो तो सही क्या कर आये?

भूतनाथ- वह बात ऐसी नहीं है कि किसी के सामने कही जाए।

मायारानी- (लौंडियों को चले जाने का इशारा करके) बेशक मुझसे भूल हुई कि इन सभी के सामने तुमसे खुशी का सबब पूछती थी। हां, अब तो सन्नाटा हो गया।

भूतनाथ- आपने अपने पति गोपाल सिंह के लिए जो उद्योग किया था, वह तो बिल्कुल ही निष्फल हुआ। मैं अभी कमलिनी के पास से चला आ रहा हूं। उसे मुझ पर पूरा भरोसा और विश्वास है और वह मुझसे अपना कोई भेद नहीं छिपाती। उसकी जबानी जो कुछ मुझे मालूम हुआ है उससे जाना जाता है कि गोपाल सिंह अभी किसी के सामने अपने को जाहिर नहीं करेगा बल्कि गुप्त रहकर ही आपको तरह-तरह की तकलीफें पहुंचावेगा और अपना बदला लेगा।

मायारानी- (कांपकर) बेशक वह मुझे तकलीफ देगा। हाय, मैंने दुनिया का सुख कुछ भी नहीं भोगा। खैर, तुम कौन-सी खुशखबरी सुनाने आये हो सो तो कहो।

भूतनाथ- कह तो रहा हूं-पर आप स्वयं बीच में टोक देती हैं तो क्या करूं। हां तो इस समय आपको सताने के लिए बड़ी-बड़ी कार्रवाइयां हो रही हैं और रोहतास गढ़ से फोज चली आ रही है क्योंकि गोपाल सिंह और तेज सिंह ने कुमारों की दिलजमई करा दी है कि राजा वीरेन्द्र सिंह और रानी चन्द्रकांता को मायारानी ने कैद नहीं किया बल्कि धोखा देने की नीयत से दो आदमियों को नकली चन्द्रकांता और वीरेन्द्र सिंह बनाकर कैद किया है। अब कुंअर इन्द्रजीत सिंह के दो ऐयारों को साथ लेकर गोपाल सिंह किशोरी और कामिनी को छुड़ाने के लिए मनोरमा के मकान में गये हैं।

मायारानी- बिना बोले रहा नहीं जाता! मैं न तो कुंअर इन्द्रजीत सिंह, आनन्द या उनके ऐयारों से डरती हूं और न रोहतास गढ़ की फौज से डरती हूं, मैं अगर डरती हूं तो केवल गोपाल सिंह से बल्कि उसके नाम से, क्योंकि मैं उसके साथ बुराई कर चुकी हूं और वह मेरे पंजे से निकल गया है। खैर, यह खबर तो तुमने अच्छी सुनाई कि वह किशोरी और कामिनी को छुड़ाने के लिए मनोरमा के मकान में गया है। मैं आज ही यहां से काशीजी की तरफ रवाना हो जाऊंगी और जिस तरह होगा, उसे गिरफ्तार करूंगी!

भूतनाथ- नहीं-नहीं, अब आप उसे कदापि गिरफ्तार नहीं कर सकतीं, आप क्या बल्कि आप-सी अगर दस हजार एक साथ हो जायेंगे तो उसका कुछ नहीं बिगाड़ सकतीं।

मायारानी- (चिढ़कर) सो क्यों?

भूतनाथ- कमलिनी ने उसे एक ऐसी अनूठी चीज दी है कि वह जो चाहे कर सकता है और आप उसका कुछ नहीं बिगाड़ सकतीं।

मायारानी- वह कौन ऐसी अनमोल चीज है?

इसके जवाब में भूतनाथ ने उस तिलिस्मी खंजर का हाल और गुण बयान किया जो कमलिनी ने कुंअर इन्द्रजीत सिंह को दिया था और कुंअर साहब ने गोपाल सिंह को दे दिया था। अभी तक उस खंजर का पूरा हाल मायारानी को मालूम न था इसलिए उसे बड़ा ही ताज्जुब हुआ और वह कुछ देर तक सोचने के बाद बोली–

मायारानी- अगर ऐसा खंजर उसके हाथ लग गया है तो उसका कोई भी कुछ बिगाड़ नहीं सकता। बस मैं अपनी जिन्दगी से निराश हो गई। परन्तु मुझे विश्वास नहीं होता कि ऐसा तिलिस्मी खंजर कहीं से कमलिनी के हाथ लगा। यह असम्भव है, बल्कि ऐसा खंजर हो ही नहीं सकता। कमलिनी ने तुमसे झूठ कहा होगा।

भूतनाथ- (हंसकर) नहीं-नहीं, बल्कि उसी तरह का एक खंजर कमलिनी ने मुझे भी दिया है। (कमर से खंजर निकालकर और हर तरह पर दिखाकर) देखिये, यही है।

मायारानी- (ताज्जुब से) हां-हां, अब मुझे याद आया। नागर ने अपना और तुम्हारा हाल बयान किया था तो ऐसे खंजर का जिक्र किया था और मैं इस बात को बिल्कुल भूल गई थी। खैर तो अब मैं उस पर किसी तरह फतह नहीं पा सकती।

भूतनाथ- नहीं, घबड़ाइये मत, उसके लिए भी मैं बन्दोबस्त करके आया हूं।

मायारानी- वह क्या?

भूतनाथ ने वह कमलिनी वाली चिट्ठी बटुए में से निकालकर मायारानी के सामने रखी जिसे पढ़ते हुए वह खुश हो गई और बोली, "शाबाश भूतनाथ, तुमने बड़ा ही काम किया! अब तो तुम उस नालायक को मेरे पंजे में इस तरह फंसा सकते हो कि कमलिनी को तुम पर कुछ भी शक न होगा।"

भूतनाथ- बेशक ऐसा ही होगा। मगर अब हम लोगों को अपनी राह बदल देनी पड़ेगी अर्थात् पहले जो यह बात सोची गई थी कि किशोरी को छुड़ाने के लिए जो कोई वहां जाएगा, उसे फंसाते जाएँगे, सो न करना पड़ेगा।

मायारानी- तुम जैसा कहोगे वैसा ही किया जाएगा, बेशक तुम्हारी अक्ल हम लोगों से तेज है। तुम्हारा खयाल बहुत ठीक है अगर उसे पकड़ने की कोशिश की जाएगी तो वह कई आदमियों को मारकर निकल जाएगा और फिर कब्जे में न आवेगा, और ताज्जुब नहीं कि इसकी खबर भी लोगों को हो जाए, जो हमारे लिए बहुत बुरा होगा।

भूतनाथ- हां, अत: आप एक चिट्ठी नागर के नाम की लिखकर मुझे दीजिए और उसमें केवल इतना ही लिखिए कि किशोरी और कामिनी को निकाल ले जाने वाले से रोक-टोक न करे बल्कि तरह दे जाए और उस मकान के तहखाने का भेद मुझे बता दे, फिर जब ये दोनों किशोरी और कामिनी को ले जाएंगे तो उसके बाद मैं उन्हें धोखा देकर दारोगा वाले बंगले में जो नहर के ऊपर है ले जाकर झट फंसा लूंगा। वहां के तहखानों की ताली आप मुझे दे दीजिये। कमलिनी की जबानी मैंने सुना है कि वहां का तहखाना बड़ा ही अनूठा है, इसलिए मैं समझता हूं कि मेरा काम उस मकान से बखूबी चलेगा। जब मैं गोपाल सिंह को वहां फंसा लूंगा तो आपको खबर दूंगा, फिर आप जो चाहे कीजियेगा!

मायारानी- बस-बस, तुम्हारी यह राय बहुत ठीक है, अब मुझे निश्चय हो गया कि मुराद पूरी हो जाएगी!

मायारानी ने दारोगा वाले बंगले तथा तहखाने की ताली भूतनाथ के हवाले करके उसे वहां का भेद बता दिया और भूतनाथ के कहे बमूजिब एक चिट्ठी भी नागर के नाम की लिख दी। दोनों चीजें लेकर भूतनाथ वहां से रवाना हुआ और काशीजी की तरफ तेजी के साथ चल निकला।

***

बयान-9

रात पहर भर से ज्यादा जा चुकी है। काशी में मनोरमा के मकान के अन्दर फर्श पर नागर बैठी हुई और उसके पास ही एक खूबसूरत नौजवान आदमी छोटे-छोटे तीन-चार तकियों का सहारा लगाये अधलेटा-सा पड़ा जमीन की तरफ देखता हुआ कुछ सोच रहा है। इन दोनों के सिवाय कमरे में कोई तीसरा नहीं है।

नागर- मैं फिर भी तुम्हें कहती हूं कि किशोरी का ध्यान छोड़ दो क्योंकि इस समय मौका समझकर मायारानी ने उसे आराम के साथ रखने का हुक्म दिया है।

जवान- ठीक है मगर मैं उसे किसी तरह की तकलीफ तो नहीं देता फिर उसके पास मेरा जाना तुमने क्यों बन्द कर दिया?

नागर- बड़े अफसोस की बात है कि तुम मायारानी की तरफ कुछ भी ध्यान नहीं देते! जब भी तुम किशोरी के सामने जाते हो वह जान देने के लिए तैयार हो जाती है। तुम्हारे सबब से वह सूखकर कांटा हो गई है। मुझे निश्चय है कि दो-तीन दफे अगर तुम और उसके सामने आओगे तो वह जीती न बचेगी क्योंकि उसमें अब बात करने की भी ताकत नहीं रही, और उसका मरना मायारानी के हक में बहुत ही बुरा होगा। जब तक किशोरी को यह निश्चय न होगा कि तुम इस मकान से निकाल दिए गए तब तक वह मुझसे सीधी तरह बात भी न करेगी। ऐसी अवस्था में मायारानी की आज्ञानुसार मैं उसे कैद रखने की अवस्था में भी क्योंकर खुश रख सकती हूं।

जवान- (कुछ चिढ़कर) यह बात तो तुम कई दफे कह चुकी हो फिर घड़ी-घड़ी क्यों कहती हो?

नागर- खैर न सही, सौ की सीधी एक ही कहे देती हूं कि किशोरी के बारे में तुम्हारी मुराद पूरी न होगी और जहां तक जल्द हो सके तुम्हें मायारानी के पास चले जाना पड़ेगा।

जवान- यदि ऐसा ही है तो लाचार होकर मुझे मायारानी के साथ दुश्मनी करनी पड़ेगी। मैं उसके कई ऐसे भेद जानता हूं कि उन्हें प्रकट करने में उसकी कुशल नहीं है।

नागर- अगर तुम्हारी यह नीयत है तो तुम अभी जहन्नुम में भेज दिये जाओगे।

जवान- तुम मेरा कुछ भी नहीं कर सकतीं, मैं तुम्हारी जहरीली अंगूठी से डरने वाला नहीं हूं।

इतना कहकर नौजवान उठ खड़ा हुआ और कमरे के बाहर निकला ही चाहता था कि सामने का दरवाजा खुला और भूतनाथ आता हुआ दिखाई दिया। नागर ने जवान की तरफ इशारा करके भूतनाथ से कहा, "देखो, इस नालायक को मैं पहरों से समझा रही हूं मगर कुछ भी नहीं

सुनता और जान बूझकर मायारानी को मुसीबत में डालना चाहता है!" इसके जवाब में भूतनाथ ने कहा, "हां, मैं भी पिछले दरवाजे की तरफ खड़ा-खड़ा इस हरामजादे की बातें सुन रहा था!"

'हरामजादे' का शब्द सुनते ही उस नौजवान को क्रोध चढ़ आया और वह हाथ में खंजर लेकर भूतनाथ की तरफ झपटा। भूतनाथ ने चालाकी से उसकी कलाई पकड़ ली और कमरबन्द में हाथ डालकर ऐसी अड़ानी मारी कि वह धम्म से जमीन पर गिर पड़ा। नागर दौड़ी हुई बाहर चली गई और एक मजबूत रस्सी ले आई जो उस नौजवान के हाथ-पैर बांधने के काम में आई। भूतनाथ उस नौजवान को घसीटता हुआ दूसरी कोठरी में ले गया और नागर भी भूतनाथ के पीछे-पीछे चली गई।

आधे घण्टे के बाद नागर और भूतनाथ फिर उसी कमरे में आये और दोनों प्रेमी मसनद पर बैठकर खुशी-खुशी हंसी-दिल्लगी की बातें करने लगे। अन्दाज से मालूम होता है कि ये दोनों उस नौजवान को कहीं कैद कर आये हैं।

थोड़ी देर तक हंसी-दिल्लगी होती रही, इसके बाद मतलब की बातें होने लगीं। नागर के पूछने पर भूतनाथ ने अपना हाल कहा और सबके पहले वह चिट्ठी नागर को दिखाई जो राजा गोपाल सिंह के लिए कमलिनी ने लिख दी थी, इसके बाद मायारानी के पास जाने और बातचीत करने का खुलासा हाल कहके वह दूसरी चिट्ठी भी नागर को दिखाई जो मायारानी ने नागर के नाम की लिखकर भूतनाथ के हवाले की थी। यह सब हाल सुनकर नागर बहुत खुश हुई और बोली, "यह काम सिवाय तुम्हारे और किसी से नहीं हो सकता था और यदि तुम मायारानी की चिट्ठी न भी लाते तो भी तुम्हारी आज्ञानुसार काम करने को मैं तैयार थी।"

भूतनाथ- सो तो ठीक है, मुझे भी यही आशा थी, परन्तु यों ही एक चिट्ठी तुम्हारे नाम की लिखा ली।

नागर- पर ताज्जुब है कि राजा गोपाल सिंह और देवी सिंह आज के पहले से इस शहर में आए हुए हैं मगर अभी तक इस मकान के अन्दर उन दोनों के आने की आहट नहीं मिली। न मालूम वे दोनों कहां और किस धुन में हैं! खैर जो होगा देखा जाएगा, अब यह कहिये कि आप क्या करना चाहते हैं?

भूतनाथ- (कुछ देर तक सोचकर) अगर ऐसा है तो मुझे स्वयं उन दोनों को ढूंढ़ना पड़ेगा। मुलाकात होने पर दोनों को गुप्त रीति से इस मकान के अन्दर ले आऊंगा और किशोरी-कामिनी को छुड़ाकर यहां से निकल जाऊंगा, फिर धोखा देकर किशोरी और कामिनी को अपने कब्जे कर लूंगा, अर्थात् उन्हें कोई दूसरा काम करने के लिए कहकर किशोरी और कामिनी को रोहतास गढ़ पहुंचाने का वादा कर ले जाऊंगा और उस गुप्त खोह में जिसे मैं अपना मकान समझता हूं और तुम्हें दिखा चुका हूं अपने आदमियों के सुपुर्द करके गोपाल सिंह से आ मिलूंगा और फिर उसे कैद करके मायारानी के पास पहुंचा दूंगा जिससे वह अपने हाथ से उसे मारकर निश्चिन्त हो जाए।

नागर- बस-बस, तुम्हारी राय बहुत ठीक है, अगर इतना काम हो जाए तो फिर क्या चाहिए! मायारानी से मुंहमांगा इनाम मिले क्योंकि इस समय वह राजा गोपाल सिंह के सबब से बहुत ही परेशान हो रही है, यहां तक कि कुंअर इन्द्रजीत सिंह वगैरह के हाथ से तिलिस्म को बचाने का ध्यान तक भी उसे बिलकुल ही जाता रहा। यदि वह गोपाल सिंह को मारकर निश्चिंत हो जाएं तो अपने से बढ़कर भाग्यवान दुनिया में किसी को नहीं समझेगी जैसा कि थोड़े दिन पहले समझती थी।

भूतनाथ- जो मैं कह चुका हूं वही होगा इसमें कोई सन्देह नहीं। अच्छा अब तुम इस मकान का पूरा-पूरा भेद मुझे बता दो जिससे किसी तहखाने, कोठरी, रास्ते या चोरदरवाजे का हाल मुझसे छिपा न रहे।

नागर- बहुत अच्छा, चलिए उठिए, जहां तक हो सके इस काम से भी जल्द ही निपट लेना चाहिए।

नागर ने उस मकान का पूरा-पूरा भेद भूतनाथ को बता दिया, हर एक कोठरी, तहखाना, रास्ता और चोर दरवाजा तथा सुरंग दिखा दिया और उनके खोलने और बन्द करने की विधि भी बता दी। इस काम से छुट्टी पाकर भूतनाथ नागर से बिदा हुआ और राजा गोपाल सिंह तथा देवी सिंह की खोज में चारों ओर घूमने लगा।

***

बयान-10

दूसरे दिन आधी रात जाते-जाते भूतनाथ फिर उसी मकान में नागर के पास पहुंचा। इस समय नागर आराम से सोई न थी बल्कि न मालूम किस धुन और फिक्र में मकान की पिछली तरफ नजरबाग में टहल रही थी। भूतनाथ को देखते ही वह हंसती हुई पास आई और बोली–

नागर- कहो, कुछ काम हुआ?

भूतनाथ- काम तो बखूबी हो गया, उन दोनों से मुलाकात भी हुई और जो कुछ मैंने कहा दोनों ने मंजूर भी किया। कमलिनी की चिट्ठी जब मैंने गोपाल सिंह के हाथ में दी तो वे पढ़कर बहुत खुश हुए और बोले, "कमलिनी ने जो कुछ लिखा है मैं उसे मंजूर करता हूं। वह तुम पर विश्वास रखती है तो मैं भी रखूंगा और जो कुछ कहोगे वही करूंगा।"

नागर- बस सब काम बखूबी बन गया, अच्छा अब क्या करना चाहिए?

भूतनाथ- जाकर किवाड़ बन्द कर के सो रहो और सिपाहियों को भी हुक्म दे दो कि आज कोई सिपाही पहरा न दे बल्कि सब आराम से सो रहें, यहां तक कि अगर किसी को इस बाग में देखें भी तो चुपके हो रहें।

नागर "बहुत अच्छा" कहकर अपने कमरे में चली गई और भूतनाथ के कहे मुताबिक सिपाहियों को हुक्म देकर अपने कमरे का दरवाजा बन्द करके चारपाई पर लेट रही। भूतनाथ उसी बाग में घूमता-फिरता पिछली दीवार के पास जहां एक चोर दरवाजा था जा पहुंचा और उसी जगह बैठकर किसी के आने की राह देखने लगा।

आधे घण्टे तक सन्नाटा रहा, इसके बाद किसी ने दरवाजे पर दो दफे हाथ से थपकी लगाई। भूतनाथ ने उठकर झट दरवाजा खोल दिया और दो आदमी उस राह से आ पहुंचे। बंधे हुए इशारे के होने से मालूम हो गया कि ये दोनों राजा गोपाल सिंह और देवी सिंह हैं। भूतनाथ उन दोनों को अपने साथ लिए हुए धीरे-धीरे कदम रखता हुआ नजरबाग के बीचों-बीच आया जहां एक छोटा-सा फव्वारा था।

गोपाल सिंह- (भूतनाथ से) कुछ मालूम है कि इस समय किस तरफ पहरा पड़ रहा है?

भूतनाथ- कहीं भी पहरा नहीं पड़ता चारों तरफ सन्नाटा छाया हुआ है। इस मकान में जितने आदमी रहते हैं सभी को मैंने बेहोशी की दवा दे दी है और सब के सब उठने के लिए मुर्दों से बाजी लगाकर पड़े हैं।

गोपाल सिंह- तब तो हम लोग बड़ी लापरवाही से अपना काम कर सकते हैं?

भूतनाथ- बेशक!

गोपाल सिंह- अच्छा मेरे पीछे-पीछे चले आओ। (हाथ का इशारा करके) हम उस हम्माम की राह तहखाने में घुसा चाहते हैं। क्या तुम्हें मालूम है कि इस समय किशोरी और कामिनी किस तहखाने में कैद हैं?

भूतनाथ- हां, जरूर मालूम है। किशोरी और कामिनी दोनों एक ही साथ 'वायु-मण्डप' में कैद हैं।

गोपाल सिंह- तब तो हम्माम में जाने की कोई जरूरत नहीं, अच्छा तुम ही आगे चलो।

भूतनाथ आगे-आगे रवाना हुआ और उसके पीछे राजा गोपाल सिंह और देवी सिंह चलने लगे। तीनों आदमी उत्तर तरफ के दालान में पहुंचे जिसके दोनों तरफ दो कोठरियां थीं और इस समय दोनों कोठरियों का दरवाजा खुला हुआ था। तीनों आदमी दाहिनी तरफ वाली कोठरी में घुसे और अन्दर जाकर कोठरी का दरवाजा बन्द कर लिया। बटुए में से सामान निकालकर मोमबत्ती जलाई और देखा कि सामने दीवार में एक आलमारी है जिसका दरवाजा एक खटके पर खुला करता था। भूतनाथ उस दरवाजे को खोलना जानता था इसलिए पहले उसी ने खटके पर हाथ रखा। दरवाजा खुल जाने पर मालूम हुआ कि उसके अन्दर सीढ़ियां बनी हुई हैं। तीनों आदमी उस सीढ़ी की राह से नीचे तहखाने में उतर गये और एक कोठरी में पहुंचे जिसका दूसरा दरवाजा बन्द था। भूतनाथ ने उस दरवाजे को भी खोला और तीनों आदमियों ने दूसरी कोठरी में पहुंचकर देखा कि एक चारपाई पर बेचारी किशोरी पड़ी हुई है, सिरहाने की तरफ कामिनी बैठी धीरे-धीरे उसका सिर दबा रही थी। कामिनी का चेहरा जर्द और सुस्त था मगर किशोरी तो वर्षों की बीमार जान पड़ती थी। जिस चारपाई पर वह पड़ी थी उसका बिछावन बहुत मैला था, और उसी के पास एक दूसरी चारपाई बिछी हुई थी जो शायद कामिनी के लिए हो। कोठरी के एक कोने में पानी का घड़ा, गिलास और कुछ खाने का सामान रखा हुआ था।

किशोरी और कामिनी देवी सिंह को बखूबी पहचानती थीं मगर भूतनाथ को केवल कामिनी ही पहचानती थी, जब कमला के साथ शेर सिंह से मिलने के लिए कामिनी उस तिलिस्मी खंडहर में गई थी तब उसने भूतनाथ को देखा था और यह भी जानती थी कि भूतनाथ को देखकर शेर सिंह डर गया था मगर इसका सबब पूछने पर भी उसने कुछ न कहा था। इस समय वह फिर उसी भूतनाथ को यहां देखकर डर गई और जी में सोचने लगी कि एक बला में तो फंसी ही थी यह दूसरी बला कहां से आ पहुंची, मगर उसी के साथ देवी सिंह को देख उसे कुछ ढाढ़स हुई और किशोरी को तो पूरी उम्मीद हो गई कि ये लोग हमको छुड़ाने ही आये हैं। वह भूतनाथ और राजा गोपाल सिंह को पहचानती न थी मगर सोच लिया कि शायद ये दोनों भी राजा वीरेन्द्र सिंह के ऐयार होंगे। किशोरी यद्यपि बहुत ही कमजोर बल्कि अधमरी-सी हो रही थी मगर इस समय यह जानकर कि कुंअर इन्द्रजीत सिंह के ऐयार हमें छुड़ाने आ गये हैं और अब शीघ्र ही इन्द्रजीत सिंह से मुलाकात होगी उसकी मुरझाई हुई आशालता हरी हो गई और उसमें जान आ गई। इस

समय किशोरी का सिर कुछ खुला हुआ था जिसे उसने अपने हाथ से ढंक लिया और देवी सिंह की तरफ देखकर बोली–

किशोरी- मैं समझती हूं आज ईश्वर को मुझ पर दया आई है इसी से आप लोग मुझे यहां से छुड़ाकर ले जाने के लिए आए हैं।

देवी सिंह- जी हां, हम लोग आपको छुड़ाने के लिए ही आये हैं, मगर आपकी दशा देखकर रुलाई आती है। हाय, क्या दुनिया में भलों और नेकों को यही इनाम मिला करता है!

किशोरी- मैंने सुना था कि राजा साहब के दोनों लड़कों और ऐयारों को मायारानी ने कैद कर लिया है?

देवी सिंह- जी हां, उन कैदी ऐयारों में मैं भी था परन्तु ईश्वर की कृपा से सब कोई छूट गए और अब हम लोग आपको और (कामिनी की तरफ इशारा कर) इनको छुड़ाने आये हैं। इसमें कोई सन्देह नहीं कि आप बहुत कुछ मुझसे पूछना चाहती हैं और मेरे पेट में भी बहुत-सी बातें कहने योग्य भरी हैं परन्तु यह अमूल्य समय बातों में नष्ट करने योग्य नहीं है इसलिए जो कुछ कहने-सुनने की बातें हैं फिर होती रहेंगी, इस समय जहां तक जल्द हो सके यहां से निकल चलना ही उत्तम है।

"हां ठीक है" कहकर किशोरी उठ बैठी। उसमें चलने-फिरने की ताकत न थी परन्तु इस समय की खुशी ने उसके खून में कुछ जोश पैदा कर दिया और वह इस लायक हो गई कि कामिनी के मोढे पर हाथ रखकर तहखाने से ऊपर आ सके और वहां से बाग की चहारदीवारी के बाहर जा सके। कामिनी यद्यपि भूतनाथ को देखकर सहम गई थी मगर देवी सिंह के भरोसे से उसने इस विषय में कुछ कहना उचित न जाना, दूसरे उसने यह सोच लिया कि इस कैदखाने से बढ़कर और कोई दुःख की जगह न होगी, अतएव यहां से तो निकल चलना ही उत्तम है!

किशोरी और कामिनी को लिये हुए तीनों आदमी तहखाने से बाहर निकले। इस समय भी उस मकान में चारों तरफ तथा नजरबाग में सन्नाटा ही था, इसलिए ये लोग बिना किसी रोकटोक उसी दरवाजे की राह यहां से बाहर निकल गये जिससे राजा गोपाल सिंह बाग के अन्दर आये थे। थोड़ी दूर पर तीन घोड़े और एक रथ जिसके आगे दो घोड़े जुते हुए थे मौजूद था। रथ पर किशोरी और कामिनी को सवार कराया गया और तीनों घोड़ों पर राजा गोपाल सिंह, देवी सिंह और भूतनाथ ने सवार होकर रथ को तेजी के साथ हांकने के लिए कहा। बात की बात में ये लोग शहर के बाहर हो गये बल्कि सुबह की सफेदी निकलने के पहले ही लगभग पांच कोस दूर निकल जाने के बाद एक चौमुहानी पर रुककर विचार करने लगे कि अब रथ को किस तरफ ले चलना है या रथ की हिफाजत किसके सुपुर्द करनी चाहिए।

***

बयान-11

ऊपर के बयान में जो कुछ लिख आये हैं उस बात को कई दिन बीत गये, आज भूतनाथ को हम फिर मायारानी के पास बैठे हुए देखते हैं। रंग-ढंग से जाना जाता है कि भूतनाथ की कार्रवाइयों से मायारानी बहुत ही प्रसन्न है और वह भूतनाथ को कद्र और इज्जत की निगाह से देखती है। इस समय मायारानी के सामने सिवाय भूतनाथ के कोई दूसरा आदमी मौजूद नहीं है।

मायारानी- इसमें कोई सन्देह नहीं कि तुमने मेरी जान बचा ली।

भूतनाथ- गोपाल सिंह को धोखा देकर गिरफ्तार करने में मुझे बड़ी-बड़ी कठिनाइयों का सामना करना पड़ा। आज दो दिन से केवल पानी के सहारे मैं जान बचाये हूं। अभी तक तो कोई ऐसी बात नहीं हुई जिससे कमलिनी या राजा वीरेन्द्र सिंह के पक्ष वाले किसी को मुझ पर शक हो। राजा गोपाल सिंह के साथ केवल देवी सिंह था जिसको मैंने किसी जरूरी काम के लिए रोहतास गढ़ जाने की सलाह दे दी और उसके जाने के बाद गोपाल सिंह को बातों में उलझाकर दारोगा वाले मकान में ले जाकर कैद कर दिया।

मायारानी- तो उसे तुमने खत्म ही क्यों न कर दिया ?

भूतनाथ- केवल तुम्हारे विश्वास के लिए उसे जीता रख छोड़ा है।

मायारानी- (हंसकर) केवल उसका सिर ही काट लाने से मुझे पूरा विश्वास हो जाता! पर जो हुआ सो हुआ अब उसके मारने में विलम्ब न करना चाहिए!

भूतनाथ- ठीक है, जहां तक हो, अब इस काम में जल्दी करना ही उचित है क्योंकि अबकी दफे यदि वह छूट जाएगा तो मेरी बड़ी दुर्गति होगी।

मायारानी- नहीं-नहीं, अब वह किसी तरह नहीं बच सकता। मैं तुम्हारे साथ चलती हूं और अपने हाथ से उसका सिर काटकर सदैव के लिए टंटा मिटाती हूं। घंटे भर और ठहर जाओ, अच्छी तरह अंधेरा हो जाने पर ही यहां से चलना उचित होगा, बल्कि तब तक तुम भोजन भी कर लो क्योंकि दो दिन के भूखे हो। यह तो कहो कि किशोरी और कामिनी को तुमने कहां छोड़ा ?

भूतनाथ- किशोरी और कामिनी को मैं एक ऐसी खोह में रख आया हूं जहां से सिवाय मेरे कोई दूसरा उन्हें निकाल ही नहीं सकता। बहुत दिनों से मैं स्वयं उस खोह में रहता हूं और मेरे आदमी भी अभी तक वहां मौजूद हैं। अब केवल एक बात का खुटका मेरे जी में लगा हुआ है।

मायारानी- वह क्या ?

भूतनाथ- यदि कमलिनी मुझसे पूछेगी कि किशोरी और कामिनी को कहां रख आये तो मैं क्या जवाब दूंगा यदि यह कहूंगा कि रोहतास गढ़ तुम्हारे तालाब वाले मकान में रख आया हूं तो बहुत जल्द झूठा बनूंगा और सब भंडा फूट जाएगा।

मायारानी- हां सो तो ठीक है, मगर तुम चालाक हो, इसके लिए भी कोई न कोई बात जरूर सोच लोगे।

भूतनाथ- खैर, जो होगा देखा जाएगा। अब कहिये कि आपका काम तो मैंने कर दिया अब इसका इनाम मुझे क्या मिलता है आपका कौल है कि जो मांगोगे वही मिलेगा।

मायारानी- हां-हां, जो कुछ तुम मांगोगे वही मिलेगा। जरा दारोगा वाले मकान में चलकर उसे मारकर निश्चिन्त हो जाऊं तो तुम्हें मुंहमांगा इनाम दूं। अच्छा यह तो कहो कि तुम चाहते क्या हो?

भूतनाथ- दारोगा वाला मकान मुझे दे दीजिए और उसमें जो अजायबघर है उसकी ताली मेरे हवाले कर दीजिए।

मायारानी- (चौंककर) उस अजायबघर का हाल तुम्हें कैसे मालूम हुआ?

भूतनाथ- कमलिनी की जुबानी मैंने सुना था कि वह भी तिलिस्म ही है और उसमें बहुत अच्छी-अच्छी चीजें हैं।

मायारानी- ठीक है मगर उसमें बहुत-सी ऐसी चीजें हैं जो यदि मेरे दुश्मनों के हाथ लगें तो आफत ही हो जाए।

भूतनाथ- मैं उस जगह को अपने लिए चाहता हूं किसी दूसरे के लिए नहीं, मेरे रहते कोई दूसरा आदमी उस मकान से फायदा नहीं उठा सकता।

मायारानी- (देर तक देखकर) खैर मैं दूंगी क्योंकि तुमने मुझ पर भारी अहसान किया है, मगर उस ताली को बड़ी हिफाजत से रखना। यद्यपि उसका पूरा-पूरा हाल मुझे मालूम नहीं है तथापि मैं समझती हूं कि वह कोई अनूठी चीज है क्योंकि गोपाल सिंह उसे बड़े यत्न से अपने पास रखता था, हां अगर तुम अजायबघर की ताली मुझसे न लो तो मैं बहुत ज्यादा दौलत तुम्हें देने के लिए तैयार हूं।

भूतनाथ- आप तरद्दुद न कीजिये, उस चीज को आपका कोई दुश्मन मेरे कब्जे से नहीं ले जा सकता और आप देख लेंगी कि महीने भर के अन्दर ही अन्दर मैं आपके दुश्मनों का नाम-निशान मिटा दूंगा और खुल्लमखुल्ला अपनी प्यारी स्त्री को लेकर उस मकान में रहकर आपकी बदौलत खुशी से जिन्दगी बिताऊंगा।

मायारानी- (ऊंची सांस लेकर) अच्छा, दूंगी।

भूतनाथ- तो अब उसके देने में विलम्ब क्या है?

मायारानी- बस, उस काम से निपट जाने की देर है।

भूतनाथ- वहां भी केवल आपके चलने की ही देर है।

मायारानी- मैं कह चुकी हूं कि तुम भोजन कर लो, तब तक अंधेरा भी हो जाता है।

मायारानी ने घण्टी बजाई, जिसकी आवाज सुनते ही कई लौंडियां दौड़ी हुई आईं और हाथ जोड़कर सामने खड़ी हो गईं। मायारानी ने भूतनाथ के लिए भोजन का सामान ठीक करने को कहा, और यह बहुत जल्द हो गया। भूतनाथ ने भोजन किया और अंधेरा होने पर मायारानी के साथ दारोगा वाले मकान में चलने के लिए तैयार हुआ। मायारानी ने धनपत को भी साथ लिया और तीनों आदमी चेहरे पर नकाब डाले घोड़ों पर सवार हो वहां से रवाना हुए तथा बात-की-बात में दारोगा वाले मकान के पास जा पहुंचे। (*इस मकान का जिक्र कई दफे आ चुका है, नानक इसी मकान में बाबाजी से मिला था।*) पेड़ों के साथ घोड़ों को बांध तीनों आदमी उस मकान के अन्दर चले। हम ऊपर लिख आये हैं कि मायारानी ने इस मकान की ताली भूतनाथ को दे दी थी और मकान का भेद भी उसे बता दिया था। इसलिए भूतनाथ सबके आगे हुआ और उसके पीछे धनपत और मायारानी जाने लगीं। भूतनाथ उस मकान के दाहिनी तरफ वाले दालान में पहुंचा, जिसमें एक कोठरी बन्द दरवाजे की थी, मगर यह नहीं जान पड़ता था कि यह दरवाजा क्योंकर खुलेगा या ताली लगाने की जगह कहां है। दरवाजे के पास पहुंचकर भूतनाथ ने बटुए में से एक ताली निकाली और दरवाजे के दाहिनी तरफ की दीवार में जो लकड़ी की बनी हुई थी, पैर से धक्का देना शुरू किया। चार-पांच ठोकरों के बाद लकड़ी का एक छोटा-सा तख्ता अलग हो

गया, और उसके अन्दर हाथ जाने लायक सूराख दिखाई दिया। ताली लिए हुए उसी छेद के अन्दर भूतनाथ ने हाथ डाला और किसी गुप्त ताले में ताली लगाई। कोठरी का दरवाजा तुरंत खुल गया और तीनों अन्दर चले गये। भीतर जाकर वह दरवाजा पुनः बन्द कर लिया, जिससे वह लकड़ी का टुकड़ा भी ज्यों-का-त्यों बराबर हो गया, जिसके अन्दर हाथ डालकर भूतनाथ ने ताला खोला था।

कोठरी के अन्दर बिल्कुल अंधेरा था इसलिए भूतनाथ ने अपने बटुए में से सामान निकालकर मोमबत्ती जलाई। अब मालूम हुआ कि कोठरी के बीचों-बीच में लोहे का एक गोल तख्ता जमीन में जड़ा हुआ है जिस पर लगभग चार या पांच आदमी खड़े हो सकते थे। उस तख्ते के बीचों-बीच में तीन हाथ ऊंचा लोहे का एक खम्भा था और उसके ऊपर एक चर्खी लगी हुई थी। तीनों आदमी उस खम्भे को थामकर खड़े हो गये और भूतनाथ ने दाहिने हाथ से चर्खी को घुमाना शुरू किया, साथ ही घड़घड़ाहट की आवाज आई और खम्भे के सहित वह लोहे का टुकाड़ा जमीन के अन्दर घुसने लगा। यहां तक कि लगभग बीस हाथ के नीचे जाकर जमीन पर ठहर गया और तीनों आदमी उस पर से उतर पड़े। अब ये तीनों एक लम्बी-चौड़ी कोठरी के अन्दर घुसे। कोठरी के पूरब तरफ दीवार में एक सुरंग बनी हुई थी, पश्चिम तरफ कुआं था, उत्तर तरफ चार सन्दूक

पड़े हुए थे और दक्षिण तरफ एक जंगलेदार कोठरी बनी हुई थी, जिसके अन्दर एक आदमी जमीन पर औंधा पड़ा हुआ था और पास की जमीन खून से तरबतर हो रही थी। उसे देखते ही भूतनाथ चौंककर बोला–

भूतनाथ- ओफ! मालूम होता है कि इसने सिर पटककर जान दे दी (मायारानी की तरफ देखकर) क्योंकि तुम्हारा सामना करना इसे मंजूर न था!

मायारानी- शायद ऐसा ही हो! आखिर मैं भी तो इसे मारने को ही आई थी। अच्छा हुआ, इसने अपनी जान आप ही दे दी, मगर अब यह क्योंकर निश्चय हो कि यह अभी जीता है या मर गया?

धनपत- (गौर से गोपालसिंह को देखकर) सांस लेने की आहट नहीं मालूम होती, जहां तक मैं समझती हूं इसमें दम नहीं है।

भूतनाथ- (मायारानी से) आप इस जंगले में जाकर इसे अच्छी तरह देखिये, कहिये तो ताला खोलूं।

मायारानी- नहीं-नहीं, मुझे अब भी इसके पास जाते डर मालूम होता है, कहीं नकल न किये हो! (गोपाल सिंह को अच्छी तरह देखकर) वह तिलिस्मी खंजर इसके पास नहीं दिखाई देता।

भूतनाथ- वह खंजर देवी सिंह ने एक सप्ताह के लिए इससे मांग लिया था, और इस समय उसी के पास है।

मायारानी- तब तो तुम बेखौफ इसके अन्दर जा सकते हो, अगर जीता भी होगा तो कुछ न कर सकेगा, क्योंकि इसका हाथ खाली है और तुम्हारे पास तिलिस्मी खंजर है!

भूतनाथ- बेशक, मैं इसके पास जाने में नहीं डरता।

उस जंगले के दरवाजे में एक ताला लगा हुआ था जिसे भूतनाथ ने खोला, और अन्दर जाकर राजा गोपाल सिंह की लाश को सीधा किया, तब मायारानी की तरफ देखकर कहा, "अब इसमें दम नहीं है, आप बेखौफ चली आवें और इसे देखें।" मायारानी धनपत का हाथ थामे हुए उस कोठरी के अन्दर गई और अच्छी तरह गोपाल सिंह को देखा। सिर फट जाने और खून निकलने के साथ ही दम निकल जाने से गोपाल सिंह का चेहरा कुछ भयानक-सा हो गया था। मायारानी को जब निश्चय हो गया कि इसमें दम नहीं है, तब वह बहुत खुश हुई और भूतनाथ की तरफ देखकर बोली, "अब मैं इस दुनिया में निश्चिन्त हुई। मगर इस लाश का भी नाम-निशान मिटा देना ही उचित है।"

भूतनाथ- यह कौन-सी बड़ी बात है। इसे ऊपर ले चलिए, और जंगल में से लकड़ियां बटोरकर फूंक दीजिए।

मायारानी- नहीं-नहीं, रात के वक्त जंगल में विशेष रोशनी होने से ताज्जुब नहीं कि किसी को शक हो या राजा वीरेन्द्र सिंह का कोई ऐयार ही इधर आ निकले और देख ले।

भूतनाथ- खैर, जाने दीजिए, इसकी भी एक सहज तरकीब बताता हूं।

मायारानी- वह क्या?

भूतनाथ- इसे ऊपर ले चलिए और टुकड़े-टुकड़े कर नहर में डाल दीजिए, बात की बात में मछलियां खा जायेंगे।

मायारानी- हां, यह राय बहुत ठीक है। अच्छा, इसे ले चलो।

भूतनाथ ने उस लाश को उठाकर उस लोहे के तख्ते पर रखा और तीनों आदमी खम्भे को थामकर खड़े हो गए। भूतनाथ ने उस चर्खी को उल्टा घुमाना शुरू किया। बात-की-बात में वह तख्ता ऊपर की जमीन के साथ बराबर मिल गया। भूतनाथ ने अन्दर से कोठरी का दरवाजा खोला और उस लाश को बाहर दालान में लाकर पटक दिया। इसके बाद उस कोठरी का दरवाजा जिस तरह पहले खोला था, उसी तरह बन्द कर दिया। मायारानी के इशारे से धनपत ने कमर से खंजर निकालकर लाश के टुकड़े किए और हड्डी और मांस नहर में डालने के बाद, नहर से जल लेकर जमीन धो डाली। इसके बाद हर तरह से निश्चिन्त हो अपने-अपने घोड़े पर सवार होकर तीनों आदमी तिलिस्मी बाग की तरफ रवाना हुए और आधी रात जाने के पहले ही वहां पहुंचकर भूतनाथ ने कहा, "बस लाइए, अब मेरा इनाम दे दीजिये।"

मायारानी- हां-हां, लीजिए, इनाम देने के लिए मैं तैयार हूं। (मुस्कुराकर) लेकिन भूतनाथ, अगर इनाम में अजायबघर की ताली मैं तुम्हें न दूं, तो तुम क्या करोगे क्योंकि मेरा काम तो हो ही चुका है!

भूतनाथ- करेंगे क्या, बस अपनी जान दे देंगे!

मायारानी- अपनी जान दे दोगे तो मेरा क्या बिगड़ेगा?

भूतनाथ- (खिलखिलाकर हंसने के बाद) क्या तुम समझती हो कि मैं सहज ही में अपनी जान दे दूंगा नहीं-नहीं, ऐसा नहीं हो सकता। पहले तो मैं कमलिनी के पास जाकर अपना कसूर साफ-साफ कह दूंगा, इसके बाद तुम्हारे सब भेद खोल दूंगा, जो तुमने मुझे बताये हैं। इतना ही नहीं, बल्कि तुम्हारी जान लेकर तब कमलिनी के हाथ से मारा जाऊंगा। इस बाग का, दारोगा वाले मकान का, और मनोरमा के मकान का, रत्ती-रत्ती भेद मुझे मालूम हो चुका है और तुम खुद समझ सकती हो कि मैं कहां तक उपद्रव मचा सकता हूं! तुम यह भी न सोचना कि इस समय इस बाग में रहने के कारण मैं तुम्हारे कब्जे में हूं, क्योंकि वह...।

मायारानी- बस-बस, बहुत जोश में मत आओ, मैं दिल्लगी के तौर पर इतना कह गई, और तुम सच ही समझ गये! इस बात का पूरा-पूरा विश्वास रखना कि मायारानी वादा पूरा करने से हटने वाली नहीं है और इनाम देने में भी किसी से कम नहीं है। बैठो, मैं अभी अजायबघर की ताली ला देती हूं।

भूतनाथ-लाइए, और मुझे भी अपने कौल का सच्चा ही समझिये, ऐसे काम कर दिखाऊंगा कि खुश हो जाइएगा और ताज्जुब कीजिएगा।

मायारानी- देखो रंज न होना, मैं तुमसे एक बात और पूछती हूं।

भूतनाथ- (हंसकर) पूछिये-पूछिये।

मायारानी- अगर मैं धोखा देकर कोई दूसरी चीज तुम्हें दे दूं, तो तुम कैसे समझोगे कि अजायबघर की ताली यही है?

भूतनाथ- भूतनाथ को निरा मौलवी न समझ लेना। उस ताली को जो किताब की सूरत में है और जिसे दोनों तरफ से भौंरो ने घेरा हुआ है, भूतनाथ अच्छी तरह पहचानता है।

मायारानी- शाबाश, तुम बहुत ही होशियार और चालाक हो, किसी के फरेब में आने वाले नहीं, मालूम होता है कि इतनी जानकारी तुम्हें उसी कम्बख्त कमलिनी की बदौलत... ?

भूतनाथ- जी हां, बेशक ऐसा ही है, मगर हाय! जिस कमलिनी ने मेरी इतनी इज्जत की, मैं आपके लिए उसी के साथ दुश्मनी कर रहा हूं और सो भी केवल इसी अजायबघर की ताली के लिए!

मायारानी- अजायबघर की ताली तो तुम्हारी इच्छानुसार तुम्हें देती ही हूं इसके बाद इससे भी बढ़कर एक ऐसी चीज तुम्हें दूंगी जिसे देखकर तुम भी कहोगे कि मायारानी ने कुछ दिया।

भूतनाथ- बेशक मुझे आपसे बहुत-कुछ उम्मीद है।

भूतनाथ को उसी जगह बैठाकर मायारानी कहीं चली गई, मगर आधे घण्टे के अन्दर एक जड़ाऊ डिब्बा हाथ में लिए हुए आ पहुंची और वह डिब्बा भूतनाथ के सामने रखकर बोली, "लीजिए, वह अनोखी चीज हाजिर है।" भूतनाथ ने डिब्बा खोला। उसके अन्दर गुटके की तरह एक छोटी-सी पुस्तक थी जिसे उलट-पुलटकर भूतनाथ ने अच्छी तरह देखा और तब कहा, "बेशक यही है। अच्छा, अब मैं जाता हूं, जरा कमलिनी से मिलकर खबर लूं कि उधर क्या हो रहा है।"

भूतनाथ अजायबघर की ताली लेकर मायारानी से बिदा हुआ और तिलिस्मी बाग के बाहर होकर खुशी-खुशी उत्तर की तरफ चल निकला मगर थोड़ी ही दूर जाकर खड़ा हो गया और इधर-उधर देखने लगा। पेड़ की आड़ में से दो आदमी निकलकर भूतनाथ के सामने आये और एक ने आगे बढ़कर पूछा, "टेम गिन चाप"(*मिली वह ताली*) इसके जवाब में भूतनाथ ने कहा, "चेह (*हां*)!" इतना सुनकर उस आदमी ने भूतनाथ को गले से लगा लिया। इसके बाद तीनों आदमी एक साथ आगे की तरफ रवाना हुए।

***

बयान-12

आज से कुल आठ-दस दिन पहले मायारानी इतनी परेशान और घबड़ाई हुई थी कि जिसका कुछ हिसाब नहीं। वह जीते जी अपने को मुर्दा समझने लगी थी। राजा गोपाल सिंह के छूट जाने के डर, चिन्ता, बेचैनी और घबड़ाहट ने चारों तरफ से उसे घेर लिया था, यहां तक कि राजा वीरेन्द्र सिंह के पक्ष वालों और कमलिनी का ध्यान भी उसके दिल से जाता रहा था जिनके लिए सैकड़ों ऊटक-नाटक उसे रचने पड़े थे और ध्यान था केवल गोपाल सिंह का। कहीं ऐसा न हो कि गोपाल सिंह का असल भेद रिआया को मालूम हो जाए, इसी सोच ने उसे बेकार कर दिया था। मगर आज वह भूतनाथ की बदौलत अपने को हर तरह से बेफिक्र मानती है, आई हुई बला को टला समझती है, और उसे विश्वास है कि अब कुछ दिन तक चैन से गुजरेगी। अब उसे केवल यही फिक्र रह गई कि कुंअर इन्द्रजीत सिंह और आनन्द सिंह के हाथ से तिलिस्म टूटने न पावे और कमलिनी को, जो यहां का बहुत-कुछ हाल जानती है और उन दोनों कुमारों से मिली हुई है किसी-न-किसी तरह गिरफ्तार करना या मार डालना चाहिए जिससे तिलिस्म तोड़ने में वह इन दोनों कुमारों को मदद न पहुंचा सके। वह समझती है कि इस समय केवल इस तिलिस्म की बदौलत ही हर एक पर मैं अपना रुआब जमा सकती हूं और बड़े-बड़े महाराजों के दिल में भी डर पैदा कर सकती हूं, इतना ही नहीं, बल्कि जो चाहे कर सकती हूं, और जब तिलिस्म ही न रहेगा तो मैं एक मामूली जमींदार के बराबर भी न समझी जाऊंगी, इत्यादि।

वास्तव में मायारानी का सोचना बहुत ठीक था, लेकिन फिर भी आज उसका दिमाग फिर आसमान पर चढ़ा हुआ है। भूतनाथ ऐसा ऐयार पाकर वह बहुत प्रसन्न है और उसे निश्चय है कि मैं जो चाहूंगी कर गुजरूंगी, हां लाडिली के चले जाने का उसे जरूर बहुत बड़ा रंज है।

जिस समय अजायबघर की ताली लेकर भूतनाथ उससे बिदा हुआ उस समय रात बहुत कम बाकी थी और मायारानी रात-भर की थकी और जागी हुई थी इसलिए चारपाई पर जाते ही सो गई और पहर भर दिन चढ़े तक सोई रही। जब धनपत ने आकर जगाया तो उठी और मामूली कामों से छुट्टी पाकर हंसी-दिल्लगी में उसके साथ समय बिताने लगी। दिन तो हंसी-दिल्लगी में बीत गया, मगर रात को उसने आश्चर्यजनक घटना देखी जिससे वह बहुत परेशान और दुखी हुई।

आधी रात जा चुकी है। मायारानी अपने कमरे में जो कीमती चीजों से भरा था, खूबसूरत जड़ाऊ पायों की मसहरी पर गाढ़ी नींद में सोई हुई है। कमरे के बाहर हाथ में नंगी तलवार लिए नौजवान और कमसिन लौंडियां पहरा दे रही हैं। जिस समय सोने के इरादे से पलंग पर जाकर

मायारानी ने आंखें बन्द कीं उस समय केवल एक बिल्लौरी हांडी के अन्दर खुशबूदार तेल से भरे हुए बिल्लौरी गिलास में हलकी रोशनी हो रही थी और कमरे का दरवाजा भिड़काया हुआ था, मगर इस समय न जाने वह रोशनी क्यों गुल हो गई थी और कमरे के अन्दर अन्धकार हो रहा था।

मायारानी यद्यपि रानी, नौजवान और हर तरह से सुखिया थी मगर उसकी नींद बहुत ही कच्ची थी। जरा खुटका पाते ही वह उठ बैठती थी। इस समय भी यद्यपि वह गहरी नींद में सोई थी मगर शीशे के एक शमादान के टूटने और झन्नाटे की आवाज आने से चौंककर उठ बैठी। कमरे में अंधकार देख वह चारपाई से नीचे उतरी और टटोलती हुई दरवाजे के पास पहुंची मगर दरवाजा खोलना चाहा तो मालूम हुआ कि उसमें ताला लगा हुआ है। यह अद्भुत मामला देख वह बहुत घबड़ाई और डर के मारे उसका कलेजा धक-धक करने लगा। "हैं ऐसा क्यों हुआ! इस कमरे के अन्दर कौन आया जिसने दरवाजे में ताला लगा दिया क्या बाहर पहरा नहीं पड़ता है! जरूर पड़ता होगा, फिर बिना इत्तिला किये इस कमरे के अन्दर आने का साहस किसको हुआ! अगर कोई आया है तो अवश्य अभी इस कमरे के अन्दर ही है क्योंकि दरवाजे में अभी तक ताला बन्द है। क्या यह काम धनपत का तो नहीं है! मगर इतना बड़ा हौसला वह नहीं कर सकती!"

ऐसे-ऐसे सोच-विचार ने मायारानी को घबड़ा दिया। वह यहां तक डरी कि मुंह से आवाज निकलना मुश्किल हो गया और वह अपनी लौंडियों को पुकार भी न सकी। अन्त में वह लाचार होकर दरवाजे के पास ही बैठ गई और आंखों से आंसू की बूंदें टपकाने लगीं। इतने ही में पैर की आहट जान पड़ीं। मालूम हुआ कि कोई आदमी इस कमरे के अन्दर टहल रहा है। अब मायारानी और भी डरी और दरवाजे से कुछ हटकर दीवार के पास चिपक गई। साफ मालूम होता था कि कोई आदमी पैर पटकता हुआ कमरे में घूम रहा है।

मायारानी यद्यपि दीवार के साथ दुबकी हुई थी मगर पैर पटककर चलने वाला आदमी पल-पल में उसके पास होता जाता था। अन्त में एक मजबूत हाथ ने मायारानी की कलाई पकड़ ली। मायारानी चिल्ला उठी और इसके साथ ही उस आदमी ने जिसने कलाई पकड़ी थी मायारानी के गाल पर जोर से एक तमाचा मारा जिसकी तकलीफ वह बर्दाश्त न कर सकी और बेहोश होकर जमीन की ओर झुक गई।

उस आदमी ने अपनी बगल से चोर लालटेन निकाली जिसके आगे से ढक्कन हटाते ही कमरे में उजाला हो गया। इस समय यदि मायारानी होश में आ जाती तो भी उस आदमी को न पहचान सकती क्योंकि वह अपने मुंह पर नकाब डाले हुए था। इस कमरे के चारों तरफ की दीवार आबनूस की लकड़ी से बनी हुई थी और उस पर उत्तम रीति से पालिश की हुई थी। पलंग के पायताने की तरफ दीवार में एक आदमी के घुसने लायक रास्ता हो गया था अर्थात् लकड़ी का तख्ता पल्ले की तरह घूमकर बगल में हट गया था। उस आदमी ने बेहोश मायारानी को धीरे से उठाकर उसकी चारपाई पर डाल दिया, इसके बाद कमरे के दरवाजे में जो ताला लगा हुआ था

खोलकर अपने पास रखा और फिर पायताने की तरफ जाकर उसी दरार की राह दीवार के अन्दर घुस गया। उसके जाने के साथ ही लकड़ी का तख्ता भी बराबर हो गया।

घण्टे भर के बाद मायारानी होश में आई और आंख खोलकर देखने लगी मगर अभी तक कमरे में अंधेरा ही था।

हाथ से टटोलने और जांचने से मालूम हो गया कि वह चारपाई पर पड़ी हुई है। डर के मारे देर तक चारपाई पर पड़ी रही, जब किसी के पैर की आहट न मालूम हुई तो जी कड़ा करके उठी और दरवाजे के पास आई। कुण्डी खुली हुई थी, झट दरवाजा खोलकर कमरे के बाहर निकल आई। कई लौंडियों को नंगी तलवार लिए दरवाजे पर पहरा देते पाया। उसने लौंडियों से पूछा, "कमरे के अन्दर कौन गया था"? जिसके जवाब में उन्होंने ताज्जुब के साथ कहा, "कोई नहीं।"

लौंडियों के कहने का विश्वास मायारानी को न हुआ, वह देर तक उन लोगों पर गुस्सा करती और बकती-झकती रही। उसे शक हो गया कि इन लोगों ने मेरे साथ दगा की और कुल लौंडियां दुश्मनों से मिली हुई हैं, मगर कसूर साबित किए बिना उन सभी को सजा देना भी उसने उचित न जाना।

डर के मारे मायारानी उस कमरे के अन्दर न गई, बाहर ही एक आरामकुर्सी पर बैठकर उसने बची हुई रात बिताई। रात तो बीत गई मगर सुबह की सफेदी ने आसमान पर अपना दखल अभी नहीं जमाया था कि एक मालिन का हाथ पकड़े धनपत आ पहुंची और मायारानी को बाहर बैठे हुए देख ताज्जुब के साथ बोली, "इस समय आप यहां क्यों बैठी हैं?"

मायारानी- (घबड़ाई हुई आवाज में) क्या कहूं, आज ईश्वर ने ही मेरी जान बचाई, नहीं तो मरने में कुछ बाकी न था!

धनपत- (ताज्जुब के साथ चौंककर) सो क्यों?

मायारानी- पहले यह तो कहो कि इस मालिन को कैदियों की तरह पकड़कर यहां लाने का क्या सबब है?

धनपत- नहीं, मैं पहले आपका हाल सुन लूंगी तो कुछ कहूंगी।

मायारानी ने धीरे-धीरे अपना पूरा हाल विस्तार के साथ धनपत से कहा जिसे सुनकर धनपत भी डरी और बोली, "इन लौंडियों पर शक करना मुनासिब नहीं है, हां जब इस कम्बख्त मालिन का हाल आप सुनेंगी जिसे मैं गिरफ्तार करके लाई हूं तो आपका जी अवश्य दुखेगा और इस पर शक करना बल्कि यह निश्चय कर लेना अनुचित न होगा कि यह दुश्मनों से मिली हुई है। ये लौंडियां जिनके सुपुर्द पहरे का काम है और जिन पर आप शक करती हैं बहुत ही नेक और ईमानदार हैं, मैं इन लोगों को अच्छी तरह आजमा चुकी हूं।"

मायारानी- खैर, मैं इस विषय में अच्छी तरह सोचकर और इन सभी को आजमाकर निश्चय करूंगी, तुम यह कहो कि इस मालिन ने क्या कसूर किया है यह तो अपने काम में बहुत तेज और होशियार है!

धनपत- हां, बाग की दुरुस्ती और गुलबूटों के संवारने का काम तो यह बहुत ही अच्छी तरह जानती है। मगर इसका दिल नुकीले और विषैले कांटों से भरा हुआ है। आज रात को नींद न आने और कई तरह की चिन्ता के कारण मैं चारपाई पर आराम न कर सकी और यह सोचकर बाहर निकली कि बाग में टहलकर दिल बहलाऊंगी। मैं चुपचाप बाग में टहलने लगी मगर मेरा दिल तरह-तरह के विचारों से खाली न था, यहां तक कि सिर नीचा किये टहलते मैं हम्माम के पास जा पहुंची और वहां अंगूर की टट्टी में पत्तों की खड़खड़ाहट पाकर घबड़ा के रुक गई। थोड़ी ही देर में जब चुटकी बजाने की आवाज मेरे कान में पड़ी तब तो मैं चौंकी और सोचने लगी कि बेशक यहां कुछ दाल में काला है।

माया- उस समय तू अंगूर की टट्टी से कितनी दूर और किस तरफ थी?

धनपत मैं टट्टी के पूरब तरफ पास ही वाली चमेली की झाड़ी तक पहुंच चुकी थी, किंतु जब पत्तों की खड़खड़ाहट सुनी तो रुक गई और जब चुटकी की आवाज कानों में पड़ी तो झट झाड़ी के अन्दर छिप गई और अंगूर की टट्टी की तरफ ध्यान देकर देखने लगी। यद्यपि रात अंधेरी थी मगर मेरी आंखों ने चुटकी की आवाज के साथ ही दो आदमियों को टट्टी के अन्दर घुसते देख लिया।

मायारानी- चुटकी बजाने की आवाज कहां से आई थी?

धनपत- अंगूर की टट्टी के अन्दर से।

मायारानी- अच्छा तब क्या हुआ?

धनपत- मैं जमीन पर लेटकर धीरे-धीरे टट्टी की तरफ खिसकने लगी और उसके बहुत पास पहुंच गई, अन्त में किसी की आवाज भी मेरे कान में पड़ी और मैं ध्यान देकर सुनने लगी। बातें धीरे-धीरे हो रही थीं मगर मैं बहुत पास पहुंच जाने के कारण साफ-साफ सुन सकती थी। सबसे पहले जिसकी आवाज मेरे कानों में पड़ी, वह यही कम्बख्त मालिन थी।

मायारानी- अच्छा, इसने क्या कहा?

धनपत- इसने इतना कहा कि "मैं बड़ी देर से तुम लोगों की राह देख रही हूं।" इसके जवाब में आए हुए दोनों आदमियों में से एक ने कहा, "बेशक तूने अपना वादा पूरा किया जिसका इनाम मैं इसी समय तुझे दूंगा, मगर आज किसी कारण से कमलिनी यहां न आ सकी, हम लोग केवल इतना ही कहने आए हैं कि कल आधी रात को आज ही की तरह फिर चोर दरवाजा खोल दीजियो, तुझे आज से ज्यादा इनाम दिया जाएगा।" यह कम्बख्त 'बहुत अच्छा' कहकर चुप हो गई और फिर किसी के बातचीत की आवाज न आई। थोड़ी ही देर में उन दोनों आदमियों को

अंगूर की टट्टी से निकलकर दक्खिन की तरफ जाते हुए मैंने देखा, उन्हीं के पीछे-पीछे यह मालिन भी चली गई और मैं चुपचाप उसी जगह पड़ी रही।

मायारानी- तुमने गुल मचाकर उन दोनों को गिरफ्तार क्यों न किया?

धनपत- मैं यह सोचकर चुप हो रही कि यदि दोनों आदमी गिरफ्तार हो जायेंगे तो कल रात को इस बाग में कमलिनी का आना न होगा।

मायारानी- ठीक है, तुमने बहुत ठीक सोचा, हां तब क्या हुआ?

धनपत- थोड़ी देर बाद मैं वहां से उठी और पीछे की तरफ लौटकर बाग में होशियारी के साथ टहलने लगी। आधी घड़ी न बीती थी कि यह मालिन लौटकर आपके डेरे की तरफ जाती हुई मिली। मैंने झट इसकी कलाई पकड़ ली और यह देखने के लिए दरवाजे की तरफ गई कि इसने दरवाजा बन्द कर दिया या नहीं। वहां पहुंचकर मैंने दरवाजा बन्द पाया, तब इस कमीनी को लिए हुए मैं आपके पास आई।

मायारानी- (मालिन की तरफ देखकर) क्यों री! तुझ पर जो कुछ दोष लगाया गया है वह सच है या झूठ?

मालिन ने मायारानी को कुछ भी जवाब न दिया। तब मायारानी ने पहरा देने वाली लौंडियों की तरफ देखकर कहा, "आज रात को तुम लोगों की मदद से अगर कमलिनी गिरफ्तार हो गई तो ठीक है नहीं तो मैं समझूंगी कि तुम लोग भी इस मालिन की तरह नमकहराम होकर दुश्मनों से मिली हुई हो!"

पहरा देने वाली लौंडियों ने मायारानी को दण्डवत् किया और एक ने कुछ आगे बढ़कर और हाथ जोड़कर कहा, "बेशक आप हम लोगों को नेक और ईमानदार पावेंगी! (धनपत की तरफ इशारा करके) आपकी बात से निश्चय होता है कि आज रात को कमलिनी जी इस बाग में जरूर आवेंगी। अगर ऐसा हुआ तो हम लोग उन्हें गिरफ्तार किए बिना कदापि न रहेंगे!"

मायारानी ने कहा, "हां ऐसा ही होना चाहिए! मैं खुद भी इस काम में तुम लोगों का साथ दूंगी और आधी रात के समय अपने हाथ से चोर दरवाजा खोलकर उसे बाग के अन्दर आने का मौका दूंगी। देखो होशियार और खबरदार रहना, यह बात किसी के कान में न पड़ने पावे!"

www.ingramcontent.com/pod-product-compliance
Lightning Source LLC
LaVergne TN
LVHW100027181026
850499LV00025B/218/J
9789394780613